Justin Cronin s-a născut în New England în 1968. A studiat la Harvard. A ținut cursuri de scriere creativă la La Salle University din Philadelphia până în 2003 și a predat literatură engleză la Rice University. Primul său roman, *Mary and O'Neil* (2001), a câștigat PEN/Hemingway Award și Premiul Stephen Crane. Romanul *The Passage (Transformarea - Nemira, 2017)* din 2010 s-a bucurat de un real succes în rândul cititorilor și a devenit repede bestseller *New York Times*. Seria omonimă a continuat cu *The Twelve (Cei Doisprezece - Nemira, 2019)* și *The City of Mirrors* (2016), în pregătire la Editura Nemira.

CEI DOISPREZECE

JUSTIN CRONIN

Traducere din limba engleză
ANDREEA FLORESCU

NEMIRA

Coperta: Ana NICOLAU, Cristian FLORESCU
Ilustrația copertei: Tudor POPA

Descrierea CIP a Bibliotecii Naționale a României
CRONIN, JUSTIN
Cei doisprezece / Justin Cronin ; trad. din lb. engleză: Andreea Florescu.–
București: Nemira Publishing House, 2019
ISBN 978-606-43-0303-5

I Florescu, Andreea (trad.)

821.111

Justin Cronin
THE TWELVE

Redactor: Oana IONAȘCU
Tehnoredactor: Magda BITAY
Lector: Ecaterina DERZSI

Tiparul executat de ART PRINT S.A.
Tel: 0723.13.05.02, e-mail: office@artprint.ro

ISBN 978-606-43-0303-5

Pentru Leslie

„A stat alături de mine de-a lungul anilor sau a fost doar o clipă? Nu-mi mai amintesc. Poate am iubit-o, poate nu. La început era o casă, apoi aceasta a dispărut. Erau și copaci, însă nu a mai rămas niciunul. Când nimeni nu-și mai aduce aminte, ce mai rămâne? Tu, ale cărui clipe s-au scurs, care plutești ca un fum în viața de apoi, spune-mi ceva, orice."

MARK STRAND, *In the Afterlife*

Prolog

Din Însemnările primului observator (*Cartea Celor Doisprezece*)
Prezentat la cea de-a Treia Conferință Globală
despre Perioada de Carantină din America de Nord
Centrul pentru Studiul Culturilor și Conflictelor Umane
Universitatea din New South Wales,
Republica Indo-Australiană
16–21 aprilie, 1003 D.V.

[Începutul fragmentului]

CAPITOLUL UNU

1. Și lumea s-a înrăit, iar oamenii au îmbrățișat războiul și rău mare au pricinuit tuturor creaturilor pământului, așa încât lumea s-a prefăcut într-un vis al morții.
2. Și Dumnezeu Își privea creația cu mare întristare, căci omenirea se lepădase de spiritul Său.
3. Iar DOMNUL a spus: Precum în zilele lui Noe, un mare potop va mătura întregul pământ; însă acesta va fi un potop de

sânge. Monştrii din inimile oamenilor se vor întrupa şi vor devora totul în calea lor. Iar aceştia vor fi numiţi Virali.

4. Cel dintâi dintre ei va veni printre voi sub chipul unui bărbat plin de virtuţi, mascând astfel răul care zace în el; va fi cuprins de-o boală care-l va preface într-un demon, privirea nimănui nesuportând asupra-i să se-abată. Acesta va fi părintele tuturor nenorocirilor şi Zero se va numi el.
5. Iar oamenii toţi vor grăi: O astfel de arătare nu este oare întruchiparea celui mai puternic dintre soldaţi? Armatele duşmanilor noştri nu-şi vor lăsa din mână armele, ca ochii să-şi acopere la vederea lui?
6. Şi va veni un ordin de la cei mari ca doisprezece criminali să fie aleşi spre a se hrăni din sângele lui Zero, ca să devină şi ei demoni asemenea lui; iar numele lor vor fi ca unul: Babcock-Morrison-Chávez-Baffes-Turrell-Winston-Sosa-Echols-Lambright-Martínez-Reinhardt-Carter, numiţi Cei Doisprezece.
7. Dar tot dintre rândurile voastre voi alege şi pe unul cu inima şi mintea pure, un copil care să le ţină piept acelora; şi voi trimite semn ca toţi să ştie aceasta, iar acest semn va stârni mare freamăt în rândul animalelor.
8. Copilul va fi Amy, al cărei nume este Iubire: Amy, Copilul Sufletelor, Fata de Nicăieri.
9. Iar semnul s-a arătat în Memphis, jivinele începând să urle, să strige şi să ragă; iar cea care a văzut acest lucru se numea Lacey, o soră în ochii Domnului. Iar Domnul i-a spus lui Lacey:
10. Şi tu ai fost aleasă, de ajutor să-i fii lui Amy, calea să i-o arăţi. Unde te vei duce tu, ea te va urma; călătoria îţi va fi anevoioasă, pe mai multe generaţii întinzându-se.
11. Ca o mamă vei fi acestui copil, pe care vi l-am dat spre a vă curăţi lumea; căci înlăuntrul ei voi construi o arcă, menită să poarte sufletele celor drepţi.
12. Şi toate acestea Lacey a înfăptuit, după cum Domnul Dumnezeul ei i-a dat poruncă.

CAPITOLUL DOI

1. Prinsă a fost Amy și dusă în Colorado, lăcașul oamenilor răi; căci în acel loc Zero și Cei Doisprezece zăceau înlănțuiți, cei care o luaseră pe fată vrând ca ea să devină asemenea lor, să devină de-o minte cu ei.
2. Și-acolo i-a fost dat să bea din sângele lui Zero, căzând în somn adânc și negru precum moartea; dar nici nu a murit, nici nu a dobândit a monstrului înfățișare. Căci Domnul nu voise ca lucrurile să se petreacă astfel.
3. Și în acel somn a zăcut Amy mai multe zile, până când mare prăpăd s-a năpustit asupra omenirii, așa încât să existe Vremea Dinainte și Vremea de După; căci Zero și Cei Doisprezece scăpați au fost, moarte grozavă aducând pe pământ.
4. Un singur om i-a fost alăturea lui Amy; înduplecat fiind de soarta ei, a luat-o din acel loc, salvându-i viața. Și acest om se numea Wolgast, un bărbat drept printre ai lui, iubit de Dumnezeu.
5. Și împreună, Amy și Wolgast au ajuns până în Oregon, un loc bine ascuns printre munți; acolo și-au dus traiul în vremurile numite Anul lui Zero.
6. Căci, în acele vremuri, Cei Doisprezece mișunau pe fața pământului, mânați de foamea lor nepotolită și ucigând tot ce le ieșea în cale; iar aceia din al căror sânge nu se hrăneau erau luați să le îngroașe rândurile și să devină de-o minte cu ei. Și astfel, Cei Doisprezece s-au făcut cât un milion, formând Cele Douăsprezece Triburi de Virali, fiecare cu ai săi Cei Mulți, care cutreierau pământul fără nume ori memorie, nimicind orice ființă vie ce le ieșea în cale.
7. Și astfel treceau anii; Wolgast ca un tată a fost pentru Amy, căci el nu avea copii; și ca pe copilul său el a iubit-o, iar ea ca pe un tată.
8. Însă vedea și el că Amy nu îi seamănă, nici lui, nici altui om de pe pământ; căci peste ea anii nu treceau, nici durerea n-o încerca, nici foamea ori oboseala. Și se temea de ce avea să i se întâmple când el nu va mai fi.

9. Atunci s-a întâmplat ca un bărbat s-ajungă la ei din locul numit Seattle; Wolgast i-a curmat viața, altminteri bărbatul în demon s-ar fi prefăcut. Căci lumea devenise un cuib de monștri, ei fiind cei de pe urmă rămași neafectați.
10. Și-au continuat să-și ducă traiul ca tată și fiică, fiecare îngrijind de celălalt, până când într-o noapte cerul s-a umplut de o lumină orbitoare, prea puternică pentru a putea fi privită; de dimineață, în aer plutea un miros greu, cenușa acoperind totul în jur.
11. Căci lumina fusese aducătoare de moarte, Wolgast căzând la pat cu o boală fatală. Astfel, Amy a fost lăsată să cutreiere de una singură pe fața pământului, avându-i doar pe Virali care să-i țină tovărășie.
12. Astfel au trecut anii, patru sute doisprezece, mai precis.

CAPITOLUL TREI

1. În anul nouăzeci și opt al vieții ei, în locul numit California, Amy a aflat un oraș; iar acest oraș era Prima Colonie, patru sute zece suflete locuind între zidurile lui, urmașii copiilor celor care veniseră din Philadelphia în Vremea Dinainte.
2. Dar la vederea lui Amy, oamenii s-au înfricoșat, căci nu știau nimic despre lume, și vorbe multe i s-au pus pe seamă, așa încât a fost închisă; și multă neliniște a stârnit, fiind nevoită să fugă împreună cu alții.
3. Aceștia erau Peter, Alicia, Sara, Michael, Hollis, Theo, Mausami și Baschețel, opt la număr; iar fiecare dintre ei avea un dor în inimă, acela de a vedea cu ochii lor lumea dinafara orașului în care-și duceau traiul.
4. Iar dintre ei, Peter era cel dintâi numit, Alicia a doua, Sara a treia, Michael al patrulea; și asemenea celorlalți ca ei, binecuvântați erau în ochii Domnului.
5. Împreună au părăsit Colonia la adăpostul întunericului, ca să afle tainele facerii lumii, înspre locul numit Colorado,

o călătorie de un an și jumătate prin sălbăticie, timp în care multe necazuri au avut de îndurat; dintre toate, cel mai mare fiind Refugiul.

6. Căci în locul numit Las Vegas au fost luați prizonieri și duși dinaintea lui Babcock, primul dintre Cei Doisprezece; căci locuitorii acelui oraș erau sclavii lui Babcock și ai Celor Mulți, la fiecare lună nouă sacrificând doi dintre ei pentru ca restul să trăiască.
7. Amy și ceilalți au fost duși în locul de sacrificiu, unde s-au luptat cu Babcock, care te îngrozea numai prin simpla-i înfățișare. Mulți și-au pierdut viața. Împreună au scăpat din locul acela, unde altminteri și-ar fi găsit pieirea.
8. Dintre ei, unul a fost răpus, Baschețel, băiatul; Amy și ai lui l-au îngropat, marcând locul așa cum se cuvine.
9. Cuprinși au fost de o tristețe mare, căci Baschețel era cel mai iubit dintre ei toți; dar n-aveau timp de pierdut, căci Babcock și Cei Mulți erau pe urmele lor.
10. Mult timp a trecut până când Amy și ai ei la casa cea neatinsă de vreme au ajuns; căci Dumnezeu o binecuvântase, făcând din locul pe care se ridica pământ sfințit. Aceasta se numea Ferma. Și-acolo s-au adăpostit vreme de șapte zile.
11. Doi dintre ei ales-au să rămână acolo, căci femeia purta copil în pântece. Copilul Caleb avea să se numească, fiul preaiubit de Dumnezeu.
12. Astfel, ceilalți și-au văzut de drum, lăsându-i pe cei doi în urmă.

CAPITOLUL PATRU

1. Amy și tovarășii ei au mers zile și nopți până au ajuns în locul numit Colorado, unde au dat peste o companie de soldați, cinci sute la număr. Iar compania era cunoscută drept Forțele Expediționare, venită tocmai din Texas.

2. Căci în acele vremuri Texas era un fel de refugiu pe pământ; soldații însă-l lăsaseră în urmă să lupte cu Viralii, fiecare dintre ei jurând viața să și-o dea pentru ai lui.
3. Iar unul dintre ei a vrut să li se-alăture, devenind soldat al Forțelor Expediționare; aceasta era Alicia, numită mai apoi Alicia Tăișurilor. Unul dintre soldați a fost ales să li se alăture la schimb; iar acesta era Lucius cel Credincios.
4. Și-acolo ar mai fi rămas, de n-ar fi fost în prag de iarnă; deși patru dintre ei au vrut să meargă dimpreună cu soldații spre locul numit Texas, Amy și Peter au hotărât să pornească singuri la drum.
5. Și astfel cei doi au ajuns în locul în care Amy a fost creată, iar în vârful celui mai înalt munte au întâlnit un înger al DOMNULUI. Iar îngerul i-a spus lui Amy:
6. Nu te teme, căci sunt aceeași Lacey de care-ți amintești. Aici te-aștept de generații, ca să-ți arăt calea pe care s-o apuci, și lui Peter asemenea; căci el este Omul Zilelor, ales să-ți fie alături.
7. Așa cum pe timpul lui Noe Domnul a dat poruncă să se facă o arcă mare care să străbată apele distrugerii; iar Amy este acea corabie. Peter va fi acela care-și va conduce semenii pe uscat.
8. Și așa va curăți Domnul pământul de toate spurcăciunile și va aduce alinare spiritelor celor drepți. Iar această cale va fi cunoscută drept Pasajul.
9. Iar îngerul Lacey l-a chemat pe Babcock, Primul dintre Cei Doisprezece, din întuneric; și o luptă aprigă s-a stârnit. Însă Lacey l-a răpus cu o izbucnire de lumină, trimițându-i spiritul la Domnul.
10. Și așa Cei Mulți ai lui Babcock au fost eliberați; și tot astfel și-au adus aminte de cei care fuseseră în Vremea Dinainte: bărbatul și femeia, soțul și soția, părintele și copilul.
11. Iar Amy s-a amestecat printre ei, binecuvântându-i pe fiecare-n parte; căci era vrerea Domnului ca ea să fie corabia care să le poarte sufletele prin noaptea lungă a uitării. Și astfel sufletele lor au părăsit acest pământ, iar ei au pierit.
12. Astfel au aflat Amy și ai ei ce-i aștepta mai departe; căci deși călătoria fusese anevoioasă, acesta nu fusese decât începutul.

Partea I

FANTOMA

Vara, 97 A.V.

„Să-ți amintești când eu voi fi departe,
În țara fără drumuri înapoi."
CHRISTINA ROSSETTI, *Adu-ți aminte*[1]

[1] În traducerea lui Nicu Porsenna.

1

Orfelinatul Ordinul Surorilor,
Kerrville, Texas

Mai târziu, după cină și rugăciunea de seară – și după baie, dacă era seara de baie – și după ultimele rugăminți cu care se încheia ziua (*Te rugăm, soră, nu putem să mai stăm puțin? Te rugăm, ne mai spui o poveste?*), după ce copiii adormeau în sfârșit și totul se cufunda în liniște, Amy veghea asupra lor. Nu era nicio regulă care s-o împiedice. Surorile se obișnuiseră cu peregrinările ei nocturne. Întocmai ca o nălucă se strecura în liniște din încăpere în încăpere, umblând de-a lungul pătuțurilor în care se odihneau copiii, somnul tihnit citindu-li-se atât pe chip, cât și în destinderea încrezătoare a trupurilor. Cei mai mărișori dintre ei aveau treisprezece ani, în pragul adolescenței, iar cei mai mici erau doar niște bebeluși. Fiecare avea povestea lui și toate erau la fel de triste. Mulți fuseseră duși la orfelinat de către părinții care nu puteau plăti taxele, alții fuseseră victimele unor circumstanțe mult mai crude: mame care muriseră la naștere ori care nu erau măritate și nu puteau astfel să îndure rușinea; tați care dispăruseră în adâncurile întunecate ale orașului ori fuseseră duși dincolo de zid. Originea copiilor varia, totuși destinul lor părea să fie același.

Fetele intrau în ordin, dedicându-și restul zilelor rugăciunii, contemplării și îngrijirii celorlalți copii, după cum fuseseră și ele, în vreme ce băieții deveneau soldați, membri ai Forțelor Expediționare, depunând un jurământ la fel de strict.

Și totuși, în visele lor erau copii încă, se gândi Amy. Însăși copilăria ei era o amintire îndepărtată, o ciudățenie a istoriei, dar, pe când îi privea pe copii dormind, visele fluturându-le jucăușe pe sub pleoapele închise, îl simți mai aproape: acel timp când ea însăși era doar o fărâmă de om pe acest pământ, neavând habar despre ce o aștepta mai departe, despre această călătorie mult prea lungă a vieții ei. Simțea timpul ca pe o vastitate interioară, prea mulți ani ca să-i mai poată diferenția unul de altul. Sau poate că acesta era motivul pentru care rătăcea printre ei: ca să-și aducă aminte.

Ultimul pat îl păstrase pentru Caleb, fiindcă el avea s-o aștepte. Bebelușul Caleb, cu toate că nu mai era deloc un bebeluș, ci un băiețel de cinci ani, curios și energic ca toți copiii, plin de surprize, umor și adevăr neașteptat. De la mama lui moștenise înălțimea, pomeții sculptați și tenul măsliniu al clanului ei; de la tată, privirea hotărâtă, curiozitatea nemăsurată și o coamă neagră și aspră, tunsă scurt, care în limbajul familiar al Coloniei era cunoscut drept „părul Jaxonilor". Un amalgam, ca un puzzle alcătuit din piesele tribului său. În ochii lui, Amy îi vedea pe ei. El era Mausami, era Theo, era el însuși.

– Povestește-mi despre ei.

În fiecare seară, același ritual. Era ca și cum băiatul nu putea adormi fără să retrăiască acel trecut de care nu-și amintea nimic. Amy se așeză ca de obicei pe marginea pătuțului său. Pe sub pături, forma trupușorului firav al băiatului abia își făcea simțită prezența; de jur împrejurul lor, douăzeci de copii adormiți, un cor al tăcerii.

– Ei bine, începu ea, să vedem. Mama ta era o femeie foarte frumoasă.

– O războinică.

– Da, răspunse Amy zâmbind, o războinică frumoasă. Își purta părul lung și negru într-o coadă împletită, ca de războinice.

– Ca să-și poată folosi arcul.

– Întocmai. Dar, mai presus de toate, era foarte îndârjită. Știi ce înseamnă îndârjită? Ți-am spus și înainte.

– Încăpățânată?

– Da, dar într-un sens bun. Dacă-ți spun să-ți speli mâinile înainte de culcare și tu nu o faci, asta nu e de bine. Ăsta e tipul rău de încăpățânare. Dar mama ta nu făcea decât ce credea ea că este corect.

– Și de-asta m-a făcut pe mine, a zis el, concentrându-se la cuvinte. Pentru că... era corect să aducă pe lume o rază de lumină.

– Bun, îți amintești. Să nu uiți niciodată că ești o rază de lumină, Caleb.

O caldă fericire învălui atunci chipul băiatului.

– Acum spune-mi despre Theo, tatăl meu.

– Despre tatăl tău?

– *Te rooog.*

– Bine, atunci, acceptă ea râzând. Despre tatăl tău. Mai întâi de toate, era un bărbat curajos. Foarte curajos. A iubit-o mult pe mama ta.

– Dar trist.

– Da, era trist. Dar, vezi tu, asta îl făcea să fie atât de curajos. Căci a făcut cel mai curajos lucru dintre toate. Știi care e?

– A sperat.

– Da, a sperat, atunci când nu mai avea niciun motiv s-o facă. Să ții minte și asta. Se aplecă deasupra lui și îl sărută pe frunte, umedă de la transpirația lui de copil. S-a făcut târziu, e timpul să te culci. Mâine e o nouă zi.

– M-au... iubit?

Amy fu surprinsă. Nu de întrebarea în sine – care-i mai fusese pusă cu nenumărate ocazii, căutând aprobare –, ci de tonul lui nesigur.

– Firește că te-au iubit, Caleb, ți-am spus-o de atâtea ori. Te-au iubit foarte, foarte mult. Și încă te iubesc.

– Pentru că sunt în rai.

– Întocmai.

– Unde o să fim cu toții împreună, în vecii vecilor. Acolo unde se duc sufletele. Și-a întors privirea o clipă, apoi a continuat: Se spune că ești foarte bătrână.

– Cine spune asta, Caleb?

– Nu știu. Înfășurat în coconul lui de pături, băiatul a ridicat din umeri. Toată lumea. Celelalte surori. Le-am auzit vorbind.

Nu se mai lovise de problema asta până acum. Din câte știa Amy, sora Peg era singura care cunoștea povestea.

– Ei bine, spuse ea, adunându-se, sunt mai bătrână decât tine, asta e sigur. Destul de bătrână cât să-ți spun că e timpul să te culci.

– Îi văd uneori.

Replica băiatului o luă pe nepregătite.

– Cum îi vezi, Caleb?

Însă băiatul nu se uita la ea; privirea îi era întoarsă înăuntrul său.

– Noaptea, când dorm.

– Când visezi, vrei să spui.

Băiatul nu-i răspunse. Ea îi atinse brațul prin pături.

– E în regulă, Caleb. Îmi spui când te simți pregătit.

– Nu e chiar așa. Nu e ca un vis, îi spuse el, întorcând din nou privirea asupra ei. Te văd și pe tine, Amy.

– Pe mine?

– Dar ești diferită. Nu cum ești acum.

Ea așteptă ca el să continue, însă băiatul nu o făcu.

– În ce fel diferită?

– Mi-e dor de ei, spuse băiatul.

Ea încuviință din cap, mulțumindu-se să lase chestiunea deoparte.

– Știu că ți-e dor. Dar o să-i vezi din nou. Până atunci însă mă ai pe mine. Îl ai pe unchiul Peter. O să se întoarcă și el cât de curând.

– E în... *ec-șpediții.*

O licărire de hotărâre aprinse chipul băiatului.

– Când o să mă fac mare, vreau să fiu soldat ca unchiul Peter.

Amy îl sărută încă o dată pe frunte.

– Dacă asta vrei, asta o să te faci. Acum, la culcare!

– Amy?

– Da, Caleb?

– Pe tine te-a iubit cineva așa?

Stând pe marginea patului băiatului, simți cum o învăluie un noian de amintiri. O noapte de primăvară, un carusel în mișcare, gust de vată de zahăr, un lac, o cabană în pădure, senzația unei mâini mari care o ține pe a ei. Glasul îi fu înecat de lacrimi.

– Cred că da. Sper că da.

– Dar unchiul Peter?

Ea se încruntă, nedumerită.

– Ce te face să întrebi una ca asta, Caleb?

– Nu știu. Ridică încă o dată din umeri, ușor stânjenit. Felul în care se uită la tine. Zâmbește de fiecare dată.

– Ei! făcu ea, încercând din răsputeri să nu se trădeze prin nimic, dar oare chiar nu simțea nimic? Eu zic că zâmbește pentru că e fericit să te vadă. Acum te culci, îmi promiți?

El îi aruncă o privire serioasă.

– Promit.

Afară, luminile străluceau: nu cu aceeași putere cum o făceau în Colonie – Kerville era mult prea mare ca să se poată una ca asta –, ci mai degrabă cu paloarea unui amurg, aprins la capete de o coroană de stele. Amy se furișă în curte, rămânând la adăpostul umbrelor. Văzu scara de la baza zidului. Nu făcu niciun efort să-și ascundă urcușul; odată ajunsă sus, fu întâmpinată de un paznic, un bărbat de vârstă mijlocie, lat în umeri, cu o pușcă la piept.

– Ce crezi că faci?

Însă nu apucă să spună mai multe. Pe când somnul îl învăluia, Amy îi lăsă ușor trupul pe meterez, sprijinindu-l de balustradă, cu pușca pe piept. La trezire, nu avea să-și amintească de ea decât vag, ca prin ceață. O fată? Una dintre surori, îmbrăcată cu rasa cenușie și aspră a ordinului? Și poate că nu avea să se trezească singur, ci unul dintre tovarășii lui l-ar fi luat de-acolo, fiindcă adormise în timpul serviciului. Câteva zile în împrejmuire, dar nimic serios și, în orice caz, nimeni nu l-ar fi crezut.

Își croi drum de-a lungul meterezului până la postul de observație, acum liber. Paznicii treceau pe acolo la fiecare zece minute; atât avea la dispoziție. Razele de lumină se revărsau pe pământ ca un lichid strălucitor. Amy închise ochii, își eliberă mintea și își îndreptă gândurile în afară, trimițându-le departe, dincolo de câmp.

– Veniți la mine!

– Veniți la mine veniți la mine veniți la mine!

Și au venit, alunecând prin întuneric. Mai întâi unul, apoi un altul și altul, formând un grup luminos, ale cărui capete se pierdeau în umbră. Iar în mintea ei auzea vocile, aceleași voci, vocile și întrebarea:

Cine sunt eu?

Ea aștepta.

Cine sunt eu cine sunt eu cine sunt eu?

Ce dor îi mai fusese lui Amy de el. De Wolgast, cel care o iubise. Unde ești? spuse ea în gând, cu inima mistuită de singurătate, căci noapte de noapte, în timp ce această nouă senzație începea să crească înăuntrul ei, îi simțea absența din ce în ce mai adânc. De ce m-ai lăsat singură? Însă Wolgast nu era pe nicăieri, nici în vânt, nici pe cer, nici în sunetul scos de pământul care se-nvârtea ușor. Bărbatul care fusese era pierdut pe veci.

Cine sunt eu cine sunt eu cine sunt eu cine sunt eu cine sunt eu cine sunt eu?

Așteptă cât putu de mult. Minutele se scurgeau. Apoi, zgomot de pași pe metereze, venind din ce în ce mai aproape: paznicul.

– Voi sunteți eu, le-a spus ea. Voi sunteți eu. Acum duceți-vă!

Iar ei se împrăștiară în beznă.

2

La şaptezeci şi şase de mile sud de Roswell,
New Mexico

Într-o seară caldă de septembrie, la multe mile depărtare de casă, locotenent Alicia Donadio – Alicia Tăişurilor, Noua Armă, fiica adoptivă a marelui Niles Coffee şi trăgător în Forţele Expediţionare Secunde ale Armatei Republicii Texas, care depusese jurământul – se trezi cu gustul sângelui purtat de vânt.

Avea douăzeci şi şapte de ani, 1,70 înălţime, era lată în şolduri şi în umeri şi îşi purta părul roşu tuns aproape zero. Ochii ei, care cândva fuseseră albaştri, aveau acum o strălucire portocalie, ca doi tăciuni aprinşi. Ducea cu ea doar strictul necesar, nimic de prisos. În picioare avea sandale din fâşii de pânză, legate cu şnur de cauciuc vulcanizat; pantalonii de blugi se subţiaseră în genunchi şi la posterior; jerseul de bumbac avea mânecile tăiate, ca să nu o încetinească. Încrucişate pe piept, două centuri de piele cu şase cuţite în teacă, semnul după care o recunoşteai; în spate, legată cu o funie zdravănă din cânepă, arbaleta. Un Browning semiautomat de calibru .45, cu o capacitate de nouă gloanţe, arma pe care o folosea doar la nevoie, era prins la coapsă.

Opt cu unu era vorba. Opt pentru Virali, unu pentru tine. Opt cu unu și adio.

Orășelul se numea Carlsbad. Anii își făcuseră treaba, curățându-l lună ca o mătură uriașă. Dar încă mai erau clădiri rămase în picioare: schelete de case, hambare mâncate de rugină, ruine clare ale trecerii timpului. Își petrecuse restul zilei odihnindu-se la umbră și trezindu-se în zori ca să vâneze. Prinsese iepurele cu arbaleta, o săgeată drept prin gât, apoi îl jupuise și îl fripsese deasupra unui foc de mărăcini, alegându-i carnea ațoasă de pe picioarele din spate, în timp ce focul trosnea dedesubt.

Nu se grăbea.

Era o femeie a regulilor, a ritualurilor. Nu avea de gând să-i ucidă pe Virali în somn. Nu avea să folosească pistolul, dacă putea evita acest lucru; pistoalele erau zgomotoase, imprecise și nedemne de o asemenea misiune. Prefera să-i răpună cu pumnalul, iute, sau cu arbaleta, curat și fără regrete, dar întotdeauna cu un gând de binecuvântare pentru ei. Le spunea: „Vă trimit acasă, fraților și surorilor, vă eliberez din această închisoare a existenței voastre." Iar după ce îi omora și își scotea arma din lăcașul ei letal, ducea plăseaua pumnalului la frunte, apoi la piept – la cap și la inimă –, asigurând izbăvirea acelor suflete cu speranța că, atunci când va veni timpul, curajul nu o va părăsi și că ea însăși va fi izbăvită.

Așteptă căderea nopții, înăbuși flăcările focului și porni la drum.

Zile în șir merse de-a lungul unei câmpii late de arbuști pitici. La sud și la vest se înălța conturul umbrit al munților, ca niște umeri ce se ridicau din valea de dedesubt. Dacă Alicia ar fi văzut vreodată marea, poate că asta ar fi gândit despre locul acela, că semăna cu marea. Cu fundul unui ocean imens, iar munții, cu ale lor peșteri scobite și încremeniți în timp, cu rămășițele unei uriașe barieri de corali dintr-o perioadă când monștri de neînchipuit străbăteau pământul și apele.

Unde sunteți în seara asta? se întrebă ea în gând. Unde vă ascundeți, frați și surori de sânge?

Era o femeie care trăise trei vieți, două dinainte și una după. În prima de dinainte, fusese doar o fetiță. Lumea era doar o învălmășeală de siluete și de lumini pâlpâitoare, flutura înăuntrul ei așa cum vântul îi flutură prin păr, fără să-i spună nimic. Avea opt ani în noaptea când colonelul o dusese în afara zidurilor și o lăsase de una singură, neavând nici măcar un cuțit cu care să se apere. Ea stătuse la rădăcina unui copac și plânsese toată noaptea, iar razele soarelui o găsiră de dimineață diferită, schimbată; o cu totul altă fată. Ai văzut? o întrebase colonelul, îngenunchind dinaintea ei în praful unde stătea. Nu o luase în brațe ca s-o liniștească, ci o privise drept în față, ca pe un soldat. Înțelegi acum? Iar ea înțelesese. Viața ei, întâmplarea care era propria-i existență, nu însemna nimic; renunțase la tot. În aceeași zi depusese jurământul.

Însă asta se întâmplase acum multă vreme. Fusese un copil, apoi devenise femeie, dar pe urmă? A treia Alicia, Noua Armă, nici Viral, nici om, o combinație între cele două. Un amestec, un compus, o ființă divizată. Umbla printre Virali ca un spirit nevăzut, era unul dintre ei, și totuși nu, o fantomă a fantomelor lor. Prin venele ei trecea virusul, ținut însă în frâu de un al doilea, cel de la Amy, Fata de Nicăieri; dintre cele douăsprezece fiole luate din laboratorul din Colorado, restul fiind distruse chiar de Amy, azvârlite în foc. Sângele lui Amy îi salvase viața, și totuși, pe de altă parte, nu. Îi dăduse naștere locotenentului Alicia Donadio, trăgător în Forțele Expediționare Secunde, o creatură care nu mai avea pereche pe lume.

Multe, foarte multe fuseseră dățile când Alicia însăși nu ar fi putut spune cu precizie ce anume era.

Ajunse în dreptul unui adăpost. O chestie ciuruită, plină de găuri, pe jumătate îngropată în nisip, cu un acoperiș din metal care stătea pieziș.

Simți... ceva.

Lucru care era ciudat, căci nu i se mai întâmplase niciodată. Virusul nu-i dăduse și această putere, motiv pentru care Alicia era singură. Alicia era yangul, iar Amy yinul, dotată cu forța fizică și viteza Viralilor, însă lăsată pe dinafara acelei rețele care-i ținea laolaltă, care le conecta gândurile.

Şi totuşi, nu simţise ea ceva? Nu-i simţise pe *ei*? O furnicătură la baza craniului, iar în minte un foşnet uşor, abia desluşit, care-i şoptea:

Cine sunt eu? Cine sunt eu cine sunt eu cine sunt eu cine sunt eu...?

Erau trei. Toate fuseseră femei cândva. Ba chiar mai mult de atât: Alicia simţea – cum era posibil una ca asta? – că în fiecare dintre ele zăcea un singur filon al amintirilor. O mână care închidea o fereastră şi zgomotul ploii. O pasăre frumos colorată cântând într-o colivie. O cameră întunecată văzută din uşă şi doi copii mici, un băiat şi o fată, care dormeau în paturile lor. Alicia capta aceste viziuni de parcă ar fi fost ale ei, cu imaginile, sunetele, mirosurile şi emoţiile lor, un melanj de existenţă pură, ca trei flăcărui ce pâlpâiau înăuntrul ei. Preţ de o clipă, rămase încremenită, mută din pricina lor, aceste amintiri ale unei lumi pierdute pe vecie. Lumea Vremii Dinainte.

Dar mai era ceva. Un giulgiu al întunericului, nesfârşit şi nemilos, învăluia fiecare dintre aceste amintiri. Alicia se cutremură până în adâncul ei. Se întrebă ce anume era acesta, dar apoi îşi dădu seama: era visul celui numit Martínez. Julio Martínez din El Paso, Texas, al zecelea dintre Cei Doisprezece, condamnat la moarte pentru uciderea unui ofiţer de poliţie. Acelaşi pe care îl caută Alicia.

În visul lui, Martínez viola la nesfârşit o femeie pe nume Louise – numele îi era scris cu litere de mână pe buzunarul bluzei femeii – în timp ce o strangula cu un cablu electric.

Uşa hambarului atârna într-una dintre balamalele ei ruginite. Era prea aproape: Alicia ar fi preferat să aibă mai mult loc, mai ales că erau trei. S-a strecurat mai aproape, urmând cu privirea vârful săgeţii ei şi trăgând apoi în hambar.

Doi dintre Virali erau atârnaţi cu capul în jos de grinzi, al treilea stătea ghemuit într-un colţ, molfăind cu zgomot o bucată de carne. Doar ce se ospătaseră dintr-o antilopă; rămăşiţele ei zăceau împrăştiate pe podea, smocuri de blană, fragmente de oase şi fâşii de piele. În moleşeala de după ospăţ, Viralii nici nu băgaseră de seamă că intrase.

– Seară bună, doamnelor!

Îl dădu gata cu arbaleta pe cel dintâi care stătea agățat de grinzi. O bufnitură, urmată de un scâncet, înăbușit degrabă, iar trupul i se prăbuși la podea. Ceilalți doi intraseră acum în alertă; cel de-al doilea se desprinse de pe grindă și, cu genunchii la piept, se rostogoli în cădere și ateriză cu spatele pe picioarele lui înghețate. Lăsând la o parte arbaleta, Alicia își scoase pumnalul dintr-o singură mișcare fluidă și-l împlântă din zbor în cel de-al treilea, care se întorsese cu fața spre ea.

Pe doi îi dăduse gata, mai rămânea unul.

Ar fi trebuit să fie ușor. Dar deodată nu mai era. Pe când Alicia își scotea cel de-al doilea pumnal, ultimul Viral se întoarse și îi dădu peste mână cu o forță care trimisese cuțitul răsucindu-se în întuneric. Înainte ca arătarea să o lovească a doua oară, Alicia se lăsă la podea și se rostogoli; când se ridică în picioare, cu alt pumnal în mână, Viralul nu mai era.

Rahat!

Își înșfăcă arbaleta de pe podea, o încărcă și țâșni afară. Unde naiba era? Doi pași iuți și Alicia se avântă pe acoperișul hambarului, aterizând cu zgomot. Scană iute împrejurimile. Nimic, nicio urmă.

Viralul fu deodată în spatele ei. O capcană, își dădu seama Alicia; trebuie să se fi ascuns, pitindu-se pe cealaltă parte a acoperișului. Două lucruri se întâmplară deodată: Alicia se răsuci pe călcâie, ațintind din instinct arbaleta, și, cu un trosnet de lemn și cu scrâșnet metalic, acoperișul cedă sub ea.

Ateriză cu fața în sus pe podeaua hambarului, Viralul prăbușindu-se peste ea. Nu mai avea arbaleta. Alicia și-ar fi scos unul dintre pumnale, însă ambele mâini îi erau ocupate în dificila încercare de a-l ține pe Viral la distanță. Arătarea se mișca la stânga, la dreapta, apoi din nou la stânga, sărindu-i cu fălcile deschise, la față, la gâtul Aliciei. O forță irezistibilă ieșind în întâmpinarea unui obiect de neclintit: cât putea s-o țină așa? Copiii în paturile lor, se gândi Alicia. Ăsta era Viralul. Ea, femeia care se uită din ușă la copiii care dormeau. Gândește-te la copii! își spuse Alicia, apoi rosti cu glas tare:

– Gândește-te la copii!

Viralul încremeni în loc. O expresie tristă i se așternu pe chip. O fracțiune de secundă – nu mai mult de jumătate de clipă – privirile li se întâlniră prin beznă. Mary, își spuse Alicia în sinea ei. Te cheamă Mary. Întinse mâna după pumnal. Te trimit acasă, sora mea Mary. Te eliberez din închisoarea existenței tale. Ridică brațul și împlântă pumnalul până la plăsele în moalele capului.

Alicia împinse la o parte cadavrul. Ceilalți zăceau în locul în care căzuseră. Își recuperă pumnalul și se duse și după celelalte două, le curăță, apoi îngenunche lângă cadavrul celui de-al treilea Viral. De obicei, după ce îi omora, Alicia nu simțea altceva decât un mare gol. Fu surprinsă să descopere acum că mâinile îi tremurau. De unde știuse? Pentru că așa fusese; fusese sigură că pe femeie o chema Mary.

Scoase pumnalul și îl duse la frunte, apoi la inimă. *Îți mulțumesc, Mary, că nu m-ai omorât înainte să-mi duc la bun sfârșit misiunea. Sper că acum ești împreună cu micuții.*

Mary avea ochii deschiși, cu privirea pierdută în gol. Alicia îi închise cu vârful degetelor. Nu se făcea s-o lase acolo. Alicia luă trupul în brațe și-l duse afară. O așchie de lună se ridicase pe cer, scăldând împrejurimile în lumina ei, făcând întunericul vizibil. Însă Mary nu de lumina lunii avea nevoie. O sută de ani sub cerul nopții erau de ajuns, se gândi Alicia, așezând-o pe femeie pe un petic de iarbă, unde, de dimineață, soarele avea s-o găsească și să-i împrăștie cenușa în vânt.

Alicia își începu ascensiunea.

Trecuse o zi și o noapte. Era pe munte acum, urcând de-a lungul unei albii secate dintr-un defileu îngust. Aici îi simțea mai bine pe Virali: se apropia de ceva. Mary, ce-ncercai să-mi spui? se întrebă în sinea ei.

Soarele aproape apusese când ajunse în vârf, cu orizontul în dreptul ei. Dedesubt, în bezna bătută de vânturi, valea se întindea nestingherită, stelele fiind singurele care-i țineau companie. Alicia știa că era posibil să deslușească siluete în aranjamentul lor ce părea întâmplător, siluete de animale ori de oameni, însă nu învățase niciodată să facă asta. Nu le vedea decât ca pe o răspândire dezordonată, ca și cum, în fiecare noapte, stelele se aranjau din nou pe cer.

Apoi o zări: o gură căscată în întuneric, într-o adâncitură rotundă ca un castron. Deschizătura era înaltă de vreo treizeci de metri sau mai bine. Înăuntrul acelei cavități se găseau bănci curbate, ca într-un amfiteatru, sculptate în chipul stâncos al muntelui. Liliecii fâlfâiau prin văzduh.

Era o ușă către iad.

Ești acolo jos, nu-i așa? întrebă Alicia în sinea ei, zâmbind. Afurisitule, te-am găsit!

Partea a II-a

FAMILIARUL

Primăvară
Anul Zero

„Iată adevărata oră a vrajelor nopții;
când cască cimitirele și când iadul chiar suflă
contagiunea asupra acestei lumi."

SHAKESPEARE, *Hamlet*[1]

---

[1] În traducerea lui Victor Anestin (n. tr.).

3

Secția de poliție Denver

Dosarul cu numărul 193874
Districtul 6
Transcrierea interviului cu Lila Beatrice Kyle
VIA: detectiv Rita Chernow
3 mai, 4:17 a.m.

R.C.: Să se înregistreze că subiectului i s-au citit drepturile și că a refuzat ca un avocat să fie prezent pe durata acestui interviu. Interogatoriul este condus de detectiv Rita Chernow, secția de poliție Denver, districtul șase. Este patru și șaptesprezece minute, a.m. Doamnă doctor Kyle, vă rog să vă spuneți numele complet.

L.K.: Lila Beatrice Kyle.

R.C.: Și sunteți medic ortoped la Spitalul General Denver, așa este?

L.K.: Da.

R.C.: Și știți de ce sunteți aici?

L.K.: S-a întâmplat ceva la spital. Ați vrut să-mi puneți niște întrebări. Unde suntem? Nu-mi dau seama.

R.C.: Suntem la secția de poliție, doamnă doctor Kyle.

L.K.: Am probleme?

R.C.: Am vorbit deja despre asta, vă aduceți aminte? Încercăm doar să aflăm ce s-a întâmplat la secția de urgențe în seara aceasta. Știu că sunteți tulburată. Am doar câteva întrebări pentru dumneavoastră.

L.K.: Sunt murdară de sânge. De ce sunt murdară de sânge?

R.C.: Vă amintiți ce s-a întâmplat la Urgențe, doamnă doctor Kyle?

L.K.: Sunt atât de obosită. De ce sunt atât de obosită?

R.C.: Doriți ceva? Poate o cafea?

L.K.: Nu pot să beau cafea. Sunt însărcinată.

R.C.: Apă atunci? Doriți niște apă?

L.K.: Bine.

(Pauză)

R.C.: Să începem cu începutul. În seara aceasta, erați de gardă la secția de urgențe, corect?

L.K.: Nu, eram la etaj.

R.C.: Dar ați coborât la Urgențe?

L.K.: Da.

R.C.: Pe la ce oră?

L.K.: Nu sunt sigură. În jur de unu a.m. Am fost sunată.

R.C.: De ce v-au sunat?

L.K.: Eu eram ortopedul de gardă. Venise un pacient cu încheietura ruptă.

R.C.: Domnul Letourneau era pacientul?

L.K.: Da, așa cred.

R.C.: Și ce v-au mai spus despre dumnealui?

L.K.: Adică, înainte să cobor?

R.C.: Da.

L.K.: Că a fost mușcat de un animal.

R.C.: Ca, de exemplu, un câine?

L.K.: Presupun. Nu mi-au spus.

R.C.: Altceva?

L.K.: Avea febră mare. Vomitase.

R.C.: Asta e tot ce v-au spus?

L.K.: Da.

R.C.: Și ce-ați găsit când ați ajuns la secția de urgențe?

L.K.: Era în al treilea pat. Nu mai erau decât doi pacienți în sală. De obicei, duminica e mai liniște.

R.C.: Pe la ce oră se întâmpla asta?

L.K.: Unu și un sfert, unu și jumătate.

R.C.: Și l-ați consultat pe domnul Letourneau?

L.K.: Nu.

R.C.: Dați-mi voie să reformulez. L-ați văzut pe pacient?

(Pauză.)

R.C.: Doamnă doctor Kyle?

L.K.: Îmi cer scuze, care era întrebarea?

R.C.: L-ați văzut pe domnul Letourneau în seara aceasta la secția de urgențe?

L.K.: Da. Era și Mark acolo.

R.C.: Vă referiți la doctorul Mark Shin?

L.K.: El e șeful secției. Ați vorbit cu el?

R.C.: Doctorul Shin e mort.

L.K.: *(nedeslușit)*

R.C.: Ați putea vorbi mai tare?

L.K.: Nu... nu știu. Îmi cer scuze, dar ce vreți să știți?

R.C.: Ce puteți să-mi spuneți despre domnul Letourneau? Cum vi s-a părut?

L.K.: Cum mi s-a părut?

R.C.: Da. Era conștient?

L.K.: Era conștient.

R.C.: Ce altceva ați mai observat?

L.K.: Era confuz. Agitat. Avea o culoare ciudată.

R.C.: Ce vreți să spuneți?

(Pauză.)

L.K.: Trebuie să merg la baie.

R.C.: Haideți să trecem prin câteva întrebări mai întâi. Știu că sunteți obosită. Vă promit că plecați de aici cât mai repede posibil.

L.K.: Aveți copii, detectiv Chernow?

R.C.: Poftim?

L.K.: Aveţi copii? Eram doar curioasă.

R.C.: Da, am doi băieţi.

L.K.: Ce vârstă au, dacă nu vă deranjează întrebarea?

R.C.: Cinci şi şapte ani. Mai am doar câteva lucruri să vă întreb. Vă simţiţi în stare?

L.K.: Pariu că încercaţi să faceţi o fată, nu-i aşa? Credeţi-mă, nimic nu se compară cu o fată a ta.

R.C.: Haideţi să ne concentrăm pe domnul Letourneau, e în regulă? Aţi spus că era agitat. Puteţi detalia?

L.K.: Detalia?

R.C.: Da, ce făcea?

L.K.: Scotea un sunet plescăit din gât. Gemea. Părea să aibă dureri mari.

R.C.: Îi dăduseră ceva pentru durere?

L.K.: Îi dăduseră Tramadol. Parcă Tramadol era.

R.C.: Şi cine mai era acolo, în afară de doctorul Shin?

(Pauză)

R.C.: Doamnă doctor Kyle? Cine mai era de faţă când l-aţi consultat pe domnul Letourneau?

L.K.: O asistentă. Încerca să-l liniştească. Era foarte supărat.

R.C.: Altcineva?

L.K.: Nu-mi amintesc. O infirmieră? Nu, două.

R.C.: Şi ce s-a întâmplat pe urmă?

L.K.: Au început convulsiile.

R.C.: Vreţi să spuneţi că pacientul a avut o criză?

L.K.: Da.

R.C.: Ce-aţi făcut atunci?

L.K.: Unde e soţul meu?

R.C.: E afară. A venit cu dumneavoastră. Nu vă amintiţi?

L.K.: Brad e aici?

R.C.: Îmi cer scuze, cine e Brad?

L.K.: Soţul meu. Brad Wolgast. Lucrează la FBI. Poate îl cunoaşteţi.

R.C.: Doamnă doctor Kyle, nu prea înţeleg. Bărbatul care v-a însoţit se numeşte David Centre. Nu este el soţul dumneavoastră?

(Pauză)

R.C.: Doamnă doctor Kyle, ați înțeles întrebarea?

L.K.: Firește că David e soțul meu. Ce întrebare ciudată îmi puneți. Ce-i cu tot sângele ăsta? Am avut un accident?

R.C.: Nu, erați la spital. Despre asta vorbim. Acum trei ore, nouă persoane au fost ucise în secția de urgențe. Încercăm să ne dăm seama cum s-a întâmplat una ca asta.

(Pauză)

L.K.: S-a uitat la mine. De ce s-a uitat la mine?

R.C.: Cine s-a uitat la dumneavoastră?

L.K.: A fost îngrozitor.

R.C.: Ce anume?

L.K.: A omorât-o pe asistentă prima. Era atât de mult sânge. Un ocean de sânge.

R.C.: Vorbiți de domnul Letourneau? El a omorât-o pe asistentă? Trebuie să fiți mai precisă.

L.K.: Mi-e sete. Puteți să-mi mai dați niște apă?

R.C.: Într-un minut. Cum a omorât-o domnul Letourneau pe asistentă?

L.K.: S-a întâmplat atât de repede. Cum e posibil ca cineva să se miște atât de repede?

R.C.: Vreau să vă concentrați. Ce-a folosit domnul Letourneau ca s-o omoare pe asistentă? A avut o armă?

L.K.: O armă? Nu-mi aduc aminte de nicio armă.

R.C.: Atunci cum a făcut-o?

(Pauză)

R.C.: Doamnă doctor Kyle?

L.K.: Nu mă puteam mișca. Mă... țintuia cu privirea.

R.C.: Ceva se uita la dumneavoastră? Mai era cineva în încăpere?

L.K.: Cu gura. Așa a făcut-o.

R.C.: Spuneți că domnul Letourneau a mușcat-o pe asistentă?

(Pauză)

L.K.: Știți, sunt însărcinată. O să am un copil.

R.C.: Observ, doamnă doctor Kyle. Știu că asta e foarte stresant.

L.K.: Trebuie să mă odihnesc. Vreau acasă.

R.C.: Încercăm să vă dăm drumul de aici cât mai repede. Doar ca să clarificăm lucrurile, afirmați că domnul Letourneau a mușcat-o pe asistentă?

L.K.: E bine?

R.C.: A fost decapitată, doamnă doctor. Îi țineați în brațe trupul când v-am găsit. Nu vă mai aduceți aminte?

L.K.: *(nedeslușit)*

R.C.: Puteți vorbi mai tare, vă rog?

L.K.: Nu înțeleg ce vreți. De ce-mi puneți atâtea întrebări?

R.C.: Pentru că ați fost acolo. Sunteți singurul nostru martor. În seara aceasta ați văzut murind nouă oameni. Au fost făcuți bucăți, doamnă doctor Kyle.

L.K.: *(nedeslușit)*

R.C.: Doamnă doctor Kyle?

L.K.: Ochii ăia... Era ca și cum ai fi privit în iad. Ca și cum ai fi căzut într-o beznă nesfârșită. Credeți în iad, detectiv Chernow?

R.C.: Ai cui erau ochii aceia?

L.K.: Nu erau omenești. Nu se poate să fi fost omenești.

R.C.: Încă vorbiți de domnul Letourneau?

L.K.: Nu pot să mă gândesc la asta. Trebuie să mă gândesc la copil.

R.C.: Ce-ați văzut? Spuneți-mi ce-ați văzut.

L.K.: Vreau să merg acasă. Nu vreau să mai vorbesc despre asta. Nu mă forțați.

R.C.: Ce anume i-a omorât pe oamenii aceia, doamnă doctor Kyle?

(Pauză)

R.C.: Doamnă doctor Kyle, sunteți bine?

(Pauză)

R.C.: Doamnă doctor?

(Pauză)

R.C.: Doamnă doctor?

4

Bernard Kittridge, cunoscut drept „Ultima redută din Denver", își dădu seama că trebuie să plece în dimineața când luminile se stinseră.

Se întrebă ce îi luase atât de mult. Nu puteai ține în stare de funcționare o rețea electrică municipală dacă nu aveai oameni care să se ocupe de ea, iar, din câte vedea Kittridge de la fereastra celui de-al nouăsprezecelea etaj, nu mai rămăsese nici picior de om în tot orașul Denver.

Dar asta nu însemna că era singur.

Își petrecuse primele ore ale dimineții – o dimineață frumoasă și senină din prima săptămână a lui iunie, cu temperaturi între 21 și 26°C și cu șanse mari ca monștrii sugători de sânge să apară pe la asfințit – stând la soare în balconul penthouse-ului pe care-l ocupase încă din a doua săptămână de când se declanșase criza. Era un loc imens, ca un palat suspendat; numai bucătăria era cât tot apartamentul lui Kittridge. Gustul proprietarului era mai degrabă auster: scaune de piele la care îți venea mai degrabă să te uiți decât să te așezi pe ele, podele lucioase din travertin strălucitor, covorașe din blană, mese de sticlă ce păreau să plutească. Să pătrundă acolo fusese surprinzător de simplu. Până când se hotărâse Kittridge să facă acest lucru, jumătate din populația orașului era deja moartă, fugise ori dispăruse. Polițiști nu mai erau demult. Îi trecuse prin minte să se baricadeze într-una din vilele de pe Cherry Creek, dar, având în vedere cele văzute, voia undeva la înălțime.

Pe proprietarul penthouse-ului îl cunoștea vag, fiind un client fidel al magazinului. Îl chema Warren Filo. Norocul lui fusese că Warren trecuse pe la magazin cu doar o zi înainte de toată nebunia ca să-și cumpere echipament pentru o partidă de vânătoare în Alaska. Era tânăr, prea tânăr pentru câți bani avea – probabil câștigați pe Wall Street ori la vreo bursă de ultimă generație. În ziua aceea, cum lumea își îngâna încă veselă cântul, Kittridge îl ajutase pe Warren să-și ducă cumpărăturile la mașină. Un Ferrari, desigur. Stând în dreptul lui, Kittridge își spuse: Ai putea foarte bine să-ți iei și o plăcuță de înmatriculare pe care să scrie TICĂLOS? Întrebarea trebuie că i se citise limpede pe față, căci nici nu îi trecuse bine prin minte lui Kittridge, că Warren se și înroși stânjenit. Nu era îmbrăcat ca de obicei, la costum, ci cu o pereche de blugi și cu un tricou pe care scria FACULTATEA DE MANAGEMENT SLOAN. Voise ca Kittridge să-i vadă mașina, asta era evident, dar acum că făcuse asta, își dăduse seama cât de stupid fusese, să se dea mare cu un asemenea automobil în fața unui administrator de la Outdoor World, care probabil nu câștiga mai mult de cincizeci de mii pe an. (Cifra exactă era, de fapt, patruzeci și șase.) Kittridge râse în sinea lui de situație – ar fi putut umple o carte cu lucrurile pe care nu le știa puștiul ăsta – și lăsă să treacă o clipă, ca pentru a demonstra acest lucru. *Știu, știu,* recunoscu Warren. *E puțin cam mult. Mi-am spus că n-o să fiu niciodată unul dintre șmecherii ăia care conduc un Ferrari. Dar, pe legea mea, ar trebui să simți cum se conduce!*

Kittridge obținuse adresa lui Warren de pe factură. Când se mutase acolo – se presupunea că, în acest timp, Warren era teafăr și nevătămat în Alaska – nu trebuise decât să ia cheia corespunzătoare din biroul administratorului, să o introducă în panoul de la lift și să urce până la etajul al optsprezecelea, unde era penthouse-ul. Își desfăcuse bagajul. Un geamantan cu haine, trei lăzi cu arme, un radio cu manivelă, un binoclu cu infraroșu, o trusă de prim-ajutor, niște sticle de înălbitor, un aparat de sudură ca să sigileze ușile de la lift, laptopul lui de încredere, cu antenă portabilă, prin satelit, o cutie cu cărți și suficientă mâncare și apă cât să-i ajungă o lună întreagă. Vederea panoramică de la balcon, care se întindea pe toată partea de vest a clădirii, era de 180°, dând înspre Autostrada interstatală 25 și câmpul Mile High. Poziționase camerele de luat vederi cu senzori de mișcare la fiecare capăt al balconului, așa încât una să acopere șoseaua, cealaltă clădirea de peste stradă. Își dăduse seama că astfel avea să obțină niște filmări bune, însă cadrele cu adevărat spectaculoase aveau să fie cele în care se petreceau omorurile. Pentru această misiune, arma pe care o alesese era o mitralieră Remington 700P de calibru .338 – echilibrul perfect între precizie și putere, distanța la care putea lovi ținta ajungând până la 300 de metri. Acesteia îi atașase o lunetă video digitală cu infraroșu. Cu ajutorul binoclului, avea să-și marcheze ținta; mitraliera, montată pe un trepied la marginea balconului, avea să se ocupe de restul.

În prima noapte, fără vânt și luminată de un pătrar de lună, Kittridge împușcase șapte: cinci pe stradă, unul pe acoperișul de peste drum și încă unul prin fereastra unei bănci de la parter. Ultimul fusese cel care-i adusese faimă. Creatura sau vampirul sau orice o fi fost – termenul oficial era „persoană infectată“ – îl privise drept prin lunetă chiar înainte ca Kittridge să-i tragă un glonț în moalele capului. Încărcată pe Youtube, imaginea făcuse înconjurul lumii în doar câteva ore; până dimineață, fusese preluată de toate posturile importante de știri. Toți voiau să știe cine era bărbatul cu pricina. Bărbatul acela neînfricat, nebun și cu tendințe sinucigașe, baricadat într-un bloc turn din Denver, unde își clădise o ultimă redută.

De aici porecla Ultima Redută din Denver.

Încă de la bun început presupusese că era doar o chestiune de timp până când cineva avea să-l înlăture, CIA, NSA sau Apărarea Națională. Stârnise destulă vâlvă. Partea bună era că acest cineva ar fi trebuit să vină până în Denver ca să oprească toată tărășenia. Adresa IP a lui Kittridge era însă imposibil de detectat, protejată de o serie de servere anonime, a căror ordine se schimba în fiecare noapte. Majoritatea erau de peste hotare: în Rusia, China, Indonesia, Israel, Sudan. Locuri în care niciunei agenții nu i-ar fi fost ușor să ajungă, în cazul în care ar fi vrut să-l oprească. Video blogul lui – două milioane de vizualizări în prima zi – avea mai mult de trei sute de site-uri oglindă, adăugând și mai multe în timp. Nu durase nicio săptămână până când devenise un fenomen *bona fide* cunoscut la nivel mondial. Twitter, Facebook, Headshot, Sphere: imaginile ajunseseră peste tot fără ca el să ridice măcar un deget. Numai unul dintre fansite-urile lui avea două milioane de abonați; pe eBay, tricourile pe care scria EU SUNT ULTIMA REDUTĂ DIN DENVER se vindeau ca pâinea caldă.

Tatăl lui spunea mereu: *Fiule, cel mai important lucru în viață este să rămână ceva după tine.* Cine ar fi crezut că după Kittridge aveau să rămână filmulețe din prima linie a apocalipsei?

Și totuși, viața mergea mai departe. Soarele încă strălucea. La vest, munții își ridicau indiferenți umerii stâncoși la trecerea omului. O vreme, fusese mult fum – blocuri întregi arseseră din temelii – însă de-acum se risipise, scoțând la iveală cu o claritate stranie pustiirea care rămăsese în urmă. Noaptea, orașul era pătat de regiuni înnegrite, însă în altă parte luminile încă sclipeau prin beznă – felinare pâlpâinde, benzinării și magazine cu strălucirea lor fosforescentă de neconfundat, verande luminate de becuri lăsate aprinse până la întoarcerea stăpânilor lor. În vreme ce Kittridge stătea de veghe pe balcon, un semafor cu optsprezece etaje mai jos își vedea conștiincios de treabă, schimbându-se din verde în galben, în roșu și apoi din nou în verde.

Nu se simțea singur. Singurătatea îl părăsise acum multă vreme. Avea treizeci și patru de ani. Puțin mai multe kilograme decât și-ar fi dorit – cu piciorul lui, nu prea le putea ține la distanță –, dar încă în putere. Fusese căsătorit cândva, acum mulți ani. Acea perioadă a vieții lui și-o amintea ca pe o binecuvântare de douăzeci și trei de luni pline de sex conjugal, urmată apoi de alte douăzeci și trei de luni de țipete și urlete, de reproșuri și acuzații, până când totul se dusese la fund ca un bolovan, el având mulțumirea că de pe urma uniunii nu rămăsese niciun copil. Relația pe care o avea cu Denver nu era nici de natură sentimentală, nici personală; pur și simplu aici aterizase după ce fusese dat afară din Asociația Veteranilor. Toată lumea spunea că un veteran decorat își găsea ușor de lucru. Și poate că era adevărat. Însă Kittridge nu se grăbise. Își petrecuse jumătate de an doar citind – la început, chestiile obișnuite, romane polițiste și thrillere, ca mai apoi să descopere cărți mai substanțiale: *Pe patul de moarte, Pentru cine bat clopotele, Huckleberry Finn, Marele Gatsby*. Petrecuse o lună întreagă numai cu Melville, croindu-și cu greu drum prin a lui *Moby Dick*. Majoritatea erau cărți pe care simțea că era de datoria lui să le citească, cele pe care nu apucase să le citească în timpul școlii, și majoritatea dintre ele chiar îi fuseseră pe plac. Stând în liniștea din garsoniera lui, cu mintea rătăcită printre povești despre alte timpuri și alte vremuri, se simțea ca și cum în sfârșit pusese gura pe apă după ani întregi de sete. Ba chiar se înscrisese la câteva cursuri de la colegiul local, lucrând la Outworld Door pe timpul zilei, citind și scriindu-și lucrările pe timpul nopții ori în pauza de prânz. Era ceva în paginile acestor cărți care-l făceau să se simtă mai bine, ca un cârlig de care să te prinzi înainte să fii luat de valurile negre ale amintirilor, iar în zilele bune chiar se vedea trăind astfel o perioadă. Un trai neînsemnat, dar satisfăcător.

Însă apoi, desigur, a venit sfârșitul lumii.

În dimineața când s-a produs pană de curent, Kittridge terminase de încărcat materialul video din seara precedentă și stătea pe terasă, citind *Povestea despre două orașe* a lui Dickens – englezul Sydney Carton doar ce îi declarase dragoste veșnică Luciei Manette, logodnica nefericitului idealist Charles Darnay – când îl fulgeră gândul că dimineața aceea putea fi mai frumoasă doar cu ajutorul unei porții de înghețată. Bucătăria imensă a lui Warren – puteai deschide un restaurant de cinci stele acolo – fusese, deloc surprinzător, aproape în totalitate golită de mâncare, iar Kittridge aruncase demult caserolele mucegăite în care se afla modestul conținut al frigiderului. Însă era evident că tipul avea o slăbiciune pentru înghețata Ben and Jerry's cu aromă de Chocolate Fudge Brownie, căci era plin congelatorul. Nu cu Chunky Monkey, Cherry Garcia sau Phish Food, nici măcar cu vanilie simplă. Doar Chocolate Fudge Brownie. Lui Kittridge i-ar fi plăcut puțină diversitate, având în vedere că nu avea să mai fie înghețată o vreme, dar cum nu avea altceva de mâncare în afară de supă la conservă și biscuiți sărați, nu voia să se plângă. Punându-și cartea pe brațul scaunului, se ridică și păși dincolo de ușa glisantă înăuntrul penthouse-ului.

Până să ajungă în bucătărie, începuse deja să simtă că era ceva în neregulă, deși nu-și putea da seama ce anume. Înțelese abia când a deschis cutia și a afundat lingura în terciul moale și topit de Chocolate Fudge Brownie.

Dădu să aprindă lumina. Nimic. Umblase prin apartament, încercând toate lămpile și întrerupătoarele. Același rezultat.

Kittridge se opri în mijlocul sufrageriei și trase adânc aer în piept. Bine, își spuse el, în regulă. Era de așteptat. Ba chiar s-a întâmplat mult prea târziu. Își verifică ceasul de la mână: 9:32 a.m. Soarele apunea puțin după opt. Avea zece ore și jumătate să-și ia tălpășița.

Își strânse în grabă un rucsac cu provizii: batoane proteice, sticle cu apă, șosete și lenjerie curată, trusa de prim ajutor, o jachetă călduroasă, o sticlă de Zyrtec (alergiile îi făcuseră viața un calvar toată primăvara), o periuță de dinți și o lamă de ras. Preț de o clipă, se gândi chiar să ia cu el *Povestea a două orașe*, dar nu era deloc practic și, cu o urmă de regret, o puse deoparte. În dormitor, își puse pe el un tricou care absoarbe umezeala și o pereche de pantaloni de teren, iar pe deasupra o vestă de vânătoare și o pereche de bocanci ușori. Se gândi câteva minute ce arme să-și ia, înainte să se hotărască asupra unui cuțit, două pistoale Glock de calibru .19 și a carabinei model polonez AK, cu pat pliabil: inutilă de la distanță, dar foarte bună de aproape, unde se aștepta să fie. Pistoalele se potriveau perfect în tocul de la brâu. Umplu buzunarele vestei cu cartușe încărcate, plie patul carabinei, își puse rucsacul pe umeri și se întoarse pe terasă.

Atunci băgă de seamă semaforul din stradă. Verde, galben, roşu. Verde, galben, roşu. Ar fi putut să fie doar o coincidenţă, dar se îndoia.

Îl găsiseră.

Frânghia era prinsă de un jgheab de pe acoperiş. Îşi puse hamul, îl fixă de frânghie şi îşi trecu peste balustradă mai întâi piciorul cel bun, apoi pe cel beteag. Nu avea o problemă cu înălţimile, însă tot nu se uită în jos. Era cocoţat pe marginea balconului, cu faţa spre ferestrele penthouse-ului. În depărtare, auzea zgomotul făcut de un elicopter ce se apropia.

Ultima Redută din Denver căzuse.

Îşi luă avânt, lăsându-şi trupul în jos, tot mai în jos. Un etaj, două, trei, frânghia îi aluneca nestingherită printre mâini: ateriză pe balconul apartamentului cu patru etaje mai jos. Îl străbătu un junghi familiar pornit din genunchiul stâng; strânse din dinţi ca să alunge durerea. Elicopterul era şi mai aproape acum, zgomotul elicelor lui era amplificat de clădiri. Îşi dădu hamul jos, scoase unul dintre pistoale şi trase un singur foc în geamul uşii de la balcon.

Aerul din apartament era stătut, ca interiorul unei cabine care fusese izolată peste iarnă. Mobilă masivă, oglinzi suflate cu aur, o pictură în ulei a unui cal deasupra şemineului; de undeva venea un iz de putreziciune. Traversă încăperea cufundată în nemişcare fără să arunce vreo privire prin jur. Se opri în dreptul uşii ca să ataşeze o lanternă de ţeava puştii şi ieşi în hol, îndreptându-se spre scări.

În buzunar avea cheile de la Ferrari, parcat în garajul subteran al clădirii, şaisprezece niveluri mai jos. Kittridge deschise cu umărul uşa de la casa scării, scanând locul cu lanterna puştii. Era liber. Luă o faclă de semnalizare din buzunarul vestei şi îi deschise cu dinţii capacul din plastic, scoţând la iveală butonul de aprindere. Cu un pocnet asurzitor, facla începu să-şi reverse ploaia de scântei. Kittridge o ridică deasupra capului, ţinti şi îi dădu drumul; dacă era ceva acolo jos, avea să afle cât de curând. Urmări cu privirea cum cade facla, lăsând în urma ei o dâră de fum. La un moment dat, se lovi de o balustradă şi ieşi din câmpul vizual. Kittridge numără până la zece. Nimic, nicio mişcare.

Trei facle mai târziu ajunse jos; o ușă grea de oțel, care se deschidea împingând de o bară și cu o ferestruică din sticlă ranforsată, ducea la garaj. Podeaua era plină de gunoaie: doze de suc, ambalaje de ciocolată, conserve de mâncare. Un sac de dormit mototolit și un morman de haine murdare marcau locul unde cineva dormise și se ascunsese, așa cum făcuse și el.

Kittridge cercetase garajul în ziua în care venise. Ferrariul era parcat în partea de sud-est, la o distanță de aproximativ 60 de metri. Probabil că ar fi trebuit să-l mute mai aproape de ușă, însă îi luase trei zile să găsească cheile lui Warren – cine își ține cheile de la mașină în dulăpiorul din baie? – timp în care deja se baricadase în penthouse.

Telecomanda auto avea patru butoane: două pentru uși, unul pentru alarmă și unul, spera el, ca să pornească motorul de la distanță. Apăsă pe primul.

De undeva din străfundurile garajului se auzi un bip ascuțit, pe o singură notă, urmat de huruitul gutural al motorului mașinii. Încă o greșeală: Ferrariul era parcat cu fața la perete. Ar fi trebuit să se gândească la asta. Nu numai că asta avea să-l încetinească, însă, dacă mașina ar fi fost parcată invers, luminile farurilor i-ar fi oferit o vedere mai bună asupra interiorului garajului. Tot ce reușea să vadă prin ferestruica ușii din oțel era zona îndepărtată și luminoasă unde îl aștepta mașina, ca o pisică torcând în întuneric. Restul garajului era cufundat în beznă. Infectaților le plăcea să stea atârnați de tot felul de lucruri: de traverse, de țevi, de orice suprafață de care se puteau prinde. Până și o crăpătură mică le-ar fi fost suficientă. Când veneau, veneau de sus.

Trebuia să ia o decizie. Să arunce mai multe facle și să vadă ce se întâmplă? Să străbată pe furiș întunericul? Să deschidă brusc ușa și s-o ia la sănătoasa?

Atunci, de deasupra lui, Kittridge auzi ușa de la casa scării deschizându-se cu un scârțâit. Își ținu respirația și ciuli urechile. Erau doi. Se depărtă de ușă și își dădu capul pe spate. Zece etaje mai sus, două puncte roșii dansau pe pereți.

Împinse ușa și o luă la goană.

Parcursese jumătate din distanța până la Ferrari, când primul Viral ateriză în spatele lui. Nu mai avu timp să se întoarcă și să tragă; Kittridge continuă să fugă. Junghiul din genunchi îl ardea ca o limbă de foc, îl înțepa precum un târnăcop ajuns până la os. O senzație îndepărtată de furnicătură îl anunța totuși că, în jurul lui, garajul se trezea la viață. Deschise portiera Ferrariului, azvârli pușca și rucsacul pe scaunul din dreapta, intră în mașină și trase ușa după el. Automobilul era atât de jos, încât ar fi zis că se așezase direct pe podea. Bordul, plin de cadrane și butoane misterioase, lucea precum cel al unei navete spațiale. Lipsea ceva. Unde era schimbătorul de viteze?

Un drug de fier, asta fu tot ce văzu Kittridge în fața ochilor. Viralul se urcase pe capotă, așezându-se pe vine cu trupul lui reptilian. Preț de o clipă, îl privi cu răceală, prădătorul contemplându-și prada. Era gol, în afară de ceasul de la mână, un rolex strălucitor, mare cât un cub de gheață. *Warren?* se gândi Kittridge, căci tânărul purtase unul asemănător în ziua în care îl condusese la mașină. *Warren, amice, tu ești? Pentru că dacă ești, nu mi-ar strica un mic sfat despre cum să pornesc chestia asta.*

Atunci, cu vârful degetelor, descoperi două manete poziționate dedesubtul volanului. Padele. Ar fi trebuit să se gândească și la asta. În sus ca să facă dreapta, în jos ca să facă stânga, întocmai ca la o motocicletă. Ca să dea cu spatele trebuie să fi fost un buton pe undeva la bord.

Cel pe care scrie R, geniule, ăla!

Apăsă butonul și călcă ambreiajul. Prea repede: cu un scârțâit de roți, mașina țâșni înapoi, izbindu-se de stâlpul de ciment. Kittridge fu azvârlit în scaun, apoi din nou înainte, capul lovindu-i-se de geamul gros al portierei cu un bubuit puternic. Creierul îi țiuia ca un diapazon; dinaintea ochilor îi jucau particule de lumină. Era ceva captivant la ele, captivant și frumos, însă o altă voce dinăuntrul lui îi spuse că, dacă stătea să contemple această scenă, chiar și preț de o clipă, însemna să moară. Viralul, care între timp se dăduse jos de pe capotă, acum se ridica de la podea. Fără îndoială că avea să încerce să-l scoată afară direct prin parbriz.

Două puncte roşii apărură atunci pe pieptul Viralului.

Cu o iuţeală nemaivăzută, arătarea îşi luă privirea de la Kittridge şi se asmuţi asupra soldaţilor care intrau prin uşa de la casa scării. Kittridge răsuci volanul şi apucă padela dreaptă, acţionând transmisia pe când apăsa acceleraţia. O zdruncinătură, apoi o izbucnire de viteză: fu aruncat în scaun, pe când auzi bubuitura unei puşti automate. Chiar când crezuse că pierduse controlul maşinii, reuşi încă o dată să o îndrepte, pereţii garajului trecând cu iuţeală pe lângă el. Soldaţii îi oferiseră doar o clipă de avantaj; o privire aruncată degrabă prin oglinda retrovizoare, şi Kittridge văzu, în lumina farurilor din spate, ceea ce părea a fi un corp omenesc sărind în aer, explozia azvârlindu-i rămăşiţele în toate direcţiile. Cel de-al doilea soldat nu se vedea pe nicăieri, deşi Kittridge ar fi pus pariu că era mai mult ca sigur deja mort, zăcând bucăţi pe undeva.

Nu mai privi în urmă.

Rampa care dădea spre stradă era cu două etaje mai sus, în celălalt capăt al garajului. Pe când Kittridge vira la primul colţ, motorul vuind, roţile scrâşnind, alţi doi Virali se lăsară din tavan şi îi blocară drumul. Pe unul îl luă sub roţi cu un trosnet înfundat, însă al doilea sări ca un alergător într-o cursă cu obstacole pe deasupra Ferrariului care gonea. Kittridge rămase mut de uimire, ba chiar de admiraţie. Pe când era la şcoală, învăţase că nu puteai prinde o muscă cu mâinile goale, fiindcă musca percepea timpul altfel: în mintea ei, o secundă era cât o oră, iar o oră cât un an. Aşa era şi cu infectaţii. Păreau a fi în afara timpului.

Erau peste tot acum, ieşind din toate ascunzătorile posibile. Se aruncau asupra maşinii ca nişte kamikaze, împinşi de nebunia foamei lor. El trecea printre ei, azvârlindu-le trupurile în aer, chipurile lor monstruoase şi deformate izbindu-se de parbriz, înainte să fie aruncaţi cât colo. Încă două întoarceri şi avea să fie liber, însă unul dintre Virali i se agăţase acum de capotă. Kittridge frână ca să ia colţul, alunecând uşor pe cimentul umed, forţa deceleraţiei făcându-l pe Viral să se rostogolească pe capotă. O femeie: părea să fie îmbrăcată, dintre toate lucrurile, cu o rochie de mireasă. Prinzându-se cu degetele de spațiul liber dintre capotă și parbriz, se așeză în patru labe. Gura ei, o capcană cu dinți însângerați, era larg deschisă; la baza gâtului îi atârna un crucifix mic de aur. *Îmi pare rău de ce s-a ales de nunta ta*, își spuse Kittridge, scoțând unul dintre pistoale, fixându-l deasupra volanului și trăgând prin parbriz.

Luă iute și ultimul colț. Înaintea sa, o rază aurie de soare îi lumina calea. Kittridge urcă rampa cu 110 km/h, fără să-și ia piciorul de pe accelerație. Ieșirea era blocată de un grilaj de fier, însă acesta era doar un obstacol minor sau nici măcar atât. Kittridge poziționă mașina, apăsă până la capăt accelerația și se ghemui înainte.

O izbitură violentă; preț de două secunde prelungi, care de altfel părură cât o eternitate, Ferrariul zbură. Se avântă spre soare, aterizând pe trotuar cu o bufnitură care-i zgâlțâi toate oasele. De sub șasiu ieșiră scântei. Liber în sfârșit, însă acum avea o nouă problemă: nu putea să oprească. Avea să intre în banca de vizavi. Pe când Kittridge acroșă parapetul din mijlocul șoselei, apăsă frâna și viră la stânga, pregătindu-se de impact. Însă nu fu nevoie; cu un scârțâit de roți, cauciucurile mușcară din asfalt și Kittridge se trezi că gonește în josul străzii, spre dimineața primăvăratică.

Trebuia s-o recunoască. Ce anume îi spusese Warren? *Pe legea mea, ar trebui să simți cum se conduce!*

Era adevărat. Kittridge nu mai condusese în viața lui așa o mașină.

5

O vreme, care în definitiv nici nu însemna atât de mult, bărbatul cunoscut drept Lawrence Grey – fost deținut la penitenciarul de bărbați Beeville și înregistrat ca agresor sexual în Departamentul Siguranței Publice din Texas; angajat civil al proiectului NOE și al Diviziei de Arme Speciale, Grey, zis și Sursa, Dezlănțuitorul Nopții, Familiarul Celui numit Zero – nu fu de găsit. Era nimic și nicăieri, o creatură anihilată, fără amintiri și fără trecut, conștiința lui împrăștiată de-a lungul unei mări nețărmurite și fără sfârșit. O mare întinsă și întunecată de voci care-i șopteau numele. Grey, Grey! Erau acolo și totuși nu, chemându-l pe când rătăcea singur, unul cu întunericul, pierdut într-un ocean de veșnicie; iar deasupra tuturor, stelele.

Însă nu numai stelele, căci de-acum apăruse și o lumină – o lumină blândă și aurie care i se revărsa pe chip. Dâre de umbră se mișcau de-a lungul ei, învârtindu-se ca niște moriști, iar odată cu lumina venise și un sunet: ca bătaia unei inimi, un duduit care pulsa în ritm cu propria rotație. Grey urmări cu privirea această lumină minunată, care se învârtea; iar prin minte îi trecu gândul că ceea ce vedea era însuși Dumnezeu. Lumina era Dumnezeu din ceruri, alunecând pe suprafața apei, mângâind chipul lumii precum marginea unei perdele, atingându-și și binecuvântându-și creația.

Această revelație înflori înăuntrul lui Grey într-o dulce izbucnire. Ce fericire! Câtă putere de înțelegere și de iertare! Lumina era Dumnezeu, iar Dumnezeu era iubire; Grey nu trebuia decât să se ducă acolo, să pășească în lumină, ca să simtă acea dragoste de-a pururi. Atunci auzi un glas:

E timpul, Grey.

Vino la mine!

Simți cum se înalță. Și, pe când se ridica, cerul își desfăcu aripile, gata să-l primească, gata să-l poarte spre lumina care era aproape imposibil de suportat. Și iat-o: strălucirea orbitoare și aducătoare de uitare, întocmai ca propriul țipăt.

Grey se înălța. Grey renăștea.

Deschide ochii, Grey!

Făcu întocmai, deschise ochii. Vederea i se limpezi. O siluetă întunecată se învârtea deasupra feței lui, stingherindu-l.

Era un ventilator de tavan.

Clipi ca să-și scoată mizeria din ochi. Simțea în gură un gust amar, ca de cenușă umedă. Încăperea în care zăcea purta amprenta inconfundabilă a unui motel – fața de pernă ieftină și aspră, salteaua lăsată și tavanul umflat de deasupra, mirosul de aer stătut care-i inundă nările. Își simțea capul gol ca o găleată în care picură apă, corpul lui, o masă fără formă, nedefinită precum gelatina. Avea nevoie de o forță dincolo de puterile lui numai ca să-și miște capul. Încăperea era luminată de o rază strălucitoare care răzbătea printre draperii. Deasupra lui, ventilatorul se învârtea și se tot învârtea, mișcându-se din soclul lui, elicele lui uzate scârțâind ritmic. Imaginea era la fel de usturătoare pentru simțurile lui ca sărurile mirositoare, și totuși nu-și putea lua privirea. (Nu mai auzise el sunetul ăsta sacadat, parcă într-un vis? Și o lumină strălucitoare, care-l ridica în aer? Nu-și mai aducea aminte.)

– Bun, te-ai trezit.

Stând pe marginea unui al doilea pat, cu privirea îndreptată în jos, se afla un bărbat. Un bărbat măruntel, blând, pe care salopeta se așeza ca un maț pe cârnat. Unul dintre civilii angajați în proiectul NOE, cunoscuți drept măturători: oameni ca Grey, a căror sarcină era să curețe pișatul și rahatul, să salveze datele de pe drive și să-i urmărească pe bețe ore în șir, înnebunind încet-încet; toți agresori sexuali până la unul, urâți și dați uitării, oameni fără un trecut de care să-i pese cuiva să-și amintească, cu trupurile îmbibate de hormoni, cu mințile și spiritul neutralizate precum un câine castrat.

– Credeam că ventilatorul o să-și facă treaba. Sincer să fiu, nici nu mă pot uita la el.

Grey încercă să răspundă, însă nu reuși. Își simțea limba arsă de parcă ar fi fumat un miliard de țigări. Vederea i se încețoșă încă o dată; capul îi crăpa de durere, fir-ar să fie! Erau ani de când nu mai pusese gura pe mai mult de două beri o dată – de la medicamente, ți-era tot timpul somn și nu prea mai aveai chef de nimic –, însă Grey își amintea cum se simțea o mahmureală. Exact așa. Iar asta era cea mai rea mahmureală din lume.

– Ce s-a întâmplat, Grey? Ți-a mâncat pisica limba? Bărbatul chicoti din cauza unei glume știute numai de el. Știi, asta e chiar amuzant, având în vedere circumstanțele. N-aș refuza niște tartar de pisică. Își ridică privirea spre Grey, înălțând din sprâncene: Nu fi așa mirat! O să vezi ce am vrut să spun. Durează câteva zile până își face efectul, dar o să-l simți din plin.

Grey își aminti numele bărbatului: Ignacio. Deși Ignacio pe care și-l amintea Grey era mai bătrân, mai adus de umeri, cu sprâncene groase și zburlite, cu pori în care-ți puteai parca mașina și cu fălci care atârnau ca la un câine de vânătoare. Acest Ignacio strălucea de sănătate – chiar strălucea, cu obrajii roșii, cu pielea netedă ca de bebeluș, cu ochii licărindu-i ca două pietre prețioase. Până și părul părea să-i fi întinerit. Dar nu aveai cum să-l confunzi, și asta din cauza tatuajului – cerneala de închisoare, neclară și albăstruie, o cobră care pornea de undeva de sub gulerul salopetei și i se întindea pe gât în sus.

– Unde sunt?

– Ești un răzvrătit de zile mari, știai asta? Suntem la Acoperișul Roșu.

– Unde?

El pufni.

– La afurisitul de Acoperiș Roșu, Grey! Ce credeai, c-o să ne trimită la Ritz?

Ei? se gândi Grey. Care *ei*? Și ce voia să spună Ignacio prin *trimis*? Să ne trimită cu ce scop? Atunci observă Grey că Ignacio strângea ceva în mână. Un pistol?

– Iggy? Ce faci cu ăla?

Ignacio ridică leneș arma, un pistol cu țeava lungă de calibru .45, și o privi încruntat.

– Nu prea multe, aparent. Își îndreptă capul spre ușă. Au fost și ceilalți aici o vreme. Dar acum nu mai sunt.

– Care ceilalți?

– Haide, Grey! Doar îi cunoști pe băieți. Slăbănogul George, Eddie cum l-o mai fi chemând, Jude cu coada de cal. Privi dincolo de Grey, spre perdele. Sincer să fiu, nu mi-a plăcut niciodată. Am auzit ce-a făcut, nu că aș fi eu în măsură să-l judec. Dar tipul ăla era de-a dreptul dezgustător.

Ignacio vorbea despre ceilalți măturători. Dar ce căutau ei aici? Ce căuta *el* aici? Arma nu era un semn bun, însă Grey nu reușea deloc să-și amintească motivul pentru care să se fi aflat acolo. Ultimul lucru pe care și-l amintea era că-și lua cina la cantina unității: friptură de vită înăbușită cu sos din belșug, garnitură de cartofi gratinați și fasole verde și cu o cola de cireșe ca să se ducă mai bine pe gât. Era felul lui preferat; ar fi mâncat oricând vită înăbușită în sos. Deși, dacă se gândea mai bine la gustul ei grețos, simțea cum îl apucă răul de la stomac. Un val de fiere i se urcă până în gât. Fu nevoit să se oprească o clipă ca să-și revină.

Ignacio își flutură pistolul înspre ușă, fără prea mare tragere de inimă.

– Convinge-te singur, dacă vrei! Dar sunt destul de sigur că au plecat.

Grey înghiți cu greu.

– Unde au plecat?

– Asta depinde unde trebuiau să ajungă.

Grey se simțea dezorientat de-a binelea. Nici nu știa ce întrebări să-i pună. Era destul de sigur că răspunsurile nu ar fi fost pe placul lui. Poate că era mai bine dacă rămânea acolo în tăcere. Spera să nu fi făcut ceva grav, cum i se mai întâmpla pe vremuri. Cum i se întâmpla Vechiului Grey.

– Ei bine, începu Ignacio, dregându-și glasul, dacă tot te-ai trezit, eu zic că mai bine aș lua-o din loc. M-așteaptă drum lung de făcut. Se ridică și îi întinse pistolul.

Grey șovăi.

– La ce mi-ar trebui un pistol?

– Dacă îți vine cheful să, știi tu, să te împuști.

Grey era prea șocat ca să răspundă. O armă era ultimul lucru pe care și l-ar fi dorit. Dacă cineva ar găsi o armă în posesia lui, mai mult ca sigur că l-ar trimite înapoi la închisoare. Cum nu schiță niciun gest ca să ia pistolul, Ignacio i-l puse lângă măsuța de lângă pat.

– Mai gândește-te, bine? Nu te chinui, cum am făcut-o eu. O să-ți fie din ce în ce mai greu, pe măsură ce trece timpul. Uită-te numai în ce belea am intrat!

Ignacio se duse spre ușă, unde se opri ca să arunce o ultimă privire de jur împrejurul încăperii.

– Chiar am reușit, să știi. În caz că te întrebai.

Trase în piept o gură prelungă, scoțând afară aerul din obrajii umflați, și își îndreptă fața spre tavan.

– Ciudat, dar chiar nu-mi dau seama ce am făcut să merit asta. Nu se poate să fi fost atât de rău. Jumătate dintre lucrurile pe care le-am făcut nici nu au fost cu intenție. Doar că așa am fost eu lăsat, ce să-i faci. Își întoarse privirea spre Grey; ochii îi erau plini de lacrimi: Așa spunea mereu psihologul meu. „Ignacio, așa ai fost tu lăsat.“

Grey habar n-avea ce să răspundă. Câteodată era mai bine să nu spui nimic și bănuia că asta era una dintre acele dăți. Expresia de pe fața lui Ignacio îi aducea aminte de niște deținuți pe care îi cunoscuse la Beeville, bărbați care fuseseră atât de mult închiși, încât păreau ca niște zombi dintr-un film vechi. Bărbați care nu aveau la ce să se gândească decât la trecutul lor și cărora viitorul nu le rezerva decât un mare nimic.

– Ei bine, dă-o naibii! izbucni Ignacio, frecându-și nasul cu dosul palmei. N-are rost să mă mai plâng acum. Cum îți aşterni, aşa dormi. Gândește-te la ce ți-am zis, bine? Pe curând, Grey! Apoi dispăru în lumina ce se revărsa prin deschizătura ușii.

Ce să înțeleagă din asta? Grey rămase nemişcat vreme îndelungată, capul învârtindu-i-se ca un cauciuc tocit pe gheață. O parte din el nici nu știa sigur dacă era treaz sau dacă încă dormea. Trecu în revistă ce știa ca să-și țină mintea ocupată. Era întins pe un pat. Patul era într-un motel, un Acoperiș Roșu. Motelul era probabil undeva în Colorado, asta dacă presupunea că nu ajunsese prea departe. Lumina de la fereastră îi spunea că era dimineață. Nu părea să fie rănit. Cândva în ultimele douăzeci și patru de ore, poate mai mult, poate mai puțin, dar probabil nu mai mult de o zi, își pierduse cunoștința.

Trebuia să plece de acolo.

Se ridică în coate. Camera puțea a transpirație și a fum. Salopeta îi era pătată și ruptă în genunchi; era desculț. Mișcă din degete, gleznele pocnindu-i și trosnindu-i. Totul părea să fie în regulă.

Dacă stătea să se gândească, nu era oare adevărat că se simțea într-adevăr mai bine? Și nu doar mai bine, ci mult mai bine. Durerea de cap și amețeala îi dispăruseră. Vederea i se limpezise. Își simțea mâinile și picioarele stabile și puternice, cuprinse de valuri de energie proaspătă. Încă avea un gust rău în gură – primul lucru: să găsească o periuță de dinți sau un pachet de gumă –, dar, în afară de asta, Grey se simțea de zile mari.

Începu să-și miște picioarele de-a lungul podelei. Camera era mică, atât cât să încapă în ea cele două paturi, cu ale lor cuverturi portocalii cu maro, și o măsuță pe care era un televizor. Dar când ridică telecomanda ca să-l pornească, se trezi cu un ecran albastru care țiuia ca un ton de apel. Schimbă canalele; programele din grilă, CNN, The War Channel, GOVTV, toate se vedeau albastru. Ei bine, va trebui să-i spună administratorului. Deși, din câte își amintea el, nu plătise camera, iar portofelul îi fusese confiscat cu luni în urmă, când venise prima oară în unitate.

Unitatea, se gândi Grey, cuvântul căzându-i greu în stomac ca un bolovan. Indiferent de ce era adevărat sau nu, era în belea până-n gât. Nu puteai să te ridici și să pleci pur și simplu. Își aminti de Jack și de Sam, doi măturători care scăpaseră de-acolo, și de cât de furios fusese Richard. Nu voiai să-l înfurii pe Richard, asta ca s-o spună frumos. O singură privire de-a bărbatului îi întorcea lui Grey stomacul pe dos.

Poate că de-asta fugiseră măturătorii. Poate că de Richard le fusese lor frică.

Atunci îl apucă setea – sete nebună, violentă, de parcă n-ar mai fi băut de zile întregi. Își vârî capul sub robinetul de la baie și începu să bea cu nesaț, lăsând apa să-i curgă șuvoaie pe față. Ușurel, Grey! își spuse în sinea lui. O să-ți vină rău dacă bei așa.

Prea târziu; apa îi inundă stomacul ca un val care se sparge de țărm, iar în secunda următoare se trezi în genunchi, îmbrățișând scaunul de toaletă, toată apa aceea croindu-și drum afară.

Ei bine, asta fusese o prostie din partea lui. Nimeni altcineva nu era de vină. Rămase în genunchi o clipă, așteptând să-i treacă crampele și inhalând putoarea propriei vome – în mare parte apă și, la final, o masă lipicioasă, ca un gălbenuș de ou, cel mai probabil rămășițele nedigerate ale vitei înăbușite. Trebuie că-și forțase ceva, căci urechile începuseră să-i țiuie: un geamăt slab, aproape îndepărtat, întocmai ca zgomotul făcut de un motoraș care-i vâjâia înăuntrul țestei.

Se căzni să se ridice în picioare și se spălă de vomă. Pe policioară, văzu o sticluță cu apă de gură lângă săpun și loțiuni, toate neatinse, și luă o înghițitură ca să-și ia gustul rău din gură, făcând gargară îndelung și apoi scuipând în chiuvetă. Pe urmă își privi chipul în oglindă.

Primul gând care-i trecu lui Grey prin minte fu acela că era ținta unei glume: o glumă elaborată, deloc amuzantă și improbabilă, în care oglinda fusese cumva înlocuită de un geam, iar de partea cealaltă a geamului stând un bărbat mult mai tânăr și mai arătos. Dorința de a întinde mâna și a atinge această imagine fu atât de puternică, încât îi dădu curs, bărbatul din oglindă imitându-i perfect mișcările. Ce naiba? își spuse Grey în sinea lui. Apoi cu glas tare: Ce naiba? Chipul pe care-l privea era suplu, neted și atrăgător. Părul îi era pieptănat peste urechi, o coamă bogată, castaniu-închis. Ochii îi erau atât de limpezi, încât străluceau de-a dreptul. Grey nu arătase atât de bine în viața lui.

Dar îi mai atrase ceva privirea. Un fel de urmă de pe gâtul lui. Se aplecă în față, ridicându-și bărbia. Două rânduri de înțepături, ordonate circular, un capăt al cercului ajungându-i până la bărbie, celălalt până în zona claviculei. Rana avea o culoare rozalie, de parcă se vindecase recent. Când naiba se petrecuse asta? Când era copil, fusese o dată mușcat de un câine; exact așa părea. Firește, era doar o potaie bătrână luată de la adăpost, dar tot ținuse la ea, o simțea a lui, asta până când îl mușcase pe Grey de mână – fără niciun motiv; Grey nu voise decât să-i dea un biscuit –, iar tatăl lui îl târâse în curte. Două împușcături, Grey și le amintea prea bine, cea dintâi urmată de un schelălăit răsunător, a doua reducându-l pe veci la tăcere. Pe câine îl chema Buster. Grey nu se mai gândise la el de ani buni.

Dar chestia asta de pe gâtul lui de unde apăruse? I se părea cunoscută – îl făcea să aibă o senzație de déjà vu, ca și cum amintirile se stocaseră în sertarul greșit al minții lui.

Grey, nu știi?

Grey se întoarse cu spatele la oglindă.

– Iggy?

Liniște. Se duse înapoi în dormitor. Deschise șifonierul, se uită sub pat. Nu era nimeni.

Grey. Grey.

– Iggy, unde ești? Nu te mai juca cu mine!

Nu-ți amintești, Grey?

Ceva era în neregulă cu el, foarte în neregulă. Nu era vocea lui Iggy cea pe care o auzea; vocea era în capul *lui*. Fiecare lucru pe care-i cădea privirea părea să pulseze de viață. Se frecă la ochi, dar nu făcu decât să înrăutățească situația. Nu doar că avea vedenii, dar le putea și atinge, mirosi și gusta, de parcă toate conexiunile din creierul lui se amestecaseră.

Nu-ți aduci aminte... că ai murit?

Și pe dată, își aminti; amintirea îl străpunse în piept precum o săgeată. Albastrul acvatic din încăperea container și ușa care se deschisese încet; subiectul Zero ridicându-se deasupra lui, luându-și forma deplină și îngrozitoare; senzația gurii lui Zero pe curbura gâtului său și strânsoarea unor dinți plictisiți, săpând strat după strat; Zero plecând, lăsându-l singur în sunetul alarmei, al împușcăturilor și în țipetele oamenilor pe moarte; el împleticindu-se pe coridor, o viziune a iadului, sânge peste tot, mânjind pereții și podeaua, rămășițele teribile, un măcel de picioare și brațe, de piepturi cu măruntaiele pe afară; de palpitația arterială și lipicioasă atunci când își dusese degetele la gât; de aerul care ieșea din el și de lungul drum prin beznă care-l învăluia, vederea încețoșându-i-se și apoi părăsindu-l de tot.

Vai, Doamne!

Vino la mine, Grey! Vino la mine!

Țâșni afară din cameră, lumina zilei orbindu-l. Era o nebunie; el era nebun. Traversă în fugă parcarea ca un animal greoi și stângaci, fără vedere și fără direcție, cu mâinile acoperindu-i urechile. Doar câteva mașini erau risipite prin parcare, lăsate care cum, unele având chiar portierele deschise. Însă, în starea lui febrilă, mintea lui Grey nu reuși să înregistreze acest lucru, așa cum nu observă nici celelalte detalii îngrijorătoare: geamurile sparte ale hotelului; autostrada pe care nu părea să circule niciun autoturism; benzinăria goală de peste drum, cu ferestrele ei mânjite cu roșu și trupul unui bărbat sprijinit de una dintre pompe, într-o poziție de siestă spontană; restaurantul McDonald făcut praf, cu scaunele, mesele, pachetele de ketchup, jucăriile de la Happy Meal și patronii lui de diferite vârste și rase azvârlite laolaltă pe geam, într-o revărsare violentă; vălătucul de fum toxic ce se ridica dintr-o rulotă încă arzând la vreo trei kilometri depărtare; păsările. Nori uriași și învolburați de păsări mari și negre, ciori, corbi și șoricari, zburătoare de pradă planând fără țintă pe deasupra lui. Toate păreau urmările unei bătălii îngrozitoare, inundate de soarele nemilos de vară.

Ai văzut, Grey?

– Încetează! Taci din gură!

Se împiedică de ceva moale. Îl simți omenesc de umed și de cărnos sub tălpi. Îl făcu să cadă în patru labe, alunecând pe negreala aceea.

Privește lumea pe care am creat-o cu toții.

Închise ochii strâns. Se căznea să-și recapete suflul. Știa și fără să se uite că terciul de pe jos era un cadavru. Te rog, își spuse în gând, neștiind cui i se adresează de fapt. Sieși. Vocii din capul lui. Lui Dumnezeu, în care nu crezuse niciodată, dar în care era dispus să creadă de-acum. *Îmi pare rău pentru tot ce-am făcut. Îmi pare rău, îmi pare rău, îmi pare rău.*

Când, în cele din urmă, deschise ochii, toată speranța îl părăsi pe dată. Cadavrul era al unei femei. Carnea de pe chipul ei era atât de strâns lipită pe oase, încât era greu să-ți dai seama ce vârstă avea. Purta pantaloni de trening și un tricou la baza gâtului, cu o mică terminație de dantelă roz de jur împrejurul decolteului; Grey presupunea că se dăduse jos din pat și ieșise afară ca să vadă ce se întâmplă. Era lungită pe asfalt, cu spatele și umerii răsuciți. Muștele roiau deasupra ei, ieșindu-i și intrându-i în gură și în ochi. Un braț îi era întins pe asfalt, cu palma în sus; celălalt era îndoit peste piept, cu vârfurile degetelor atingându-i rana de la gât. Nu una curată, ca o tăietură sau o spintecătură. Nu, gâtul îi fusese separat de trup, mușcat până la os.

Dar nu era singură. Câmpul vizual al lui Grey se lărgi, asemenea unei camere de filmat ce se înalță ca să cuprindă întreaga scenă. La stânga lui, la vreo șase metri depărtare, era parcată o camionetă, cu portiera de pe partea șoferului deschisă. Un bărbat solid, cu pantaloni de stofă cu jartiere, fusese smuls de pe locul lui, iar acum zăcea pe jumătate înăuntru, pe jumătate afară, atârnând peste treaptă, deși capul nu-i mai era acolo; capul lui era în altă parte.

Și mai multe cadavre zăceau în apropierea intrării hotelului. Nu erau cadavre propriu-zise, ci mai degrabă rămășițe omenești.

O polițistă fusese eviscerată pe când dădea să iasă din mașina ei. Stătea cu spatele sprijinit de apărătoare, cu mâna încă încleștată pe pistol și cu pieptul desfăcut ca un palton descheiat. Un bărbat într-un trening purpuriu-aprins, cu destul aur la gât cât să umple un cufăr, fusese azvârlit în sus, trunchiul lui rămânând înțepenit ca un zmeu printre crengile unui arțar; partea de jos ajunsese pe capota unui Mercedes negru ca noaptea. Picioarele bărbatului erau încrucișate în zona gleznelor, de parcă nici nu ar fi băgat de seamă că restul corpului lipsea.

Grey ajunsese să se simtă ca într-o transă. Nu puteai să vezi așa ceva și să-ți îngădui să te simți altfel.

Cel care o făcuse nu era acolo. Două autoturisme, o Honda Accord și un Chrysler Countryside intraseră unul într-altul în apropiere de ieșire, boturile lor fiind adunate ca burduful unui acordeon. Șoferul Hondei fusese aruncat prin parbriz. Mașina lui era de altfel neatinsă, însă cealaltă fusese făcută praf. Ușa glisantă îi era smulsă și aruncată de-a lungul parcării ca un frisbee. Pe trotuar, lângă portiera deschisă, într-o grămadă de resturi – valize, jucării, un pachet extramare de scutece – zăcea cu fața în jos trupul unei femei; la mică depărtare de mâna ei întinsă, răsturnat într-o parte, era un cărucior gol. *Ce s-a întâmplat cu copilul?* se gândi Grey.

Și apoi *văzu*.

Grey alese camioneta. Nu l-ar fi deranjat să conducă un Mercedes, dar se gândi că o camionetă era mai potrivită. Avusese și el una, într-o viață care părea să nu mai conteze acum, așa că mașina era ca o amintire de care să se agațe. Îl scoase pe șoferul decapitat și îl întinse pe asfalt. Era supărător faptul că nu-i găsise capul ca să i-l poată da înapoi. Parcă nu-i venea să-l lase acolo fără el. Însă capul nu părea să fie pe nicăieri, iar Grey văzuse destule. Se uită prin jur după o pereche de pantofi mărimea 45 – orice-i făcuse Zero, nu-i micșorase piciorul în niciun fel – și alese în cele din urmă o pereche de mocasini din piele de miel, moi ca untul, puțin strâmți la degetul mare, dar, fiind din piele, aveau să se lase.

Se urcă în camionetă și porni motorul. Rezervorul era plin puțin peste trei sferturi; cu atâta benzină, Grey se gândi că o să ajungă aproape de Denver.

Când să plece, își aminti ceva. Opri mașina și se întoarse în cameră. Ținând pistolul la mică distanță de corp, intră înapoi în camionetă și îl depozită în torpedou. Apoi, doar cu arma care să-i țină de urât, băgă mașina în viteză și porni la drum.

6

Mama era în dormitor. Mama era în dormitor, nemișcată. Mama era în dormitorul în care era interzis să intri. Mama era moartă, mai precis.

După ce plec, să nu uiți să mănânci, pentru că uiți câteodată. Fă baie la fiecare două zile. Ai lapte în frigider, cereale Lucky Charms în dulap și caserolele cu hamburgeri de reîncălzit în congelator. Lasă-i o oră la 170° și nu uita să stingi cuptorul după ce termini. Fii băiat bun, Danny. Te iubesc acum și întotdeauna. Dar nu mai pot trăi cu frică. Cu dragoste, mama.

Lăsase biletul sub recipientele de sare și de piper de pe masa din bucătărie. Lui Danny îi plăcea sarea, nu și piperul, care-l făcea să strănute. Zece zile trecuseră – Danny știa asta după zilele pe care le tăia din calendar în fiecare dimineață –, iar biletul era tot acolo. Nu știa ce să facă cu el. Toată casa mirosea îngrozitor, așa cum mirosea un raton sau un oposum după ce era călcat de mașini iar și iar.

Nici laptele nu mai era bun. Neavând curent, se stricase, îi simțea în gură gustul cald și neplăcut. Încercase să mănânce cerealele cu apă de la robinet, dar nu era la fel, nimic nu mai era la fel, fiecare zi era diferită, fiindcă mama era în dormitor. Noaptea, stătea pe întuneric în camera lui, cu ușa închisă. Știa unde ținea mama lumânările, erau în dulapul de deasupra chiuvetei, unde-și ținea și sticla de Popov pentru când o apucau nervii, dar nu avea voie cu chibriturile. Erau trecute pe listă. Nu era o listă propriu-zisă, ci doar niște lucruri pe care nu avea voie se le atingă ori să le folosească. Cum ar fi prăjitorul, pentru că apăsa butonul în sus și în jos până când ardea pâinea cu totul. Sau pistolul din noptiera mamei, pentru că nu era de jucărie, chiar te puteai împușca cu el. Sau fetele din autobuz, fiindcă lor nu le-ar plăcea, iar el n-ar mai fi avut voie să conducă Numărul 12, ceea ce ar fi fost de rău. Ar fi fost cel mai rău lucru care ar fi putut să i se întâmple lui Danny Chayes.

Fără curent electric însemna și fără televizor, adică nu putea să-și urmărească nici desenele lui cu Thomas. Thomas era pentru băieței, mama îi spusese asta de un milion de ori, dar terapeutul lui, doctorul Francis, îi spusese că se putea uita, atâta vreme cât Danny încerca și alte lucruri. Preferatul lui era James. Lui Danny îi plăceau culoarea lui roșie și vagonul lui asortat de cărbuni, vocea pe care i-o dădea naratorul, atât de suavă, încât simțea furnicături pe dinăuntrul gâtului. Lui Danny îi era greu să citească fețele oamenilor, însă expresia trenurilor din *Thomas și prietenii lui* era întotdeauna precisă și ușor de urmărit, plus că replicile pe care și le dădeau erau amuzante, la fel și farsele pe care și le făceau. Ca atunci când au schimbat macazul, iar Peter a intrat direct în depozitul de cărbuni. Sau când au turnat ciocolată peste Gordon, care trăgea rapidul, pentru că era o locomotivă atât de îngâmfată. Copiii din autobuz râdeau de Danny, strigându-l Topham Hatt și cântând cântecul de început cu niște cuvinte urâte, nu cu cele adevărate, însă, de cele mai multe ori, Danny nu-i lua în seamă. Era totuși un băiat, pe nume Billy Nice[1], care numai de treabă nu era. Era în clasa a șasea, deși Danny ar fi zis că rămăsese repetent de câteva ori, și asta din cauză că avea un corp dezvoltat ca al unui adult. În fiecare dimineață venea la școală doar cu o carte în mână, rânjind la Danny când urca în autobuz și dând palma cu ceilalți băieți pe măsură ce înainta pe culoarul dintre scaune, lăsând în urma lui miros de țigară.

---

[1] În engleză, joc de cuvinte, *nice* însemnând „amabil, de treabă“ (n. tr.).

Hei, Topham Hatt, cum merg azi lucrurile pe Insula lui Sodor? E adevărat că lui lady Hatt îi place s-o ia în vagonul din spate?

Ha-ha-ha, râdea Billy. Ha-ha-ha. Danny nu-i răspundea niciodată, pentru că n-ar fi făcut decât să înrăutățească lucrurile; și nici domnului Purvis nu-i pomenise nimic, fiindcă știa ce i-ar fi zis. *Fir-ar să fie, Danny de ce-l lași pe rahatul ăla să se poarte așa cu tine? Numai Dumnezeu știe cât ești de ciudat, dar ar trebui să te aperi. Tu ești la cârma corabiei. Dacă lași să se iște răzmeriță, te trezești apoi că totul se duce pe apa sâmbetei.*

Lui Danny îi plăcea domnul Purvis, controlorul. Domnul Purvis fusese dintotdeauna prieten cu Danny și cu mama lui. Mama era una dintre doamnele de la cantină, așa că se cunoșteau, iar domnul Purvis mereu venea pe la ei, reparând lucruri prin casă, ca de exemplu sistemul de evacuare sau vreo scândură desprinsă de pe verandă, chiar dacă avea o soție a lui, pe doamna Purvis. Era un bărbat solid și chel, căruia îi plăcea să fluiere printre dinți și care-și trăgea întruna pantalonii. Câteodată venea în vizită noaptea, după ce Danny era deja în pat; Danny auzea televizorul mergând în sufragerie și pe ei doi vorbind și râzând. Lui Danny îi plăceau nopțile acelea. Îi dădeau o senzație plăcută, un moment fericit. Când cineva întreba unde e tatăl lui Danny, mama lui răspundea că „ieșise din peisaj“, ceea ce era perfect adevărat. Erau poze cu mama prin casă, poze cu Danny și poze cu ei doi împreună. Însă nu văzuse niciuna cu tatăl lui. Danny nici măcar nu știa numele bărbatului.

Autobuzul fusese ideea domnului Purvis. El îl învățase pe Danny să conducă în parcarea de la depou, mersese cu el să dea examenul pentru obținerea permisului de conducere de categoria B și îl ajutase să completeze actele necesare. Mama nu fusese prea încântată la început, pe motiv că avea nevoie de Danny s-o ajute la treburile casei, fiindcă era o locomotivă de nădejde, și din cauza Serviciului Social, care însemna bani de la guvern. Însă Danny cunoștea adevăratul motiv, și anume faptul că era diferit și special. Pentru o slujbă, îi explicase mama, folosind vocea ei grijulie, o persoană trebuie să se poată „adapta“. Se pot întâmpla tot felul de lucruri. Să luăm cantina, de exemplu. Câteodată serveau hot-dog, altădată lasagna, altădată aripioare de pui. Meniul zicea una, dar te puteai trezi să primești altceva; n-aveai de unde să știi. Și nu l-ar deranja așa ceva?

Dar un autobuz nu era o cantină. Un autobuz era un autobuz și circula după un program bine stabilit. Când Danny se afla la volan, simțea acel moment fericit mai mult și mai intens decât oricând. Să conducă un autobuz! Unul mare și galben, cu scaunele dispuse rânduri-rânduri, cutia de viteze cu șase trepte, plus marșarier, totul așezat frumos și ordonat dinaintea lui. Nu era un tren, dar era pe aproape, iar în fiecare dimineață ieșea din depou, închipuindu-și de fiecare dată că era Gordon, Henry sau Percy ori însuși Thomas.

Era mereu punctual. Patruzeci și două de minute de la depou la capătul de linie, 13,2 kilometri, nouăsprezece opriri, douăzeci și nouă de pasageri fix. *Robert-Shelly-Brittany-Maybeth-Joey-Darlal/Denise (gemenii)-Pedro-Damien-Jordan-Charlie-Oliver (Tipul-O)-Sasha-Billy-Molly-Lyle-Dick (Cretin)-Richard-Lisa-McKenna-Anna-Lily-Matthew-Charlie-Emily-JohnJohn-Kayla-Sean-Timothy*. Câteodată îl așteptau la colțul străzii însoțiți de câte un părinte, de vreo mamă în halat sau de vreun tată la costum și cravată, în mână cu o cană de cafea. *Cum merge azi, Danny?* îl mai întrebau ei, afișând pe chip zâmbetul de bună dimineața. *O persoană ar putea să-și regleze ceasul după tine*.

Fii locomotiva mea de nădejde! îi spunea mama întotdeauna, iar Danny asta făcea.

Dar acum copiii nu mai erau. Și nu numai copiii, ci toată lumea dispăruse. Mama, domnul Purvis și poate chiar toți oamenii din lume. Nopțile erau întunecate și cufundate în nemișcare, nicio lumină nu era aprinsă pe nicăieri. O vreme, fusese mult zgomot – oameni țipând, sirene sunând, camioane de armată vuind în josul străzii. Auzise împușcături. *Poc!* făceau armele. *Poc-poc-poc-poc!* În ce trăgeau, Danny ar fi vrut să știe, însă mama refuzase să-i spună. Tot ea îi spusese să rămână înăuntru, pe tonul ei hotărât, să nu dea drumul la televizor și să stea departe de geamuri. Dar cum rămâne cu autobuzul, o întrebase Danny, iar mama nu-i zisese decât atât:

Fir-ar să fie, Danny, lasă autobuzul! Nu se face școală azi. Dar mâine? o întrebase Danny. Iar mama îi răspunsese: Nici mâine.

Fără autobuz, nu știa ce să facă. Își simțea creierul pocnindu-i ca boabele de porumb într-o tigaie încinsă. Își dorea ca domnul Purvis să vină în vizită și să se uite la televizor cu mama, asta o făcea mereu să se simtă mai bine, dar nu venea. Lumea amuțise, așa cum era și acum. Erau monștri afară. Danny își dăduse și el seama de atâta lucru. Ca, de exemplu, femeia de peste drum, doamna Kim. Doamna Kim preda vioară, copiii veneau la ea acasă pentru lecții, iar în zilele de vară ferestrele erau deschise, așa că Danny îi putea auzi cântând, *Strălucește, mică stea*, *Mary avea un mielușel* și altele pe care nu le știa după nume. Acum nu se mai auzea nicio vioară, iar doamna Kim atârna peste balustradă.

Apoi, într-o noapte, Danny o auzise pe mama plângând în dormitor. Mai plângea așa din când în când, de una singură, era ceva normal și firesc, de care Danny nu trebuia să-și facă griji, însă de data aceasta părea diferit. Multă vreme a stat întins în pat, întrebându-se cum era să simți ceva atât de trist, însă pentru el o asemenea idee era ca un obiect de pe un raft la care nu putea ajunge. Mai târziu, se trezi în întuneric simțind că îl atinge cineva pe păr, deschise ochii și o văzu stând acolo. Lui Danny nu-i plăcea să fie atins, îi dădea o senzație neplăcută, dar era în regulă când o făcea mama, în mare parte pentru că se obișnuise cu ea. Ce-i, mamă? întrebase Danny. Ce s-a întâmplat? Dar ea spusese doar: Taci, taci acum, Danny! Ținea ceva în poală, înfășurat într-un prosop. Te iubesc, Danny. Știi cât de mult de iubesc? Și eu te iubesc, mamă, spusese el, fiindcă așa se răspundea cuiva care spunea te-iubesc, și îi simțise mâna mângâindu-l până adormi la loc, iar de dimineață ușa de la dormitorul ei era închisă. Nu o deschise. Danny știa. Nu avea nevoie să se uite.

Se hotărî să se ducă la autobuz până la urmă.

Pentru că poate nu era singura persoană rămasă în viață. Pentru că-l făcea fericit să conducă autobuzul. Pentru că nu știa ce altceva să facă, cu mama în dormitor, cu laptele stricat și cu toate zilele care trecuseră.

Își pregătise hainele cu o seară înainte, așa cum făcea mama întotdeauna, o pereche de pantaloni kaki, o cămașă cu guler alb, pantofi maro cu șiret și ceva pentru prânz. Nu mai rămăsese mare lucru de mâncare, doar niște unt de arahide, niște biscuiți sărați cu făină integrală și o pungă cu bezele stătute, însă pusese bine o sticlă de Mountain Dew, pe care o băgă în rucsac, laolaltă cu briceagul și bănuțul lui norocos. Se duse apoi la șifonier ca să-și ia șapca, șapca lui cu dungi alb-albastre pe care mama i-o cumpărase din Orășelul Trenurilor. Acesta era un parc de distracții, unde copiii se puteau da în trenulețe precum Thomas. Danny se ducea acolo de când era mic, era locul lui preferat din toată lumea, dar acum Danny nu mai încăpea în trenulețe, cu picioarele lui mari și cu mâinile lui lungi, așa că îi plăcea să se uite cum se învârt iar și iar și cum scot rotocoale mici de fum din coșurile lor. În afară de dățile când se ducea în Orășelul Trenurilor, mama nu-l lăsa să poarte șapcă în afara casei, pe motiv că oamenii ar râde de el, însă Danny fu de părere că era în regulă dacă o purta acum.

Plecă la drum în zori. Cheile de la autobuz erau în buzunarul pantalonilor, le simțea pe coapsă. Depoul era la 5,14 kilometri fix. Nici nu ieșise bine de pe strada lui, că văzu primele cadavre. Unele erau încă în mașinile lor, altele zăceau pe peluze, peste tomberoanele de gunoi ori atârnau prin copaci. Pielea li se făcuse cenușiu-albăstruie, ca a doamnei Kim, hainele stăteau să le plesnească peste membrele care se umflaseră în arșița verii. Era o imagine cât se poate de neplăcută, ciudată, dar și interesantă; dacă ar fi avut mai mult timp la dispoziție, Danny s-ar fi oprit să se uite mai de-aproape. Peste tot era plin de gunoaie, bucăți de hârtie, pahare de carton și pungi de cumpărături care zburau prin aer, lucru care lui Danny nu-i plăcea. Oamenii nu ar trebui să facă mizerie.

Când ajunse la depou, simțea soarele încălzindu-i umerii. Majoritatea autobuzelor erau acolo, dar nu toate. Erau parcate unul lângă altul, cu spații goale pe ici, pe colo, ca o gură cu dinți lipsă. Însă autobuzul lui Danny, numărul 12, îl aștepta la locul lui obişnuit. Existau multe tipuri de autobuze pe lume, autobuze de transfer, autobuze de închiriat, autobuze pentru curse interne şi altele pentru curse externe, iar Danny ştia totul despre ele. Era ceva ce-i plăcea să facă – să înveţe tot ce era de învăţat despre un anumit lucru. Autobuzul lui era un Redbird 450, modelul Foresight. Construit după cele mai precise standarde tehnice, având un cadru rezistent, sistem Easy Hood Assist™, bord modern, care afişa toate informaţiile necesare, oferind o gamă largă de date operatorilor şi tehnicienilor de la service, şi şasiu ergonomic de tip Redbird Comfortride™, 450 fiind alegerea numărul unu în ceea ce priveşte siguranţa, calitatea şi durata lungă de viaţă din industria actuală.

Danny urcă în el şi răsuci cheia în contact; pe când uriaşul motor Caterpillar se trezi cu un zumzet la viaţă, simţi cum o căldură îi inundă stomacul. Îşi verifică ceasul: 6:52. Când limba cea mare lovi cifra doisprezece, băgă autobuzul în viteză şi porni la drum.

I se păru ciudat la început, să conducă de-a lungul străzilor pustii, însă până când Danny ajunse la prima staţie – familia Mayfields, la Robert şi Shelley – intrase deja în ritmul dimineţii. Era uşor să-şi închipuie că era o zi ca oricare alta. Opri autobuzul în staţie. Ei bine, Robert şi Shelley întârziau câteodată. El îi mai claxona, iar ei ieşeau în fugă din casă. Mama le striga în urma lor să fie cuminţi şi să se simtă bine, făcându-le cu mâna. Casa lor nu era cu mult mai mare decât cea în care locuiau Danny şi mama, dar era mai frumoasă, vopsită în culoarea dovleacului şi având o verandă mare, cu balansoar. Primăvara erau întotdeauna coşuri cu flori atârnând de balustradă. Coşurile erau încă acolo, însă florile se veştejiseră toate. Iar gazonul trebuia tuns. Danny îşi întinse gâtul ca să vadă prin parbriz. O fereastră de la etajul al doilea arăta ca şi cum ar fi fost smulsă din cadru. Oblonul încă atârna în spaţiul unde fusese geamul, ieşit în afară ca o limbă. Claxonă şi aşteptă un minut. Nu ieşi nimeni.

Şapte şi opt. Mai avea de ajuns şi în alte staţii. Porni mai departe, ocolind cu autobuzul un Prius răsturnat. Mai dădu şi peste alte obstacole în drumul lui. O maşină de poliţie cu roţile în sus, turtită la pământ. O ambulanță. O pisică moartă. Multe case cu un „X“ vopsit pe ușa de la intrare, cu numere și cifre între linii. Până când ajunse la cea de-a doua stație, un cartier rezidențial numit Castle Oaks, era deja cu douăsprezece minute în urma programului. *Brittany-Maybeth-Joey-Darlal/Denise.* Claxonă lung o dată, apoi a doua oară. Dar nu avea niciun rost. Danny făcea asta din obișnuință. Întregul complex arsese din temelii.

Și la următoarele stații lucrurile stăteau la fel. Conduse autobuzul spre vest, înspre Cherry Creek. Casele erau mai mari aici, mai departe de șosea, având dinainte peluze late și în pantă. Copaci cu frunze mari învăluiau strada în picățele umbroase. Era un sentiment de liniște aici, de pace. Casele arătau ca întotdeauna, iar Danny nu văzu niciun cadavru. Dar tot nici urmă de copii.

Până acum, autobuzul lui ar fi trebuit să aibă douăzeci și cinci de copii. Liniștea era apăsătoare. Gălăgia din autobuz se întețea treptat de-a lungul traseului, câte puțin cu fiecare stație, cu fiecare copil care urca, așa cum crește în intensitate muzica de pe coloana sonoră a unui film, anunțând astfel apropierea scenei finale. Scena finală era dâmbul. Dâmbul de viteză de pe Lindler Avenue. Ia dâmbul, Danny! îi strigau cu toții. Ia dâmbul! Și deși nu ar fi trebuit s-o facă, apăsa puțin mai mult pe accelerație, făcându-i să sară din scaune, iar preț de o clipă simțea că e unul dintre ei. Nu fusese niciodată un copil normal, așa ca ei, care să se ducă la școală. Dar, când trecea cu autobuzul peste dâmb, era.

La asta se gândea Danny, fiindu-i dor de copii, chiar și de Billy Nice, de glumele lui proaste și de ha-ha-ha-ul lui, când în fața lui zări un băiat. Era Timothy. Aștepta cu sora lui mai mare la capătul aleii. Danny l-ar fi recunoscut pe băiat dintr-o mie, și asta din cauza moțului – două șuvițe de păr care se răsuceau în sus ca două antene. Timothy era unul dintre cei mici, clasa a doua sau a treia, și scund; câteodată aștepta cu el menajera, o femeie îndesată, cu pielea cafenie, îmbrăcată în haine de lucru, dar de obicei era sora mai mare a băiatului, despre care Danny ar fi zis că era la liceu. Era o fată ciudată, cu șuvițe de păr de culoarea pastilelor Pepto, pe care mama i le dădea atunci când îl durea stomacul fiindcă mâncase prea repede, și cu mult tuș negru, ceea ce o făcea să arate ca o pictură din filmele de groază, cele cărora li se mișcau ochii. Avea vreo zece cercei în fiecare ureche; de cele mai multe ori, purta o zgardă la gât. O zgardă! De parcă ar fi fost un câine! Ciudat, dar Danny o considera chiar drăguță, asta dacă nu ar fi avut toate ciudățeniile alea. Nu cunoștea nicio fată de vârsta ei, de nicio altă vârstă, de altfel, și îi plăcea cum aștepta cu fratele ei, ținându-l de mână, dar dându-i drumul atunci când autobuzul se apropia, așa încât să nu vadă și ceilalți copii.

Se opri la capătul aleii și trase maneta care acționa ușile.

– Hei! spuse el, pentru că nu-i veni altceva în minte. Hei, bună dimineața!

Era rândul lor să vorbească, însă nu spuseră nimic. Danny îi scrută repede cu privirea; nu le putea citi expresiile de pe chipuri. Niciunul dintre trenurile de la *Thomas și prietenii lui* nu arătau ca ei. Trenurile de acolo erau fie fericite, fie triste, fie furioase, dar asta era ceva cu totul diferit, ca atunci când se albea ecranul televizorului când nu funcționa cablul. Ochii fetei erau umflați și roșii, iar părul îi era cam ciufulit. Lui Timothy îi curgea nasul, pe care și-l tot ștergea cu dosul palmei. Hainele lor erau șifonate și pătate.

– Te-am auzit claxonând, spuse fata. Vocea îi era răgușită și tremurătoare, de parcă nu ar fi folosit-o de zile bune. Stăteam ascunși în pivniță. Mâncarea ni s-a terminat acum două zile.

Danny ridică din umeri.

– Eu am mâncat Lucky Charms. Dar cu apă. Nu sunt bune așa.

– A mai rămas cineva? întrebă fata.

– Unde să rămână?

– În viață.

Danny nu știa răspunsul. Întrebarea părea prea serioasă. Poate că nu mai rămăsese nimeni. Văzuse multe cadavre. Dar nu voia să spună asta, nu de față cu Timothy.

Se uită la băiat, care până atunci nu scosese o vorbă, ci doar își ștergea întruna nasul cu încheietura mâinii.

– Hei, Timbo! Te-au apucat alergiile? Și pe mine mă mai apucă uneori.

– Părinţii noştri sunt în Telluride, spuse băiatul cu privirea la propriii bascheţi. Consuela era cu noi. Dar a dispărut.

Danny nu ştia cine era Consuela. Era greu când oamenii nu-ţi răspundeau la întrebare, ci îţi puneau o altă întrebare, la care nici nu te-ai fi gândit.

– Bine, spuse Danny.

– E în curtea din spate.

– Cum poate fi în curtea din spate dacă a dispărut?

Băiatul făcu ochii mari.

– Pentru că e *moartă*.

Preţ de câteva secunde, nimeni nu mai zise nimic. Danny se întrebă de ce nu urcau odată în autobuz, dacă nu cumva trebuia să-i invite el.

– Toată lumea trebuie să se ducă la Mile High, spuse fata. Aşa am auzit la radio.

– Ce e la Mile High?

– Armata. Au spus că acolo suntem în siguranţă.

Din câte văzuse Danny, şi Armata era moartă. Dar Mile High ar fi însemnat că aveau unde să se ducă. Nu se gândise la asta înainte. Unde voise să meargă?

– Eu sunt April, spuse fata.

Arăta ca o April. Ce ţi-era şi cu numele astea! Unele pur şi simplu se potriveau.

– Eu sunt Danny, răspunse el.

– Ştiu, zise fata. Te rog, Danny, putem pleca naibii de-aici?

7

Culoarea nu era bună. Nu, nu era bună deloc.

Nuanța se numea „cremă de unt". Pe mostra de la magazin arătase ca un galben plăcut, șters, ca mileurile vechi. Dar acum, pe când Lila se dăduse în spate ca să arunce o privire la ce făcuse, cu bidineaua picurândă în mână – serios acum, făcea așa o mizerie; de ce nu se putea ocupa David de lucrurile astea? –, aducea mai mult cu... o lămâie? O lămâie băgată în priză. Poate că s-ar fi potrivit mai bine în bucătărie, cu soarele strălucitor care intra prin ferestrele ce dădeau spre grădină. Dar nu în camera copilului. Doamne, își spuse în sinea ei, cu o culoare ca asta, bebelușul n-o să poată închide un ochi.

Ce trist! Toată strădania ei fusese zadarnică. Trăsese scară pe trepte din pivniță până sus, înșirase cârpele pe jos, stătuse în genunchi ca să acopere plintele cu bandă adezivă, doar ca să descopere acum că trebuia să se întoarcă la magazin și s-o ia de la capăt. Plănuise să termine până la prânz, ceea ce însemna că vopseaua ar fi avut destul timp să se usuce, înainte să aplice bordura decorativă, ilustrând un model repetitiv cu scene din poveștile lui Beatrix Potter. David era de părere că bordura părea stupidă – „sentimentală" era cuvântul pe care-l folosise –, dar Lilei nu-i păsa. Adora poveștile cu Peter Iepurașul încă de când era mică și se strecura în brațele tatălui ei ori în pătuț, ca să asculte, pentru a o suta oară, cum Peter scăpa cu bine din grădina domnului Gregory. Curtea casei lor din Wellesley fusese mărginită de un gard viu și ani întregi – cu mult după ce încetase să mai creadă în asemenea lucruri – așteptase să apară de acolo un iepuraș în hăinuță albastră.

Pentru moment însă, Peter Iepurașul trebuia să mai aștepte. Fu cuprinsă de un val de oboseală; simțea nevoia să se odihnească. Plus că o amețise mirosul de vopsea. Ceva nu părea în regulă cu aerul condiționat, deși, de când cu copilul, îi era mai mereu prea cald. Spera ca David să se întoarcă acasă curând. Era o nebunie la spital. O sunase o singură dată să-i spună că întârzie, dar de atunci nu mai primise niciun semn de la el.

Coborî scările de la bucătărie. Acolo era o debandadă totală. O grămadă de vase în chiuvetă, bufetul murdar, podeaua de sub tălpile ei goale era lipicioasă de mizerie. Lila se opri în ușă, simțindu-se copleșită. Nu-și dăduse seama de cât de multe lucruri neglijase. Și ce se întâmplase cu Yolanda? De când nu mai venise? Marțea și vinerea erau zilele în care venea menajera. Ce zi era astăzi? Judecând după bucătărie, se gândi Lila, Yolanda nu mai trecuse de săptămâni la rând. Bine, poate că engleza femeii nu era cea mai bună, iar câteodată făcea lucruri ciudate, cum ar fi să încurce lingurițele cu lingurile – ce mai bombănea David când făcea asta! – sau să pună facturile, necitite, în coșul de gunoi. Lucruri enervante ca astea. Însă Yolanda nu lipsise niciodată. Într-o dimineață de iarnă venise răcită cobză, de Lila o auzea tușind de la etaj; practic, fusese nevoită să smulgă mopul din mâna femeii, spunându-i: *Por favor, Yolanda, lasă-mă să te ajut, sunt doctor. Soy médico.* (Firește, avea bronșită; Lila o ascultase la plămâni chiar acolo, în bucătărie, și îi scrisese o rețetă pentru amoxicilină, conștientă de faptul că probabil Yolanda nu avea nici măcar un doctor de familie, darămite asigurare.) Și ce dacă uneori mai arunca la gunoi corespondența, încurca tacâmurile și punea șosetele în sertarul de chiloți, dar muncea cu sârg, neobosită chiar, și era o prezență veselă, punctuală, de care depindeau, mai ales cu programul lor haotic. Iar acum nu dăduse nici măcar un telefon.

Ceea ce era o altă ciudățenie. Telefonul nu părea să funcționeze, plus că nu venise nici corespondența. Nici ziarul. Însă David îi spusese să nu iasă sub nicio formă afară, așa că Lila nu verificase. Poate că ziarul o aștepta undeva pe alee.

Luă un pahar din dulap și dădu drumul la robinet. Un geamăt de dedesubt, un râgâit de aer și apoi... nimic. Nu mai era nici apă! Atunci își aminti: nu mai aveau apă de ceva vreme. Acum mai trebuia să cheme și instalatorul. Sau l-ar fi chemat, dacă ar fi mers telefonul. Tipic lui David să nu fie acasă când totul se ducea pe apa sâmbetei. Asta fusese una dintre expresiile preferate ale tatălui ei, pe apa sâmbetei. Ciudată expresie, acum că se gândea la ea. Ce era mai exact apa sâmbetei și cu ce era ea diferită de una obișnuită? Erau o mulțime de astfel de expresii, cuvinte simple care puteau suna ciudat, ca și cum nu le-ai mai fi auzit niciodată. Scutec. Înșelat. Instalator. Măritiș.

Fusese oare ideea ei să se mărite cu David? Pentru că nu-și aducea aminte să fi gândit *Vreau să mă mărit cu David*. Lucru pe care probabil ar trebui să-l gândești înainte să faci pasul ăsta. Ciudat cum, într-un minut, viața pare să se îndrepte într-o anumită direcție, iar în următorul nu-ți mai aduci aminte ce-ai făcut de s-a ajuns acolo. Nu putea spune că-l iubea pe David. Îl *plăcea*. Îl *admira*. (Și cine nu l-ar fi admirat pe David Centre? Șeful secției de cardiologie de la Denver General, fondatorul Institutului de electrofiziologie din Colorado, un bărbat care participa la maratoane, la consilii, care avea abonament atât la meciurile celor de la Nuggets, cât și la operă, care își smulgea zilnic pacienții din ghearele morții?) Dar toate aceste sentimente însemnau oare dragoste? Și, dacă nu, trebuia să te măriți cu un asemenea bărbat doar pentru că-i purtai copilul în pântece – nimic plănuit, se întâmplase pur și simplu – și pentru că, într-un moment de cavalerism tipic pentru David, anunțase că are de gând să „facă ceea ce trebuie?“ Dar ce *anume* era ce trebuie? Și de ce David părea uneori să nu fie David, ci doar cineva care *semăna* cu David, o *adaptare* a lui David, un fel de reprezentare în mărime naturală a lui David. Lila citise acest lucru pe chipul tatălui ei, atunci când îl anunțase de logodna lor: tatăl știa. Stătea la biroul lui, înconjurat de cărțile pe care le iubea, lipind bompresul la macheta corabiei pe care o construia. În ridicarea abia vizibilă a sprâncenelor lui stufoase se citea adevărul. „Ei bine“, îi spusese el, dregându-și glasul și oprindu-se ca să pună capacul borcanului cu clei. „Îmi dau seama că, în condițiile date, ești înclinată să accepți. E un om bun. Puteți să faceți nunta aici, dacă vreți.“

Așa era și așa și făcuseră, plecând degrabă la Boston pe un viscol de primăvară, cu toate lucrurile îngrămădite laolaltă, cu doar o mână de rude și de prieteni care reușiseră să vină, anunțați fiind pe ultima sută de metri, doar ca să stea stânjeniți în sufragerie, cât timp ei făcuseră schimb de jurăminte (totul durase cam două minute), înainte să-și prezinte scuzele. Până și organizatorul plecase mai devreme. Nu faptul că Lila era însărcinată făcuse totul să fie atât de stânjenitor, ci senzația că cineva lipsea.

Cineva avea întotdeauna să lipsească.

Dar nu mai conta. Nu mai conta David, nunta lor îngrozitoare (serios acum, o făcuse să-și deschidă ochii), cu grămada de somon rămas nemâncat, cu zăpada și cu toate celelalte. Ce conta era copilul și să aibă grijă de ea. Lumea se putea duce pe apa sâmbetei dacă așa voia. Copilul era cel care conta. Avea să fie fetiță; Lila o văzuse la ecografie. O fetiță. Cu mânuțe, piciorușe, o inimă și plămâni micuți, plutind în zeama caldă a pântecelui ei. Bebelușului îi plăcea să sughițe. Hâc! Făcea bebelușul. Hâc! Hâc! Încă un cuvânt ciudat: sughiț. Bebelușul inspiră și expiră lichidul amniotic, făcând diafragma să se contracte și epiglota să se închidă. O tresărire convulsivă a diafragmei, sau singultus, din latinescul *singult*, „respirație întretăiată, provocată de un suspin“. Când Lila învățase despre asta la Facultatea de Medicină, se gândise că era pur și simplu uimitor. Și, firește, începuse și ea să sughițe, așa cum o făcuseră jumătate dintre colegii ei. În Australia, era un bărbat care sughița încontinuu de șaptesprezece ani. Citise despre el în *Today*.

Apropo, ce zi era astăzi? Se dusese până în holul de la intrare, revenind treptat la realitate – ca și cum mintea i se ridicase pe vârfuri ca să arunce o privire peste gard – ca să tragă perdeaua într-o parte și să se uite afară. Nu, niciun ziar. Nu tu *Denver Post* sau *New York Times*, nici măcar mizeria aia de ziar local, care ajungea direct la gunoi. Prin geam, auzea sus, de prin copaci, bâzâitul insectelor de vară. De obicei, vedeai o mașină sau două trecând prin fața casei, pe poștaș fluierând de-a lungul străzii, vreo dădacă împingând căruciorul, dar nu și astăzi. *Mă întorc după ce aflu mai multe. Stai înăuntru, încuie ușile! Nu ieși sub nicio formă!* Lila își amintea că David îi spusese toate astea; își amintea stând la fereastră, urmărind cu privirea cum mașina lui, una dintre acele Toyote noi, pe hidrogen, țâșnește fără zgomot în josul străzii. Dumnezeule mare, până și mașina lui era vrednică de admirat. Probabil că și papa conducea una la fel.

Ăla era un câine? Lila își lipi fața de geam. Câinele Johnsonilor mergea împleticit pe mijlocul străzii. Familia Johnson locuia la două case distanță, un cuplu rămas singur, fata măritată cine știe pe unde, fiul plecat la facultate. MIT? Caltech? Ceva de genul ăsta. Doamna Johnson („Spune-mi Sandy!“) fusese prima vecină care să le bată la ușă în ziua când se mutaseră aici, toată numai zâmbete și prăjituri de bun-venit; Lila o vedea aproape în fiecare seară când nu era de gardă, câteodată în compania soțului ei, Geoff, plimbându-l pe Roscoe, un golden retriever mare și atât de blând, încât se întindea pe trotuar cu burta în sus ori de câte ori se apropia cineva de el. („Scuzați-mi spiridușul ăsta afurisit de câine“, spunea Geoff.) Ăla de colo era Roscoe, clar, însă ceva nu era în regulă. Coastele îi ieșeau în afară precum clapele unui xilofon (Lila își aminti în treacăt pe când cânta la xilofon la școala generală și de melodia zdrăngănită „Frère Jacques“). În plus, era îngrijorător cum înainta fără nicio direcție, ducând ceva în gură. O chestie... care atârna bleagă. Oare Johnsonii știau că plecase de unul singur? Să le dea oare un telefon? Dar telefoanele nu funcționau și îi promisese lui David că nu va ieși afară. Mai mult ca sigur că o să-l observe și altcineva și o să spune: Vai, dar ăla e Roscoe, trebuie să fi scăpat aiurea pe străzi!

La naiba cu David! se gândi ea. Era atât de egoist și de insensibil, plecat să facă cine știe ce, când ea era blocată aici, fără apă, fără telefon, fără curent, plus camera copilului vopsită în culoarea greșită. Și nici nu i se apropia termenul! Era abia în săptămâna douăzeci și patru, dar știa cât de repede trece timpul. Într-un minut, mai aveai câteva luni, în următorul te trezeai că ieși degrabă pe ușă în toiul nopții, cu valijoara în mână, conducând valvârtej la spital, apoi erai întinsă pe spate sub luminile alea, pufnind și oftând, copleșită de contracțiile care puneau stăpânire pe tine și care nu te mai lăsau până nu venea copilul. Iar prin învălmășeala și valurile durerii ăleia simțeai o mână peste a ta, deschideai ochii și îl vedeai pe Brad lângă tine, cu o expresie pe chip pe care nu o puteai descrie, frumos de îngrozită și de neajutorată, și-l auzeai spunându-ți: *Împinge, Lila, ești aproape gata, încă o dată și ai scăpat*; iar tu făceai întocmai: căutai înăuntrul tău și găseai forța necesară să împingi pentru o ultimă oară și să scoți copilul. Iar în liniștea care urma, Brad îți oferea acel dar magic care era copilul tău, râuri de lacrimi de fericire curgându-i pe obraji, și tu simțeai că viața ta e deplină și că așa va fi mereu, fiindcă îl aleseseși pe acest bărbat dintre toți ceilalți pentru că pur și simplu era menit să fiți împreună, și că acest copil, Eva, această ființă nouă pe care o creaserăți împreună, era tocmai dovada că, din doi, deveniserăți unul.

Brad? De ce se gândea la Brad? *David*. David era soțul ei, nu Brad. Papa David în papamobilul lui. Existase oare vreun papa David? Probabil că da. Lila era metodistă, așa că nu era persoana potrivită pe care s-o întrebi.

Ei bine, își spuse în sinea ei, după ce Roscoe ieșise din câmpul ei vizual, ce-i prea mult strică. Se săturase să stea închisă în casa asta murdară. David n-are decât să facă ce vrea; ea nu vedea niciun motiv pentru care să rămână înăuntru într-o așa frumoasă de iunie, nu când avea atâtea de făcut. Volvoul ei vechi și de nădejde o aștepta parcat pe alee. Unde îi era geanta? Portofelul? Cheile? Iată-le, pe măsuța de lângă intrare. Exact unde le lăsase acum cine știe cu câtă vreme în urmă.

Se duse la baia de la etaj – Dumnezeule, toaleta era în ultimul hal, nici nu voia să se gândească la asta! – și își cercetă chipul în oglindă. Ei bine, nu arăta grozav. Ai fi zis că fusese victima unui naufragiu – avea părul încâlcit, ochii afundați în orbite și încețoșați. Tenul palid, de parcă nu văzuse lumina soarelui de săptămâni. Nu era genul de femeie căreia să-i trebuiască o oră ca să se aranjeze înainte să iasă din casă, dar chiar și așa. I-ar fi plăcut să facă un duș, dar, desigur, asta nu se putea; se mulțumi să se clătească pe față cu apă dintr-un borcan din chiuvetă, folosind o mănușă abrazivă ca să-și frece pielea până când i se înroși. Își trecu o perie prin păr, își dădu cu puțin fard de obraz, cu rimel pe la gene și cu puțin ruj pe buze. Era îmbrăcată cu un tricou și pantaloni scurți pe căldura asta; se duse în dormitor, plin de mucuri de lumânare, mormane de haine nespălate și unde mirosea greu de la cearșafurile neschimbate, și luă din șifonier o cămașă a lui David. Partea de jos era o problemă – nimic nu părea s-o mai încapă. Alese o pereche de blugi largi, în care putea intra dacă nu se încheia la nasturele de sus, și o pereche de sandale.

Se privi încă o dată în oglindă. Nu era rău, conchise Lila. O îmbunătățire vizibilă. Și nu era ca și cum se ducea în vreun loc special. Cu toate că ar fi fost drăguț să se oprească undeva să ia prânzul, după ce va fi terminat ce avea de făcut. O merita pe deplin, după ce petrecuse atâta vreme închisă în casă. Într-un loc drăguț, unde ar fi putut să mănânce afară. Puține lucruri erau mai plăcute decât un pahar cu ceai și o salată, stând afară într-o după-amiază de primăvară. *Café des Amis* – părea destinația perfectă. Aveau o curte interioară superbă, umbrită de viță-de-vie și flori, și cel mai bun bucătar – odată chiar venise la masa lor – care se pregătise la Cordon Bleu. Pierre? François? Omul ăsta făcea cele mai bune sosuri, scoțând în evidență cele mai intense arome din cele mai banale preparate; *coq au vin*-ul lui era mortal. Însă deserturile duseseră faima cafenelei *Des Amis*, mai ales *mousse*-ul de ciocolată. Lila nu mai gustase în viața ei ceva atât de dumnezeiesc. Ea și Brad întotdeauna împărțeau unul după cină, dându-și cu lingurița unul altuia în gură, ca doi adolescenți, atât de absorbiți unul de celălalt, încât lumea din jurul lor nici nu exista. Ce vremuri fericite – perioada curtării, toate promisiunile vieții deschizându-se dinaintea lor ca paginile unei cărți. Ce au mai râs când ea aproape că înghițise inelul de logodnă pe care el îl ascunsese printre straturile aerate de ciocolată. La fel și în noaptea în care Lila îl trimisese pe Brad prin ploaia torențială – ia-mi orice, îi spusese ea, o Kit Kat, o Almond Joy, chiar și o Hershey's simplă – și se trezise o oră mai târziu cu el în ușa de la dormitor, ud leoarcă, afișând cel mai tâmp zâmbet pe față și ținând în mână o caserolă uriașă de-a lui François – sau era Pierre? – plină cu faimosul lui mousse de ciocolată, destul cât să hrănești o armată întreagă. Genul ăsta de bărbat era Brad. Se dusese prin spate, unde încă mai era o lumină aprinsă, și bătuse la ușă până când îi deschisese cineva și îi primise bancnota de cinci dolari, îmbibată toată de ploaie. Ceea ce era cel mai drăguț lucru de pe lume. *Doamne, Lila*, spusese Brad, ducându-i la buze o lingură plină, *dacă o ții tot așa, bebelușul ăsta o să fie pe jumătate făcut din ciocolată!*

Iar o luase pe arătură. *David*. David era soțul ei acum. Lila trebuia să bage la cap asta odată. Ea și David nu împărțiseră niciodată un mousse de ciocolată, nici nu se duseseră la Café des Amis și nu făcuseră nici pe departe ceva asemănător. Bărbatul ăsta n-avea o fibră de romantism în tot trupul. Cum îl lăsase s-o convingă să se mărite cu el? De parcă ea n-ar fi fost nimic mai mult decât un lucru de bifat de pe cine știe ce listă ideală. Să devin un doctor faimos, bifat! Să o las gravidă pe Lila Kyle, bifat! Să fac ceea ce trebuie, bifat! Nu părea să știe cine era ea cu adevărat.

Coborî scările. Afară, soarele strălucea cu putere, umplând holul cu vapori aurii. Când ajunse la ușă, fu copleșită de un entuziasm pur. Dulce evadare! După atâta vreme închisă în casă, să se aventureze în sfârșit afară! Nu putea decât să-și închipuie ce avea să zică David când o să afle. *Pentru numele lui Dumnezeu, Lila, ți-am spus că nu e sigur! Trebuie să te gândești la copil*. Dar ea la copil se gândea; copilul era motivul pentru care făcea asta. Asta nu înțelegea David. David, care era prea ocupat să salveze lumea, în loc s-o ajute cu vopsitul, care conducea o mașină ce mergea pe sparanghel sau praf de zâne sau gânduri răzlețe, în fine, și care o lăsase în casă de una singură. Singură! Și ce era mai rău, cel mai rău dintre toate relele, era că lui nici măcar nu-i *plăcea* Peter Iepurașul! Cum era posibil să ai un copil cu un bărbat căruia nu-i plăcea Peter Iepurașul? Ce spunea asta despre el? Ce fel de tată avea să fie? Nu, nu era treaba lui David ce făcea ea, hotărî Lila, luându-și poșeta și cheile de pe măsuța din hol și țâșnind afară pe ușă. Nu era treaba lui dacă voia să iasă și nici dacă vopsea camera copilului în verde-aprins, stacojiu sau căcăniu. David putea să se ducă naibii. Asta putea să facă David.

Lila Kyle avea să-și cumpere singură vopseaua.

8

Nu era o zi bună în biroul directorului adjunct. Astăzi, 31 mai – Ziua Eroilor, nu că ar conta – ai fi zis că era sfârşitul lumii.

Colorado nu mai era, literalmente. Colorado era terminat. Denver, Greely, Fort Collins, Boulder, Grand Junction, Durango, la fel şi miile de orăşele situate între ele. Ultima imagine aeriană arăta ca o zonă de război: maşini intrate una în alta pe autostrăzi, clădiri în flăcări, cadavre peste tot. Pe timpul zilei, nimic nu părea să se mişte, în afară de păsări, stoluri uriaşe şi învolburate, de parcă lumea intrase sub stăpânirea lor.

Putea cineva să-i spună a cui idee fusese aceea de a ucide întreaga populaţie a statului Colorado?

Iar virusul era în mişcare. Se extindea în toate direcţiile, ca o mână cu douăsprezece degete. Până când apărarea naţională închisese autostrăzile interstatale principale – afurisiţii ăia molâi nu reuşiseră să iasă dintr-o clădire în flăcări – caii fuseseră furaţi de mult. Cât despre dimineaţa asta, Centrul pentru Prevenirea şi Controlul Bolilor (CPCB) confirmaseră cazuri în Kearney, Nebraska; Farmington, New Mexico; Sturgis, South Dakota şi în Laramie, Wyoming. Şi astea erau doar cele despre care ştiau. Nimic în Utah sau Kansas încă, deşi era doar o chestiune de timp, poate doar de câteva ore. Era cinci treizeci în Virginia, trei ore până la apus, cinci în vest.

Întotdeauna se deplasau noaptea.

Ședința cu comandanții forțelor armate nu decursese bine, deși Goulder nici nu se așteptase. Pentru început, era întreaga „problemă“ a Armelor Speciale. Ofițerii superiori nu fuseseră niciodată de acord și nici nu știau sigur cu ce se ocupă Departamentul Armelor Speciale sau de ce era în afara oricărui sistem de comandă militară, primindu-și bugetul, ca să vezi, de la Ministerul Agriculturii. (Răspuns: Pentru că nimeni nu dădea doi bani pe agricultură.) Lanțul ierarhic era totul în armată, cine urina cel mai de sus de pe hidrant, iar după părerea ofițerilor Armele Speciale nu răspundeau în fața nimănui, departamentele ei fiind adunate laolaltă de la o duzină de alte agenții și contractori privați. Semăna foarte mult cu un joc de alba-neagra, bila fiind în continuă mișcare, însă neștiind sigur unde anume. Cât despre ceea ce făcea de fapt Departamentul Armelor Speciale, Guilder auzise tot felul de porecle. „Distragere de la Treburi Serioase“, „Departamentul Politrucilor Stupizi“, „Rahat de proporții nebunești“[1]. Preferata lui era „Depozitul de Încălțăminte la Reducere“. (Până și el ajunsese să-i spună „Depozitul“.)

Așadar, directorul-adjunct Horace Guilder (mai existau oare directori simpli?) se trezi stând dinaintea comandanților forțelor armate (de jur împrejurul mesei erau destule medalii și decorații cât să înființezi o echipă de cercetașe) pentru a le oferi propria evaluare oficială asupra situației din Colorado. (Scuze, noi am făcut vampirii; păruse o idee bună înainte.) Urmă o liniște stânjenitoare de treizeci de secunde, timp în care toată lumea aștepta să ia cineva cuvântul.

Să văd dacă am înțeles, intonă președintele consiliului. Își petrecu brațele peste masă. Guilder simți cum o picătură de transpirație îi alunecă de la subraț în josul trunchiului. *Ați decis să reprogramați un virus străvechi așa încât să transforme doisprezece condamnați la moarte în niște monștri indestructibili care se hrănesc cu sânge și nu v-ați gândit să anunțați pe nimeni despre asta?*

---

[1] Jocuri de cuvinte; în engleză: *Distraction from Serious Warfare*, *Department of Silly Wignuts*, *Deep-Shit Weirdness*, *Discount Shoe Warehouse* (n. tr.).

Ei bine, n-ar fi zis chiar *decis*. Guilder nu fusese în AS de la bun început. Venise când se schimbase conducerea, atâția bani și atâtea ore se duseseră pe copcă, încât nu ar fi putut să mai salveze ceva nici dacă ar fi încercat. Proiectul NOE se afla într-un lanț de comandă atât de obscur, încât Guilder nici nu știa de unde pornise – probabil de la Agenția Securității Naționale, deși avea presimțirea că ar fi fost și mai de sus, poate chiar de la însăși Casa Albă. Dar stând dinaintea șefilor forțelor militare, înțelese că acest aspect era de-a dreptul inutil. Guilder își petrecuse trei decenii din viață lucrând în agenții unde erau atât de multe secrete, încât nimeni nu se făcea responsabil pentru nimic. Ideea părea să înflorească de la sine. *Noi am făcut asta? Nu, nu noi.* Și așa se termina totul. Probabil așa avea să se termine și cu Armele Speciale, poate chiar cu Guilder însuși.

Dar, între timp, vina trebuia aruncată pe cineva. Întâlnirea deveni cât de curând un meci de reproșuri, Guilder încasând verbal pumn după pumn. Se simți ușurat când fu dat afară din încăpere, conștient de faptul că situația îi scăpase de sub control. Prin urmare, armata avea de gând să trateze această problemă așa cum tratau toate problemele: trăgând în tot ce le ieșea în cale.

Privind în urmă, Guilder ar fi pus problema într-o manieră mult mai diplomată. Însă previziunile eliberate de CPCB vorbeau de la sine. Trei săptămâni, patru în cel mai bun caz, și virusul avea să șteargă de pe hartă Chicago, St. Louis, Salt Lake. Șase săptămâni, și avea să ajungă pe Coastă.

Vampiri, pentru numele lui Dumnezeu! Ce-o fi avut în minte?

Ce-or fi avut ceilalți în minte?

Și totuși, nu era niciun dubiu că Lear se gândise el la ceva. Marele Jonas Lear – până și Guilder era intimidat de acesta, un biochimist absolvent de Harvard, cu IQ-ul de ordinul trilioanelor, care inventase, de la zero, domeniul paleovirologiei, recuperând și reanimând organisme străvechi pentru a servi nevoilor actuale. Înăuntrul cercului său profesional se credea că Lear avea să câștige, într-o bună zi, Premiul Nobel. Bine, poate că folosirea unor condamnați la moarte nu fusese cea mai strălucită idee. Se lăsaseră duşi de val la capitolul ăsta. Şi mai mult ca sigur că nici Lear nu mai avea toate ţiglele pe casă. Dar trebuia să recunoşti că ideea avea potenţial. Cum ar fi partea în care nu mai mureai. Niciodată. Un aspect în care ulterior Guilder se trezise că are un interes personal deloc de neglijat.

Singura lui speranţă era fata.

Amy FNF. Cel de-al treisprezecelea subiect, luată dintr-o mănăstire din Memphis, Tennessee, unde fusese abandonată de mama ei. Guilder nu se simţise chiar în largul lui când îşi dăduse acordul în acest caz. Era un copil, pentru numele lui Dumnezeu! Cineva trebuia să se sesizeze, şi o făcuseră; până când Wolgast o adusese la sediu, toţi, de la Patrula de Autostrăzi Oklahoma şi până la şerifii federali, răscoleau ţara în lung şi-n lat după ea, în timp ce Richards, nebunul ăla, lăsase o dâră de cadavre pe o întindere de un kilometru pătrat. Călugăriţele de la mănăstire, împuşcate în somn. Doi poliţişti dintr-un mic oraş. Şase oameni dintr-o cafenea, a căror singură greşeală fusese că luaseră micul dejun în acelaşi timp cu Wolgast şi cu fata.

Lear însuşi dăduse ordin ca fata să fie adusă, pe care Guilder nu-l putea refuza sub nicio formă. Fiecare dintre deţinuţi fusese injectat cu o variantă uşor modificată a virusului, deşi efectele fuseseră aceleaşi. Boală, comă, transformare, după care te trezeai că atârnau cu susul în jos de tavan, măcelărind un iepure. Însă varianta lui Amy era diferită. Nu provenea de la Fanning, biochimistul columbian care fusese infectat în excursia nereuşită a lui Lear în Bolivia, ci de la un grup de turişti de la care pornise toată tărăşenia – pacienţi care sufereau de cancer în fază terminală, plecaţi să facă un tur prin junglă cu o agenţie numită Ultima Dorinţă. Toţi muriseră în decurs de o lună: comoţie cerebrală, infarct, anevrisme, trupurile explodându-le pe dinăuntru de-a dreptul. Dar, între timp, starea bolii lor se îmbunătăţise considerabil – unuia dintre bărbaţi chiar îi crescuse la loc părul – şi toţi muriseră fără urmă de cancer în corp. Să-ncerci să-i citeşti mintea lui Lear era o încercare zadarnică, însă ajunsese să creadă că varianta asta era răspunsul. Trucul era ca subiectul să rămână în viaţă. De aceea o alesese pe Amy, o fată tânără şi sănătoasă.

Şi funcţionase. Guilder ştia că aşa se întâmplase. Pentru că Amy era încă în viaţă.

Biroul lui Guilder, la etajul al treilea într-o clădire de altfel banală a agenţiei federale din Fairfax County – DAS împărţea spaţiul cu alţii, ca de exemplu Oficiul Evaluării Tehnologice, Departamentul Trupelor Speciale pentru Apărarea Naţională, Administraţia Naţională Oceanică şi Atmosferică şi o grădiniţă pe deasupra – dădea spre Autostrada interstatală 66. Era lunea după weekendul cu Ziua Eroilor şi totuşi nu era trafic aproape deloc. O mulţime de oameni părăsiseră deja oraşul. Guilder îşi închipui că mulţi dintre pici fuseseră scutiţi cu cine ştie ce scuză. Mergem la soacra din New York. Mergem la un prieten care are o cabană la munte. Dar cum transportul aerian era suspendat, oamenii nu puteau ajunge prea departe, ceea ce în definitiv nu avea să facă vreo diferenţă. Nu te puteai ascunde la nesfârşit de furia naturii. Sau cel puţin aşa i se spusese lui Horace Guilder.

Fata ajunsese cumva în Colorado. Îi dăduseră de urmă în sudul Wyomingului doar câteva ore mai târziu. Ceea ce însemna că era într-o maşină şi că nu era singură – cineva conducea. După asta, dispăruse. Transmiţătorul din biomonitorul ei avea rază scurtă de acţiune, prea slab pentru a fi detectat de sateliţi; trebuia să fie la câţiva kilometri de un stâlp de telecomunicaţii, nu de unul rural, ci de unul conectat la reţeaua federală de urmărire. Ceea ce, în sudul Wyomingului, atâta vreme cât stăteai departe de autostrăzile principale, era uşor de evitat. Putea fi oriunde acum. Iar acela care o însoţea era un tip deştept.

O bătaie în uşă îi întrerupse şirul gândurilor; Guilder se întoarse de la fereastră ca să-l vadă pe Nelson, şeful tehnic al departamentului, stând în prag. Iisuse, ce mai era acum?

– Am veşti bune şi veşti proaste, anunţă Nelson.

Nelson era îmbrăcat, ca de obicei, cu un tricou negru şi blugi, picioarele lui murdare erau îndesate într-o pereche de şlapi. Un vorbitor rapid cu bursă Rhodes, şi nu cu una, ci cu două doctorate la MIT – în biochimie şi sisteme informatice avansate –, Nelson era de departe cel mai deştept tip din clădire, lucru de care el era mai mult decât conștient. Încă mai avea predispoziția tinerească de a vedea lumea ca pe o serie de probleme ușor iritante, create de oameni mai puțin deștepți și mai puțin grozavi decât el. Deși relația lor era una cordială, Nelson avea obiceiul de a-l trata pe Guilder ca pe un părinte ramolit, o instanță care impunea respect, dar care nu mai era bun de nimic – ceea ce era exasperant, venind din partea unui tip care părea că-și piaptănă părul din patru în patru zile, deși, Guilder trebuia s-o mărturisească, nu era întru totul justificat s-o facă. Avea douăzeci și opt de ani față de cei cincizeci și șapte ai lui Guilder, iar totul la Nelson îl făcea să se simtă bătrân.

– Vreun semn de la ea?

– *Nada*, răspunse Nelson, scărpinându-și bărbia nerasă. Nu le-am dat de urmă.

Guilder se frecă la ochi, care-l ardeau de oboseală. Trebuia să se ducă acasă să facă un duș și să-și pună un costum curat. Nu părăsise biroul de două zile, ațipind doar de câteva ori pe canapea și supraviețuind cu mâncare nesănătoasă de la automat. Mai avea și probleme cu degetele. Îi amorțeau, îl furnicau.

– Ai spus cumva că ai și vești bune?

– Depinde de cum privești lucrurile. Dacă o iei ca pe o dovadă a liberei exprimări, poate că nu sunt cele mai bune, dar se pare că cineva l-a închis în sfârșit pe nebunul ăla. Aș zice că au fost cei de la ANS, altfel înseamnă că unul dintre cățelușii lui Lear a pus în cele din urmă labele pe el. Oricum ar fi, tipul a fost scos din joc definitiv.

Ultima Redută din Denver: Guilder urmărise filmulețele, ca toată lumea, de altfel. Trebuia să recunoști că tipul avea curaj, nu glumă. Circulau niște teorii despre identitatea lui, părerea generală fiind că era un fost militar de la Forțele Speciale SEAL.

– Și care-s alea proaste?

– Tocmai au venit niște cifre noi de la CPCB. Se pare că algoritmul inițial nu a luat în calcul și cât de mult mănâncă arătările astea. Le-aș fi spus eu de la bun început dacă m-ar fi întrebat. Ori asta, ori vreun stagiar a mutat din greșeală o virgulă, în timp ce visa cu ochii deschiși la ultima oară când i-a tras-o prietenei lui.

Uneori, când vorbeai cu Nelson, aveai impresia că încerci să prinzi la colț un puști de cinci ani. Un puști genial de cinci ani, dar chiar și așa.

– Te rog, spune mai repede.

Nelson ridică din umeri.

– Din câte se vede acum, după ultimele previziuni, se pare că am avea la dispoziție o perioadă de timp mult mai scurtă. În jur de treizeci și nouă de zile.

– Până să ajungă la Coastă, vrei să spui?

– Hm, nu chiar.

– Atunci?

– Până când o să cuprindă întregul continent american.

Lui Guilder i se încețoșă privirea. Fu nevoit să se așeze.

– Cei de la centru lucrează deja la o soluție, continuă Nelson. Aș zice că o să-ncerce să-l distrugă cu foc. Orașele mari, în prima fază, apoi oricine care rămâne în urmă.

– Dumnezeule mare!

Nelson se încruntă.

– Un preț mic, dacă stai să te gândești în ansamblu. Eu știu ce-aș face dacă aș fi, să zicem, președintele Rusiei. Sub nicio formă n-aș lăsa chestia asta să-mi scape din mână.

Omul avea dreptate, Guilder o știa prea bine. Își dădu seama că mâna dreaptă începuse să-i tremure. O prinse cu stânga, încercând să liniștească spasmele și totodată să ascundă mișcarea.

– Ești bine, șefu'?

Acum îi tremura și piciorul drept. Simți impulsul inexplicabil de a izbucni în râs. Probabil era de la stres. Înghiți cu greu, simțind gust de fiere în gură.

– Găsește-o pe fata aia!

După ce plecă Nelson, Guilder rămase în biroul lui preț de câteva minute, încercând să-și revină. Tremurul trecuse, dar nu și pofta de râs – un simptom numit eufemistic „incontinență emoțională“. În cele din urmă îi dădu drumul, eliberând un singur sunet purificator, ca un lătrat. Dumnezeule, sună ca un posedat!

Ieşi din clădire, scoase maşina din garaj – o Toyota Camry de culoare bej – şi conduse până la casa lui din Arlington. Voia să se spele puţin, dar îşi aduse aminte că avea de lucru; îşi turnă un pahar de scotch şi deschise televizorul. Nu dură mult până când fiecare canal din grilă, până şi cel meteo, începu să transmită despre starea de urgenţă cu cine ştie ce titlu care să capteze atenţia („Naţiunea în criză" etc.), în vreme ce toţi reporterii erau cu părul vâlvoi şi arătau ca şi cum n-ar mai fi dormit de o bună bucată de vreme, mai ales cei care transmiteau de pe cine ştie ce autostradă – un lan de porumb în spate, şiruri nesfârşite de maşini înaintând cu greu, toată lumea claxonând fără rost. Ţara toată încremenea ca o transmisiune proastă. Se uită la ceas: 8:05. În mai puţin de o oră, centrul ţării avea să fie cuprins de întuneric.

Îşi urni de pe canapea trupul care nu-i mai dădea ascultare şi urcă scările. Treptele acestea erau o perspectivă îngrijorătoare. Ce avea să facă atunci când nu va mai fi în stare să le urce? Însă asta conta prea puţin acum. În baia cea spaţioasă, dădu drumul la duş şi se dezbrăcă până la chiloţi, stând dinaintea oglinzii, cât se încălzea apa. Lucrul curios era că nu arăta neapărat bolnav. Slăbise puţin, poate. Fusese o vreme când se considerase un atlet – participase la maratonul de la Bowdoin – cu toate că acele zile trecuseră de mult. Slujba lui, cu nevoia de a ţine totul secret, făcuse imposibilă perspectiva unei căsătorii, dar, până la patruzeci de ani, Guilder reuşise, dacă nu să atragă privirile, măcar să se menţină ocupat. O serie de aventuri discrete, toată lumea aprecia acest lucru. În sinea lui, era mândru de cât de bine gestionase aceste întâlniri. Însă, într-o zi, totul se terminase, pur şi simplu. Priviri care altădată îi erau întoarse, acum treceau pe lângă el fără să-l vadă, conversaţii care înainte serveau drept preambuluri elaborate, acum, nu mai produceau niciun efect. Era inevitabil, se gândea Guilder, dar asta nu-l încălzea cu nimic. Îşi cercetă critic reflexia din oglindă. Un chip cu bărbie pătrată, cândva cu pomeţi sculptaţi, dar care se lăsaseră demult. O şuviţă subţire de păr îi era dată pe spate, încercând, fără prea mare succes, să acopere prezenţa spectral de albă din creştetul capului. Pungi de piele sub ochi, o umflătură elastică la mijloc, picioare slăbănoage, ce păreau instabile. Nu era prea plăcut la vedere, însă acceptase toate aceste schimbări drept degradări inevitabile aduse de înaintarea în vârstă.

Dacă te uitai la el, n-ai fi zis că era pe moarte.

Făcu un duș și se schimbă într-un costum curat. Aproape că nu găseai altceva în șifonierul lui; un costum simplu, cu doi nasturi – albastru-închis, de obicei, câteodată gri cu dungulițe sau din poplin kaki pe timpul verii – asortat cu o cămașă apretată albastru-deschis sau albă și cu o cravată de culoare neutră ca Elveția, atât de asortată cu părerea pe care o avea despre sine, încât se simțea dezbrăcat fără ea. Având grijă să nu se dezechilibreze, coborî scările și se duse în sufragerie, unde televizorul continua să-și latre reverberația de vești proaste. Deși nu-i era foame, încălzi la microunde o porție de lasagna congelată, așteptând dinaintea lui, pe măsură ce secundele treceau ticăind. Se așeză la masă și se strădui să mănânce, însă diazepamul făcea ca totul să aibă un gust fad și ușor metalic, iar nodul din gât era încă acolo, îl simțea încleștându-i gâtul ca un guler cu două mărimi mai mic. Doctorul îi sugerase să încerce niște milkshake-uri sau ceva ușor, ca macaroanele, însă nici nu voia să audă de asemenea mâncăruri de copii. Dacă s-ar fi ajuns la așa ceva, totul ar fi luat-o la vale.

Aruncă restul de lasagna la gunoi și se uită din nou la ceas. Era puțin trecut de nouă. Ei bine, orice urma să se petreacă în centrul țării începuse deja. Dacă Nelson ar fi avut nevoie de el, l-ar fi sunat.

Ieși din casă și se duse la McLean. Îl aștepta o treabă urâtă, însă Guilder era singurul în măsură s-o ducă la bun sfârșit. Clădirea era situată departe de șosea, cu un gazon verde și bine îngrijit în față; semnul de pe alee anunța CENTRUL DE RECUPERARE SHADOWDALE. La recepție, Guilder îi arătă permisul de conducere asistentei, după care porni în josul coridorului care mirosea a spital, trecu de picturile reproduse în masă ce reprezentau câmpuri înverzite și apusuri de vară. Era liniște prin jur, chiar și la această oră; de obicei, îngrijitorii umblau de colo-colo, iar pacienții se adunau în camera de zi, cel puțin aceia care încă se mai puteau bucura de compania semenilor săi. În seara asta însă, locul era cufundat într-o tăcere mormântală.

Ajunse la camera tatălui său și bătu ușor în ușă, deschizând-o, fără să aștepte un răspuns.

– Eu sunt, tată.

Tatăl lui stătea într-un scaun cu rotile, lângă fereastră. Gura îi era căscată, mușchii feței la fel de moi ca aluatul de clătite. O dâră de salivă i se prelingea din gură pe bavețica prinsă la gât. Cineva îl îmbrăcase cu un trening pătat de transpirație și cu niște pantofi cu talpă ortopedică și arici. Nu dădu niciun semn că l-ar fi observat pe Guilder intrând în încăpere.

– Ce mai faci, tată?

În aer se simțea miros de urină. Alzheimerul îl adusese în starea de a nu mai recunoaște pe nimeni, dar nu putea renunța la astfel de introduceri. Cât de oribilă era această singurătate a minții, se gândi Guilder. Și totuși, tăcerea tatălui, sentimentul absenței lui nu erau lucruri noi. În timpul vieții – ca acum, în pragul morții – fusese un bărbat de o răceală aproape reptiliană. Guilder știa că așa fusese crescut de tatăl lui – fiul unui fermier dintr-un orășel de provincie, care se ducea la biserică de trei ori pe săptămână și care își tăia singur porcii – și totuși nu reușea să lase deoparte resentimentele din copilăria în care încercase din răsputeri să câștige atenția unui bărbat care pur și simplu nu era capabil de așa ceva. Ceea ce-i ceruse tatălui său fusese un lucru simplu, firesc, la care avea dreptul prin simplul fapt că se născuse: acela de a-l trata ca pe un fiu. Un joc cu mingea într-o după-amiază de toamnă, un cuvânt de laudă la adresa lui, o urmă de interes cu privire la viața pe care o ducea. Guilder făcuse totul ca la carte. Note bune, performanțe școlare și sportive, bursă la facultate și o ascensiune rapidă în ceea ce însemna viața de adult. Și totuși, tatăl lui nu avusese nimic de spus despre niciuna dintre aceste realizări. Mai mult decât atât, Guilder nu-și amintea ca tatăl lui să-i fi spus vreodată că-l iubește ori să-i fi arătat vreo dovadă de afecțiune. Bărbatului pur și simplu nu-i păsa de el.

Cel mai rău dintre toate fusese povara pe care o aruncase pe umerii mamei lui, o femeie de altfel sociabilă, dar pe care singurătatea o făcuse să cadă în patima băuturii, lucru care, în cele din urmă, îi adusese și moartea. Mai târziu, Guilder ajunsese să creadă că-și găsise alinarea și în altă parte, că avusese aventuri, probabil mai mult de una. După ce tatăl lui se mutase la Shadowdale, Guilder făcuse curățenie în casa din Albany – o mizerie de neînchipuit, fiecare sertar și dulap înțesat de lucruri – și astfel dădu în noptiera mamei sale peste o brățară – una cu *diamante*. Probabil costa salariul pe un an al tatălui său, care era inginer constructor. Nu și-ar fi permis niciodată așa ceva, iar locul în care găsise cutia – ascunsă pe fundul unui sertar, sub un morman de mănuși și eșarfe – îi spusese lui Guilder ce avea de fapt în fața ochilor: darul unui iubit. Cine fusese oare? Mama lui lucrase ca asistent juridic. Poate unul dintre avocații de la firmă? Cineva pe care îl întâlnise din întâmplare? O iubire reaprinsă din tinerețe? Îl bucurase să știe că mama lui găsise un dram de fericire care să-i bucure existența solitară, și totuși descoperirea îi provocă o depresie care durase săptămâni în șir. Mama lui era singura amintire plăcută din toată copilăria lui. Însă viața ei, viața ei adevărată, rămăsese un mister pentru el.

Vizitele la tatăl lui îi răscoleau de fiecare dată aceste amintiri; pleca de acolo atât de abătut ori clocotind de o furie înăbușită, încât abia dacă mai putea gândi limpede. Cincizeci și șapte de ani și încă mai tânjea după o fărâmă de apreciere.

Așeză singurul scaun din cameră în fața tatălui său. Capul bătrânului, la fel de neted ca al unui bebeluș, se sprijinea într-un unghi ciudat pe umăr. Guilder luă o cârpă de pe masa de lângă pat și îi șterse saliva de pe bărbie. Un pahar început cu budincă de vanilie stătea pe o tavă, cu o lingură subțire de metal înăuntru.

– Cum te mai simți, tată? Se poartă bine cu tine?

Niciun răspuns. Însă Guilder mai că auzea vocea din capul tatălui său cum umple tăcerea.

Glumești? Uită-te la mine, pentru numele lui Dumnezeu! Nici nu pot să mă răhățesc fără ajutor! Toată lumea mă tratează ca pe un copil. Tu cum crezi că mă simt, băiete?

– Văd că nu ți-ai mâncat desertul. Vrei niște budincă? Ce zici?

A naibii budincă! Numai asta îmi dau de când sunt aici! Budincă la micul dejun, budincă la prânz, budincă la cină. Chestia aia parcă-i făcută din muci!

Guilder strecură o lingură cu budincă printre dinții tatălui său. Prin cine știe ce reflex involuntar, bărbatul plescăi din buze și înghiți.

Uită-te la mine! Crezi că suntem la picnic? Îmi curg balele, mă piș pe mine!

– Nu știu dacă ai urmărit știrile în ultima vreme, spuse Guilder, ducându-i la gură a doua lingură plină. Mă gândeam că ar trebui să afli și tu.

Așa crezi? Spune ce-ai de spus și lasă-mă în pace!

Dar ce avea Guilder de spus? Că urma să moară? Că toată lumea urma să moară, chiar dacă n-o știau încă? Ce rost avea să-i spună asta? Fu străbătut de un fior rece. Ce-o să se întâmple cu tatăl lui după ce nu va mai fi nimeni prin jur, nici doctori, nici asistente, nici îngrijitori? Cu toate câte se întâmplaseră în ultimele săptămâni, Guilder fusese prea ocupat ca să ia în calcul această posibilitate. Pentru că orașul începuse să se golească; cât de curând, peste câteva săptămâni sau poate chiar zile, toată lumea avea să fugă din dorința de a scăpa cu viață. Guilder își aduse aminte ce se întâmplase în New Orleans după uragane, mai întâi Katrina, apoi Vanessa, de poveștile pacienților care fuseseră lăsați în propria mizerie, să moară lent de foame și deshidratare.

Mă asculți, băiete? Stai aici cu privirea aia tâmpă pe față. Ce-i așa de important de ai venit până aici să-mi spui?

Guilder clătină din cap.

– Nimic, tată. Nimic important.

Îi dădu tatălui său ultima lingură de budincă, apoi îi șterse buzele cu o cârpă.

– Să te odihnești, bine? Ne vedem peste câteva zile.

Maică-ta era o târfă, știi și tu asta. O târfă o târfă o târfă...

Guilder ieși din cameră. Se opri în holul pustiu ca să-și tragă răsuflarea. Vocea aia nu era adevărată, recunoștea asta. Și totuși, simțea uneori ca și cum mintea tatălui său, separată de prezența lui fizică, luase în stăpânire propriul lui trup.

Se întoarse la recepție. Asistenta, o tânără hispanică, completa cu creionul un rebus.

– Tata are nevoie să-i fie schimbat scutecul.

Ea nu-și ridică privirea.

– Toți au nevoie să le fie schimbat scutecul.

Cum Guilder nu se clinti din loc, ea își dezlipi ochii din pagină. Erau negri, conturați cu o linie groasă de tuș.

– O să anunț pe cineva.

– Chiar vă rog.

Se opri apoi în dreptul ușii. Asistenta își reluase deja lucrul la rebusul ei.

– *Anunțați* pe cineva odată, pentru Dumnezeu!

– Am spus că mă ocup.

Se simți cuprins de o furie nestăpânită. Lui Guilder îi venea să-i îndese creionul pe gât.

– Ridică naibii telefonul, dacă nu ai de gând s-o faci tu!

Pufnind, luă receptorul și formă un număr.

– Mona, de la recepție. Guilder de la 126 trebuie schimbat. Da, fiul lui e aici. Bine, o să-i spun.

Închise.

– Mulțumit acum?

Întrebarea era atât de absurdă, încât nici nu știa de unde să înceapă.

Guilder nu avea să moară ca tatăl său – din contră. SLA: scleroză laterală amiotrofică, cunoscută și ca boala Lou Gehrig. Funcțiile locomotorii erau primele care se deteriorau, mușchii fiind afectați de spasme și ajungând să nu mai fie buni de nimic, urmate de vorbire și de capacitatea de a înghiți. Izbucnitul pe neașteptate în râs sau în plâns rămânea un mister – nimeni nu știa de ce ți se întâmplă asta. În cele din urmă, avea să moară conectat la un aparat pentru respirat, cu trupul complet înțepenit, neputându-se mișca ori vorbi. Dar cel mai rău dintre toate era faptul că nu avea să-i slăbească deloc capacitatea de a raționa. Spre deosebire de tatăl lui, a cărui minte cedase prima, Guilder avea să fie pe deplin conștient de fiecare moment al vieții lui în declin. O moarte vie, doar cu o asistentă îmbufnată care să-i țină companie.

Îi era cât se poate de clar că, după ce i se pusese diagnosticul, intrase într-o perioadă de șoc profund. Asta era explicația pe care și-o dădea sieși pentru prostia pe care o făcuse cu Shawna - deși, firește, ăsta nu era numele ei adevărat. Timp de doi ani, Guilder trecuse pe la ea în fiecare a doua joi din fiecare lună, întotdeauna în apartamentul pus la dispoziție de către angajatorii ei. Avea pielea închisă la culoare și era suplă, cu ochii ușor alungiți și destul de tânără cât să-i fie fiică - dacă ar fi putut schimba ceva, și-ar fi dorit să fie mai în vârstă. Inițial, o găsise prin intermediul unei companii, însă, după o perioadă de probă, i se dăduse voie s-o contacteze direct. Prima oară, avusese emoții ca un adolescent. Trecuse ceva vreme de când nu mai fusese cu o femeie și se trezi ros de teamă că nu va putea să se ridice la așteptări - privind în urmă, o grijă inutilă. Însă fata îl liniștise numaidecât, preluând controlul situației. Ritualul se desfășura de fiecare dată la fel. Guilder suna la interfon, i se deschidea, urca scările până la apartament, unde ea îl aștepta în ușa deschisă, cu un zâmbet de bun venit pe chip și într-o rochie de cocktail, pe dedesubtul căreia se întrezărea o comoară erotică din dantelă și mătase. Un schimb de amabilități, ca orice cuplu care-și dădea întâlnire într-o după-amiază oarecare, urmat de plasarea subtilă a plicului cu bani pe măsuța de toaletă, după care treceau la treaba propriu-zisă. Guilder se dezbrăca întotdeauna primul, apoi o urmărea cu privirea cum se dezbrăca și ea, lăsându-și rochia să cadă pe podea precum o draperie, înainte să pășească plină de grație afară din ea. Făcea dragoste cu el cu un entuziasm care nu părea nici prefăcut, nici aparținând unei profesioniste, iar în timpul acelor clipe duioase mintea lui Guilder își găsea tihna pe care viața de zi cu zi nu reușea nici pe aproape să i-o ofere. Când se apropia momentul să-și dea drumul, Shawna îi repeta numele iar și iar, vocea ei pierzându-se într-o copie convingătoare de satisfacție feminină.

Guilder simțea că plutește în aceste sunete și senzații, lăsându-se purtat de ele ca un surfer către un mal liniștit.

De ce nu te văd mai des? îl întreba ea după. Ești mulțumit de ceea ce fac? Nu mai ai pe altcineva, așa-i? Vreau să fiu singura femeie din viața ta, Guilder. Foarte mulțumit, răspundea el, mângâindu-i părul mătăsos. Nu aș putea fi mai fericit când sunt cu tine.

Nu știa nimic despre ea – sau, cel puțin, nimic adevărat. Și totuși, în săptămânile care urmară după aflarea diagnosticului, mintea lui se refugiase numai în ideea absurdă că era îndrăgostit de ea. Amintirea îl stânjenea acum, iar subtextul psihologic era evident – nu voia să moară singur –, dar, la acel moment, fusese pe deplin convins de acest lucru. Era îndrăgostit nebunește, fără speranță, și nu era oare posibil, măcar puțin, ca Shawna să-i împărtășească sentimentele? Nu asta dăduse să se înțeleagă atunci când îi spusese că voia să fie singura femeie din viața lui? Fiindcă ceea ce-și făceau și își spuneau unul altuia *nu putea* fi neadevărat; lucrurile astea care se petreceau într-un avion le puteau împărtăși numai două persoane cu adevărat legate una de cealaltă.

A continuat așa, până când ajunse să nu se mai gândească la nimic altceva în afară de Shawna. Decise să-i ofere ceva – un simbol al dragostei lui. Ceva scump și demn de profunzimea sentimentelor lui. O bijuterie. Trebuia să fie o bijuterie. Și nu ceva nou, de la magazin, ci mult mai personal: brățara cu diamante a mamei lui. Însuflețit de această hotărâre, împachetă cutiuța de la Tiffany într-un ambalaj argintiu și merse cu mașina până la apartamentul Shawnei. Nu era marți, dar nu avea importanță. Ce simțea el nu putea fi programat. Sună la interfon și așteptă. Minutele treceau, ceea ce era ciudat; Shawna era mereu promptă când venea vorba de interfon. Sună din nou. De data aceasta, se auzi un bipăit, apoi o voce:

– Da?

– Sunt Horace.

Pauză.

– Nu te am pe agendă, nu? Poate că am făcut eu vreo greșeală. Ai sunat?

– Am ceva pentru tine.

Difuzorul păru să amuţească. După care:

– Aşteaptă o clipă!

Trecură câteva minute. Guilder auzi paşi coborând scările. Poate că interfonul nu funcţiona; Shawna venea jos să-i deschidă uşa. Doar că persoana care apăru dinaintea lui nu era Shawna. Era un bărbat. Părea de vreo şaizeci de ani, chel şi mătăhălos, cu faţa de porc a unui gangster rus, purtând un costum mototolit cu dunguţe şi o cravată desfăcută. Implicaţiile erau evidente, totuşi, în starea lui de agitaţie, mintea lui Guilder refuză să le priceapă. Omul ieşi pe uşă, aruncându-i lui Guilder o privire scurtă când trecu pe lângă el.

– Norocosule! îi spuse, făcându-i cu ochiul.

Guilder se grăbi în sus pe scări. Bătu de trei ori, aşteptând cu o nerăbdare însufleţită; în cele din urmă, uşa se deschise. Shawna nu purta rochia obişnuită, ci doar un halat de mătase legat în talie. Părul îi era ciufulit, machiajul i se întinsese. Poate că o trezise din somn.

– Horace, ce cauţi aici?

– Scuze, spuse el, rămânând brusc fără suflu. Ştiu că ar fi trebuit să sun.

– Sinceră să fiu, nu e cel mai potrivit moment.

– Nu durează decât un minut. Te rog, pot să intru?

Ea îl privi sceptică, apoi păru să se îmbuneze.

– Bine, atunci. Dar să nu stai mult.

Se dădu la o parte ca să-l lase să intre. Era ceva diferit cu apartamentul, se gândi Guilder, deşi nu-şi dădea seama exact ce. Părea murdar, cu un aer neplăcut de greu.

– Ce văd eu aici? întrebă ea, cu ochii la cutiuţa învelită în argintiu. Horace, nu trebuia.

Guilder întinse mâna.

– Asta e pentru tine.

Cu o lumină caldă strălucindu-i în priviri, Shawna desfăcu ambalajul şi scoase brăţara.

– Ce frumos din partea ta! Ce lucruşor drăguţ!

– Este moștenire. I-a aparținut mamei mele.

– Asta o face să fie și mai specială. Îl sărută scurt pe obraz. Lasă-mă un minut să mă aranjez și mă întorc imediat la tine, scumpule.

Se simți inundat de un val imens de iubire. Abia se abținea să nu o cuprindă în brațe și să-și lipească gura de a ei.

– Vreau să fac dragoste cu tine. Așa cum trebuie.

Ea se uită la ceas.

– Da, bineînțeles. Dacă asta vrei! Dar nu am o oră întreagă la dispoziție.

Guilder începu să se dezbrace, desfăcându-și ca un nebun cureaua, aruncându-și cât colo pantofii. Dar ceva nu era în regulă. Îi simțea ezitarea.

– Nu uiți ceva? îl întrebă ea.

Banii. Asta îi cerea. Cum se putea gândi la bani într-un asemenea moment? Ar fi vrut să-i spună că ceea ce aveau ei nu se putea măsura în dolari și cenți, sau ceva asemănător, însă nu reuși decât să bâiguie:

– Nu-i am la mine.

Ea se încruntă.

– Scumpule, nu așa merge treaba. Știi asta.

De-acum, Guilder intrase așa într-o vervă, încât abia mai pricepea ce se întâmplă. Stătea dinaintea ei doar în boxeri și maiou, cu pantalonii adunați în jurul gleznelor.

– Ești în regulă? Nu arăți prea bine.

– Te iubesc, îi spuse el.

Ea îi adresă un zâmbet afectat.

– Ce drăguț!

– Am spus că te iubesc.

– Bine, pot face asta. Nu e o problemă. Pune banii pe noptieră și spun orice vrei.

– Nu am bani. Ți-am dat brățara.

Brusc, nu mai era nicio urmă de căldură ori de prietenie în privirea ei.

– Horace, asta e o tranzacție, știi bine asta. Nu-mi place cum vorbești.

– Te rog, lasă-mă să fac dragoste cu tine.

Guilder își simțea urechile pulsându-i.

– Poți vinde brățara, dacă vrei. Valorează o grămadă de bani.

– Nu prea cred, scumpule.

I-o întinse înapoi, fără să-și ascundă disprețul.

– Îmi pare rău să ți-o spun, dar asta e sticlă. Nu știu cine ți-a vândut-o, dar ar trebui să-ți ceri banii înapoi. Acum haide, scumpule! Știi procedura.

Trebuia s-o facă să înțeleagă ce simțea. În disperarea lui, dădu s-o ia în brațe, însă picioarele i se prinseră în cracii pantalonilor. Shawna scoase un țipăt; următorul lucru pe care și-l amintea Guilder era că se trezise întins la podea. Își ridică fața ca să descopere un pistol ațintit spre capul lui.

– Ieși naibii afară!

– Te rog, gemu el cu glasul înecat de lacrimi. Ai spus că vrei să fii singura femeie din viața mea.

– Eu spun multe lucruri. Acum ieși afară și ia-ți știftul ăsta de brățară.

El se ridică greoi în picioare. În viața lui nu fusese mai umilit. Și totuși, ceea ce simțea cel mai mult era dragoste. O dragoste melancolică și deznădăjduită, care avea să-l consume pe dinăuntru.

– Sunt pe moarte.

– Toți suntem, scumpule. Arătă cu pistolul spre ușă. Fă cum îți spun, înainte să te las fără boașe!

Știa că nu mai putea da ochii cu ea din nou. Cum putuse să fie atât de prost? Conduse înapoi acasă, parcă mașina în garaj, stinse motorul și închise ușa cu telecomanda. Rămase în mașină vreme de treizeci de minute, neputând să-și adune energia de a se mișca. Era pe moarte. Se făcuse de râs. Nu avea s-o mai vadă nicicând pe Shawna, fiindcă nu însemna nimic pentru ea.

Atunci își dădu seama de motivul pentru care stătea încă în mașină. Nu trebuia decât să pornească din nou motorul. Ar fi ca și cum ar adormi. Nu ar mai trebui să se gândească vreodată la

Shawna, nici la Proiectul Noe, nici la traiul în captivitatea propriului trup muribund, nici la vizitele făcute tatălui său la centrul de recuperare – la nimic din toate astea. Toate grijile lui s-ar risipi, pur și simplu. Dând curs unui impuls pe care nu și-l putea explica, își scoase ceasul de la mână și portofelul din buzunarul de la spate, punându-le pe bord – ca și cum s-ar fi pregătit pentru culcare. Probabil se obișnuia să lase un bilet, dar ce să scrie? Cui să-i adreseze biletul?

De trei ori încercase să se convingă să întoarcă cheia în contact. De trei ori se răzgândi. Apoi începu să se simtă aiurea, stând așa în mașină – o umilință în plus. Nu-i mai rămânea altceva de făcut decât să-și pună înapoi ceasul la mână și portofelul în buzunar și să intre în casă.

Pe când Guilder conducea înapoi de la McLean, îi sună telefonul. Era Nelson.

– S-au pus în mișcare.

– Încotro?

– Peste tot. În Utah, Wyoming, Nebraska. Un grup uriaș se adună în vestul Kansasului. Făcu o pauză. Apoi: Nu de asta am sunat.

Guilder se duse direct la biroul lui. Nelson îl întâmpină din hol.

– Am prins semnalul cu puțin înainte de apus. E dintr-un turn la vest de Denver, dintr-un orășel pe nume Silver Plume. Ne-a luat ceva, dar am reușit să dau niște telefoane și să obțin niște favoruri de la Apărarea Națională ca să redirecționeze una dintre drone și să obținem astfel o imagine.

La calculatorul lui, îi arătă lui Guilder fotografia pixelată în alb și negru. Nu era fata, ci un bărbat. Stătea lângă o camionetă trasă pe partea dreaptă a unei autostrăzi. Arăta de parcă se ușura.

– Cine naiba e ăsta? Unul dintre doctori?

– E unul dintre tipii lui Richards.

Guilder era încurcat.

– Despre ce vorbești?

Preț de o clipă, Nelson păru ușor stânjenit.

– Scuze, credeam că știi și tu despre asta. I-au eliberat condiționat pe agresorii sexuali. Unul dintre micile proiecte ale lui Richards. Din motive de securitate, fiecare al șaselea civil din personal a fost selectat din arhiva națională.

– Îți bați joc de mine.

– Ba nici vorbă. Nelson bătu cu degetul în imaginea de pe ecran. Tipul ăsta, singurul supraviețuitor al Proiectului Noe, e un nenorocit de pedofil!

9

Camioneta cedă într-o dimineață târzie, în cea de-a doua zi de când Grey pornise la drum.

Era aproape ora prânzului, soarele era sus pe cer. După o noapte agitată la Motel 6 din apropiere de Leadville, Grey o luase pe I-70 de lângă Vail, după care începuse să coboare înspre Denver. Până în estul orășelului Golden, culoarul autostrăzii interstatale fusese în mare parte liber, dar de cum intrase pe inelul suburban, cu centrele lui comerciale uriașe și cu subdiviziunile tot mai răspândite, lucrurile începuseră să se schimbe. Porțiuni de autostradă erau sufocate de mașini abandonate, forțându-l s-o ia pe drumul de acces; parcările ce se întindeau de-a lungul autostrăzii erau scenele unui haos încremenit în timp: magazine cu geamuri sparte, mărfuri împrăștiate pe trotuar. Aici, nemișcarea era diferită – nu o simplă absență a sunetului, dar ceva mult mai intens, rău-prevestitor. Multe dintre cadavrele pe care le vedea erau fără cap, întocmai ca bărbatul suspendat de la Acoperișul Roșu. Grey se gândi că poate lui Zero și celorlalți le plăcea să taie capetele.

Se strădui din răsputeri să-și mențină privirea la drum, împingând carnajul la periferia câmpului său vizual. Energia ciudată și vibrantă pe care o simțise la Acoperișul Roșu nu i se risipise; creierul îi zumzăia încă precum o coardă ciupită. Nu dormise de o zi și jumătate, însă nu era obosit. Și nici nu-i era foame, un lucru neobișnuit pentru el. Grey obișnuia să-și înăbușe senzația, dar, cumva, mâncarea nu-l atrăgea câtuși de puțin. În Leadville, își luase un baton de ciocolată de la un automat din holul Motelului 6, gândindu-se că trebuia să încerce să aibă ceva în stomac, însă numai mirosul chestiei ăleia afurisite îi făcuse stomacul să i se strângă ghem. Practic putea mirosi conservanții din el, o putoare scârboasă de chimicale, ca a unei soluții de curățat podele.

Când centrul orașului începu să se întrezărească, Grey înțelese că trebuia să iasă de pe autostradă. Pur și simplu nu avea cum să se strecoare printre mașini, iar situația nu făcea decât să se înrăutățească pe măsură ce se apropia. Opri camioneta în parcarea unui 7-Eleven și își verifică harta. Cea mai bună rută era să ocolească prin sud, deși nu era sigur de asta; nu cunoștea deloc Denverul.

Viră spre sud, apoi din nou spre est, croindu-și drum prin suburbii. Peste tot era la fel, nici picior de om prin jur. Și-ar fi dorit să aibă măcar radioul care să-i țină de urât, dar, când căută un post, nu găsi decât același hârâit sec pe care-l auzea de o zi și jumătate încoace. Se apucă să claxoneze o vreme, gândindu-se că astfel își anunță prezența supraviețuitorilor, însă în cele din urmă renunță. Nu mai rămăsese nimeni în viață să-l audă. Denver devenise o criptă.

Când îi muri motorul, Grey se afla într-o asemenea stare de disperare, încât, preț de câteva secunde, nici nu observă. Atât de apăsătoare era liniștea din jur, încât începuse să creadă că nu va mai vedea vreodată un chip de om și că lumea întreagă, nu doar Denverul, fusese curățată de orice formă de viață. Dar apoi își dădu seama ce se întâmplase: îi cedase motorul. Câteva secunde, camioneta continuă să meargă din propria inerție, însă volanul i se blocase; lui Grey nu-i rămăsese decât să aștepte ca mașina să se oprească singură.

Iisuse, asta-i mai lipsea! Strecurând pistolul lui Iggy în buzunarul salopetei, coborî din mașină și săltă capota. Grey avusese destule hârburi la viața lui ca să știe când se rupea cureaua de transmisie. Logic ar fi fost să abandoneze mașina și să găsească o alta, cu chei în contact. Se afla pe un bulevard mare, plin cu hipermarketuri: Best Buy, Target, Home Depot. Soarele strălucea cu putere. Fiecare parcare era înțesată de mașini. Însă nu-i dădea mâna să le verifice pe fiecare în parte, știind ce avea să găsească. Schimbase multe curele de transmisie la viața lui. Nu avea nevoie decât de o curea nouă și de câteva unelte de bază, o șurubelniță și vreo două chei. Poate că la Home Depot aveau și piese auto. Nu strica să arunce o privire.

Traversă autostrada și se îndreptă spre ușă, care era deschisă. Țarcul cu tuburi de propan de la intrare fusese desfăcut cu forța și toate canistrele furate, dar, altfel, partea din față a magazinului părea neatinsă. Un șir de mașini de tuns iarbă, prinse laolaltă cu un lanț, așteptau nestingherite lângă ușă, la fel ca mobila de grădină acoperită de polen galben. Singura dovadă că ceva nu era chiar în regulă era placa mare și pătrată din lemn, sprijinită de zid, pe care erau scrise cu vopsea cuvintele NU MAI AVEM GENERATOARE.

Grey își scoase pistolul din buzunar, întredeschise ușa și păși înăuntru. Nu era curent electric, dar în interior se menținuse o oarecare ordine; multe rafturi fuseseră golite complet, cu toate că podeaua fusese curățată de moloz. Ținând arma ridicată, înaintă cu băgare de seamă în magazin, căutând cu privirea printre semnele de deasupra culoarelor pe cel pe care scria PIESE AUTO.

Ajunse până pe la mijlocul culoarului, când Grey se opri brusc. De undeva din față și din stânga lui auzi un foșnet scăzut, urmat de un murmur aproape imperceptibil. Grey făcu doi pași înainte și trase cu ochiul după colț.

Era o femeie. Stătea dinaintea unui panou cu mostre de vopsea. Era îmbrăcată în blugi și într-o cămașă bărbătească; părul, castaniu-deschis, îi era dat după urechi și ținut pe spate de o pereche de ochelari de soare. Era și gravidă – nu genul de gravidă care mai avea puțin și năștea, dar cu o sarcină destul de înaintată. Cât o urmări Grey cu privirea, femeia scoase un pătrățel de culoare dintr-una dintre fante și îl înclină într-o parte, apoi în alta, încruntându-se gânditoare. După care îl puse înapoi.

Atât de neașteptată era prezența ei acolo, încât Grey nu putea s-o privească decât mut de uimire. Ce căuta acolo? Trecură nu mai puțin de treizeci de secunde, timp în care femeia nici nu-l observă, absorbită total de misiunea ei misterioasă. Nevrând s-o sperie, Grey puse pistolul pe un raft liber și făcu ușor un pas înainte. Ce ar trebui să-i spună? Nu se pricepuse niciodată să spargă gheața. Și nici la oameni nu se prea pricepea. Se mulțumi doar să-și dreagă glasul.

Femeia îi aruncă o privire peste umăr.

– Era și timpul, îi spuse ea. Stau aici de douăzeci de minute!

– Ce căutați aici, doamnă?

Ea se întoarse spre el.

– Este sau nu este acesta raionul cu vopsele?

Avea în mână o paletă de mostre de culoare, pe care o ținea deschisă ca pe un evantai.

– Mă gândeam la nuanța Garden Gate, dar mi-e să nu fie totuși prea închisă.

Grey era de-a dreptul uluit. Voia s-o ajute să aleagă vopseaua?

– Știu, probabil că nimeni nu-ți cere părerea, continuă ea brusc – puțin cam prea brusc, se gândi Grey. *Pune vopseaua în găleată și ia-mi banii*, sunt sigură că asta spune toată lumea. Dar eu apreciez părerea cuiva care lucrează în domeniu. Deci, ce crezi? După părerea ta de profesionist.

Grey se afla acum la doar câțiva pași depărtare de ea. Chipul îi era osos și palid, cu niște riduri ușoare la colțul ochilor.

– Mi-e teamă că nu înțelegeți. Nu lucrez aici.

Ea își miji ochii la el.

– Nu?

– Doamnă, nu lucrează nimeni aici.

O umbră de nedumerire i se strecură pe față, însă dispăru la fel de repede, înlocuită de o expresie de iritare.

– Vai, dar nu e nevoie să-mi spui asta! scuipă ea cuvintele. Tare greu mai e să obții o mână de ajutor pe aici. Acum, continuă ea, după cum spuneam, vreau să știu care dintre astea două ar merge mai bine pentru camera copilului. Îi aruncă un zâmbet timid: Bănuiesc că se vede, aștept un copil.

Grey întâlnise câțiva nebuni la viața lui, dar femeia asta îi întrecea pe toți.

– Doamnă, nu cred că ar trebui să fiți aici. Nu sunteți în siguranță.

Trecu ceva până când ea îi răspunse; era ca și cum îi procesa cuvintele, ca apoi, în următoarea secundă, să le reinterpreteze înțelesul.

– Sincer, vorbești ca David. Iar adevărul este că m-am cam săturat de discursul ăsta. Oftă din toți rărunchii: Atunci rămâne Garden Grey. Iau opt litri, cu efect de coajă de ou, te rog. Dacă nu te superi, mă cam grăbesc.

Grey se simțea complet debusolat.

– Vreți să vă vând vopsea?

– Ei bine, ești sau nu ești managerul pe-aici?

Managerul? Când se întâmplase asta? Îi trecu prin minte că femeia asta se prefăcea doar.

– Doamnă, nu știți ce se întâmplă?

Ea trase de pe raft două găleți și i le întinse.

– Îți spun eu ce se întâmplă. Cumpăr niște vopsea, iar tu o să faci nuanța pe care ți-o cer eu, domnule – hm, nu ți-am reținut numele.

Grey înghiți cu greu. Era ceva la femeia asta care-l lăsa complet neputincios, de parcă ar fi fost tras de un cal de curse.

– Grey, răspunse el. Lawrence Grey.

Ea îi întinse gălețile, silindu-l să le ia. Doamne, practic îl pusese să completeze o cerere de angajare. Dacă o ținea tot așa, nu avea să mai găsească în veci o curea de transmisie.

– Ei bine, domnule Grey, opt litri de Garden Gate, te rog.

– Ăă, nu știu cum se face.

– Ba firește că știi. Arătă către stand: Pune-le în chestia aia, cum s-o numi.

– Doamnă, nu pot.

– Cum adică nu poți?

– Pentru început, nu e curent.

Remarca păru să aibă efectul scontat. Femeia își înălță capul spre tavan.

– Da, cred că am observat asta, spuse ea, cu un aer visător. Pare cam întuneric pe aici.

– Asta încercam să vă spun.

– Atunci, de ce n-ai zis așa? pufni ea. Deci nu se poate Garden Gate. Nu se poate nimic, de altfel. Trebuie să-ți mărturisesc, sunt chiar dezamăgită. Speram să termin azi camera copilului.

– Doamnă, nu cred că...

– Adevărul este că asta era treaba lui David, dar nu, el a trebuit să plece să salveze lumea și să mă lase pe mine închisă în casă ca un prizonier. Și unde naiba e Yolanda? Scuză-mi limbajul. Dar știi, după câte am făcut pentru ea, m-aș fi așteptat la puțină recunoștință. Măcar să dea un telefon.

David. Yolanda. Cine erau oamenii ăștia? Totul era derutant și cât se poate de ciudat, dar un lucru era sigur: biata femeie rămăsese de una singură. Dacă Grey nu găsea o cale s-o ia de-acolo, nu ar mai fi avut mult de trăit.

– De ce nu o vopsești în alb? se oferi el. Sunt sigur că din ăsta au destul.

Ea îl privi neîncrezătoare.

– De ce aș vrea s-o vopsesc toată în alb?

– Păi, se spune că merge cu orice, nu?

Pentru numele lui Dumnezeu, auzi-l ce spune! Vorbea ca papagalii ăia de la televizor.

– Poți face orice cu alb. Poți să mai adaugi după niște culoare camerei. Niște perdele sau altele în genul ăsta.

Ea șovăi.

– Nu știu ce să zic. Pare prea banal. Pe de altă parte, am zis că vreau să termin astăzi cu vopsitul.

– Întocmai, făcu Grey, silindu-se să zâmbească. Asta spun și eu. Poți s-o vopsești în alb, și te ocupi de restul după ce vezi cum vine. Eu asta aș recomanda.

– Iar albul chiar merge cu orice. Ai dreptate în privința asta.

– Ai spus că e vorba de o cameră de copil, nu? Deci poate mai târziu ai putea adăuga și o bordură, ca s-o mai înveselești puțin. Ceva cu iepurași, știi tu.

– Iepurași ai spus?

Grey înghiți cu greu. De unde o scosese pe asta? Iepurașii erau mâncarea preferată a bețelor fluorescente. Îl văzuse pe Zero înfulecând grămezi întregi.

– Da, îngăimă el. Tuturor le plac iepurașii.

Aproape că vedea cum ideea asta pune stăpânire pe ea. Ceea ce îi ridică o nouă întrebare. Presupunând că femeia era de acord să plece de acolo, ce-ar fi urmat? Nu o putea lăsa de capul ei. Se mai întrebă și în ce lună era. A cincea? A șasea? Nu se pricepea la chestii dintr-astea.

– Chiar cred că ai dreptate aici, îi spuse femeia, încuviințând scurt din bărbia ei ascuțită. Pare că suntem pe aceeași lungime de undă, domnule Grey.

– Spune-mi Lawrence.

Îi întinse mâna, zâmbindu-i.

– Spune-mi Lila.

Abia când se trezi în Volvo-ul femeii – Lila chiar lăsase un teanc de bani la una dintre case, împreună cu un bilet în care promitea c-o să se întoarcă – Grey își dădu seama că undeva între căratul găleților cu vopsea la mașină și pusul lor în portbagaj, ea reușise să-l facă să accepte să se ocupe de vopsitul camerei copilului. Nu-și amintea cu exactitate când se întâmplase asta, se întâmplase pur și simplu. Următorul lucru pe care îl reținu era că porniseră la drum, femeia la volanul Volvo-ului, conducând de-a lungul orașului părăsit, printre mașini abandonate și cadavre umflate, printre camioane răsturnate de-ale armatei și grămezi încă fumegânde din ceea ce fuseseră cândva blocuri de apartamente.

– Serios acum, remarcă ea, ocolind cabina arsă a unui camion de FedEx căruia abia dacă-i aruncase o privire, ai zice că oamenii au bunul simț să cheme serviciul de tractări și nu să-și lase mașina în mijlocul drumului.

Continuă să vorbească despre camera copilului (o nimerise cu iepurașii), ascultând și mai multe reproșuri la adresa lui David, pe care Grey îl bănuia ca fiind soțul ei. Grey înțelesese că bărbatul plecase undeva, lăsând-o singură în casă. După câte văzuse, ar fi zis că bărbatul murise mai mult ca sigur. Poate că femeia era nebună dinainte, deși Grey se îndoia de asta. Dar ceva rău i se întâmplase, ceva foarte rău. Era o denumire pentru asta, știa el. Șoc posttraumatic sau așa ceva. Practic, femeia știa și nu știa, mintea ei, aflată într-o stare de groază, protejând-o de adevăr – un adevăr pe care, mai devreme sau mai târziu, Grey trebuia să i-l spună.

Ajunseră în fața casei, o clădire mare, din cărămidă, în stil Tudor, care părea să troneze asupra întregii străzi. Bănuise deja că femeia provenea dintr-o familie înstărită după felul în care îi vorbise, dar mai era ceva. Grey scoase lucrurile din portbagajul Volvo-ului – pe lângă vopsea, mai cumpărase și un pachet de trafalete, o tavă și mai multe feluri de pensule – și urcă treptele. Ajunsă în fața ușii, Lila se chinui ceva cu cheile.

– Întotdeauna se înțepenește puțin.

O împinse cu umărul, deschizând-o și făcând astfel să iasă un val de aer stătut. Grey o urmă în hol. Se așteptase ca interiorul casei să fie asemănător cu cel al unui castel, încărcat de draperii grele, de mobilă și de candelabre joase, dar nici pe departe, semăna mai degrabă cu un birou în care locuiau niște oameni. La stânga lui, o boltă largă ducea către sufragerie, ocupată de o masă lungă din sticlă și câteva scaune care nu arătau deloc confortabil; la dreapta lui era camera de zi, un spațiu gol, întrerupt doar de prezența unei canapele lungi și a unui pian negru. Preț de o clipă, Grey rămase în loc, ținând stângaci gălețile cu vopsea în mână, încercând să-și adune gândurile. Simțea un miros – un iz înțepător de gunoi, ce venea de undeva din fundul casei.

Pe măsură ce tăcerea se adâncea, Grey se căzni să găsească ceva de spus.

– Cânți? o întrebă el.

Lila își lăsă poșeta și cheile pe măsuța de lângă ușă.

– La ce să cânt?

Grey arătă către pian. Ea își îndreptă capul spre instrument, părând ușor speriată.

– Nu, răspunse ea, încruntându-se. A fost ideea lui David. Puțin cam pretențioasă, dacă mă întrebi pe mine.

Îl conduse în susul scărilor, aerul devenind din ce în ce mai greu pe măsură ce urcau. Grey o urmă până la capătul holului acoperit de covoare.

– Am ajuns, anunță ea.

Camera părea nefiresc de strâmtă, având în vedere dimensiunile casei. Într-un colț era ridicată o scară, podeaua era acoperită cu o folie de plastic lipită cu bandă adezivă de plinte; un trafalet zăcea într-o tăviță cu vopsea, care se uscase de la căldură. Grey înaintă. Culoarea inițială a camerei fusese un crem neutru, dar cineva – Grey bănuia că Lila – dăduse haotic niște dungi late pe pereți, care nu urmau vreun tipar anume. Trebuia să dea pe puțin trei straturi ca să le acopere.

Lila rămăsese în prag, cu mâinile în șolduri.

– Probabil e destul de evident, spuse ea, strâmbându-se. Nu mă pricep cine știe ce la vopsit. Cu siguranță nu sunt un profesionist, așa ca tine.

Iar mă ia cu asta, se gândi Grey. Dar, de vreme ce hotărâse să-i facă jocul, nu vedea ce rost ar fi avut s-o contrazică.

– Ai nevoie de ceva înainte să te apuci?

– Nu cred, îngăimă Grey.

Ea căscă larg, cu mâna la gură. Oboseala părea s-o fi cuprins brusc, de parcă ar fi fost un balon care se dezumflă ușor.

– Atunci mai bine te las. Mă duc să mă odihnesc puțin.

Și, spunând acestea, îl lăsă singur. Grey auzi ușa închizându-se cu zgomot la capătul holului. Ei bine, asta da nebunie, își spuse el. Să vopsească o cameră de copil în casa unei femei bogate nu era nici pe departe ce-și închipuise c-o să facă atunci când se trezise la Acoperișul Roșu. Ascultă în continuare, însă nu mai auzi nimic. Și poate că cel mai nebunesc lucru dintre toate era că nici nu-l deranja asta. Femeia era dusă cu pluta și cam făcea pe șefa. Și nu era ca și cum ar fi păcălit-o în privința identității lui, de vreme ce nu-l întrebase. Îi plăcea să-și pună cineva încrederea în el, chiar dacă nu o merita.

Aduse lucrurile din hol și se apucă de lucru. Nu vopsise multe la viața lui, dar nu era atât de greu și, curând, își intră în ritm, cu mintea plăcut de goală. Aproape că uită de trezirea la Acoperișul Roșu, de Zero, de Richards, de Chalet și de toate celelalte. Trecu o oră, apoi încă una; tocmai se ocupa de marginile tavanului, când Lila apăru în prag, cu o tavă în mână pe care erau un sandviș și un pahar cu apă. Se schimbase într-o rochie de gravidă, cu talie înaltă, care, în ciuda lărgimii ei, o făcea să pară și mai gravidă.

– Sper că-ți place tonul.

El se dădu jos de pe scară ca să-i ia tava. Pâinea era acoperită de un strat gros de mucegai; venea și un miros rânced de maioneză. Grey simți cum i se întoarce stomacul pe dos.

– Poate mai târziu, se bâlbâi el. Vreau mai întâi să dau și a doua mână.

Lila nu mai spuse nimic, ci se dădu un pas înapoi, ca să se uite prin cameră.

– Trebuie s-o recunosc, arată foarte bine. *Mult* mai bine. Nu știu de ce nu m-am gândit și eu la alb înainte. Își întoarse din nou privirea la Grey: Sper că nu mă consideri prea directă, domnule Lawrence, și nu vreau să-ți faci o idee greșită, dar nu cumva ai nevoie de un loc unde să rămâi peste noapte?

Grey fu luat pe nepregătite; nu se gândise atât de departe. De fapt, nu se gândise deloc la asta. Era ca și cum se molipsise de aiureala ei. Firește că voia ca el să rămână. După atâtea zile singură, nici gând să-l lase să-i scape acum – ideea era să-l țină aici cu ea. Plus de asta, unde să se ducă?

– Bun, așa rămâne atunci, zise ea râzând. Sincer să-ți spun, sunt tare ușurată. Mă simțeam atât de vinovată fiindcă te-am pus să faci asta fără să te întreb măcar dacă nu trebuia să ajungi în altă parte. După ce mi-ai fost așa un ajutor!

– E în regulă, răspunse Grey. Vreau să spun, rămân bucuros.

– Nu-i nevoie să-mi mulțumești.

Conversația părea să se fi încheiat, însă, ajunsă în prag, Lila se întoarse pe călcâie, strâmbând din nas a dezgust.

– Îmi pare rău pentru sandviș. Știu că nu pare prea apetisant. Am tot zis c-o să merg la piață. Dar am să-ți pregătesc ceva bun la cină.

Grey lucră toată după-amiaza, terminând de dat ultima mână tocmai când soarele apunea la fereastră. Trebuia s-o recunoască, nu ieșise deloc rău. Puse pensulele și trafaletul pe tăviță, coborî scările și merse de-a lungul holului principal până în bucătărie. Întocmai ca restul casei, și aceasta avea o înfățișare golașă, modernă, cu dulapuri albe, blat din marmură neagră, electrocasnice cromate, efectul fiind știrbit doar de sacii de gunoi care erau peste tot și de unde venea putoarea de mâncare veche. Lila stătea dinaintea plitei – se părea că încă era gaz – și amesteca într-o oală la lumina unei lumânări. Pe masă erau puse farfurii, șervețele, tacâmuri, chiar și o față de masă.

– Sper că-ți plac roșiile, spuse Lila, zâmbindu-i.

Lila îl conduse într-o încăpere micuță, dincolo de bucătărie, în care era o chiuvetă de serviciu. Nu era apă ca să spele pensulele, așa că Grey le lăsă acolo, folosindu-se de o cârpă ca să-și curețe mâinile pe cât putu mai bine. Ideea supei de roșii îl dezgustă de-a dreptul, însă trebuia să încerce cât mai convingător să mănânce – pur și simplu nu avea cum s-o evite. Când se întoarse, Lila turna supa de roșii aburindă în două castroane, pe care le duse apoi la masă, împreună cu un platou de biscuiți sărați.

– Poftă bună!

Prima lingură aproape că-l făcu să vomite. Nici nu ziceai că era comestibilă. În ciuda tuturor instinctelor lui, reuși să înghită. Lila nu păru să bage de seamă chinul prin care trecea el, rupând biscuiții, aruncându-i în supă și băgându-i apoi cu lingura în gură. Numai prin puterea voinței mai luă o lingură, apoi încă una. Grey simțea cum i se adună supa pe fundul stomacului, ca o masă inertă.

– Scuză-mă o clipă.

Încercând să n-o ia la fugă, se retrase în cămăruța de serviciu, ajungând la chiuvetă exact la timp. De obicei, făcea zgomot mare când vomita, dar nu și acum: supa păru să iasă fără efort afară din corpul lui. Iisuse, ce era în neregulă cu el? Își șterse gura, așteptând un moment să-și revină, apoi se reîntoarse la masă. Lila îl privea cu îngrijorare.

– Nu-ți place supa? îl întrebă ea cu blândețe.

Nici nu se putea uita la chestia aia. Se întrebă dacă îi simțise cumva izul de vomă din răsuflare.

– E bună, îngăimă el. Doar că... nu mi-e prea foame.

Răspunsul păru s-o mulțumească. Îl privi o clipă prelungă, înainte să i se adreseze din nou:

– Sper că nu te deranjează că te întreb, domnule Lawrence, dar ai vrea ceva de lucru?

– Tot de vopsit?

– Cu siguranță că ar mai fi și de vopsit, dar mă gândeam și la alte lucruri. Pentru că am impresia, și iartă-mă, te rog, că am tras asemenea concluzii, că ai fi cumva... la strâmtoare. Dar nu e nimic în neregulă cu asta, nu mă înțelege greșit. Ți se mai întâmplă și dintr-astea, spuse, aruncându-i o privire piezișă peste masă. Nu lucrezi la Home Depot, nu-i așa?

Grey clătină din cap.

– Așa mă gândeam și eu! Deși m-ai păcălit bine. Cu toate astea, ai făcut o treabă foarte bună. O treabă *excelentă*. Care îmi întărește și mai mult convingerea, dacă înțelegi ce spun. Fiindcă aș vrea să te ajut să te pui pe picioare. Mi-ai fost de mare ajutor, mi-ar plăcea să-ți întorc favoarea. Numai Dumnezeu știe că sunt o grămadă de treburi de făcut pe-aici. Mai e de pus bordura și mai e problema cu aerul condiționat, desigur, și curtea, nu ai văzut curtea...

Dacă nu o oprea acum, Grey știa că n-ar mai fi plecat în veci de-acolo.

– Doamnă...

– Te rog. Cu o mână ridicată, îi adresă un zâmbet binevoitor: Spune-mi Lila.

– Bine, Lila, spuse Grey oftând. N-ai observat nimic... ciudat?

Se încruntă nedumerită.

– Nu înțeleg ce vrei să spui.

Cel mai bine ar fi s-o înștiințez treptat, își spuse Grey.

– Uite, de exemplu, nu e curent.

– A, asta, făcu ea cu un gest indiferent din mână. Mi-ai zis deja de asta la magazin.

– Dar nu ți se pare ciudat că tot nu a venit? Nu crezi că ar fi trebuit să-l fi reparat deja?

O umbră de îngrijorare i se strecură pe chip.

– Habar n-am. Sincer, nu-mi dau seama unde vrei să ajungi cu asta.

– Și David, ai spus că nu te-a sunat. Cât timp a trecut?

– Ei bine, David e un tip ocupat. Foarte ocupat.

– Nu cred că ăsta e motivul pentru care nu a sunat.

Vocea ei era perfect plată.

– Nu crezi?

– Nu.

Lila strânse bănuitoare din ochi.

– Lawrence, știi ceva ce eu nu știu? Fiindcă dacă ești un prieten de-al lui David, sper c-ai avea bunul simț să-mi spui.

Grey ar fi putut la fel de bine să încerce să prindă o muscă din aer.

– Nu, nu sunt niciun prieten de-al lui. Spuneam doar că... Nu-i rămânea decât varianta directă: N-ai observat că nu sunt oameni prin jur?

Lila îl privi lung, cu brațele încrucișate peste burta ei mare. În ochi i se citea o furie abia stăpânită. Se ridică brusc, înșfăcă bolul de pe masă și îl duse la chiuvetă.

– Lila...

Ea clătină cu emfază din cap, fără să se uite la el.

– Nu-ți permit să vorbești așa.

– Trebuie să plecăm de-aici.

Trânti bolul în chiuvetă și dădu drumul la robinet, începând să se legene cu putere înainte și înapoi, dar fără folos.

– Fir-ar să fie, nu e apă! De ce nu e picătură de apă?

Grey se ridică în picioare. Ea se întoarse cu fața spre el, încleștându-și pumnii de furie.

– Nu înțelegi? Nu pot s-o pierd și pe ea! Nu pot!

Vorbea de copil? Și ce voia să spună „și pe ea“?

– Nu putem rămâne aici.

Mai făcu un pas înainte cu băgare de seamă, de parcă s-ar fi apropiat de un animal sălbatic.

– Nu suntem în siguranță aici.

Lacrimile începură să-i curgă năvalnic pe obraji.

– De ce faci asta? De ce?

Se repezi spre el, cu pumnii ridicați ca niște ciocane. Grey fu împins pe călcâie. Ea începu să-i dea cu pumnii în piept, ca și cum ar fi încercat să spargă o ușă. Însă atacul ei nu era organizat, ci doar expresia unei furii, a unei panici, a unei furtuni emoționale care răbufnise înăuntrul ei. Pe când se dădu înapoi, Grey avu timp să-și recapete echilibrul și s-o tragă spre el așa cum își apucă un boxeur adversarul, cuprinzându-i partea de sus a trupului și strângându-i mâinile la spate. Fusese un gest reflex; nu știa ce altceva să facă.

– Nu spune asta, zise Lila pe un ton rugător, zbătându-se în strânsoarea lui. Nu e adevărat, nu e adevărat...

Apoi, cu un oftat adânc și un geamăt de capitulare, scoase aerul afară și se prăbuși peste el.

O vreme, poate un minut întreg, rămaseră așa, prinși într-o îmbrățișare stânjenitoare. Grey nu putea fi mai uimit de atât – nu de reacția ei violentă, pe care o prevăzuse, ci de faptul că ținea în brațe un trup de femeie. Cât de subțire era! Cât de diferită de el! Cât trecuse de când Grey nu mai ținuse în brațe o femeie, o altă ființă umană? Sau de când nu mai atinsese măcar o altă persoană? Simțea rotunjimea pântecelui Lilei lipit de el, o prezență stăruitoare. Un bebeluș, se gândi Grey, și pentru prima oară își dădu seama de implicațiile acestui lucru. Pe fundalul haosului și al carnajului din această lume care înnebunise de tot, femeia asta aștepta un copil.

Grey își slăbi strânsoarea și se dădu înapoi. Privirea Lilei era ațintită la podea. Femeia vioaie și înfiptă pe care o întâlnise la raionul cu vopsele dispăruse; în locul ei stătea acum o ființă fragilă și împuținată, aproape ca un copil.

– Pot să te întreb ceva, Lawrence? spuse ea cu glas subțire.

Grey dădu din cap că da.

– Cu ce te ocupai înainte?

Preț de o clipă, nu îi pricepu întrebarea; apoi își dădu seama că se referea la ocupația lui.

– Curățam, răspunse el, ridicând din umeri. Adică, eram om de serviciu.

Lila reflectă la răspunsul lui fără vreo expresie pe chip.

– Aș zice că m-ai prins aici, spuse ea abătută, ștergându-și nasul cu dosul palmei. Sinceră să fiu, eu nu cred că am fost ceva vreodată.

Se lăsă din nou tăcerea, Lila privind la podea, Grey chinuindu-și mintea să găsească ceva de spus. Căci de cuvintele următoare depindea șansa lor de supraviețuire.

– Am mai pierdut un copil înainte, spuse Lila. O fetiță.

Grey așteptă.

– Avea ceva la inimă, vezi tu, continuă ea, ducându-și mâna la piept. Avea o problemă cu inima.

Era ciudat; stând acolo, în tăcere, lui Grey i se păru că o cunoaște de când lumea. Sau, dacă nu asta, atunci ceva asemănător. Era ca atunci când te uitai la o fotografie din care nu înțelegeai nimic de aproape, apoi te dădeai un pas în spate și, brusc, căpăta sens.

– Cum o chema? întrebă Grey.

Lila își ridică fața brăzdată de lacrimi. O clipă, nu făcu decât să-l privească lung, cu ochii strânși într-o expresie scrutătoare. Nu era sigur dacă nu cumva făcuse o greșeală, punându-i întrebarea. Pur și simplu îi ieșise pe gură.

– Mulțumesc, Lawrence. Nu mă întreabă nimeni asta. Nici nu mai știu cât timp a trecut.

– De ce nu te întreabă?

– Nu știu, răspunse, ridicând ușor din umeri. Presupun că se gândesc că aduce ghinion sau ceva de genul ăsta.

– Eu nu.

Se lăsă o scurtă tăcere. Grey se gândi că nu mai simţise în viaţa lui atâta milă pentru altcineva.

– Eva, spuse Lila. Pe fiica mea o chema Eva.

Rămaseră împreună în prezenţa numelui. Afară, dincolo de ferestrele de la casa Lilei, noaptea se aşternea. Grey îşi dădu seama că începuse să plouă – o ploaie măruntă şi deasă, de vară, care bătea uşor în geamuri.

– Nu sunt chiar cine crezi tu că sunt, mărturisi Grey.

– Nu eşti?

Ce voia oare să-i spună? Adevărul, desigur, sau o versiune a lui, doar că, în ultima zi şi jumătate, ideea adevărului părea că îi scăpase cu totul de sub control. Nici nu ştia de unde să înceapă.

– E în regulă, îi spuse Lila. Nu trebuie să-mi spui nimic. Indiferent de cine ai fost înainte, acum nu mai contează.

– S-ar putea să conteze. Am avut... nişte probleme.

– Dar atunci eşti la fel ca noi, restul, nu? Încă o persoană cu secrete. Îşi întoarse privirea: Asta e partea cea mai rea dintre toate, să te gândeşti la asta. Oricât ai încerca, nimeni nu va şti vreodată cine eşti cu adevărat. Eşti doar tu, singur într-o casă, doar cu gândurile tale şi nimic altceva.

Grey dădu din cap. Ce mai era de spus?

– Promite-mi că n-ai să pleci, spuse Lila. Orice s-ar întâmpla, să nu faci asta.

– Bine.

– O să ai grijă de mine. O să avem grijă unul de altul.

– Promit.

Conversaţia părea să se fi încheiat aici, Lila, oftând din greu, se îndreptă de spate.

– Mai bine mă duc la culcare. Mă gândesc că vrei să plecăm mâine la prima oră, dacă te citesc corect.

– Cred că aşa ar fi cel mai bine.

Îşi plimbă melancolică privirea prin bucătăria cu electrocasnicele ei sclipitoare, peste sacii de gunoi care dădeau pe afară şi peste vasele murdare din chiuvetă.

– E păcat, totuşi. Chiar voiam să termin camera copilului. Dar bănuiesc că va trebui să mai aştepte. Îl privi din nou şi spuse: Încă ceva, să nu mă faci să mă gândesc la asta.

Grey înţelese ce anume voia de la el: *Nu mă face să mă gândesc la lume.*

– Dacă aşa vrei.

– Noi doar..., începu ea, părând că-şi caută cuvintele. Mergem la ţară, ce părere ai? Crezi că poţi face asta pentru mine?

Grey încuviinţă din cap. Cererea i se păru ciudată, ba chiar stupidă, dar s-ar fi îmbrăcat şi în clovn, dacă asta ar fi convins-o să plece de-acolo.

– Bun! Atunci, ne-am înţeles.

Aşteptă ca ea să mai spună ceva sau să iasă din cameră, dar nu se întâmplă nimic. Chipul Lilei era acum schimbat – avea o expresie de concentrare intensă, ca şi cum s-ar fi chinuit să citească un scris mic, pe care numai ea îl vedea. Apoi, deodată, căscă ochii mari; părea pe punctul de a izbucni în râs.

– Doamne, ce scenă am mai făcut şi eu! Nu-mi vine să cred!

Îşi duse mâinile la obraji, apoi prin păr.

– Probabil că arăt oribil. Arăt oribil, nu-i aşa?

– Arăţi foarte bine, îngăimă Grey.

– Poftim, am musafiri şi acum s-a stricat şi robinetul. Brad o să înnebunească de-a binelea.

Nu mai auzise numele ăsta.

– Cine-i Brad?

Lila se încruntă.

– Soţul meu, fireşte.

– Am crezut că David e soţul tău.

Ea îi aruncă o privire goală.

– Aşa e. David am vrut să zic.

– Dar ai spus...

Lila îl expedie cu un gest din mână.

– Eu spun multe, Lawrence. Va trebui să te obişnuieşti cu mine. Probabil crezi că sunt o nebună, şi ai avea dreptate.

– Nu cred deloc asta, minţi Grey.

Un zâmbet ironic apăru pe chipul ei osos.

– Amândoi știm că spui asta doar ca să fii drăguț. Dar apreciez gestul. Scrută încă o dată încăperea, dând ușor din cap. Ce zi, nu-i așa? Mi-e teamă că nu avem o cameră de oaspeți, dar am pregătit canapeaua pentru tine. Dacă nu te deranjează, cred că o să las vasele pentru mâine-dimineață. Acum îți spun noapte bună.

Grey nu știa ce să priceapă din toate astea. Era ca și cum Lila ieșise din transa ei de negare, doar ca să alunece din nou în ea. Nu, nu să alunece; își făcea asta dinadins, forțându-și gândurile să revină printr-un act de pură voință. O urmări cu privirea, mut de uimire, cum se îndreaptă spre ușă, ca apoi să se întoarcă din nou spre el:

– Mă bucur atât de mult că ești aici, Lawrence, spuse ea, zâmbindu-i trist. O să ne înțelegem bine amândoi. Sunt sigură de asta.

După care plecă. Grey îi ascultă mersul greoi de-a lungul coridorului, apoi în sus pe scări. Strânse restul vaselor de pe masă. I-ar fi plăcut să le spele, ca ea să intre a doua zi de dimineață într-o bucătărie curată, dar nu avea de ales decât să le lase în chiuvetă, laolaltă cu celelalte.

Luă una dintre lumânările de pe masă și o duse în sufragerie. Dar de cum se așeză pe canapea, știu că somnul nici nu intră în discuție. Creierul îi era alert, se simțea ușor îngrețoșat de la supă. Mintea i se întorcea iar și iar la scena din bucătărie, la clipa în care el își pusese brațele după ea. Nu era chiar o îmbrățișare, o făcuse doar ca s-o oprească pe Lila din a-l mai lovi. Dar, la un moment dat, se simțise ca unul. Și fusese un sentiment plăcut – mai mult decât plăcut. Și nu era nimic sexual în gestul lui, își aminti Grey. Trecuseră ani buni de când Grey nu mai avusese parte de nimic sexual – avuseseră grijă antiandrogenii de asta – și, pe deasupra, femeia era gravidă, pentru numele lui Dumnezeu! Acum că se gândea mai bine, poate ăsta fusese și motivul pentru care se simțise atât de bine. Femeile însărcinate nu îmbrățișează oameni fără niciun motiv. Ținând-o în brațe pe Lila, Grey se simțise ca și cum pășise într-un cerc, iar în interiorul acelui cerc nu erau doi oameni, ci trei – fiindcă era și bebelușul acolo. Poate că Lila era nebună sau poate că nu. Dar nu era nicidecum de judecat. Însă recunoștea că asta făcea diferența, într-un fel sau altul. Ea îl alesese pe el s-o ajute, și el exact asta avea de gând să facă.

Șirul acestor gânduri aproape că-l adormi pe Grey, când liniștea fu întreruptă de scâncetul unui animal. Se sculă în capul oaselor, alungându-și buimăceala; urletul venise de afară. Dădu fuga la fereastră.

Atunci își aminti de pistolul lui Iggy. Fusese atât de distras, încât îl lăsase la Home Depot. Cum putuse să fie atât de prost?

Își lipi fața de geam. Nu vedea nimic mișcându-se. Grey așteptă o clipă, ținându-și răsuflarea. O siluetă ștearsă sări printre copaci, imaginea ei îndepărtându-se, apoi pierzându-se de tot.

Grey știa că nu mai putea închide ochii toată noaptea. Dar nu conta. Lila dormea la etaj, visând la o lume care nu mai exista, în timp ce dincolo de pereții casei stătea la pândă un rău monstruos – un rău din care făcea parte și Grey. Mintea îi reveni la scena din bucătărie, la imaginea Lilei, stând lângă chiuvetă, cu lacrimile curgându-i nestăvilite pe obraji și cu pumnii încleștați de furie. *Nu pot s-o pierd și pe ea. Nu pot.*

Avea să stea de pază la fereastră până dimineață, iar după, la răsăritul soarelui, aveau să plece naibii de aici.

Lila Kyle fierbea în întuneric.

Auzise scâncetul de afară. Un câine, se gândi ea; trebuie să i se fi întâmplat ceva unui câine. Vreun motociclist bezmetic gonind pe străzi? Mai mult ca sigur că asta se întâmplase. Oamenii ar trebui să fie mai atenți cu animalele lor de casă.

Nu te gândi, își spuse ea. Nu te gândi nu te gândi nu te gândi!

Lila se întrebă cum ar fi fost să fie câine. Erau niște avantaje, clar. O existență perfect lipsită de griji, cu nicio așteptare alta decât să fii mângâiat pe cap, să fii plimbat prin cartier ori să-ți simți stomacul plin. Probabil Roscoe (fiindcă pe *Roscoe* îl auzise ea; bietul Roscoe) nici nu știuse ce i se întâmplase. Sau poate doar puțin, la final. Într-o clipă, adulmeca pe stradă, după mâncare – Lila își aminti de chestia care îi atârna din gură de dimineață – în următoarea: ei bine, nu mai fusese una. Roscoe se cufundase în somnul uitării.

Și mai era bărbatul ăsta. Acest Lawrence Grey despre care Lila își dădu seama că nu știa absolut nimic. Era un om de serviciu. Se ocupa de curățenie. Ce anume curăța? Ei bine, David ar face o criză de nervi dacă ar afla că lăsase un străin în casă. I-ar fi plăcut să vadă expresia de pe fața lui David. Era posibil ca Lila să-l fi judecat greșit pe Lawrence Grey, însă nu prea credea asta. Mereu se pricepuse la oameni. Adevărat, Lawrence pomenise de niște lucruri nu prea plăcute în bucătărie – *deloc* plăcute. Ceva despre curentul electric și că nu mai erau oameni prin jur. (Morți, morți, toți erau morți). O supărase, fără îndoială. Dar, sinceră să fie, făcuse o treabă minunată vopsind camera copilului și își dădea seama numai uitându-se la el că avea o inimă de aur. O altă expresie preferată de-a tatălui ei. Ce însemna asta, mai exact? Cum putea fi o inimă de aur? Tati, sunt doctor, îi spusese ea cândva, și știu sigur că inima nu este din aur.

Lila se surprinse suspinând. Făcea un efort atât de mare să nu-și lase mintea s-o ia razna. Căci asta trebuia să faci; trebuia să vezi lucrurile într-o anumită lumină, nu într-alta și, indiferent de ce ți se întâmplă, nu trebuia să-ți iei privirea din direcția aia. Altfel, lumea te-ar copleși, ar năvăli peste tine ca un val și atunci ce s-ar ajunge de tine? De casă nu avea să-i fie dor; o urâse în secret din clipa în care îi pășise pragul, cu dimensiunile ei de prost gust, cu încăperile ei nenumărate și cu lumina galbenă. Nu semăna deloc cu cea de pe Maribel Street în care locuiseră ea și Brad – micuță, confortabilă, plină de lucruri pe care le îndrăgea – cum ar fi putut? Ce era o casă fără cei care trăiau în ea? Asta era o monstruozitate absurdă, un muzeu al nimicului. Fusese ideea lui David, firește. Casa lui David: nu era asta ceva din Biblie? Biblia era plină de case, de case așa și așa și de case nu cine știe ce. Lila își amintea că, în copilărie, se cuibărea pe canapea ca să se uite la *A Charlie Brown Christmas* – îi plăcea la nebunie Snoopy, aproape la fel de mult cât îi plăcea Peter Iepurașul – și la Linus, tipul deștept, cel care era de fapt un bărbat care se prefăcea că era doar un băiețel cu o păturică, cum pășea în fața scenei ca să-i spună lui Charlie Brown ce însemna Crăciunul. *Și în ținutul acela erau păstori, stând pe câmp și făcând de strajă noaptea împrejurul turmei lor. Dar îngerul le-a zis: Nu vă temeți. Căci, iată, vă binevestesc vouă bucurie mare, care va fi pentru tot poporul. Că vi s-a născut azi Mântuitor, Care este Hristos Domnul, în cetatea lui David*[1].

Cetatea lui David, Casa lui David.

Dar copilul, se gândi Lila. Copilul avea să fie acolo unde îi erau și gândurile. Nu în casă, nu în zgomotele de afară (unde erau monștri), nu în faptul că David nu venise acasă (David mort) și nici în orice altceva. Cărțile o arătaseră cât se poate de limpede, indiscutabil chiar, că emoțiile negative afectează fetusul. Gândea ce gândeai și tu, simțea ce simțeai și tu, iar dacă tu stăteai tot timpul cu frică, atunci ce? Lucrurile acelea supărătoare pe care i le spusese Lawrence în bucătărie: bărbatul îi voia binele, nu încerca decât să facă ce credea că e mai bine pentru ea și pentru Eva (Eva?), dar trebuiau să fie adevărate doar pentru că așa spusese el? Erau doar *teorii*. Era doar *părerea* lui. Dar asta nu înseamnă că nu era de acord cu el. Probabil că era timpul să plece. Se făcuse îngrozitor de liniște prin jur. (Bietul Roscoe!) Dacă Brad ar fi fost aici, asta i-ar fi spus lui Lila, e timpul să pleci.

Pentru că uneori – de mai multe ori, de fapt – Lila Kyle simțea ca și cum bebelușul care creștea înăuntrul ei nu era o persoană cu totul nouă. Încă din dimineața în care se așezase pe scaunul de toaletă cu bețișorul de plastic între picioare, urmărind mută de uimire cum apăreau liniuțele albastre, ideea asta prinsese rădăcini. Bebelușul nu era o nouă Eva, nici o altă Eva, nicio înlocuitoare a Evei: era chiar Eva, fetița lor, care se întorcea acasă. Era ca și cum lumea își îndreptase greșeala, greșeala cosmică pe care o reprezentase moartea Evei.

Ar fi vrut să-i spună asta și lui Brad. Mai mult decât atât: numele lui îi stârnea un dor atât de puternic, încât îi dădeau lacrimile. Nu-și dorise să se mărite cu David! De ce se măritase cu David – sfântul, omnipotentul, etern salvatorul David – când ea

---

[1] *Evanghelia după Luca* 2:8-11, *Biblia*, Editura Institutului Biblic și de Misiune Ortodoxă, București, 2008, p. 1165.

era deja măritată cu Brad? Mai ales acum, când Eva era pe drum, iar ei puteau să redevină o familie?

Lila încă îl iubea, ăsta era adevărul. Ăsta era tristul adevăr al tuturor lucrurilor. Nu încetase să-l iubească pe Brad, nici măcar pentru o clipă, nici măcar atunci când dragostea lor devenise o durere prea mare ca să mai poată fi suportată, fiindcă fetița lor murise. Se despărțiseră ca să uite, neputând face acest lucru în compania celuilalt – o renunțare tristă și inevitabilă, întocmai ca ruptura primordială a continentelor. Încercaseră să-i țină piept până la final. În noaptea dinainte ca el să se mute, cu valizele deja scoase în holul casei de pe Maribel Street, avocații anunțați și cu atât de multe lacrimi vărsate, că nici ei nu mai știau de ce plângeau – o stare la fel de comună ca schimbarea vremii, o lume de lacrimi nesfârșite – el venise la ea în dormitorul căruia de mult nu-i mai călca pragul, se strecurase sub cearșafuri și, vreme de un singur ceas, deveniseră din nou un cuplu, mișcându-se ușor împreună, trupurile lor tânjind după acel ceva ce inima nu le mai putea îndura. Nu schimbaseră o vorbă; de dimineață, Lila se trezise singură.

Dar acum totul era diferit. Venea Eva! Eva era ca și aici deja! Avea să-i scrie lui Brad o scrisoare, asta avea de gând Lila să facă. Cu siguranță că el ar fi venit după ea, așa îi stătea în fire, întotdeauna puteai conta pe Brad când lucrurile se duceau pe apa sâmbetei, și ce-ar fi zis când n-ar mai fi găsit-o acolo? Reînsuflețită de această decizie, Lila se duse la masa de scris de lângă fereastră și scotoci în sertar după un creion și o foaie de hârtie. Ce cuvinte să folosească? *Plec. Nu știu unde. Așteaptă-mă, dragul meu. Eva o să vină în curând*. Simplu și precis, surprinzând într-un mod elegant esența întregii chestiuni. Mulțumită, împături coala în trei și o introduse într-un plic, pe fața căruia scrise „Brad“, sprijinindu-l apoi de masă, așa încât să-l vadă de dimineață.

Se întinse la loc. Din capătul opus al camerei, scrisoarea o privea, un dreptunghi de-o albeață strălucitoare. Închizând ochii, Lila își trecu mâinile peste rotunjimea pântecelui. O senzație de plinătate, apoi, dinăuntrul lui, o zvâcnire gazoasă, apoi încă una și încă una. Bebelușul sughița. *Hâc!* făcea bebelușul. Cu ochii închiși, Lila se lăsă pătrunsă de senzație. Pe dinăuntrul ei, în spațiul acela strâmt de sub inimă, o fărâmă de viață aștepta să se nască, ba chiar mai mult de atât: ea, Eva, se întorcea acasă. Oboseala de peste zi începea însă să-și spună cuvântul; Lila își lăsă mintea să fie dusă de curenții somnului așa cum un surfer se lasă în voia valului; în clipa următoare, valul avea s-o izbească, trăgând-o în adâncuri. Eva se liniștise sub atingerea ei. Te iubesc, Eva, rosti Lila Kyle în sinea ei, și cu gândul ăsta adormi.

10

Era aproape zece dimineața când ajunseră la Mile High. Conducând prin oraș, Danny se trezi prins într-un labirint de baricade: Humvee-uri abandonate, mitraliere sprijinite de saci cu nisip, ba chiar și câteva tancuri. De vreo zece ori fusese nevoit să dea înapoi și să caute o altă rută, doar ca să descopere că drumul era blocat. În cele din urmă, când se risipi și ultimul val de ceață al dimineții, dădu peste o cărare liberă de sub autostradă și urcă panta spre stadion.

Parcarea era înțesată de corturi kaki, neobișnuit de tăcute în soarele dimineții. Erau înconjurate de un șir de vehicule, autoturisme, ambulanțe și mașini de poliție, multe dintre ele părând pe jumătate distruse: geamurile erau sparte, barele de protecție smulse, portierele trase din balamale. Danny opri autobuzul.

Când coborâră, fură loviți de un miros de putrefacție atât de puternic, încât Danny aproape vomită. Mai rău decât mama, mai rău decât toate cadavrele pe care le văzuse de dimineață, în drum spre depou. Era genul de miros care ți se strecoară pe dinăuntru, care îți intră în nas și în gură și de care nu mai scapi zile în șir.

– Hei! strigă April, vocea răsunându-i în întreaga parcare. E cineva aici? Hei!

Lui Danny îi era rău de la stomac. În parte de la putoare, în parte de la altceva. Senzația asta neplăcută îl cuprinsese cu totul.

– Heei! strigă încă o dată April, cu mâinile duse căuș la gură. Mă aude cineva?

– Poate c-ar fi mai bine să plecăm, sugeră Danny.

– Armata ar fi trebuit să fie aici.

– Poate că au plecat deja.

April își dădu jos din spate rucsacul, îl deschise și scoase de acolo un ciocan. Îl învârti o dată, ca pentru a vedea cât de greu e.

– Tim, stai lângă mine, bine? Să nu te îndepărtezi.

Băiatul stătea pe ultima treaptă a autobuzului, ținându-se de nas.

– Dar pute, spuse el cu o voce nazală.

April își puse rucsacul înapoi pe umeri.

– În tot *orașul* pute. Va trebui să te obișnuiești. Acum haide!

Nici Danny nu voia să meargă nicăieri, însă fata era hotărâtă. Îi urmă pe cei doi pe când își croiau drum printre mașinile abandonate. Cu fiecare pas pe care-l făcea, Danny începea să înțeleagă ce anume vedea. Mașinile fuseseră poziționate de jur împrejurul corturilor ca un fel de scut de apărare. Întocmai ca pe timpurile pionierilor, așa cum primii coloniști puneau în cerc căruțele cu coviltir atunci când erau atacați de indieni. Dar aici nu atacaseră indienii, Danny știa atâta lucru, iar indiferent de ce fusese, părea că se sfârșise de mult. Trebuiau să fie niște cadavre, pe undeva – putoarea devenea din ce în ce mai puternică pe măsură ce înaintau –, însă nu văzuseră niciunul. Parcă le înghițise pământul.

Ajunseră în dreptul primelor corturi. April intră, ținând ciocanul ridicat, gata să lovească. Locul era o învălmășeală de tărgi răsturnate, perfuzii și alte lucruri împrăștiate peste tot – bandaje, tăvi, seringi. Dar tot niciun cadavru.

Intrară și într-un al doilea cort, apoi într-un al treilea. Aceeași situație.

– Dar unde e toată lumea? întrebă April.

Singurul loc în care nu căutaseră era stadionul. Danny nu voia, însă April nici n-ar fi vrut să audă altceva. Începură să urce spre intrare. April deschidea drumul, ținându-l cu o mână pe Tim, iar în cealaltă având ciocanul. Pentru prima oară observă și Danny păsările. Un nor negru și des survola stadionul, strigătele lor înfundate spărgând liniștea și adâncind-o totodată.

Atunci, din spatele lor, se auzi o voce de bărbat:

– Dac-aș fi în locul vostru, nu m-aș duce acolo.

Ferrariul muri tocmai când Kittridge intra în parcare. Mașina începuse să se opintească precum un cal pe jumătate extenuat, vălătuci de fum uleios ieșind de sub capotă și șasiu. Era limpede ce se întâmplase: ieșirea în forță a lui Kittridge de pe rampa din parcare, saltul și apoi aterizarea dură crăpaseră baia de ulei. Pe măsură ce uleiul se scursese, motorul se supraîncălzise treptat, metalul dilatându-se până când pistoanele ieșiseră din cilindrii lor.

Îmi pare rău de mașina ta, Warren. Dar mi-a prins bine.

După cele văzute în stadion, Kittridge avu nevoie de niște timp să-și revină. Iisuse, ce priveliște! Nu era ceva la care să nu se fi așteptat, dar s-o vadă pe viu, asta era cu totul altceva. I se întorsese stomacul pe dos, iar mâinile încă îi tremurau. Se gândea ca nu cumva să fi fost bolnav. Kittridge văzuse multe la viața lui, lucruri oribile. Cadavre aliniate în gropi comune ca niște bușteni; sate întregi gazate, oameni zăcând în locul în care căzuseră, cu mâinile întinse zadarnic după cei dragi, rămășițe de nerecunoscut ale unor bărbați, femei și copii care fuseseră aruncați în aer în vreo piață de către cine știe ce nebun cu o bombă legată la piept. Dar nimic care să se apropie măcar de amploarea celor văzute aici.

Stătea așezat pe capota Ferrariului, cântărindu-și opțiunile, când, în depărtare, auzi un automobil apropiindu-se. Kittrige își ciuli urechile. După cum părea, era un motor puternic, diesel: un APC, poate? Chiar atunci însă, urcând greoi rampa, dădu cu ochii de imaginea aproape ireală a unui autobuz mare și galben, de școală.

Ia te uită! își spuse Kittridge în sinea lui. Să fiu al naibii! Un afurisit de autobuz de școală, de parcă ar fi fost rost de excursie cu clasa la capătul lumii!

Kittridge urmări cu privirea cum autobuzul se oprește și din el ies trei oameni: o fată cu o șuviță roz, un băiat cu picioare slăbănoage, în tricou și pantaloni scurți și un bărbat cu o șapcă ridicolă, pe care Kittridge îl bănuia a fi șoferul. Hei! strigase fata. E cineva aici? Un moment de liniște, după care începură să înainteze prin labirintul de mașini, cu fata deschizând drumul.

Probabil că era cazul să le zică ceva, se gândi Kittridge. Însă anunțându-și prezența și-ar fi asumat astfel niște obligații de gazdă pe care jurase să le evite de la bun început. Planul lui nu-i includea și pe alții. Să călătorească lejer, să rămână în viață cât mai mult posibil și să ia cu el cât mai mulți Virali, atunci când i-ar fi venit sfârșitul. Ultima redută din Denver avea astfel să-și facă o intrare triumfală și meteorică în vid.

Însă Kittridge își dădu atunci seama ce era pe cale să se întâmple. Cei trei se duceau drept spre stadion. Firește că acolo se îndreptau, iar Kittridge ar fi făcut același lucru. Dar erau niște *copii*, pentru numele lui Dumnezeu; în plan sau nu, nu putea să-i lase să intre acolo.

Kittridge își luă pușca și se grăbi să-i prindă din urmă.

Când îl auzi pe Kittridge vorbind, reacția șoferului fu atât de violentă, încât Kittridge încremeni în loc pentru o clipă. Scoțând un țipăt, bărbatul se împletici înainte, împiedicându-se în propriile picioare și în același timp îngropându-și fața în adâncitura cotului. Ceilalți doi o luaseră la fugă, fata punându-se protector dinaintea băiețelului și fluturând amenințător ciocanul spre Kittridge.

– Hei, ușurel! le spuse Kittridge și, îndreptând pușca în sus, își ridică mâinile în aer. Eu sunt unul dintre ăia buni.

Kittridge văzu că fata era mai mărișoară decât crezuse inițial, având în jur de șaptesprezece ani. Părul ei roz era de-a dreptul ridicol, și avea atât de mulți cercei în fiecare ureche, încât arătau de parcă i-ar fi nituit capul, dar felul în care îl privea, rece și fără urmă de teamă, îi dădea de înțeles că era mai mult decât părea la o primă vedere. N-avea nicio îndoială că ar fi folosit ciocanul, sau cel puțin ar fi încercat, dacă mai făcea fie și un pas înainte. Purta un tricou negru și mulat, niște blugi găuriți în genunchi, o pereche de converși în picioare și brățări din piele și din argint la ambele mâini. Era limpede că băiatul era fratele ei, legătura de sânge fiind evidentă nu numai din asemănarea de netăgăduit a trăsăturilor lor – nasul mic și cârn, pomeții supți și ochii de același albastru-marin –, dar și din felul în care reacționase ea, protejându-l pe băiat dintr-un instinct la fel de puternic ca al unui părinte, se gândi Kittridge.

Cel de-al treilea membru al grupului, șoferul, era mai greu de citit. Dar ceva era în neregulă cu tipul, asta era clar. Purta niște pantaloni de pânză și o cămașă închisă până la gât; părul lui, roșcat spre blond, care îi ieșea în părți de sub șapca ciudată, arăta de parcă ar fi fost tuns cu o foarfecă zimțată. Dar ciudățenia nu i se trăgea din niciunul dintre aceste lucruri, ci din felul în care se purta.

Băiatul vorbi primul. Avea cel mai uriaș vârtej pe care-l văzuse vreodată Kittridge.

– Aia e o pușcă adevărată? întrebă el, arătând spre armă.

– Taci, Tim! i-o reteză fata, trăgându-l mai aproape de ea și ridicând ciocanul, gata să lovească. Tu cine naiba mai ești?

Kittridge ținea încă mâinile sus. Preț de o clipă, chiar luă în calcul ciocanul drept o amenințare reală la adresa lui.

– Mă numesc Kittridge. Și da, continuă el, adresându-i-se băiatului, e o pușcă adevărată. Dar nici să nu te gândești c-o să te las să pui mâna pe ea, tinere.

Chipul băiatului se aprinse de încântare.

– Ce *tare*!

Kittridge arătă cu bărbia spre șofer, care acum se zgâia la propriii pantofi.

– E în regulă?

– Nu-i place să fie atins, atâta tot, răspunse fata, cercetându-l încă bănuitoare pe Kittridge. Armata a spus să venim aici. Așa am auzit la radio.

– Or fi zis, dar se pare că ne-au tras țeapă. Dar nu am reținut cum vă cheamă.

Fata șovăi.

– Eu sunt April. El e fratele meu, Tim, iar el e Danny.

– Mă bucur să te cunosc, April, spuse, adresându-i cel mai blând zâmbet al lui. Deci, crezi c-ar fi în regulă să-mi las brațele în jos acum? Dacă tot ne-am prezentat așa cum trebuie.

– De unde ai pușca aia?

– De la Outdoor World. Sunt vânzător acolo.

– Vinzi arme?

– Echipament de campare și de pescuit, în general, răspunse Kittridge. Dar fac reduceri bune. Deci, ce zici? Suntem toți în aceeași echipă, April?

– Ce echipă?

El ridică din umeri.

– Cea a oamenilor, aș zice.

Fata îl cântărea din priviri. Prevăzătoare, April asta! Kittridge își aminti însă că nu era doar o fată, era o supraviețuitoare. Înainte de orice altceva, trebuia luată în serios. Trecură câteva secunde înainte să-și coboare ciocanul.

– Ce e pe stadion? întrebă Tim.

– Nimic din ce ai vrea să vezi.

Kittridge își întoarse privirea la fată. Chiar arăta ca o April, conchise el. Ciudat cum se potriveau uneori lucrurile.

– Cum ați scăpat?

– Ne-am ascuns în pivnița de vinuri.

– Și părinții voștri?

– Nu știm nimic de ei. Erau plecați în Telluride.

Iisuse! își spuse Kittridge. Telluride era punctul zero, locul de unde pornise toată tărășenia.

– A fost isteț din partea voastră. Bine gândit.

Arătă din nou către Danny. Acesta stătea la zece picioare depărtare, cu mâinile în buzunar și cu privirea în pământ.

– Și prietenul vostru?

– Danny ne-a găsit. L-am auzit claxonând.

– Bravo ție, Danny! Aș zice că ești eroul zilei.

Bărbatul îi aruncă lui Kittridge o privire furișă. Nu i se citea nimic pe chip.

– Bine.

– De ce nu pot să văd ce e pe stadion? întrebă din nou Tim.

Kittridge și April schimbară o privire. *Nu e o idee bună.*

– Lasă stadionul, spuse April. Își îndreptă atenția spre Kittridge: Ai mai văzut și pe altcineva?

– Nu de ceva timp. Dar asta nu înseamnă că nu mai sunt și alții.

– Dar nu ești prea convins.

– Ar fi mai înțelept să presupunem că suntem singurii.

Kittridge putea vedea încotro se îndreptau lucrurile. Cu o oră în urmă, ieșise în goana mare dintr-o clădire, încercând să scape cu viață. Acum se trezise cu doi copii pe cap și cu un bărbat care nici nu îndrăznea să-l privească în ochi. Dar trebuia să accepte situația așa cum era.

– Ăla e autobuzul tău, Danny? întrebă el.

Bărbatul încuviință din cap.

– Eu conduc pe ruta albastră. Numărul doisprezece.

O mașină mai mică ar fi fost mai practică, dar ceva îi spunea lui Kittridge că bărbatul nu avea să plece fără autobuzul lui.

– Crezi că ai putea să ne scoți de-aici?

Expresia de pe chipul fetei se înăspri.

– Ce te face să crezi că vii cu noi?

Kittridge rămăsese mască; nu luase în calcul posibilitatea să-i fie refuzat ajutorul.

– Chiar nimic, dacă pui așa problema. Bănuiesc că trebuie să fiu invitat.

– De ce nu pot să *văd*? se smiorcăi Tim.

April își dădu ochii peste cap.

– La naiba, Tim, mai taci odată!

– Ai vorbit urât, te spun!

– Și cui o să-i spui, mă rog frumos?

Băiatul mai avea puțin și începea să plângă.

– Nu vorbi așa!

– Ascultați, interveni Kittridge, chiar nu e momentul pentru așa ceva. După calculele mele, mai avem opt ore de lumină. Nu cred că își dorește vreunul dintre noi să mai rămânem pe aici după lăsarea întunericului.

Atunci, băiatul, profitând de moment, se întoarse pe călcâie și o zbughi în sus pe rampă.

– Rahat! făcu Kittridge. Voi doi rămâneți aici!

O luă la goană, dar cu piciorul lui, nu prea era în stare să micșoreze distanța dintre el și băiat. Când Kittridge îl prinse în sfârșit din urmă, acesta stătea deja într-una dintre porțile deschise ale stadionului, privind mut terenul. Doar câteva secunde, dar era suficient. Kittridge îl înșfăcă din spate și îl ridică la pieptul lui. Băiatul îi leșină în brațe. Nu scosese niciun sunet. Iisuse! își spuse Kittridge. De ce-l lăsase pe băiat să-l ia prin surprindere?

Până să coboare rampa, Tim începuse să scoată un sunet pe jumătate sughiț, pe jumătate scâncet. Kittridge îl lăsă jos la pământ, dinaintea lui April.

– Ce credeai că faci? îl certă ea, cu vocea gâtuită de lacrimi de furie.

– Îmi... p-pare rău, se bâlbâi băiatul.

– Nu se face s-o iei așa la fugă, *nu se face*!

Îl apucă de brațe, scuturându-l, apoi îl cuprinse într-o îmbrățișare disperată.

– Ți-am spus de o mie de ori: rămâi lângă mine!

Kittridge se apropie de locul unde stătea Danny, tot cu privirea în pământ și cu mâinile în buzunar.

– Chiar i-ai găsit singuri? îl întrebă el încetișor.

– Consuela era cu ei, răspunse Danny. Dar a plecat.

– Cine-i Consuela?

El ridică bleg din umeri.

– Așteaptă câteodată cu Tim autobuzul.

Nu mai era nimic de discutat pe subiectul ăsta. Poate că Danny nu era întreg la minte, dar salvase doi copii neajutorați, ai căror părinți erau mai mult ca sigur morți. Era mai mult decât făcuse Kittridge.

– Deci, ce zici, prietene? îl întrebă Kittridge. Crezi că poți încălzi motorul autobuzului tău?

– Unde mergem?

– Mă gândeam la Nebraska.

11

Plecară la o oră după răsărit. Grey luă tot ce putu găsi de prin bucătărie și care încă mai părea comestibil – câteva conserve de supă, niște biscuiți sărați și râncezi, o cutie de cereale Wheaties și câteva sticle cu apă – și le încărcă în Volvo. El n-avea nici măcar o periuță de dinți, însă Lila apăru în prag cu două geamantane pe rotile.

– Mi-am permis să împachetez și pentru tine niște haine.

Lila era îmbrăcată de parcă ar fi plecat în vacanță: ciorapi negri, asortați cu o fustă cu volane, scurtă în față și lungă în spate. Peste umeri avea o eșarfă colorată. Se spălase pe față și își pieptănase părul, ba chiar se și machiase puțin și își pusese cercei. Când o văzu, Grey deveni conștient cât de murdar era el. Nu se spălase de zile întregi; mai mult ca sigur că mirosea.

– Poate c-ar trebui să mă spăl puțin.

Lila îl conduse la baia din capătul scărilor, unde ea deja îi pregătise un rând de haine curate, împăturite frumos pe scaunul de toaletă. O periuță de dinți nouă, încă în ambalaj, și un tub de Colgate îl așteptau pe poliță, lângă o carafă cu apă. Grey își dădu jos salopeta și se spălă pe mâini și dădu cu niște apă la subraț, apoi își perie dinții, uitându-se în oglindă. Nu-și mai văzuse reflexia de când cu Acoperișul Roșu, dar tot fu șocat de cât de tânăr arăta – pielea era curată și întinsă, părul îi creștea din plin pe tot creștetul, ochii îi străluceau ca două nestemate. Părea ca și cum slăbise și câteva kilograme – nici nu era de mirare, cum nu mâncase nimic de două zile, dar felul în care se întâmplase această schimbare, atât sub aspect fizic, cât și ca stil, era surprinzător. Nu doar că era mai slab, dar corpul lui parcă se rearanjase cu totul. Întorcându-se într-o parte, fără să-și ia privirea de la propria reflexie, își trecu de curiozitate o mână peste burtă. Mereu făcea asta, simțind surplusul, însă acum dădu numai peste mușchi bine delimitați. De acolo, fu doar un pas mic până să-și flexeze brațul ca un copil care se admiră. Și, ce să vezi, se gândi el. Bicepși adevărați! Să fiu al naibii!

Își puse pe el hainele lăsate de Lila – boxeri albi, o pereche de blugi și o cămașă în carouri –, descoperind, spre continua lui mirare, ca toate îi veneau ca turnate. Se privi pentru ultima oară în oglindă, apoi coborî scările și intră în sufragerie, unde o găsi pe Lila stând pe canapea, răsfoind un exemplar al revistei *People*.

– Aici erai?

Îl privi de sus până jos, zâmbind în stilul ei visător.

– Ce bine arăți!

El duse geamantanele la Volvo. Aerul dimineții era încărcat de rouă; păsările cântau prin copaci. Era ca și cum cei doi plecau în vacanță la țară, se gândi Grey, clătinând din cap. Și totuși, pe când stătea pe alee, îmbrăcat cu hainele altui bărbat, aproape că o luă de bună. Simțea de parcă intrase într-o altă viață – probabil viața acestui bărbat ai cărui blugi și cămașă i se mulau pe noul trup zvelt și musculos. Inspiră prelung, umflându-și pieptul. Simțea aerul rece și proaspăt în plămâni, plin de mirosuri. De iarbă, de frunze noi și de pământ umed. Nu se vedea nici urmă de grozăviile din noaptea trecută, ca și cum lumina curățase lumea de rău.

Închise portbagajul și, întorcând privirea, o văzu pe Lila stând la intrare. Aceasta închise ușa, apoi scoase ceva din poșetă: un plic. Tot din poșetă luă o rolă de scotch și lipi plicul pe ușă, făcând un pas înapoi ca să privească. O scrisoare? se întrebă Grey. Pentru cine? Pentru David? Pentru Brad? Pentru unul dintre cei doi, mai mult ca sigur, deşi Grey tot nu înţelegea cine erau. În mintea Lilei, cei doi bărbaţi păreau interschimbabili.

– Gata! anunţă ea. Totul e pregătit.

Ajunşi în dreptul Volvoului, îi întinse cheile de la maşină.

– Vrei să conduci tu?

Iar Grey primi bucuros.

Grey hotărî că era mai bine să stea departe de drumurile principale, măcar până ieşeau din oraş. Deşi nu vorbiseră despre asta, părea parte integrantă din învoiala făcută cu Lila să evite trecerea pe lângă acele lucruri care ar fi putut s-o supere. Însă aceasta se dovedi o preocupare inutilă: femeia abia dacă-şi ridica ochii din revistă. El îşi croi drum prin suburbii; pe la prânz, ajunseră într-o regiune unduioasă şi uscată, alcătuită din câmpuri golaşe de culoarea pâinii prăjite, înaintând înspre est pe un drum asfaltat de ţară. Oraşul se pierdea în spatele lor, urmat de ridicătura albăstruie a Munţilor Stâncoşi, care se pierdea în ceaţă. Peisajul din jurul lor părea pustiu, uitat de lume – doar câţiva nori risipiţi pe deasupra capului lor, câmpurile uscate şi autostrada care se întindea sub roţile Volvoului. În cele din urmă, Lila renunţă la citit şi aţipi.

Ciudăţenia situaţiei era de netăgăduit, şi totuşi, pe măsură ce orele treceau şi kilometrii se adunau, Grey simţea în piept o senzaţie crescândă de bine. În viaţa lui nu contase atât pentru cineva. Îşi scotoci mintea după vreo ocazie în care simţise ceva asemănător. Singurul lucru la care se putea gândi era povestea lui Iosif şi a Maicii Domnului fugind în Egipt – o amintire din copilărie, căci Grey nu mai trecuse de ani buni pe la biserică. Iosif îi păruse dintotdeauna a cincea roată la căruţă, îngrijind de o femeie care purta în pântece copilul altcuiva. Însă Grey începea să-i prindă înţelesul, cum putea o persoană să se ataşeze doar prin simplul fapt că era dorită.

Şi mai era ceva: lui Grey îi plăceau femeile. Dintotdeauna îi plăcuseră. Chestia cealaltă, cu băieţii, era altceva. Acolo nu era vorba despre ce îi plăcea sau nu, ci despre ce *trebuia* să facă din cauza trecutului şi a lucrurilor pe care le făcuse. Asta era explicaţia lui Wilder, psihologul închisorii. Treaba cu băieții era un act compulsiv, îi spusese Wilder, o modalitate prin care Grey recrea propriul abuz și, făcând astfel, o încercare de a-l înțelege. Grey nu putea să nu se mai atingă de băieți, așa cum nu te poți opri din a te scărpina când te mănâncă. Multe dintre lucrurile pe care i le spusese Wilder îi păreau aberații lui Grey, însă îl făceau să se simtă puțin mai bine, știind că nu era în totalitate vina lui. Nu că s-ar fi ușurat astfel de povară; Grey se pedepsise singur suficient. Ba chiar se simțise ușurat când îl transferaseră. Vechiul Grey – cel care pândea prin părculețe, care dădea târcoale școlii primare la ora trei ziua sau care dădea raite pe la vestiarele de la piscina publică în după-amiezile de vară – pe *acel* Grey nu voia să-l mai vadă niciodată.

Își aminti din nou de îmbrățișarea din bucătărie. Nu fusese ceva specific unei relații bărbat-femeie, Grey știa asta, dar tot îi stârnise ceva. Îl făcuse să se gândească la Nora Chung, singura fată cu care ieșise în liceu. Nu fusese chiar iubita lui; nu făcuseră nimic. Erau în aceeași trupă – pentru scurtă vreme, lui Grey îi intrase în cap să se apuce de trompetă –, iar uneori, după repetiții, Grey o conducea acasă. Nici nu se atinseseră, dar ceva din plimbările acelea îl făcuse pentru prima oară să simtă că nu era singur pe lume. Ar fi vrut s-o sărute, însă nu avusese niciodată curajul; în cele din urmă, ea se depărtase. Curios lucru, să-și aducă aminte de ea tocmai acum. De douăzeci de ani, Grey nu-i spusese nici măcar numele în gând.

La prânz, erau deja în apropiere de granița cu Kansas. Grey însuși intrase într-o semiletargie și abia dacă mai era atent la drum. Până acum, stătuse departe de orașe, oricât de mici sau de mari erau, însă nu se mai putea și de data asta; cât de curând, vor avea nevoie de benzină. În depărtare, văzu un turn de apă ridicându-se din câmpie.

Orășelul se numea Kingwood – o singură stradă principală, acoperită de praf, jumătate dintre magazine cu ferestrele acoperite de hârtii și câteva case amărâte de-o parte și de alta a ei. Părea inofensiv de părăsit; singura dovadă că se întâmplase ceva era ambulanța parcată în fața stației de pompieri, cu ușile din spate deschise.

Şi totuşi, Grey simţea ceva, o furnicătură la extremităţi, de parcă ar fi fost urmăriţi din umbră. Traversă oraşul, ajungând în sfârşit la benzinăria din capătul de est, un loc obscur, numit Frankie's.

Lila se trezi când Grey opri motorul.

– Unde suntem?

– Kansas.

Căscă, uitându-se cu ochi mijiţi prin parbriz la orăşelul dezolant.

– De ce am oprit?

– Avem nevoie de benzină. Nu durează decât un minut.

Grey încercă pompa, dar fără succes: nu era curent. Trebuia s-o scoată cumva de acolo, dar pentru asta avea nevoie de un furtun şi de o canistră. Intră în birou. Lângă fereastră, o masă din metal scorojit, acoperită cu teancuri de hârtii; un scaun vechi de birou se odihnea în spatele ei, lăsat pe spate şi dând impresia că ocupantul lui plecase doar de puţină vreme. Intră pe uşa care ducea la zona de încărcare, un spaţiu rece şi întunecos, care mirosea a petrol. Un Cadillac Seville de prin anii '90 era urcat pe una dintre rampe; a doua era ocupată de un Chevrolet 4x4 cu suspensia ruptă şi cu nişte cauciucuri mari şi pline de noroi. Pe podea, o canistră de 20 de litri; la una dintre băncile de lucru, Grey zări un furtun. Tăie din el o bucată cam de doi metri, introduse un capăt în gura de alimentare a Chevroletului, trase o gură, apoi scuipă şi benzina începu să curgă în canistră.

Aproape că o umpluse, când auzi un zgomot deasupra capului. Fiecare fibră din corp i se încordă deodată, încremenindu-l în loc.

Uşor, îşi ridică faţa spre tavan.

Creatura atârna de una dintre grinzi, cu capul în jos şi cu genunchii strânşi în jurul grinzii, întocmai ca un copil pe o bară de căţărat. Era mai mică decât Zero şi cu o înfăţişare mult mai umană. Când privirile li se întâlniră, lui Grey îi îngheţă inima în piept. Creatura scoase din fundul gâtlejului un sunet ca de vibrato.

Nu te teme, Grey!

Ce naiba?

Îşi simţi picioarele înmuindu-se pe când se împletici înapoi, făcându-l să se prăbuşească pe cimentul dur. Înşfăcă de pe podea canistra, benzina încă țâșnind din furtun, și o luă la goană spre birou și apoi afară pe ușă. Lila stătea sprijinită de mașină.

– Treci înăuntru! spuse el cu răsuflarea tăiată.

– N-ai văzut dacă au cumva înăuntru un tonomat? Chiar aș vrea un baton de ciocolată sau ceva de genul ăsta.

– Fir-ar să fie, Lila, treci în mașină!

Grew deschise în forță portbagajul Volvoului, aruncă înăuntru canistra și îl închise trântindu-l.

– Trebuie să plecăm *chiar acum*!

Femeia scoase un oftat.

– Bine. Cum spui tu. Dar nu văd de ce trebuie să te răstești așa.

Demară în trombă. Abia la vreun kilometru depărtare de oraș, încetini și Grey. Opri Volvoul, deschise cu putere ușa și se împletici afară din mașină. Pe marginea drumului, își puse mâinile pe genunchi și începu să tragă în piept guri mari de aer. Iisuse, i se păruse că arătarea aia îi *vorbise*. De parcă gâlgâiturile alea erau o limbă străină pe care o putea înțelege. Îi știa chiar și numele. De unde știa cum îl cheamă?

Simți mâna Lilei atingându-l pe umăr.

– Lawrence, sângerezi.

Așa era. Cotul îi era sfâșiat, o bucată de piele atârnând în afară. Probabil își făcuse rana când căzuse, deși nu simțise nimic.

– Lasă-mă să văd.

Cu o expresie de intensă concentrare, Lila pipăi cu grijă marginile rănii.

– Cum ai reușit?

– Cred că m-am împiedicat.

– Ar fi trebuit să-mi spui. Poți să-l miști?

– Da, așa cred.

– Așteaptă aici, îi porunci Lila. Nu pune mâna.

Deschise portbagajul Volvoului și începu să scotocească prin geamantan. Scoase de-acolo o cutie de metal și o sticlă cu apă și le puse pe bara din spate a mașinii.

– Așază-te!

Grey se așeză pe bară. Lila deschise cutia: era o trusă medicală. Se curăță cu puțin Purell pe mâini, își puse o pereche de mănuși de latex și îi luă din nou brațul.

– Ți s-a întâmplat vreodată să sângerezi abundent? îl întrebă ea.

– Nu cred.

– Ai hepatită, HIV, ceva de genul ăsta?

Grey clătină din cap.

– Când ai făcut ultima oară un vaccin antitetanos? Îți amintești?

Care Lila era asta? Pe cine avea Grey dinaintea lui? Cu siguranță nu pe femeia pierdută de la Home Depot, nici pe cea cu sufletul frânt din bucătărie; femeia asta era o persoană cu totul nouă. O a treia Lila, eficientă și competentă.

– Când eram copil.

Lila mai examină o clipă rana.

– Ei bine, e o tăietură destul de urâtă. Va trebui s-o cos.

– Adică... să-mi pui copci?

– Ai încredere în mine, am făcut-o de milioane de ori.

Șterse rana cu puțin alcool, scoase o seringă de unică folosință din cutie, o umplu cu lichidul dintr-o fiolă și dădu acului un bobârnac.

– Ceva care să te amorțească. N-o să simți nimic, îți promit.

Simți înțepătura acului și, peste câteva secunde, durerea lui Grey se topi ca prin farmec. Lila despături o cârpă pe bara din spate, pe care înșiră un forceps, un mosorel de ață neagră și o foarfecă mică.

– Poți să te uiți, dacă vrei, să știi, dar majoritatea preferă să n-o facă.

Simți mai multe împunsături ușoare, însă asta fu tot. Câteva clipe mai târziu, coborî privirea ca să vadă rana și fâșia de piele prinsă la loc cu o linie neagră și groasă. Lila o unse cu alifie, apoi o acoperi cu un bandaj.

– Ațele o să se topească în câteva zile, spuse ea, scoțându-și mănușile. Posibil să te mănânce puțin, dar nu trebuie să te scarpini. Las-o așa, bine?

– De unde ai învățat să faci asta? întrebă Grey. Ești asistentă sau ceva de genul ăsta?

Întrebarea păru s-o ia pe nepregătite. Deschise gura ca și cum ar fi vrut să spună ceva, după care o închise la loc.

– Lila, ești bine?

Ea strânse trusa. O puse înapoi în portbagajul Volvoului, după care îl închise.

– Mai bine am pleca, nu crezi?

Și uite așa, femeia care îi cususe brațul nu mai era, momentul apariției ei, pierdut și el cu totul. Grey ar fi vrut s-o întrebe mai multe, dar știa ce s-ar fi întâmplat dacă ar fi făcut-o. Pactul dintre ei fusese cât se poate de clar: nu puteau fi spuse decât anumite lucruri.

– Vrei să conduc eu? întrebă Lila. Probabil e rândul meu.

Întrebarea nu era tocmai o întrebare. Grey înțelesese atâta lucru. Era normal să întrebe, la fel cum era treaba lui să refuze oferta.

– Nu e nevoie, conduc eu.

Se urcară înapoi în Volvo. Grey porni mașina, iar Lila își luă revista de pe podea.

– Dacă nu te deranjează, cred că o să mai citesc puțin.

După vreo 200 de kilometri spre nord, mergând către est pe Autostrada interstatală 76, Kittridge începuse și el să-și facă griji în privința benzinei. Autobuzul fusese plin când porniseră; acum, rezervorul arăta mai puțin de un sfert.

În ciuda câtorva ocoluri mici, reușiseră să rămână pe autostradă până la Fort Morgan. Legănați de mișcarea autobuzului, April și fratele ei adormiseră. Danny fluiera printre dinți în timp ce conducea – un cântec pe care Kittridge nu-l cunoștea – răsucind bărbătește volanul și apăsând frâna și ambreiajul, cu șapca dată pe spate, cu privirea înainte și cu spatele drept ca un căpitan de vas înfruntând o furtună.

Pentru numele lui Dumnezeu, se gândi Kittridge, cum naiba ajunsese să conducă un autobuz de școală?

– O! exclamă Danny.

Kittridge se ridică în capul oaselor. Un şir lung de vehicule abandonate, care se întindea până la linia orizontului, le bloca acum drumul. Unele maşini erau răsturnate ori căzute într-o rână. Iar peste tot erau risipite numai cadavre.

Danny opri autobuzul. April şi Tim se treziseră şi ei şi priveau scena prin parbriz.

– April, ia-l de aici! îi ordonă Kittridge. Duceţi-vă în spate, acum!

– Eu ce vrei să fac? îl întrebă Danny.

– Aşteaptă aici.

Kittridge coborî din autobuz. Muştele bâzâiau în roiuri mari şi negre; în aer se simţea un miros copleşitor de carne putredă. Nu adia nicio pală de vânt, de parcă nici el nu îndrăznea să se mişte. Singurele semne de viaţă erau păsările, vulturii şi ciorile, care zburau în cercuri pe deasupra lor. Kittridge se apropie de capătul şirului de maşini. Era mâna Viralilor aici, nu se îndoia o clipă; trebuie că fuseseră sute, poate chiar mii. Dar ce însemna asta? Şi de ce erau maşinile astfel aliniate, de parcă ar fi fost forţate să oprească?

Brusc, îl simţi pe Danny lângă el.

– Parcă ţi-am spus să aştepţi cu ceilalţi.

Bărbatul mijea ochii în soare.

– Stai! zise, ridicând o mână. Aud ceva.

Kittridge ascultă. Nimic, doar ţârâitul greierilor de pe câmpurile golaşe. Apoi auzi: un bubuit înfundat, ca nişte pumni lovind în metal.

Danny arătă cu degetul.

– Vine de-acolo!

Sunetul devenea mai limpede cu fiecare pas. Cineva era în viaţă, prins printre grămezile de fiare. Treptat, sunetul începu să se discearnă, bubuitul fiind acompaniat de ecoul gâtuit al unor voci omeneşti. *Daţi-ne drumul! E cineva acolo? Vă rugăm!*

– Hei! strigă Kittridge. Mă auziţi?

Cine-i acolo? Ajutaţi-ne, vă rugăm! Repede, ne prăjim aici!

Zgomotul venea dintr-o semiremorcă pe care scria FEMA cu litere de-un galben aprins. Bubuitul era mai disperat acum, vocile devenind un cor strident de cuvinte nedesluşite.

– Rezistați! strigă Kittridge. Vă scoatem imediat!

Ușa fusese țintuită în cadrul său. Kittridge se uită prin jur după ceva care i-ar fi servit drept pârghie, găsi un levier și îi vârî capătul pe sub ușă.

– Danny, ajută-mă!

Ușa li se împotrivi la început; apoi, aproape imperceptibil, începu să se miște. Pe măsură ce deschizătura se lărgea, un șir de degete apărură pe sub buza ei, în încercarea de a o împinge în sus.

– Toată lumea, la trei! comandă Kittridge.

Cu un scârțâit metalic, ușa se ridică.

Erau din Fort Collins: un cuplu de vreo treizeci de ani, Joe și Linda Robinson, amândoi îmbrăcați pentru o zi la serviciu, și bebelușul lor pe nume Boy Jr; un bărbat într-o uniformă neagră de jandarm, pe nume Wood, și prietena lui, Delores, o asistentă pediatru care vorbea cu un accent puternic din Indiana de Vest; o femeie în vârstă, doamna Bellamy – Kittridge nu reuși să-i afle și celălalt nume – cu un nimb de păr albăstrui și o uriașă poșetă albă, pe care o ținea strâns la piept; un tânăr, probabil de vreo douăzeci și cinci de ani, pe nume Jamal, cu păr scurt, ras la tâmple, și multe tatuaje colorate pe ambele brațe. Ultimul dintre ei, un bărbat de vreo cincizeci de ani, cu păr cenușiu și aspru și cu pieptul rotunjit ca al unui fost atlet, se prezentă drept pastorul Don. Nu era chiar un pastor, le explicase el, ci era contabil de meserie. Porecla îi rămăsese de pe vremea când antrenase echipa de fotbal Pop Warner.

– Întotdeauna le spuneam să se roage ca să nu ia bătaie, îi spuse el lui Kittridge.

Kittridge crezuse inițial că toți călătoreau împreună, însă ajunseseră laolaltă din pricina conjuncturii. Toți spuneau aceeași versiune a poveștii. Fugiseră din oraș doar ca să fie opriți de un șir lung de mașini la granița cu Nebraska. Circulase vorba din mașină în mașină că Armata ridicase o baricadă în față și că nimeni nu avea voie să treacă. Armata aștepta ordin să dea drumul circulației. Au rămas o vreme acolo. Pe măsură ce se lăsa întunericul, oamenii începură să se panicheze. Toată lumea spunea că vor veni Viralii, că sunt lăsați acolo să moară.

Lucru care, mai mult sau mai puțin, se și întâmplă.

Ajunseseră chiar la scurt timp după apusul soarelui, spuse pastorul Don. De undeva din fața șirului răzbăteau strigăte, împușcături și scrâșnet de metal; oamenii începuseră să treacă în fugă pe lângă el. Dar nu aveai unde să fugi. În doar câteva secunde, fură atacați de Virali, care veneau cu sutele de pe câmpuri, dând iama în mulțime.

– Am fugit ca un smintit, odată cu ceilalți, spuse pastorul Don.

El și Kittridge se traseseră într-o parte să vorbească; ceilalți se așezaseră pe jos, lângă autobuz. April împărțea sticle cu apă, pe care le strânseseră din preajma stadionului. Pastorul Don scoase un pachet de Marlboro roșu din buzunarul cămășii și din el două țigări. Kittridge nu mai fumase de când avea douăzeci de ani, dar ce rău i-ar fi putut face acum? Primi țigara și trase cu băgare de seamă un fum, nicotina intrându-i numaidecât în organism.

– Nici n-am cuvinte să descriu, continuă Don, scoțând un vălătuc de fum. Afuriseniile alea erau peste tot. Am văzut semiremorca și m-am gândit că e mai bun decât nimic. Ceilalți erau deja înăuntru. Cum s-a blocat ușa, asta nu mai știu.

– De ce nu v-a lăsat Armata să treceți?

Don ridică din umeri cu un aer de filosof.

– Știi și tu cum merg treburile astea. Probabil cineva a uitat să completeze vreun formular. Cu ochii mijiți, îl privi pe Kittridge prin dâra de fum: Dar tu, n-ai pe nimeni?

Voia să știe dacă Kittridge avea familie, dacă pierduse pe cineva sau dacă era în căutarea cuiva.

– Fiul meu e în Seattle, chirurg plastician. Tot tacâmul. Căsătorit cu iubita din liceu, doi copii, un băiat și o fată. O casă mare pe malul unei ape. Doar ce și-au renovat bucătăria.

Clătină din cap gânditor.

– Despre asta am vorbit ultima oară. Despre o afurisită de bucătărie.

Pastorul Don avea o pușcă de calibrul .30-.06 cu trei gloanțe rămase. Wood căra una goală, calibru .38. Joe Robinson avea un pistol de .22 cu patru cartușe – bun să omori o veveriță, poate, dar cam atât.

Don aruncă o privire spre autobuz.

– Dar șoferul? Care-i povestea lui?

– E puțin cam dus, probabil. Nu l-aș atinge, în locul tău – face crize. În afară de asta, e de treabă. Se poartă cu autobuzul ăla de parcă e nava *Queen Mary*.

– Și ceilalți doi?

– Se ascundeau în pivnița casei. I-am găsit hoinărind prin parcarea de la Mile High.

Don mai trase o dată cu sete din țigară, după care strivi mucul sub talpă.

– Mile High, repetă el. Bănuiesc că n-a fost deloc drăguț.

N-aveau cum să înainteze printre mașinile abandonate; trebuiau să se întoarcă și să găsească o altă cale. Recuperară ce putură – mai multe sticle cu apă, vreo două lanterne și o lampă cu gaz, câteva scule, o bucată de funie, care nu le servea la nimic, dar poate avea să le fie de folos mai târziu – și urcară în autobuz.

Pe când Kittridge punea piciorul pe prima treaptă, pastorul Don îl atinse pe braț.

– Poate c-ar trebui să spui câteva cuvinte.

Kittridge se uită la el.

– Cine, eu?

– Trebuie să fie cineva la conducere. Și e autobuzul tău.

– Nu e al meu. Tehnic vorbind, e al lui Danny.

Pastorul Don îi întâlni privirea lui Kittridge.

– Nu la asta m-am referit. Oamenii ăia sunt extenuați și speriați. Au nevoie de cineva ca tine.

– Nici nu mă cunoști.

Îi adresă un zâmbet viclean.

– O, te cunosc mai bine decât crezi. Am fost și eu un cadru de rezervă înainte. Țineam doar registrele timonierului-șef, dar înveți să citești semnele. Aș zice Forțele Speciale. Garda Forestieră, poate?

Cum Kittridge nu răspunse, pastorul Don ridică din umeri.

– Ei bine, treaba ta! Dar, la naiba, e evident că știi ce să faci mai bine decât oricine de aici. Ăsta e spectacolul tău, fie că-ți place sau nu. Părerea mea e că așteaptă să le spui ceva.

Era adevărat, iar Kittridge o știa prea bine. Stând în fața autobuzului, trecu în revistă fiecare membru al grupului. Soții Robinson ocupau primele locuri, Linda ținându-l pe Boy Jr în brațe; chiar în spatele lor era Jamal, care stătea singur; apoi Wood și Dolores. Don luă în primire bancheta care tăia culoarul. Doamna Bellamy stătea în spate, strângând poșeta ei mare cu ambele mâini, ca o pensionară plecată într-o escapadă la cazino. April stătea cu fratele ei pe partea șoferului, în spatele lui Danny. Ea făcu ochii mari când li se întâlniră privirile. *Și acum ce?* părea să-i spună.

Kittridge își drese glasul.

– Ascultați-mă! Știu că sunteți speriați. Și eu sunt. Dar o să plecăm de aici. Nu știu exact unde mergem, dar, dacă o ținem spre est, mai devreme sau mai târziu, o să ajungem într-un loc sigur.

– Cum rămâne cu Armata? întrebă Jamal. Afurisiții ăia ne-au lăsat baltă aici.

– Nu știm ce s-a întâmplat de fapt. Dar, ca să fim siguri, o să stăm departe de drumurile principale cât mai mult posibil.

– Mama mea e în Kearney, spuse Linda Robinson. Noi acolo ne îndreptăm.

– Iisuse, femeie! sări Jamal. Ți-am spus doar, Kearney e exact ca Fort Collins. Au anunțat la radio.

În fiecare grup se găsește câte o persoană dintr-astea, se gândi Kittridge. Asta îi mai trebuia.

Soțul Lindei, Joe, se foi în scaun.

– Ține-ți și tu gura o dată în viață!

– Îmi pare rău să ți-o spun, dar cel mai probabil maică-sa atârnă acum de tavan, mâncând din câine.

Brusc, toată lumea începu să vorbească. Două zile în camionul ăla, se gândi Kittridge. Fireşte că ajunseseră să-şi sară unul altuia la beregată.

– Vă rog, oameni buni...

– Cine te-a pus pe tine şef? se răsti Jamal, arătând cu degetul spre Kittridge. Doar nu pentru că eşti echipat până în dinţi şi toate cele.

– Sunt de acord, spuse Wood.

Era prima oară când Kittridge îl auzea pe bărbat vorbind.

– Să supunem la vot.

– Ce să votăm? întrebă Jamal.

Wood îi aruncă o privire aspră.

– Pentru început, dacă să te aruncăm pe tine jos din autobuz sau nu.

– Du-te naibii, poliţist de închiriat ce eşti!

Într-o secundă, Wood era în picioare. Înainte să poată interveni Kittridge, omul îl apucă pe Jamal de după gât; într-o învălmăşeală de braţe şi picioare, se aruncară peste banchete. Toată lumea ţipa. Linda, strângându-şi bebeluşul la piept, încerca să se dea din cale. Joe Robinson se alăturase încăierării, vrând să-l apuce pe Jamal de picioare.

O împuşcătură răsună în aer; toată lumea încremeni în loc. Privirile se întoarseră toate spre spatele autobuzului, unde doamna Bellamy ţinea un pistol uriaş îndreptat spre tavan.

– Ce naiba, cucoană! scuipă Jamal cuvintele.

– Tinere, cred că vorbesc în numele tuturor când spun că ne-am cam săturat de rahaturile tale. Datorezi nişte scuze oamenilor ăstora.

Părea de necrezut, se gândi Kittridge. Jumătate din el era îngrozit, cealaltă jumătate mai avea puţin şi izbucnea în râs.

– Bine, bine! pufni Jamal. Doar pune deoparte tunul ăla.

– Cred că poţi mai bine de atât.

– Îmi pare rău, bine? Şi nu mai flutura chestia aia prin aer!

Ea rămase pe gânduri o secundă, apoi coborî pistolul.

– Presupun că ne mulțumim și cu atât. Acum, despre ideea cu votatul. Acest domn drăguț din fața voastră – îmi cer scuze, auzul meu nu mai e cum era odată –, cum ziceai că te cheamă?

– Kittridge.

– Domnul Kittridge îmi pare perfect capabil. Eu votez să fie el la conducere, să ridice mâna cine vrea la fel.

Toată lumea ridică mâna, în afară de Jamal.

– Ar fi frumos dacă ar fi unanim, tinere.

Acesta se făcuse roșu de furie și umilință.

– Iisuse, ce mai vrei de la mine, băbăciune?

– Patruzeci de ani în învățământ, crede-mă, am avut de-a face cu alții mai răi decât tine. Haide, să vezi ce bine o să te simți după!

Cu o expresie de înfrângere pe chip, Jamal ridică mâna.

– Mult mai bine. Își îndreptă din nou atenția spre Kittridge: Putem pleca acum, domnule Kittridge.

Kittridge se uită la pastorul Don, care se străduia să nu izbucnească în râs.

– Bun, Danny, spuse Kittridge. Hai să întoarcem chestia asta și să găsim o cale de ieșire de-aici!

12

Îl pierduseră. Cum Dumnezeu reușiseră să-l piardă?

Ultimul lucru pe care îl știau era că Grey intrase în Denver. De atunci, scăpase de radare – rețeaua din Denver era așa un haos – ca mai apoi să-i dea de urmă o zi mai târziu dintr-un turn Verizon din Arizona. Guilder mai ceruse o dronă care să survoleze zona, însă nu găsiseră nimic; se părea că Grey ieșise de pe autostradă și se îndrepta acum înspre jumătatea de est mai puțin populată a statului, așa încât putea să înainteze kilometri buni fără să lase vreun semn.

Și nici urmă de fată. Parcă intrase în pământ.

Neavând ce face decât să aștepte vești de la Nelson, Guilder avu timp berechet să analizeze dosarul lui Grey, inclusiv fișele psihiatrice de la Departamentul de Justiție din Texas. Se întrebă ce fusese în mintea lui Richards când angajase asemenea indivizi. Oameni de unică folosință – deși, bănuia Guilder, asta fusese intenția de la bun început; întocmai cum se întâmplase și cu cei doisprezece subiecți, Babcock, Sosa, Morrison și restul ciudaților, măturătorii cărora nimeni nu avea să le simtă lipsa vreodată.

Și anume: Lawrence Alden Grey, născut în 1970, în McAllen, Texas. Mama casnică, tata mecanic, ambii decedați. Tatăl fusese de trei ori în Vietnam ca medic militar, lăsat la vatră cu onoruri, decorat cu o *Bronze Star* și cu o *Purple Heart*, însă tipul era terminat din toate punctele de vedere. Se împușcase în propria camionetă, lăsându-l pe Grey, pe atunci de șase ani, să-l găsească. Urmară o serie de tați vitregi, din câte se părea, unul mai bețiv decât altul, nenumărate abuzuri etc. Până să împlinească optsprezece ani, Grey era deja pe propriile picioare, lucrând ca mecanic la instalațiile de foraj de pe câmpurile de petrol de lângă Odessa, apoi pe platformele petroliere din Golf. Nu fusese niciodată căsătorit, deși asta nu era deloc o surpriză; profilul său psihiatric indica o groază de probleme, totul de la tulburare obsesiv-compulsivă la depresie și disociere traumatică. După părerea psihiatrului, tipul era practic un heterosexual, dar cu atât de multe scăpări, încât nici el nu mai știa ce și cum; băieții fuseseră pentru Grey o modalitate de a-și retrăi propriul abuz din copilărie, pe care conștientul lui îl reprimase. Fusese arestat de două ori, prima oară pentru expunere indecentă, sentință redusă la un simplu delict, a doua oară pentru abuz sexual deosebit de grav. Practic, doar îl atinsese pe puști – nu era chiar o infracțiune capitală, dar nici nu era ceva potrivit. Cu prima condamnare pe masă, judecătorul îi dăduse pedeapsa maximă, de la optsprezece la douăzeci și patru de ani, însă nimeni nu mai făcea pedeapsa completă, așa că fusese eliberat după nouăzeci și șapte de luni.

După, nu mai erau multe de spus. Se mutase înapoi la Dallas, muncise pe ici, pe colo, dar nimic stabil, se întâlnise cu ofițerul supraveghetor la fiecare două săptămâni ca să facă pipi într-o eprubetă și să jure pe ce avea mai sfânt că nu se apropiase la mai puțin de o sută de metri de vreo școală. Regimul cu antiandrogeni impus de curtea de judecată era unul standard, la fel ca evaluarea psihiatrică totală la fiecare șase luni. După toate aparențele, Lawrence Grey era un cetățean model, sau cel puțin atât cât putea fi un pedofil neutralizat cu chimicale.

Nimic din toate astea însă nu-i spunea lui Guilder cum reușise bărbatul să rămână în viață. Cumva, evadase din Chalet; cumva, reușise să nu se lase omorât de atunci încoace. Pur și simplu nu avea nicio noimă.

Noul plan al lui Nelson era să reseteze toți stâlpii de telefonie din Kansas și Nebraska, lăsând ambele state fără semnal pentru două ore, în încercarea de a izola semnalul de la cipul lui Grey. Dacă ar fi fost o situație obișnuită, ar fi fost nevoie de un ordin federal, de un teanc de hârțoage de completat și de o lună de așteptare, însă Nelson se folosise de o sursă neoficială din Apărarea Națională, care fusese de acord să emită un ordin federal special, sub articolul 67 din Actul Securității Naționale – cunoscut în comunitatea serviciului de informații drept Actul „Fă ce te taie capul". Cipul din ceafa lui Grey era un transmițător de frecvență joasă de 1432 megahertzi; de îndată ce izolau orice alt semnal, presupunând că Grey avea să treacă la câțiva kilometri de unul dintre stâlpi, ar fi putut să-l localizeze și să redirecționeze satelitul, astfel încât să obțină o imagine.

Acest lucru era programat pentru ora 8 a.m. Guilder ajunsese la birou la șase, găsindu-l pe Nelson introducând niște date la computerul lui. Un bâzâit muzical răsuna din căștile pe care și le ținea îndesate în urechi.

– Lasă-l pe Mozart să-și facă treaba, spuse el, gonindu-l pe Guilder.

Guilder funcționa cu cafea și adrenalină; se duse până în sala de recreere ca să-și ia ceva de mâncare. Nu aveau decât niște tonomate; dăduse deja cei trei dolari pe un baton de Snickers, când își dădu seama că efortul de a înghiți ar fi fost prea mare. Îl aruncă la gunoi și își luă un pachet de Reese's, dar chiar și ciocolățelele astea, cu untul lor de arahide lipicios, erau greu de mestecat. Dădu drumul la televizor, pe CNN. Cazuri noi apăruseră peste noapte pretutindeni: în Amarillo, Baton Rouge, Phoenix. Națiunile Unite părăsiseră sediul din New York, relocându-se la Haga; de îndată ce avea să fie declarată legea marțială, militarii aveau să fie chemați înapoi de peste Ocean. Ce fiasco ar fi atunci. Cutia Pandorei ar părea nimic mai mult decât un coș de picnic.

Nelson apăru în ușă:

– Fă o plecăciune! declară el cu un rânjet. Houston, avem un pedofil!

Nelson redirecționase deja satelitul. Când ajunseră la computer, imaginea deja se transmitea.

– Unde naiba este?

Nelson tastă ceva, mărind imaginea.

– În vestul Kansasului.

În imagine apăru o întindere de lanuri de porumb și, în mijloc, o clădire lungă și joasă, cu o zonă de parcare în față. Acolo se găsea un singur vehicul, ceva care semăna cu o camionetă. O siluetă ieși din clădire, trăgând după ea un geamantan.

– E aceeași persoană? întrebă Nelson.

– Nu sunt sigur. Mărește mai mult.

Imaginea își pierdu din claritate, apoi redeveni vizibilă, înfățișând o vedere aeriană de la aproximativ douăzeci și cinci de metri. De data asta, Guilder era sigur că îl vedea pe Lawrence Grey. Se schimbase de uniformă, dar era el. Grey intră înapoi în clădire; ieși un minut mai târziu cu un alt geamantan, pe care îl puse în portbagajul autovehiculului. Rămase pe loc o clipă, ca pierdut pe gânduri. O a doua persoană ieși atunci din clădire, o femeie. Puțin cam durdulie, cu părul negru; purta niște pantaloni largi și o bluză de culoare deschisă.

Ce naiba?

Le rămăseseră mai puțin de treizeci de secunde la dispoziție. Imaginea începuse deja să-și piardă din claritate. Grey deschise ușa din dreapta; femeia intră în mașină. Grey aruncă o privire prin parcare – de parcă, se gândi Guilder, ar fi simțit că era urmărit. Urcă în mașină și se puseră în mișcare, tocmai când imaginea îngheța pe ecran.

Nelson ridică privirea.

– Se pare că ținta noastră și-a făcut o prietenă. După ce-am citit în fișa psihiatrică, trebuie să recunosc că sunt puțin surprins.

– Arată-mi încă o dată ultima imagine surprinsă cu femeia. Să vedem dacă o putem mări.

Nelson încercă, însă rezultatul nu era cu mult mai bun.

– Putem afla ce clădire e aia?

Nelson se deplasă cu scaunul la un computer învecinat.

– Main Street 38, Ledeau, Kansas. Un loc numit Angie's Resort.

Cine era femeia? Și ce făcea Lawrence Grey cu ea? Să fi fost de la Chalet?

– Încotro se îndreaptă?

– Se pare că spre est. Dacă vrei să pui mâna pe el, acum e momentul.

– Află unde e localizată cea mai apropiată unitate a noastră. Una dincolo de zona de carantină.

Se auzi țăcănit de taste, apoi Nelson spuse:

– Cea mai apropiată și mai potrivită pentru treaba asta ar fi laboratorul NBC din Fort Powell. Armata l-a închis acum trei ani, când s-au mutat cu totul la White Sands, dar nu cred c-ar fi prea greu să-l punem din nou în funcțiune.

– Ce mai e pe acolo?

– Nu multe. Doar Midwest State, care e la vreo cinci kilometri spre est. O școală obișnuită, fabrica de fotbaliști, și câteva anexe. Pe lângă asta, mai ai o armurărie a Gărzii Naționale, un abator, o fabricuță. Mai e și o mică unitate hidroelectrică, pusă la naftalină după ce au construit una mai mare în aval. Cam singurul motiv pentru care mai există locul ăsta e colegiul.

Guilder rămase o clipă pe gânduri. Ei erau singurii care știau de Grey, până la acel moment, cel puțin. Probabil că era timpul să-i anunțe pe cei de la CPCB și de la USAMRIID.

Și totuși, șovăia. În parte, din cauza gustului amar pe care i-l lăsase întâlnirea cu ofițerii superiori. Cum să meargă, când Centrul de comandă o să afle că ei erau cei care puseseră monstruozitățile lui Lear sub supravegherea unor agresori sexuali puși pe liber? I s-ar fi ținut ditamai discursul.

Dar nu acesta era adevăratul motiv.

Un leac pentru orice. Nu astea fuseseră cuvintele lui Lear? Nu de la ele au pornit toate nefăcutele astea? Iar dacă Grey fusese infectat și, cumva, nu se transformase, era posibil ca virusul să i se fi schimbat în sânge, ajungând astfel la rezultatul pe care și-l dorise Lear? Și asta nu-l făcea oare la fel de valoros ca fata? Și nu era la fel de adevărat că, deși moartea era problema tuturor, mai ales acum, pentru Guilder era una cu atât mai presantă și mai personală – fiindcă soarta care-l aștepta nu-i dădea voie să lase nimic la voia întâmplării? Nu avea oare dreptul să se folosească de toate resursele de care dispunea ca să-și asigure propria supraviețuire? Nu ar fi făcut la fel oricine în locul lui?

Toți suntem pe moarte, scumpule. Corect. Dar unii mai pe moarte decât alții.

Poate Grey era răspunsul lui sau poate că nu. Poate că era doar un afurisit norocos care reușise să-și croiască drum cu ghearele afară dintr-o clădire în flăcări și să stea departe de bețe atât cât să ajungă în Kansas. Dar cu cât Guilder se gândea mai mult la asta, cu atât i se părea mai puțin probabil. Erau prea mici șansele. Plus că, de îndată ce avea să-l dea pe individ pe mâna armatei, se îndoia că urma să mai audă vreodată de Grey sau de femeia asta misterioasă.

Ceea ce nu avea să se întâmple. Horace Guilder, director adjunct al Diviziei de Arme Speciale, avea să-l păstreze pe Lawrence Guilder doar pentru el.

– Deci? Ce vrei să fac?

Nelson se holba la el. Guilder își făcu socotelile. De cine altcineva mai avea nevoie? Lui Guilder nu i se părea tocmai genul loial, dar, pentru moment, putea face apel la propriul interes al bărbatului, plus că era persoana potrivită pentru treaba asta, având cunoștințe în materie de biochimie cât pentru o echipă întreagă. Mai devreme sau mai târziu, avea să se afle ce anume punea Guilder la cale, vor trebui luate hotărâri, însă Guilder avea să se ocupe de asta la timpul potrivit. Cât despre arestare: întotdeauna se găsea cineva pentru treburi de-astea. Un singur telefon și totul s-ar fi pus în mișcare.

– Fă-ți bagajele! spuse el. Mergem în Iowa.

13

Răsăritul celei de-a doua zile îi prinse în centrul Nebraskăi. Danny, aplecat peste volan, cu ochii usturându-l de nesomn, condusese toată noaptea. Toți în afară de Kittridge dormeau, chiar și urâciosul de Jamal.

Se bucura să aibă din nou oameni în autobuzul lui. Îl făcea să se simtă util, o locomotivă de nădejde.

Găsiră benzină la un mic aeroport din McCook. Cele câteva orășele prin care trecuseră erau pustii și părăsite, exact ca într-un film despre Vestul Sălbatic. Bine, poate că se rătăciseră puțin. Însă Kittridge și celălalt bărbat, pastorul Don, spuneau că nu contează, atâta vreme cât o țineau spre est. Asta e tot ce trebuie să faci tu, Danny, îi spusese Kittridge. Ține-o spre est.

Se gândise la cele văzute pe autostradă. Alea da grozăvii. Văzuse o mulțime de cadavre în ultimele zile, dar nu se compara. Îi plăcea Kittridge, care îi amintea întru câtva de domnul Purvis. Nu că ar fi *arătat* ca domnul Purvis, ba chiar deloc. Ci după felul cum îi vorbea lui Danny – de parcă ar fi contat.

Pe când conducea, se gândea la mama, la domnul Purvis, la Thomas, Percy și James și la cât de util se făcea. Mama și domnul Purvis ar fi tare mândri de el.

Soarele se ivea la orizont, silindu-l pe Danny să-și mijească ochii în lumina lui. Cât de curând, toată lumea avea să se trezească. Kittridge se apleca spre el:

– Cum stăm cu benzina?

Danny se uită la indicator. Rezervorul era plin doar pe sfert.

– Să tragem pe dreapta și să-l alimentăm din canistre, spuse Kittridge. Să-și dezmorțească și oamenii puțin picioarele.

Traseră pe dreapta, într-o parcare de pe marginea drumului. Kittridge și pastorul Don verificară toaletele și dădură undă verde.

– Aveți treizeci de minute, îi anunță Kittridge.

Găsiră și mai multe provizii: cutii de biscuiți sărați, unt de arahide, mere, batoane energizante, sticle cu suc, scutece și lapte praf pentru Boy Jr. Kittridge îi luase lui Danny o cutie de Lucky Charms, deși tot laptele din frigidere era stricat; o să trebuiască să le mănânce goale. Danny, Kittridge și pastorul Don descărcară canistrele cu benzină din spatele autobuzului și începură să le verse în rezervor. Danny le spusese că acesta avea o capacitate de o sută nouăzeci de litri fix; un plin avea să-i țină cam cinci sute de kilometri.

– Ești un tip tare precis, îi spusese Kittridge.

După ce terminară de alimentat autobuzul, Danny își luă cutia de Lucky Charms și o doză de Dr. Pepper cam încălzită și se așeză sub un copac. Ceilalți se strânseseră în jurul unei mese de picnic, inclusiv Jamal. Nu spunea multe, însă Danny era de părere că toată lumea hotărâse să uite de cele întâmplate. Linda Robinson îi schimba scutecul lui Boy Jr, jucându-se cu el și făcându-l să dea din mânuțe și din piciorușe. Danny nu văzuse el mulți bebeluși, dar i se dăduse de înțeles că plâng mult. Până acum însă, Boy Jr. fusese tăcut ca un șoricel. Mama îi spusese că erau bebeluși buni și bebeluși răi, așa că Boy Jr trebuie să fi fost unul dintre cei buni. Danny încerca să-și amintească pe când era el bebeluș, doar ca să vadă dacă poate, însă mintea lui nu reușea să se ducă atât de departe înapoi, nu într-o manieră ordonată. Ciudat cum nu puteai să-ți amintești perioada asta a vieții decât în frânturi: o rază de soare bătând în geam, o broască strivită pe alee sub roțile unei mașini sau o felie de măr pe o farfurie. Se întrebă dacă fusese și el un bebeluș bun ca Boy Jr.

Danny urmărea grupul cu privirea, mâncând cereale cu pumnul și făcându-le să alunece pe gât cu Dr. Pepper, când Tim se ridică de la masă și veni înspre el.

– Hei, Timbo, ce faci?

Părul băiatului stătea valvârtej, după cum dormise în autobuz.

– Bine, cred, răspunse și ridică din umeri. Te superi dacă mă așez lângă tine?

Danny îi făcu loc.

– Îmi pare rău că se mai iau de tine ceilalți copii, spuse Tim după vreun minut.

– E în regulă, zise Danny. Nu mă deranjează.

– Billy Nice este un nesimțit și jumătate.

– Se ia și de tine?

– Câteodată. Băiatul se încruntă ușor: Se ia de toată lumea.

– Nu-l băga în seamă, spuse Danny. Eu asta fac.

Peste încă un minut, Tim îl întrebă:

– Îți place mult Thomas, nu?

– Da.

– Mă uitam și eu. Aveam o colecție uriașă în pivniță. Încărcătorul de cărbuni, spălătoria de vagoane, toate astea.

– Mi-ar plăcea să o văd, spuse Danny. Pariu că era grozavă.

Urmă o scurtă tăcere. Danny simțea soarele încălzindu-i fața.

– Vrei să știi ce am văzut pe stadion? îl întrebă Tim.

– Dacă vrei tu să-mi spui.

– Erau cam vreun miliard de oameni morți.

Danny nu știa ce să răspundă. Bănuia că Tim simțea nevoia să spună cuiva. Era genul de lucru pe care nu puteai să-l ții în tine.

– A fost cam scârbos.

– I-ai spus și lui April?

Tim clătină din cap.

– Vrei să țin secret?

– Ai putea face asta?

– Sigur, zise Danny. Pot să țin un secret.

Tim scobi afară puțin pământ de la rădăcina copacului și urmări cu privirea cum i se strecoară printre degete.

– Ție nu ți-e frică, nu, Danny?

– Ba da, câteodată.

– Dar nu și acum, spuse băiatul.

Danny trebuia să se gândească la asta. Presupunea că ar fi trebuit să-i fie, doar că nu-i era. Simțea mai degrabă o *curiozitate*. Ce urma să se întâmple? Unde aveau să ajungă? Îl uimea cât de ușor se adaptase situației. Doctorul Francis ar fi fost mândru de el.

– Nu, aș zice că nu.

La umbra zonei de picnic, toată lumea începuse să strângă. Danny și-ar fi dorit să știe ce să-i spună băiatului ca să-l facă să se simtă mai bine, ca să-i alunge amintirea celor văzute pe stadion. Pe când se întorceau la autobuz, îi veni o idee.

– Hei, am ceva pentru tine. Scotoci prin rucsac, scoase bănuțul lui norocos și i-l arătă băiatului. Ține-l cu tine și îți promit că n-o să ți se întâmple nimic rău.

Tim se uită la moneda din palmă.

– Ce i s-a întâmplat? E strâmbă toată.

– A fost călcată de tren. Asta o face să fie norocoasă.

– De unde o ai?

– Nu știu. Am avut-o dintotdeauna.

Danny făcu un semn din cap către palma deschisă a băiatului.

– Poți s-o păstrezi.

Un moment de șovăire, după care Tim strecură moneda strivită în buzunarul pantalonilor lui scurți. Nu era mult, știa și Danny, dar tot era ceva, și erau momente când niște lucruri simple chiar contau. Ca, de exemplu, băutura mamei, la care apela doar când o lăsau nervii, sau vizitele domnului Purvis din nopțile când Danny îi auzea râzând. Huruitul motorului uriaș al autobuzului atunci când întorcea cheia în contact dimineața. Să treacă peste dâmbul de pe Lindler Avenue și copiii chiuind pe când erau săltați de pe scaune. Lucruri de genul acesta. Danny era fericit că se gândise la asta, de parcă ar fi dat mai departe ceva ce știa că nu avea toată lumea. Pe când stăteau împreună în lumina soarelui de dimineață, zări cu coada ochiului cum expresia de pe chipul băiatului se schimbă uşor, cum i se luminează; posibil chiar să fi zâmbit.

– Mulţumesc, Danny, spuse el.

Omaha era în flăcări.

Zăriră mai întâi o vâlvătaie uriaşă pulsând la orizont. Era ora la care se întuneca. Se apropiau de oraş dinspre sud-vest, pe Autostrada interstatală 80. Nu era nicio maşină pe şosea; toate clădirile erau cufundate în beznă. O pustietate mai deplină, mai adâncă decât tot ce văzuseră până atunci – acesta era, sau ar fi trebuit să fie, un oraş cu aproape jumătate de milion de locuitori. Un miros puternic de fum începu să se strecoare prin sistemul de ventilaţie al autobuzului. Kittridge îi spuse lui Danny să oprească.

– Trebuie să trecem cumva râul, spuse pastorul Don. Du-te spre sud sau spre nord, caută o cale de a-l traversa.

Kittridge îşi ridică privirea din hartă.

– Danny, cum stăm cu benzina?

Mai aveau o optime din rezervor; canistrele erau goale. Asta însemna optzeci de kilometri, cel mult. Speraseră să găsească mai mult combustibil în Omaha.

– Un lucru e sigur, spuse Kittridge. Nu putem rămâne aici.

Porniră spre nord. Următorul punct de trecere era în oraşul Adair. Doar că podul nu mai era, fusese aruncat în aer, şi nu mai rămăsese nimic din el. Numai râul, lat şi întunecos, curgea neabătut. Ar mai fi avut o şansă la Decatur, la vreo cincizeci de kilometri spre nord.

– Am trecut pe lângă o şcoală cu vreun kilometru jumătate în urmă, spuse pastorul Don. E mai bine decât nimic. Putem căuta combustibil mâine-dimineaţă.

În autobuz se aşternu liniştea, toată lumea aşteptând decizia lui Kittridge.

– Bine, aşa facem.

Merseră înapoi până în inima orăşelului. Toate luminile erau stinse, străzile pustii. Ajunseră în dreptul şcolii, o clădire modernă, construită departe de drum, la marginea câmpului. Pe semnul de la intrarea parcării scria: HAI, LIONS! S-AVEȚI O VARĂ GROZAVĂ!

– Așteptați-mă aici! le spuse Kittridge.

Intră. Trecură câteva minute, apoi ieși. Schimbă o privire scurtă cu pastorul Don, cei doi bărbați încuviințând din cap.

– Rămânem aici peste noapte, anunță Kittridge. Stați împreună, nu vă depărtați. Nu e curent, dar curge apa și e mâncare în cafenea. Dacă aveți nevoie să folosiți toaletele, duceți-vă câte doi.

În hol, fură întâmpinați de mirosul specific unei școli, transpirație și șosete ude, vopsea și ceară de linoleum. O vitrină cu trofee se găsea lângă o ușă care ducea, poate, la biroul directorului; pe pereții văruiți atârna un colaj făcut din imagini decupate din ziare cu animale și oameni și articole din reviste. În dreptul fiecăruia era trecut vârsta și clasa autorului. Wendy Mueller, clasa a II-a. Gavin Jackson, clasa a V-a. Florence Ratcliffe, clasa pregătitoare.

– April, du-te cu Wood și cu Don să găsiți niște saltele pe care să dormim. Ar trebui să fie câteva în sălile grădiniței.

În cămara din spatele cantinei găsiră conserve de fasole și compot de fructe, dar și pâine și gem pentru sendvișuri. Nu aveau gaz ca să poată găti, așa că serviră fasolea rece, pe tăvile din metal ale cantinei. De-acum, se făcuse noapte; Kittridge le împărțise lanterne. Vorbeau în șoaptă, prin consens general, ca să nu-i audă Viralii.

Până la nouă, toată lumea se pregătise deja de culcare. Kittridge îl lăsă pe Don de pază la primul etaj și urcă scările, cu o lanternă în mână. Multe dintre uși erau încuiate, dar nu toate; alese laboratorul de chimie, o încăpere mare, cu mese și dulapuri de sticlă, pline de recipiente și alte materiale. În aer se simțea un miros slab de butan. Pe tabla din fața clasei scria: „Recapitulare finală, cap. 8–12, proba de laborator: miercuri."

Kittridge își dădu jos cămașa și se spălă la chiuveta din colț, apoi își trase un scaun și își scoase cizmele. Proteza, care începea de sub genunchiul stâng, era construită dintr-un cadru din aliaj de titan, cu protecție de silicon; un cilindru hidraulic controlat printr-un microprocesor, acționat de o mică pilă de combustie pe bază de hidrogen, care se ajusta de cincizeci de ori pe secundă pentru a calcula viteza unghiulară corectă a îndoiturii gleznei, imitând astfel mișcarea naturală. Era ultima invenție în materie de proteze; Kittridge nu se îndoia că armata dăduse o căruță de bani pe ea. Își suflecă pantalonii, decuplă proteza și își spală ciotul cu săpun de la dozatorul de pe chiuvetă. Deși bătătorită bine, pielea din punctul de contact se înroșise și îl ustura după două zile fără îngrijire. Uscă bine ciotul și îl lăsă la aer câteva minute, înainte să monteze proteza la loc și să-și dea în jos cracul pantalonului.

Tresări la auzul unei mișcări ce venise din spatele lui. Se întoarse și o văzu pe April stând în ușă.

– Scuze, n-am vrut să...

El îmbrăcă iute cămașa și se ridică în picioare. Cât de mult văzuse? Dar era destul de întuneric, plus că fusese ascuns în parte de una dintre mese.

– Nicio problemă. Doar mă spălam puțin.

– Nu puteam să dorm.

– E în regulă, spuse el. Poți să vii încoace dacă vrei.

Ea înaintă cu pași șovăitori. Kittridge se mută la fereastră, cu pușca în mână. Îi luă doar o clipă să scaneze strada de dedesubt.

– Cum e pe-afară? îl întrebă fata, venind în dreptul lui.

– Liniște, momentan. Ce face Tim?

– Doarme buștean. E mai puternic decât pare. Mai puternic decât mine, în orice caz.

– Mă îndoiesc. Mie îmi pari destul de calmă, având în vedere circumstanțele.

April se încruntă.

– N-ar trebui. Calmul ăsta aparent este ce ai numi o mască. Adevărul este că mi-e atât de frică, încât nu mai simt nimic.

Un raft lat se întindea de-a lungul sălii, pe sub ferestre. April se așeză pe el, sprijinindu-și spatele de tocul geamului și strângându-și genunchii la piept. Kittridge îi urmă exemplul. Stăteau față în față acum. O tăcere anticipată, dar nu stânjenitoare, se așternu între ei. Era tânără și totuși simțea un sâmbure de rezistență în ea. Era genul de lucru pe care fie îl aveai, fie nu.

– Și, ai prieten?

– De ce, vrei să dai probă?

Kittridge râse, simțind cum roșește stânjenit.

– Doar făceam conversație. Așa te porți cu toți?

– Doar cu persoanele pe care le plac.

Încă o clipă de liniște.

– De unde numele de April? întrebă el, negăsind ceva mai bun. E luna în care te-ai născut?

– E din poemul *Waste Land*. Cum Kittridge nu spuse nimic, ea ridică din sprâncene, nevenindu-i să creadă: Poezia? De T.S. Eliot?

Kittridge auzise numele ăsta, dar cam atât.

– N-am ajuns la ea. Cum e?

Ea își lăsă privirea să treacă dincolo de el. Când vorbi din nou, vocea îi era încărcată de un sentiment pe care Kittridge nu reuși să-l identifice, o combinație de fericire, tristețe și nostalgie:

Aprilie este luna cea mai nemiloasă, stârnind
Liliacul dintr-un pământ mort, amestecând
Aducerile aminte și dorințele, trezind
La viață rădăcinile amorțite în ploi primăvăratice...

Iarna ne-a ținut la căldură, acoperind
Pământul în zăpada de uitare și hrănind
Puțina viață cu tubercule uscate.
Vara ne-a luat pe nepregătite, coborând peste Starnbergersee
Cu o zvâcnire de ploaie...[1]

– Uau! făcu Kittridge.

Ea îl privea din nou. Ochii ei, băgă el de seamă, erau de culoarea mușchiului, cu niște picățele aurii plutind parcă la suprafața irisului.

– Impresionant!

April ridică din umeri.

– Și continuă în ritmul ăsta. Tipul care-a scris-o era deprimat de-a binelea.

---

[1] T.S. Eliot, *Opere poetice. 1909–1962*, în traducerea lui Șerban Foarță, Mircea Ivănescu, Sorin Mărculescu și Adriana-Carmen Racoviță.

Începu să se joace cu un fir de ață ieșit din ruptura de la genunchi a blugilor.

– Numele a fost ideea mamei. Era profesoară de limba engleză, asta înainte să-l întâlnească pe tatăl meu vitreg și să ajungem bogați și toate cele.

– Părinții tăi au divorțat?

– Tata a murit când aveam șase ani.

– Îmi pare rău, n-ar fi trebuit să...

Dar ea nu-l lăsă să termine fraza.

– Să nu-ți fie. Nu era tocmai un model de urmat. O rămășiță de pe vremea când mamei îi plăceau băieții răi. Era mort de beat, a intrat cu mașina într-un cap de pod. Și asta a fost.

Spusese toate acestea fără nicio inflexiune în voce; ar fi putut foarte bine să-i vorbească și de vreme. Afară, noaptea de vară cufunda totul într-un întuneric beznă. Kittridge o judecase greșit, asta era evident, însă învățase că acest lucru e valabil pentru majoritatea oamenilor. Povestea lor nu era niciodată ce lăsau să se vadă și ai fi fost surprins de cât de multe puteau îndura unii.

– Am văzut, să știi, spuse April. Piciorul tău. Cicatricele de pe spate. Ai luptat în război, nu-i așa?

– Ce te face să crezi asta?

Ea afișă o expresie neîncrezătoare.

– Doamne, habar n-am, poate totul? Pentru că ești singurul care pare să știe ce să facă? Pentru că te pricepi super bine la arme și tot restul?

– Ți-am spus, sunt vânzător. Echipament de campat.

– Nu cred asta nicio secundă.

Sinceritatea ei era atât de dezarmantă, încât, preț de o clipă, Kittridge nu spuse nimic. Dar îl ghicise cum nu se putea mai bine.

– Ești sigură că vrei să auzi asta? Nu e o poveste prea plăcută.

– Numai dacă vrei tu să mi-o spui.

El își întoarse instinctiv fața la fereastră.

– Ei bine, ai dreptate. Am fost luat în armată de pe băncile școlii. Nu doar în armată, ci în marina militară. Am ajuns sergent de stat-major în poliția militară. Știi ce e asta?

– Că erai polițist?

– Un fel, da. În majoritatea cazurilor, ofeream servicii de protecție la diverse instituții americane, la baze aeriene, la puncte-cheie de trecere, chestii de genul ăsta. Ne trimiteau peste tot. Iran, Irak, Arabia Saudită. Cecenia, o vreme. Ultima misiune a fost la baza aeriană Bagram, din Afganistan. De obicei, erau doar verificări de rutină, cercetam echipamentul și pe muncitorii străini. Dar tot trebuia să se întâmple ceva din când în când. Lovitura nu fusese dată, așa că teritoriul era încă sub control american. Dar erau talibanii, care mișunau peste tot, plus Al Qaeda și vreo douăzeci de dictatori militari care tot ieșeau la suprafață ori se dădeau la fund.

Făcu o pauză, adunându-și gândurile. Partea care urma era cea mai dureroasă.

– Într-o zi, vedem mașina asta, o rablă obișnuită, care înaintează pe drum. Punctele de control sunt bine marcate, toată lumea știe când trebuie să oprească, doar că tipul ăsta nu o face. Accelerează drept spre noi. Din câte vedem noi, sunt doi în mașină, un bărbat și o femeie. Toată lumea deschide focul. Mașina se răstoarnă, se rostogolește de câteva ori și ajunge înapoi pe cele patru roți. Noi ne așteptăm să sară în aer, dar nu se întâmplă. Eu sunt șeful subofițerilor, așa că mă duc să verific. Femeia e moartă, dar bărbatul e încă în viață. Este aplecat peste volan, sânge peste tot. Pe bancheta din spate, un copil, un băiețel. Nu mai mare de patru ani. Îl legaseră de scaunul plin cu explozibil. Văd firele, care duc în partea din față a mașinii, și pe tatăl lui ținând detonatorul. Bălmăjește ceva în barbă. *Anta al-mas'ul*, spune. *Anta al-mas'ul*. Copilul plânge, întinzând mânuța spre mine. Mânuța lui mică. N-o s-o uit niciodată. Are doar patru ani, dar știe ce e pe cale să se întâmple.

– Doamne! exclamă April îngrozită. Și ce-ai făcut?

– Singurul lucru care mi-a trecut prin minte. Am luat-o la goană. Nu-mi amintesc explozia. M-am trezit într-un spital din Arabia Saudită. Doi bărbați din unitatea mea muriseră, altul se alesese cu o bucată de șrapnel în coloană.

April se uită la el cu ochii mari.

– Ți-am spus că nu e o poveste frumoasă.

– Și-a aruncat în aer propriul *copil*?

– Cam așa ceva, da.

– Dar ce fel de oameni ar face asta?

– M-ai prins aici. Nu am putut niciodată să înțeleg.

April nu mai spuse nimic; Kittridge se întrebă, așa cum făcea de fiecare dată, dacă nu cumva spusese prea mult. Dar era o senzație plăcută să mai dea jos din povară, iar, dacă April primise mai mult decât putea duce, nu o arăta. Povestea în sine era lipsită de importanță, Kittridge știa asta, una dintre sutele, poate chiar miile de povești asemănătoare. O astfel de cruzime gratuită ținea pur și simplu de demersul lumii. Dar de la a fi conștient de acest lucru și a-l trăi pe pielea ta era o diferență ca de la cer la pământ.

– Și ce s-a întâmplat pe urmă? întrebă April.

Kittridge ridică din umeri.

– Nimic. Ăsta e sfârșitul poveștii. S-a dus să danseze cu fecioarele în Împărăția cerurilor.

– Mă refeream la tine. Fata nu-l slăbea din priviri. Eu cred c-aș fi dată complet peste cap după așa ceva.

Iată ceva nou, se gândi el – despre partea asta a poveștii nu-l întrebase nimeni niciodată. De obicei, după ce expunea faptele așa cum se întâmplaseră, ascultătorul nu știa cum să scape mai repede. Dar nu și fata asta, April.

– Ei bine, n-am fost. Sau cel puțin nu cred că am fost. Am stat vreo jumătate de an în Administrația Veteranilor, învățând să merg, să mă îmbrac și să mănânc cum trebuie, după care m-au dat afară. Războiul s-a terminat, amice, cel puțin pentru tine. Eu n-am rămas cu sechele, cum li s-a întâmplat altora. Nu mă băgam sub pat când auzeam vreo mașină explodând sau ceva asemănător. Ce-a fost, a fost, îmi ziceam. Apoi, la șase luni după ce m-am așezat la casa mea, am făcut un drum până acasă, în Wyoming. Părinții mei nu mai erau, sora mea se mutase în Columbia Britanică alături de soțul ei și practic ieșiseră de pe hartă, dar tot mai cunoșteam niște oameni, copii cu care mersesem la școală, deși nu mai erau copii acum. Unul dintre ei vrea să dea o petrecere în cinstea mea, o chestie de bun-venit acasă. Toți aveau familiile lor deja, copii, neveste și slujbe, dar asta a fost o băută de zile mari, ca în vremurile bune. Era scuza perfectă să ne îmbătăm, dar n-am văzut niciun rău în asta. Sigur, mi-am spus, fă-ți de cap, ceea ce am și făcut. Erau pe puțin o sută de oameni acolo, un banner mare cu numele meu întins de-a lungul verandei, ba chiar și o orchestră. Toată faza m-a lăsat fără cuvinte. Eram în curtea din spate, ascultând muzică, când un prieten vine la mine și îmi zice: Vreau să-ți prezint pe cineva. Nu sta acolo ca fraierul. Așa că mă ia în casă și iată-i acolo pe toți trei, îmbrăcați frumos. Pe unul îl știam puțin din perioada aia. Stăteau la taclale, vorbind ba despre emisiunile de la TV, ba despre o bârfă, chestiile obișnuite. Chestiile normale, de zi cu zi. Eu îmi luasem o bere și îi ascultam vorbind, când îmi dau seama că nu înțeleg o iotă din ce spun. Nu atât cuvintele, cât *înțelesul* lor. N-aveau nici cea mai mică legătură cu nimic, de parcă ar fi fost două lumi, o lume exterioară și o lume interioară, fără să aibă vreo legătură una cu cealaltă. Sunt sigur că un psiholog ar avea un nume pentru asta. Știu doar că m-am trezit întins pe jos, cu toată lumea strânsă în jurul meu. După episodul ăsta, mi-au trebuit patru luni în pădure ca să mă pot întoarce printre oameni. Făcu o pauză, puțin surprins de sine însuși. Ca să-ți spun drept, n-am mai povestit nimănui partea asta. Tu ești prima.

– Mi-aduce aminte de o zi la liceu.

Kittridge nu se putu abține să nu râdă.

– *Touché!*

Privirile li se întâlniră și rămaseră așa o vreme. Ce ciudat! se gândi el. Într-un minut ești singur cu gândurile tale, în următorul vine cineva care pare să-ți cunoască cea mai ascunsă parte a ta, care poate să te citească precum o carte deschisă. N-ar fi știut să spună de cât timp se uitau unul la celălalt. Părea să fi trecut o veșnicie, niciunul dintre ei neavând voința ori curajul, ori măcar dorința de a-și întoarce privirea. Câți ani avea? Șaptesprezece? Nu părea de șaptesprezece. Nu părea să aibă vârstă. Era un suflet bătrân: Kittridge auzise expresia, dar nu o înțelesese niciodată. Dar asta era April: un suflet bătrân.

Ca să pecetluiască legătura dintre ei, Kittridge scoase unul dintre pistoale din tocul de la umăr și i-l întinse.

– Știi să folosești așa ceva?

April privi arma nesigură.

– Dă-mi voie să ghicesc: nu e ca la TV.

Kittridge scoase încărcătorul și trase piedica, făcând astfel cartușul să iasă de pe țeavă. Îi puse pistolul în mână, închizându-i palma cu a lui.

– Nu apăsa trăgaciul cu încheietura degetului, îți coboară ținta. Folosește buricul degetului și strânge ușor, cam așa.

Îi dădu drumul la mână și se bătu ușor în piept.

– O împușcătură aici. Nu e nevoie de mai mult, dar n-ai voie să ratezi. Nu te grăbi: țintește și tragi.

Încărcă la loc arma și i-o dădu înapoi.

– Poftim, poți s-o păstrezi. Ai grijă să ai un glonț în magazie, cum ți-am arătat.

Ea zâmbi șmecherește.

– Vai, mulțumesc. Și eu care nu ți-am luat nimic.

Kittridge îi întoarse zâmbetul.

– Poate data viitoare.

O clipă de tăcere. April întoarse arma pe toate părțile, cercetând-o de parcă ar fi fost cine știe ce artefact nemaivăzut.

– Ce-a spus tatăl? *Anta*-nu-știu-cum.

– *Anta al-mas'ul.*

– Ai aflat ce-nseamnă?

Kittridge a dat din cap că da.

– „Tu ai făcut asta."

Se lăsă din nou tăcere, deși una cu totul diferită față de celelalte dăți. Nu era ca un obstacol ce se ridica între ei, ci mai degrabă o recunoaștere a propriilor vieți, întocmai ca pereții unei încăperi în care nu se aflau decât ei doi. Ce ciudat, se gândi Kittridge, să rostească acele cuvinte. *Anta al-mas'ul. Anta al-mas'ul.*

– Ai făcut ce trebuia, spuse April. Puteai să mori.

– Întotdeauna ai de ales, răspunse Kittridge.

– Ce altceva ai fi putut să faci?

Întrebarea era retorică, știa prea bine; fata nu aștepta niciun răspuns. *Ce altceva ai fi putut face?* Însă Kittridge știa răspunsul. Îl știuse dintotdeauna.

– Aș fi putut să-l țin de mână.

Rămase de veghe la fereastră toată noaptea. Lipsa somnului nu era o problemă pentru el; învățase să se descurce cu puțin. April se ghemuise pe podea, sub fereastră. Kittridge își scoase jacheta și o înveli cu ea. Nu era nicio lumină pe nicăieri. Lumea văzută de la fereastră era cufundată în liniște, iar cerul era împânzit de stele. Pe când prima geană de lumină se întrezărea la orizont, își permise să închidă ochii.

Se trezi în zgomotul motoarelor care se apropiau. Un convoi militar înainta pe stradă, compus din douăzeci de vehicule. Își scoase cel de-al doilea pistol și i-l dădu lui April, care se ridicase și ea în capul oaselor și se frecă la ochi.

– Ține-l!

Kittridge coborî scările în fugă. Când țâșni afară pe ușă, convoiul ajunsese la mai puțin de treizeci de metri depărtare. Alergă până în mijlocul străzii, fluturându-și brațele în aer.

– Opriți!

Humvee-ul din fruntea convoiului puse frână brusc la doar câțiva metri de el, în timp ce soldatul de pe capota mașinii îi urmărea fiecare mișcare prin luneta mitralierei. Partea de jos a feței îi era acoperită de o mască chirurgicală.

– Rămâi pe loc!

Kittridge avea mâinile ridicate.

– Nu sunt înarmat.

Soldatul trase piedica armei.

– Am spus să rămâi pe loc!

Urmară cinci secunde tensionate; părea foarte posibil să fie împușcat. Apoi, ușa din dreapta se deschise larg. Un zdrahon de femeie ieși și veni înspre el. De aproape, chipul ei părea trecut, plin de riduri și uscat de la praf. Un ofițer, dar nu unul care-și făcea munca la birou.

– Maior Porcheki, Batalion 9 Sprijin de Luptă, Garda Națională Iowa. Tu cine naiba ești?

Avea doar o singură carte pe care s-o joace.

– Sergent de stat-major Bernard Kittridge. Compania C, Batalionul 1 de Poliție Militară, Infanteria Marină a Statelor Unite.

Ea se uită la el cu ochi mijiți.

– Ești soldat în Marină?

– Pensionat pe caz de boală, doamnă.

Maiorul trecu pe lângă el, îndreptându-se spre școală. Kittridge știa și fără să se uite că restul îi urmăreau de la ferestre.

– Câți civili ai înăuntru?

– Unsprezece. Rezervorul autobuzului e aproape gol.

– Careva bolnav sau rănit?

– Toți sunt extenuați și speriați, dar atât.

Ea procesa informația cu o expresie gânditoare pe chip. Apoi:

– Caldwell! Valdez!

Doi caporali veniră în față. Și ei purtau măști chirurgicale. Toată lumea purta, cu excepția lui Porcheki.

– Aduceți autocisterna să facem plinul autobuzului.

– Luăm civilii acum?

– Ți-am cerut părerea, caporal? Și întoarce-te cu un medic!

– Da, doamnă. Îmi cer scuze, doamnă.

Plecară în grabă.

– Mulțumesc, doamnă maior. Am fi avut drum lung de făcut de aici.

Porcheki își desfăcu plosca de la curea și se opri să bea.

– Ați avut noroc că v-am găsit. Combustibilul este pe ducă. Ne întoarcem la armurăria gărzii din Fort Powell, deci doar până acolo vă putem duce. FEMA a ridicat un centru pentru refugiați acolo. De unde veți fi probabil duși la Chicago sau St. Louis.

– Dacă nu vă supărați că vă întreb, aveți informații noi?

– Nu mă supăr, dar nu știu ce să-ți răspund. Într-un minut, afuriseniile alea erau peste tot, în următorul, nici urmă de ei. Le plac copacii, dar se ascund foarte bine și în alte locuri. Știm de la

CENTCOM că o ceată mare se deplasează de-a lungul graniței Kansasului cu Nebraska.

– Ce e o ceată?

Ea mai luă o înghițitură din ploscă.

– Așa se numesc grupurile mari: cete.

Medicul își făcu apariția; ceilalți începură să iasă din școală. Kittridge le spuse ce se întâmplă, în timp ce soldații înconjurau perimetrul. Medicul consulta civilii, luându-le temperatura și uitându-se în gâtul lor. Când toată lumea fu gata de plecare, Porcheki îl opri pe Kittridge pe treptele autobuzului.

– Încă ceva. Nu mai spuneți că sunteți din Denver. Spuneți că veniți din Iowa, ar fi mai bine așa.

El își aduse aminte de autostrăzi, de rândurile nesfârșite de mașini răsturnate.

– O să le spun și celorlalți.

Kittridge se urcă în autobuz. Sprijinindu-și pușca între genunchi, se așeză pe locul din spatele lui Danny.

– Ei, drăcie! exclamă Jamal, rânjind până la urechi. Un convoi de-al Armatei! Retrag tot ce-am spus despre tine, Kittridge! Arătă cu degetul mare spre doamna Bellamy, care-și ștergea fruntea cu o batistă scoasă din mânecă. Să fiu al naibii, nici nu mai sunt supărat că băboaia a vrut să mă împuște!

– Cum zici tu, tinere, îi replică ea. Cum zici tu.

El se întoarse cu fața spre ea și i se adresă de-a lungul culoarului:

– Chiar voiam să te întreb: care e faza cu bătrânele și cu batista plină cu muci scoasă din mânecă? Nu vi se pare că nu e deloc igienic?

– Vorbește unul care are brațele pline cu atâta cerneală, că ar putea umple o tiparniță.

– Tiparniță? Din ce secol ești, mamaie?

– Când mă uit la tine, nu-mi vine în minte decât un singur cuvânt: hepatită.

– Dumnezeule! se plânse Wood. Voi doi ar trebui să vă luați o cameră!

Convoiul se puse în mișcare.

14

Planul se pusese în mișcare. Echipa fusese adunată, avionul urma să-i ia în zori. Guilder stabilise legătura cu omul lui de contact din Blackbird; totul fusese aranjat. Serverul și hard disk-urile din depozit fuseseră șterse. Duceți-vă acasă, le spusese angajaților. Duceți-vă acasă la familiile voastre!

Era trecut de miezul nopții când el mergea cu mașina spre casă, pe străzile tăcute și ude de la ploaie. La radio, un șuvoi continuu de știri proaste: haos pe autostrăzi, Armata se regrupează, voci nemulțumite din afara țării. De la Casa Albă veneau cuvinte care făceau apel la calm, situația e sub control, cele mai luminate minți se puseseră pe lucru, dar nimeni nu prostea pe nimeni. O declarație națională de instituire a legii marțiale era așteptată să sosească peste câteva ore. La CNN se spunea că navele de război NATO se îndreptau spre Coastă. Continentului nord-american urma să-i fie trântită ușa în nas. Poate că lumea o să ne urască, se gândi Guilder, dar ce-o să se facă dacă n-o să mai fim?

Pe când conducea, arunca priviri prevăzătoare în oglinda retrovizoare. Nu era paranoic; doar că așa se întâmplau lucrurile de obicei. Un scrâșnet de cauciucuri, o dubiță tăindu-i fața, bărbați la costume negre ieșind din ea. Horace Guilder? Vino cu noi. Era de necrezut că nu i se întâmplase încă, își spuse el.

Parcă mașina în garaj și încuie ușa în urma lui. Ajuns în dormitor, împachetă câteva lucruri necesare – schimburi pentru două zile, produse de îngrijire, medicamentele – și duse geanta jos. Aduse laptopul din birou și îl puse în cuptorul cu microunde, prăjindu-i circuitele. De telefonul portabil scăpase deja, aruncându-l pe fereastra mașinii.

Aprinse luminile în sufragerie și trase draperiile. Peste stradă, un vecin își încărca valizele în portbagajul deschis al SUV-ului său. Soția bărbatului stătea în ușa casei, ținând în brațe un bebeluș adormit. Cum îi chema? Guilder ori nu știuse niciodată, ori nu-și aducea aminte. O mai văzuse pe femeie plimbând-o pe fetiță în căruciorul ei de plastic colorat în susul și în josul aleii. Urmărindu-i cu privirea pe cei trei, Guilder își aminti de Shawna – nu de întâlnirea oribilă de pe urmă, ci de cum stăteau împreună după ce făceau dragoste și de vocea ei șoptită, care-i gâdila pieptul. *Ești mulțumit de ceea ce fac? Vreau să fiu singura femeie din viața ta.* Cuvinte care nu erau altceva decât niște prefăcătorii, un teatru ieftin care să încoroneze acea oră închiriată. Cât de prost fusese!

Bărbatul luă fetița din brațele soției și o așeză cu grijă pe bancheta din spate. Cei doi urcară în mașină. Guilder nu-și putea decât închipui lucrurile pe care și le spuneau. *O să fim bine. Sunt oameni care lucrează la remedierea situației. Stăm la mama ta o săptămână sau două, până când se liniștesc apele.* Auzi cum pornesc motorul; dădură în spate pe alee. Guilder urmări cu privirea farurile cum dispar la colțul străzii. Noroc bun! le ură el în gând.

Era trecut de două noaptea când ajunse la Shadowdale. Parcarea era goală; intrarea era luminată de un singur bec. Intră pe ușă și nu găsi pe nimeni la recepție. În spatele ei, un scaun cu rotile gol și încă unul în hol. Nu se auzea nimic de nicăieri. Probabil că era urmărit de camerele de supraveghere, dar cine să se mai uite pe înregistrări?

Tatăl lui zăcea întins în pat pe întuneric. În cameră mirosea îngrozitor; nimeni nu intrase acolo de ore bune, poate chiar toată ziua. Pe tava de lângă pat cineva lăsase vreo douăsprezece borcane Gerber's cu mâncare de bebeluși și o carafă cu apă. Un pahar vărsat îi spunea că tatăl lui încercase să bea, însă mâncarea era neatinsă; bătrânul nu ar fi putut deschide borcanele nici dacă ar fi încercat.

Guilder nu avea mult timp, dar nu se făcea să se grăbească. Tatăl lui avea ochii închiși, iar vocea – vocea aceea intimidantă – redusă la tăcere. Mai bine așa, se gândi el. Timpul discuțiilor trecuse. Încerca să găsească o amintire plăcută cu tatăl lui, oricât de mică. Singura pe care o găsi fu atunci când tatăl lui îl dusese în parc. Guilder era mic. Amintirea era una vagă și bazată pe impresii – posibil chiar să nu se fi întâmplat deloc –, dar era tot ce avea. O zi de iarnă. Guilder scoțând aburi pe gură și un peisaj de copaci golași care se mișcau în sus și în jos, pe când tatăl lui îl dădea în leagăn, mâna mare a bărbatului pe spatele lui, prinzându-l și lansându-l în spațiu. Guilder nu-și amintea nimic altceva din ziua aceea. Posibil să fi avut vreo cinci ani chiar.

Când strecură perna sub capul tatălui său, ochii bărbatului se mișcară pe sub pleoape, dar nu se deschiseră. Iată prăpastia, își spuse Guilder în sinea lui, clipa fatală; treabă care, odată făcută, nu mai putea fi desfăcută. Îi veni în minte cuvântul *patricid*. Din latinescul *pater*, tată, și *caedere*, a ucide. Îi lipsise curajul să se omoare singur, și totuși, când acoperi cu perna fața tatălui său, nu avu nicio clipă de ezitare. Apucând perna de colțuri, o apăsă până când fu sigur că nu-i mai intra aer nici pe gură, nici pe nas. Un minut se scurse astfel, Guilder numărând secundele în șoaptă. Mâna tatălui său, care se odihnea pe cuvertură, tresări sălbatic. Cât avea să dureze? De unde avea să știe când se va fi terminat? Dacă dădea greș cu perna, ce-ar fi făcut atunci? Urmări cu privirea mâna tatălui său dacă mai face vreo mișcare, dar nu se întâmplă nimic. Treptat, deveni conștient de faptul că nemișcarea acelui trup de sub mâinile lui nu putea însemna decât un singur lucru. Tatăl lui își dăduse duhul.

Dădu la o parte perna. Chipul tatălui era neschimbat; era ca și cum trecerea în neființă abia dacă lăsase vreo urmă. Guilder cuprinse în palmă capul tatălui său și puse perna la locul ei. Nu încercă să-și ascundă crima – se îndoia că ar fi fost cineva prin preajmă să cerceteze situația – dar voia ca tatăl lui să stea pe pernă, mai ales acum, când avea să rămână întins acolo pentru foarte mult timp. Guilder se așteptase să fie copleșit de emoții, se așteptase ca suferința și regretul să se dezlănțuie înăuntrul lui. Amintirea copilăriei lui oribile. Viața singuratică a mamei lui. Propria existență lipsită de dragoste și afecțiune, în care nu era decât o femeie închiriată cu ora care să-i țină de urât. Dar nu simți decât ușurare. Fusese testul adevărului suprem, iar el îl trecuse.

Afară, coridorul era cufundat în liniște, la fel cum îl lăsase. Cine putea spune ce nenorociri se petreceau dincolo de celelalte uși, câte familii erau puse în fața aceleiași decizii crude? Guilder se uită la ceasul de la mână: zece minute de când intrase în clădire. Doar zece minute, însă totul era acum schimbat. El era schimbat, lumea era schimbată. Tatăl lui nu mai făcea parte din ea. La gândul ăsta, ochii i se umplură de lacrimi.

Traversă coridorul cu pași mari, trecând pe lângă camera de zi, acum goală, și pe lângă recepția la fel de goală, ieșind în aerul dimineții.

15

Pe la jumătatea celei de-a doua zile, pe când se apropiau de granița cu Missouri, Grey zări un obstacol în față. Se aflau în mijlocul pustietății, la kilometri depărtare de orice oraș. Opri mașina.

Lila își ridică privirea din revista pe care o citea: *Today's Parenting*. Grey o luase pentru ea de la un minimarket din Ledeau, împreună cu multe altele. *Family Life*, *Baby and Child*, *Modern Toddler*. În ultima zi, atitudinea ei față de el se schimbase întru câtva. Poate de vină era efortul mental pe care trebuia să-l facă pentru a crede în continuare că nu era nimic neobișnuit la călătoria lor, însă începuse să-și piardă răbdarea cu el, vorbindu-i de parcă ar fi fost un soț care nu-i dădea ascultare.

– Ce mai e acum?

Puse revista în poală. Pe copertă era imaginea unei fete rumene în obraji, îmbrăcată într-o salopetă roz. CÂND ÎNTÂLNIRILE IES PROST anunța titlul.

– *Aia* ce e?

– E un tanc.

– Ce caută acolo?

– Poate l-au pierdut sau ceva de genul ăsta.

– Nu cred că poți *pierde* un tanc. Cum ar fi: Scuză-mă, mi-ai văzut tancul? Știu că l-am lăsat pe aici, pe undeva.

Scoase un oftat prelung.

– Cine-și parchează tancul în drum? O să trebuiască să-l mute.

– Vrei ca eu să le cer să-l mute? întrebă Grey.

– Da, Lawrence, exact asta vreau.

El nu voia, dar era imposibil s-o refuze. Ieși din mașină în lumina amurgului.

– Hei! strigă el și îi aruncă o privire Lilei, care-l urmărea cu capul scos pe geamul locului din dreapta. Cred că e gol.

– Sau poate nu te aud.

– Hai să ne întoarcem! Găsim noi alt drum.

– Dar e vorba de principiu. Nu pot bloca drumul așa, cum li se năzare! Încearcă trapa. Trebuie să fie cineva înăuntru.

Grey se îndoia de asta, dar nu voia să se certe. Se cățără pe scara exterioară, până când ajunse pe turelă. Se uită prin trapă, dar era prea întuneric înăuntru ca să poată vedea ceva. Lila ieșise din mașină și stătea acum în dreptul tancului, cu o lanternă în mână.

– Nu cred că asta e o idee bună, spuse Grey.

– E doar un tanc, Lawrence. Serios, voi bărbații sunteți toți la fel, știai asta?

Ea îi întinse lanterna. El nu avea de ales decât să se uite înăuntru. Grey aținti raza luminoasă prin deschizătura trapei.

Dumnezeule mare!

– Deci? Ce-i acolo?

Grey se gândi că trebuie să fi fost doi. Nu era simplu să-ți dai seama din ce vedea. Părea că cineva aruncase în ei cu o grenadă, atât de sfârtecați erau soldații. Însă nu fusese o grenadă.

Vezi, Grey?

Tresări, ca și cum ar fi fost străbătut de un curent electric. Vocea aceea. Nu semăna cu cea auzită în garaj; vocea era în capul lui. Vocea lui Zero. Lila se holba la el de jos. Încerca să spună ceva, s-o avertizeze, însă nu-i ieși niciun cuvânt din gură.

Ți-e... foame, Grey?

Îi era. Și nu doar foame, era lihnit. Senzația părea să pună stăpânire pe fiecare părticică din el, pe fiecare celulă și moleculă, până și pe cei mai mici atomi care se zvârcoleau înăuntrul lui. Niciodată nu mai fusese încercat de așa o foame.

E darul meu pentru tine. Darul sângelui.

– Lawrence, ce s-a întâmplat?

El înghiți cu greu.

– Vin... într-o clipă.

Coborî prin deschizătură. Scăpase lanterna, dar nu mai conta; interiorul întunecat al tancului strălucea în ochii lui, fiecare suprafață lucind de la acel frumos înveliș de sânge. O dorință imensă puse stăpânire pe el, făcându-l să-și lipească fața de metalul rece și să-și treacă limba peste el.

– Lawrence! Ce faci acolo?

Se pusese în genunchi, lingând podeaua, îngropându-și fața în rămășițele suculente. Ce senzație minunată! De parcă flămânzise un an, zece ani, un secol, doar ca să fie întâmpinat acum cu cel mai mare ospăț din toată istoria omenirii! Toate bucuriile corpului deveniseră una singură, o transă de plăcere pură!

Vraja fu destrămată de un bubuit puternic. Se trezi cu degetele în gură, cu fața acoperită de sânge. Ce naiba făcea? Și ce fusese zgomotul ăla? Un tunet?

– Lawrence, vino repede!

Un nou bubuit, și mai puternic decât primul. Urcă scara. Ceva nu era în regulă cu cerul; părea să fie aprins de o vâlvătaie nestăpânită.

Lila îi văzu fața plină de sânge și începu să țipe.

Două avioane huruiră pe deasupra lor, zburând jos și cu o viteză ce despica aerul; o strălucire puternică și albă aprinse cerul, iar Grey fu izbit de un val de aer fierbinte, care-l dădu jos de pe tanc. Ateriză cu putere, vântul retrăgându-se apoi. Și mai multe avioane trecură în viteză, în timp ce la est cerul era străbătut de izbucniri luminoase.

Lila se depărtă de el, protejându-și fața cu mâinile.

– Pleacă de lângă mine!

Nu avea vreme să-i explice și, oricum, ce i-ar fi putut spune? Era limpede ce se petrecea acum, începuseră războiul. Grey o apucă de braț și începu s-o târască spre mașină. Ea dădea din picioare, țipa și încerca să scape din strânsoarea lui. Cumva, reuși să deschidă ușa din dreapta și s-o împingă înăuntru, când își dădu seama numaidecât de greșeala făcută: Lila îl încuie pe afară.

Bătu în geam:

– Lila, lasă-mă să intru!

– Pleacă! Pleacă!

Avea nevoie de ceva greu. Se uită prin jur, dar nu găsi nimic. Din clipă în clipă, Lila urma să-și dea seama ce avea de făcut: să se așeze la volan și să demareze.

Nu putea îngădui să se întâmple una ca asta.

Grey se dădu înapoi, își făcu mâna pumn și lovi în geamul șoferului. Se așteptase să fie cuprins de un val de durere, ca toate oasele mâinii să înceapă să-i tremure, dar nu se întâmplă asta; mâna îi trecu prin cascada de cioburi. Înainte ca Lila să aibă timp să reacționeze, el deschise portiera, se aruncă pe scaunul șoferului și dădu cu spatele. Viră la 180°, băgă în viteză și apăsă accelerația. Însă momentul plecării trecuse; brusc, se treziră în mijlocul acțiunii. Pe când și mai multe avioane țâșneau prin aer, în fața lor se ridica un zid de foc; Grey răsuci volanul spre dreapta, iar în secunda doi goneau printre rândurile de porumb, cauciucurile călcând sălbatic pământul moale, în timp ce frunzele mari și grele plesneau parbrizul. Ieșiră din lan, iar Grey văzu, prea târziu, apeductul. Mașina se hurducăi în jos, apoi în sus, lansându-se în aer înainte să se prăbușească înapoi pe cele patru roți. Lila țipa, și țipa, și țipa, acela fiind momentul când Grey îl zări: drumul. Întoarse brusc volanul și apăsă accelerația până la podea. Goneau paralel cu apeductul acum; soarele se pierduse dincolo de orizont, scufundându-se în spatele câmpurilor înmuiate în bezna neagră, pe când cerul exploda de foc.

Dar nu doar de foc: deodată, mașina fu învăluită de o lumină strălucitoare.

Oprește automobilul.

Parbrizul fu inundat de o siluetă neagră, ca o pasăre imensă care se lăsa în jos. Grey apăsă frâna până la capăt, azvârlindu-i pe amândoi înainte. Pe când elicopterul ateriza pe șosea, Grey auzi un zgomot de geam spart. Un obiect îi ateriză în brațe: o cutie de mărimea unei conserve de supă, care scotea un șuierat.

– Lila, fugi!

Deschise portiera, însă gazul pătrunsese deja înăuntrul lui, în cap, în inimă, în plămâni; nu făcu nici zece pași și se prăbuși, pământul venind în întâmpinarea lui ca un val care se umfla. Timpul părea să se destrame; lumea devenise apoasă și îndepărtată. O pală puternică de vânt îl izbea în față. Cu colțul ochiului zări niște bărbați în costume spațiale îndreptându-se greoi spre el. Alți doi o trăgeau pe Lila spre elicopter. Atârna fără vlagă cu fața în jos, picioarele măturând pământul.

– Nu-i faceți rău! spuse Grey. Vă rog, nu-i faceți rău copilului!

Însă cuvintele lui nu păreau să aibă vreo însemnătate. Siluetele erau acum deasupra lui, cu fețele acoperite, plutind deasupra pământului ca niște fantome. Stelele începeau să răsară.

Fantome, își spuse Grey în sinea lui. *Cred că de data asta chiar am murit*. Și le simți mâinile cuprinzându-l.

16

Merseră toată ziua; când convoiul opri în sfârşit, era deja după-amiaza târziu. Porcheki coborî din Humvee-ul din fruntea convoiului şi veni la autobuz.

– Aici ne despărţim. Santinelele de la poartă o să vă spună ce aveţi de făcut.

Se aflau într-un fel de arenă: camioane cu provizii, echipament militar, autocisterne, ba chiar şi artilerie. Kittridge ar fi zis că avea dinainte o forţă de mărimea a cel puţin două batalioane. Pe lângă toate acestea, mai era şi o aşezare de corturi, înconjurată de un gard din sârmă ghimpată.

– Unde vă duceţi? întrebă Kittridge. Se întreba unde se ducea acum bătălia.

Porcheki ridică din umeri. *Unde mă trimit.*

– Noroc bun, sergent! Ţine minte ce ţi-am spus!

Convoiul se puse în mişcare.

– Înaintează, Danny! îi spuse Kittridge. Încet!

Doi soldaţi mascaţi cu puşti M16 stăteau dinaintea porţii. Un semn mare, fixat cu sârmă ghimpată, anunţă: AGENŢIA FEDERALĂ DE GESTIONARE A SITUAŢIILOR DE URGENŢĂ – CENTRUL DE PROCESARE A

REFUGIAȚILOR. NU SE TRECE. FĂRĂ ARME DE FOC DINCOLO DE ACEST PUNCT.

La vreo șapte metri de poartă, soldații le făcură semn să se oprească. Unul dintre ei veni în dreptul geamului șoferului. Un puști, cu nicio zi peste douăzeci de ani și cu acnee împânzindu-i obrajii.

– Câți sunteți?

– Doisprezece, răspunse Kittridge.

– De unde veniți?

Plăcuțele de înmatriculare fuseseră de mult date jos.

– Din Des Moines.

Soldatul făcu un pas înapoi și bălmăji ceva în stația radio pe care o avea prinsă la umăr. Al doilea rămăsese nemișcat dinaintea porții, cu arma îndreptată în sus.

– În regulă, opriți motorul și rămâneți pe loc!

Peste câteva clipe, soldatul se întoarse cu o geantă din cârpă, pe care o ridică până în dreptul geamului.

– Puneți aici armele și telefoanele mobile și dați-o în față!

Kittridge înțelegea confiscarea armelor de foc, dar și a telefoanelor mobile? Niciunul dintre ei nu mai avusese semnal de zile bune.

– La cât de mulți oameni sunt, ar cădea rețeaua locală dacă ar încerca toți să le folosească. Scuze, astea sunt regulile.

Explicația i se păru lui Kittridge cusută cu ață albă, dar nu putea face nimic. Luă geanta și străbătu coridorul dintre scaune. Când ajunse în dreptul doamnei Bellamy, femeia își strânse protectoare poșeta la piept.

– Tinere, nici până la salonul de înfrumusețare nu mă duc fără el.

Kittridge se strădui să zâmbească.

– Și bine faceți. Dar aici suntem în siguranță. Aveți cuvântul meu.

Cu o ezitare vizibilă, femeia scoase din poșetă revolverul imens și îl puse laolaltă cu celelalte arme. Kittridge se întoarse cu geanta în fața autobuzului și o puse pe prima treaptă; cel dintâi soldat intră și o luă cu el. Li se ordonă să coboare cu restul lucrurilor și să se alinieze în fața autobuzului, cât timp unul dintre soldați le verifica bagajele. Dincolo de poartă, Kittridge putea vedea un hangar mare, deschis, unde se adunase lume. Și mai mulți soldați patrulau de-a lungul gardului din sârmă ghimpată.

– În regulă, spuse santinela. Puteți trece. Duceți-vă la zona de procesare, acolo o să vă înregistreze.

– Cum rămâne cu autobuzul? întrebă Kittridge.

– Tot combustibilul și toate autovehiculele sunt rechiziționate de armata Statelor Unite. Odată ce-ați intrat, acolo rămâneți.

Kittridge văzu expresia chinuită de pe fața lui Danny. Unul dintre soldați se urcă în autobuz ca să-l mute de-acolo.

– Ce-i cu el? întrebă santinela.

Kittridge se întoarse spre Danny:

– E în regulă, o să aibă grijă de el.

Îi citea în ochi lupta care se ducea înăuntrul lui. După care, Danny încuviință din cap:

– Ar face bine, răspunse el.

Locul era ticsit de oameni care așteptau în șir dinaintea unei mese lungi. Familii cu copii, bătrâni, cupluri, ba chiar și un orb cu un câine. O tânără purtând un tricou de la Crucea Rosie, părul ei arămiu dat pe spate, umbla în susul și în josul cozii cu un aparat în mână.

– Vreun minor neînsoțit?

Întocmai ca Porcheki, și ea renunțase la mască. Ochii îi erau încercănați, secătuiți de oboseală. Se uită la April și la Tim:

– Ce-i cu voi?

– El e fratele meu, spuse April. Iar eu am optsprezece ani.

Femeia îi aruncă o privire sceptică, însă nu răspunse nimic.

– Am vrea să rămânem toți împreună, spuse Kittridge.

Femeia gesticulă la telefon.

– Asta nu ține de mine.

– Cum te cheamă? întrebă Kittridge.

Nu strică niciodată să faci rost de un nume.

– Vera.

– Cei care ne-au adus aici au spus că vom fi evacuați în Chicago sau în St. Louis.

O bucată de hârtie ieşi din aparat. Vera o rupse şi i-o înmână lui Kittridge.

– Încă aşteptăm autobuzele. N-ar trebui să mai dureze mult de-acum. Arată hârtia asta lucrătorului de la oficiu.

Li se dădură un cort şi nişte discuri de plastic care să le servească drept cupoane pentru mâncare, după care pătrunseră printre zgomotele şi mirosurile din tabără: fum, toalete ecologice, transpiraţie umană. Pământul era mocirlos şi plin de gunoaie; oamenii găteau pe sobiţe şi îşi înşirau rufele pe scaune pliante de parcă ar fi fost la picnic, toţi cu o expresie de oboseală uimită pe chip. Toate tomberoanele dădeau pe afară, deasupra lor zburând noiane de musculiţe. Un soare crud dogorea asupra lor. În afară de camioanele Armatei, Kittridge nu văzu alte vehicule; toţi refugiaţii păreau să fi venit pe jos, abandonându-şi maşinile rămase fără combustibil.

Un cuplu de bătrâni, Fred şi Lucy Wilkes, fuseseră deja repartizaţi într-un cort al lor. Erau din California, însă aveau familii în Iowa şi se duseseră în vizită cu ocazia unei nunţi când a lovit epidemia. Erau în tabără de şase zile.

– Ştiţi ceva de autobuze? îi întrebă Kittridge.

Joe Robinson plecase să întrebe de raţii, Wood şi Delores să vadă cum era cu apa. April îşi lăsase fratele să se joace cu nişte copii din cortul alăturat, avertizându-l însă să nu se ducă prea departe. Danny plecase cu el.

– Oamenii ce zic?

– Mâine, mereu mâine.

Fred Wilkes era un bărbat măruntel de mai bine de şaptezeci de ani, cu ochi albaştri şi strălucitori; de căldură, îşi dăduse jos cămaşa, lăsând la vedere un smoc de păr alb şi pufos de pe piept. El şi soţia lui – pe cât de slab el, pe atât de generos proporţionată ea – împreună cu Jack Spratt şi nevasta lui[1] se jucau gin rummy, stând faţă în faţă pe două paturi de campanie şi folosind o cutie de carton pe post de masă.

---

[1] Aluzie la personajele unui faimos cântec de leagăn cu acelaşi nume, apărut în Anglia în anul 1639 (n. tr.).

– Dacă nu vin în curând, oamenii o să-și piardă răbdarea. Și ce-o să se întâmple atunci?

Kittridge ieși din cort. Erau înconjurați de soldați, deci se puteau considera în siguranță, pentru moment. Însă simțea ca și cum totul se oprise în loc, ca și cum oamenii așteptau să se întâmple ceva. Infanteriștii erau poziționați de-a lungul gardului de sârmă ghimpată la intervale de o sută de metri. Toți purtau măști chirurgicale. Singura cale de ieșire ori de intrare părea să fie poarta principală. Mărginind tabăra la nord, Kittridge văzu o clădire lungă și fără ferestre, pe care nu era trecut niciun semn ori simbol, intrarea ei fiind baricadată de un zid de beton. Cât privea, două elicoptere negre veniră dinspre est, trasară un cerc mare în aer și se lăsară pe acoperișul clădirii. Patru siluete ieșiră din primul elicopter, bărbați cu ochelari negri, șepci de baseball, veste antiglonț și puști semiautomate în mâini. Nu erau soldați, se gândi Kittridge, ci făceau parte din Blackbird sau poate Riverstone. Una dintre astea două, după uniformă. Bărbații își ocupară locurile, câte unul la fiecare colț al acoperișului.

Ușile celui de-al doilea elicopter se deschiseră. Kittridge își duse mâna streașină la ochi ca să vadă mai bine. Preț de o clipă, nu se întâmplă nimic; apoi, o siluetă își făcu apariția, purtând un costum de protecție portocaliu. Alte cinci îi urmară. Elicele elicopterului încă se învârteau. O scurtă discuție, după care siluetele îmbrăcate în costume de protecție scoaseră două lăzi lunguiețe, din oțel din compartimentul posterior al elicopterului, fiecare ladă semănând în dimensiuni cu un coșciug și având un cadru pe roți, care se desfăcu de dedesubtul lor. Duseră lăzile într-o ridicătură mică de pe acoperiș, care semăna cu o cabană – un lift de serviciu, se gândi Kittridge. Trecură câteva minute; cei șase își făcură din nou apariția și se urcară în cel de-al doilea elicopter. Se ridică în aer mai întâi primul, apoi al doilea elicopter și se depărtară.

April veni lângă el.

– Am văzut și eu, spuse ea. Ai idee ce erau?

– Poate nu era nimic, spuse Kittridge, lăsându-și mâna în jos. Unde e Tim?

– Deja își face prieteni. S-a dus să joace fotbal cu niște copii.

Urmăriră cu privirea elicopterele cum se pierd din vedere. Orice ar fi fost, își spuse Kittridge în sinea lui, însemnau ele ceva.

– Crezi c-o să ne fie bine aici? îl întrebă April.

– De ce nu ne-ar fi?

– Nu știu, răspunse ea, deși chipul ei spunea c-ar fi știut; se gândea la ce se gândea și el. Noaptea trecută, în laborator... începu ea. Vreau să spun că uneori sunt așa. N-am vrut să-mi bag nasul.

– Nu ți-aș fi spus dacă n-aș fi vrut.

Cumva, ea se uită și la el, și dincolo de el. În asemenea momente, fata părea mult mai în vârstă. Nu părea, își spuse Kittridge, era.

– Chiar ai optsprezece ani?

Ea se arătă amuzată.

– De ce, nu par?

Kittridge ridică din umeri ca să-și ascundă stânjeneala; întrebarea îi venise pur și simplu.

– Nu, adică da, pari. Eu... nu știu.

April se distra de minune.

– O fată n-ar trebui să-și spună vârsta. Dar, ca să te liniștesc, da, chiar am optsprezece ani. Optsprezece ani, două luni și șaptesprezece zile. Nu că aș ține socoteală.

Privirile li se întâlniră și menținură contactul vizual, lucru pe care amândoi păreau să și-l dorească. Ce era cu fata asta, April? se întrebă Kittridge.

– Ți-am rămas datoare pentru pistol, îi spuse ea, chiar dacă mi l-au luat. De fapt, cred că e cel mai frumos cadou pe care mi l-a făcut cineva.

– Mi-a plăcut poezia. Suntem chit. Cum îl chema pe tipul ăla?

– T.S. Eliot.

– A mai scris ceva bun?

– Nu mare lucru care să aibă și vreo noimă. Dacă mă întrebi pe mine, a dat lovitura cu una și asta a fost.

Nu aveau arme, nici vreo modalitate prin care să contacteze lumea din afară. Pentru prima oară în viața lui, Kittridge se întrebă dacă nu cumva ar fi fost mai bine să nu oprească atunci mașina.

– Ei bine, dacă o să ieșim vreodată de aici, o să citesc ceva de el.

17

Grey.

Alb și senzația că plutește. Grey deveni conștient că se afla într-o mașină. Ciudat, fiindcă mașina era și o cameră de motel, cu paturi, dulapuri și un televizor; când începuseră să facă mașini ca asta? Stătea la capătul unuia dintre paturi, conducând încăperea – pilastrul-volan se ridicase înclinat din podea; televizorul era parbrizul –, iar așezată pe patul alăturat era Lila, ținând strâns la piept o legăturică roz.

– Am ajuns, Lawrence? îl întrebă Lila. Trebuie să schimb scutecul copilului.

Copilul? își zice Grey. Când se întâmplase asta? Nu mai avea luni bune până să nască?

– E atât de frumoasă, spuse Lila, gângurind ușor. Avem o fetiță așa frumoasă. Păcat că trebuie s-o împușcăm.

– De ce trebuie s-o împușcăm? întrebă Grey.

– Nu fi prostuț, îi răspunse Lila. Toți nou-născuții se împușcă acum. Așa nu vor fi mâncați.

Lawrence Grey.

Visul se schimbă – parte din el știa că visează, în vreme ce alta, nu –, iar Grey era acum într-un tanc. Ceva venea spre el, doar că el nu se putea mișca. Stătea în patru labe și sorbea din sânge.

Treaba lui era să bea sângele, să-l bea pe tot, ceea ce era imposibil: sângele începuse să țâșnească prin trapă, umplând interiorul. O mare de sânge. Sângele îi ajunsese până peste bărbie, umplându-i acum gura și nările, sufocându-l, înecându-l...

Lawrence Grey, trezește-te!

Deschise ochii și fu izbit de o lumină puternică. Simțea că avea ceva în gât; începu să tușească. Se îneca oare? Însă visul se destrămase deja, imaginile lui spulberându-se în mii și mii de atomi, lăsând în urma lor doar senzația de frică.

Unde era?

Într-un fel de spital. Purta un halat, dar atât; pe sub el simțea fiorul propriei goliciuni. Încheieturile și gleznele îi erau fixate cu legături groase de grilajul patului, pironindu-l în loc ca o mumie într-un sarcofag. Niște fire îi ieșeau de sub halat, ducând la masa mobilă cu echipament medical; la brațul drept avea atașată o perfuzie.

Cineva se afla în încăpere.

Două persoane, de fapt, stând la capul patului în costumele lor de protecție, cu fețele acoperite de măști de plastic. În spatele lor se vedea o ușă mare și grea din metal, iar sus, în colțul încăperii, urmărind scena cu privirea ei neabătută, era o cameră de supraveghere.

– Domnule Grey, sunt Horace Guilder, spuse cel din stânga. Glasul i se păru lui Grey nepotrivit de vesel. El este colegul meu, doctorul Nelson. Cum te simți?

Grey se strădui să le vadă mai limpede fețele. Cel care vorbise părea un bărbat banal, de vreo cincizeci de ani, cu un cap mare, bărbie pătrată și ten albicios; cel de-al doilea, mult mai tânăr, avea ochi mici și negri și o bărbuță scurtă și țepoasă á la Van Dyke. Nu arăta ca niciun doctor pe care îl întâlnise Grey vreodată.

Își umezi buzele și înghiți cu greu.

– Ce e locul ăsta? De ce sunt legat?

Guilder îi răspunse pe un ton liniștitor.

– Pentru propria ta siguranță, domnule Grey. Doar până ne dăm seama ce e în neregulă cu tine. Cât despre locul ăsta, mi-e teamă că nu-ți pot spune încă. Dar e suficient să știi că aici te afli printre prieteni.

Grey își dădu seama că probabil îl sedaseră; nu-și putea mișca niciun mușchi, iar asta nu era din cauza legăturilor. Își simțea mâinile și picioarele grele ca plumbul, gândurile îi hoinăreau leneșe prin creier, ca niște pești într-un acvariu. Guilder îi duse o cană cu apă la buze.

– Haide, bea!

Stomacul lui Grey se revoltă – numai mirosul ei îl îngrețoșa, ca apa dintr-o piscină cu prea mult clor. Îl năpădiră din nou gândurile, gânduri negre: sângele din tanc, el însuși bând lacom. Se întâmplase aievea? Fusese doar un vis? Nici nu-și pusese bine aceste întrebări, că mintea îi fu inundată de un fel de răget, o foame nesfârșită care se trezea la viață înăuntrul lui, atât de copleșitoare, încât se chirci tot, în ciuda legăturilor.

– Hei, ușurel! îi spuse Guilder, dându-se înapoi. Fii cuminte!

Fu năpădit de și mai multe amintiri, ceața de pe ele parcă ridicându-se. Tancul din drum, soldații morți, exploziile dimprejur; mâna lui spărgând geamul Volvoului, câmpurile arzând, mașina gonind prin lan, luminile puternice ale elicopterului și oamenii în costume de protecție târând-o pe Lila departe de el.

– Ea unde e? Ce i-ați făcut?

Guilde se uită la Nelson, care se încruntă. *Interesant*, părea să spună fața lui.

– Nu trebuie să-ți faci griji, domnulc Grey, ne ocupăm noi de ea. De fapt, e chiar vizavi.

– Să nu cumva să-i faceți rău!

Își încleștă pumnii, forțând legăturile.

– Dacă vă atingeți de ea, o să...

– Ce o să faceți, domnule Grey?

Dar nu urmă nimic; legăturile ținuseră bine. Indiferent de ce-i dăduseră, părea că-i luase toate forțele.

– Încearcă să nu te stresezi prea tare, domnule Grey. Prietena dumitale e foarte bine. Și la fel și copilul. Nu prea înțelegem cum ați ajuns voi doi să călătoriți împreună. Speram să ne lămurești dumneata.

– Ce vreți să știți?

Dincolo de mască, îl văzu cum ridică neîncrezător din sprâncene.

– Pentru început, se pare că voi doi sunteți ultimii care ați scăpat cu viață din Colorado. Crede-mă când îți spun că această chestiune ne interesează foarte mult. Și ea e tot din Chalet? Acolo v-ați întâlnit?

Numai cuvântul acela îl făcu pe Grey să intre în panică.

– Chalet?

– Da, domnule Grey. Chalet.

El clătină din cap.

– Nu.

– Atunci unde?

Înghiți cu greu.

– La Home Depot.

Preț de o clipă, Guilder nu spuse nimic.

– Unde e asta?

Grey încercă să-și adune gândurile, însă mintea i se încețoșă din nou.

– Undeva prin Denver. Nu știu exact. Mi-a cerut să-i vopsesc camera copilului.

Guilder se întoarse iute către cel de-al doilea bărbat, care ridică din umeri.

– Ar putea fi de la fentanil, spuse Nelson. O să-i ia ceva până se dezmeticește.

Însă Guilder nu se lăsă. Privirea bărbatului devenise parcă și mai îndârjită. Simțea că-l sfredelește de-a dreptul.

– Trebuie să știm ce s-a întâmplat la Chalet. Cum ai scăpat?

– Nu-mi amintesc.

– Era și o fată acolo? Ai văzut-o?

Dacă era și o fată? Despre ce vorbea?

– N-am văzut pe nimeni. Eu doar... nu știu. Totul e atât de neclar. M-am trezit la Acoperișul Roșu.

– Acoperișul Roșu? Ce-i asta?

– Un motel, pe autostradă.

O încruntătură nedumerită.

– Când a fost asta?

Grey se strădui să facă socoteală.

– Acum trei zile? Nu, patru.

Încuviință, cu capul pe pernă.

– Acum patru zile.

Cei doi bărbați schimbară o privire.

– Nu are nicio noimă, spuse Nelson. Chalet a fost distrusă acum douăzeci și două de zile. Nu e Rip Van Winkle.

– Unde ai fost în aceste trei săptămâni? continuă Guilder.

Nu pricepea întrebarea. Trei săptămâni?

– Nu știu, răspunse Grey.

– Te mai întreb o dată, domnule Grey. Era și Lila la Chalet? Acolo v-ați întâlnit?

– V-am spus, făcu el, de-acum rugător. Nu mai avea putere să le reziste. La Home Depot.

Gândurile i se învârteau în cap ca apa trasă la toaletă. Indiferent de ce-i dăduseră, îl aranjaseră bine. Un gol în stomac: Grey își dădu seama care era treaba cu legăturile. Aveau de gând să-l studieze. Ca pe bețe. Ca pe Zero. Iar de cum vor fi terminat cu el, Richards, sau altul ca el, avea să pună lumina roșie pe Grey și ăsta îi va fi sfârșitul.

– Vă rog, pe mine mă vreți. Iertați-mă că am fugit. Nu-i faceți rău Lilei!

Preț de o clipă, cei doi nu spuseră nimic, ci doar îl priviră lung prin măștile lor. Apoi, Guilder se întoarse spre Nelson și încuviință din cap.

– Adoarme-l la loc!

Nelson luă o seringă și o fiolă cu un lichid limpede de pe măsuță. În timp ce Grey îl privea neputincios, acesta înfipse acul în perfuzie și goli seringa.

– Eu doar curăț, spuse Grey slab. Sunt doar un om de serviciu.

– O, cred că ești mai mult de atât, domnule Grey.

Cu aceste cuvinte răsunându-i în urechi, Grey își pierdu din nou cunoștința.

Guilder și Nelson ieșiră din camera de decontaminare cu închidere ermetică. Mai întâi, făcură duș, cu costumele pe ei, apoi și le dădură jos și începură să se frece bine din cap până în picioare cu săpun dur, mirosind a chimicale. Își clătiră gurile cu un dezinfectant puternic, făcând gargară un minut, și scuipară în chiuvetă. Un ritual obositor, dar, până când nu aflau mai multe despre starea lui Grey, era mai înțelept să se păzească.

În clădire nu erau decât o mână de oameni din personal: trei laboranți – Guilder le spunea Wynken, Blynken și Nod – un doctorand și un tip cu patru nume din Blackbird, cu misiunea de a-i păzi. Clădirea fusese construită la sfârșitul anilor optzeci cu scopul de a-i trata pe soldații expuși la agenți biologici, chimici ori nucleari, astfel că sistemele erau pline de bube – aparatul de aer condiționat de deasupra era stricat, la fel și camerele de supraveghere din întreaga unitate –, iar locul se simțea descurajant de părăsit. Dar era ultimul loc în care l-ar fi căutat cineva.

Nelson și Guilder intrară în laborator, o încăpere vastă, plină cu bănci și echipamente, inclusiv microscoape și centrifuge pentru sânge, de care aveau nevoie ca să izoleze și să stimuleze cultura virusului. Cât timp Grey și Lila fuseseră inconștienți, li se luaseră câte o probă de sânge și li se făcuse câte o tomografie; analiza de sânge se dovedise neconcludentă, însă tomografia lui Grey indica un timus foarte mărit, tipic subiecților infectați. Din câte știau Nelson și Guilder, nu prezenta și alte simptome. Din toate celelalte puncte de vedere, Grey părea perfect sănătos. Ba mai mult decât atât: bărbatul arăta de parcă ar fi putut alerga la maraton.

– Hai să-ți arăt ceva! îi spuse Nelson.

Îl conduse pe Guilder la computerul din biroul alăturat, unde se instalase el. Nelson deschise un fișier și accesă un JPEG. Pe ecran apăru fotografia lui Lawrence Grey. Sau, mai bine spus, a unui bărbat care *semăna* cu Grey; chipul din fotografie părea mult mai bătrân. Piele lăsată, doar o șuviță de păr care să-i acopere scalpul, ochi afundați în orbite care priveau la cameră cu o expresie goală, aproape de bovină.

– Când a fost făcută? întrebă Guilder.

– Acum șaptesprezece luni. Astea sunt fișierele lui Richards.

La naiba! se gândi Guilder. Era exact cum spusese Lear.

– Dacă e infectat cu virusul, continuă Nelson, întrebarea este de ce se manifestă diferit în corpul lui. Ar putea fi o versiune pe care nu am mai întâlnit-o, una care activează timusul la fel cum fac celelalte și care devine pe urmă inactivă. Sau ar putea fi ceva specific lui.

Guilder se încruntă.

– Cum ar fi?

– Te gândești la ce mă gândesc și eu. Vinovatul pare să fie un fel de imunitate naturală, dar nu avem cum să aflăm sigur. Poate are legătură cu antiandrogenii pe care i-a luat. Toți au fost administrați în doze destul de mari. Depo-Provera, spirinolactona, prednison.

– Crezi că e de la steroizi?

Nelson ridică din umeri fără prea mare tragere de inimă.

– Ar putea fi. Știm că virusul intră în contact cu sistemul endocrin, la fel cum se întâmplă și cu antiandrogenii. Închise fișierul și se întoarse cu scaunul: Dar mai e ceva. Am făcut niște săpături și în privința femeii. N-am găsit multe, dar ce-am găsit e destul de interesant. Le-am printat pentru tine.

Nelson îi întinse un dosar gros. Guilder îl deschise la prima pagină.

– E medic?

– Chirurg ortoped. Dă mai departe.

Guilder citi. Lila Beatrice Kyle, născută pe 29 septembrie 1974, Boston, Massachussetts. Părinții universitari: tatăl, profesor de limba engleză la Boston University, mama, istoric la Simmons. Andover, Wellesley, apoi patru ani la Dartmouth-Hitchcock, ca să-și ia diploma în medicină. Rezidențiatul și pe urmă o bursă în ortopedie la Spitalul Municipal Denver. Destul de impresionant, dar nu-i spunea nimic. Guilder întoarse foaia. Ce avea aici? Era prima pagină dintr-un formular de impozit, datat cu patru ani în urmă.

Lila Kyle fusese căsătorită cu Brad Wolgast.

– Glumești!

Nelson afișă un rânjet triumfător.

– Ți-am spus că o să-ți placă. Cu *agentul* Wolgast. Au avut un copil împreună, o fetiță, care a murit. O boală congenitală la inimă. Au divorțat trei ani mai târziu. Ea s-a recăsătorit acum patru luni cu un medic care lucrează la același spital, un cardiolog renumit. Câteva pagini sunt și despre el, deși nu afli nimic în plus.

– În regulă. Deci, ea e medic. E vreo dovadă scrisă că a fost la Chalet? E posibil să fi făcut parte din personal?

Nelson clătină din cap.

– Nimic. Și mă îndoiesc sincer că lui Richards i-ar fi scăpat așa ceva. Din câte văd eu, n-avem niciun motiv să nu-l credem pe Grey.

– Ar fi putut foarte bine să fie deja în camionetă când am obținut noi prima imagine aeriană. N-am fi avut cum s-o vedem.

– Adevărat. Dar nu cred că Grey minte în privința locului unde a întâlnit-o. Povestea e prea ciudată ca să fie inventată. Plus că am verificat: adresa ei din Denver este la doar câțiva kilometri depărtare de un Home Depot. Grey se îndrepta în direcția aia, ar fi putut trece chiar prin dreptul magazinului. Ai vorbit cu ea. Pare să creadă că Grey e un fel de meseriaș. Nu cred că are habar de ce se întâmplă. Femeia asta e dusă de-a binelea.

– Ăsta e diagnosticul tău *oficial*?

Nelson ridică din umeri.

– Nu are antecedente de vreo boală mintală, dar gândește-te. E însărcinată, se ascunde, vrea să fugă. Afară, oamenii sunt sfâșiați în bucăți. Cumva, ea reușește să rămână în viață, dar e lăsată în urmă. Tu cum te-ai simți? Creierul e un organ destul de fragil. Momentan, îi rescrie realitatea și face o treabă a naibii de bună. Din ce-am văzut în dosarul lui Grey, aș spune că ăștia doi au o grămadă în comun.

Guilder rămase o clipă pe gânduri, apoi puse dosarul pe birou.

– Ei bine, eu nu cred nimic din toate astea. Care sunt șansele ca ăștia doi să se întâlnească? Coincidența e prea mare.

– Poate, spuse Nelson. Oricum, nu am aflat multe. Și poate că și femeia este infectată, doar că nu o știm noi. Poate că sarcina este doar un paravan.

– În câte luni e?

– Nu sunt expert, dar, având în vedere dimensiunea fetusului, aș zice că e în treizeci de săptămâni. Suresh îți poate confirma asta.

Suresh era medicul pe care Guilder îl adusese de la USAMRIID. Un specialist în boli infecțioase, care fusese repartizat la Arme Speciale cu doar șase săptămâni în urmă. Guilder nu-i spusese multe, doar că Grey și femeia erau „persoane de interes".

– Cât durează până obținem o cultură de la el?

– Depinde. Presupunând că putem izola virusul, undeva între patruzeci și opt și șaptezeci și două de ore. Dacă vrei să știi ce cred eu, cel mai înțelept ar fi să-l trimitem în Atlanta. Acolo au cel mai bun echipament pentru așa ceva. Iar dacă Grey este imun, îmi dau seama de ce n-ar lăsa trecutul în trecut. Nu când miza e atât de mare.

Guilder clătină din cap.

– Hai să așteptăm până când știm ceva sigur.

– Eu n-aș aștepta mult. Nu la ritmul în care evoluează lucrurile.

– Nu mult. Dar l-ai auzit pe tip. Crede că a dormit într-un motel. Mă gândesc că o să ne ia cineva în serios dacă asta e tot ce avem. O să ne închidă pe amândoi și o să arunce cheia, asta dacă avem *noroc*.

Nelson se încruntă, scărpinându-se gânditor în barbă.

– Înțeleg.

– Nu zic să nu le spunem, continuă Guilder. Dar să ne mișcăm cu grijă. Șaptezeci și două de ore, după care dau telefon. În regulă?

Un moment de tăcere. Oare Nelson îl crezuse? Apoi, bărbatul încuviință din cap.

– Tu continuă să cauți, îi spuse Guilder lui Nelson, bătându-l pe umăr. Și ai grijă ca Suresh să-i țină sedați pe ăia doi, deocamdată. Dacă vreunul dintre ei se transformă, nu vreau să risc nimic.

– Crezi că legăturile alea o să țină?

Întrebarea era retorică; amândoi știau răspunsul.

Guilder îl lăsă pe Nelson în laborator și luă liftul până pe acoperiș. Piciorul stâng îl durea din nou, o zvâcnire ca un sughiț. Afară, ofițerul Blackbird de serviciu, pe nume Materson, îl salută scurt din cap, apoi nu-i mai acordă nicio atenție. Un ofițer

Blackbird de modă veche, individul ăsta: mare cât un tanc, cu brațe groase cât un hidrant și cu un rânjet încremenit pe chip, o expresie de satisfacție de sine ca a unui băiat dintr-o fraternitate, acum devenit adult. Cu ochelari de soare, cu șapcă de baseball și cu vestă antiglonț, Masterson părea nu atât o persoană, cât o figurină de colecție. Unde îi găseau pe tipii ăștia? Se creșteau la vreo fermă? Într-un vas petri? Erau niște bătăuși, nimic mai mult, iar lui Guilder nu-i plăcuse niciodată să aibă de-a face cu ei – Richards fiind în capul listei –, dar la fel de adevărat era că supunerea lor aproape mașinală îi făcea ideali pentru asemenea treburi; dacă n-ar fi existat, ar fi trebuit inventați.

Se apropie de buza acoperișului. Era trecut de prânz, aerul nemișcat în lumina albă a soarelui amorf, pământul la fel de plat și de lipsit de forme ca o masă de biliard. Singura întrerupere în linia perfect dreaptă a orizontului era clădirea cu domul strălucitor, probabil făcând parte din campusul facultății, și, mai la sud, de stadionul în formă de castron. Era una dintre acele școli, se gândi Guilder – o fabrică de sportivi care se dădea drept facultate și unde criminalii participau la cursuri doar ca să treacă vremea, umplând buzunarele foștilor elevi, snopindu-și în bătaie colegii în după-amiezile de toamnă.

Scrută cu privirea tabăra FEMA de dedesubt. Refugiații erau un ghimpe în coastă pe care nu-l prevăzuse și inițial fuseseră un motiv de îngrijorare. Dar, după ce examină mai bine situația, își dădu seama că nu era nicio diferență. Armata îi spusese că oricum aveau să fie transferați peste o zi sau două. Câțiva băiețeі se jucau în noroi, pe lângă gardul de sârmă ghimpată, dând cu piciorul într-o minge pe jumătate dezumflată. Guilder îi urmări cu privirea câteva minute. Lumea putea să se termine, dar copiii erau tot copii; într-o singură clipă, puteau să-și lase grijile deoparte și se pierdeau în joc. Poate că asta simțise și Guilder când era cu Shawna: câteva minute în care redevenea băiatul de odinioară. Poate că doar asta își dorise – poate că doar asta își dorea toată lumea.

Cât despre Lawrence Grey, ceva îl deranja la individul ăsta. Nu povestea lui greu de crezut, nici întâlnirea puțin probabilă cu femeia care fusese soţia agentului Wolgast, ci faptul că Grey vorbise despre ea. *Vă rog, pe mine mă vreţi. Nu-i faceţi rău Lilei.* Guilder nu l-ar fi bănuit niciodată pe Grey capabil să-i pese de altcineva, cu atât mai puţin de o femeie. Din toate câte citise în dosarul lui, Guilder se aşteptase ca bărbatul să fie în cel mai bun caz un singuratic, în cel mai rău un sociopat. Dar rugăminţile lui Grey la adresa Lilei izvorâseră din inimă, fusese evident. Ceva se întâmplase între ei, se formase o legătură.

Cuprinse cu privirea întreaga tabără. Toţi aceşti oameni erau prinşi în capcană. Şi nu doar de sârma care-i înconjura. Barierele fizice nu erau nimic pe lângă cele ale minţii. Ce-i ţinea de fapt prinşi erau ceilalţi. Soţii sau soţiile, părinţii sau copiii, prietenii sau tovarăşii de drum: ceea ce crezuseră ei că le oferă putere în viaţă avusese de fapt efectul contrar. Guilder îşi aduse aminte de cuplul care locuia peste drum de el, cum îşi dăduseră unul altuia fetiţa care dormea în drumul lor spre maşină. Cât de grea trebuie să se fi simţit povara aceea în braţele lor. Iar, când sfârşitul se va dezlănţui asupra lor, vor părăsi această lume pe un val de agonie, suferinţele lor amplificate de milioane de ori din pricina pierderii ei. Aveau oare s-o privească murind? Aveau să moară ei cei dintâi, măcinaţi de gândul la ceea ce se va întâmpla cu ea dacă nu vor mai fi? Care scenariu era de preferat? Răspunsul era: niciunul. Dragostea îi osândise la moarte. Asta făcea dragostea. Guilder învăţase atâta lucru de la tatăl lui.

Guilder era pe moarte. Ăsta era un lucru de netăgăduit, firesc. La fel cum Lawrence Grey – acel nimeni de care se puteau lipsi, acel om de serviciu, acel bărbat care în viaţa lui demnă de milă nu adusese decât suferinţă lumii ăsteia – nu era. Undeva în corpul lui Lawrence Grey zăcea taina libertăţii absolute, iar Horace Guilder avea de gând s-o găsească şi să şi-o însuşească.

18

Zilele abia treceau. Iar autobuzele tot nu veniseră.

Toată lumea era neliniștită. Dincolo de gardul de sârmă ghimpată, soldații veneau și plecau, numărul lor micșorându-se zi după zi. În fiecare dimineață, Kittridge se ducea la baracă să întrebe de situația lor; și în fiecare dimineață se întorcea cu același răspuns: să aibă răbdare, autobuzele erau pe drum.

Plouase toată ziua, tabăra transformându-se într-o mlaștină uriașă. Acum, soarele se întorsese, prefăcând în crustă noroiul care acoperea fiecare suprafață. În fiecare după-amiază, li se aduceau și mai multe cutii cu mâncare gata preparată, aruncate din spatele unui camion militar de cinci tone, dar niciodată vești. Toaletele ecologice se înfundaseră, tomberoanele dădeau pe afară de atâta gunoi. Kittridge petrecea ore în șir cu ochii la poarta principală; alți refugiați nu mai veneau. Cu fiecare zi care trecea, locul începuse să semene cu o insulă înconjurată de o mare ostilă.

Își făcuse un aliat din Vera, voluntara de la Crucea Roșie care-i întâmpinase în prima zi. Era mai tânără decât crezuse Kittridge, studentă la Midwest State. La fel ca toți lucrătorii civili, și ea părea de-a dreptul extenuată, zilele de muncă asiduă adunându-i-se pe chip. Îi înțelegea frustrarea, îi spusese ea, toată lumea înțelegea. Și ea sperase să plece cu autobuzele alea; și ea era refugiată, la fel ca ei. Ba veneau din Chicago, ba din Kansas City, ba din Joliet. Trebuia că era vreo încurcătură tipică celor de la FEMA. Tot ei le mai promiseseră și telefoane prin satelit, ca oamenii să-și poată suna rudele și să le spună că sunt bine. Când avea să se întâmple asta, Vera nu știa. Până și rețeaua locală era la pământ.

Kittridge începuse să vadă în fiecare zi aceleași fețe: o femeie îmbrăcată elegant care-și ținea pisica în lesă, un grup de negri tineri purtând cu toții cămășile albe și cravatele negre ale Martorilor lui Iehova, o fată în costum de majoretă. O liniște profundă se așternuse peste tabără; drama răsuflată a plecării lor amânate îi băgase pe toți într-o stare de pasivitate. Se zvonea că rezerva de apă fusese contaminată, iar acum cortul medical se umpluse de oameni care se plângeau de crampe abdominale, de dureri, de febră. Câțiva aveau radiouri care încă funcționau, doar că nu recepționau decât un hârâit, urmat de anunțul, acum bine cunoscut, al Transmisiei de Urgență: *Nu ieșiți din casă! Stați la adăpost! Urmați toate ordinele militarilor și forțelor legii!* Încă un minut de țârâit, apoi cuvintele erau repetate.

Kittridge începuse să se întrebe dacă aveau să mai plece de acolo. Toată noaptea, nu făcu altceva decât să stea cu ochii pe gardul de sârmă.

Târziu, în după-amiaza celei de-a patra zile, Kittridge începuse încă un joc de cărți împreună cu April, pastorul Don și doamna Bellamy. Trecuseră de la bridge la poker cu cinci cărți, pariind sume ridicole de bani care erau pur imaginare. April, care susținea că nu mai jucase niciodată, îi luase deja lui Kittridge aproape cinci mii de dolari. Soții Wilkes dispăruseră; nimeni nu-i mai văzuse de miercuri. Oriunde plecaseră, își luaseră și bagajul cu ei.

– Iisuse, te prăjești aici! făcu Jon Robinson. Abia dacă se dăduse jos din pat toată ziua.

– Stai într-o mână, îi sugeră Kittridge. Așa n-o să te mai gândești la căldură.

– Doamne! se plânse bărbatul, îmbibat de sudoare. Abia dacă mă mai pot mișca.

Kittridge, care avea doar doi de șase, lăsă cărțile jos. April, căreia nu i se citea nimic pe față, încasă încă un rând.

– M-am plictisit, anunță Tim.

April aranjă bucățile de hârtie pe care le foloseau drept jetoane.

– Vreau să jucăm macao.

– Crede-mă, îi spuse fratelui ei, ăsta e mult mai distractiv.

Pastorul Don împărțea o mână nouă, când Vera intră prin deschizătura cortului. Întâlni degrabă privirea lui Kittridge:

– Putem vorbi afară?

El se ridică de pe pat și păși afară, în arșița amiezii.

– Se întâmplă ceva, îi spuse Vera. FEMA tocmai a primit vestea că transportul tuturor civililor la est de Mississippi a fost suspendat.

– Ești sigură?

– I-am auzit vorbind despre asta în biroul directorului. Jumătate dintre lucrătorii FEMA și-au luat deja tălpășița.

– Cine mai știe despre asta?

– Glumești? Nici tu nu știi.

Deci așa: fuseseră abandonați.

– Cine e ofițerul la comandă?

– Maiorul nu-știu-cum. Cred că Porcheki e numele ei.

Ce noroc!

– Și unde e acum?

– Ar trebui să fie la baracă. Mai era un colonel, dar a plecat. *Mulți* dintre ei au plecat.

– Vorbesc eu cu ea.

Vera se încruntă neîncrezătoare.

– Ce crezi că poți face tu?

– Poate nimic. Dar merită să-ncerc măcar.

Ea se îndepărtă grăbită; Kittridge se întoarse în cort.

– Unde e Delores?

Wood își ridică ochii din cărți.

– Cred că lucrează la unul dintre corturile medicale. Crucea Roșie a făcut apel la voluntari.

– Cineva să o aducă aici.

Când toată lumea fu prezentă, Kittridge le explică situația. Dacă Porcheki avea să le pună la dispoziție combustibil pentru autobuz – un mare dacă –, trebuiau să aștepte până a doua zi de dimineață ca să plece cât mai devreme.

– Chiar crezi c-o să ne ajute? întrebă pastorul Don.

– Recunosc că e cu bătaie lungă.

– Eu zic să-l furăm și să plecăm naibii de-aici, spuse Jamal. Să nu mai așteptăm.

– S-ar putea să se ajungă și la asta și sunt de acord, doar că avem două probleme. Una, vorbim de Armată aici. Să furăm de la ei e aproape ca și cum ne-am împușca singuri. Și a doua, ne-au mai rămas cel mult vreo două ore de lumină. E drum lung până în Chicago și nu vreau să încerc să plec pe întuneric. Am dreptate?

Jamal încuviință din cap.

– Important e să nu spunem nimic și să rămânem împreună. De cum o să se afle, o să se dezlănțuie iadul pe pământ. Toată lumea să stea pe lângă cort. Și tu, Tim. Nu mai pleci aiurea.

Kittridge ieși din cort. Delores fugi după el.

– Mă îngrijorează febra asta, îi spuse ea grăbită. Corturile medicale nu mai fac față. Nu mai avem materiale sanitare, nici antibiotice, nimic. A cam scăpat de sub control.

– Ce crezi că e?

– Aș zice că tifos. Același lucru s-a întâmplat și în New Orleans după uraganul Vanessa. Atâția oameni înghesuiți laolaltă... Era doar o chestiune de timp. Dacă mă întrebi pe mine, nu putem pleca suficient de repede.

O grijă în plus, se gândi Kittridge. Iuțind pasul, își croi drum spre baracă printre tomberoanele care dădeau pe afară și printre gunoaiele din care ciuguleau ciorile. Păsările veniseră seara trecută, atrase, fără îndoială, de putoarea gunoiului care se tot aduna. Acum, locul era împânzit de ele, niște creaturi atât de obraznice, încât practic îți înhățau mâncarea din mână. Ciorile nu erau niciodată un semn bun, își spuse în sinea lui.

Ajuns la cortul de comandă, Kittridge se hotărî pentru abordarea cea mai directă, nefăcând nimic ca să-și anunțe prezența înainte de a intra. Porcheki era așezată la o masă lungă, vorbind la un telefon prin satelit. Mai erau trei subofițeri în încăperea ticsită de echipamente electronice. Unul dintre ei își dădu jos căștile și sări numaidecât în picioare.

– Ce cauți aici? Zona asta e restricționată civililor.

Dar pe când soldatul se apropie de Kittridge, Porcheki îl opri.

– E în regulă, caporal. Cu chipul ajuns o mască de oboseală, puse jos telefonul. Sergent Kittridge, cu ce te pot ajuta?

– Vă retrageți, nu-i așa? Ideea luase naștere în mintea lui chiar înainte să rostească aceste cuvinte.

Porcheki îl cântări din priviri. Apoi se adresă soldaților:

– Vreți să ne lăsați o clipă, vă rog?

– Doamnă maior...

– Asta e tot, caporale.

Șovăind vizibil, cei trei ieșiră din cort.

– Da, răspunse Porcheki. Am primit ordin să ne întoarcem în spatele liniei din Illinois. Mâine la ora 18 tot statul intră în carantină.

– Nu-i poți abandona pe oamenii ăștia. Sunt complet lipsiți de apărare.

– Știu și asta, spuse ea, privindu-l lung. Părea că vrea să-i împărtășească ceva. Ai fost la Bagram, nu?

– Doamnă?

– Mi s-a părut mie că te știu de undeva. Am fost și eu, Grupul Expediționar Medical 72. Nu-mi închipui că-ți aduci aminte de mine. Coborî privirea: Cum ți-e piciorul?

Kittridge era aproape prea uimit ca să mai poată răspunde.

– Mă descurc.

O încuviințare slabă din cap, pe chipul ei îngrijorat apărând ceva ce ar fi trecut drept un zâmbet.

– Mă bucur să văd c-ai supraviețuit, sergent. Am auzit ce s-a întâmplat. Un lucru oribil, cu băiatul. Reveni la atitudinea superioară de până atunci: Cât despre ceilalți, am douăzeci și patru de autobuze venind încoace de la Rock Island, plus două autocisterne. Cu autobuzul tău, se fac douăzeci și cinci. Nu e suficient, îmi dau seama, dar e tot ce-am reușit să strâng. Dar nu sunt pentru uz comun, ia aminte ce-ți spun! Nu vrem să stârnim panică. Te-aș minți dacă nu ți-aș spune că plec departe de tabăra asta. Ne-am înțeles?

Kittridge încuviință din cap.

– Când autobuzele ajung aici, veți vrea să fiți pregătiți. Știți cum e de obicei. Menții lucrurile sub control atât cât e posibil, dar, mai devreme sau mai târziu, încep să răsufle. Oamenii o să se prindă și poți să pui pariu că nimeni nu o să vrea să fie lăsat la urmă. Ar trebui să avem timp să facem patru drumuri înainte să se închidă granițele. Ar trebui să fie suficient, dar marja de timp e foarte mică. Autobuzul tău are șofer?

Kittridge încuviință încă o dată.

– Danny.

– Tipul cu șapcă? Scuză-mă, sergent, nu vreau să fiu lipsită de respect, dar vreau să știu sigur că e apt pentru treaba asta.

– Nu găsești altul mai bun decât el. Ai cuvântul meu.

O șovăială de o secundă, apoi ea încuviință.

– Trimite-l să-mi raporteze la ora 13. Primul transport pleacă la 14:30. Ține minte ce ți-am spus. Dacă vrei să-ți scoți oamenii de aici, urcă-i în autobuzele alea.

Ce se întâmplă în continuare îl uimi pe Kittridge până peste cap. Porcheki se aplecă, deschise un sertar de la biroul ei și scoase două pistoale. Erau pistoalele lui Kittridge, încă în teacă. Îi mai dădu și un hanorac albastru cu inscripția FEMA pe spate.

– Nu le ține la vedere. Raportează-i caporalului Danes de afară și el te va conduce la armurărie. Ia câte gloanțe ai nevoie.

Kittridge își puse pistoalele la brâu și îmbrăcă hanoracul. Femeia îi spusese totul cât se poate de clar. Se aflau în spatele liniei; frontul trecuse pe lângă ei.

– Cât de aproape sunt? întrebă Kittridge.

Chipul maiorului se întunecă.

– Sunt deja aici.

Lawrence Grey nu cunoscuse niciodată o asemenea foame. De cât timp era aici? De trei zile? De patru? Timpul își pierduse orice înțeles, trecerea orelor fiind întreruptă doar de vizitele oamenilor în costume spațiale. Veneau pe neașteptate, făcându-și apariția dintr-un nor de ceață. Șuieratul ușii de la camera pneumatică închizându-se și iată-i; apoi, înțepătura acului și umplerea treptată a perfuziei cu prețiosul lichid roșu. Era ceva în sângele lui, ceva pe care ei îl voiau. Și totuși, nu păreau niciodată mulțumiți; era vaca lor de muls. Ce vreți de la mine? îi întrebă el pe un ton rugător. De ce-mi faceți asta? Unde e Lila?

Era lihnit. O creatură a dorinței pure, o gaură cât un stat de om, care nu avea altă nevoie decât să fie umplută. O ființă omenească putea înnebuni la gândul ăsta. Asta dacă mai *era* o ființă omenească, ceea ce părea puțin probabil. Zero îl schimbase, îi denaturase însăși esența existenței lui. Era chemat să li se alăture. În capul lui erau voci care-i șopteau, ca murmurul unei mulțimi îndepărtate. Cu fiecare oră, vocile se intensificau; mulțimea se apropia. Se zbătea în strânsoare ca un pește într-un năvod. Era din ce în ce mai secătuit de putere cu fiecare perfuzie de sânge furat. Simțea cum îmbătrânește pe dinăuntru, până în adâncul celulelor, ca o cădere abruptă. Universul îl lăsase în voia propriei sorți. În curând, avea să dispară; avea să fie împrăștiat în vid.

Ei îl urmăreau cu privirea, Guilder și celălalt, Nelson; Grey le simțea prezența, îi simțea pândindu-l de după lentilele camerelor de supraveghere, lucirea roșie și sfredelitoare a privirii lor. Aveau nevoie de el; le era frică de el. Era ca un cadou care, odată deschis, ar fi putut împroșca afară șerpi. Nu avea niciun răspuns pentru ei, căci renunțaseră să-i mai pună întrebări. Tăcerea era ultima lui armă.

Se gândi la Lila. Oare aceleași lucruri i se întâmplau și ei? Copilul era teafăr? Nu voise decât s-o protejeze, să facă și el un bine în viața asta neînsemnată și mizeră. Simțea un fel de dragoste. Cum simțise și cu Nora Chung, doar că de o mie de ori mai profundă, o energie care nu dorea nimic la schimb, care nu lua nimic pentru ea însăși; care nu voia decât să se dăruiască. Era adevărat:

Lila intrase în viața lui cu un scop, să-i ofere o ultimă șansă. Și totuși, o dezamăgise.

Auzi șuieratul camerei pneumatice; o siluetă păși înăuntru. Unul dintre bărbații în costum înainta greoi spre el ca un om de zăpadă uriaș și portocaliu.

– Domnule Grey, eu sunt doctorul Suresh.

Grey închise ochii, așteptând înțepătura acului. Dă-i înainte, își spuse el, ia-l pe tot. Dar nu se întâmplă asta. Grey deschise ochii și îl văzu pe doctor scoțând acul din amboul perfuziei. Cu mișcări atente, îi puse capacul și îl aruncă la coșul de gunoi, căzând cu zgomot. Grey simți cum ceața care îi învăluise mintea se ridică pe dată.

– Acum putem vorbi. Cum te simți?

„Cum crezi că mă simt?" ar fi vrut să-i răspundă. Sau mai bine doar cu un „Du-te naibii!"

– Unde e Lila?

Doctorul scoase o lanternă micuță din buzunarul costumului de protecție și se aplecă spre fața lui Grey. Prin plexiglasul căștii reuși să-i deslușească trăsăturile: un ten închis, cu o paloare gălbuie, dinți albi și mici. Îi băgă lumina în ochi.

– Te deranjează? îl întrebă el. Lumina?

Grey clătină din cap. Deveni conștient de un zgomot nou: un bubuit ritmat. Auzea inima bărbatului bătând, sângele pulsându-i prin vene. Un val de salivă îi inundă gura.

– N-ai avut peristaltism, nu?

Grey înghiți cu greu și clătină încă o dată din cap. Doctorul se duse la capul patului și scoase o sondă mică din argint, pe care o frecă de tălpile desculțe ale lui Grey.

– Foarte bine.

Examinarea continuă. Toate datele erau introduse într-un telefon portabil. Suresh îi ridică halatul lui Grey până peste genunchi și îi luă testiculele în căușul palmei.

– Tușește, te rog.

Grey reuși să tușească slab o dată. Dincolo de cască, pe chipul doctorului nu se vedea nimic. Sunetul acela ritmic îi umplea creierul lui Grey, anihilând orice alt gând.

– Acum o să-ți verific glandele.

Doctorul întinse o mâna înmănușată spre gâtul lui Grey. Când fu atins de degetele acestuia, capul lui Grey țâșni înainte. Fusese o mișcare involuntară; Grey nu ar fi putut să și-o rețină nici dacă ar fi vrut. Dinții lui se înfipseră în carnea moale a mâinii lui Suresh, închizându-se ca o menghină. Simți mai întâi gustul chimic al latexului, absolut dezgustător, apoi gura i se umplu de o dulceață năvălitoare. Suresh țipă, încercând să se elibereze. Cu mâna liberă îl împinse pe Grey de frunte, luptându-se să-și recapete echilibrul; se dădu în spate și îl lovi pe Grey peste față cu pumnul. Nu fu dureros, dar îl luă prin surprindere; Grey îi dădu drumul. Suresh se împletici înapoi, cu mâna însângerată la piept, degetul mare și arătătorul cuprinzând încheietura ca un garou. Grey se aștepta să se întâmple ceva grav, să sune vreo alarmă, bărbați să dea năvală înăuntru, dar nu urmă nimic de genul acesta; clipa păru să înghețe în timp și, cumva, să treacă neobservată. Suresh se dădu înapoi, uitându-se la Grey cu ochi mari și speriați. Își scoase mănușa plină de sânge și se duse grăbit la chiuvetă. Dădu drumul robinetului și începu să-și frece mâna cu putere, bombănind în barbă:

– O, Doamne! O, Doamne! O, Doamne!

Apoi dispăru. Gray rămase nemișcat. În încleștarea lor, perfuzia lui se spărsese. Avea sânge pe față, pe buze. Linse tot sângele încet, cu desfătare. Abia dacă-i ajunse pe o măsea, dar se mulțumea cu atât pentru moment. Fu inundat de o forță nouă, așa cum țărmul este inundat de un val. Încercă legăturile, simțind cum acestea aproape cedează. Ușa era o altă problemă, dar, mai devreme sau mai târziu, avea să fie deschisă, iar până atunci Grey va sta la pândă. Se va năpusti asupra lor ca un înger al morții.

Lila, așteaptă-mă, vin după tine!

19

Ora 03:30: Grupul se adunase în cort, echipamentul împachetat, în așteptarea răsăritului. Kittridge le spusese că ar trebui să doarmă, ca să se pregătească pentru ziua ce avea să vină. La scurt timp după miezul nopții, autobuzele mult promise ajunseră, aliniindu-se dincolo de gardul de sârmă ghimpată într-un șir lung și cenușiu. Din partea Armatei, niciun anunț, însă sosirea lor nu le scăpase din vedere. Prin tabără se vorbea de plecare. Cine avea să urce primul? Aveau să mai vină și alte autobuze? Cum rămânea cu bolnavii? Urma să fie evacuați separat?

Kittridge se dusese cu Danny la cortul comandanților pentru întâlnirea cu Porcheki. Ce mai rămăsese din personal, din cei de la FEMA și de la Crucea Roșie, aveau să supravegheze personal îmbarcarea, în vreme ce ultimii oameni ai lui Porcheki, trei plutoane, aveau să se ocupe de mulțime. Douăsprezece Humvee-uri și două transportoare blindate așteptau la celălalt capăt al gardului ca să escorteze convoiul. Drumul până la Rock Island avea să dureze puțin sub două ore. Presupunând că totul mergea conform planului, ultimul dintre cele patru transporturi avea să ajungă la Rock Island în jur de 17:30, cu puțin înainte de termenul-limită.

După ce întâlnirea se sfârși, Kittridge îl luă pe Danny deoparte:

– Dacă se întâmplă ceva, nu aştepta. Ia cât poţi duce şi pleacă. Stai departe de drumurile principale. Dacă podul de la Rock Island e închis, du-te spre nord, ca data trecută. Urmăreşte râul până când dai de un pod deschis. Ai înţeles?

– Să nu aştept. Să stau departe de drumurile principale. Merg spre nord.

– Întocmai.

Ceilalţi şoferi se duceau deja la autobuzele lor. Kittridge nu mai avea decât o clipă la dispoziţie să-i mărturisească:

– Orice s-ar întâmpla, Danny, să ştii că n-am fi ajuns atât de departe fără tine. Sunt sigur că ştii asta, dar am vrut să ţi-o spun.

Bărbatul încuviinţă greoi din cap, întorcându-şi privirea.

– Bine.

– Aş vrea să dăm mâna. Crezi că e în regulă?

Danny încruntă din sprâncene, o expresie aproape chinuită. Kittridge se temea să nu fi exagerat cu asta, când Danny îi întinse mâna cu iuţeală, făcând ca palmele celor doi bărbaţi să se ciocnească. Strânsoarea lui, totuşi, nu era lipsită de forţă. O scuturare viguroasă; preţ de o secundă, Danny îi întâlni privirea; şi asta fu tot.

– Noroc bun! îi ură Kittridge.

Se întoarse în cort. Nu avea altceva de făcut decât să aştepte. Se aşeză pe pământ, cu spatele sprijinit de o cutie de lemn. Trecură câteva minute; laturile deschizăturii se dădură la o parte. April se aşeză lângă el, strângându-şi genunchii la piept.

– Te deranjează dacă stau un pic aici?

Kittridge clătină din cap. Se uitau amândoi la intrarea în complex, aflată la nouăzeci de metri depărtare. De la reflectoarele aprinse, zona din jurul ei strălucea ca o scenă puternic luminată.

– Voiam doar să-ţi mulţumesc, îi spuse April. Pentru tot ce-ai făcut.

– Oricine ar fi făcut la fel.

– Ba nu. Aşa vrei tu să crezi. Dar nu e adevărat.

Kittridge se întrebă dacă așa era. Presupunea că nu conta. Soarta îi adusese împreună, așa că iată-i acolo. Atunci își aminti de pistoale.

– Am ceva care îți aparține.

Băgă mâna pe sub jachetă și scoase unul dintre ele. Scoase magazia ca să-i pună un glonț, apoi apucă arma de țeavă și i-o întinse.

– Adu-ți aminte ce ți-am spus. Trage drept în piept. Cad ca niște cărți de joc dacă o faci cum trebuie.

– Cum de l-ai luat înapoi?

El zâmbi.

– L-am câștigat la poker.

O îndemnă cu un semn din cap:

– Haide, ia-l!

Ținea neapărat ca ea să aibă pistolul. April îl luă în mână, se aplecă în față și vârî țeava la spate, la betelia blugilor.

– Mulțumesc, spuse ea cu un zâmbet. O să-l folosesc în sănătatea ta.

Preț de un minut, niciunul dintre ei nu vorbi.

– E destul de evident cum o să sfârșim, nu-i așa? spuse April. Mai devreme sau mai târziu.

Kittridge se întoarse cu fața spre ea și o privi; ochii ei erau alerți, reflectoarele luminându-i trăsăturile.

– Întotdeauna avem o speranță.

– Frumos din partea ta să spui asta. Dar nu schimbă cu nimic situația. Poate alții au nevoie să audă așa ceva, dar nu și eu.

Fu străbătut de un fior; April se sprijini de el. Gestul ei era unul instinctiv, și totuși nu era lipsit de însemnătate. Kittridge o cuprinse cu brațul, trăgând-o mai aproape.

– Te gândești la el, nu-i așa?

Își lăsase capul pe pieptul lui; vocea îi era abia șoptită.

– La băiețelul din mașină.

– Da.

– Spune-mi.

Kittridge trase adânc în piept, scoțând aerul în întunericul nopții.

– Mă gândesc la el tot timpul.

O tăcere adâncă se lăsă între ei. În jurul lor, tabăra amuțise și ea, întocmai ca încăperile dintr-o casă după ce toată lumea s-a dus la culcare.

– Aș vrea să-ți cer o favoare, începu April.

– Nu te sfii.

Kittridge îi simți trupul încordându-se ușor.

– Ți-am spus că sunt virgină?

În ciuda propriei voințe, Kittridge râse; dar nu-i păru ceva greșit.

– Nu, cred că mi-aș aminti așa ceva.

– Mda, ei bine, nu e ca și cum am cunoscut mulți bărbați la viața mea. Făcu o pauză, apoi: N-am mințit când am zis că am optsprezece ani. Nu că ar conta. Nu cred că în lumea asta mai contează asemenea lucruri.

Kittridge dădu din cap.

– Probabil că nu.

– Ce vreau să spun e că nu trebuie să fie cine știe ce.

– Mereu e.

April îl luă de mână, trecându-și ușor degetul mare peste încheieturile degetelor lui. Senzația era la fel de ușoară și de caldă precum un sărut.

– Ciudat, chiar înainte să-ți văd cicatricile, am știut cine ești. Nu doar un fost soldat al Armatei – asta era evident pentru toată lumea. Că ți s-a întâmplat ceva în război. O pauză, apoi: Nici nu cred că-ți știu numele mic.

– Bernard.

Ea se dădu în spate ca să-l privească. Ochii îi erau umezi și strălucitori.

– Te rog, Bernard. Te rog mult, OK?

Nu era o rugăminte pe care putea s-o refuze; nu că ar fi vrut una ca asta. Folosiră unul dintre corturile din apropiere – cine știe când plecaseră cei care stătuseră în el? Kittridge își ieșise din mână, însă se strădui să fie blând, să nu se grăbească, urmărind cu atenție chipul lui April în lumina difuză. Fata scoase câteva sunete, nu multe, iar după ce terminară, îl sărută, lung și tandru, se cuibări lângă el și adormi.

Kittridge stătea întins în întuneric, ascultându-i respirația, simțindu-i căldura acolo unde trupurile lor se atingeau. Se gândise că avea să fie ciudat, dar nu fusese deloc; părea o parte firească din toate câte se întâmplaseră. Gândurile îi zburau răzlețe, unele făcându-și simțită prezența. Amintiri frumoase, amintiri pline de dragoste. Nu avea multe. Dar acum numărul lor crescuse cu una. Cât de prost fusese când își dorise să renunțe la viață.

Doar ce închisese ochii, când auzi vâjâitul motoarelor și zări strălucirea farurilor venind dincolo de poartă. April se trezi și ea. El se îmbrăcă iute și despărți laturile ușii cortului, tocmai când, dinspre vest, răsună bubuitul unui tunet. Te pomenești că aveau să plece pe ploaie.

– Au ajuns?

Frecându-se la ochi, pastorul Don ieși din cort, cu Wood pe urmele lui.

Kittridge încuviință din cap.

– Luați-vă lucrurile, oameni buni! E timpul!

Unde naiba era Suresh?

Nimeni nu-l văzuse de ore bune. Se presupunea că-l examina pe Grey, dar parcă intrase în pământ. Guilder îl trimisese pe Masterson să-l caute. Douăzeci de minute mai târziu, acesta se întorsese cu mâinile goale. Suresh nu era nicăieri în clădire, spuse bărbatul.

Primul dezertor, se gândi Guilder. O fisură ca asta avea să se lărgească fără doar și poate. Unde spera să ajungă? Doar erau în mijlocul pustietății, se lăsa noaptea. Zilele trecuseră în zadar. Tot nu reușiseră să izoleze virusul, să-l extragă din celule. Nu era nicio îndoială că Grey era infectat; timusul mărit al bărbatului le confirmase acest lucru. Doar că virusul însuși părea că se ascunde. Că se ascunde, auzi! Fuseseră cuvintele lui Nelson. Cum putea un virus să se ascundă? Atunci, găsește-l pe afurisit, îi spusese Guilder. Nu mai avem timp.

Guilder rămase mai multă vreme pe acoperiș, atras de acel simț al spațiului. Trecuse deja de miezul nopții, iar el tot acolo era. Somnul era o amintire îndepărtată. Nici nu ațipea bine, că se trezea tresărind, sufocat de nodul din gât. Termenul de șaptezeci și două de ore expirase și fusese depășit, din partea lui Nelson neprimind decât o ridicătură din sprânceană: *Ei bine?* Guilder își simțea gâtlejul atât de strâns, încât abia mai putea înghiți; mâna stângă îi flutura ca o pasăre în zbor. Ajunsese să-și târască jumătate din corp de parcă ar fi avut un clopot de cinci kilograme atârnat de gleznă. Nu mai avea cum să-și ascundă boala de Nelson pentru multă vreme.

De pe acoperiș, Guilder urmărise cum soldații Armatei se împuținau cu fiecare zi care trecea. Cât de departe erau Viralii? Cât timp mai aveau la dispoziție?

Telefonul îi vibră. Era Nelson.

– Ar trebui să vezi asta.

Nelson îl întâmpină la ușa liftului. Era îmbrăcat cu un halat murdar de laborator și avea părul vâlvoi. Îi întinse lui Guilder o bucată de hârtie.

– Ce-i asta?

Nelson era negru de supărare.

– Citește!

DEPARTAMENTUL ARMATEI

CENTRUL DE COMANDĂ AL STATELOR UNITE

BLV. SOUTH BOUNDARY, NR. 7115

MACDILL AFB, FL 33621–5101

010500IUN16

ORDIN OPERAȚIUNE USCENTCOM – IMMACULATA

REFERINȚE: ORDIN EXECUTIV 929621, HL Recon BDE OPORD 18–26 I, Sector V107

GRUP OPERATIV: Forțele Armate Întrunite (FAI) SCORCH, inclusiv elemente din: Unitatea de Aviație 388 (UA 388), Unitatea de Luptă 23 (UL 23), Unitatea Națională de Apărare Aeriană 62 (UNAA 62), Garda Națională din Colorado (GN CO), Garda Națională din Kansas (GN KS), Garda Națională din Nebraska (GN NE) și Garda Națională din Iowa (GN IA).

1. **SITUAȚIE**
   a. Numărul inamicului: Necunoscut +/- 200 000
   b. Terenul: Amestec de câmpii/pajiști/mediu urban
   c. Vreme: Condiții atmosferice variabile, vizibilitate moderată pe timpul zilei, vizibilitate redusă pe timpul nopții, lumina lunii slabă spre zero.
   d. Date despre inamic: Conform 010500IUN16, 763 grupuri de persoane infectate („cete") au fost observate adunându-se în zonele notate de la 1 la 26. Inamicul se pune în mișcare imediat după apus (2116).

2. **MISIUNE**

   FAI SCORCH conduce operațiunea de luptă de la 012100IUN16 până la 052400IUN16 înăuntrul Zonei de Carantină cu scopul de a distruge toate persoanele infectate.

3. **EXECUȚIE**

Scop: FAI va conduce operațiunile aeriene și de la sol dinăuntrul Zonei de Carantină. Misiunea principală a FAI SCORCH este eliminarea întregului personal infectat din Zona de Carantină. Întreg personalul, inclusiv civili, aflat în Zona de Carantină este considerat infectat, iar eliminarea lui a fost autorizată prin Ordinul Executiv nr. 929621. Faza finală presupune eliminarea tuturor persoanelor infectate din Zona de Carantină.

Organizarea Operațiunii: Operațiunea se va desfășura în două faze:

FAZA 1: FAI desfășoară unități aeriene ale UA 388, UL 23 și UNAA 62 012100IUN16 pentru a executa bombardamente în masă în zonele marcate 1-26. FAZA 1 finalizată cu bombardarea totală a Zonei de Carantină. FAZA 2 începe odată cu finalizarea FAZEI 1.

FAZA 2: FAI va desfășura 3 Divizii de Infanterie Mecanizată din cadrul unităților de sol GN CO, GN KS, GN NE, GN IA pentru a executa atacuri de tragere liberă asupra forțelor inamice rămase în zonele marcate 1-26. FAZA 2 finalizată cu distrugerea totală a persoanelor infectate din Zona de Carantină.

Și o ținea tot așa, descriind operațiunile de logistică, de tactică, de comandă și de semnalizare. Birocrații războiului. Rezultatul era clar: oricine aflat în spatele liniei care delimita zona de carantină era de-acum pierdut.

– Iisuse!

– Ți-am spus, făcu Nelson. Mai devreme sau mai târziu, tot aici am fi ajuns. Au rămas mai puțin de două ore până la răsărit. Probabil suntem la adăpost peste noapte, dar nu cred c-ar trebui să așteptăm.

Și uite așa, timpul se scursese definitiv. După tot ce făcuse, să accepte acum înfrângerea!

– Ce vrei să fac?

Guilder trase o gură de aer, încercând să se liniștească.

– Evacuează-i pe tehnicieni, dar nu și pe Masterson. Putem să-i luăm noi pe Grey și pe femeie și să sunăm să vină după noi.

– Să-i anunț pe cei din Atlanta? Știi tu, măcar să cunoască situația.

Spre lauda lui, Nelson nu profita de ocazia să-i arunce în nas un al doilea „Ți-am spus eu".

– Nu, mă ocup eu.

Biroul șefului avea o linie telefonică privată. Guilder urcă la etaj și traversă coridorul pustiu, de-acum târșâindu-și de-a binelea piciorul stâng. Toate birourile fuseseră golite; singurele lucruri care mai rămăseseră în încăpere erau un scaun, o masă ieftină, din metal și un telefon. Se așeză pe scaun și rămase acolo, cu ochii la telefon. După o vreme, își dădu seama că obrajii îi erau umezi; începuse să plângă. Aceste lacrimi ciudate și lipsite de emoție ajunseseră să fie un fel de vestitor al propriei sorți, spovedania neașteptată a trupului pe care i-l dăduse viața asta nenorocită. Era ca și cum corpul lui i-ar fi spus: Așteaptă! Așteaptă numai și ai să vezi ce ți-am pregătit: O moarte vie, prietene!

Dar asta nu avea să se întâmple. De cum avea să pună mâna pe telefon, toate acestea se vor fi sfârșit. O mică alinare, să știe că măcar nu va trăi suficient de mult cât să fie martorul propriului declin. Va face acum ce nu reușise să ducă la îndeplinire în acea zi, în garaj.

Domnule Guilder? Vino la noi! O mână pe umăr, mersul de-a lungul holului.

Nu.

20

Când ajunseră la autobuze, soldații încercuiseră deja perimetrul. Mulțimea începea să se adune în obscuritatea de dinaintea răsăritului. Autobuzul lui Danny era al treilea; Kittridge îl zări prin parbriz, cu șapca îndesată pe cap, cu mâinile încleștate pe volan. Vera stătea pe trepte, cu clipboardul ei în mână.

Dumnezeu să te aibă în paza Lui, Danny! spuse Kittridge în gând. Asta o să fie cursa vieții tale.

– Toată lumea, păstrați-vă calmul!

Porcheki se deplasa de-a lungul convoiului de autobuze din spatele rândului de soldați, țipând printr-un megafon:

– Formați o coadă ordonată și urcați-vă prin spate! Dacă nu mai apucați loc, așteptați următorul autobuz!

Soldații ridicaseră bariere. Mulțimea se împingea în spatele lor, îngrămădindu-se prin deschizătura ei. Unde se duceau? întrebau oamenii. Destinația finală era tot Chicago, sau alta? Chiar înaintea grupului lui Kittridge era o familie cu doi copii, un băiat și o fată, îmbrăcați cu niște pijamale soioase. Picioare murdare, păr slinos – n-aveau cum să fie mai mari de cinci ani. Fetița strângea la piept o păpușă Barbie dezbrăcată. Dinspre vest răsunară și mai multe tunete, acompaniate de străfulgerări de lumină la orizont.

Kittridge și April îl țineau de câte o mână pe Tim, de frică să nu fie înghițit de mulțime.

Odată trecuți de poartă, grupul se îmbarcă degrabă în autobuzul lui Danny. Primii fură soții Robinson și Boy Jr; urmau Wood și Delores, Jamal și doamna Bellamy. Pastorul Don încheia șirul, cu Kittridge, April și Tim în spatele lui.

O străfulgerare de lumină, de o albeață fantomatică, se aprinse în aer, întipărind astfel scena în mintea lui Kittridge. O jumătate de secundă mai târziu, se auzi un tunet puternic și prelung. Kittridge îi simți vibrația până în tălpi.

Nu a tunetului, ci a artileriei.

Trei avioane cu reacție țâșniră pe deasupra lor, urmate de alte două. Brusc, toată lumea țipă – un sunet ascuțit și înspăimântat care venea din spate, învăluind mulțimea. Kittridge se întoarse cu fața spre vest.

Nu mai văzuse niciodată Virali într-un grup atât de mare. Câteodată, din turnul lui, mai vedea câte trei laolaltă – niciodată mai mulți, niciodată mai puțini – și, firește, nu-i mai punea la socoteală pe cei din parcarea subterană, care probabil fuseseră în jur de douăzeci. Dar nu se compara cu asta. Parcă erau un stol de păsări care umblau pe pământ: o masă bine coordonată de sute, poate chiar mii de Virali înaintau cu repeziciune spre gardul de sârmă ghimpată. *Cete de Virali, așa le spun ei*, își aminti Kittridge. Preț de o clipă, căzu într-un fel de admirație, o uimire pură ce-ți taie respirația la vederea unei asemenea măreții organice.

Aveau să ia cu asalt tabăra ca un tsunami.

Humvee-urile goneau spre capătul de vest al gardului, stârnind în urmă vălătuci de praf ca niște cozi de cocoș. Deodată, autobuzele rămaseră fără paznici; mulțimea se îmbulzea spre ei. Kittridge se simți împins din spate de o masă uriașă de oameni. Pe când era învăluit de mulțime, o auzi pe April țipând.

– Tim!

Porni în direcția de unde auzise vocea, croindu-și cu greu drum printre oameni, ca un înotător împotriva curentului, dând trupurile la o parte. Un grup încerca să se îndese în autobuzul lui Danny, împingând, îmbrâncind. Kittridge îl văzu pe bărbatul care fusese înaintea lor la coadă ridicând-o pe fetița lui deasupra capului.

– Vă rog, s-o ia cineva! Cineva s-o ia pe fiica mea! strigă el.

Apoi Kittridge o văzu pe April, prinsă în îmbulzeală. Îi făcu semn cu mâinile prin aer:

– Urcă în autobuz!

– Nu-l găsesc! Nu-l găsesc pe Tim!

Auzi huruit de motoare; unul dintre autobuzele din capătul convoiului plecă, apoi încă unul și încă unul. Într-o izbucnire de furie, Kittridge își croi cu forța drum spre April, o apucă de mijloc și se grăbi spre ușă. Dar fata nici nu voia să audă; i se zbătea în brațe, încercând să se elibereze din strânsoare.

– Nu plec fără el! Dă-mi drumul!

Îl văzu în față pe pastorul Don, stând în capul treptelor. Kittridge o împinse înainte pe April.

– Don, ajută-mă! Urc-o în autobuz!

– Nu pot pleca, nu pot pleca!

– Îl găsesc eu, April! Don, ia-o!

O ultimă pătrundere forțată în acel tăvălug de oameni, Don se întinse înainte, o prinse pe April de mână și o trase spre ușă; apoi dispăru din vedere. Autobuzul era plin doar pe jumătate, dar nu mai era vreme de așteptat. Kittridge o văzu pe April pentru ultima oară, cu fața lipită de geam, strigându-l pe nume.

– Scoate-i de aici, Danny!

Ușile se închiseră. Autobuzul se puse în mișcare.

În încăperea de la subsolul clădirii NBC, Lila Kyle își petrecuse ultimele patru zile într-o stare de somnolență indusă de narcotice – un clarobscur semiconștient prin care percepea camera din jurul ei ca pe niște ecrane pe care vedea mai multe filme deodată – dormind și visând: un vis simplu, fericit, în care ea se afla într-o mașină. Era noapte și ea era condusă la spital ca să nască. Lila nu putea vedea cine anume conducea mașina; zona periferică a câmpului ei vizual era cufundată în întuneric. Brad, tu ești? întrebă ea. Iar întunericul se ridică, întocmai ca o cortină deasupra scenei, iar Lila văzu că era *într-adevăr* Brad. O bucurie aurie și strălucitoare, precum lumina soarelui, îi străbătu întreaga ființă. Ajungem curând, scumpo, îi spuse Brad. Din clipă în clipă. De data asta n-o să se mai ducă pe apa sâmbetei. Rezistă. Bebelușul o să vină. Bebelușul practic a și venit.

Acestea erau cuvintele pe care Lila și le tot repeta – vine bebelușul, vine bebelușul – când încăperea fu zguduită de o explozie violentă – sticla se sparse, lucrurile cădeau, podeaua de dedesubtul ei se clătina ca o barcă pe mare –, iar ea începu să țipe.

21

Ceata de Virali care înghițise centrul de refugiați din Iowa de Est în primele ore ale dimineții zilei de 9 iunie făcea parte dintr-un grup mai mare, care se adunase la granița statului Nebraska. Estimările făcute mai târziu de către forțele armate întrunite – nume de cod FAI SCORCH – variau; unii spuneau că ar fi fost vorba de cincizeci de mii, alții de mult mai mulți. În zilele care urmară, aveau să li se alăture o a doua ceată, mai mare, care venea din nord, dinspre Missouri, și o a treia, încă și mai mare, venind din sud, dinspre Minnesota. Numărul lor creștea cu fiecare zi. Până să ia cu asalt Chicago, ajunseseră la jumătate de milion, penetrând perimetrul defensiv pe 17 iunie, înghițind orașul în mai puțin de douăzeci și patru de ore.

Primii Virali care au trecut de gardul din sârmă ghimpată ce înconjura tabăra de refugiați ajunseră la 4:58 CTD. Până la acea oră se desfășuraseră operațiuni aeriene extinse în centru și în estul statului vreme de opt ore și, de fapt, nu unul, ci toate podurile peste Mississippi – Dubuque – fuseseră distruse; ora la care se instaurase carantina fusese în mod intenționat raportată greșit de către grupul de comandă. Liderii acestui grup credeau – concluzie susținută de înțelepții armatei americane și ai serviciilor de informații adunați la un loc – că o masă importantă de oameni din zona de carantină era folosită drept momeală pentru cei infectați, făcându-i astfel să-și concentreze forțele în anumite zone și sporind eficiența bombardamentelor. Cea mai la îndemână analogie, folosită de unul dintre membrii grupului de comandă, fu aceea a căprioarelor atrase de drobul de sare. Cu alte cuvinte, abandonarea unui număr de refugiați era pur și simplu prețul pe care trebuiau să-l plătească într-un război fără precedent. Și, oricum, acei oameni erau sortiți pieirii mai devreme sau mai târziu.

Maiorul Frances Porcheki din Garda Națională din Iowa – ocupația ei de civil fiind aceea de manager districtual la o fabrică de confecții sport pentru femei – nu fusese informată de misiunea FAI SCORCH, dar nici nu putea fi prostită. Deși un soldat foarte bine antrenat, maior Porcheki era și o catolică ferventă, căreia propria credință îi era alinare și călăuză în viață. Decizia de a nu-i abandona pe refugiații aflați sub conducerea ei, așa cum primise ordin, fusese luată în baza acestei puternice credințe, la fel și alegerea personală de a-și pune la dispoziție ultimele eforturi, ale ei și ale soldaților aflați sub conducerea ei – 165 de bărbați și femei care, aproape toți, își ocupară pozițiile de-a lungul gardului – pentru a asigura retragerea autobuzelor. De-acum, civilii care fuseseră lăsați în urmă fugeau după vehicule, țipând și cerându-le să oprească, însă nu mai era nimic de făcut. Ei bine, asta e, își spuse în sinea ei Porcheki. Aș fi salvat mai mulți dacă aș fi putut. O lumină verzuie apăruse la vest, un zid de strălucire tremurătoare, ca un gard viu. Avioanele țâșneau în zbor, dezlănțuind furia încărcăturii lor chiar în mijlocul cetei, lăsând în urma lor dâre luminoase și limbi de foc. Liniștea fu spartă de un tunet. Ceata își făcu apariția ca o mână a distrugerii cu degetele răsfirate, Viralii venind din ce în ce mai mulți. Porcheki sări din Humvee-ul ei înainte ca mașina să oprească, țipând:

– Nu trageți! Așteptați până ajung la gard!

Își luă apoi poziția de tragere – nemaiavând ce alte ordine să dea, urma să dea piept cu dușmanul de la același nivel ca oamenii ei – și începu să se roage.

Timpul însuși își pierduse logica. În tot acel haos, viețile se suprapuneau pe căi neștiute până atunci. În subsolul clădirii NBC se ducea o luptă aprigă. Chiar în acel moment, elicopterul celor de la Blackbird se lăsă pe acoperiș. Horace Guilder, care se ascundea în birou de Nelson în momentul declanșării atacului, hotărârea lui de a nu le telefona omologilor lui de la CPBC ridicându-i o piatră de pe inimă, doar ca să fie înlocuită cu o alta (habar n-avea ce să facă în continuare), coborî scările de la subsol cu mare dificultate, ca să-i găsească pe Nelson și pe Masterson strângând cu disperare mostre de sânge și punându-le într-un răcitor plin cu gheață, strigându-i tot felul de lucruri ca „Unde naiba ai fost?“, „Trebuie să plecăm de-aici!“ și „Locul ăsta nu mai rămâne mult în picioare!“ Însă acestea, oricât de rezonabile erau, îl atinseră prea puțin pe Guilder. Tot ce conta acum era Lawrence Grey. Deodată, ca și cum ar fi primit o palmă peste față, Guilder își dădu seama ce avea de făcut.

Exista o singură cale. De ce nu o văzuse mai devreme?

Corpul lui era pe cale să-i fie cuprins de spasme paralizante; abia dacă mai putea respira cu nodul care i se pusese în gât. Și totuși, mai găsi puterea – puterea muribundului – de a întinde mâna, de a-l prinde pe Masterson de braț și de a-i lua pistolul.

Apoi, uimindu-se pe sine, Guilder îl împușcă.

Kittridge era călcat în picioare.

După ce autobuzele plecară, Kittridge fu doborât la pământ. Pe când încerca să se ridice, cineva îl lovi cu piciorul în față, acela căzând peste el cu un bombănit. Învălmășeala de picioare și de trupuri continuă; nu reuși decât să-și ia o poziție de apărare, lipindu-se de pământ și acoperindu-și capul cu mâinile.

– Tim! Unde ești?

Atunci îl zări. Mulțimea îl lăsase pe băiat în urmă. Stătea în noroi, la nici zece metri depărtare. Kittridge ajunse în dreptul lui, șchiopătând prin noroiul alunecos.

– Ești bine? Poți alerga?

Băiatul își lăsă capul într-o parte. Privirea îi era nedumerită, pierdută. Plângea cu sughițuri, mucii curgându-i nestingheriți.

Kittridge îl trase în picioare.

– Vino!

Nu avea niciun plan; trebuia doar să scape teferi de-acolo. Autobuzele plecaseră, lăsând în urmă nori de praf și de fum. Kittridge îl luă pe Tim de mijloc și îl puse în cârcă, spunându-i să se țină bine. Trei pași și durerea apăru, săgetându-i genunchiul. Se împiedică, dar cumva reuși să-și recapete echilibrul. Un lucru era sigur: cu piciorul lui și cu băiatul în spate nu avea să ajungă prea departe pe jos.

Atunci își aduse aminte de armurărie. Văzuse un Humvee cu platforma descoperită parcat înăuntrul ei. Unul dintre soldați lucra la el. Oare mai era acolo? Era reparat?

Pe când soldații la vest de gard deschiseră focul, Kittridge strânse din dinți și o luă la fugă.

Ajunse la armurărie, piciorul aproape cedându-i. Cum parcursese acei două sute de metri nici el nu știa. Dar norocul era de partea lui. Vehiculul era tot acolo unde îl văzuse, parcat printre rafturile acum goale. Capota era închisă – un semn bun –, dar oare avea să meargă? Îl puse pe Tim pe scaunul din dreapta, el se așeză pe locul șoferului și apăsă demarorul.

Nimic. Trase o gură de aer ca să se liniștească. Gândește, Kittridge, gândește! Atârnând în spatele bordului era un ghem de cabluri deconectate. Cineva umblase la aprindere. Trase de fire, alese două dintre ele și le atinse capetele. Tot nimic. Habar n-avea ce făcea – de ce crezuse că așa avea să funcționeze? Alese la întâmplare alte două cabluri, unul roșu și unul verde.

Sări o scânteie; motorul se trezi la viață cu un huruit. Băgă Humvee-ul în viteză și apăsă accelerația până la podea.

Porni cu viteză spre poartă. Însă întâmpinară o nouă problemă: cum să treacă? Alte mii de oameni încercau să facă același lucru, o masă forfotindă ce încerca să se strecoare afară prin deschizătura strâmtă. Fără să-și ridice piciorul de pe accelerație, Kittridge se năpusti asupra claxonului, dându-și seama prea târziu că era o idee cât se poate de proastă: mulțimea nu avea nimic de pierdut.

Aceasta se întoarse, îi văzu și porni după ei.

Kittridge frână și răsuci volanul, dar prea târziu: gloata înghiți Humvee-ul ca un val spărgându-se la mal. Portierele fură deschise, mâinile încercau să-l tragă afară, încercau să-i dezlipească mâinile de pe volan. Îl auzi pe Tim țipând, pe când se lupta să mențină direcția. Oamenii se aruncau asupra mașinii din toate părțile, intrând direct în ea. O față se izbi de parbriz, apoi dispăru. Niște mâini dădeau să-l apuce din spate, să-l zgârie pe față, altele îl trăgeau de brațe. „Dați-vă de pe mine!“ le strigase el, încercând să le alunge, dar fără succes. Pur și simplu erau prea mulți. Tot mai multe trupuri se izbeau de parbriz, intrau sub roți. Humvee-ul se hurducăia, el se întinse după Tim și se pregăti de impact; și așa se sfârși totul.

Între timp, la cinci kilometri depărtare, convoiul de autobuze – care transportau în total 2.043 de refugiați civili, 36 de membri FEMA și voluntari de la Crucea Roșie și 27 de angajați militari – se îndrepta spre est. Mulți dintre oamenii aflați la bordul mașinilor suspinau; alții erau adânciți în rugăciune. Cei care aveau copii îi strângeau cu putere la piept. Unii încă țipau, în ciuda celorlalți care le cereau întruna să tacă din gură. În vreme ce câțiva începuseră deja să-și facă reproșuri amare fiindcă lăsaseră atât de mulți în urmă, majoritatea nu-și bătea capul cu așa ceva. Ei erau cei norocoși, cei care scăpaseră.

La volanul autobuzului Redbird, Danny Chayes era încercat, pentru prima oară în viața lui, de o emoție care nu putea fi descrisă decât ca o desavârșită împlinire de sine. Era ca și cum își limitase forțat potențialul personalității lui vreme de douăzeci și șase de ani, ca acum orice barieră să se năruie chiar dinaintea ochilor. Precum autobuzul pe care îl conducea, Danny se trezi azvârlit înainte, propulsat într-o nouă existență, în care o gamă largă de sentimente contrarii, în măreața lor diversitate, își duceau traiul simultan. Îi era cu adevărat frică, din tot sufletul, și totuși această frică nu îi paraliza puterile, ci era o sursă nesecată de curaj, care părea să-l inunde. *Tu ești căpitanul acelui vas*, îi spusese domnul Purvis, iar Danny știa acest lucru. În spatele lui, pastorul Don și Vera discutau pe un ton grav despre una, despre alta; ceilalți, stând pe banchete, erau strânși unii într-alții, doi câte doi. Soții Robinson cu al lor copil, care scotea un sunet mieunat; Wood și Delores, care își țineau mâinile de parcă s-ar fi rugat; Jamal și doamna Bellamy, cei doi îmbrățișați de-a dreptul; April, care era singură și abătută, prea îndurerată ca să mai poată plânge. Salvarea lor devenise unicul scop al lui Danny, punctul fix din cosmosul lui personal în jurul căruia se învârteau toate celelalte lucruri. Și totuși, în vâltoarea momentului și a acestei uimitoare descoperiri a faptului că era în viață, prezența lor trecea aproape neobservată. La volanul autobuzului său Redbird 450, Danny Chayez era împăcat cu el însuși și cu universul, iar când văzu, cum fără îndoială văzură și ceilalți șoferi de autobuz, o a doua ceată de Virali venind dinspre sud în lumina slabă a răsăritului, apoi o a treia, dinspre nord, și își imagină, după un calcul rapid tridimensional, cum cele două mulțimi aveau să se unească în cele din urmă într-o singură masă care să înghită convoiul ca niște viespi dezlănțuite, știu ce avea de făcut. Smuci volanul la stânga, rupse rândurile convoiului și apasă accelerația până la podea, gonind prin dreptul celorlalte autobuze din șir. O sută zece, o sută douăzeci, o sută treizeci de kilometri pe oră: cu fiecare părticică din ființa lui, Danny se rugă ca autobuzul să meargă mai repede. Ce faci? îi strigă pastorul Don. Pentru numele lui Dumnezeu, Danny, ce te-a apucat? Însă Danny știa prea bine ce făcea. Scopul lui nu era să scape, nu aveau cum; scopul lui era să fie primul. Să intre în ceată la o viteză atât de amețitoare, încât să treacă drept prin ea, sfredelind un coridor al distrugerii. Cei din spatele lui izbucniră într-un cor de țipete; dincolo de parbriz, cetele se uneau, o legiune crescândă de lumină. Mâinile i se albiseră de cât de tare strângea volanul.

– La pământ, toată lumea! strigă el. La pământ!

– Ce naiba?!

Nelson dădea înapoi, acoperindu-și fața cu mâinile într-un gest protector. Guilder își dădu seama că bărbatul credea că avea să-l împuște și pe el. Lucru de la care nu s-ar fi dat în lături, doar că, între timp, mai avea ceva de rezolvat.

– Ia femeia! îi spuse el, fluturând pistolul.

– N-avem timp! Iisuse, nu era nevoie să-l împuști!

Și mai multe zgomote veniră de deasupra. Aerul era încărcat de praf.

– Eu hotărăsc asta! Acum mișcă!

Mai târziu, Guilder va ajunge să se întrebe cum de s-a gândit s-o ia pe femeie prima, una dintre multele decizii care îi hotărâseră soarta. Ar fi putut să aleagă s-o lase acolo, declanșând un cu totul alt sfârșit. Intuiția, poate? Un sentimentalism pentru legătura pe care o simțise între ea și Grey – o legătură care avea să-l intrige pentru tot restul vieții? Împingându-l pe Nelson înainte, cu pistolul îndreptat spre el, traversă laboratorul până la ușa care dădea spre camera Lilei.

– Deschide-o!

Lila Kyle, trezită de explozie, începu să țipe îngrozită și fără niciun motiv; habar n-avea unde era sau ce anume se întâmplă. Era legată de pat. Patul era într-o încăpere. Încăperea se învârtea, la fel ca toate lucrurile din ea. Parcă se trezise dintr-un vis doar ca să se piardă în altul, la fel de ireal, și era numai pe jumătate conștientă atunci când Nelson și Guilder intrară în cameră. Cei doi bărbați se certau. Desluși cuvântul „elicopter". Desluși cuvântul „scăpare". Cel mai scund dintre cei doi o înțepă cu un ac în braț. Lila nu avea putere să i se împotrivească, și totuși, de îndată ce acul îi străpunse pielea, inima îi fu inundată de energie, ca și cum ar fi fost conectată la o baterie uriașă. Adrenalina, se gândi ea. Am fost sedată, iar acum îmi injectează adrenalină, ca să mă trezesc. Bărbatul mai scund o ajută să se ridice. Pe sub halat, senzația rece a propriei goliciuni îi înfioră pielea. Putea să stea în picioare? Putea să meargă? Scoate-o de-aici, îl auzise spunând pe cel de-al doilea bărbat.

Cu un efort uriaș pe care ea nu găsi puterea să-l împartă, el pe jumătate o târî, pe jumătate o purtă în brațe de-a lungul vastei încăperi, un fel de laborator. Luminile erau stinse; numai becurile de urgență străluceau pe la colțuri. Din depărtare se auziră mai multe urlete, după fiecare urmând o vibrație prelungă, ca un cutremur.

Geamurile se zgâlţâiau, scoţând zgomote ascuţite. Ajunseră în dreptul unei uşi mari, cu un belciug din fier, ca la un submarin. Măruntelul o deschise şi intrară. Acum era ţinută de bărbatul mai mare, care flutura un pistol. O apucase din spate, cu o mână petrecută după talie, cu cealaltă ţinând ţeava pistolului îndreptată spre mijlocul ei. Gândurile începeau să i se limpezească acum. Inima îi bătea ca un metronom. Ce avea să apară de după uşă? Simţea răsuflarea bărbatului bătându-i în ceafă, mirosind a ceva putred. Îi simţea frica din strânsoare; mâinile îi tremurau, tot trupul îi tremura. „Sunt însărcinată“, spuse Lila, sau cel puţin dăduse să spună, gândindu-se că ar schimba cu ceva situaţia. Însă vocea îi amuţi când din celălalt capăt al încăperii răzbătu un ţipăt ascuţit de femeie.

Operaţiunile aeriene de deasupra vestului şi centrului statului Iowa din noaptea de 9 iunie nu fuseseră lipsite de riscuri. Umbla vorba că piloţii nu-şi vor duce la îndeplinire ordinele şi adevărul este că unii nu o făcură: şapte echipaje refuzară să-şi elibereze încărcătura asupra ţintelor civile, în vreme ce alte trei susţinură că întâmpinaseră defecţiuni tehnice care îi împiedicase să-şi ducă la bun sfârşit misiunea, operaţiunea având o rată de eşec de şase procente. (Dintre aceste zece echipaje, trei fură aduse dinaintea Curţii Marţiale, cinci scăpară cu o atenţionare şi se întoarseră la lucru, iar două se lăsară la sol, nemaifiind văzute vreodată.) În săptămânile care urmară, pe măsură ce misiunea FAI SCORCH ajunsese să includă şi aglomerări de populaţie din centrul şi vestul ţării, membrii grupului de comandă aveau să-şi amintească aceste statistici cu o oarecare nostalgie – „vremurile bune“. Până la 1 august, atât de mulţi aviatori ajunseseră să stea pe baricadă cu mustrări de conştiinţă ori dispăruseră, cu tot cu aeronavă, în înalturile de deasupra continentului muribund, încât organizarea unui atac aerian devenise din ce în ce mai dificilă, întreaga misiune a FAI SCORCH ajungând să fie pusă sub semnul îndoielii. Aceste dificultăţi fură urmate de mişcările de secesiune din California şi Texas, care îşi declarară amândouă autonomia şi dreptul exclusiv asupra tuturor resurselor militare de pe propriul teritoriu, practic provocând

Washingtonul să facă uz de forță – o mișcare extrem de delicată, atât din punct de vedere militar, cât și politic, situația fiind de-acum în cădere liberă. Ambele părți au făcut gălăgie, lucru care a culminat cu Bătălia de la Wichita și Bătălia de la Fresno, în care un număr mare de americani, atât de la sol, cât și din aer, au renunțat la luptă, au depus armele și au cerut azil. Astfel, până la jumătatea lunii octombrie din anul care a ajuns să fie cunoscut de următoarele generații drept anul zero, putea fi spus că națiunea denumită până atunci Statele Unite nu mai exista.

Dar, în zorii zilei de 9 iunie, sub cerul fără lună al statului Iowa, FAI SCORCH era încă în plină desfășurare a operațiunii, bucurându-se de cooperarea, aproape totală, a partenerilor ei. Ca să confirme previziunile grupului de comandă, mase uriașe de Persoane Infectate se concentraseră în patru puncte principale de pe teritoriul statului: în Mason City, în Des Moines, în Marshalltown și tabăra FEMA de refugiați din Fort Powell. Până la 02:00, primele trei fuseseră deja anihilate, Fort Powell fiind premiul cel mare. Mai multe tancuri A-10 și bombardiere F-18 au început atacul; un transportator C-130 a fost trimis la McDill. Înăuntrul lui se afla un dispozitiv explozibil denumit Bombă Aeriană de Ordin Masiv GBU-43/B sau BAOM. Conținea 8,5 tone de explozibil H6 de mare putere, BAOM fiind cea mai mare bombă non-nucleară din arsenalul armatei Statelor Unite, capabilă să producă un crater de o sută cincizeci de metri în diametru și un suflu care ar fi șters de pe fața pământului o zonă cât nouă cartiere; focul aprins de pe urma exploziei putea să ardă zile în șir.

Când Nelson îi spuse lui Guilder să desfacă legăturile – care nu mai erau prinse de nimic –, Grey se repezi înainte, apucându-l de braț și îngropându-și dinții în gâtul bărbatului. Mușcă adânc: simți traheea lui Nelson plesnindu-i între fălci. Pe când cei doi se prăbușeau pe pat, Grey clătina din cap întocmai ca un lup cu un iepure între dinți; un șuvoi de sânge fierbinte umplu gura lui Grey. Ajunseră pe podea, Nelson cu fața în sus, Grey deasupra lui. O zvâcnire agonizantă a mâinilor și picioarelor lui Nelson, și asta fu tot. Grey își adânci și mai mult colții în carnea moale.

Sorbi.

La fel de ușor fusese și pentru Zero? se gândi Grey. Simțise la fel de multă plăcere? Fu inundat de un val de vitalitate, de o glorioasă imensitate de senzații pure. Sorbind pentru ultima oară din sângele care-i mergea drept la suflet, Grey își ridică fața. Își îngădui un răgaz de câteva secunde ca să se uite la cadavrul de pe podea. Carnea de pe fața lui Nelson arăta de parcă s-ar fi strâns pe os; ochii lui, aceiași ochi ca ai femeii din parcarea de la Acoperișul Roșu, ieșeau din orbitele osoase ca la reptile, holbându-se în inima veșniciei. Grey își scotoci mintea după o emoție care să corespundă acțiunilor lui – vină, poate, sau milă, sau chiar dezgust. Era un ucigaș, un om care omorâse, care furase viața altui om. Însă nu simțea nimic din toate acestea. Făcuse ce fusese nevoit să facă.

Ușa de la cameră era deschisă. Lila, își spuse el, vin să te salvez – totul se întâmplase în vederea acestui lucru.

Păși pragul.

Un apăru în cadrul ușii. Silueta era luminată din spate, adâncită în umbră. Pe măsură ce înainta, razele luminilor de urgență îi jucau pe față. Halatul îi era îmbibat de sânge.

Lawrence?

– Oprește-te!

Bărbatul cu pistol o trăgea pe Lila mai în spate, vârându-i și mai adânc țeava între coaste. Pașii îi erau nesiguri, tremurători. De fapt, tot trupul îi tremura ca o frunză. Părea că avea să se prăbușească din clipă în clipă.

– Păstrează distanța!

Grey își întinse mâinile pline de sânge.

– Lila, eu sunt.

Oroare, repulsie, o amorțire mentală care s-o protejeze de această derulare violent de rapidă a evenimentelor – combinate, acestea o făcură pe Lila să încremenească într-o groază lipsită de concentrare, în care corpul și mintea ei păreau doar niște fenomene asociate. Își dădu seama ca prin ceață ce anume fuseseră țipetele dinăuntru. Dacă halatul lui îi dădea vreun indiciu, Lawrence nu doar că îl omorâse pe bărbatul mărunțel, ci îl sfâșiase în bucăți. Ceea ce nu avea nicio noimă; Lila ar fi trebuit să-și dea seama că asta avea să urmeze. Își aminti episodul cu tancul. Își aminti fața lui Lawrence, o mască a ororii, așa cum vezi de Halloween, atunci când ieșise prin trapă și de geamul Volvoului spărgându-se sub pumnul lui. Lawrence devenise un monstru. Devenise unul dintre acele... chestii. (Bietul Roscoe.) Și totuși, era ceva la ochii lui de la care nu-și putea dezlipi privirea, care-i spuneau că nu are de ce să-i fie frică. Păreau să pătrundă până în adâncul ei, radiind ceea ce părea o lumină aproape sfântă.

– Nu știi ce s-a întâmplat? urlă bărbatul. Trebuie să plecăm de aici.

– Dă-i drumul!

O nouă explozie se auzi de deasupra, făcând toată podeaua să vibreze. Sticla se spărgea; totul în jur se năruia. Țeava pistolului era încă adânc înfiptă între coastele ei, ca un deget rece îndreptat spre inimă. Bărbatul făcu un semn din cap spre colțul camerei.

– Sus pe scări. E un elicopter care așteaptă.

– Lasă arma jos și vin cu tine!

– Fir-ar să fie, n-avem timp pentru asta!

Ceva se întâmplă cu ea. Un fel de revenire la viață, și nu era doar de la armă. Parcă își revenea în simțiri după ce ani întregi zăcuse adormită. Cât de proastă fusese! Episodul cu vopsitul camerei copilului și toate celelalte! Se prefăcuseră că se duc la țară, ca și cum asta ar fi schimbat ceva! Fiindcă David era mort, Eva era moartă, la fel și Brad, căruia ea îi frânsese inima; se convinsese că nu venea sfârșitul lumii, pentru că, pentru ea, deja venise. Și iată că dă peste bărbatul ăsta, peste Lawrence Grey, care apare ca un mântuitor, un înger care s-o călăuzească la loc sigur, ca și cum copilul pe care-l purta în pântece era al lui. Și știu atunci ce trebuie să spună.

– Te rog, Lawrence, fă cum îți spune. Gândește-te la copilul nostru.

Urmă o clipă plină de încordare, încremenită în timp, de-ai fi zis că plutește în afara timpului. Lila putea citi întrebarea de pe chipul lui Lawrence. Putea să ia pistolul înainte ca bărbatul să tragă? Și, dacă putea, atunci ce?

– Arată-ne cum să ieșim de-aici!

Când ajunseră sus, elicele elicopterului se învârteau deja, stârnind un vânt puternic de-a lungul întregului acoperiș. Cerul era luminat de o strălucire ciudată, ca de smarald, de parcă ar fi fost înăuntrul unei sere. Părea că elicopterul avea să plece fără ei, o ultimă ironie a sorții, însă chiar atunci Lila îl văzu pe pilot făcându-le disperat cu mâna din carlingă. Se urcară la bord; Guilder trânti ușa în urma lor.

Și se înălțară în aer.

Kittridge deveni conștient de faptul că era cu fața la pământ. Simțea gust de sânge în gură. Încercă să se ridice în picioare, dar își dădu seama că nu avea decât unul; proteza dispăruse. Înălță privirea și văzu Humvee-ul răsturnat pe o parte, la o sută de metri depărtare, ca o creatură marină eșuată la mal. Parbrizul era spart; de sub capotă și de sub șasiu ieșea fum. Mulțimea se aruncase pe el ca o turmă de animale; unii încercau să-l pună înapoi pe roți, însă efortul era dezorganizat, venind din toate părțile. Alții stăteau deasupra, împingându-și și lovindu-și concurența, apărându-și poziția, de parcă mașina aflată în posesia lor i-ar fi protejat în vreun fel.

Kittridge se târî până la locul unde zăcea Tim. Băiatul respira, dar era inconștient – o adevărată ușurare. Trupul îi era îndoit într-un unghi nefiresc, iar părul îi era îmbibat de sânge. Și mai mult sânge îi curgea din gură și din nas. Kittridge își dădu seama că împușcăturile încetaseră. Soldații treceau în goană pe lângă ei, dar nu aveai unde să fugi. O mulțime de Virali zăceau grămadă dincolo de gard, răpuși de gloanțele soldaților, dar, scanând scena cu privirea, Kittridge înțelese că atacul fusese un test, o forță de avangardă trimisă să strice apărarea soldaților. O a doua ceată, și mai mare, se forma acum. Pe măsură ce se apropia de ei, scena se extinse, curgând ca un lichid verde și strălucitor și înconjurând întreaga tabără. Atacul final avea să vină din toate direcțiile.

Îl ridică pe Tim de umeri și îi lipi pieptul de pieptul lui. Se aflau în mijlocul haosului, oamenii alergau în toate părțile, se auzeau țipete, bombele cădeau; totuși, pe când stăteau ghemuiți la pământ, o bulă de nemișcare tăcută păru să-i înconjoare, protejându-i de distrugere. Kittridge își întoarse fața spre est. Pentru o fracțiune de secundă avu impresia că vede autobuzul lui Danny țâșnind din întuneric, dar era doar o închipuire, o știa prea bine. Erau departe de-acum, dincolo de câmpul lui vizual. *Noroc bun, Danny Chayes!* O tăcere adâncă îi învălui ființa și, odată cu ea, fu încercat de un sentiment din trecut, ca un *déjà-vu*: era acolo și nu era, era aici, dar și acolo, era un băiat la joacă, un bărbat la război, dar și un al treilea, persoana în care se transformase. Imagini îi jucau prin minte: Virala în rochie de mireasă agățată de capota Ferrari-ului; lumina soarelui oglindindu-se în apa unui râu în care pescuise ani la rândul; April, în noaptea când stătuseră împreună la fereastra școlii, privind stelele, și pacea de pe chipul ei atunci când făcuseră dragoste; băiețelul din mașină, cu ochii lui plini de teribilă înțelegere a ceea ce urma să se întâmple, și mâna – mâna băiețelului – întinzându-se cu disperare după el, ca apoi să dispară. Toate acestea și mult mai multe. Își aminti de mama lui cum îi cânta. De răsuflarea ei caldă pe fața lui și de sentimentul de a fi mic, o ființă nouă pe lume. *Lumea nu e căminul meu,* îi cânta mama, cu glasul ei mătăsos, *căci eu sunt doar în trecere. Comorile sunt ascunse undeva, dincolo de cerul albastru. Îngerii mă cheamă prin porțile deschise ale raiului și simt că-n lumea asta nu-mi mai găsesc locul.*

Tim începuse să scoată un sunet înăbușit; ochii i se zbăteau, luptându-se să se deschidă, după care rămaseră nemișcați. Kittridge deveni conștient de absența zgomotelor din jur. Bătălia se sfârșise; avioanele plecaseră. Apoi, în tăcerea aceea, zări, sus de tot, drona lansată de o aeronavă de mare tonaj. Kittridge își înălță fața spre cer. Un transportor C-130 venea dinspre sud. Pe când trecea pe deasupra lor, dădu drumul unui obiect din pântece, picajul lui oprit brusc de deschiderea unei parașute. Avionul își reluă ascensiunea.

Kittridge închise ochii. Așadar, acesta era sfârșitul. Avea să se întâmple instantaneu, o moarte nedureroasă, mai rapidă decât ar fi crezut. Simți prezența trupului său pentru ultima oară: gustul aerului din plămâni, sângele curgându-i prin vene, bătaia ca de tobă a inimii. Bomba cădea spre ei.

– Ești cu mine, îi spuse lui Tim, îmbrățișându-l strâns. Îi repetă iar și iar, astfel încât băiatul să-i audă cuvintele: Ești cu mine, ești cu mine, ești cu mine, ești cu mine.

Suflul exploziei lui BAOM izbi travers elicopterul în care se aflau Grey și Lila: o străfulgerare orbitoare de lumină, urmată de o plesnitură asurzitoare de căldură și sunet. Pe când încăleca creasta valului, elicopterul fu aruncat înainte, cu botul îndreptat în jos la un unghi de patruzeci și cinci de grade, apoi țâșni din nou în sus și începu să se rotească, momentul cinetic întețindu-i-se, ca al unui patinator care se învârte pe gheață. Se răsucea și se tot răsucea, pilotul fiind azvârlit într-o parte, cu gâtul rupt de pe urma impactului puternic cu parbrizul; dar, de-acum, între sunetul de alarmă – un țiuit strident – și forța centrifugă a vitezei lor, nimeni dinăuntrul elicopterului nu mai gândea. Forțele care până atunci îi menținuseră în aer nu mai erau și nimic altceva nu avea să se mai întâmple până când nu atingeau pământul.

Pentru Lawrence Grey, prăbușirea fu ca o smulgere din timp: într-o clipă, era lipit de peretele elicopterului, aflat în spirala morții, în următoarea zăcea printre rămășițele aeronavei. Simțea, dar nu-și amintea momentul exact al impactului; se cuibărise în corpul lui sub forma unui țiuit, de parcă el ar fi fost un clopot care fusese tras. În aer pluteau un miros de combustibil și un val de căldură și se auzea un pârâit electric. Ceva moale și inert zăcea peste el. Era Guilder. Respira încă, dar era inconștient. Elicopterul, sau ce mai rămăsese din el, era răsturnat pe o parte; acolo unde ar fi trebuit să fie acoperișul era acum ușa.

– Lawrence, ajută-mă!

Vocea veni din spatele lui. Se eliberă de trupul lui Guilder și bâjbâi până în spatele elicopterului. Una dintre banchete căzuse, țintuind-o pe Lila la podea, zdrobind-o sub greutatea ei de la talie în jos. Picioarele ei goale, materialul subțire al halatului – toate luceau pline de sânge negru.

– Ajută-mă, spuse ea înăbușit. Ochii îi erau închiși, cu lacrimi pe la colțuri. Te rog, Doamne, ajută-mă. Sângerez, sângerez.

El încercă s-o scoată de acolo, trăgând-o de picioare, însă ea începu să țipe de durere. Nu era altă cale: va trebui să mute bancheta. Apucând-o de cadru, Grey trase. Un scrâșnet, apoi un pocnet, și bancheta fu smulsă din dușumea.

Lila suspină, gemând de durere. Grey știa că nu trebuie s-o miște din loc, dar nu avea de ales. Poziționă bancheta sub ușa deschisă, o ridică pe Lila pe un umăr, puse piciorul pe banchetă și o așeză pe femeie ușor pe acoperiș. Se urcă apoi și el, cățărându-se pe partea cealaltă. Se lăsă în jos pe fuzelaj, dădu un ocol și întinse mâinile după ea, trăgând-o cu grijă pe laterala elicopterului.

– Te rog, Doamne! Te rog, nu mă lăsa s-o pierd! Nu mă lăsa să pierd copilul!

O întinse pe Lila pe pământ, care era plin de resturi din laboratorul distrus – drugi de fier contorsionați, bucăți de ciment, cioburi. Plângea. Era prea târziu, o știa prea bine; bebelușul nu mai era. Cheaguri de sânge negru curgeau dintre picioarele Lilei, un șuvoi imposibil de oprit. Din clipă în clipă, ea avea să-și urmeze copilul nenăscut în întuneric. O rugăciune din copilărie își croi drum spre buzele lui Grey, iar el începu să murmure iar și iar: „Sfântă Mărie, Maica lui Dumnezeu, roagă-te pentru noi, păcătoșii, acum și în ceasul morții noastre, amin. Sfântă Mărie, Maica lui Dumnezeu, roagă-te pentru noi, păcătoșii, acum și în ceasul morții noastre, amin..."

Salvează-o, Grey!

Știi ce ai de făcut.

Așa era, știa. Răspunsul fusese înăuntrul lui în tot acest timp. Dinainte de Acoperișul Roșu și Ignacio, dinainte de Home Depot și de Proiectul NOE, dinainte cu mult.

Îi vezi, Grey?

Își ridică fața ca să-i privească. Viralii. Erau pretutindeni în jur, ieșind din întuneric și dintre flăcări: carne din carnea lui, decăzuți și însetați de sânge, încercuindu-l ca o hoardă diavolească. El îngenunche dinaintea lor, lacrimile șiroindu-i pe chip. Nu simțea frică, ci doar o mare uimire.

Sunt ai tăi, Grey. Sunt cei pe care ți i-am dăruit ție.

– Da, sunt ai mei.

Salveaz-o! Fă-o!

Avea nevoie de ceva ascuțit. Bâjbâi cu mâna în jurul lui și dădu de o bucată de metal, un fragment dintr-o lume acum făcută fărâme. Era lungă de douăzeci de centimetri, cu margini zimțate ca un fierăstrău. O poziționă deasupra încheieturii, închise ochii și făcu o tăietură adâncă în carne. Sângele țâșni afară, un șuvoi lat și negru, care-i umplu căușul palmei. Sângele lui Grey, Cel care Dezlănțuie Noaptea, Familiarul celui Numit Zero. Lila gemea, era pe moarte. Orice răsuflare de-a ei putea fi ultima. O clipă de șovăire – o ultimă scânteie de umanitate dinăuntrul lui – și Grey își ridică încheietura deasupra buzelor ei, cu grijă, ca o mamă care își pune sânul în gura propriului nou-născut.

– Bea, îi spuse el.

Grey nici nu îl observase: o bucată de ciment, un pietroi de cincisprezece kilograme, pe care Guilder, cu toată forța pe care fusese în stare să și-o adune, îl ridicase deasupra capului lui Grey și îi dădu drumul.

22

Intrară în Chicago tocmai când soarele apunea, umplând cerul de o lumină aurie. Mai întâi, suburbiile, pustii și cufundate în nemișcare; apoi, ridicându-se dinaintea lor ca o promisiune, conturul orașului. Singurii supraviețuitori, viețile lor aduse laolaltă de însăși misterioasa legătură a supraviețuirii lor: călătoreau în tăcere, niște visători într-un tărâm uitat, înaintarea lor marcată doar de huruitul motorului autobuzului, de șuieratul hipnotic al asfaltului sub roțile lui.

Pe măsură ce orașul devenea din ce în ce mai vizibil, pastorul Don se aplecă în scaunul lui, cel din spatele lui Danny. Elicopterele zburau deasupra orașului, bâzâind printre zgârie-nori ca niște albine în jurul cuibului; și mai sus pe cer, dârele lăsate de avioane se împleteau cu albastrul infinit. Părea o zonă sigură, dar nu pentru mult timp. În inimile lor, știau că așa ceva nu există.

– Hai să oprim un minut!

Danny trase autobuzul pe marginea drumului. Pastorul Don se ridică și se adresă grupului. Decizia le aparținea. Să oprească sau să meargă mai departe? Aveau autobuzul, apă, mâncare și combustibil. Nimeni nu știa ce-i aștepta în față. Dați-vă un minut de gândire, le spusese pastorul Don.

Un murmur aprobator, apoi o ridicare a mâinilor. Verdictul era unanim.

– În regulă, Danny.

Ocoliră orașul prin sud și continuară să meargă spre est, pe un drum lăturalnic. Noaptea se lăsă peste ei ca o cupolă. În zori, erau undeva prin Ohio. Un peisaj completamente anonim; s-ar fi putut afla oriunde. Curgerea timpului încetinise de-a binelea. Câmpuri, copaci, case, căsuțe poștale treceau pe lângă toate, dar orizontul rămânea de neatins, pierdut în depărtare. În orașele mici, viața părea să meargă înainte; oamenii habar n-aveau unde să se ducă, ce să facă. Autostrăzile erau blocate, spuneau ei. La un minimarket, unde opriseră ca să-și facă provizii, casierița, privind autobuzul pe fereastră, îi întrebase dacă poate veni și ea. Pe peretele din spatele ei, ecranul televizorului arăta un oraș în flăcări. Vorbise pe o voce șoptită, ca să nu fie auzită. Nu-i întrebase încotro se îndreptau, voia doar să plece. Un telefon scurt și, câteva minute mai târziu, soțul și cei doi fii adolescenți așteptau în fața autobuzului, cu valizele în mână.

Li se mai alăturară și alții. Un bărbat în salopetă care mergea pe autostradă, cu pușca pe umăr. Un cuplu de bătrânei, îmbrăcați ca de biserică, mașina lor zăcând stricată la marginea drumului, cu capota deschisă și cu fum ieșind din radiatorul spart. Doi bicicliști francezi care traversau țara când a izbucnit criza. Familii întregi înghesuite la bord. Mulți erau copleșiți și începuseră să plângă de fericire pe când își ocupau locurile. Întocmai ca într-un banc de pești, erau absorbiți de restul. Lăsară în urmă orașe unul după altul: Columbus, Akron, Youngstown, Pittsburgh. Până și numele căpătaseră un aer istoric, la fel ca orașele vreunui imperiu pierdut. Gaza. Cartagina. Pompeii. Deprinseră obiceiuri noi, ca și cum ei înșiși erau un oraș ambulant. Unele întrebări se puneau, altele se evitau. Ai auzit de Salt Lake, din Tulsa, St. Louis? Știu ce s-a întâmplat, au aflat răspunsul? Numai în mișcare erau în siguranță; fiecare oprire se simțea încărcată de pericol. O vreme, cântară. *The Ants Go Marching*, *On Top of Spaghetti*, *One Hundred Bottles of Beer on the Wall*.

Peisajul se înălța și cobora, cuprinzându-i într-o îmbrățișare verde: Pennsylvania, Munții fără Sfârșit. Din când în când se mai vedeau urme de civilizație, rămășițele unei ere de mult apuse. Orașele miniere, cătune uitate de lume, cu o singură fabrică, și aceea închisă de mult, coșuri de fum din cărămidă roșie străpungând îndrăznețe cerul albastru de vară. Aerul mirosea puternic a pin. De-acum, numărul lor crescuse la șaptezeci de suflete, trupuri înghesuite unul într-altul de-a lungul culoarului, copii ținuți în poală, fețe lipite de geamuri. Combustibilul era o grijă permanentă, și totuși reușiseră de fiecare dată să găsească exact la timp trecerea lor protejată parcă de o mână nevăzută.

În după-amiaza celei de-a treia zile, se aflau în apropierea Philadelphiei. Traversaseră jumătate de continent; înaintea lor se întindea Coasta de Est, cu baricada ei de orașe, un zid al umanității, mărginit de ocean. Fură cuprinși de sentimentul unui sfârșit. Nu mai aveau unde să se ducă. Se îndreptară spre orașul de pe malul râului Schuylkill, oglinda lui la fel de neagră și de impenetrabilă precum granitul. Celelalte orașe păreau că se ascund: casele erau baricadate, drumurile golite de mașini. La un moment dat, râul se lățea; copaci mari, printre care strălucea soarele, se întindeau ca o draperie de-a lungul drumului. Pe un semn scria: PUNCT DE CONTROL 3 KM. O scurtă consfătuire și toți fură de acord: trebuiau să meargă până la capăt. Într-acolo îi îndreptase soarta.

Soldații le oferiră indicații. Mai erau două ore până când traficul avea să fie oprit, numai că străzile erau deja tăcute, aproape pustii, în afară de vehiculele Armatei și de câteva mașini de poliție. Șosele înguste, scăldate în lumina soarelui, ruinele unor blocuri din piatră roșiatică, cu ale lor colțuri infame, unde se strângeau cândva grupuri de tineri; apoi, parcul apăru în vedere, o oază de verde chiar în inima orașului.

Urmară semnele până la baricade, soldați mascați făcându-le semn să treacă. Parcul era ticsit de oameni, parcă adunați pentru vreun concert. Corturi, rulote, siluete ghemuite pe pământ, lângă valizele lor, parcă aduse acolo de un val. Când mulțimea se îndesi, fură nevoiți să lase autobuzul pe marginea drumului și să continue la picior. Un gest sfâșietor: abandonarea lui semăna cu o trădare, întocmai ca eutanasierea unui câine drag pentru simplu fapt că nu mai putea merge. Înaintau toți ca unul, nefiind încă pregătiți să rupă rândurile, să se piardă în colectivul lipsit de chip. O coadă lungă se formase; aerul era dens ca laptele. Deasupra lor, nevăzute, armate de insecte bâzâiau printre copacii întunecați.

– Nu pot face asta, spuse pastorul Don. Se oprise pe cărare, cu o expresie îngrozită pe chip.

Și Wood se oprise. La douăzeci de metri mai în față se aflau mai multe porți, abia luminate de reflectoarele de pe stâlpi; oamenii erau verificați corporal și li se cerea numele.

– Știu ce vrei să spui.

– Adică, Dumnezeule, exact de acest lucru am vrut să scăpăm!

Mulțimea înainta repede pe lângă ei. Cei doi francezi trecură prin dreptul lor fără să le arunce măcar o privire, cu puținele lucruri pe care le aveau ținute subraț. Toți simțeau același lucru: că pierdeau ceva. Se dădură la o parte.

– Crezi că putem găsi combustibil? întrebă Jamal.

– Știu doar că nu mă duc pe-acolo, răspunse pastorul Don.

Se întoarseră la autobuz. Un bărbat încercase deja să-l pornească forțat. Era slab, cu fața înnegrită de funingine și cu ochii rotindu-i-se în cap, de parcă ar fi pus ceva la cale. Wood îl prinse de ceafă și îl împinse în jos pe scări. Pleacă naibii de-aici! îi spuse el.

Se urcară. Danny întoarse cheia în contact; motorul de sub ei hurui. Merseră încet cu spatele, mulțimea dându-se din calea lor așa cum se dau valurile din calea unui vas. Aerul consuma ultimul strop de lumină. Întoarseră pe iarbă într-un cerc larg și porniră.

– Încotro? întrebă Danny.

Nimeni nu avea un răspuns.

– Nu cred că asta contează, spuse pastorul Don.

Și chiar nu conta. Își petrecură noaptea în parcul Valley Forge, dormind pe pământ, de jur împrejurul autobuzului, apoi o luară spre sud, stând departe de autostrăzi. Maryland, Virginia, Carolina de Nord: își văzură mai departe de drum. Călătoria căpătase un înțeles al ei, care nu avea legătură cu destinația. Scopul era să meargă, să nu se oprească din mers. Erau împreună, asta era tot ce conta. Autobuzul se hurducăia sub ei, pe cauciucurile lui obosite. Orașele cădeau unul după altul, luminile lor stingându-se. Lumea se destrăma, luându-și poveștile cu ea. În curând, avea să dispară cu totul.

Numele ei era April Donadio. Copilul care deja prinsese rădăcini înăuntrul ei avea să fie băiat, Bernard. April avea să-i pună Donadio ca nume de familie, așa încât să poarte cu el câte puțin din amândoi; de-a lungul anilor, avea să-i vorbească des despre tatăl lui, despre ce fel de bărbat fusese – curajos, bun la inimă, dar și puțin trist, dar și cum, deși petrecuseră puțin timp împreună, împărțise cu ea cel mai prețios dar dintre toate: puterea de a merge mai departe. Asta înseamnă dragoste, îi spunea ea băiatului, asta oferă dragostea. Sper că, într-o bună zi, să iubești și tu pe cineva așa cum l-am iubit eu pe tatăl tău.

Dar asta avea să se întâmple mai târziu. Autobuzul cu supraviețuitori, doisprezece la număr, ar fi putut să meargă așa la nesfârșit. Și, într-un fel, asta au și făcut. Câmpiile verzi ale verii, orășelele abandonate și încremenite în timp, pădurile pline de umbre, autobuzul înaintând neabătut. Erau ca o vedenie, alunecaseră în veșnicie, într-un loc aflat în afara timpului. Acolo, și totuși nu, o prezență nevăzută, dar simțită, întocmai ca stelele pe timpul zilei.

Partea a III-a

CÂMPUL

Complexul Agricol din Nord
Zona Portocalie, dincolo de ziduri
Kerrville, Texas
iulie 79 a.v.

„Că toți ce-și varsă sângele cu mine sunt frații mei [...]“
WILLIAM SHAKESPEARE, *Henric V*[1]

---

[1] În traducerea lui Ion Vinea.

*** ATENȚIE ***

INTRAȚI ÎN ZONA PORTOCALIE!

STAȚI CU OCHII PE CEAS!
AFLAȚI LOCAȚIA CELEI MAI APROPIATE CUTII!

NU INTRAȚI ÎN ZONELE NECURĂȚATE!

DACĂ RATAȚI ULTIMUL AUTOBUZ,
NU VĂ AȘTEPTAȚI SĂ FIȚI SALVAȚI!
ADĂPOSTIȚI-VĂ!

RESPECTAȚI ORDINELE
AUTORITĂȚILOR LOCALE!

CEI CARE REFUZĂ SUNT PASIBILI DE AMENDĂ
ȘI/SAU ÎNCHISOARE
CONFORM ART. 694, SECȚIUNEA 12
DIN LEGEA MARȚIALĂ MODIFICATĂ
A CODULUI REPUBLICII TEXAS

DACĂ AVEȚI ÎNDOIELI, FUGIȚI!

23

Dee Vorhees fusese cea care voise să aducă și copiii.

Deși nu era singura. Toate femeile, așa cum soțul ei, Curtis, avea să afle cât de curând, erau părtașe la asta. Sally, vara lui Dee, Mace Francis, Shar Withers, Cece Cauley, Ali Dodd, ba chiar și Matty Wright – cea care pălăvrăgea și se agita întruna –, toate le spuseseră soților lor același lucru. O adevărată ambuscadă, femeile flancându-și bărbații de la stânga la dreapta, cu o insistență tipică unei soții care nu putea fi refuzată: *Doar câteva ore la soare*, spuseseră ele, în timp ce stăteau în pat, spălau vasele sau pregăteau copiii pentru școală. *Ce-i așa rău? Hai să aducem și copiii de data asta*.

Nu era ca și cum nu le mai dusese pe fete dincolo de ziduri, îi aminti Dee, pe când cei doi se bucurau de un moment de liniște în bucătărie, după ce le duseseră pe fete la culcare. Ca, de exemplu, atunci – cât trecuse? – când se duseseră la Green Field de ziua Nitiei. Siri era încă mică, iar Nitia încă își lua păturica aia murdară peste tot după ea. Acele ceasuri tihnite de la poalele deversorului și fluturii – își amintea? Cum păreau să plutească de-a lungul unui râu aerian, cu aripile lor strălucitoare, când în jos, când în sus, și cum unul dintre ei, uimindu-i pe toți, se așezase pe nasul Nitiei. Dee spusese: Cum să nu-l simți pe Dumnezeu într-un asemenea lucru? Sentimentul acela dulce, de libertate, fetele râzând întruna, orele în care sunau sirenele de avertizare într-un viitor îndepărtat, cerul atât de albastru și de senin, de parcă însuși raiul se întindea deasupra lor, iar ei patru stând împreună, dincolo de ziduri. Zona Verde, cum i se spunea, și nu putea nega asta, dar tot *vedeai* împrejmuirea de-acolo, turnurile de pază, santinelele, gardurile, cu spiralele lor de sârmă ghimpată. Și, oricum, cine hotăra lucrurile astea? Cine hotăra unde se sfârșea o zonă și unde începea o alta? Cu ce era diferit un drum până la Complexul Agricol din Nord, de exemplu, cu ce era mai periculos? Cruk era acolo, la fel și Tifty (numele îi veniseră în minte înainte să se stăpânească, dar ce puteai face?); aveai cutiile dacă era să se întâmple ceva, dar ce s-ar fi întâmplat? În toiul unei zile de vară? Nu se prinsese nimic în capcane de luni bune, nu era nici măcar un moleșit prin jur. Despre asta vorbea toată lumea. Câteva ore la soare, departe de cenușiul și mizeria orașului. Un picnic de vară la câmp. Nu cerea nimic mai mult.

Avea să facă atâta lucru? De dragul fetelor? Dar putea foarte bine s-o spună direct. Avea s-o facă pentru ea, soția care-l iubea atât?

Și astfel, două zile mai târziu, într-o dimineață sufocantă de iulie, temperatura fiind deja în creștere, apropiindu-se de-acum de 37°C, Curtis Vorhees, în vârstă de treizeci și doi de ani, maistru la Complexul Agricol de Nord, cu pistolul tatălui său, calibru .38, la cingătoare și cu trei cartușe înăuntru (tatăl său le trăsese pe celelalte trei), se trezi într-un autobuz plin de familii, și nu doar familii: și copiii. Nitia, Siri și vărul lor, Carson, care doar ce împlinise doisprezece ani, dar ale cărui picioare tot nu-i ajungeau la podea; gemenii Bab și Dunk Withers, fetele Francis, Rena și Jules, care stăteau în spate, ca să nu le dea atenție băieților; micuța Jenny Apgar, care stătea în poala fratelui ei mai mare, Gunnar; Dean și Amelia Wright, care se prefăceau plictisiți și fără chef; Merry Dodd și frățiorul ei, Satch, și micul Louis Cauley, încă în coșuleț; Reese Cuomo, Dash Martinez și Cindy-Sue Bodine. Șaptesprezece în total, o masă compactă de căldură și zgomot de copii, la fel de deranjantă pentru simțurile lui Vorhees ca bâzâitul unui roi de albine. Era ceva obișnuit ca soțiile să-și însoțească soții la plantat și, firește, în timpul recoltatului, când oricine era bine-venit să dea o mână de ajutor; dar asta era ceva nou. Chiar pe când autobuzul ieșea pe poartă, vechiul lui motor diesel huruind și bolborosind, cu șasiul lui obosit zdruncinându-se sub ei, Curtis Vorhees o simți. O slujbă care era plictisitoare și obositoare devenise brusc un eveniment; ziua căpătase spiritul promițător al unei tradiții ce se năștea. De ce nu se gândiseră la asta dinainte, că ziua ar fi mai specială dacă aduceau și copiii?

Trecură de baraj, de depozitul de combustibil și de linia de demarcație, cu santinelele ei care le făcură semn să meargă înainte, și ajunseră în valea luminată de soarele auriu de iulie. Femeile, așezate în spate, lângă coșuri și provizii, bârfeau și râdeau între ele; copiii, după o încercare zadarnică a uneia dintre mămici – firește că trebuia să fie Ali Dodd – de a-i organiza într-un cor însuflețit care să cânte imnul Texasului, singurul cântec pe care îl știa toată lumea (*Texas, Texasul nostru! Mare e statul nostru! Texasul, Texasul nostru! Atât de minunat, atât de măreț!*), erau aranjați pe mai multe categorii, fetele mai mari șușotind și hlizindu-se, făcându-se că-i ignoră pe băieți, în vreme ce băieții se prefăceau că nu le pasă, cei mici sărind pe banchete și fugind de-a lungul culoarului, ca să-și lanseze următorul atac; bărbații din față stăteau în tăcerea lor obișnuită și prevăzătoare, comunicând între ei doar ocazional printr-un schimb de priviri îngrijorate ori prin ridicarea unei sprâncene: *În ce ne-am băgat?* păreau să spună. Erau toți lucrători pe câmp, cu mâinile bătătorite de muncă; cu părul tuns scurt, cu pământ sub unghii, fără barbă. Vorhees își scoase ceasul din buzunar și se uită la oră: 7:05. Unsprezece ore până la alarmă, douăsprezece până la ultima cursă, treisprezece până la lăsarea întunericului. *Stați cu ochii pe ceas. Aflați locația celei mai apropiate cutii. Dacă aveți îndoieli, fugiți!* Cuvintele acestea i se imprimaseră în minte la fel ca acel cântec de leagăn din copilărie ori ca rugăciunile uneia dintre surori. Vorhees se întoarse în scaun ca să-i surprindă privirea lui Dee. Femeia o legăna pe Siri în poală, fetița stând cu năsucul presat de geam, uitându-se la peisajul care-i trecea pe dinaintea ochilor. Dee îi oferi un zâmbet obosit, care-i spunea: *Mulțumesc*. Siri începu să sară, îndoindu-și genunchii de plăcere. Fetița arăta pe geam cu degetul ei grăsun, gângurind de încântare. *Îți mulțumesc pentru asta*.

Și atunci, înainte să-și dea seama măcar, ajunseră. Prin parbrizul autobuzului lor câmpurile Complexului Agricol din Nord le apărură deodată înaintea ochilor; pătratele de culoare se întindeau ca peticele unei pături pestrițe: porumb și grâu, bumbac și fasole, orez, orz și ovăz. Cincisprezece mii de acri ținuți laolaltă de o rețea de drumuri prăfuite, mărginiți de o perdea forestieră de protecție, alcătuită din plopi și stejari; turnurile de veghe și stațiile de pompare, cu bazinele lor de colectare a apei și cu cuiburile de țevi, dispuse la intervale egale, refugiile, marcate de bannere portocalii, agățate deasupra și atârnând molatic în aerul lipsit de vânt. Vorhees știa foarte bine unde sunt localizate, dar, când porumbul era înalt, nu puteai să le găsești întotdeauna repede fără steaguri.

Se ridică și se duse în față, unde fratele lui Dee, Nathan – toată lumea îi spunea Cruk –, stătea pe locul din spatele șoferului. O fi fost Vorhees maistrul, dar Cruk, în calitate de ofițer superior în Apărarea Națională, era de fapt la conducere.

– Se pare că se anunță o zi bună, spuse Vorhees.

Cruk ridică din umeri, fără să răspundă. Întocmai ca lucrătorii, se îmbrăcase cu ce avusese: blugi peticiți și o cămașă kaki, roasă la guler și la mâneci. Pe deasupra purta o vestă de plastic, portocaliu aprins, pe spatele căreia scria MINISTERUL TRANSPORTURILOR DIN TEXAS. La piept ținea pușca lui cu țeava lungă, calibru .30-06 cu lunetă; la coapsă avea prins un pistol recondiționat, calibru .45. Pușca era de fabricație standard, însă pistolul era ceva special, vechi, din dotarea armatei sau poate a poliției, cu un finisaj negru lucios și toc din lemn lustruit. Îi pusese chiar și un nume: Abigail. Trebuia să ai relații ca să faci rost de o armă ca asta, iar Vorhees nu trebuia să se gândească prea mult ca să-și dea seama despre cine fusese vorba; aproape toți știau că Tifty făcea trafic. Vorhees, cu pistolul lui calibru .38 în care erau doar trei gloanțe amărâte, se simțea modest prin comparație, dar nu ar fi putut nici în ruptul capului să-și permită o asemenea armă.

– Se vede de la o poștă c-a fost ideea lui Dee, răspunse Cruk.

– Deci, nu crezi că e bună?

Cumnatul lui izbucni într-un râset înăbușit. În asemenea momente semăna Cruk cel mai bine cu sora lui, deși, era adevărat, era mai degrabă o impresie decât o asemănare fizică, ceva ce numai Vorhees ar fi observat. De fapt, majoritatea oamenilor remarcau cât de diferiți erau cei doi.

– Nu contează ce cred eu. Știi asta la fel de bine ca mine. Când Dee își pune în minte să facă ceva, ai putea foarte bine să-ți strângi taraba și să închei ziua.

Autobuzul se hurducăi de le zgâlțâi toate oasele; Vorhees se căzni să-și păstreze echilibrul. În spatele lor, copiii chiuiră de bucurie.

– Hei, Dari, spuse Cruk, crezi că poți s-o lași mai moale cu astea?

Bătrâna de la volan protestă în barbă; să-i spui lui Dari cum să-și conducă autobuzul era comparabil cu o declarație de război. Toți șoferii de cursă erau femei în vârstă, de obicei văduve; nu era o regulă scrisă – doar că așa funcționau lucrurile. Cu o față osificată într-o expresie de încruntare permanentă, Dari era cunoscută pentru felul ei arțăgos de a fi și la fel de lipsită de logică precum orice femeie care a existat vreodată pe lumea asta. Ținea evidența timpului după ceasul atârnat la gât și te-ar fi lăsat într-un nor de praf dacă întârziai fie și un minut pentru ultima cursă. Nu doar un lucrător își petrecuse noaptea în cutie, speriat de moarte, numărând minutele până la ivirea zorilor.

– Un autobuz plin de copii, pentru numele lui Dumnezeu! Nu-mi aud nici gândurile cu zarva asta! spuse Dari și îi săgetă cu privirea prin oglinda ciupită de deasupra. Pe toți sfinții, mai tăceți din gură! Duncan Withers, dă-te jos de pe banchetă în secunda asta! Și să nu-ți închipui că nu te văd, Jules Francis! Așa-i, o avertiză ea cu o privire de gheață, cu tine vorbesc, domnișoară! Poți să-ți ștergi rânjetul de pe față chiar acum.

Toată lumea amuți pe dată, inclusiv soțiile. Dar când Dari își întoarse privirea la drum, Vorhees își dădu seama că furia ei nu era adevărată; femeia abia își putea stăpâni râsul.

Cruk îl bătu cu mâna lui mare pe umăr.

– Relaxează-te, Vor! Lasă-i să se bucure de ziua asta.

– Am spus eu că sunt îngrijorat?

Expresia de pe chipul lui Cruk deveni serioasă.

– Uite, știu că ai fi vrut să nu fi venit și Tifty, da? Am înțeles. Dar e cel mai bun pe care-l am. Crezi ce vrei, dar tipul poate să nimerească un umeraș de la trei sute de metri depărtare.

Vorhees nu știa să se fi gândit la Tifty până atunci. Dar, acum că adusese Cruk vorba de el, se gândea dacă nu cumva o făcuse deja.

– Deci, tu crezi că avem nevoie de el.

Cruk ridică din umeri.

– Într-o zi de vară ca asta n-o să avem probleme. Dar sunt prevăzător, atâta tot. Sunt și fetele mele, știi? Alungă dispoziția proastă cu un zâmbet: Atâta vreme cât Dee nu-și face un obicei din asta. A trebuit să trag cam cincizeci de sfori ca să organizăm mica noastră petrecere și poți să-i spui c-am zis asta.

Autobuzul intră în zona de transfer. Ultimii măturători tocmai ieșeau din lanul de porumb, îmbrăcați în costumele lor umflate și purtând mănușile greoaie și căștile cu gratii care le acopereau fața. Fiecare avea la el mai multe feluri de arme: puști, carabine, pistoale, ba chiar și câteva macete. Cruk le spuse copiilor să rămână pe loc; numai după ce le va fi dat semnalul de liberă trecere puteau coborî din autobuz. Pe când adulții începuseră să descarce proviziile, Tifty se dădu jos de pe platforma montată pe acoperișul autobuzului și îl întâlni pe Cruk în spate, ca să se sfătuiască cu ofițerul AN, șeful echipei de măturători, un bărbat pe nume Dillon. Restul echipei lui Dillon, opt bărbați și patru femei, plecaseră să aducă apă din jgheabul de lângă stația de pompare.

Cruk se întoarse în locul unde îl aștepta Vorhees împreună cu ceilalți. Soarele deja începuse să ardă; umiditatea dimineții se disipase.

– Curat ca-n palmă – și la fel și perdeaua forestieră. Îi făcu lui Vorhees cu ochiul: Asta o s-o coste în plus pe Dee.

Înainte s-apuce Cruk să-și termine de făcut anunțul, copiii țâșniră de pe banchetele lor și ieșiră valvârtej din autobuz, făcând loc măturătorilor care se întorceau în oraș. Urmărindu-i pe copii cum se împrăștiau pe câmp, cu chipurile aprinse de entuziasm, Vorhees rămase fascinat pentru o clipă, mintea fiindu-i luată cu asalt de valul amintirilor. Pentru mulți dintre ei, în special pentru cei mai mici, excursia de astăzi era prima ieșire dincolo de ziduri; știuse acest lucru de la bun început. Și totuși, era cu totul altceva să fie martor la această clipă. Oare simțeau diferit aerul din plămâni, soarele de pe față, pământul de sub picioare? Și pentru el fuseseră diferite acum mulți ani, în prima lui cursă? Firește că așa era: o excursie dincolo de ziduri însemna descoperirea unei lumi de infinite dimensiuni – o lume despre care știai că există, dar din care nu credeai că făceai parte. Își aminti senzația: un fel de bucurie imponderabilă, dar și înspăimântătoare, ca un vis în care putea să zboare, dar nu putea să aterizeze.

În dreptul turnului de pază, Fort și Chess băteau niște stâlpi în pământ ca să ridice un parasolar; femeile aranjau mesele și scaunele, și coșurile cu mâncare. Ali Dodd, cu fața umbrită de borurile late ale unei pălării de paie, încerca deja să-i organizeze pe câțiva dintre copii într-un joc de societate. Întocmai cum prevăzuse Dee, când îi pomenise să-i ia și pe copii cu ei.

– E ceva, nu?

Vărul lui Vorhees, Ty, stătea lângă el, ținând un coș la piept. Având peste 1,80m, cu o față abătută și îngustă, Vorhees îl asemuise dintotdeauna cu un câine bătut de soartă. În spatele lor, Dari claxonă de trei ori; cu o răbufnire de fum uleios, autobuzul se puse în mișcare.

– Ți-am povestit prima mea cursă?

– Nu cred.

– Îți zic eu, începu Tom, clătinându-și capul într-un fel care-i spunea lui Vorhees că bărbatul nu avea de gând să elaboreze, asta da poveste!

După ce totul fu descărcat, Cruk îi chemă pe copii sub umbrar, ca să le aducă aminte regulile, pe care le cunoștea deja toată lumea.

– Primul și primul lucru, începu Cruk, toată lumea trebuia să aibă câte un partener. Partenerul poate fi oricine, un frate, o soră, dar trebuie să aveți pe cineva și să rămâneți împreună tot timpul. Asta e cel mai important.

Terenul din jurul turnului de pază era sigur, în limitele lui puteau merge oriunde, dar nu trebuiau să se aventureze în lanurile de porumb sub nicio formă; la fel și la rândul de copaci de la capătul sudic.

– Acum, vedeți steagurile alea? îi întrebă Cruk, arătând dincolo de câmp. Cele portocalii, care atârnă așa? Cine știe să-mi spună ce reprezintă?

Mai mult de zece mânuțe se ridicară în aer; Cruk își plimbă privirea prin grup, oprindu-se la Dash Martinez. Șapte ani, numai oase, cu o claie de păr negru; când îl văzu pe Cruk cu atenția îndreptată asupra lui, încremeni. Stătea între Merry Dodd și Reese Cuomo, care-și acoperiseră gura cu mâna, în încercarea de a-și înăbuși râsul. Cutiile? îndrăzni băiatul. Exact, răspunse Cruk, dând din cap. Acelea sunt cutiile. Acum spuneți-mi, continuă el, adresându-se tuturor, ce faceți dacă pornesc sirenele?

– *Fugim!* spuse unul dintre ei, apoi încă unul și încă unul. *Fugim!*

– Fugiți unde? întrebă Cruk.

De data asta, un cor de voci răspunseră:

– *Fugim la cutii!*

El se relaxă și zâmbi.

– Bun! Acum duceți-vă și simțiți-vă bine!

O luară la goană cu toții, în afară de câțiva adolescenți, care mai zăboviră un moment sub umbrar, așa încât să se separe de copiii mai mici. Dar până și ei, își spuse Vorhees, aveau în cele din urmă să-și croiască drum sub soare. Cărțile de joc fură scoase afară, la fel și andrelele pentru croșetat; în scurtă vreme, femeile își găsiră toate câte o ocupație, supraveghindu-i pe copii de la umbră și făcându-și vânt din pricina căldurii. Vorhees îi chemă pe bărbați ca să le împartă tabletele de sare; chiar și dacă beau constant, un bărbat care muncea pe arșiță putea să se deshidrateze periculos de mult. Își umplură sticlele la pompă. Lor nu era nevoie să li se explice ce aveau de făcut; strângerea polenului era o treabă istovitoare, dar ușoară, pe care o făcuseră de multe ori înainte. La fiecare un al patrulea rând era plantat unul dintr-o tulpină secundară. Acestui rând aveau să-i fie recoltate florile, pentru a împiedica autopolenizarea; când venea timpul culesului, urma să producă o nouă tulpină, hibrid, mult mai puternică, folosită pentru semințe în anul următor. Când tatăl lui Vorhees îi explicase prima oară procesul, cu ani în urmă, i se păruse uimitor, ba chiar ușor erotic. La urma urmelor, ceea ce făceau ei era parte din procesul de reproducere, chiar dacă era vorba doar de porumb. Însă disconfortul fizic al acestei operațiuni – orele petrecute în bătaia soarelui nemilos, ploaia nesfârșită de polen de pe față și de pe mâini, insectele care îi bâzâiau în jurul capului, căutând ocazia perfectă de a-i intra în urechi, în nas și în gură – îl făcuseră să abandoneze degrabă ideea. În prima lui săptămână pe câmp, unul dintre bărbați făcuse insolație. Vorhees nu-și aducea aminte cine era sau ce se întâmplase cu el; îl urcaseră în următoarea cursă și se întorseseră la lucru. Era foarte posibil ca omul să fi și murit.

Mănuși din pânză groasă, pălării cu boruri largi, cămăși cu mânecă lungă, încheiate până la manșete; chiar înainte de începerea lucrului, transpiraseră deja din abundență. Vorhees își aruncă privirea spre vârful turnului de pază, unde Tifty își ocupase poziția, scanând șirul de copaci cu luneta lui. Cruk avea dreptate; Tifty era omul potrivit pentru treaba asta. Dincolo de orice s-ar fi putut spune despre Tifty Lamont, priceperea lui de țintaș era de netăgăduit. Și totuși, numai să audă rostit numele bărbatului, deși se scurseseră atâția ani, stârnea în Vorhees un val nou de mânie. Trecerea timpului nu făcuse decât să amplifice sentimentul; fiecare an însemna unul mai puțin în viața pe care Boz nu mai apucase s-o trăiască. De ce Tifty să aibă șansa de a ajunge un om în toată firea, iar Boz nu? În clipele de luciditate, Vorhees își dădea seama că emoțiile lui erau iraționale; poate că Tifty fusese instigatorul în acea noapte fatidică, însă oricare dintre ei ar fi putut să spună nu, iar Boz ar mai fi fost încă în viață. Însă, indiferent de ce spuneau Dee, Cruk sau chiar Tifty însuși – care chiar în aceste momente, pe când scana șirul de copaci cu luneta puștii, întruchipa o promisiune mută de a-i proteja pe copiii lui Vorhees –, nimic nu-i putea zdruncina credința lui Vorhees că Tifty era singurul vinovat. În cele din urmă, fusese nevoit să-și accepte sentimentele drept o înfrângere a propriului caracter și să le păstreze pentru sine.

Împărți lucrătorii în trei echipe, fiecare echipă fiind responsabilă de patru rânduri. Apoi se întoarseră la adăpost ca să-și ia la revedere. Un joc ce *lovește mingea* era în plină desfășurare pe câmp; din capătul opus turnului de pază răzbătea dangătul potcoavelor aruncate pe țăruși[1]. Dee se odihnea la umbră împreună cu Sally și Lucy Martinez, jucând o partidă de bridge. Jocurile lor de cărți erau faimoase, durând uneori și zile întregi.

– Suntem gata de plecare.

Ea își lăsă jos cărțile și își ridică fața spre el.

– Vino aici!

El își scoase pălăria și se aplecă să-și primească sărutarea.

– Dumnezeule, deja miroși! râse ea, strâmbând din nas. Mi-e teamă că e ultima pe ziua de azi. Mai e nevoie să-ți spun să ai grijă?

Aceleași vorbe și le spuneau de fiecare dată.

– Dacă vrei tu.

– Da. Să ai grijă.

Nit și Siri intrară în cort. Prin păr și prin țesătura salopetei avea prinse fire de iarbă. Arătau ca niște cățeluși care se rostogoliseră prin pământ.

– Fetelor, dați-i tatălui vostru o îmbrățișare.

Vorhees îngenunche și le cuprinse în brațe, două ghemotoace calde.

– Să fiți cuminți pentru mami, bine? Mă întorc la prânz.

– Suntem partenere, anunță Siri.

El îi luă iarba din părul umed de transpirație. Câteodată, la vederea lor, îl năpădea așa un val de dragoste, încât îi dădeau lacrimile.

– Normal că sunteți. Să țineți minte ce v-a spus unchiul Cruk. Să nu mergeți departe, să vă poată vedea mami.

---

[1] În original: *horseshoes pit* – joc care constă în aruncarea potcoavelor așa încât să nimerească țărușul aflat la o oarecare depărtare (n. tr.).

– Carson zice că sunt monștri în lanul de porumb, spuse Siri. Monștri care beau sânge.

Vorhees se uită la Dee, care ridică din umeri. Nu era prima oară când se pomenea de asta.

– Ei bine, vorbește prostii, răspunse el. Vrea să vă sperie. E doar o glumă.

– Atunci de ce trebuie să stăm departe de lan?

– Pentru că astea sunt regulile.

– Pe cuvântul tău?

Se strădui să zâmbească. Vorhees și Dee fuseseră de acord să evite să vorbească despre asta cât mai mult posibil; și totuși, amândoi erau conștienți de faptul că, la un moment dat, fetele trebuiau să afle.

– Pe cuvântul meu!

El le îmbrățișă încă o dată, pe fiecare pe rând, apoi pe amândouă odată, după care se alătură echipei lui, care-l aștepta la marginea lanului. Un zid verde și înalt de aproape doi metri: rândurile de porumb, o serie de coridoare lungi, care se întindeau până la perdeaua forestieră. Soarele trecuse de bariera invizibilă a amiezii; nimeni nu vorbea. Vorhees se uită la ceas o ultimă oară. *Fiți cu ochii pe ceas. Aflați locația celei mai apropiate cutii. Dacă aveți îndoieli, fugiți!*

– În regulă, toată lumea, spuse el, punându-și mănușile. Haideți să terminăm cu asta!

Acestea fiind spuse, intrară împreună în lanul de porumb.

Într-un fel, deveniseră cei care erau din pricina acelei nopți – ultima noapte a copilăriei lor. Cruk, Vorhees, Boz și Dee: umblau mereu împreună, activitățile lor de zi cu zi fiind limitate doar de zidurile orașului, de privirile vigilente ale surorilor, care erau la conducerea școlii, și de ofițerul superior, care era la conducere în toate celelalte chestiuni. Vremuri de bârfă, de zvonuri, de povești spuse în praful drumului. Fețe murdare, mâini murdare, ei patru pierzând timpul pe aleea din dos, pe când se întorceau de la școală. Ce era lumea? Unde era lumea și când aveau s-o vadă? Unde plecau tații lor și, câteodată, și mamele, întorcându-se acasă mirosind a muncă, a datorie și a griji tăinuite? În afară, da, dar de ce era diferit de oraș? Cum se simțea, ce gust avea, ce sunete scotea? De ce, din când în când cineva, tatăl sau mama cuiva, pleca, dar nu se mai întorcea, ca și cum regatul nevăzut de dincolo de ziduri avea puterea să-i înghită cu totul? Moleșiți, draci, vampiri, săritori: le știau numele, însă nu le simțeau adevărata greutate a înțelesului lor. Erau dracii, cei mai răi dintre toți, care erau același lucru cu săritorii sau vampirii (un cuvânt pe care numai bătrânii îl mai foloseau); și mai erau moleșiții, care semănau întru câtva, dar nu erau chiar același lucru. Erau periculoși, da, dar nu la fel de mult, mai degrabă o pacoste, cum erau scorpionii sau șerpii. Unii spuneau că moleșiții erau dracii care trăiseră prea mult, alții că erau niște creaturi cu totul diferite. Că nu fuseseră nicicând oameni.

Ceea ce ridica încă o întrebare: dacă Viralii fuseseră cândva oameni ca ei, cum ajunseseră să fie ce erau?

Însă cea mai grozavă poveste dintre toate era cea a marelui Niles Coffee: colonelul Coffee, fondatorul Forțelor Expediționare, un grup de bărbați neînfricați care străbăteau lumea ca să se lupte și să moară. Originile lui Coffee, la fel ca tot ce se mai știa despre el, erau învăluite în mister. Fusese un copil găsit și crescut de surori; un orfan al Incursiunii de Paște 38, care-și văzuse părinții murind; un rătăcitor care apăruse într-o zi dinaintea porții, un războinic îmbrăcat în piei, ducând cu el o țepușă în care era înfipt capul unui Viral. Omorâse o sută de Virali de unul singur, o mie, zece mii, numărul creștea de fiecare dată. Nu pusese niciodată piciorul în oraș; umbla printre ei îmbrăcat ca un om obișnuit, ca un lucrător la câmp, ascunzându-și identitatea; nu exista deloc. Se spunea că oamenii lui depuneau un jurământ – un jurământ de sânge – nu în fața lui Dumnezeu, ci a altcuiva, și că-și rădeau capul, un simbol al acestei promisiuni, promisiunea de a-și da viața. Călătoreau departe de acele ziduri, și nu doar prin Texas. Ci și prin Oklahoma City, Wichita, Kansas, Roswell, New Mexico. Pe peretele de deasupra patului său, Boz ținea o hartă a vechilor State Unite, niște pătrate de culoare ștearsă îmbinate laolaltă ca piesele unui puzzle; ca să marcheze fiecare loc nou, folosea piunezele mamei lui, unindu-le cu o bucată de sfoară, ca să marcheze ruta pe unde mersese Coffee. La școală, o întrebaseră pe sora Peg, al cărei frate lucra la Drumul Petrolului: Ce auzise, ce aflase? Era adevărat că Forțele Expediționare găsiseră supraviețuitori, sate, ba chiar orașe întregi pline cu oameni? Sora nu le dăduse niciun răspuns, însă în sclipirea care îi apăru în ochi când îi rostiseră numele o văzură: o licărire de speranță. Asta era Coffee: indiferent de unde venea, indiferent de ce făcuse, Coffee le dădea motiv să spere.

Avea să vină o vreme, mulți ani mai târziu, cu mult după ce Boz nu va mai fi fost, și la fel și mama lor, când Vorhees își va pune întrebarea: de ce el și fratele lui nu vorbiseră niciodată despre asta cu părinții lor? Ar fi fost cel mai firesc lucru din lume; totuși, scotocindu-și printre amintiri, nu găsi nicio ocazie în care să se fi întâmplat asta, cum nu găsise nicio ocazie în care părinții lui să vorbească despre harta lui Boz. De ce oare? Și ce se întâmplase cu harta care, din câte își amintea Vorhees, dispăruse deodată? Era ca și cum poveștile despre Coffee și ale lui Forțe Expediționare făceau parte dintr-o lume secretă – o lume a copilăriei lui la care, odată sfârșită, nu te puteai reîntoarce. Aceste întrebări îl consumaseră mai multe săptămâni în șir, așa încât, într-o dimineață la micul dejun, îndrăzni în cele din urmă să-și întrebe tatăl, care râse: *Glumești?* Thad Vorhees nu era încă bătrân, deși așa părea – părul rar și doar câțiva dinți rămași în gură, pielea lucindu-i în permanență din cauza unei sudori acre, mâinile ca două cuiburi de oase, pe care și le ținea pe masa din bucătărie. *Vorbești serios? Tu, tu nu erai atât de rău, dar Boz – băiatului ăluia nu-i mai tăcea gura. Coffee în sus, Coffee în jos, cât era ziua de lungă. Îți amintești?* Ochii i se întunecară brusc de amărăciune. *Harta aia prostească! Sincer să fiu, nu m-a lăsat inima s-o dau jos, dar mă mir c-ai avut tu. Nu te-am văzut plângând în halul ăla de când te știu. Bănuiesc că ți-ai dat și tu seama că erau numai aiureli. Coffee și toți ai lui. C-o să se aleagă praful de tot.*

Dar nu se alesese praful; nu se întâmplase asta niciodată. Și cum ar fi putut? Să se aleagă praful? Când toți îl iubiseră pe Boz atât de mult?

Fusese Tifty, firește – Tifty mincinosul, Tifty cel care scornea povești, Tifty care își dorea cu disperare să atragă atenția, încât era dispus să scoată pe gură orice tâmpenie – cel care pretinsese că-l văzuse pe Coffee cu ochii lui. *Tifty*, râseră cu toții, *spui numai rahaturi. Tifty, nu l-ai văzut niciodată pe Coffee ori pe vreunul de-al lui.* Și totuși, chiar pe când își băteau joc, ideea începuse să prindă rădăcini; încă de la bun început, băiatul avea așa un talent să te facă să crezi ce spunea, cu toate că știai că nu era adevărat. Hoțește, se infiltrase în cercul lor și nimeni nu-și putea da seama cum o făcuse; într-o zi nu era niciun Tifty, în următoarea, iată-l acolo. O zi care începuse ca oricare alta: capelă, școală și ora trei, care venise chinuitor de încet; sunetul clopoțelului, care îi elibera, trei sute de suflete năvălind pe holuri și în josul scărilor, ieșind în aerul după-amiezii; drumul de la școală către casă, colegii lor împrăștiindu-se, fiecare spre casa lui, până când rămăseseră doar ei patru.

Deși, nu fusese chiar așa. De cum intraseră pe alee, cu învălmășeala ei de cărucioare vechi de cumpărături, saltele lăsate și scaune stricate – oamenii își aruncau toate vechiturile aici, indiferent de ce le spunea administratorul cartierului –, își dădură seama că erau urmăriți. Un băiat, slab ca un băț, cu o față sfrijită și cu o claie de păr roșcat, care arăta de parcă îi căzuse ceva în cap de la mare înălțime. Deși era ianuarie și aerul era umed, el nu purta haină. Avea pe el doar un jerseu, blugi și niște șlapi în picioare. Distanța de la care îi urmărea, cu mâinile adâncite în buzunare, era suficient de mică încât să le stârnească cuiozitatea fără să treacă drept băgăreț. O distanță de probă, carc părea să spună: aș putea fi o persoană interesantă. Poate veți vrea să-mi dați o șansă.

– Ce crezi că vrea? întrebă Cruk.

Ajunseră la capătul aleii, unde ridicaseră un mic adăpost din niște resturi de lemn. O saltea mucegăită, cu arcurile ieșite, servea drept podea. Băiatul se oprise la vreo zece metri de ei și stârnea praful din drum. Arăta de parcă părțile corpului nu se potriveau una cu cealaltă, ca și cum ar fi fost alcătuit din vreo patru băieți diferiți.

– Ne urmărești cumva? îi strigă Cruk.

Băiatul nu răspunse. Își ținea privirea în pământ, ca un câine care evită contactul vizual. Din acel unghi, putea să-i vadă semnul de pe partea stângă a feței.

– Ești surd? Te-am întrebat ceva.

– Nu vă urmăresc.

Cruk se întoarse spre ceilalți. Fiind cel mai mare ca vârstă, era liderul lor neoficial.

– Îl cunoaște careva?

Nimeni nu-l cunoștea. Cruk se uită din nou la băiat.

– Tu! Cum ți se zice?

– Tifty.

– Tifty? Ce nume mai e și ăsta?

Cu privirea își studia vârful pantofilor.

– Un nume.

– Mama ta așa îți zice? întrebă Cruk.

– N-am mamă.

– E moartă sau te-a părăsit?

Băiatul își făcea de lucru cu ceva din buzunar.

– Amândouă, bănuiesc. Nu știu, spuse și miji ochii la ei: Sunteți un club sau ceva de genul ăsta?

– Ce te face să spui asta?

Băiatul ridică din umerii lui osoși.

– V-am văzut, atâta tot.

Cruk își întoarse privirea la ceilalți, apoi din nou la băiat. Scoase un oftat din toți rărunchii.

– Ei bine, n-are niciun rost să stai acolo ca un fraier. Vino-ncoace, să te vedem și noi mai bine.

Băiatul se apropie. Lui Vorhees i se păru că are ceva familiar, privirea aceea abătută. Sau poate era faptul că oricare dintre ei ar fi putut ajunge la fel de singur pe cât era el. Semnul de pe față, văzură acum, era o vânătaie mare în jurul ochiului.

– Hei, îl știu pe puștiul ăsta! zise Dee. Locuiești în Assisted, nu? Te-am văzut când te-ai mutat cu tatăl tău.

Hill Country Assisted Living: un bloc uriaș de apartamente, un furnicar de familii îngrămădite laolaltă.

– Aşa-i? întrebă Cruk. Te-ai mutat de curând?

Băiatul dădu din cap că da.

– Din oraşul H.

– Şi ai venit cu tatăl tău? vru să ştie Cruk.

– Am şi o mătuşă. Rose. Mai mult ea are grijă de mine.

– Ce-ai acolo în buzunar? Văd că te tot joci cu el.

Băiatul îşi scoase mâna ca să le arate: un briceag cu o grămadă de unelte încorporate. Cruk îl luă, ceilalţi trei întinzându-şi gâtul să vadă şi ei. Erau lamele obişnuite, plus o şurubelniţă, foarfecă, un tirbuşon şi o lupă cu lentilele tocite de vreme.

– De unde-l ai? întrebă Cruk.

– Tata mi l-a dat.

Cruk se încruntă.

– Face trafic cu de-astea?

Băiatul clătină din cap.

– Nu. E hidro. Lucrează la baraj. Făcu un gest către cuţit: Poţi să-l păstrezi, dacă vrei.

– De ce aş vrea un cuţit?

– La naiba, dacă nu-l vrea el, îl iau eu! făcu Boz. Dă-l încoace!

– Taci din gură, Boz! Cruk îl cercetă pe băiat cu privirea de sus până jos. Ce ţi-ai făcut la faţă?

– Am căzut, atâta tot.

Tonul nu îi era defensiv. Şi totuşi, simţiră cu toţii transparenţa minciunii.

– Ai căzut într-un pumn, mai degrabă. Tatăl tău ţi-a făcut-o sau altcineva?

Băiatul nu zise nimic. Vorhees zări cum gura îi zvâcneşte aproape imperceptibil.

– Cruk, lasă-l în pace! spuse Dee.

Însă Cruk rămase cu privirea aţintită asupra băiatului.

– Te-am întrebat ceva.

– Câteodată. Când e pilit. Rose spune că nu vrea. Că e din cauza mamei.

– Fiindcă te-a părăsit?

– Fiindcă a murit născându-mă pe mine.

Cuvintele băiatului păreau să plutească prin aer. Puteau fi adevărate sau nu; însă acum rugămintea lui nu mai putea fi refuzată.

Cruk îi întinse cuțitul.

– Hai, ia-l! Nu vreau cuțitul lui taică-tu.

Băiatul îl puse înapoi în buzunar.

– Eu sunt Cruk. Ea e Dee, sora mea. Ăștia doi sunt Boz și Vor.

– Știu cine sunteți, spuse, mijind nesigur ochii la ei. Deci, am intrat în club?

– De câte ori să-ți mai spun, replică Cruk. Nu suntem un club.

Și uite așa, fusese hotărât: Tifty era de-acum unul de-al lor. Cât de curând, ajunseră să-l cunoască și pe Brad Lamont, un bărbat de temut, ba chiar înfricoșător, cu ochii în permanență aprinși din pricina acelui whisky de contrabandă, căruia toată lumea îi zicea pileală, și cu vocea lui îngroșată de la băutură care-l strigă pe Tifty de la fereastră în fiecare seară când suna alarma. *Tifty, afurisitule! Tifty, treci în casă! Nu mă face să vin după tine!* Nu o dată băiatul își făcuse apariția la capătul aleii cu ochiul umflat, cu vânătăi, ba chiar și cu brațul rupt. Cuprins brusc de furie, tatăl lui îl azvârlise în celălalt colț al camerei, dislocându-i umărul. Ar fi trebuit să-i spună ofițerului superior? Părinților lor? Cum rămânea cu mătușa Rose, ea nu putea să-l ajute? Însă Tifty clătina de fiecare dată capul. Părea să nu aibă niciun resentiment în privința rănilor lui, ci doar o acceptare tacită a propriei sorți, pe care nu aveau cum să n-o admire. Părea să-i dea putere. Nu spuneți nimănui, le zicea băiatul. Așa e el. Nu-l puteți schimba cu nimic.

Mai circulau și alte povești. Stră-străbunicul lui Tifty, sau, cel puțin, asta pretindea el, fusese unul dintre semnatarii originali ai Declarației de Independență a Texasului și supraveghease curățarea Drumului Petrolului; bunicul său, erou al Incursiunii de Paște 38, fusese mușcat mortal în timpul celui dintâi val, condusese atacul împotriva acelei deversări și se sacrificase pe câmpul de luptă chiar sub ochii oamenilor lui, luându-și viața cu propriul tăiș; un văr, căruia Tifty refuzase să-i dezvăluie numele (toată lumea îi zicea simplu „Văru'"), era un gangster căutat, operatorul celei mai mari distilerii din orașul H; mama lui, de o frumusețe rară, primise nouă cereri în căsătorie înainte să facă șaisprezece ani, inclusiv de la un bărbat care avea să facă parte mai târziu din personalul președintelui. Eroi, demnitari, criminali, o gamă largă și variată de indivizi sus-puși, atât din lumea cunoscută lor, cât și din cea care stătea ascunsă în umbra ei, lumea afacerilor pe sub mână; Tifty știa oameni care știau oameni. Ușile se dădeau în lături pentru Tifty Lamont. Nu conta că venea din orașul H și că era fiul unui lucrător bețiv de la baraj, încă un puști slăbănog, cu vânătăi pe față și cu haine care nu-i veneau bine, mereu nespălat, de care îngrijea o mătușă și care locuiau în Assisted, ca ei toți, de altfel; poveștile lui Tifty erau prea bune, prea interesante, de *necrezut*.

Dar să spună că-l văzuse pe Coffee – asta era prea mult. O asemenea afirmație bătea pur și simplu la ochi. Coffee era incognoscibil; Coffee era precum Viralii, o creatură a umbrelor. Și totuși, poveștile lui Tifty aveau o spoială de realitate. Se dusese împreună cu tatăl său în orașul H, cu mahalalele lui, unde nu domnea nicio lege, ca să se întâlnească cu Văru', gangsterul. Acolo, în camera din spate a halei unde erau mașinăriile distileriei – o chestie uriașă, ca un dragon din cabluri, țevi și ceaune bolborosinde –, printre bărbați cu priviri periculoase, cu zâmbete slinoase, cu dinții înnegriți și cu pistoale la cingătoare, banii erau dați din mână în mână, obținându-se astfel sticla de pileală. Aceste excursii erau o rutină, Tifty le povestise despre ele de o mulțime de ori, și totuși de data aceasta ceva era diferit. De data aceasta, acolo era un bărbat. Era altfel decât restul, nu făcea trafic – Tifty își dăduse seama de asta imediat. Înalt, cu ținuta dreaptă ca a unui soldat, stătea deoparte, cu fața în umbră, și era îmbrăcat cu o haină închisă la culoare și strânsă la mijloc cu o curea. Tifty văzu că avea părul tuns scurt. Evident, bărbatul, oricine era el, venise acolo cu treburi urgente; de obicei, tatăl lui pierdea vremea cu ceilalți bărbați, bând și spunând povești de pe vremea când stătea în orașul H. Dar nu și în seara asta. Văru', cu silueta lui masivă înghesuită în spatele biroului ca un ou în coajă, primi bancnotele tatălui său fără niciun comentariu; nici nu ajunseseră bine, că, din câte se vedea, se grăbeau să plece. Abia după ce lăsară cu mult în urmă hala, tatăl său îi spuse: *Știi cine era acolo, băiete? Ă? Știi sau nu? Îți zic eu: Niles Coffee în carne și oase.*

– Să vă mai zic ceva.

Cei cinci copii stăteau îngrămădiți în adăpostul de pe alee. Tifty scormonea în pământ cu briceagul, care, până la urmă, rămăsese la el.

– Bătrânu' meu zice că are tabăra chiar sub baraj. Afară, de parcă e un fleac să dormi sub cerul liber. Lasă dracii să vină la ei și după îi frig în capcane.

– Știam eu! izbucni Boz.

Chipul băiatului mai că nu strălucea de încântare. Se răsuci pe genunchi înspre Vorhees:

– Ți-am spus eu.

– Ba ai spus pe naiba! bombăni Cruk; dintre toți, el era scepticul și își lua foarte în serios rolul.

– Îți zic eu, el era. Puteai să *simți* asta. Toată lumea putea s-o simtă.

– Și ce treabă avea Coffee cu o adunătură de contrabandiști? Îmi spui?

– De unde să știu eu? Poate cumpăra pileală pentru oamenii lui.

Lui Tifty îi veni o nouă idee, se vedea pe fața lui. Se aplecă înainte și își coborî vocea:

– Sau arme...

Cruk râse sarcastic.

– Ascultă-l numai!

– Glumiți cât vreți, dar le-am văzut. Vorbesc de armele adevărate ale Armatei, cele de dinainte. Puști M16, pistoale automate, până și lansatoare de rachete.

– Uau! făcu Boz.

– De unde ar face rost Văru' de asemenea arme? întrebă Vorhees.

Tifty se ridică pe genunchi ca să arunce o privire în jur, ca și cum voia să se asigure că nu-i auzea nimeni.

– Nu sunt sigur dacă ar trebui să vă spun asta, continuă el. E un buncăr, o veche bază militară lângă San Antone. Văru' are niște patrule acolo.

– Nu vreau să mai aud asta nicio secundă, spuse Cruk. Nu l-ai văzut nici pe Coffee, nici pe altcineva.

– Nu crezi că există de-adevăratelea?

Ideea în sine era un sacrilegiu.

– N-am spus asta. Doar că nu l-ai văzut, atât.

– Dar tu, Vor?

Vorhees se simţi prins pe nepregătite. Jumătate din ce spunea Tifty era abureală pură – sau poate mai mult de jumătate. Pe de altă parte, imboldul de a-l crede era prea puternic.

– Nu ştiu, îngăimă el. Presupun că... Nu ştiu.

– Ei bine, *eu* îl cred, afirmă Dee.

Tifty făcu ochii mari.

– Vedeţi?

Cruk îl expedie cu un gest din mână.

– Ea e fată, crede orice.

– Hei!

– Ce? E adevărat.

Tifty îl privi în ochi pe băiatul mai mare.

– Dacă ţi-aş spune că-l poţi vedea chiar tu pe Coffee?

– Şi cum ai face asta, mă rog?

– Uşor. Putem să ne strecurăm printr-unul dintre canalele deversoare. Am fost pe-acolo de o grămadă de ori. În perioada asta a anului, nu le dau drumul până în zori. Conductele de aerisire duc până la baza barajului – ar trebui să putem vedea tabăra de acolo.

Provocarea fusese lansată; nu aveai cum s-o refuzi.

– Nu e nicio afurisită de tabără, Tifty!

Le trebuiră trei zile ca să-şi adune curajul, însă chiar şi atunci Cruk îi interzise soră-sii să vină. Planul era să se furişeze afară după ce părinţii lor se duceau la culcare şi să-şi dea întâlnire la adăpost; Tifty găsise o cale ca să ajungă la baraj fără să fie văzuţi de patrulele ofiţerului superior.

Era trecut de miezul nopţii când Tifty îşi făcu apariţia. Ceilalţi îl aşteptau. Se ivi la capătul aleii şi veni repede înspre ei, cu gluga jachetei trasă pe cap şi cu mâinile adâncite în buzunare. Pe când intra în adăpost, scoase o sticlă de plastic.

– Curaj lichid, spuse el, desfăcându-i capacul şi întinzându-i-o lui Vorhees.

Era pileală. Părinţii lui Vorhees şi ai lui Boz, oameni credincioşi, care mergeau la biserica surorilor în fiecare duminică, nu aveau aşa ceva în casă. Vorhees ţinu sticla deschisă sub nas. Înăuntrul ei era un lichid limpede, cu un miros puternic de chimicale, asemănător leşiei.

– Dă-o-ncoace! îi ordonă Cruk. Îi smulse sticla din mână şi trase o duşcă, după care i-o înapoie lui Vorhees.

– N-ai mai băut pileală până acum? îl întrebă Tifty pe Vorhees.

Vorhees se strădui să se arate jignit.

– Ba normal că da! De o grămadă de ori.

– Când ai băut tu pileală? îl apostrofă Boz.

– Sunt multe lucruri pe care tu nu le ştii, frăţioare.

Dorindu-şi să-şi poată ţine respiraţia, Vorhees lua atent o gură, înghiţind repede ca să nu-i simtă gustul. O căldură înţepătoare îi arse sinusurile. Doamne, era oribilă! Sfârşi înecându-se, cu ochii în lacrimi şi cu ceilalţi râzând pe seama lui.

Următorul care bău fu Boz. Spre ruşinea lui Vorhees, fratele său mai mic reuşi să ia o înghiţitură sănătoasă fără să schiţeze un gest. Sticla trecu din mână în mână de încă trei ori. A patra oară, până şi Vorhees prinsese cum se face şi trase o duşcă zdravănă fără să tuşească măcar. Se întrebă de ce nu simţea nimic, dar chiar în acel moment primi şi răspunsul: pământul începu să i se învârtă sub picioare şi fu nevoit să întindă o mână înainte ca să-şi recapete echilibrul.

– Să mergem! le spuse Tifty.

Când ajunseră la baraj, chicoteau cu toţii ca demenţii. Minutele parcă nu mai curgeau la fel; li se părea că durase o veşnicie să ajungă acolo şi totodată că nu trecuse decât o clipă. Vorhees îşi amintea vag că se ascunseseră sub un camion de o patrulă a ofiţerului superior, dar nu-şi amintea precis care fuseseră împrejurările şi nici nu evitaseră să fie prinşi. Ştia că se îmbătase, însă mintea lui nu reuşea să se concentreze asupra acestui lucru. Se opriră în umbră să facă pauză, în timp ce unul dintre ei – Boz, îşi dădu seama Vorhess, care era cel mai beat dintre toţi – vomită într-o tufă de buruieni. Şi mai era şi Dee. Ce căuta acolo? Îi urmărise. Cruk urlă la ea să se ducă acasă, însă Dee era Dee: odată ce-şi punea în minte ceva, puteai la fel de bine să încerci să iei osul dintre fălcile unui câine. Adevărul era că Vorhees o iubea pe Dee. O iubise dintotdeauna. Brusc, se simţi copleşit de această iubire, ca un balon de emoţie care se umflă în pieptul lui, şi tocmai îşi lua inima în dinţi să-i mărturisească sentimentele, când Tifty apăru în faţa lor, de unde fusese plecat, şi le spuse să-l urmeze.

Îi conduse la o clădire mică din beton, cu nişte trepte de metal care duceau la subsol. La capătul lor era puţul de întreţinere, umed şi întunecos, cu pereţii lui de pe care picura apă. Se aflau înăuntrul barajului, iar undeva deasupra erau gurile de vărsare. Nişte becuri în îngrădituri de metal aruncau umbre lungi de-a lungul pereţilor. Un val crescând de adrenalină îl făcu pe Vorhees să-şi revină. Ajunseră în dreptul unei trape în perete, închise bine cu un inel ruginit din metal. Cruk şi Tifty se postară în faţa ei, de o parte şi de alta, şi traseră cu toată puterea, însă uşa nici nu se clinti.

– Avem nevoie de o pârghie, spuse Tifty.

Dispăru în josul tunelului şi se întoarse cu o ţeavă lungă. O strecură prin belciugul inelului şi se opinti. Cu un scârţâit, uşa începu să se clintească şi, în final, se deschise larg.

Înăuntru erau un tunel vertical şi o scară care ducea în jos. Tifty scoase o faclă de semnalizare, o aprinse şi îi dădu drumul pe gaură. Tifty coborî primul, urmat de Vor, de Dee şi de Boz, Cruk închizând şirul.

Se treziră într-un tub larg. Un canal deversor, unul dintre cele şase. O dată pe zi, prin aceste canale, era scursă apa din bazin şi direcţionată spre câmpuri. În spatele lor erau milioane de litri de apă, ţinute în frâu de baraj. Aerul era rece şi mirosea a piatră. O şuviţă de apă se prelingea de-a lungul podelei în direcţia gurii de evacuare, un disc palid luminat de lună. Porniră cu paşi mici spre ea, departe de facla aprinsă a lui Tifty. Lui Vorhees inima îi bătea să-i spargă pieptul. Lumea nopții, cea dincolo de ziduri: era dincolo de puterea lui de închipuire. La trei metri de gura de vărsare, Tifty se lăsă pe vine; ceilalți îi urmară exemplul. Un grilaj greu de metal bara deschizătura.

– Mă duc eu primul, șopti Tifty.

Continuă să înainteze de-a lungul tunelului în patru labe. Restul rămaseră pe loc. În mintea amețită de băutură a lui Vorhees, tabăra lui Coffee devenise un scop auxiliar; noaptea aceea era un test al curajului, obiectul ei fiind câtuși de puțin relevant. Grilajul era suficient de zdravăn cât să țină departe un Viral, dar nu asta era primejdia; Vorhees aproape se aștepta ca o mână cu gheare să iasă dintre bare, să-l apuce pe prietenul lor și să-l sfâșie în bucăți. Prin aburii alcoolului, îi dădu prin gând că și lui Dee trebuie să-i fie frică și că ar putea s-o liniștească, doar că, neștiind ce să-i spună, ideea fu înăbușită din fașă.

La capătul tunelului, Tifty se lăsă în genunchi, apucă barele cu mâinile și se uită afară.

– Ce vezi? îi șopti Cruk.

Pauză. Apoi, de la prietenul lor răzbătură două cuvinte:

– Sfinte... Sisoe!

Lui Vorhees, felul în care o spusese îi părea în neregulă. Nu era exclamația unei descoperiri, ci frica.

– Ce-i? întrebă Cruk tot în șoaptă, dar pe un ton mai aspru. E Coffee acolo?

– Vreau să văd! strigă Boz.

– Liniște! se răsti Cruk. Fir-ar să fie, Tifty, ce e?

Vorhees o simți în genunchi. O vibrație, ca a unui tunet, urmată de un scrâșnet greu de roți metalice puse în mișcare. Sunetul venea din spatele lor.

Tifty sări în picioare.

– Plecați de-aici!

Era apa. Sunetul pe care Vorhees îl auzise era făcut de apa eliberată din bazin. Un canal, apoi un altul și un altul se umpleau rând pe rând. Asta văzuse Tifty.

Aveau să fie făcuți zob.

Vorhees se ridică, îl apucă pe Boz de braţ şi îl trase după el, însă băiatul se smulse din strânsoarea lui.

– Vreau să-l văd!

– Nu e nimic acolo!

Vocea băiatului era înecată de lacrimi.

– Ba este, ba este!

Boz se repezi spre gura de vărsare. Tifty şi ceilalţi o luaseră deja la goană spre scară. Bubuitul tunetului părea mai aproape de-acum. Canalul de lângă fusese deschis; urma al lor. În câteva secunde, aveau să fie izbiţi de un zid de apă. Vorhees îl luă de mijloc pe fratele lui, care stătea în gura tunelului, însă băiatul se prinsese bine de bare.

– Îl văd ! E Coffee!

Vorhees îl trase cu toată puterea de care era în stare; cei doi băieţi se prăbuşiră la podea. Ceilalţi le strigau: Veniţi! Veniţi! Vorhees îl înşfăcă pe fratele său de mână şi începu să fugă. Cruk le făcea semn de la baza scării. Vorhees simţi o presiune în urechi, urmată de un pocnet; un vânt rece ca gheaţa îi lovea faţa. După ce Cruk dispăru în susul scării, Vorhees începu şi el să urce, fratele său fiind chiar în urma lui.

Apa veni.

Îl izbi din plin, cu puterea a o sută, a o mie de pumni. Sub el, Boz scoase un strigăt îngrozit. Vorhees reuşi să se ţină de scară, dar nu putea face nimic mai mult; şi dacă şi-ar fi dat drumul la o mână, ar fi fost luat de şuvoi. Apa îi intră în nas şi în gură. Încercă să-şi strige fratele, dar nu ieşi niciun sunet. Deci ăsta e sfârşitul, se gândi el. O singură greşeală şi totul era pierdut. Atât de simplu. De ce nu mureau oamenii aşa mai des? Dar o făceau, îşi dădu el seama, pe când strânsoarea începea să-i slăbească. Mureau aşa tot timpul.

Cruk fu cel care îl salvase. Cruk, care avea să-i fie prieten pe viaţă. Cruk, care, într-o bună zi, avea să-i fie alături când el o va fi luat în căsătorie pe Dee; care avea să-i supravegheze copiii într-o zi când toţi îşi vor fi adus copiii la un picnic pe câmp; care avea să lupte cot la cot cu el în ultima bătălie a vieţii lor, aflată încă la mulţi kilometri şi ani distanţă. Chiar pe când mâinile lui Vorhess erau gata să se desprindă de scară, Cruk se aplecă după el, îl prinse de încheietură și îl trase în sus, iar următorul lucru de care își dădu seama Vorhees era că urcau, că se duceau tot mai sus, în siguranță.

Dar nu și Boz. Trupul băiatului nu avea să fie recuperat decât a doua zi, strivit de grilaj. Poate că-l văzuse pe Coffee sau poate că nu. Tifty nu le dăduse nicicând răspunsul. De-a lungul timpului, Vorhees ajunse să creadă că nici nu conta. Și chiar dacă ar fi contat, nu i-ar fi adus nicio alinare.

Până la ora prânzului, echipa de recoltare a polenului acoperise șaisprezece acri. Soarele ardea, nu era un nor pe cer; până și copiii, după o dimineață de jocuri și râsete, se retrăseseră la adăpost. La pompă, Vorhees își scosese pălăria, își umplu un pahar cu apă și bău, apoi îl umplu din nou ca să-și dea pe față. Își scoase și cămașa leoarcă de sudoare și se șterse cu ea. Dumnezeule mare, ce cald mai era!

Femeile și copiii mâncaseră deja. Echipa se strânsese la adăpost pentru prânz. Pâine cu unt, ouă fierte tari, pastramă, bucăți de brânză, carafe cu apă și limonadă. Cruk coborî din turn ca să-și umple și el o farfurie; Tifty nu se vedea pe nicăieri. Ei, și ce? Tifty să facă ce-o vrea. Mâncară cu poftă, fără să scoată o vorbă. Curând, toți aveau să tragă un pui de somn la umbră.

– O oră, îi anunță Vorhees după un timp, ridicându-se de la masă. Nu vă faceți prea comozi.

Urcă scările până în vârful turnului, unde îl găsi pe Cruk, scrutând câmpul cu binoclul. Pușca îi era sprijinită de balustradă.

– Ceva interesant pe acolo?

O secundă, Cruk nu răspunse, întinzându-i binoclul lui Vorhees.

– La ora șase, printre copaci. Spune-mi ce vezi.

Vorhees se uită. Nu era nimic, doar copaci și dealurile uscate și maronii din spatele lor.

– Ce crezi c-ai văzut?

– Nu știu. Ceva lucitor.

– Ca de metal?

– Mda.

După o clipă, Vorhees coborî binoclul.

– Ei bine, nu mai e acolo acum. Poate a fost doar soarele reflectându-se în lentile.

– Poate.

Cruk luă o înghițitură de apă din sticla lui.

– Cum merge treaba acolo jos?

– O să adoarmă cu toții cât de curând. Mulți dintre copii au picat deja. Nu cred că se aștepta nimeni să fie atât de cald.

– Este iulie și suntem în Texas, frate.

– Gunnar voia să știe dacă te poate ajuta cu ceva. Băiatul ăla are intenții bune, dar minte, ioc.

Cruk își luă pușca.

– Ce i-ai spus?

– Să aștepte. Într-o zi o să-și dea seama ce prostii vorbește.

Cruk râse.

– La fel eram și noi. Abia așteptam să ieșim în lume.

– Poate tu.

Cruk tăcu și privi dincolo de balustradă. Vorhees simți că ceva îl supără pe prietenul lui.

– Ascultă, începu Cruk, am luat o hotărâre și vreau s-o auzi de la mine. Știi că se zvonea că Forțele Expediționare se reunesc.

Vorhees auzise și el zvonurile astea. Nu era nimic nou; zvonuri ca astea circulau tot timpul. Încă de când Coffee și ai lui dispăruseră – acum câți ani? –, subiectul nu murise niciodată cu totul.

– Oamenii spun asta tot timpul.

– De data asta nu e doar vorbărie goală. Armata recrutează voluntari din rândul ofițerilor superiori, cu intenția de a-și construi o unitate de două sute de oameni.

Vorhees cercetă chipul prietenului său. Despre ce vorbea?

– Cruk, doar nu vorbești serios? Astea sunt prostii de când eram noi copii.

Cruk ridică din umeri.

– Poate erau pe atunci. Știu ce părere ai despre asta, după ce i s-a întâmplat lui Boz. Dar uită-te la viața mea, Vor. N-am fost căsătorit niciodată. Nu am o familie a mea. Ce-aștept?

Abia atunci își dădu seama.

– Dumnezeule, doar nu te-ai înscris deja, nu?

Cruk încuviință din cap.

– Mi-am dat ieri demisia din funcția de ofițer superior. Dar nu o să fie oficial până când nu depun jurământul.

Vorhees era uluit.

– Uite, nu-i spune lui Dee, continuă Cruk. Vreau s-o fac eu.

– N-o să-i cadă bine.

– Știu. De-asta ți-am spus prima dată ție.

Conversația le fu întreruptă de sunetul unei camionete venind pe drumul de serviciu. O luă prin zona de transfer și se opri în dreptul adăpostului; din ea ieși Tifty. Se duse în spatele mașinii și lăsă în jos hayonul.

– Ce-a adus de data asta?

Pepeni. Toată lumea se strânsese în jurul lui; Tifty începu să-i taie, dându-le copiilor bucăți mari, din care picura zeamă. Pepeni! Ce tratație, pe o zi caniculară ca asta!

– Pentru numele lui Dumnezeu! bombăni Vorhees, urmărind spectacolul. De unde naiba i-a luat?

– De unde le-a luat și pe celelalte. Dar trebuie să-i recunoști meritele. Tipul n-o să moară singur.

– Am spus eu asta?

Cruk îi aruncă o privire.

– Nu trebuie să-l placi, Vor. Nu sunt eu în măsură să-ți zic asta, dar se străduiește. Trebuie s-o recunoști.

Ușa dinspre scări se deschise. Dee ieși, ducând două farfurii în mână, fiecare cu o felie roz de pepene pe ea.

– Tifty a adus...

– Mulțumim. Am văzut.

Pe fața ei apăru o expresie pe care Vorhees o știa prea bine. *Las-o baltă. Te rog, măcar azi. Sunt doar niște pepeni.*

Cruk îi luă farfuriile.

– Mulțumim, Dee. Au picat la țanc. Transmite-i mulțumirile noastre lui Tifty.

Ea se uită la Vorhees, după care își întoarse privirea la fratele ei.

– Așa am să fac.

Vorhees știa că arăta ca un fraier plin de resentimente, la fel cum știa și că, dacă nu zicea ceva, dacă nu schimba subiectul, avea să rămână cu amărăciunea aceea tot restul zilei.

– Ce fac copiii?

Dee ridică din umeri.

– Siri doarme dusă. Nit a plecat cu Ali și cu alți câțiva să culeagă flori sălbatice. Făcu o pauză să-și șteargă fruntea cu dosul palmei. Chiar vă întoarceți acolo? Nu știu cum rezistați. Poate ar trebui să mai așteptați puțin, până se mai duce soarele.

– E prea multă treabă de făcut. Nu-ți face griji în privința mea.

Ea îl mai privi o clipă.

– Ei bine, cum ziceam. Îți mai aduc ceva, Cruk?

– Nimic, mulțumesc.

– Atunci vă las.

După ce plecă Dee, Cruk îi întinse una dintre farfurii. Însă Vorhees clătină din cap.

– O să zic pas, mulțumesc.

Bărbatul vânjos ridică din umeri. Tăbărâse deja asupra feliei lui, zeama curgându-i râuri-râuri pe bărbie. Când nu mai rămase decât coaja, făcu un gest către cealaltă farfurie, pusă pe parapet.

– Te superi?

Vorhees îi răspunse ridicând din umeri. Cruk dădu gata și a doua felie, se șterse la gură cu mâneca și azvârli cojile peste balustradă.

– Ar trebui să-i spui și lui Dee, cât mai repede, îi zise Vorhees.

Se făcuse ora trei; ziua era pe sfârșite. O adiere slabă începuse să se simtă aproape de prânz, însă acum aerul era la fel de nemișcat. La adăpostul prelatei, Dee juca fără prea mare tragere de inimă o partidă de cărți cu Cece Cauley, micul Louis odihnindu-se în coșulețul de la picioarele lor. Era un bebeluș dolofan, cuminte, cu degete grăsune și cu o guriță moale și țuguiată: în ciuda căldurii, abia dacă se foise toată ziua, iar acum dormea buștean.

Dee își amintea de perioada aceea, de perioada de bebeluș. Senzațiile lor distinctive, sunetele, mirosurile, sentimentul unui profund atașament fizic, ca și cum tu și copilul erați o singură ființă. Mulți se plângeau din cauza asta – Nu am o clipă de liniște, abia aștept să înceapă să meargă! – însă Dee nu o făcuse niciodată; avea doar treizeci de ani, i-ar mai fi plăcut un copil, ba poate chiar doi. Ar fi drăguț, se gândea ea, să aibă și un fiu. Însă regulile erau clare. Doi copii și atât. Cei din administrația guvernatorului vorbeau despre extinderea zidului și poate că atunci avea să fie ridicată interdicția. Dar probabil că asta avea să vină prea târziu și, până atunci, mâncarea, combustibilul și spațiul erau limitate.

Cât despre Vor – ei bine, ce putea face ea? Moartea lui Boz era un obstacol de netrecut în mintea bărbatului, adevărul distorsionându-se și dilatându-se de-a lungul anilor, până când ajunsese singura rană din viața lui. Tifty era Tifty, și așa avea să rămână întotdeauna. Ba era aruncat în împrejmuire fiindcă băgase un bărbat cu capul printre gratiile de la fereastra unui bar în urma unei încăierări, ba apărea, prin cine știe ce magie de-a lui Tifty, cu un camion plin cu pepeni luați de pe piața neagră într-o după-amiază caniculară. Probabil era doar o chestiune de timp până când avea să fie condamnat la închisoare pe viață. Și totuși, trebuia să recunoască Dee cel mai mult dintre toți: Tifty avea să rămână unul de-al lor. Uneori, Dee se uita la fiica ei cea mare și nu știa sincer care era adevărul. Putea fi și unul, și altul. Într-o anumită privință, Nitia era leită Vor, dar, când zâmbea, fetița își mijea ochii așa cum făcea Tifty Lamont.

O singură noapte, și nici măcar atât. Toată chestia, întreaga lor aventură, nu durase mai mult de nouăzeci de minute, de la cap la coadă. Cum era posibil ca nouăzeci de minute să schimbe atât de mult o viață? Dee și Tifty fuseseră amândoi de acord că făcuseră o greșeală teribilă – inevitabilă, poate, o forță a anilor căruia niciunul dintre ei nu-i putuse rezista, dar nu ceva care să se repete. Amândoi îl iubeau pe Vor, nu-i așa? Glumiseră pe seama lor, ba chiar își strânseseră mâinile ca să pecetluiască înțelegerea făcută, ca doi prieteni vechi ce erau, dar, firește, nu era deloc o glumă: nici atunci, nici nouă luni mai târziu și nici acum.

N-o să las pe nimeni să-ți facă vreun rău, îi spusese Tifty, și nu doar în noaptea aceea, ci de mai multe ori, în mai multe nopți. *Nici ție, nici fetelor, nici lui Vor. Indiferent de ce e adevărat sau nu, asta e promisiunea mea solemnă, jurământul meu în fața lui Dumnezeu. Eu îți voi fi pământul de sub tălpi. Să știi că-ți voi fi mereu alături.* Iar Dee știa. Trebuia s-o recunoască: doar datorită faptului că Tifty fusese de acord să-i însoțească astăzi, ideea picnicului de vară de pe câmp devenise realitate.

Oare Dee îl iubea? Și, dacă da, ce fel de iubire era? Sentimentele pe care le avea pentru Tifty erau diferite de cele pentru Vor. Soțul ei era așezat, de încredere. O ființă a datoriei și a rezistenței, un tată bun pentru fetele ei. El era în stare solidă, în vreme ce Tifty era în stare de vapori, un bărbat alcătuit din zvonuri și din fapte adevărate în egală măsură. Și nu era niciun dubiu că ea și Vor erau făcuți să fie împreună; asta nu fusese nicicând o problemă. Singuri în întuneric, în momentele lor de intimitate, îi rostea numele cu așa o patimă, încât era aproape dureros; atât de mult o iubea Vor. O făcea să se simtă... cum? Mai adevărată. De parcă ea, Dee Vorhees – soție și mamă; fiică a lui Sis și Jedediah Crukshank, plecați la Domnul; cetățeană a orașului Kerrville, Texas, ultima oază de lumină și siguranță într-o lume în care nu mai era alta – exista cu adevărat.

Atunci de ce se surprindea, încă o dată, gândindu-se la Tifty Lamont?

Din cauza cărților și a după-amiezii ăsteia de iulie atât, atât, atât de toridă, când îi duseseră pe copii pe câmp. Mintea lui Dee hoinărea într-un asemenea hal, încât nici nu o observă pe Cece. Înainte să-și dea seama, femeia, proclamându-și victoria cu un zâmbet, reușise s-o facă să ia regina. Două-trei trucuri și gata. Cece notă veselă scorul în carnet.

– Încă unul?

De obicei, Dee ar fi spus da, doar ca să-i mai treacă timpul, doar că pe canicula aceea jocul devenise o adevărată corvoadă.

– Poate vrea Ali să joace.

Femeia, care se întorsese în cort după apă, le refuză oferta cu un gest din mână, în timp ce ducea polonicul la gură.

– Nicio șansă.

– Haide, doar câteva partide! se rugă Cece. Am mână bună azi.

Dee se ridică de la masă.

– Mai bine mă duc să văd ce fac fetele.

Ieși din adăpost. În depărtare, putea vedea vârfurile știuleților de porumb tremurând acolo unde bărbații lucrau. Ridică privirea spre vârful turnului, ducându-și mâna streașină la ochi. O lună fantomatică, albă ca ziua, plutea chiar lângă soare. Nu o observase înainte. Cruk și Tifty erau amândoi la post, Cruk cu binoclul la ochi, Tifty scanând câmpul cu luneta puștii. O zări și îi făcu ușor cu mâna, lucru care o făcu să se rușineze; zici c-ar fi știut că se gândise la el. Îi răspunse vinovată la salut.

O ceată de vreo doisprezece copii se jucau lovind o minge, cu Dash Martinez așteptând la placă. În rolul aruncătorului era Gunnar, care în cursul după-amiezii căpătase statutul neoficial de bonă.

– Hei, Gunnar!

Băiatul – un bărbat de-acum, la cei șaisprezece ani ai săi – se uită către ea.

– Bună, Dee! Vrei să joci?

– E prea cald pentru mine, mulțumesc. Le-ai văzut pe fete?

Gunnar se uită prin jur.

– Erau aici acum o secundă. Vrei să mă duc să le caut?

Îngrijorarea lui Dee se adânci. Unde să se fi dus? Trebuia să se ducă sus, în turn, și să-l roage pe Cruk să se uite după ele cu binoclul. Dar numai gândul să urce toate scările alea o obosea. Ar fi fost mai simplu să le caute ea.

– Nu, mulțumesc. Dacă se întorc, spune-le că vreau să nu mai stea în soare.

– Gunnar, aruncă mingea! strigă Dash.

– Așteaptă puțin! Gunnar întâlni privirea lui Dee: Sunt sigur că sunt pe aproape. Erau aici, acum nici două secunde.

– E în regulă. Le găsesc eu.

Câmpul cu flori sălbatice, se gândi ea; probabil că acolo se duseseră. Se simțea mai degrabă iritată decât îngrijorată. Nu trebuiau să plece așa, fără să anunțe pe nimeni. Probabil fusese ideea lui Nit. Fata asta punea mereu ceva la cale.

Și mai aveau doar cinci minute.

De la postul de observație, Tifty o urmări pe Dee cum se îndepărtează.

– Cruk, dă-mi binoclul.

Cruk i-l dădu. Câmpul cu flori sălbatice se afla la nord de turn, chiar lângă lanul de porumb. Într-acolo părea să se îndrepte. Probabil voia să ia o pauză de câteva minute, departe de copii și de celelalte soții.

Îi înapoie binoclul lui Cruk. Scrută câmpul cu luneta puștii, după care o îndreptă spre șirul de copaci.

– Chestia strălucitoare s-a întors.

– Unde?

– Drept în față, la zece grade spre dreapta.

Tifty se uită mai bine prin lunetă: o siluetă îndepărtată, pătrățoasă și puternic reflectorizantă se mișca printre copaci.

– Ce naiba e aia? zise Cruk. Un vehicul?

– Ar putea fi. Drumul de serviciu e pe cealaltă parte.

– Dar n-ar trebui să fie nimeni acolo acum. Cruk coborî binoclul. Rămase tăcut o clipă: Ascultă.

Tifty se strădui să-și golească mintea. Zgomotul greierilor, vântul șuierându-i pe la urechi, picuratul apei de la sistemul de irigație. Apoi îl auzi.

– Un motor?

– Asta aud și eu, răspunse Cruk. Rămâi aici!

Coborî scările. Tifty își lipi luneta puștii de ochi. Acum, imaginea era clară: o semiremorcă mare, cu partea din spate acoperită de un fel de placă din metal galvanizat.

Își scoase stația:

– Cruk, e un camion. Dincolo de copaci. Nu pare să fie al celor de la SN.

Transmisia hârâi.

– Știu. Să strângem.

Îl văzu pe Cruk ieșind din turn și ducându-se cu pași mari spre adăpost. Lui Gunnar îi făcu semn să-i adune pe copii. Tifty scană câmpul cu luneta: bărbații munceau la rândurile de porumb, steagurile care marcau cutiile atârnând nemișcate în după-amiaza liniștită. Așa cum trebuia să fie.

Dar nu chiar. Ceva era diferit. Oare avea el vedenii? Se uită cu atenție. O umbră se mișcă pe câmp.

Atunci auziră sirena.

Se întoarse cu fața spre soare și își dădu pe dată seama. Trecuseră mulți ani de când nu-i mai fusese frică, nu de când cu noaptea aceea de la baraj. Însă lui Tifty îi era frică acum.

Un minut.

Prima dată, Vorhees percepu schimbarea de lumină ca pe o slăbire a detaliilor vizuale, o estompare bruscă, ca dinaintea unui amurg prematur. Dar, fiindcă purta ochelari fumurii, o măsură de protecție împotriva ploii de polen și a soarelui de după-amiază, mintea lui nu consideră acest lucru a fi demn de luat în seamă. Abia când auzi țipetele își dădu jos ochelarii.

O siluetă mare și rotundă, învăluită de o penumbră strălucitoare, acoperea ușor soarele. O eclipsă.

Când se auziră sirenele, o luă la goană în josul rândului. Ceilalți fugeau și ei, strigând: Eclipsa! Eclipsa! La cutii, duceți-vă la cutii! Țâșni afară din lan și dădu peste Cruk și Dee.

– Unde sunt fetele?

Dee era disperată.

– Nu le găsesc!

Întunecimea se întindea precum cerneala. Curând, avea să cuprindă întregul câmp.

– Cruk, du-i pe oamenii ăștia la cutii. Dee, tu du-te cu el.

– Nu pot! Unde sunt?

– Le găsesc eu. Își scoase pistolul de la cingătoare. Cruk, ia-o de-aici!

Vorhees se întoarse degrabă în lan.

Tifty, cu inima bătându-i nebunește din cauza adrenalinei, scruta câmpul cu luneta. Niciun semn încă, însă nu era decât o chestiune de timp. Cât despre camion: ce era? Încă aștepta acolo, în celălalt capăt al pădurii. Încercă să dea de Cruk prin stație, dar fără succes. Probabil că nu auzea nimic în tot haosul ăla.

Își așeză mai bine patul puștii pe umăr. De unde veneau? Dintre copaci? Dintr-un câmp vecin? Totul fusese curățat de echipa lui Dillon. Ceea ce nu însemna că Viralii nu erau acolo, doar că nu-i vedea.

Atunci, la periferia câmpului său vizual, se produse o mișcare slabă printre știuleți, nimic mai mult decât o fluturare, în apropierea unuia dintre steagurile de la marginea lanului. Focaliză mai bine luneta, lipindu-și ochiul de lentilă. Trapa cutiei era larg deschisă.

Era singurul loc pe care nu-l verificaseră. Nu le trecuse prin cap să caute și în cutii.

Toți se agitau, își luau copiii, fugind prin lan, în direcția steagurilor. Tifty ieși din turn și se opri brusc.

– NU!

Cruk ducea în brațe doi copii, pe Presh Martinez și pe Reese Cuomo. Dee fugea lângă el, Cece și Ali la doar câțiva pași în urma lor – Cece strângându-l pe micul Louis la piept, Ali cu Merry și Satch.

– Cutiile! strigă Cruk. Duceți-vă la cutii!

– *În* cutii sunt!

O împușcătură izbucni din lan. Dee îl văzu pe Tifty îngenunchind și trăgând trei focuri unul după altul. Se întoarse tocmai când cel dintâi Viral țâșnea afară din lan.

Ateriză drept în capul lui Ali Dodd.

Dee simți o nevoie acută să vomite. Brusc, picioarele nu-i mai dădeau ascultare. Viralul, care terminase cu Ali, își înfigea acum colții în gâtul lui Cece. Femeia se zvârcolea, țipa, mâinile și picioarele i se zbăteau ca la o insectă răsturnată pe spate. Imaginea îi ardea ochii lui Dee de parcă ar fi fost o izbucnire de lumină; nu putea decât să privească, cuprinsă de o groază neputincioasă.

Cruk veni dinaintea ei, lipi țeava puștii de țeasta arătării și trase. Unde era Satch? Nici urmă de băiat. Merry stătea pe pământ și țipa. Dee o apucă pe fetiță de mijloc și o luă la fugă.

Viralii erau peste tot acum. Orbiți de panică, oamenii goneau înspre cort, un gest nesăbuit, căci nu putea să le ofere nicio protecție. Viralii îl luară cu asalt, făcându-l bucăți; aerul se umplu de țipete. „Spre turn!“ strigă Tifty. „Duceți-vă spre turn!“ Dar era prea târziu; nimeni nu-l mai asculta. Dee se gândi la fiicele ei când se despărțiră. Ce sec devenise totul acum, la sfârșit, tot ce-ți doreai pentru copilul tău era diluat de cruzimea acestei lumi și transformat în speranța ca moartea să vină repede. Se ruga să nu sufere. Sau, și mai rău, nu să fie luate. Asta era cel mai rău dintre toate: să fii luat.

Simți o presiune uriașă aruncându-i-se în spate. Dee se prăbuși la pământ, scăpând-o pe micuța Merry din brațe. Căzută cu fața în jos, își ridică privirea și-l văzu pe fratele ei, la șase metri depărtare, îndreptându-și arma spre ea. *Împușcă-mă*, își spuse în gând. *Indiferent de ce va urma, nu vreau.* O rugăciune din copilărie își găsi drum spre buzele ei, iar ea închise ochii și începu s-o murmure repede, în țărână.

O împușcătură. În spatele ei, ceva căzu la pământ cu un mormăit animalic. Dinaintea ei, mintea îi percepu următoarele: Cruk o ridică în picioare, gura i se mișca indescifrabil, rostind cuvinte pe care ea nu le pricepea. Nu mai avea pușca; nu-i rămăsese decât pistolul, Abigail. De ce și-ar boteza un bărbat pistolul Abigail? De ce și l-ar boteza, punct? Trebuie să fi pățit ceva la cap, de se gândea la pistolul lui Cruk, în vreme ce oamenii mureau în jurul ei. Îi trecură prin minte și alte lucruri, lucruri oribile. Ce simțeai dacă erai rupt în două, cum i se întâmplase lui Ali Dodd. Ce li se întâmplase fiicelor ei, care erau pe câmp. Cât de groaznic trebuie să fie, se gândi Dee, să trăiești fie și cu o secundă mai mult decât copiii tăi. Într-o lume a lucrurilor groaznice, ăsta era cel mai groaznic dintre toate. Cruk o trăgea înspre ușă. Făcea după cum credea el că ar fi vrut ea să facă, doar că nu voia asta, chiar deloc – de fapt, abia aștepta să moară – așa că, într-o izbucnire de energie, Dee se smulse din strânsoarea lui și o luă la fugă spre câmp, strigându-și copiii.

Vorhees le auzea pe fiicele lui râzând în lan. Erau prea mici, se gândi el, ca să le fie frică. Se furișaseră ca să facă întocmai ce li se spusese să nu facă, iar pentru ele era un soi de joc, chestia asta ciudată cu lumina. Vorhees alergă în josul rândurilor, strigându-le pe nume, gâfâind panicat, încercând să se ia după glasurile lor. Sunetul ba venea din spatele lui, ba din față, ba dintr-o parte. Părea să vină de peste tot, chiar și din capul lui.

– Nit! Siri! Unde sunteți?

Atunci îi apăru dinainte o femeie. Stătea chiar în mijlocul cărării. Purta o pelerină neagră, ca un personaj de basme, dintre acelea care locuiesc în pădure; pe cap avea trasă o glugă, iar ochii, în spatele unor ochelari fumurii, îi ascundeau jumătatea de sus a feței. Atât de mare fu surpriza lui Vorhees, încât, pentru o clipă, crezu că nu e decât în închipuirea lui.

– Sunt fetele tale?

Cine era femeia asta din lanul de porumb?

– Unde sunt? întrebă el cu respirația tăiată. Știi unde sunt?

Cu o mișcare languroasă, își dădu jos ochelarii, scoțând la iveală un chip seducător și neted, tânăr și frumos, cu ochi care luceau ca două diamante. Simți că i se face rău.

– Ești obosit, îi spuse ea.

Brusc, așa se și simțea. Curtis Vorhees nu fusese atât de obosit în toată viața lui. Capul îi căzu greu ca o nicovală; parcă ar fi cântărit cincizeci de kilograme. Avu nevoie de fiecare fărâmă de voință ca să se țină pe picioare.

– Am o fiică. O fiică atât de frumoasă.

În spatele lui auzi, în sfârșit, focuri de armă trase la întâmplare, din cauza panicii. Lanul și cerul se cufundaseră într-o beznă nepământeană. Simți nevoia să dea frâu liber lacrimilor, dar până și acest lucru părea să nu mai depindă de el. Se lăsase în genunchi; curând, avea să cadă la pământ.

– Te rog, îngăimă el.

– Veniți cu mine, copiii mei frumoși! Veniți cu mine în întuneric!

Cineva îl ridică în picioare: Tifty. Fața îi era foarte aproape de a lui. Vorhees abia putea s-o desluşească. Bărbatul îl trăgea de braț.

– Vor, vino!

Îşi simțea limba grea în gură.

– Femeia...

Dar nu mai era nimeni; locul în care stătuse până atunci era acum gol.

– Ai văzut-o?

– N-avem timp de asta! Trebuie să ajungem la turn!

Vorhees nici nu voia să audă; cu ultimele puteri, țâşni de lângă el.

– Trebuie să le găsesc!

Patul puştii lui Tifty îi veni de hac. O singură lovitură fermă la cap, dată cu pricepere; vederea lui Vorhees fu împânzită de stele. Apoi, lumea se întoarse cu susul în jos, pe când Tifty îl apucă de mijloc, îi petrecu brațul pe după umărul lui şi începu să fugă. Frunze mari goneau pe lângă ei, plesnindu-i fața. Vorhees strigă: Nit! Siri! Veniți înapoi! Dar nu avea puterea să se opună. Familia lui era moartă, ştia asta. Tifty nu ar fi venit după el dacă ele ar mai fi fost în viață. Şi mai multe împuşcături, şi mai multe strigăte ale celor care mureau în jurul lui. Cutiile, striga o voce. Veneau din cutii. Cine avea să supraviețuiască acestei zile? Iar Vorhees ştiu, spre nemărginita lui tristețe, că, încă o dată, avea să se numere printre cei norocoşi.

Ieşiră din lan în câmp deschis. Adăpostul era distrus, prelata sfâşiată, toate lucrurile împrăştiate. Peste tot erau numai cadavre, dar nici urmă de copii; cei mici dispăruseră. *Veniți cu mine, copiii mei frumoşi! Veniți cu mine în întuneric!* Pe când uşa de la turn se închise cu putere în spatele lui, iar el se prăbuşea la podea, alunecând în sfârşit într-o nesimțire îndurătoare, ultimul său gând fu acesta:

De ce a trebuit să fie Tifty?

Partea a IV-a

PEȘTERA

Toamna, 97 A.V.

„Nu răsărea lumina, ci mai degrabă bezna,
Sub care se ascund priveliști sumbre."
JOHN MILTON, *Paradisul pierdut*[1]

---

[1] În traducerea Adinei Begu.

24

Wolgast o întâlnise în sfârşit pe Amy. O întâlnise pe Amy în visele ei.

Câteodată se aflau într-un loc, alteori în altul. Ei erau relatarea lucrurilor care se petrecuseră, evenimente şi sentimente retrăite din trecut; erau o învălmăşeală, o pastişă, o suprapunere de imagini care în reconfigurarea lor părea nouă. Erau viaţa ei, trecutul şi prezentul laolaltă şi îi ocupau atât de deplin conştiinţa, încât se trezea tresărind şi descoperea astfel că există într-o realitate simplă a obiectelor concrete şi a timpului ordonat. Era ca şi cum lumea din starea de trezie şi lumea viselor se interschimbaseră, cea din urmă având un caracter viu de neîntrecut, fără să scadă în intensitate, pe măsură ce înainta în zi. Îşi turna de băut dintr-o carafă, le citea copiilor din cerc ori mătura frunzele din curte şi, fără niciun avertisment, mintea îi era înecată de senzaţia aceea, de parcă ar fi alunecat dincolo de lumea invizibilă, luată de curenţii unui râu subteran.

Un carusel ce se învârte, cu luminiţele şi melodia lui ca nişte sunete de clopoţel. Gust de lapte rece şi urme de zahăr pe buzele ei. O încăpere cu lumină albastră, mintea ei rătăcind din pricina febrei, o voce – vocea lui Wolgast – călăuzind-o cu blândeţe departe de întuneric.

Întoarce-te la mine, Amy, întoarce-te!

Cel mai aievea dintre toate era visul camerei: murdară, mirosind a stătut, maldăre de haine împrăştiate, caserole cu mâncare stricată peste tot, un televizor vociferând cu o cruzime fără sens într-un colţ şi femeia pe care Amy o lua drept mama ei – îşi dăduse seama de acest lucru încercată fiind de un dor deznădăjduit – mişcându-se prin spaţiul strâmt cu o energie panicată, ridicând lucruri de pe podea, îndesându-le în saci. *Haide, scumpo, trezeşte-te! Amy, trebuie să plecăm!* Plecau, mama ei pleca, lumea era împărţită în două, cu Amy de o parte a prăpastiei şi mama ei de cealaltă, clipa şi sentimentul despărţirii amânate în mod nefiresc, ca şi cum şi-ar fi urmărit mama la cârma unui vas care se îndepărta de debarcader. Înţelese că aici, în această cameră, începuse viaţa ei. Că fusese martora unui soi de naştere.

Dar nu erau numai ele două. Era şi Wolgast acolo. Asta n-avea nicio noimă; Wolgast apăruse mai târziu în viaţa ei. Şi totuşi, logica visului făcea în aşa fel încât prezenţa lui acolo să fie ceva cât se poate de firesc; Wolgast era acolo pur şi simplu. La început, Amy îi simţise prezenţa nu ca pe o realitate corporală, ci ca pe o strălucire vaporoasă de emoţie, plutind deasupra scenei. Cu cât o simţea pe mama ei îndepărtându-se, mânată de o grabă pe care Amy nici nu o cunoştea, nici nu o înţelegea – ceva îngrozitor se întâmplase –, cu atât mai reală devenea prezenţa lui. Fu cuprinsă de un calm nemărginit; îl urmărea cu o senzaţie de detaşare, ştiind că aceste evenimente ce păreau să se petreacă într-un prezent aievea se petrecuseră de fapt acum multă vreme. Le trăia pentru prima oară şi totodată le rememora – participa şi observa în acelaşi timp – neregula fiind Wolgast, pe care îl vedea acum stând pe marginea patului, mama ei nefiind pe nicăieri. Purta un costum negru şi cravată şi era desculţ. Îşi privea absorbit mâinile, pe care le ţinea dinaintea lui, cu vârfurile degetelor lipite. *Aici e biserica*, îngână el, cu degetele întrepătrunse, în afară de cele două mari, *iar aici e turla. Deschide uşa* – îşi despărţi degetele mari, lăsând să se vadă celelalte fremătându-i – *şi primeşte-i pe oameni. Bună, Amy!*

– Bună! răspunse ea.

Îmi pare rău că am fost plecat. Ți-am simțit lipsa.

– Și eu.

Spațiul dintre ei se schimbase; camera se pierduse într-o întunecime în care numai ei doi existau, ca doi actori pe o scenă luminată de un singur reflector.

Ceva e diferit.

– Da, cred că asta e.

Va trebui să te duci la el, Amy.

– La cine? La cine ar trebui să mă duc?

El e altfel decât ceilalți. Mi-am dat seama de asta de când l-am văzut prima oară. Un pahar de ceai cu gheață. Asta a fost tot ce-a vrut, ca să se răcorească pe căldurile alea. A iubit-o din toată inima pe femeia aia. Dar știi și tu asta, nu-i așa, Amy?

– Da.

Un ocean de timp, asta i-am spus. Asta pot să-ți ofer, Anthony, un ocean de timp. Brusc, o expresie de amărăciune îi apăru pe chip. *Știi, dintotdeauna am urât Texasul.*

Încă nu o privise în ochi; Amy simțea că discuția lor nici nu impunea, nici nu îngăduia acest lucru. Apoi:

Chiar acum mă gândeam la tabără. Noi doi, citind împreună, jucând Monopoly. Park Place, Boardwalk, Marvin Gardens. Mă băteai de fiecare dată.

– Cred că mă lăsai.

Wolgast chicoti ca pentru sine. *Nu, mereu ai câștigat corect și cinstit. Și Jacob Marley.* O poveste de Crăciun *era preferata ta. Cred că știai toată cartea pe de rost. Îți mai aduci aminte?*

– Îmi aduc aminte tot. Ziua când a nins. Am făcut îngeri de zăpadă.

Purtam lanțurile pe care mi le-am făurit în viață. Wolgast se încruntă, brusc nedumerit. *Era o poveste atât de tristă.*

Iată râul, își spuse Amy. *Marele, învolburatul râu al trecutului.*

Aș fi putut merge pe drumul ăla la nesfârșit. Wolgast își ridică privirea, adresându-se parcă întunericului. *Nu înțelegi, Lila? Asta mi-am dorit. Asta mi-am dorit dintotdeauna*. După care, continuă: *Știi... locul ăsta, Amy?*

– Nu cred că e un loc anume. Cred că visez.

El dădu ușor din cap, gândindu-se la vorbele ei. *Așa e, îmi pare just. Acum că mi-ai spus, chiar are noimă.* Trase aer adânc în piept și îl eliberă treptat. *Ciudat. Sunt atâtea lucruri pe care nu mi le amintesc. Așa se întâmplă. Nu ajungi să păstrezi decât o mică parte din tine. Dar încep să se limpezească de-acum.*

– Mi-e dor de tine, tati.

Știu că ți-e dor. Și mie mi-e dor de tine, scumpo, mai mult decât îți poți închipui. Cât am stat cu tine am fost cel mai fericit. Îmi doresc să te fi putut salva, Amy.

– Dar m-ai salvat.

Erai doar o fetiță, singura pe lume. N-ar fi trebuit să-i las să te ia. Am încercat, dar nu suficient de mult. Ăsta a fost adevăratul test. Asta este adevărata măsură din viața unui bărbat. Mi-a fost prea frică, întotdeauna. Sper că mă poți ierta.

Fu inundată de un val de tristețe. Cât își mai dorea să-l aline, să-l cuprindă în brațe. Și totuși știa că dacă încerca una ca asta, dacă făcea fie și un pas mai în față, visul avea să se risipească, iar ea va fi din nou singură.

– Te iert, normal că te iert. Nu e nimic de iertat.

Sunt atât de multe lucruri despre care nu ți-am vorbit. El se uită țintă la propriile mâini. *Despre Lila și Eva, fetița noastră. Semănai atât de mult cu ea.*

– Nu a fost nevoie, tati. Am știut, am știut dintotdeauna.

Tu mi-ai umplut inima, Amy. Asta ai făcut: mi-ai umplut golul lăsat de Eva. Dar nu am putut să te salvez nici pe tine, cum nu am putut s-o salvez nici pe ea.

Parcă provocată de vorbele lui, camera începu să se depărteze, spațiul dintre ei alungindu-se de parcă ar fi fost un coridor. Deznădejdea o cuprinse brusc în ghearele ei.

Îmi place să depăn amintiri cu tine, Amy. Dacă nu te superi, aș mai rămâne o vreme.

O părăsea, se distanța din ce în ce mai mult de ea.

– Tati, te rog, nu pleca.

Fetița mea curajoasă. Curajoasa mea Amy. Te așteaptă. Te-a așteptat tot timpul ăsta pe corabie. Acolo se află și răspunsurile. Trebuie să te duci la el când va veni timpul.

– Ce corabie? Nu știu de nicio corabie.

Însă rugămințile ei fură zadarnice; visul se destrămă, Wolgast aproape că nu se mai vedea. Se afla acum chiar la capătul beznei învăluitoare.

– Te rog, tati! strigă ea. Nu mă părăsi! Nu știu ce să fac!

În cele din urmă, el își întoarse fața spre ea și îi întâlni privirea. O privire aprinsă, strălucitoare, care-i sfredelea inima.

Dar, Amy, nu cred c-am să te părăsesc vreodată.

25

Tabăra Vorhees, Vestul Texasului
Comandamentul de Vest al Forțelor Expediționare

Deși locotenentul Peter Jackson era un ofițer decorat, veteran în trei campanii diferite și un bărbat despre ale cărui fapte se vorbea, simțea câteodată că viața lui se sfârșise.

Aștepta ordine; aștepta haleală; aștepta să-i vină rândul la latrină. Aștepta să se îmbunătățească vremea și, când nu se întâmpla asta, continua să aștepte. Ordine, arme, provizii, vești – pentru toate astea trebuia să aștepți. Aștepta zile, săptămâni, ba uneori chiar și luni la rând, de parcă timpul pe care-l mai avea pe pământ fusese dedicat înseși așteptării, de parcă ar fi fost o mașinărie umanoidă construită anume pentru asta.

Și acum aștepta.

Ceva important se petrecea în cortul de comandă, n-avea nicio îndoială. Apgar și ceilalți fuseseră închiși acolo toată dimineața. Peter începuse să se gândească la ce era mai rău. Toți auziseră zvonurile de luni bune: dacă grupul de comandă nu omora pe cineva cât de curând, vânătoarea avea să fie abandonată.

Cinci ani trecuseră de când urcase muntele cu Amy. Cinci ani de când îi vânau pe Cei Doisprezece. Cinci ani de când nu se aleseseră cu nimic.

Houston, căminul lui Anthony Carter, subiectul numărul Doisprezece, ar fi fost punctul logic de pornire, asta dacă locul nu ar fi fost o mlaștină de nepătruns. Și la fel și New Orleans, căminul numărului Cinci, Thaddeus Turrell. Tulsa, Oklahoma, locul de baștină al lui Rupert Sosa, nu le adusese decât dezastru; orașul era în ruine, dracii mișunau peste tot și pierduseră șase oameni înainte să bată în retragere.

Mai erau și altele. Jefferson City, Missouri. Oglala, Dakota de Sud. Everett, Washington. Bloomington, Minnesota. Orlando, Florida. Black Creek, Kentucky. Niagara Falls, New York. Toate locuri îndepărtate și imposibil de ajuns, la mulți kilometri și ani depărtare. Lipită de ușa dulapului său, Peter ținea o hartă pe care erau încercuite toate aceste orașe. Locurile de baștină ale Celor Doisprezece. Dacă unul dintre Cei Doisprezece era ucis, mureau și descendenții lui, mintea fiindu-le astfel eliberată pentru călătoria întru moarte. Sau cel puțin așa credea Peter. Asta îl învățase Lacey când detonase bomba care-l ucisese pe Babcock, subiectul Numărul Unu; asta îi arătase Amy, ieșind din cabana lui Lacey pe câmpul acoperit de zăpadă, unde Cei Mulți se întinseseră la soare ca să moară.

Tu ești Smith, tu ești Tate, tu ești Dupree, tu ești Erie Ramos Ward Cho Singh Atkinson Johnson Montefusco Cohen Murrey Ngyuen Elberson Lazaro Torres...

Fuseseră un grup de zece atunci. Acum erau doar șase. Fratele lui Peter nu mai era, și nici Maus și Sara. Dintre cei cinci care porniseră spre garnizoana Roswell, numai Hollis și Caleb ajunseseră la destinație. „Bebelușul Caleb", cu toate că nu mai era deloc bebeluș, se afla acum într-un orfelinat din Kerrville, crescut de surori. Când Viralii pătrunseseră în garnizoana Roswell, Hollis fugise cu Caleb la una dintre cutii. Theo și Maus muriseră deja. Nimeni nu știa ce se întâmplase cu Sara; dispăruse în învălmășeală.

Hollis îi căutase trupul, însă nu găsise nimic. Singura explicație era că fusese luată.

Anii îi împrăștiaseră pe ceilalți ca pe niște frunze în vânt. Michael era la rafinăria din Freeport, petrolist de primă mână. Greer, care li se alăturase în Colorado, se afla în împrejmuire, condamnat la șase ani pentru că dezertase din propriul comandament. Și cine știe pe unde mai era și Hollis. Bărbatul pe care îl știuseră și îl iubiseră ei fusese doborât sub povara grea a morții Sarei, durerea resimțită azvârlindu-l în pântecele întunecoase ale orașului, în lumea afacerilor dubioase. Peter auzise că ajunsese să fie unul dintre cei mai buni locotenenți ai lui Tifty. Din grupul inițial, numai Peter și Alicia se alăturaseră vânătoarei.

Cât despre Amy, ce era de spus?

Peter se gândea deseori la ea. Arăta cam la fel ca întotdeauna – o fată de paisprezece ani, nu de o sută trei, cât avea în realitate – însă multe se schimbaseră de la prima lor întâlnire. Din Fata de Nicăieri, care vorbea doar în cimilituri, asta dacă vorbea, nu mai rămăsese nici urmă. În locul ei venise o persoană mult mai prezentă, mai *umană*. Vorbea des despre trecutul ei, nu doar despre anii singuratici de rătăcire, ci și despre primele ei amintiri din Vremea Dinainte: despre mama ei și despre Lacey, despre o tabără din munți și despre bărbatul care o salvase. Brad Wolgast. Nu era tatăl ei adevărat, îi spusese Amy, nu-l cunoscuse niciodată, însă, chiar și așa, îi fusese ca un tată. Ori de câte ori vorbea despre el, un val de tristețe îi acoperea privirea. Peter știa și fără să întrebe că murise ca s-o protejeze și că aceasta era o datorie pe care ea nu mai putea să i-o întoarcă, chiar de și-ar fi petrecut toată viața – acea perioadă infinită și nedefinită – încercând.

Era împreună cu Caleb acum, devenise una dintre surori, îmbrăcând rasa cenușie a Ordinului. Peter nu credea că Amy le împărtășea credința – surorile erau zeloase, pretinzând castitatea filosofică și fizică pentru a reflecta convingerea lor că acestea erau ultimele zile ale umanității pe acest pământ – însă era o deghizare mai mult decât potrivită, una pe care Amy putea să și-o asume cu ușurință. După tot ce se întâmplase în Colonie, căzuseră cu toții de acord că adevărata identitate a lui Amy, și la fel și puterea pe care o purta dinăuntrul ei, nu trebuia aflată de nimeni în afară de cei de la conducere.

Peter se duse la popotă, unde pierdu o oră fără să facă nimic anume. Plutonul său, alcătuit din douăzeci și patru de bărbați, doar ce se întorsese dintr-o misiune de recunoaștere în Lubbock, ca să vadă ce mai era de recuperat; norocul fusese de partea lor, astfel că-și încheiaseră misiunea fără niciun incident. Premiul cel mare fusese o groapă de gunoi plină cu cauciucuri vechi. Peste o zi sau două aveau să se întoarcă cu un camion cât mai plin pe care să-l ducă la vulcanizarea din Kerrville.

Ofițerii superiori se aflau în cortul acela de ore bune. Despre ce puteau să vorbească atât?

Gândurile îl purtară înapoi la Colonie. Ciudat că nu se gândea la ea săptămâni, poate chiar luni în șir, ca deodată, fără niciun avertisment, amintirile să-i năvălească în minte. Evenimentele ce le precipitaseră plecarea păreau să se fi întâmplat altcuiva – nu locotenentului Peter Jaxon din Forțele Expediționare, nici măcar lui Peter Jaxon, Paznicul Titular, ci unui băiat-bărbat, imaginația lui rezumându-se la peticul de pământ care-i definise întreaga viață. Câtă energie consumase pentru a-și alimenta acele sentimente nepotrivite, manifestate în rivalitatea neînsemnată față de fratele lui, Theo? Se gândea cu nostalgică mândrie la ce i-ar fi spus acum tatăl lui, marele Demetrius Jaxon, Capul Gospodăriei, Căpitanul Curselor Lungi. *Te-ai descurcat bine. Ai dus lupta pe terenul lor. Sunt mândru că ești fiul meu.* Și totuși, Peter ar fi dat toate acestea în schimbul unei singure ore în compania lui Theo.

Iar de fiecare dată când se uita la Caleb, îl vedea pe fratele lui.

La masă i se alătură Satch Dodd. Un ofițer de armată întocmai ca Peter, Satch era doar un bebeluș când familia lui fusese ucisă în Masacrul de pe Câmp. Din câte știa Peter, Satch nu spusese nimic despre asta, însă povestea lui era bine cunoscută.

– Ai vreo idee despre ce e vorba? întrebă Satch.

Avea o față rotundă, de băiețel, care îl făcea să pară sincer, indiferent de circumstanțe.

Peter clătină din cap.

– Ați dat peste o captură bună în Lubbock.

– Sunt doar niște cauciucuri.

Amândoi erau cu mintea în altă parte; nu făceau decât să-și umple timpul.

– Cauciucurile sunt cauciucuri. Nu poți face multe fără ele.

Echipa lui Satch urma să plece a doua zi de dimineață într-o misiune de curățare pe o sută șaizeci de kilometri până la Midland. Era o treabă anevoioasă: zona era ca o hazna de petrol, care dăduse pe afară din fântânile vechi ce nu fuseseră astupate.

– Să-ți zic ce-am auzit, începu Satch. Autoritatea Civilă investighează dacă unele dintre fântânile acelea vechi mai sunt încă funcționale sau nu, pentru când o să se golească rezervoarele. Cine știe, nu peste mult timp, ne mutăm acolo garnizoana.

Peter rămase perplex; nu se gândise niciodată la posibilitatea asta.

– Dar am crezut că e destul petrol în Freeport cât să ne ajungă pentru vecie.

– Și vecia e relativă. Teoretic, da, e destul petrol acolo. Dar, mai devreme sau mai târziu, totul se termină. Satch îi aruncă o privire piezișă: N-aveai tu un prieten petrolist? Unul din grupul tău din California, parcă?

– Da, Michael.

Satch clătină din cap.

– Să vii pe jos tocmai din California. Asta rămâne cea mai nebunească poveste pe care am auzit-o.

Se sprijini cu palmele de masă și se ridică.

– Dacă afli ceva de sus, anunță-mă. Pun pariu că nu mai e mult și o să ne trimită în Midland, să ne bălăcim în petrol.

Îl lăsă pe Peter singur. Cuvintele lui Satch nu-l înveseliseră deloc, ba din contră. Șase militari înghesuiți în popotă, vorbind între ei cu o familiaritate grosolană, presărată cu obscenități, tipică bărbaților care așteptau haleală. Pe Peter nu l-ar fi deranjat puțină companie, să-i mai abată gândul de la griji, dar, pe când ieși din rând ca să-și caute o masă, nimeni nu aruncă vreo privire în direcția lui; decorația de argint de la guler și dispoziția proastă pe care o emana erau îndeajuns cât să îndepărteze pe toată lumea.

Despre ce puteau vorbi ofițerii superiori?

Despre abandonarea vânătorii: Peter nici nu-și putea închipui una ca asta. Vreme de cinci ani abia dacă se gândise la altceva. Se înscrisese în Forțele Expediționare imediat după Roswell: o mulțime de bărbați făcuseră la fel. Pentru fiecare persoană care murise în noaptea aceea exista un prieten, un frate ori un fiu care să îi ia locul. Aceștia nu erau motivați decât de o dorință de răzbunare menită să se stingă repede ori să-i facă să se lase uciși, iar Peter nu-și făcea iluzii în privința propriei persoane. Răzbunarea era un factor. Însă motivele dorinței lui mergeau mult mai adânc. Toată viața lui, încă de pe vremea Curselor Lungi, tânjise să fie părtaș la o cauză mai mare. Simțise acest lucru în momentul în care își depusese jurământul care-l lega de tovarășii lui; scopul lui, soarta lui, persoana lui – toate erau acum unite cu ale lor. Se întrebă dacă era mai puțin el, dacă identitatea lui se pierduse cumva în cea colectivă, însă adevărul era tocmai pe dos. Nu era ceva despre care putea vorbi, nu atâta vreme cât Theo nu mai era, iar ceilalți îl părăsiseră, așa încât înrolarea în Forțele Expediționare îl făcuse să se simtă viu cum nu se mai simțise vreodată. Privindu-i pe soldați cum mănâncă – râzând, glumind și îndesându-și fasolea în gură de parcă ar fi fost ultima lor masă – își aminti de primele lui zile cu oarecare invidie.

Fiindcă, undeva pe drum, sentimentul acela îl părăsise. Îl pierduse pe măsură ce participase în campanii, pe măsură ce oamenii muriseră, teritoriile fuseseră câștigate sau pierdute, fără să se aleagă de fapt cu ceva. Legătura pe care o avea cu oamenii lui rămase însă neatinsă, la fel de puternică precum gravitația, și s-ar fi sacrificat pentru oricare dintre ei fără nici cea mai mică ezitare, așa cum, credea el, ar fi făcut și ei. Dar ceva lipsea; nu știa exact ce. Știa ce i-ar fi spus Alicia: *Ești doar obosit. Asta e o misiune de durată. Se întâmplă tuturor, trebuie să ai răbdare*. Nu era greșit, dar nici nu era corect pe deplin.

În cele din urmă, Peter nu mai suportă. Ieși din cort și traversă complexul. Nu avea nevoie decât de o scuză ca să bată la ușă;

cu puțin noroc, aveau să-l lase înăuntru, așa încât să-și facă o idee despre ce puneau la cale.

N-ar fi trebuit să-și facă atâtea griji. Pe când se apropia, ușa se deschise larg: maiorul Henneman, colonel-adjunct. Avea părul blond tuns scurt și favoriți și dinți strâmbi, pe care îi arăta numai când zâmbea, adică niciodată.

– Jaxon! Chiar după tine veneam. Intră!

Peter păși în cort și se opri în prag, lăsându-și ochii să se obișnuiască cu lumina. La masa mare stăteau așezați toți ofițerii superiori – maiorii Lewis și Hooper, căpitanii Rich, Perez, Childs și colonelul Apgar, cel responsabil cu grupul de comandă – plus încă cineva.

– Bună, Peter!

Alicia.

– Am găsit două intrări, aici și aici.

Alicia îndreptă atenția tuturor asupra hârtiilor întinse pe masă: STUDIUL GEOLOGIC AL S.U.A, NEW MEXICO DE SUD. Lângă, era desfăcută o a doua hartă, mai mică și ștearsă de vreme: REZERVAȚIA NATURALĂ PEȘTERILE CARLSBAD.

– Intrarea principală în peșteră este lată de vreo trei sute de metri. N-avem cum s-o blocăm nici cu cea mai mare mașina a noastră, iar terenul este prea accidentat ca să aducem o autostropitoare.

– Și ce propui să facem? întrebă Apgar.

– Îl încolțim. Arătă înapoi pe hartă: Am găsit o altă intrare, cam la vreo patru sute de metri depărtare. E un puț vechi de ascensor. Martínez trebuie să fie undeva între intrările astea două. Punem un pachet de H2 la intrarea principală, înăuntrul tunelului care duce la puț. Asta ar trebui să-l conducă spre baza liftului, unde îl va aștepta un singur om.

– Un singur om, repetă Apgar, adică tu.

Alicia încuviință din cap.

Colonelul se lăsă pe spătarul scaunului. Toată lumea aștepta.

– Nu mă înțelege greșit, locotenent. Știu de ce ești capabilă. Cu toții știm. Dar aici nu e Nevada. Mie îmi pare ca o călătorie fără întoarcere.

– Oricine altcineva m-ar încetini.

El se încruntă neîncrezător.

– Şi eşti sigură că Martínez e acolo jos?

– Aşa ar fi logic, domnule. Şi Babcock a folosit o peşteră. Iar Carlsbad se află la doar câteva sute de kilometri de El Paso. E teritoriul lui.

Apgar rămase pe gânduri o clipă.

– De acord, la prima vedere există o logică, dar cum poţi fi atât de sigură?

Alicia şovăi.

– N-o pot explica, domnule colonel. Pur şi simplu sunt.

Peter era aşezat la celălalt capăt al mesei.

– Cer permisiunea să vorbesc, domnule.

Apgar îşi dădu ochii peste cap.

– În regulă, Jaxon. Dă-i bătaie şi spune ce ştim cu toţii ce urmează să spui.

– Sunt singurul de aici care s-a întâlnit cu unul dintre Cei Doisprezece. Eu am încredere în locotenent Donadio. Dacă spune că Martínez e acolo jos, atunci e acolo jos.

– Îţi ştim cu toţii povestea, locotenent. Dar asta nu schimbă faptul că vorbim de o bănuială aici. Nu văd niciun motiv să pun în pericol viaţa cuiva, dacă nu ştim sigur.

– Poate că mai e o cale. Toţi subiecţii originari au avut inserat un cip, la fel ca Amy. Putem să ne folosim de semnalul acela ca să-l localizăm.

– M-am gândit deja la asta. Avem o singură problemă: undele radio nu pătrund prin stâncă. Cum sugerezi să prindem un semnal aflat la trei sute de metri sub pământ?

– Nu îl prindem de la suprafaţă. Îl prindem dinăuntrul peşterii.

Peter le atrase din nou atenţia asupra diagramei:

– Facem cum spune Alicia, punând un pachet de H2 la intrarea în tunelul care duce la baza intrării principale spre celelalte încăperi. Cei Doisprezece sunt indivizi masivi, dar, în spaţii strâmte, ar trebui să fie suficient ca să-l distragă pe Martínez. Cablurile pachetului duc înapoi la gura intrării principale, unde este conectat la suprafață printr-o stație radio, așa încât să-l putem detona de la distanță. S-o numim Echipa Albastră.

Apgar încuviință din cap.

– Până aici, de acord cu tine.

– Bun! Doar că n-o să trimitem un singur om prin puțul de ascensor ca să-l încolțească pe Martínez la ieșire, ci doi, cu un radiogoniometru. S-o numim Echipa Roșie. Primul lucru pe care-l face Echipa Roșie este să amplaseze un al doilea pachet de H2 în apropiere de baza puțului. Îl setăm la un timp mai scurt, să zicem cincisprezece secunde. Numărul unu intră în peșteră, folosindu-se de radiogoniometru ca să-l detecteze pe Martínez, însă numărul doi rămâne pe loc. Șmecheria este să păstrăm linia de colimație ca să menținem contactul radio cu suprafața, asta este treaba celui de-al doilea om. El este mijlocitorul. Practic, folosim un sistem de reacție în lanț. Numărul unu este conectat prin radio la numărul doi, care este conectat la cel de la capătul puțului, să-i spunem numărul trei, care este conectat la Echipa Albastră. În felul ăsta, putem coordona toate elementele operațiunii. Ca să nu vorbim de bănuieli.

Apgar încuviință din cap.

– Destul de corect, dar deja identific niște probleme, locotenent. E un labirint acolo jos. Dacă numărul unu și numărul doi pierd contactul unul cu celălalt? Totul se duce de râpă.

– E un risc, dar nu văd de ce ar face-o, atâta vreme cât numărul unu nu iese din acest perimetru. Peter îl arătă cu degetul pe hartă: Nu avem o imagine completă a peșterii, dar măcar putem acoperi mare parte din ea.

– Continuă!

– Deci, plasăm cele două pachete, numărul unu se duce după Martínez, numărul doi așteaptă să primească vești. După, e doar o chestiune de sincronizare. De îndată ce numărul unu îl localizează pe Martínez, transmite acest lucru numărului doi, care ia legătura cu suprafața. Echipa Albastră detonează peștera. Martínez e călcat pe coadă. Numărul unu fuge înapoi la puț, atrăgându-l spre lift. Numărul doi setează cronometrul. Urcă, al doilea pachet explodează, Martínez e istorie. Bătu din palme: Simplu.

Apgar analiză planul.

– Nu prea lasă loc de erori. Știu că Donadio e rapidă, dar cincisprezece secunde nu o să fie suficiente ca să iasă din raza exploziei. Nu cred că putem scoate pe cineva atât de repede.

– Nici nu e nevoie. Puțul în sine o să ofere suficientă protecție. Cincisprezece metri ar trebui să fie destul.

– Doar ca să ne înțelegem: te gândești să-l folosim pe numărul unu ca momeală.

– Corect, domnule!

– Sună ca și cum ai mai făcut asta.

– Nu eu. Sora Lacey.

– Călugărița ta mistică.

– Lacey a fost mai mult decât atât, domnule colonel.

Apgar își împreună degetele, se uită lung la hartă, după care ridică ochii spre Peter:

– Numărul unu este Donadio, evident. Dar ai vreo idee cine ar putea fi celelalte personaje sinucigașe?

– Da, domnule. Aș vrea să mă ofer voluntar.

– De ce nu sunt surprins? Apgar se întoarse spre ceilalți: Mai vrea cineva să se bage? Hooper? Lewis?

Amândoi bărbații încuviințară.

– Donadio?

Ea se uită la Peter – *Ești sigur de asta?* – și dădu scurt din cap.

– Da, domnule.

O pauză scurtă, după care își recunoscu înfrângerea:

– În regulă, domnilor locotenenți, asta e reprezentația voastră. Henneman, crezi că ajung două echipe?

– Așa cred, domnule.

– Înștiințează-l pe locotenent Dodd și alcătuiți împreună un detașament care să echipeze transportoarele. Și să vedem cum facem cu radiogoniometrul ăla. Aș vrea să ne ocupăm de asta în patruzeci și opt de ore. Apgar întoarse din nou privirea spre Peter: Ultima șansă să te răzgândești, locotenent.

– Nici gând, domnule.

– Aşa mă gândeam şi eu. Îşi plimbă privirea prin încăpere: În regulă, toată lumea. Haideţi să dovedim comandamentului de ce suntem în stare şi să-i venim de hac ticălosului.

Două nopţi mai târziu, îşi ridicară tabăra la poalele muntelui. Două transportoare, douăzeci şi patru de oameni dormind pe paturi de campanie; se treziră în zori ca să se pregătească de ascensiune. Terenul din jurul transportoarelor era plin de urme lăsate în pământ, vizitatori nocturni, atraşi de mirosul bărbaţilor adormiţi, un ospăţ copios ce li se refuza din pricina zidurilor de metal. Versantul muntelui era prea abrupt pentru vehicule, cu potecile lui şerpuitoare. Tot ce aduseseră trebuia cărat în spate. În lipsa transportoarelor care să-i protejeze pe vârful muntelui, o a doua şansă era exclusă. În lumina strălucitoare a dimineţii, condiţiile misiunii lor erau cât se poate de clare. Fie îl găsesc pe Martínez şi-l ucid, fie pier în întuneric.

Henneman era ofiţerul superior – ceva deloc obişnuit. Rareori ieşea dincolo de zidurile garnizoanei. Însă, de-a lungul anilor, îşi croise drum spre această poziţie de-o siguranţă aparentă, făcând exact opusul. Tulsa, New Orleans, Kearney, Roswell – Henneman urcase în grad pe o scară de lupte şi sânge. Nimeni nu punea la îndoială capacităţile lui, iar prezenţa lui acolo avea o oarecare însemnătate. Peter avea să conducă o echipă, Dodd, pe cea de-a doua. Alicia era Alicia: iscoada, persoana din afara oricărui grup, cea care nu părea să se încadreze nicăieri şi, de cele mai multe ori, să nu răspundă în faţa nimănui. Toată lumea ştia de ce era în stare, şi totuşi statutul ei era o sursă de nelinişte în rândul oamenilor. Din câte ştia Peter, nimeni nu spusese nimic despre asta – dacă vorbeau despre grijile lor, nu o făceau cu Peter – însă disconfortul lor era evident din felul în care păstrau distanţa, privirile precaute pe care i le aruncau, de parcă n-ar fi îndrăznit să se uite în ochii ei. Ea era podul dintre om şi Viral şi se situa undeva la mijloc: dar unde se încadra?

Porniră la drum chiar după răsărit. Acum era o cursă contracronometru. Trebuiau să pună explozibilul şi fiecare om să-şi ocupe poziţia înainte de apus. Noaptea rece a deşertului lăsase loc soarelui arzător, razele lui dogoritoare lovindu-i în spate, pe umeri, apoi în moalele capului. Nu era timp de stat; porțiile de mâncare fură împărțite din mers, Alicia în fruntea șirului, întorcându-se din când în când să se consulte cu Henneman. Când ajunseră la gura peșterii, se făcuse deja după-amiază.

– Iisuse, cred că glumești! făcu Henneman.

Stăteau în dreptul intrării în peșteră. Soarele, bătând dinspre vest, lumina interiorul, deși razele lui nu pătrundeau prea departe; dincolo de ele se întindea o beznă neagră. Amfiteatrul, cu băncile lui curbate din piatră, printre care se adunaseră frunze uscate și alte resturi, era de neexplicat; dacă acolo stătuseră cândva niște spectatori, ce fusese de văzut? Balustrade din metal formau o delimitare prelungă ce ducea înapoi la peșteră. Mai aveau trei ore de lumină.

Revizuiră planul de la cap la coadă. Echipa lui Dodd avea să monteze explozibilul la baza peșterii. Potrivit schiței Aliciei, cărarea zigzagată ducea încă vreo sută de metri sub pământ, unde un tunel îngust cobora încă o sută de metri, până la prima dintre cele câteva camere mai mari. Explozibilul avea să fie pus înăuntrul acestui tunel și conectat la un radiogoniometru, cu o linie dreaptă de vizare până la gura peșterii. Detunătura avea să trimită o undă de compresie de-a lungul tunelului, forța ei distrugătoare crescând exponențial în spațiul strâmt – în teorie, expulzând totul din calea ei spre puțul de ascensor. De îndată ce explozibilul avea să fie plasat, iar oamenii lui Dodd aveau să se întoarcă la suprafață, Peter și Alicia își puteau începe coborârea. Cabina ascensorului se afla jos, la două sute de metri sub pământ, ținută în loc de contragreutățile de deasupra ei. Cu ajutorul unui vinci, Peter și Alicia aveau să fie lăsați în jos cu o funie până la baza puțului și trași înapoi la retragere.

Dodd și echipa lui porniră. Cincisprezece minute mai târziu, îi contactară de jos prin stația radio. Ajunseseră la gura tunelului.

– E ciudat ca naiba aici jos, spuse Dodd. Ar trebui să vedeți și voi asta.

Așa avea să se întâmple, și asta cât de curând. Echipa lui Dodd avea o sută de metri de cablu ca să conecteze detonatorul la explozibil. Se lăsă o tăcere care dură cinci minute; apoi se auzi din nou vocea lui Dodd. Bomba și cablul fuseseră conectate; echipa lui își începuse ascensiunea. Peter și Alicia așteptau la capătul puțului de ascensor, care era la vreo patru sute de metri depărtare, într-o clădire care adăpostise cândva birourile Administrației Parcurilor. Vinciul era pus la locul lui. Ceasul arăta 17:00; erau la limită.

Vocea lui Dodd răzbătu prin stație:

– Echipa Albastră, puteți porni!

Alicia și Peter își prinseră hamul; Henneman le ură noroc. Își luară avânt pe marginea puțului și își dădură drumul în beznă, ca două monede aruncate în fântână. Lămpile fluorescente prinse la vestele lor inundau pereții într-o lumină gălbuie. Peter avea mintea limpede, simțurile îi erau ascuțite. Există un fel de teamă care îți ascute percepția, făcându-ți mintea să rămână concentrată; același fel de teamă îl încerca și pe el. Temperatura scăzu brusc și simți cum i se zburlește părul de pe mâini. Treizeci de metri, șaizeci de metri, nouăzeci de metri, iar ei alunecau iute în josul culoarului, greutatea lor fiind susținută de ham de parcă ar fi fost lăsați în jos în căușul unor mâini uriașe. Cablurile liftului – un trunchi gros de oțel răsucit și două fire mai subțiri înfășurate în plastic – treceau în goană pe lângă ei. O formă întunecată se contura dedesubt: platforma de sus a liftului. Cablurile erau prinse de o plăcuță de pe acoperiș. Se lăsară pe el cu un bufnet ușor.

– Echipa Roșie e jos!

Alicia deschise trapa și intrară. Ușile cabinei erau deschise. Părea că dincolo de ele se întinde un spațiu nesfârșit, ca și cum s-ar fi aflat la intrarea unei catedrale. Aerul era umed și rece, cu un miros puternic de pământ și un iz de urină. Scrutară împrejurimile cu lanternele atașate la puști, razele lor pierzându-se în bezna incomensurabilă. De jur împrejur erau tot felul de forme ciudate, parcă organice, ca și cum pereții ar fi fost făcuți din bucăți îngrămădite de carne.

– Pe toți zburătorii, uită-te la locul ăsta! exclamă Alicia.

Își dădu jos ochelarii; era în elementul ei acum, o zonă de noapte fără sfârșit. În lumina fluorescentă, îngenunche și scoase două obiecte din rucsacul ei. Primul era pachetul cu explozibil – opt bețe de HEP conectate la un cronometru automat. Îl așeză cu grijă pe podeaua peșterii. Al doilea era un radiogoniometru, un obiect mic și pătrățos, cu o antenă direcțională și cu un dispozitiv care să înregistreze puterea semnalului primit la 1.432 megahertzi. Porni întrerupătorul și ieși din cabină, ținând dinaintea ei radiogoniometrul ca să scaneze primprejur. Acul se trezi la viață.

– Te-am prins!

Peter transmise la suprafață: ținta era acolo. Nu avusese niciun motiv să pună la îndoială presupunerea Aliciei, însă situația căpătase brusc o dimensiune mult mai palpabilă. Undeva în caverna asta, Julio Martínez, Al Zecelea dintre Cei Doisprezece, îi aștepta.

– Spune-i lui Dodd să rămână pe poziții și să aștepte semnalul meu, îi zise Peter lui Henneman.

– Recepționat! Numai ochi, locotenenți!

Sosise clipa. Peter și Alicia schimbară o ultimă privire plină de înțeles. Iată-i din nou împreună, pe marginea prăpastiei. Nu era nevoie să vorbească despre asta prin cuvinte; își spuseseră tot ce era de spus. Niciunul nu putea să existe fără celălalt, și totuși distanța dintre ei nu putea fi apropiată. Erau cine erau, doi soldați la război. Legătura transcendea totul, cu excepția unui lucru, a unui singur lucru pe care nu-l puteau avea. Alicia purta, ca de obicei, banduliera ei, care devenise un semn distinctiv, însă renunțase la arbaletă în favoarea unei puști M4 cu un tub gros pentru lansat rachete montat sub țeavă. Martínez să nu se aștepte la milă din partea ei, la nicio binecuvântare de pe urmă.

– Ne vedem curând.

Și dispăru în întuneric.

La gura peșterii, echipa lui Satch Dodd formase o linie de tragere de-a lungul nivelului de jos al amfiteatrului. Cerul începuse să se întunece de-a binelea, revărsându-și bogăția de culori pe măsură ce ziua se prefăcea în noapte.

Dodd strângea în mână detonatorul. Semnalul lui, transmis receptorului de la baza peșterii, avea să închidă un circuit electric simplu, trimițând un impuls de curent prin cablul care ducea la bombă.

Chiar și de la distanța asta, avea să producă o bubuitură dată naibii.

Deși nu lăsase ca oamenii lui să vadă acest lucru, drumul până la capătul peșterii îl neliniștise. Dodd nu mai fusese niciodată într-un asemenea loc – o lume nepământeană de forme străine, de culori ciudate, de dimensiuni distorsionate, cu buzunare de întuneric oriunde își arunca privirea învârtejindu-se în neant. Parcă se târâse spre propriul mormânt cât mersese de-a lungul tunelului. La orfelinat, Dodd învățase că iadul este regatul caznelor nesfârșite, unde sufletele celor răi se zbat pe veci în agonie. Deși ideea îl speriase la început, i se păruse încă de pe atunci cam greu de crezut. Cu toate că nu era decât un băiețel, intuise că iadul nu era decât o poveste pe care o născociseră surorile ca să-i facă pe copii să stea cuminți, nu deosebită de fabulele pe care le citeau ca să-i învețe lecții simple de morală. Statutul lui Dodd de cel mai tânăr supraviețuitor al Masacrului de pe Câmp îi oferise dintotdeauna un rang ușor peste ceilalți copii, de parcă experiența acelui eveniment îl făcuse mai înțelept. Acest lucru era, firește, cât se poate de deplasat – nu-și cunoscuse prea bine părinții, nu le simțise pierderea și nu-și amintea nimic din ziua aceea – însă sub vraja admirației colegilor săi de joacă pentru această închipuită suferință a lui, Dodd ajunse să se vadă ca pe un băiat cu puteri speciale de percepție, mai ales când venea vorba de proclamările mistice ale surorilor. Cu ideea de Dumnezeu, Dodd era în regulă, avea noimă. Raiul era o concepție fericită pe care o împărtășea bucuros, de vreme ce nu costa nimic să crezi în ea. Însă atât era dispus să meargă. Iadul era pur și simplu o aberație.

Acum, stând la gura peșterii, cu detonatorul în mână, Dodd nu mai era la fel de sigur.

Așteptarea nu fusese nicicând ușoară. Odată ce focurile de armă începeau să fie trase, erai copleșit de o senzație de limpezime. Mureai sau scăpai cu viață, ucideai sau erai ucis – era ori una, ori alta, nu exista cale de mijloc. Știai unde îți este locul și, preț de câteva minute violente, care-ți făceau inima să bată nebunește, Dodd se simțea ridicat de un val de adrenalină care anula practic tot ceea ce știa despre propria persoană. Se putea spune că, în învălmășeala luptei, bărbatul cunoscut drept Satch Dodd înceta să existe, chiar și pentru sine însuși; iar când praful se risipea, iar el era încă în picioare, se trezea încercat de o explozie de existență pură, ca și cum ar fi fost azvârlit pe țeava unui tun înapoi în lume.

În așteptarea aceea te descopereai cel mai bine. Amintiri, îndoieli, regrete, temeri, o multitudine de posibilități pe care ți le putea oferi viitorul – ți se amestecau toate în minte ca într-o supă. În vreme ce Dodd își concentră jumătate din atenție asupra situației prezente – detonatorul din mână, oamenii din jurul lui și stația radio prinsă la umăr, prin care avea să vină ordinul lui Henneman de a arunca în aer peștera – cealaltă jumătate ricoșa prin încăperile propriului eu. Abia când Henneman avea să-i dea semnalul ca să detoneze bomba, această senzație, un fel de greață psihică ce-i cuprindea întregul corp, avea să se estompeze, stârnindu-i impulsul de a acționa.

Prin stație, se auzi vocea hârâită a maiorului:

– Echipa Albastră, numai ochi! Intră Donadio.

Ceva se strânse în el; simți cum revine în prezent.

– Recepționat.

Abia aștepta să se termine.

Două sute de metri mai jos, în caverna neluminată rămasă după ce apele pline de sulfură se retrăseseră din depozitele calcaroase ale unui recif străvechi, Alicia Donadio înainta după semnal. Nu avea nicio îndoială că semnalul acela venea de la cipul pe care îl avea implantat în gât Julio Martínez, unul dintre cei doisprezece deținuți infectați cu virusul CV creat de Proiectul NOE la începuturile acelei ere.

Louise, își spuse în sinea ei. *Louise.*

Din clipa în care intraseră în peșteră, numele ăsta pusese stăpânire pe mintea ei. Ceea ce era ciudat: potrivit cazierelor pe care le recuperaseră din unitatea Proiectului NOE, Martínez fusese condamnat la moarte pentru uciderea unui polițist, nu pentru violarea și omorârea unei femei. Poate că moartea ei nu fusese consemnată sau poate că nu fusese asociată cu el. Vedea și momentul împușcării polițistului, o străfulgerare violentă ca o scânteie albă și fierbinte, însă în fiecare dintre Cei Doisprezece zăcea o singură poveste – povestea care reprezenta adevărata lor fire, miezul ființei lor. Iar pentru Martínez, acea poveste era Louise.

Potrivit schiței ei, două tunele duceau de la lift la niște peșteri individuale, marcate cu nume care să le sugereze măreția. Palatul regelui. Coridorul uriașilor. Încăperea reginei. Și, simplu spus, Cameră mare. Pentru a menține linia de vizare cu Peter, și astfel rămânând în legătură cu cei de la suprafață, Alicia nu trebuia să meargă mai departe de intersecția de la celălalt capăt al fiecărui pasaj. Dincolo de ea, ar fi fost pe cont propriu.

Palatul regelui, își spuse ea. Cumva, asta i se potrivea lui Martínez.

– O iau la stânga.

Înaintând de-a lungul culoarului, acul radiogoniometrului zvâcni, semnalul sonor întețindu-se și el. Nimerise bine. Pereții se strângeau în jurul ei, șuvițele de substanță colorată încrustate în suprafața lor lucind în lumina piezișă a puștii ei. Erau Virali aici, o ceată impresionantă, ca o comoară îngropată, cu Martínez în fruntea lor. Acum, Alicia vedea totul cât se poate de clar; imaginile se intensificau cu fiecare pas, luându-i cu asalt mintea. Louise, funia care se strângea în jurul gâtului ei; delimitarea precisă a culorii deasupra și dedesubtul ei; gâtul ei de un alb lăptos, pielea rozalie a feței, umflată de sânge; groaza pură care i se citea în privire și sfârșitul rece al morții care se apropia. Era la fel de limpede de parcă însăși Alicia ar fi trecut prin acele momente; ceva se schimba atunci. Alicia trăia acum experiența din două puncte de vedere diferite. Se uita la Louise și, în același timp, se uita *dinspre* ea. Cum era posibil așa ceva? Prin ochii lui Louise văzu fața lui Martínez. Un bărbat îngrijit, cu trăsături distincte, cu păr argintiu pieptănat cu o cărare delicată. O față umană, și nu chiar: în spatele acelor ochi nu era o persoană, ci doar un vid fără suflet. Plăcerea pe care o arăta era animalică. Louise nu însemna nimic pentru el. Era doar o aglomerare de suprafețe calde creată pentru propria lui plăcere și descotorosire. Numele îi era scris clar pe bluză, și totuși mintea lui nu putea asocia acel nume cu ființa omenească pe care o sugruma în timp ce o viola, fiindcă singurul lucru real pentru el era propria persoană. Alicia simți groaza lui Louise, durerea ei și clipa neagră când femeia înțelesese că moartea era iminentă, că viața ei se apropia de sfârșit; că avea să moară fără să lase vreo dovadă a existenței ei în univers și că ultimul lucru pe care avea să-l simtă pe această lume era Martínez violând-o.

Alicia ajunse în dreptul joncțiunii, un loc numit Cimitirul oaselor. Un miros puternic de urină îi inundă nările, învăluindu-i membrana gurii și a gâtului. În aerul umed, respirația ei devenea un abur rece ca gheața. Țârâitul radiogoniometrului, care se întețea din ce în ce, devenind un șuvoi continuu de sunet.

Știa ce avea de gând să facă. Ce voise să facă în tot acel timp. Planul era doar o acoperire, un truc elaborat care să-i ascundă scopul.

Voia să-l ucidă pe Martínez cu mâna ei. Voia să-l simtă cum moare.

Rămas la lift, Peter realiză că ceva nu era în regulă cu doar câteva secunde înainte ca Alicia să iasă din linia de vizare. Nu avea o explicație logică pentru asta; era pur și simplu o senzație puternică, venită din adâncul acelei nemișcări.

– Lish, recepție!

Niciun răspuns.

– Lish, mă auzi?

Un hârâit, după care:

– Rămâi pe loc!

Era ceva tulburător în vocea ei. Un sentiment de renunțare, ca și cum era pe punctul de a tăia frânghia ce o ținea deasupra unui hău. Înainte să apuce să-i răspundă, o auzi din nou:

– Vorbesc serios, Peter!

Apoi dispăru.

Luă legătura cu suprafața:

– Ceva nu e în regulă. Am pierdut-o.

– Rămâi pe poziție, Jaxon!

Nu spusese că ieşise din tunel? Da, o luase la stânga.

– Mă duc după ea, îi zise lui Henneman.

– Negativ. Rămâi pe po...

Însă Peter nu mai auzi restul mesajului lui Henneman. Se pusese deja în mişcare.

În acelaşi timp, locotenent Dodd se lansase într-o fugă nebună de-a lungul cărării zigzagate care ducea în peşteră. Nu avea habar că legătura radio fusese întreruptă, nici că Peter şi, prin extensie, Alicia nu ştiau de faptul că bomba de la gura peşterii se declanşase singură – primul incident nefericit dintr-o serie de evenimente care nu aveau să fie nicicând explicate în totalitate, spre satisfacţia comandamentului. Cumva – un scurtcircuit, o defecţiune tehnică, un capriciu al sorţii – receptorul de la gura peşterii pierduse legătura cu suprafaţa. O belea de primă clasă, dacă există aşa ceva, iar acum Dodd gonea înspre intrarea în iad.

Prima dată, coborârea îi luase cincisprezece minute; înaintând la ceea ce se putea numi un sprint mortal de-a lungul potecii alunecoase şi şerpuitoare, ajunse jos în mai puţin de cinci minute. Cu coada ochiului, zări un coş de cărbuni deasupra capului, urmat de un sunet ascuţit, însă, în graba lui, nu le luă în seamă; dacă Henneman dădea ordin să detoneze bomba înainte ca el să apuce să iasă, echipa lui avea să-i dea curs, iar el ar fi murit în explozie. Nu se gândea decât să ajungă jos, să repare detonatorul şi să iasă afară.

Iată-l: receptorul. Dodd îl lăsase pe un bolovan neted, ca o masă, aflat la gura tunelului; acum era jos, răsturnat pe o parte. Ce forţă îl dărâmase? Dodd se lăsă în genunchi, respirând greoi. Transpiraţia îi curgea şiroaie pe faţă. O putoare groaznică plutea în aer. Ridică cu grijă dispozitivul. Receptorul avea două întrerupătoare, unul acţiona detonatorul, altul închidea circuitul şi declanşa bomba. De ce nu funcţiona? Însă atunci observă că, în cădere, antena se desprinsese. Îşi scoase şurubelniţa din rucsac.

Tavanul începu să se mişte.

Prima oară, Alicia remarcă oasele. Oasele și mirosul, o putoare copleșitoare – acră, biologică, precum gazele dintr-un mormânt. Făcu un pas înainte. Simți sub talpă, apoi auzi scrâșnetul unor oase sfărâmate. Scheletul unei creaturi mici. Micimea craniului, dinții rânjiți: să fi fost un soi de rozătoare? Câmpul ei vizual se lăți. Podeaua era plină de rămășițe, iar în multe locuri grămezile îi ajungeau până la genunchi – ba chiar până la mijloc – ca niște troiene de zăpadă.

Unde ești? își spuse ea. *Arată-te, nenorocitule! Am un mesaj pentru tine de la Louise.*

Martínez era aproape, atât de aproape. Practic, îl încolțise. Pentru prima oară în mulți ani, Alicia simți gustul fricii, ba mai mult decât atât: simți gustul urii. O forță orbitoare, care-i inundă și copleși fiecare fărâmă din corp. Toată viața ei părea să fi redus la acest moment. Martínez era marea scârbăvnicie a lumii. Ea nu căuta glorie, nici să facă dreptate. Ci să se răzbune; nu ucidea de dragul de a ucide. Ci ca să-i spună: *Asta-i pentru Louise.* Ca să simtă cum viața lui se scurge printre degetele ei.

Vino la mine! Vino la mine!

Din beznă își făcu apariția o siluetă, o străfulgerare de piele albă în lumina lanternei de la pușca ei. Alicia încremeni. Ce nai...? Făcu un pas înainte, apoi încă unul.

Era un bărbat.

Adus de spate și ca vai de el, bătrân dincolo de orice închipuire, cu fața atrofiată, lipită de os; pielea îi era lipsită de culoare, aproape transparentă. Stătea ghemuit pe podeaua peșterii, complet dezbrăcat. Când îi trecu lumina puștii peste față, nu tresări; ochii îi erau ca două pietre, într-o nemișcare oarbă. Un liliac se zbătea în mâinile lui. Aripile lui lungi, ca un zmeu, membranele subțiri întinse pe oasele răsfirate ca un evantai fluturau zadarnic. Bărbatul duse liliacul la gură și, cu o energie neașteptată, își vârî capul delicat al animalului. Un ultim chițăit înăbușit, o zbatere de aripi, apoi un scrâșnet; bărbatul îi frânse trupul și scuipă capul pe jos. Duse restul la gură și începu să soarbă vârtos, legănându-se înainte și înapoi în ritmul inspirărilor, un gângurit slab, ca de copil, ieșindu-i din gâtlej.

Glasul Aliciei sună extrem de ciudat în vastitatea peşterii:

– Tu cine naiba eşti?

Bărbatul îşi întoarse faţa oarbă şi rigidă în direcţia de unde venise sunetul. De pe buze şi bărbie i se prelingeau firişoare de sânge. Alicia observă pentru prima oară imaginea albăstruie care i se întindea pe gât: un şarpe.

– Răspunde-mi!

Un pufnet slab, mai mult aer decât vorbe:

– Ig... Ig...

– Ig? Aşa te cheamă? Ig?

– ...nacio. Încruntă din sprâncene: Ignacio?

Din spatele ei se auzi zgomot de paşi; Alicia se întoarse, lumina de la puşca lui Peter izbind-o în faţă.

– Ţi-am spus să aştepţi!

Chipul lui Peter era lipsit de expresie; stătea cu privirea aţintită asupra bărbatului ghemuit pe podea.

Alicia îşi îndreptă puşca spre fruntea bărbatului.

– Unde e Martínez?

Lacrimi ţâşniră din ochii lui nevăzători.

– Ne-a părăsit. Vocea îi era un geamăt de durere. De ce ne-a părăsit?

– Cum adică, v-a părăsit?

Bărbatul bâjbâi după ţeava puştii Aliciei, o prinse în pumn şi şi-o lipi cu putere de frunte.

– Te rog, spuse el. Omoară-mă!

Erau lilieci. Sute, mii, milioane de lilieci. Ţâşniseră dinspre acoperişul tunelului, o masă zburătoare compactă, copleşind simţurile lui Dodd cu sunetul, mirosul, greutatea şi căldura lor. Îl izbiră ca un val, cuprinzându-l într-un vârtej de frenezie animalică pură. El îşi flutură braţele în aer ca un nebun, încercând să-i dea jos de pe faţă şi de pe ochi; simţi, dar nu pe deplin, înţepătura muşcăturii lor, dinţii lor intrându-i în carne ca o sumedenie de ace îndepărtate. O să te sfâşie în bucăţi, îi spunea mintea; aşa o să sfârşeşti; îţi este sortit să mori în peştera asta, făcut bucăţi de lilieci. Dodd țipa, iar pe când țipa, deveni conștient de durere, care atinse punctul maxim de intensitate, mintea și corpul lui devenind o singură unitate de agonie pură și distructivă, iar pe când se întinse înainte după detonator, cu acele luminițe și întrerupătoare, persoana lui căpătând în acel moment prelung proprietățile unui ciocan, singurul său gând – *o, rahat!* – îi fu și cel de pe urmă.

Suflul exploziei de pe urma detonării premature a celui dintâi pachet, erupând din tunel spre labirintul de galerii și de încăperi ale peșterii cu viteza unei locomotive deraiate, ajunse în Palatul Regelui sub forma unui bubuit teribil, urmat de un pocnet de presiune și de un puternic cutremur subteran. Urmă o a doua zdruncinătură, ca atunci când puntea unei nave este izbită de un val uriaș. Incidentul avea dimensiuni atmosferice, auditive, calorice și seismice deopotrivă; avea puterea de a zgâlțâi pământul până în miezul lui.

Erau cunoscuți sub numele de atârnați: Viralii adormiți, cu procesul metabolic suspendat, care trăiau într-o stare de hibernare continuă. Astfel, puteau să reziste ani, ba chiar decenii, și preferau, din motive neștiute – posibil o manifestare a legăturii lor de sânge cu liliecii, o reminiscență a neamului – să atârne cu susul în jos, cu brațele încrucișate pe piept, un gest straniu de ordonat, ca niște mumii în sarcofagele lor. Își făceau veacul în mulțimea de încăperi din Peșterile Carlsbad (dar nu și în Palatul regelui; acolo stătea numai Ignacio), un depozit sforăind de stalactite vivante, o armată somnolentă de țurțuri strălucitori, treziți de explozia bombei. Ca toate animalele, percepură această modificare adusă mediului lor înconjurător drept o amenințare mortală; și, ca niște Virali ce erau, simțiră numaidecât mirosul sângelui de om.

Peter și Alicia o luară la fugă.

Alicia, dacă ar fi fost pe cont propriu, s-ar fi menținut pe poziții. Deși ar fi fost înghițită de ceață, era atât de adânc înrădăcinat în natura ei să răspundă la atac, încât această misiune imposibilă s-ar fi simțit ciudat de satisfăcătoare: un capriciu al sorții, o ieșire demnă de pe scena aceste lumi. Dar Peter era cu ea;

sângele lui, nu al ei, era ceea ce voiau Viralii. Arătările se îndreptau spre ei, inundând tunelele subterane ale peșterii ca o revărsare nestăvilită de ape. Distanța până la lift, nicio sută de metri, părea de kilometri întregi. Viralii erau pe urmele lor. Peter și Alicia dădură buzna în lift. Nu era timp să seteze cronometrul; planul inițial atârna acum de un fir de păr. Alicia ridică pachetul de pe podeaua liftului, îl prinse pe Peter de încheietură, îl ajută să urce prin trapă și sări și ea după el, aterizând cu o bufnitură.

– Apucă un cablu! țipă ea.

Un moment de confuzie.

– Fă-o și ține-te de el!

Pricepea ce avea ea de gând? Nu conta; Peter se supuse. Alicia aruncă pachetul pe acoperișul liftului, îndreptă pușca spre tăblia cu cabluri și apăsă trăgaciul.

Eliberate de povara cabinei de lift, greutățile balans fură azvârlite în sus. O smucitură puternică, după care o imensă forță acceleratoare îi propulsă în sus: Peter percepu ascensiunea lor ca într-o ceață, o senzație de mișcare pură concentrată în mâinile lui, singura legătură pe care o mai avea cu viața. Strânsoarea i-ar fi slăbit de mult dacă nu era Alicia, care, aflată sub el, prinsă bine, acționa ca un opritor, împiedicându-l din a nu aluneca în josul cablului și de a cădea în gol. Într-o învălmășeală de mâini și picioare, se învârteau nebunește, copleșiți de un bombardament de date fizice pe care Peter nu-l putea pricepe; nu-i văzu pe Virali sărind prin puțul din spatele lor, ricoșând din perete în perete, fiecare izbucnire de mișcare azvârlindu-i tot mai sus, micșorând distanța dintre ei.

Însă Alicia o făcu. Spre deosebire de Peter, ale cărui simțuri erau doar omenești, ea era dotată cu același giroscop intern ca urmăritorii lor; percepția ei despre timp, spațiu și mișcare era capabilă să se recalculeze constant, permițându-i nu numai să-și mențină strânsoarea, ci și să-și îndrepte arma în jos. La lansatorul de rachete se gândise; ținta ei era pachetul de explozibil de pe acoperișul liftului.

Trase.

26

Închisoarea Federală, Kerrville, Texas

Maiorul Lucius Greer, fost membru al Forțelor Expediționare Secunde, cunoscut acum drept prizonierul 62 al Închisorii Federale din Republica Texas – Lucius cel Credincios, Cel Care Credea – aștepta pe cineva.

În celula în care trăia, care nu avea nici patru metri pătrați, se găseau un pat, o toaletă, o chiuvetă și o măsuță cu un scaun. Singura sursă de lumină din încăpere era ferestruica înaltă din sticlă ranforsată. Aceasta era camera unde Lucius Greer își petrecuse ultimii patru ani, nouă luni și unsprezece zile din viață. Fusese condamnat pentru dezertare – ceea ce nu era întru totul corect, după părerea lui Lucius. S-ar fi putut spune că, renunțând la conducere ca s-o urmeze pe Amy pe vârful muntelui, unde să-l înfrunte pe Babcock, nu făcuse decât să urmeze un ordin de o altă natură, mult mai profundă. Însă Lucius era un soldat, cu simțul datoriei unui soldat; își acceptase sentința fără să crâcnească.

Își petrecea zilele în contemplare – o necesitate, deși Lucius știa că erau oameni care nu reușiseră niciodată s-o stăpânească, cei ale căror urlete de singurătate le putea auzi în toiul nopții. Închisoarea avea o curte interioară mică; o dată pe săptămână, deținuților le era permis să iasă în aer liber, însă numai câte unul pe rând, și nu mai mult de o oră. Lucius însuși își petrecuse primele șase luni de încarcerare gândindu-se c-o s-o ia razna. Nu puteai face flotări la nesfârșit, nici să dormi întruna, așa că nu trecuse nicio lună de detenție când Lucius începu să vorbească de unul singur: bătea câmpii despre orice și despre nimic, despre vreme și despre mâncare, despre gândurile și amintirile lui, despre lumea de dincolo de zidurile închisorii și despre ce se întâmplă acum acolo. Era vară? Plouase? Aveau să le servească biscuiți la cină? Pe măsură ce lunile treceau, aceste conversații se concentraseră din ce în ce mai mult în jurul paznicilor săi: era convins că-l spionau, iar apoi, pe măsură ce paranoia i se accentua, că aveau de gând să-l omoare. Încetase să mai doarmă, apoi să mai mănânce; refuza să-și facă exercițiile, ba chiar să mai iasă din celulă. Cât era noaptea de lungă, stătea ghemuit pe marginea patului, cu privirea la ușă, portalul ucigașilor lui.

După ce se chinui o vreme în condițiile astea, Lucius hotărî că nu mai putea să îndure. Nu mai rămăsese decât o fărâmă infimă din bărbatul rațional care fusese cândva; curând, și aceea avea să se piardă. Să moară cu mințile rătăcite, fără tiparele ei de experiențe, de amintiri, de personalitate – perspectiva era de neîndurat. Să se sinucidă în celulă nu era lucru ușor, dar putea fi dus la îndeplinire. Urcându-se pe masă, un om hotărât să-și pună capăt zilelor își lăsa capul în piept, se arunca înainte și își rupea gâtul în cădere.

De trei ori la rând încercă Lucius să facă asta; de trei ori dădu greș. Începu să se roage – o rugăciune simplă, dintr-o singură propoziție – ca Dumnezeu să se îndure de el. *Ajută-mă să mor*. Capul îi vuia de pe urma atâtor impacturi cu podeaua de ciment și se alesese și cu un dinte spart. Se urcă încă o dată pe masă, calculându-și unghiul căderii, și se aruncă în brațele gravitației.

Își veni în simțiri după o perioadă necunoscută de timp. Era întins pe spate pe cimentul rece. Universul îl respinsese din nou. Moartea era o ușă pe care nu o putea deschide. Deznădejdea puse stăpânire pe el, iar în ochi îi apărură lacrimi.

Lucius, de ce m-ai părăsit?

Ceea ce auzea nu erau cuvinte. Nimic atât de simplu și de comun. Era *senzația* unei voci – o prezență blândă, călăuzitoare, ce trăia dincolo de suprafața lumii.

Nu știi că numai eu îți pot lua viața? Că numai eu îți pot decide moartea?

Era de parcă mintea i se deschisese precum o carte, scoțând la iveală o realitate ascunsă. Zăcea pe podea, trupul lui ocupând un loc fix în spațiu și timp, și totuși își simțea conștiința extinzându-i-se, unindu-se cu o vastitate pe care el nu o putea exprima. Era peste tot și nicăieri; era într-un avion pe care mintea lui îl putea vedea, dar nu și ochii, distrași de lucrurile obișnuite – de patul lui, de toaletă, de pereți. Se afundă în acea stare de pace care-i inundă ființa cu valuri de lumină.

Lucrarea vieții tale nu e completă încă, Lucius.

Și, uite așa, detenția lui luă sfârșit. Pereții celulei lui deveniseră subțiri ca un șervețel, o păcăleală a materiei. Contemplările se adânciseră zi după zi, mintea contopindu-i-se cu puterea păcii, a iertării și a înțelepciunii pe care le descoperise. Acesta trebuia să fie Dumnezeu, fără îndoială, sau putea fi numit „Dumnezeu". Însă până și termenul ăsta i se părea prea insignifiant, un cuvânt născocit de oameni pentru ceva care nu avea un nume. Lumea nu era lumea pe care o știa, ci expresia unei realități mai profunde, la fel cum vopseaua de pe pânză era expresia gândurilor unui pictor. Iar odată cu această descoperire veni și înțelegerea că drumul vieții lui nu se încheiase încă și că adevăratul său scop urma să-i fie dezvăluit.

Și încă ceva: Dumnezeu părea să fie o femeie.

Crescuse într-un orfelinat, printre surori; nu-și aducea aminte de părinți, de nimic din viața de dinainte. La șaisprezece ani se înrolase în SN, la fel cum făceau aproape toți băieții de la orfelinat pe vremea aceea; când auzise că Forțele Expediționare Secunde caută voluntari, Lucius fusese printre primii care să li se alăture. Se întâmplase chiar după incidentul numit

Masacrul de pe Câmp – unsprezece familii prinse într-o ambuscadă în timpul unui picnic, douăzeci și opt de oameni uciși sau luați – și mulți dintre bărbații care supraviețuiseră acelei zile se înscriseseră și ei. Însă motivele lui Lucius fuseseră mai puțin decisive. Chiar și când era copil, mintea nu-i fusese împânzită de povești despre marele Niles Coffee, ale cărui acte de eroism păreau cusute cu ață albă. Cine în deplinătatea facultăților mintale s-ar fi apucat să vâneze *draci*? Dar Lucius era tânăr și, neliniștit ca toți tinerii, se săturase de îndatoririle lui: să păzească zidurile orașului, să curețe câmpul, să-i fugărească pe copiii care nu respectau ora stingerii. Firește că mereu erau moleșiți prin preajmă (îi dădea jos de pe platformele de observație, lucru care, deși considerat drept o risipă de muniție, era în general acceptat, asta dacă nu exagerai) și diversiunile ocazionale din cârciumile din orașul H, când trebuia să pună capăt vreunei altercații. Însă lucrurile de genul acesta, oricât de mult i-ar fi distras atenția, nu compensau plictiseala uriașă. Dar dacă să se alăture unei găști de lunatici iubitori de moarte era singura alternativă, atunci fie.

Și totuși, în cadrul Forțelor Expediționare găsise Lucius tocmai ceea ce avea nevoie, ce-i lipsise cu desăvârșire până atunci: o familie. În prima lui misiune fusese repartizat la Drumul Roswell ca să escorteze convoaiele de bărbați și de provizii la garnizoană – pe atunci, doar un avanpost amărât. În unitatea lui se găseau doi noi recruți, Nathan Crukshank și Curtis Vorhees. La fel ca Lucius, și Cruk venea direct de la SN, însă Vorhees era, sau fusese, fermier; din câte știa Lucius, bărbatul nu trăsese niciodată cu o armă. Însă își pierduse soția și cele două fiice pe câmp și, având în vedere circumstanțele, nimeni nu l-ar fi refuzat. Camioanele mergeau întotdeauna noaptea, iar pe drumul de întoarcere spre Kerrville, convoiul fusese prins într-o ambuscadă. Atacul survenise la doar o oră înainte de răsărit. Lucius mergea cu Cruk și Vor într-un Humvee, în spatele primei autocisterne. Când Viralii se asmuțiră asupra lor, Lucius se gândi: Asta a fost, suntem terminați. N-am cum să scap cu viață din asta. Însă Crukshank, care era la volan, ori nu era de acord, ori era nepăsător. Ambală motorul, în timp ce Vorhees, care mânuia mitraliera, începu să radă. Nu știau că șoferul autocisternei, smuls prin parbriz, era deja mort. Ajungând în dreptul lui, autocisterna viră spre dreapta, luându-i fața Humvee-ului. Lucius trebuie că fusese lăsat lat, căci nu-și mai amintea decât cum Cruk îl trăgea afară din mașina distrusă. Autocisterna era în flăcări. Restul convoiului se făcuse nevăzut, dispărând de-a lungul Drumului Roswell.

Fuseseră lăsați în urmă.

Ora care urmă fu cea mai lungă și totodată cea mai scurtă din viața lui Lucius. Viralii soseau neîncetat. Cei trei bărbați încercaseră iar și iar să-i alunge, economisindu-și gloanțele până în ultima clipă, de multe ori când arătările erau la doar câțiva pași de ei. Ar fi putut să încerce să scape, însă Humvee-ul răsturnat era cea mai bună protecție pe care o aveau, iar Lucius, care avea glezna ruptă, nu putea fugi.

Când îi găsise patrula, stând în mijlocul drumului, râdeau de le dăduseră lacrimile. Știa că nu fusese nicicând mai apropiat de altcineva decât de cei doi bărbați care-l conduseseră de-a lungul holului cufundat în beznă în acea noapte.

Roswell, Laredo, Texarkana; Lubbock, Shreveport, Kearney, Colorado. Trecuseră ani buni de când Lucius nu mai dăduse cu ochii de Kerrville, cu paradisul lui de ziduri și lumini. Căminul lui era în altă parte acum. Căminul lui era cu Forțele Expediționare.

Asta până când o întâlnise pe Amy, Fata de Nicăieri, și totul se schimbase.

Urma să primească trei vizitatori.

Primul veni într-o dimineață de septembrie. Greer își terminase deja terciul apos de la micul dejun și își încheiase calistenia matinală: cinci sute de flotări și de abdomene, urmate de un număr egal de genuflexiuni și de ridicări. Atârnat de țeava care se întindea de-a lungul tavanului celulei, făcu o sută de tracțiuni în seturi de câte douăzeci, în față și în spate, după cum îi poruncise Dumnezeu. După ce termină, se așeză pe marginea patului, liniștindu-și mintea pentru a-și începe călătoria nevăzută.

De fiecare dată, începea cu recitarea unei rugăciuni, învățate de la surori. Nu cuvintele contau, ci mai degrabă cadența lor; ea era echivalentul încălzirii de dinainte de exerciții, pregătindu-i mintea pentru saltul care urma.

Nici nu începuse bine, că șirul gândurilor îi fu întrerupt de zgomotul unor chei; ușa de la celula lui se deschise larg.

– Ai un vizitator, Șaizeci-și-doi.

Lucius se ridică în picioare, în timp ce femeia păși înăuntru – măruntică de statură, cu șuvițe cenușii prin părul negru și cu ochi mici și negri care emanau o autoritate de necontestat. O femeie în fața căreia nu puteai decât să te arăți așa cum erai, care îți putea citi secretele ca pe o carte deschisă. Sub braț avea un mic dosar.

– Maior Green!

– Doamnă președinte!

Ea se întoarse spre gardian, un bărbat masiv, pe la vreo cincizeci de ani.

– Îți mulțumesc, sergent. Poți să ne lași acum.

Gardianul se numea Coolidge. Ajungeai să-ți cunoști gardienii după nume, iar el și Coolidge se înțelegeau bine, chiar dacă acesta din urmă părea să nu știe ce să creadă despre obiceiurile lui Lucius. Un om practic, obișnuit, sincer, dar încet la minte, cu doi băieți mari, amândoi în SN, cum era și el, de altfel.

– Sunteți sigură?

– Da, mulțumesc. Asta e tot.

Omul plecă, închizând ușa în urma lui. Înaintând înăuntrul celulei, președinta își roti privirea prin încăperea cât o cutie.

– Extraordinar, făcu ea, ațintindu-și privirea asupra lui Lucius. Mi-au spus că nu ieși niciodată de aici.

– N-am niciun motiv s-o fac.

– Dar ce poți face toată ziua?

Lucius zâmbi.

– Ce făceam și când ați ajuns. Mă gândeam.

– Te gândeai... repetă președinta. La ce?

– Doar mă gândeam. Îmi depănam gândurile.

Preşedinta se aşeză pe scaun. Lucius îi urmă exemplul, aşezându-se pe marginea patului, aşa încât să stea faţă în faţă.

– Primul lucru pe care am să-l spun este că nu sunt aici. Nu *oficial*. Neoficial, îţi voi spune că am venit ca să-ţi cer ajutorul într-o chestiune de mare interes, aşa că mă bazez pe discreţia ta. Nimeni nu trebuie să afle despre discuţia noastră. Clar?

– În regulă.

Deschise dosarul, scoase o foaie galbenă şi i-o întinse lui Lucius.

– Recunoşti asta?

O hartă, desenată în cărbune: linia unui râu, un drum schiţat în grabă şi o linie punctată care să delimiteze perimetrul unui complex. Nu era doar un complex, era un oraş întreg.

– Unde aţi găsit-o? întrebă Lucius.

– Nu asta contează. Ţi se pare cunoscută?

– Ar trebui.

– De ce?

– Pentru că eu am desenat-o.

Se aşteptase la răspunsul lui; Lucius vedea acest lucru pe chipul femeii.

– Ca să-ţi răspund la întrebare, am găsit-o în documentele personale ale generalului Vorhees de la comandament. Mi-a luat ceva până am găsit cine mai fusese cu el. Tu, Crukshank şi un tânăr recrut pe nume Tifty Lamont.

Tifty. Câţi ani trecuseră de când Lucius nu mai auzise numele ăsta? Deşi, fireşte, toată lumea din Kerrville auzise de Tifty Lamont. Şi de Crukshank: Lucius simţi înţepătura tristeţii la gândul prietenului său, ucis când garnizoana Roswell fusese invadată, în urmă cu cinci ani.

– Locul ăsta de pe hartă, crezi că-l poţi găsi din nou?

– Nu ştiu. A trecut multă vreme.

– Ai vorbit cu cineva despre asta?

– Când am raportat comandamentului, ni s-a spus, în termeni vagi, să nu spunem nimănui.

– Ţi-aduci aminte cine a dat ordinul?

Lucius clătină din cap.

– N-am știut niciodată. Crukshank era ofițerul responsabil cu misiunea, Vorhees era ofițer secund. Tifty era ofițerul de securitate.

– De ce Tifty?

– Din câte știu eu, nimeni n-a putut vreodată să-i dea de urmă lui Tifty Lamont.

Președinta se încruntă din nou la auzul acelui nume: marele gangster Tifty Lamont, capul traficanților, cel mai căutat criminal din oraș.

– Câți oameni crezi că erau acolo?

– Greu de spus. Mulți. Locul era cel puțin de două ori cât Kerrville. Din câte am văzut noi, erau și bine înarmați.

– Aveau curent?

– Da, dar nu cred că funcționa pe bază de petrol. Mai degrabă pe energie hidroelectrică și biodiesel pentru vehicule. Complexurile agricole și manufacturiere erau imense. Cu șiruri de barăci. Trei structuri uriașe, una în centru, un fel de dom, și o a doua mai la sud, care arăta ca un stadion vechi de fotbal. A treia se afla pe malul de vest al râului – nu eram siguri ce era de fapt. Arăta ca și cum era încă în construcție. Lucrau la ea zi și noapte.

– Și nu ați luat deloc contact?

– Nu.

Președinta îi îndreptă atenția lui Lucius asupra perimetrului.

– Ăsta de aici...

– Fortificații. Un gard. Destul de solide, dar nu suficient cât să țină dracii departe.

– Și atunci pentru ce crezi că era?

– N-aș putea spune. Dar Crukshank avea o teorie.

– Și care era aia?

– Ca să-i țină pe oameni înăuntru.

Președinta se uită lung la hartă, apoi din nou la Lucius.

– Și n-ai spus nimănui despre asta? Niciodată?

– Nu, doamnă. Până acum.

Se așternu tăcerea. Lucius avea impresia că nu aveau să mai urmeze și alte întrebări; președinta obținuse ceea ce dorise. Puse harta înapoi în dosar. Pe când se ridica de pe scaun. Lucius spuse:

– Dacă îmi permiteți, doamnă președinte, de ce mă întrebați despre asta tocmai acum? După atâția ani.

Președinta se opri în dreptul ușii și ciocăni de două ori. În timp ce cheia era răsucită în încuietoare, ea se întoarse spre Lucius:

– Mi-au spus că ai început să te rogi.

Lucius încuviință din cap.

– Atunci ai face bine să te rogi să mă înșel.

27

Peter era de zece zile la infirmierie. Trei coaste rupte, un umăr dislocat, arsuri pe tălpi și pe picioare, pielea de pe mâini jupuită ca două bucăți de carne crudă; vânătăi, tăieturi și zgârieturi peste tot, prea multe să poată fi numărate. Căzuse la pământ, pierzându-și cunoștința, dar, aparent, nu reușise, în ciuda eforturilor lui, să nu-și spargă capul. Simțea dureri la fiecare mișcare, chiar și când respira.

– Din câte am auzit, ai noroc că ești încă în viață, îi spuse doctorul.

Un bărbat de vreo șaizeci de ani, cu un nas borcănat, plin de vinișoare de cât și l-a ținut în paharul cu băutură, cu o voce aspră, tărăgănată. Felul său de a vorbi cu un pacient semăna, mai mult sau mai puțin, cu tonul pe care o persoană îi vorbește unui câine neascultător:

– Stai pe spate, locotenente! Deocamdată faci ce-ți spun eu.

Henneman îl interogase pe Peter în ziua în care echipa se întorsese la garnizoană. Încă nu-și amintea tot, îmbibat cum era de analgezice; întrebările maiorului îi treceau pe lângă ureche împreună cu ecourile disociate ale unei conversații ce avea loc în altă încăpere între niște oameni pe care îi cunoștea doar vag. Un bărbat, foarte bătrân, cu un tatuaj în formă de șarpe pe gât. Da, confirmă Peter, dând greoi din capul așezat pe pernă, asta văzuseră.

Le-a spus cine era? Ignacio, răspunse Peter. Era evident că maiorul nu știa ce să creadă din răspunsurile lui; și nici Peter. Henneman părea să pună aceleași întrebări la nesfârșit, doar că într-o formă ușor schimbată; la un moment dat, Peter ațipi. Când deschise din nou ochii – după cum avea să afle cât de curând, se scursese o zi și o noapte – era singur.

Nu văzu pe nimeni în afară de doctor până în după-amiaza celei de-a patra zile, când Alicia apăru la căpătâiul său. De-acum, Peter stătea în capul oaselor, cu brațul stâng prins într-o bandulieră ca să-i țină umărul în loc. În după-amiaza aceea se dusese pentru prima oară singur la latrină, o adevărată provocare, deși călătoria de doar câțiva pași nesiguri îl scosese din sărite, iar acum se trezi că trebuia să se hrănească singur cu mâinile prinse în bandaje groase ca niște mănuși.

– Pe toți zburătorii, locotenente, arăți ca naiba!

Lumina din cort era suficient de slabă cât să-și poată da jos ochelarii. Culoarea portocalie a ochilor ei era ceva cu care Peter ajunsese să se obișnuiască. Deși rareori îi lăsa și pe alții să-i vadă. Se așeză pe scaunul de lângă pat și arătă către un bol cu terci de porumb pe care Peter, fără prea mare succes, încerca să-l mănânce.

– Vrei să te ajut cu ăsta?

– Ai vrea tu.

Ea zâmbi.

– Mă bucur să văd că încă mai ai o fărâmă de mândrie în tine. Te-a luat Henneman la întrebări?

– Abia dacă-mi amintesc ceva. Nu prea cred că răspunsurile i-au fost pe plac. Lingura îi alunecă din mână, lăsându-i o dâră lipicioasă pe cămașă. Rahat!

– Stai, lasă-mă pe mine!

Încercă să prindă lingura între degetul mare și marginea castronului pe care îl ținea în palmă.

– Ți-am spus, mă descurc.

– Așa crezi? Oprește-te!

Peter oftă și lăsă lingura să cadă pe tavă. Alicia o vârî în bol și i-o duse la gură.

– Deschide pentru mama.

– Ştii, nu mi-ai părut niciodată genul matern.

– Pentru tine, o să fac o excepţie. Mănâncă!

Lingură cu lingură, bolul fu golit. Alicia luă o cârpă şi îi şterse bărbia.

– Pot să fac şi singur asta.

– Nu, nu. E inclus în preţ. Se lăsă pe spate: Gata, eşti ca nou. Puse cârpa deoparte. A fost înmormântarea lui Satch de dimineaţă. A ieşit bine. Henneman şi Apgar au spus câteva cuvinte.

Deşi Satch se presupunea că fusese omorât în explozie, Henneman trimisese o echipă sus pe munte să-i caute trupul. Gestul era unul simbolic; şi totuşi, trebuia făcut. În orice caz, nu găsiseră nimic. Ce se întâmplase la baza peşterii avea să rămână pe veci cufundat în mister.

– Deci asta a fost.

– Satch a fost un tip bun. Era plăcut de toată lumea.

– Mereu spunem asta.

Alicia ridică din umeri.

– Dar nu înseamnă că e mai puţin adevărat.

Peter ştia că se gândeau la acelaşi lucru: planul fusese al lor, iar acum Satch era mort.

– Acum că ţi-am dat de mâncare, ar trebui să plec. Apgar mă trimite în sud, să inspectez nişte câmpuri petrolifere.

– Lish, de unde ai ştiut că era ceva acolo jos?

Întrebarea păru s-o ia prin surprindere.

– N-am un răspuns precis, Peter. A fost doar... o presimţire.

– O presimţire.

Ea privi dincolo de el.

– Chiar nu ştiu cum să exprim în cuvinte.

– M-am gândit că numai Amy poate face asta.

Alicia ridică din umeri, schimbând subiectul: *Nu mai insista!*

– Presupun că-ţi rămân datoare pentru ce ai făcut pentru mine. Măcar n-o să fiu singura căzută în dizgraţie.

– Toată chestia asta o să aibă de suferit, nu? spuse el abătut.

– Apgar o să facă ce trebuie să facă. Nu citesc gânduri.

– Tu ai zice că ne crede?

Alicia nu răspunse. Privirea îi era din nou pierdută. Apoi, cu o expresie gânditoare, spuse:

– Peter, îți mai aduci aminte filmul ăla, *Dracula*?

Gândurile îi duseră în urmă cu cinci ani. Peter îl văzuse împreună cu oamenii lui Vorhees la garnizoana din Colorado în noaptea în care Alicia se întorsese din misiune, când găsiseră cuibul Viralilor din vechea mină de cupru.

– Nu știam că l-ai văzut și tu.

– Să-l văd? Pe naiba, l-am *studiat*! Chestia aia e ca un manual de instrucțiuni al Viralilor. Lasă capa, castelul și toate celelalte prostii. Celelalte lucruri se leagă. Un om a cărui viață a fost „prelungită în chip nefiresc". Care nu moare decât cu o țepușă înfiptă în inimă. Faptul că nu poate dormi decât pe pământul natal. Toată treaba asta este copia fidelă a...

– Ca atunci cu tigaia, în Las Vegas! o întrerupse Peter. M-am gândit la același lucru.

– E ca și cum, dacă își văd propria reflexie, o iau razna sau ceva. Filmul vorbește numai despre așa ceva.

– Lish, unde vrei să ajungi cu asta?

Ea șovăi.

– Dintotdeauna a fost ceva care m-a intrigat, o piesă care nu se potrivea. Dracula are un fel de ajutor. Cineva care arată încă a om.

Peter își aminti:

– Nebunul care mănâncă păianjeni.

– Da, tipul ăla, Renfield. Dracula îl infectează, dar el nu se transformă, sau cel puțin nu complet. Rămâne mai degrabă undeva în primele faze ale infectării. Dar mă întreb: dacă toți au pe cineva de genul ăsta? spuse, privindu-l acum intens. Ți-aduci aminte ce a spus Olson despre Jude?

Olson era liderul comunității pe care o găsiseră în Nevada, Raiul – un oraș întreg de oameni gata să-și sacrifice semenii lui Babcock, Primul dintre Cei Doisprezece. Olson era conducătorul nominal, dar se dovedise că de fapt Jude trăgea sforile pe acolo.

Avea un fel de legătură specială cu Babcock, deşi natura ei rămăsese sub semnul întrebării.

– El era... familiarul, spuse Peter. N-am înţeles ce voia să spună Olson prin asta. N-avea nicio noimă. Iar *tu* îi ţineai puşca la cap.

– Într-adevăr. Crede-mă, sunt zile când îmi doresc să fi apăsat trăgaciul. Dar nu cred că a vorbit aiurea. Am fost la o bibliotecă din Kerrville şi l-am căutat în dicţionar. Conform definiţiei, este un cuvânt arhaic, aşa că a trebuit să caut şi asta; înseamnă vechi. Spune acolo că familiarul este un ajutor-demon, cum este pisica vrăjitoarei. Un fel de asistent. Poate despre asta vorbea Olson.

Lui Peter îi trebuiră câteva secunde să proceseze informaţia.

– Deci vrei să spui că Ignacio era... familiarul lui Martínez?

Alicia ridică din umeri.

– Bine, poate e trasă de păr. Încerc să pun lucrurile cap la cap. Dar trebuie să luăm în considerare şi semnalul. Ignacio avea implantat un cip, la fel ca Amy şi Cei Doisprezece. Asta înseamnă că face parte din Proiectul NOE.

– Ai vorbit cu Apgar despre asta?

– Glumeşti? Am deja o grămadă de probleme.

Peter nu se îndoia de asta. Şi nici de faptul că, indiferent ce i se imputase pentru raidul eşuat asupra peşterii, vina era a lui.

Alicia se ridică să plece.

– În fine, ar trebui să aflăm mai multe până când mă întorc de la Odessa. N-are rost să ne îngrijorăm acum. Ştiu că tu crezi că eşti indispensabil, dar putem să ne descurcăm fără tine câteva zile.

– Nu mă faci să mă simt mai bine.

Alicia zâmbi.

– Doar să nu te aştepţi să te hrănesc iar cu linguriţa, locotenente. A fost o singură dată.

Pe când se îndrepta spre uşă, Peter spuse:

– Lish, aşteaptă o secundă!

Ea îşi întoarse privirea spre el:

– Ignacio a spus: „Ne-a părăsit". Ce crezi că înseamnă?

– Nu ştiu să-ţi răspund. Ştiu doar că ar fi trebuit să fie acolo.

– Unde crezi că s-a dus?

Nu-i răspunse imediat. Chipul i se întunecă, o umbră dinăuntrul ei. Peter n-o mai văzuse nicicând așa. Chiar și în situațiile cele mai primejdioase, expresia feței îi rămânea neschimbată. Era o femeie cu o putere perfectă de concentrare, îndreptându-și de fiecare dată atenția deplină asupra misiunii pe care o avea de îndeplinit. La fel era și acum, doar energia era alta. Părea să vină dintr-un loc mult mai îndepărtat.

– Aș fi vrut să știu, spuse ea, punându-și ochelarii. Crede-mă.

Apoi plecă, despărțiturile cortului fluturând în urma ei. Peter îi simți numaidecât lipsa, așa cum i se întâmpla de fiecare dată. Căci era adevărat: mereu se despărțeau unul de altul.

Peter nu o mai văzu. Șase zile mai târziu, fu externat. Coastele nu i se vindecaseră complet, așa că trebuia s-o ia ușor în următoarele săptămâni, dar măcar nu mai era țintuit la pat. Pe când traversa garnizoana ca să se prezinte la datorie, pașii îi erau parcă purtați de-un val. Senzația îi aduse aminte de o întâmplare, acum mulți ani, pe când era doar un copil, când fusese bolnav și avusese febră mare, iar după ce febra trecuse, până și cele mai banale lucruri păreau încărcate de o energie proaspătă.

Și totuși, ceva era diferit; Peter o simțea prea bine. Totul părea normal – soldații de pe metereze, huruitul generatoarelor, mișcările ordonate ale activităților militare din jur – însă se petrecuse o schimbare, o scădere vizibilă în intensitate.

Intră în cortul de comandă și îl găsi pe Apgar stând la biroul lui uzat din metal, încruntându-se la un teanc de hârtii.

– Jaxon! Nu mă așteptam să te văd decât peste câteva zile. Cum te mai simți?

Întrebarea i se păru lui Peter nefiresc de personală.

– Bine, domnule. Mulțumesc pentru întrebare.

– Ia un loc!

O vreme, Apgar continuă să vadă de hârtii. Deși nu era un bărbat solid – Peter era cu cel puțin două palme mai înalt – colonelul avea o prezență fizică impunătoare, mișcări precise, bine calculate. După ce trecuseră poate două minute bune, păru să fie mulțumit de felul în care își aranjase documentele, așa că se lăsă pe spate și îl privi pe Peter pe deasupra biroului.

– Am ordine noi pentru tine. Au sosit în dimineața asta de la Kerrville. Înainte să spui ceva, vreau să știi că asta n-are nimic de-a face cu ce s-a întâmplat la Carlsbad. De fapt, mă așteptam la asta de ceva timp.

Lui Peter îi fu spulberată și ultima fărâmă de speranță. Dusă a fost!

– Abandonăm vânătoarea, așa-i?

– „Abandonat“ e un cuvânt prea dur. O punem în așteptare. Comandamentul crede că trebuie să se facă o redistribuire a resurselor. Pentru moment, vei fi transferat la Drumul Petrolului.

Era mai rău decât se așteptase Peter.

– Asta e o treabă pentru cei de la Securitatea Națională.

– În general, da. Dar nu este fără precedent și vine tocmai din biroul președintei. Aparent, e de părere că siguranța transporturilor de petrol este cam relaxată, așa că vrea ca Armata să se ocupe de asta. Unul dintre transporturi pleacă la sfârșitul săptămânii ăsteia spre Kerrville și te vreau pe tine în el. De acolo, vei raporta biroului SN din Freeport.

În ciuda celor spuse de Apgar, Peter știa că hotărârea avea legătură numai cu ce se întâmplase la Carlsbad. Era retrogradat – dacă nu în grad, atunci în ceea ce privea responsabilitățile.

– Nu puteți face asta, domnule.

Ridică ușor din sprâncene, nimic mai mult.

– Probabil că n-am auzit bine, locotenente. Pot să jur că mi-ai spus că nu pot să fac ce pot să fac.

Peter simți cum îi arde fața.

– Îmi cer scuze, domnule colonel. Nu asta am vrut să spun.

Preț de o clipă, Apgar îl privi lung pe Peter.

– Uite, Jaxon, spune-mi ceva: De cât timp ești acolo?

Firește, colonelul știa răspunsul; îl întreba doar ca să sublinieze un fapt.

– De șaisprezece luni.

– Asta înseamnă mult timp de trăit în afara orașului. Ar fi trebuit să te fi schimbat acum multă vreme. Singurul motiv pentru care nu ai fost este pentru că am pus eu mereu o vorbă bună să rămâi. Am permis acest lucru pentru că știu ce înseamnă vânătoarea pentru tine. Într-un fel, tu ești motivul pentru care ne aflăm cu toții aici.

– Nu-mi doresc să fiu în altă parte, domnule.

– Și ai spus lucrul ăsta destul de clar. Dar ești doar un om, locotenente. Sincer, ai nevoie de o pauză. Mă duc înapoi în Kerrville după ce punem la punct chestia asta și, cât de repede pot, o să fac o cerere la Divizie să fii mutat înapoi în teritoriu. Nu obișnuiesc să propun târguri, așa că îți sugerez să-l accepți pe ăsta.

Nu avea de ales decât să primească.

– Dacă îmi permiteți să întreb, domnule colonel, cum rămâne cu locotenent Donadio?

– A primit și ea ordine noi. Nu e vorba doar de tine. De cum se întoarce în oraș, o să plece în nord, la Kearney.

Fortul Kearney era avanpostul cel mai nordic al Forțelor Expediționare. Cu o linie de aprovizionare care se întindea tocmai până la Amarillo, de obicei era închis înainte să cadă prima zăpadă.

– De ce tocmai acolo? Mai sunt doar câteva luni până vine iarna.

– Comandamentul nu-mi spune totul, dar, din ce am auzit, s-a îngroșat gluma acolo sus. Având în vedere talentele ei, aș zice că vor un nou ofițer de securitate care să curețe perimetrul înainte de evacuare.

Explicația părea cusută cu ață albă, însă Peter știa că nu trebuia să insiste.

– Îmi pare rău de Satch, continuă Apgar. A fost un ofițer bun. Știu că ați fost prieteni.

– Mulțumesc, domnule.

– Ești liber, locotenente.

Peter își petrecu restul săptămânii într-o stare de încordare. Neavând cu ce să se țină ocupat, rămase mare parte din timp în cortul lui. Harta de pe ușa dulapului său, cândva un simbol al scopului său, ajunsese să pară o glumă proastă. Poate că teoria Aliciei era bună, poate că nu. Se părea că nu o să mai afle oricum. Se gândi la vremea de dinainte să se fi alăturat Forţelor Expediţionare şi dacă nu cumva făcuse o greşeală. Pe atunci, lupta fusese doar a lui. Acum aparţinea întregii întreprinderi, una cu reguli, protocoale şi lanţuri de conducere în care avea puţin, sau chiar nimic, de spus. Renunţase la libertatea lui ca să devină încă un tânăr ofiţer de armată despre care oamenii aveau să spună într-o bună zi „A fost un tip de treabă“.

Sosi şi dimineaţa plecării. Peter îşi duse dulapul până la zona de transfer unde aştepta transportul, o semiremorcă plină de cauciucurile pe care oamenii lui Peter le aduseseră de la Lubbock. Îşi puse bagajul în portbagajul vehiculului care-i însoţea şi ocupă scaunul din dreapta.

– Vă bucuraţi că vă duceţi acasă, domnule?

Peter dădu uşor din cap. Orice ar fi spus ar fi sunat obraznic, iar şoferul, un caporal din echipa lui Satch, nu merita să ducă greul proastei lui dispoziţii.

– Vă spun eu ce-am să fac imediat ce-o să-mi iau leafa, continuă caporalul, abia stăpânindu-şi entuziasmul. O să mă duc direct în oraşul H şi o să sparg jumătate din ea pe băutură, iar cealaltă jumătate pe târfe. Ruşinat brusc, se uită la Peter cu o privire încurcată: Ăă, îmi pare rău domnule.

– E în regulă, caporal.

– Vă aşteaptă cineva acasă, domnule? Dacă nu vă deranjează că întreb.

Răspunsul era prea complicat ca să încerce măcar.

– Într-un fel.

Caporalul îi aruncă un zâmbet cu subînţeles.

– Ei bine, orice ar fi, sunt sigură că o să fie bucuroasă să vă vadă.

Ordinul fusese dat; într-o revărsare de fumuri diesel, convoiul se puse în mişcare. Peter se instalase deja într-o stare vecină cu transa, pe care spera s-o menţină în următoarele trei zile, când auzi pe cineva ţipând pe deasupra huruitului motoarelor.

– Ţineţi poarta!

Alicia veni alergând până la Humvee. Peter coborî geamul.

– Doar ce m-am întors acum o oră, spuse ea. Cine te crezi, să pleci așa, fără să-ți iei la revedere?

Fața ei era o mască de negreală uleioasă; mirosea ușor a petrol. Însă privirea îi fu atrasă de strălucirea metalică de la gulerul ei: două decorații de căpitan.

– Ia te uită! făcu el, izbutind să afișeze un rânjet sarcastic care spera să-i ascundă invidia. Cred că va trebui să-ți spun „domnule" de-acum?

– Îmi place cum sună. Era și timpul, dacă mă întrebi pe mine.

– Apgar mă trimite în afară.

– Știu. La Drumul Petrolului. Nu avea motive să mai detalieze: E o treabă ușoară, Peter. O meriți.

– Asta îmi spun și ei.

– Salută-l pe Circuit din partea mea. Și pe Greer, dacă-l vezi.

Peter încuviință din cap. Nu-și puteau spune mai multe cu șoferul de față.

– Când pleci la Kearney?

– Peste două zile.

– Să fii cu ochii în patru! Apgar spune că s-a îngroșat rău gluma.

– Și tu.

Se uită la șofer, care stătea cu ochii la volan, și din nou la Peter.

– Nu-ți face griji. Despre ce am vorbit mai devreme, nu s-a terminat, bine?

Simți, în cuvintele ei, presiunea a ceva neexplicit. Din spatele lor răsună huruitul nerăbdător al motoarelor. Toată lumea stătea după ei.

– Domnule, trebuie să plecăm, spuse șoferul.

– În regulă, am terminat. Alicia îi aruncă lui Peter o ultimă privire: Vorbesc serios, Peter. O să fie bine. Du-te să-ți vezi băiatul.

28

Veni și primul val de durere, ca un tren întârziat ce dă buzna în gară, într-o după-amiază târzie de septembrie, pe când cerul era senin și Texasul bătut de arșiță. Amy era în curte, urmărindu-i pe copii cum se joacă; peste câteva minute, clopoțelul avea să sune, chemându-i înăuntru ca să-și termine lecțiile, iar Amy avea să se întoarcă la bucătărie ca să ajute la pregătitul cinei. O insulă de odihnă în toiul ritmului amețitor al treburilor de făcut într-o zi, care ajungeau, la fel de repede, nefăcute; de fiecare dată, când prânzul se termina și vasele erau date deoparte, copiii lăsați să-și consume energia acumulată de-a lungul dimineții, Amy îi urma afară și își ocupa locul de la marginea locului de joacă, care era suficient de aproape ca ea să se bucure de entuziasmul activității lor, dar și suficient de departe cât să nu le permită copiilor s-o atragă și pe ea în jocul lor. Aceasta era jumătatea ei de oră preferată din zi, iar Amy doar ce-și închisese ochii și își dăduse capul pe spate ca să primească razele calde ale soarelui de început de toamnă, când fu izbită de valul de durere: o senzație puternică în stomac, care o făcu să îndoaie, să se împleticească înainte și să scoată un mic strigăt de uimire, care nu trecu neobservat, în ciuda agitației gălăgioase din curte.

– Amy? Ești bine?

Imaginea surorii Catherine – palidă, cu fața prelungă și cu ochii albaștri precum florile de porumb – se limpezi dinaintea lui Amy. Transpirația curgea de pe ea șiroaie; mâinile și picioarele îi erau reci și moi ca gelatina. Totul mai jos de talie părea să-și fi pierdut densitatea; din clipă în clipă, Amy avea să se prăbușească la pământ. Parte din ea ar fi vrut să vomite, în vreme ce altă parte refuza acest lucru, creând o luptă internă care o făcea incapabilă să scoată un cuvânt.

– Mai bine te-ai așeza. Ești albă ca varga.

Sora Catherine o conduse până la o băncuță ce se sprijinea de peretele orfelinatului – o distanță de șase metri care i se păru cât un kilometru. Când ajunse la ea, Amy n-ar mai fi putut să facă niciun pas fără să se prăbușească. Îngrijorată, sora Catherine o lăsă singură, după care se întoarse cu un pahar cu apă, pe care i-l puse în mână lui Amy. Activitatea de pe terenul de joacă părea să continue fără nicio întrerupere, însă Amy simțea că unii dintre copii o urmăreau acum cu privirea. Durerea se transformă într-un fel de greață generală, însă nu simțea nicio slăbiciune. Îi era cald și rece deopotrivă. Și mai multe surori se adunară în jurul ei, vorbind toate pe un glas șoptit, îngrijorat și punându-i întrebări surorii Catherine. Amy nu voia apa, dar toată lumea insista. Luă o înghițitură mică.

– Îmi pare rău, îngăimă ea. Într-o clipă mă simțeam perfect, în următoarea...

– Aici, soră! strigă sora Catherine, făcând cu mâna spre ușile orfelinatului. Vino repede!

Mica mulțime îi făcu loc surorii Peg, care înainta cu pași mari. Bătrâna o studie pe Amy cu o expresie care părea îngrijorată și iritată deopotrivă.

– Ei bine? Îmi spune cineva ce s-a întâmplat aici sau trebuie să ghicesc?

– Nu știu, răspunse sora Catherine. A... căzut de-a-n picioarelea.

Terenul de joacă se cufundase în nemișcare. Toți copiii se holbau acum la ea. Amy se uită după Caleb, însă vederea îi era blocată de sora Peg. Nu-și aducea aminte să fi fost vreodată bolnavă; înțelegea boala în principiu, dar nu o trăise niciodată în realitate.

Aproape mai rea decât durerea era rușinea. Îi venea să spună ceva, ca să nu se mai holbeze nimeni.

– Asta ți s-a întâmplat, Amy?

– Am simțit o amețeală, atât. O durere în stomac. Nu știu ce-a fost.

Bătrâna își lipi palma de fruntea lui Amy.

– Ei bine, febră n-ai.

– Probabil e de la ceva ce-am mâncat. Sunt sigură că, dacă mai rămân aici un minut, o să-mi revin.

– Nu arată bine, interveni sora Catherine, iar celelalte încuviințară din cap. Sincer, Amy, am crezut c-o să leșini.

Urmă un murmur general. Nu, nu arată bine, deloc. Să fie gripă? Ceva mai grav de-atât? Dacă fusese de la mâncare, avea să le fie și lor rău?

Sora Peg îngădui grupului clipa de speculații, apoi îl reduse la tăcere cu un singur gest.

– Nu văd de ce să riscăm. În pat cu tine, Amy.

– Dar chiar mă simt mult mai bine. Sunt sigură că o să-mi revin.

– Lasă-mă pe mine să judec asta. Soră Catherine, o însoțești dumneata până în dormitor?

Catherine o ajută să se ridice în picioare. Se simțea puțin nesigură pe ele, iar stomacul nu era chiar în regulă. Dar ce era mai rău trecuse. Catherine o conduse înăuntrul clădirii și sus pe scări, spre camera unde dormeau toate surorile, în afară de sora Peg, care, fiind responsabilă de tot, avea propriile încăperi. Amy se dezbrăcă și se băgă în pat.

– Pot să te mai ajut cu ceva? întrebă sora Catherine, trăgând draperiile.

– Sunt în regulă, răspunse Amy. Trebuie doar să mă odihnesc puțin.

Oprindu-se la capul patului, sora Catherine o privi lung o clipă.

– Știi ce ar putea să fie asta, nu? Pentru o fată de vârsta ta.

De vârsta ta. Dacă ar fi știut sora Catherine, se gândi Amy. Și totuși, Amy înțelese ce anume sugera femeia. Ideea însă o luase prin surprindere.

Sora Catherine îi zâmbi cu blândețe.

– Ei bine, dacă așa e, o să afli cât de curând. Crede-mă, toate am trecut prin asta.

Făcând-o pe Amy să-i promită că o să-i spună dacă are nevoie de ceva, Catherine plecă. Amy se întinse pe spate și închise ochii. Clopoțelul de după-amiază sună: la parter, copiii aveau acum să-și reia lecțiile, mirosind a soare, a transpirație și a aerul proaspăt de după-amiază, unii dintre ei, poate, întrebându-se ce fusese cu toată agitația de la locul de joacă. Cu siguranță că și Caleb trebuie să se fi îngrijorat din pricina ei; Amy ar fi trebui să-i zică surorii Catherine să-l lămurească întru câtva pe băiat. *E doar obosită. Nu se simțea bine. O să-și revină cât ai clipi, ai să vezi.*

Și totuși: *O fată de vârsta ta.* Era oare posibil? Toate surorile se plângeau din cauza „caznei“, cum o numeau ele; aveau o glumă la orfelinat care spunea că, trăind laolaltă într-un spațiu atât de strâmt, tuturor le venea menstruația în același timp, făcând ca fiecare săptămână din patru să fie un coșmar de cârpe pline de sânge și de nervi. Vreme de o sută de ani, Amy trăise complet inocentă cu privire la aceste lucruri elementare; nici măcar acum n-ar fi putut spune că înțelege pe deplin fenomenul, ci doar în mare. Sângerai, nu mult, dar destul, iar această senzație deloc plăcută se întindea pe o perioadă de câteva zile. O vreme, Amy privise cu groază perspectiva, dar în timp, acest sentiment lăsase loc unei dorințe puternice, aproape biologice, și a îngrijorării că nu avea să aibă parte de nimic din toate acestea, că ușa apartenenței omenești avea să rămână pe veci închisă pentru ea și că va trăi în corpul de copil pentru totdeauna.

Verifică: nu, nu sângera. Dacă sora Catherine avea dreptate, cât avea să mai dureze până să-i vină? Își dori să fi profitat de ocazie ca s-o întrebe mai multe pe sora Catherine. Cât de mult sânge avea să-i curgă, cât de tare avea s-o doară și în ce fel se va simți diferită? Deși, în cazul ei, se gândi Amy, posibil ca nimic să nu fie la fel. Poate mai rău, poate mai bine, poate că nu avea să i se întâmple niciodată.

I-ar fi plăcut să fie femeie. Să vadă acest lucru reflectându-se în privirile altcuiva. Să simtă și trupul ei ceea ce inima simțea deja.

Un mieunat hodorogit îi întrerupse șirul gândurilor. Firește că Mouser venise să vadă ce era cu ea. Motanul cenușiu și bătrân se apropie agale de patul ei. Ți se făcea milă când îl vedeai – cu ochii încețoșați de la cataractă, cu blana pătată și încleiată, abia târându-și coada de bătrânețe. Ai venit să vezi cum mă simt? De-asta ai venit, băiete? Ia vino-aici! Amy îl ridică de pe podea și se lăsă înapoi pe spate, punându-l pe pieptul ei. Își trecu degetele prin blana lui; el îi răspunse frecându-și capul de gâtul ei. *Soarele e sus pe cer, de ce ești în pat?* Se învârti de trei ori înainte să i se așeze pe piept, torcând cu zgomot. *E în regulă. Tu dormi. Eu o să fiu aici.*

Amy închise ochii.

Se făcuse noapte, iar Amy era afară.

Cum ajunsese afară?

Era încă în cămașa de noapte; picioarele îi erau desculțe și umede de la rouă. Nu știa cât era ceasul, însă părea târziu. Visa? Dar, dacă dormea încă, de ce se simțea totul atât de aievea? Cercetă împrejurimile. Era în apropiere de barajul din aval. Aerul era rece și umed. Simțea o urmă de presiune, ca și cum doar ce se trezise dintr-un vis în care fusese urmărită. De ce se afla aici? Era somnambulă?

Ceva o atinse pe picior, făcând-o să tresară. Se uită în jos și-l văzu pe Mouser uitându-se la ea cu privirea lui încețoșată. Începu să toarcă puternic, apoi porni agale înspre baraj, oprindu-se la câțiva pași depărtare și aruncându-i încă o privire.

Era clar ce voia să-i spună; Amy îl urmă. Bătrânul motan o conduse la mica structură din beton de la poalele barajului. Ceva mecanic? Mouser se opri în ușă, mieunând.

Dechise ușa și păși înăuntru. Era o beznă deplină; cum avea să înainteze? Bâjbâi cu mâna pe perete, după întrerupător. Iată-l. Un panou cu lumini se trezi la viață. În mijlocul micuței încăperi era o balustradă din metal care înconjura o scară circulară. Mouser stătea pe prima treaptă. Se întoarse ca să se uite la ea, scoțând încă un mieunat insistent, și coborî.

Scările duceau în jos, în spirală. La capătul lor, Amy se trezi încă o dată în beznă. O nouă căutare bâjbâită după întrerupător; după care văzu unde se află. Un tub lat, ce ducea într-o singură direcție: înainte. Mouser era cu mult în față, aruncând umbre lungi pe pereți. Graba lui era contagioasă, atrăgând-o și mai în adâncul acestei lumi subterane. Ajunseră în dreptul unei a doua deschizături închise cu un inel. O țeavă lungă se găsea lângă ea, pe podea. Amy o vârî între spițe și învârti; ușa se deschise, scoțând la iveală o scară. Se întoarse să se sfătuiască cu Mouser, care-i întâlni privirea cu o expresie sceptică.

Mi-e teamă că nu e pentru mine. Ești pe cont propriu acum.

Coborî. Era ceva jos care o aștepta; îi simțea prezența până în măduva oaselor. Ceva îngrozitor, trist și plin de durere. Atinse pământul cu picioarele. Încă un tunel, și mai lat decât primul. Apa se prelingea de-a lungul podelei. În celălalt capăt, văzu un cerc de lumină. Acum știa unde se afla: într-unul dintre canalele de scurgere. Iar ce vedea era luna plină. Înainta înspre strălucirea din penumbră, care tocmai atunci fu traversată de o umbră. Nu de o umbră: de o siluetă.

Știa ea.

Amy, Amy, fiica inimii mele.

El se întinse după ea printre bare: o mână cu degete răsfirate, terminate cu gheare lungi, încovoiate. Pe când palmele lor se atinseră, degetele lui se împletiră cu ale ei. Nu simți pic de teamă, ci doar că se umple de o lumină. Vederea îi fu încețoșată de lacrimi.

Amy, îmi amintesc, îmi amintesc totul.

Mâinile lor se țineau strâns. Senzația atingerii lui i se împrăștiase prin tot corpul, inundând-o în căldura ei – căldura iubirii, căldura căminului, care-i spunea: *Voi fi aici mereu. Te voi proteja.*

Fetița mea curajoasă. Curajoasa mea Amy. Să nu plângi acum.

Fu cutremurată de un suspin uriaș, o revărsare de emoție pură. Era fericită, era tristă, simțea povara propriei vieți.

– Ce se întâmplă cu mine? De ce mă simt așa? Te rog, spune-mi.

Fața lui era lipsită de expresie, căci nu putea avea niciuna; ce era el i se citea în ochi.

Toate întrebările tale își vor primi răspunsul. El te așteaptă pe corabie. Îți voi arăta calea când va sosi timpul.

– Când? Când va veni timpul?

Însă Amy știa răspunsul chiar în vreme ce rostea aceste vorbe. *Curând*, îi spuse Wolgast. *Foarte, foarte curând.*

Partea a V-a

DRUMUL PETROLULUI

„Pot vedea pe altu-ndurerat,
Iar eu să nu fiu întristat?
Pot vedea pe altu-n supărare,
Iar eu să nu-i ofer o alinare?“
WILLIAM BLAKE, *Despre suferința altuia*

29

Rafinăria
Freeport, Texas

Michael Fisher, petrolist de prima clasă – Michael cel Isteț, Puntea dintre Lumi –, se trezi dintr-un somn adânc și lipsit de vise cu senzația, de neconfundat, că cineva i-o trăgea.

Deschise ochii. Lore era peste el, cu spinarea arcuită, cu fruntea lucindu-i de la transpirația provocată de partida de sex. Pe toți zburătorii, se gândi el, nu doar ce o făcuseră? Aproape toată noaptea, mai bine zis? Întruna, neobosiți, în toate pozițiile posibile anatomiei umane, într-un pat de dimensiunile unui coșciug?

– Bună dimineața! îi spuse ea cu un rânjet. Sper că nu te superi c-am început fără tine.

Ei, fie! își spuse Michael. Cu siguranță existau modalități mai rele de a-ți începe ziua. La cât avea de roșii obrajii, își dădea seama că Lore era pe aproape și, dacă stătea să se gândească, nici el nu mai avea mult. Ea începu să-și legene șoldurile, greutatea sexului ei izbindu-se de el ca valurile pe o plajă. Iar valurile veneau și plecau.

– Nu atât de repede, domnule.

– Pentru numele lui Dumnezeu, mai încet acolo! lătră o voce de deasupra lor.

– Mai taci, Ceps! îi răspunse Lore. Lucrez din greu aici.

– Mă faci să mi se scoale! E scârbos!

Pentru Michael, conversația se desfășura undeva pe o orbită îndepărtată. Cu toată lumea claie peste grămadă, neavând decât niște perdele subțiri ca să le ofere intimitate, învățai să faci lucrurile pe mutește. Însă senzația era mai mult de atât. Chiar pe când simțurile lui începeau să capete o dimensiune pur carnală, ceva în legătură cu sexul, ritmurile lui hipnotice, îl propulsau într-un fel de disociere. Era ca și cum mintea lui rămăsese cu trei pași în urma corpului său, croindu-și drum printr-un decor de tot felul de griji, tristeți și imagini neutre din punct de vedere emoțional, care se ridicau din el precum bulele unui gaz care se dilată în boiler. O garnitură putredă care trebuia înlocuită. Programul de livrare al petrolului nerafinat venind de la depozit. Amintiri din Colonie, la care altfel nu s-ar fi gândit. Deasupra lui, Lore își vedea de călătoria ei, în vreme ce Michael, purtat de acest curent al infidelității mentale, încerca să-și alinieze dorința cu a ei. Măcar atât putea face.

Și, în cele din urmă, reuși. Pasiunea înflăcărată a lui Lore ieșise victorioasă. Când trase înapoi perdeaua, Ceps nu mai era. Ceasul de deasupra ușii arăta 6:30.

– Rahat!

Michael coborî din pat și își trase salopeta pe el. Lore, în spatele lui, îl cuprinse în brațe.

– Mai stai! O să fac să merite.

– Sunt în prima tură. Dacă întârzii iar, Karlovic o să-mi mănânce curul la micul dejun. Își îndesă picioarele în cizme și își întoarse fața ca s-o sărute: un gust de sare, de sex și de ceva numai al ei. Michael n-ar fi zis că ce aveau ei se numea dragoste. Sexul era o modalitate de a-ți petrece timpul, însă, de-a lungul lunilor, relația lor evoluase, puțin câte puțin, în ceva mai mult decât un obicei.

– Iar te gândeai, nu?

– Cine, eu?

– Nu minți!

Tonul ei nu era aspru, nici mustrător.

– Știi, într-o zi o să ți-o trag, de o să uiți de toate grijile. Oftă și îi dădu drumul: E în regulă, du-te.

El se ridică de pe pat și își luă casca de protecție și mănușile.

– Ne vedem mai târziu?

Ea se întinsese deja înapoi pe pat.

– Să fii sigur.

Pe când Michael ieși din baracă, soarele doar ce se ridica deasupra Golfului, făcându-i suprafața să lucească precum o folie de metal lucrată cu ciocanul. Poate că era prima săptămână din octombrie, însă căldura se instalase deja, iar aerul oceanic era încărcat mai mult ca niciodată cu sare și cu putoarea sulfuroasă de butan arzând. Cu mațele chiorăinde – mâncarea trebuia să mai aștepte – traversă cu pași mari complexul, trecu de comisariat, de aparatele cu greutăți, de cazarma celor de la SN și de baraca rotundă, unde se adunaseră muncitorii din tura de dimineață. Karlovic, inginerul-șef, le strigă îndatoririle printr-un megafon. Îl săgetă pe Michael cu o privire de gheață.

– Ți-am stricat somnul de frumusețe, Fisher? Greșeala noastră.

– Sigur, spuse Michael, trăgând fermoarul salopetei. Îmi pare rău.

– O să-ți pară și mai rău. Tu o să pornești Bomba. Ceps o să te ajute. Încercați să nu aruncați în aer întregul echipaj.

Turnul de distilare numărul 1, cunoscut și ca Bomba, era cel mai vechi din lot, învelișul lui ruginit fiind ținut laolaltă de petice sudate, de snopi de cabluri și de rugăciuni. Toată lumea spunea că era doar o chestiune de timp până când fie avea să fie retras, fie avea să lanseze o echipă de lucrători până la jumătatea drumului spre Marte.

– Mulțumesc, șefu'. Drăguț din partea ta.

– Pentru nimic. Karlovic își plimbă privirea deasupra grupului: În regulă, toată lumea. Șapte zile până la îmbarcare. Vreau rezervoarele alea pline, oameni buni. Și, Fisher, mai rămâi un minut, vreau să vorbesc ceva cu tine.

Echipajul se împrăștie, fiecare la turnul lui. Michael îl urmă pe Karlovic în baracă. Iisuse, ce mai era acum? Nu întârziase mai mult de câteva minute, nu merita să i se facă observație.

– Ascultă, Dan, îmi pare rău pentru azi-dimineață...

Karlovic nu-l lăsă să termine.

– Lasă asta, nu despre asta vreau să-ți vorbesc.

Ridicându-și pantalonii, își așeză fundul pe scaunul din spatele biroului. Karlovic era un om mare, în toate sensurile cuvântului, nu gras, dar un bărbat cu greutate și cu importanță. Prinse pe peretele din spatele lui erau zeci de foi de hârtie – liste prăfuite, programe de lucru, orare de livrare.

– Oricum vă trimiteam la Bombă. Tu și Ceps sunteți cei mai pricepuți la treaba asta. Luați-o ca pe un compliment că v-am pus pe amândoi la bătrâna aia scorțoasă. Dacă ar fi fost după mine, chestia aia era de mult la fiare vechi.

Michael nu se îndoia că așa ar fi fost; pe de altă parte, își dădea seama că era o laudă spusă strategic la momentul potrivit.

– Și?

– Și atât.

Karlovic îi întinse o foaie de hârtie peste birou. Privirea lui Michael îi căzu numaidecât asupra semnăturii din josul paginii: Victoria Sanchez, Președinte, Republica Texas. Scană iute cele trei paragrafe scurte ale scrisorii. *Măi, să fie!* își spuse în sinea lui.

– Ai vreo idee ce reprezintă asta?

– Ce te face să crezi că am?

– Ai fost ultimul din echipajul de descărcare. Poate ai prins vreun zvon cât erai pe acolo. Vreo vorbă de pe la depou, de la militarii care erau prin preajmă.

– Nu-mi amintesc nimic, spuse Michael, ridicând din umeri. Ai vorbit cu Stark? Poate știe el.

Stark era șeful ofițerilor de securitate ai rafinăriei. Avea gura mare și îi cam plăcea băutura, dar în general impunea respect printre petroliști și cei de la SN deopotrivă, dacă nu din alt motiv, măcar pentru priceperea la poker. Zgârcenia lui la cărți îl costase pe Michael o avere, nu că banii ar fi fost cine știe ce pierdere – între zidurile rafinăriei, oricum nu prea aveai pe ce să-i cheltui.

– Nu încă. Dar n-o să-i cadă bine. Karlovic îl studie atent pe Michael: Nu erați prieteni? Chestia aia, California?

– Ne ştim, da.

– Deci poate că ai putea să pui o vorbă bună? Să fii un fel de, nu ştiu, liant neoficial între SN şi soldaţi?

Michael cântări câteva clipe ideea. Ar fi fost bucuros să revadă pe cineva din vremurile bune, dar în acelaşi timp simţea o oarecare tulburare interioară, ca şi cum s-ar fi expus. Viaţa retrasă a unui petrolist îl salvase, din multe puncte de vedere, de durerea pierderii surorii lui, ocupându-i golul din minte rămas în urma ei. O parte din el ştia că se ascunde, însă restului nici că-i păsa.

– N-ar trebui să fie o problemă.

– O să consider că-mi faci o favoare. Te vei folosi de ea cum vei crede de cuviinţă.

Karlovic făcu un gest către uşă.

– Acum ieşi de-aici, ai mult de lucru. Şi vorbesc serios. Ai grijă ce faci acolo.

Michael ajunse la distilerie şi îşi găsi echipa formată din doisprezece zurbagii, adunaţi grămadă, cu o expresie de mirare pe chip. Tancul petrolifer, cu proaspăta lui încărcătură, îi aştepta cuminte. Ceps nu era pe nicăieri.

– În regulă, vă fac jocul. De ce nu umpleţi chestia asta, oameni buni?

Ceps se târî afară de sub radiatorul de la baza turnului. Mâinile şi braţele îi erau acoperite cu un strat gros şi negru din substanţa lipicioasă.

– Trebuie s-o curăţăm mai întâi. Sunt cel puţin doi metri de reziduuri la bază.

– Fir-ar să fie, asta o să ne ia toată dimineaţa! Cine a fost şeful ultimului echipaj?

– Chestia asta n-a mai fost pornită de luni bune. Va trebui să-l întrebi pe Karlovic.

– Cât petrol crezi că o să scoatem?

– Vreo câteva sute de barili, cel puţin.

Opt mii de galoane de petrol rafinat parţial care zăceau acolo cine ştie de când: o să le trebuiască o autocisternă mare, apoi o autopompă și furtunuri pentru aburul de înaltă presiune ca să curețe turnul. Era vorba de cel puțin douăsprezece ore, șaisprezece ca să-l umple la loc și să aprindă radiatorul, douăzeci și patru până când prima picătură avea să curgă pe țeavă. Dacă i-ar fi auzit Karlovic, i-ar fi plesnit o venă la cap.

– Atunci, mai bine ne-am pune pe treabă. Eu mă ocup de ordin, voi pregătiți furtunurile. Michael clătină din cap: Dacă îl găsesc pe cel care a făcut asta, o să-l fac să-i pară rău.

Drenajul le mâncă toată dimineața. Michael declară petrolul rămas nefolosibil și trimise camionul la groapa de gunoi, ca să fie ars. Să scoată mizeria era partea ușoară; partea pe care o ura toată lumea era spălarea rezervorului. Apa injectată în vârful turnului avea să curețe mare parte din reziduuri – reziduurile toxice și lipicioase, rămase de pe urma procesului de rafinare –, dar nu în totalitate; trei oameni trebuiau să-și pună costumele de protecție și să intre în turn, ca să curețe canalul de scurgere cu peria. Singura cale de intrare era printr-un orificiu lat de un metru, prin care trebuiau să se târască în patru labe. Această operațiune era numită „în sus pe anus" – ceea ce nu era o descriere nepotrivită, după părerea lui Michael, care avea să fie unul dintre cei trei. Nu era o regulă, ci pur și simplu un obicei, un gest care i se părea corect. Pentru alegerea celorlalți doi, de obicei se trăgea la sorți cu paiul.

Primul care trase paiul scurt fu Ed Pope, cel mai bătrân din echipaj. Ed fusese instructorul lui Michael, cel care îi arătase cum merg lucrurile pe acolo. Treizeci de ani de lucru în domeniu își spuneau cuvântul. Trupul bărbatului era o listă de catastrofe. Trei degete retezate de o lamă ieșită dintr-un dispozitiv de tăiat țevi. Pe o parte, capul și gâtul îi erau o netezime roz și lipsită de păr din cauza unei explozii de propan care omorâse nouă oameni. Era surd de o ureche, iar genunchii îi tremurau atât de tare, încât Michael se cutremura de fiecare dată când îl vedea aplecându-se. Michael se gândi să-l cruțe, însă Ed era prea mândru ca să accepte, așa că-l urmări cu privirea pe bărbat pe când acesta se ducea la baracă să-și pună costumul.

Al doilea pai scurt fu tras de Ceps.

– Lasă, am nevoie de tine aici, la pompe, îi spuse Michael.

Ceps clătină din cap. Ziua îi făcuse pe toți să-și piardă răbdarea.

– La naiba cu asta, hai să-i dăm de capăt odată!

Își puseră costumele de protecție și rezervoarele de oxigen și își adunară echipamentul: perii groase cu cozi lungi, gălеți cu solvenți, baghete de înaltă presiune care duceau la un compresor. Michael își trase masca pe față, își puse mănușile și verifică nivelul oxigenului. Cu toate că ventilaseră turnul, aerul dinăuntru era încă letal – o supă de vapori de petrol și sulfide care-ți putea transforma plămânii în pastramă. Michael simți pocnetul presiunii făcut de mască la închidere, porni lanterna de la cască și îngenunche să deschidă orificiul.

– Să mergem, *hombres*!

Se strecură înăuntru și se trezi într-un strat gros de vreo șapte centimetri de mâzgă. Ed și Ceps veneau în urma lui.

– Ce mizerie!

Michael înaintă prin substanța vâscoasă și deschise canalul de scurgere; cei trei bărbați începură să împingă reziduurile spre el. Temperatura înăuntrul turnului depășea treizeci și șapte de grade; transpirația curgea șiroaie de pe ei, umezeala captivă a răsuflării lor aburindu-le masca. După ce luară grosul, aruncară solventul, montară baghetele și începură să-l pulverizeze pe pereți și podea. Îmbrăcați în costumele acelea și cu huruitul făcut de compresoare, conversația era aproape imposibilă. Singurul lucru la care se gândeau era să-și termine treaba și să iasă de-acolo. Intraseră de câteva minute, când Michael simți o bătaie ușoară pe umăr. Se întoarse și îl văzu pe Ceps arătând spre Ed. Bărbatul stătea încremenit în loc ca o statuie, cu fața la perete și cu mâna în care ținea bagheta pe lângă corp. În timp ce Michael privea, bagheta îi alunecă din mână, deși Ed nu păru să bage de seamă.

– Ceva nu e în regulă cu el! strigă Ceps pe deasupra zgomotului.

Michael păși înainte și îl întoarse pe Ed de umeri. Fu întâmpinat cu o privire goală.

– Ed, ești bine?

Chipul bărbatului se trezi la viață.

– O, bună, Michael! făcu el cu prea multă vioiciune. Hei-hei, hei-hei! Uu-uu!

– Ce spune? strigă Ceps.

Michael își trecu un deget de-a lungul gâtului, ca să-i transmită lui Ceps să închidă compresorul. Se uită în ochii lui Ed:

– Vorbește cu mine, amice!

Un chicotit ca de fetiță se desprinse de pe buzele bărbatului. Nu avea aer să respire, ridicând o mână spre casca de protecție.

Michael înțelese ce era pe cale să se întâmple. Pe când Ed încerca să-și dea jos masca, Michael îi imobiliză brațele. Bărbatul nu era solid, dar nici nu stătea ca o momâie. Se zbătu cu putere în strânsoarea lui Michael, încercând să se elibereze, fața învinețindu-i-se, dar nu de la panică, își dădu Michael seama: se asfixia. Tot trupul i se cutremură cuprins de o convulsie uriașă, genunchii cedând sub propria greutate, prăbușindu-se cu totul în brațele lui Michael.

– Ceps, ajută-mă să-l scot de-aici!

Ceps îl apucă pe bărbat de picioare. Trupul îi devenise flasc. Îl duseră împreună până la orificiu.

– Să-l ia cineva! strigă Michael.

Mai multe mâini apărură de la celălalt capăt; Michael și Ceps îi împinseră trupul prin deschizătură. Michael ieși din canal, scoțându-și masca și mănușile de cum fu izbit de aerul proaspăt. Ed zăcea pe podea, cu fața în sus; cineva îi dăduse jos masca și rucsacul. Michael se lăsă în genunchi lângă el. O nemișcare prevestitoare de rău: Ed nu respira. Michael își poziționă podul palmei în mijlocul pieptului bărbatului, stânga deasupra, își strase degetele și începu să apese. Nimic. Apăsă încă o dată și încă o dată, numărând până la treizeci, așa cum fusese învățat să facă, apoi își strecură o mână sub gâtul lui Ed ca să-i deschidă căile respiratorii, îl strânse de nas și își apropie gura de buzele vineții ale bărbatului. O răsuflare, două, trei. Mintea lui Michael era limpede precum cristalul, gândurile lui, concentrate asupra acestui unic scop. Tocmai când totul părea pierdut, simți o contracție puternică a diafragmei; pieptul lui Ed se umflă, luându-și gura generoasă de aer. Își întoarse fața într-o parte, gâfâind și tușind.

Michael se lăsă pe călcâie, căzând cu fundul în praful de pe jos, inima bătându-i nebunește din cauza adrenalinei. Cineva îi întinse o ploscă: Ceps.

– Ești bine, amice?

Nici măcar nu pricepu întrebarea. Luă o înghițitură mare, clătindu-și gura cu apă, după care o scuipă.

– Mda.

În cele din urmă, cineva îl ajută pe Ed să se ridice în picioare. Michael și Ceps îl duseră la baracă și îl așezară pe una dintre banchete.

– Cum te simți? îl întrebă Michael.

În obrajii lui Ed revenise puțină culoare, cu toate că pielea îi părea tot lipicioasă și transpirată. clătină din cap abătut:

– Nu știu ce s-a întâmplat. Aș fi putut să jur că mi-am verificat oxigenul.

Michael se uitase deja: rezervoarele erau goale.

– Poate că a venit timpul, Ed.

– Iisuse, Michael, mă dai afară?

– Nu. E alegerea ta. Spun doar că nu e nicio rușine să vrei să-ți închei activitatea. Cum Ed nu răspunse nimic, Michael se ridică în picioare: Te mai gândești. Eu o să te susțin, indiferent ce decizie vei lua. Vrei să te duc până la cazarmă?

Ed privea abătut în gol. Michael putea să i-o citească pe chip: asta era tot ce-i rămăsese bărbatului.

– Cred că mai rămân aici o vreme. Să-mi adun puterile.

Michael ieși din baracă și dădu peste restul echipajului așteptând la ușă.

– De ce naiba stați aici?

– Tura s-a terminat, șefu'.

Michael se uită la ceas: așa era.

– Nu și pentru noi. Spectacolul s-a terminat, oameni buni. Întorceți-vă fundurile leneșe înapoi la lucru!

Era trecut de miezul nopții, când Lore îi spuse:

– Ed a avut noroc.

Cei doi stăteau îmbrățișați în patul lui Michael. În ciuda strădaniilor lui Lore, mintea lui nu reuși să lase în urmă evenimentele de peste zi. Când închidea ochii, nu vedea decât expresia de pe chipul lui Ed, pe când stătea în baracă, ca a unui om dus la spânzurătoare.

– Ce vrei să spui prin noroc?

– Că ai fost acolo. Că ai făcut ce-ai făcut.

– N-am făcut nimic.

– Ba da, ai făcut. Omul ar fi putut să moară. De unde ai știut ce să faci?

Trecutul țâșni pe dinăuntrul lui, un val al durerii.

– Sora mea m-a învățat, răspunse Michael. Era asistentă medicală.

30

Orașul
Kerrville, Texas

Ajunseră înaintea ploii. Mai întâi văzură câmpurile, îmbibate de umezeală, aerul plin de mirosul pământului, apoi, pe măsură ce coborau spre vale, zidurile orașului, înalte cât opt etaje, profilându-se peste dealurile maronii ale Texasului. În apropierea porții se treziră prinși în trafic – transportoare, automobile de mare tonaj. Camionete de-ale SN pline ochi cu oameni în costume de protecție. Peter coborî din mașină, îi ceru șoferului să-i ducă dulapul la cazarmă și arătă ordinele primite gărzii de la pasajul pietonal, care-i făcu semn să înainteze.

– Bine ați venit acasă, domnule!

După șaisprezece luni de absență, simțurile lui Peter fură numaidecât asaltate de prezența uriașă, copleșitoare a oamenilor din acel loc. Petrecuse doar puțin timp în oraș, nu destul cât să se fi obișnuit cu densitatea claustrofobică a sunetelor, a mirosurilor, a revărsării de chipuri. Colonia nu avusese mai mult de o sută de suflete; aici erau peste patruzeci de mii.

Peter își croi drum până la ofițerul responsabil cu încartiruirea ca să-și colecteze plata. Nu se obișnuise niciodată cu ideea de bani.

„Parte egală“, unitatea economică guvernantă din Colonie, i se păruse că avusese o noimă. Aveai partea ta și o foloseai după bunul plac, dar era egală cu a celorlalți, nu mai mult, nu mai puțin. Cum puteau fâșiile astea de hârtie tipărită – „austini“ erau numite, după bărbatul al cărui chip, cu fruntea lui înaltă și rotunjită, cu nasul cârn și cu îmbrăcămintea lui intrigantă, decora fiecare bancnotă – să corespundă cu valoarea muncii depuse de o persoană?

Contabilul, un civil, scoase bancnotele dintr-un seif, le trânti pe tejghea și îi întinse prin grilaj un clipboard, fără să-i întâlnească privirea.

– Semnează aici.

Banii, un teanc gros, se simțeau ciudat în buzunarul lui Peter. Păși din nou în lumina după-amiezii, deja gândindu-se ce să facă să scape mai repede de ei. Mai erau șase ore până se dădea stingerea – nu avea timp să viziteze și orfelinatul, și împrejmuirea înainte să se prezinte la cazarmă. Avea la dispoziție doar această după-amiază; transportul la rafinărie pleca la 6:00.

Greer avea să fie primul; astfel, Peter nu l-ar fi dezamăgit pe Caleb plecând înainte de alarmă. Împrejmuirea se găsea într-o veche închisoare din capătul vestic al orașului. Se semna la intrare – în Kerrville, mereu semnai câte ceva, o altă ciudățenie – și își dădu jos lama și arma. Voi să-și vadă de drum, când fu oprit de gardian.

– Va trebui să te percheziționăm corporal, domnule locotenent.

Ca membru al Forțelor Expediționare, Peter era obișnuit cu o dovadă automată de respect – și cu atât mai mult din partea unuia de la securitate care nu avea mai mult de douăzeci de ani.

– Chiar e necesar?

– Nu facem noi regulile, domnule.

Enervant, însă Peter nu avea timp de ceartă.

– Fă-o repede.

Gardianul își trecu mâinile de-a lungul brațelor și picioarelor lui Peter, după care scoase un inel mare de chei și îl conduse în zona de detenție, un coridor lung, cu uși masive din oțel. Aerul era greu și mirosea a bărbați. Ajunseră în dreptul celulei cu numărul 62.

– Ciudat, remarcă gardianul. Greer n-a primit niciun vizitator în trei ani, iar acum primește doi într-o singură lună.

– Cine a mai fost aici?

– Nu eram eu în tură. Va trebui să-l întrebi pe el.

Gardianul găsi cheia potrivită și o introduse în încuietoare, iar ușa se deschise cu un zgomot hodorogit de balamale. Greer, desculț, îmbrăcat doar cu o pereche de pantaloni din pânză aspră încinși în talie, stătea pe marginea patului său. Pieptul lui lat lucea de transpirație; mâinile îi erau frumos așezate în poală. Părul, sau ce-i mai rămăsese din el, era de un alb argintiu și îi ajungea până la umerii uriași, în vreme ce o barbă încâlcită – barba unui profet, a unuia care rătăcește prin pustiu – i se întindea până la jumătatea obrajilor. Stătea într-o nemișcare profundă; impresia pe care o lăsa era una de calm, ca și cum își redusese mintea și trupul la propria lor esență. Preț de o clipă tulburătoare, nu dădu niciun semn că le-ar fi remarcat prezența în ușă, făcându-l pe Peter să se întrebe dacă izolarea aceasta nu-i afectase cumva mintea. Însă, când își ridică privirea, fața îi strălucea.

– Peter, iată-te!

– Maior Green, mă bucur să te văd!

Greer râse ironic, cu o voce dogită din cauza faptului că nu o mai folosise de atâta vreme.

– De mult nu mi-a mai spus cineva așa. Mă cheamă Lucius acum. Sau Șaizeci și doi, cum preferi. Ne lași câteva minute, Sanders?

– Nu am voie să las pe nimeni singur cu prizonierul.

Peter îi aruncă o privire de gheață.

– Cred că-mi pot purta și singur de grijă, fiule.

Un moment de șovăială; apoi gardianul se dădu bătut.

– Dacă este vorba de dumneavoastră, domnule. Aș zice că zece minute sunt suficiente. După, mi se termină tura. Nu vreau să am probleme.

Peter se încruntă.

– Ne cunoaștem?

– V-am văzut semnătura. Toată lumea ştie cine sunteţi. Tipul din California. Sunteţi o legendă.

Toată pretinsa lui autoritate dispăruse; brusc, devenise un copil cuprins de fascinaţie, cu faţa strălucindu-i de admiraţie.

– Cum a fost? Să bateţi atâta drum, vreau să zic.

Peter nu prea ştia ce să-i răspundă.

– A fost o călătorie lungă.

– Nu ştiu cum aţi reuşit. Eu aş fi făcut pe mine de frică.

– Crede-mă, îl asigură Peter, am avut parte şi de asta.

Sanders îi lăsă singuri. Peter ocupă singurul scaun din încăpere, aşezându-se invers, cu faţa la Greer.

– Se pare că l-ai impresionat pe băiatul nostru. Ţi-am spus că o să fie o poveste care n-o să treacă neobservată.

– Tot mi se pare ciudat să aud vorbindu-se despre asta, spuse Peter. Ce mai faci?

Greer ridică din umeri.

– Mă descurc. Dar tu? Arăţi bine, Peter. Nu-ţi stă rău cu uniforma.

– Lish îţi trimite salutări. Doar ce a fost numită căpitan.

Greer dădu din cap aprobator.

– O fată remarcabilă, Lish a noastră. Aş zice că e menită să facă lucruri mari. Şi, cum merge lupta? Sau mai trebuie să întreb?

– Nu prea bine. Nu o mai ducem mult. Chestia cu Martínez a fost un dezastru. Acum se pare că şi comandantul are îndoieli.

– La asta s-au priceput mereu cel mai bine. Nu-ţi face griji, se întoarce roata. Ce poţi să înveţi de aici este să ai răbdare.

– Nu e la fel fără tine. Nu pot să nu mă gândesc cât de diferit ar fi fost dacă erai şi tu cu noi.

– Mă îndoiesc. Asta a fost dintotdeauna reprezentaţia ta. Am ştiut-o din prima clipă când te-am întâlnit. Parcă atârnai într-o plasă cu susul în jos?

Peter râse de această amintire.

– Michael a vomat pe noi toţi.

– Corect, îmi aduc aminte acum. El ce mai face? Îmi închipui că nu mai e puştiul pe care-l ştiu eu. Mereu avea câte un răspuns la orice.

– Nu cred că s-a schimbat mult. Oricum, o să aflu mâine. Mă trimit la rafinărie.

Greer se încruntă.

– De ce tocmai acolo?

– O inițiativă nouă de a asigura protecția Drumului Petrolului.

– Celor de la SN o să le placă la nebunie. Aş zice că te-ai băgat în asta până peste cap. Se plesni peste genunchi și schimbă subiectul: Şi Hollis, de el ce mai știi?

– Nimic bun. Moartea Sarei l-a dat rău peste cap. Se spune că face trafic.

Greer păru să cadă pe gânduri o clipă.

– Ei bine, nu pot să-l judec pentru asta. Poate că ți se va părea ciudat, la cum îl știm pe Hollis, dar nu e singurul care a apucat calea asta, având în vedere circumstanțele. Îmi închipui c-o să-și revină, mai devreme sau mai târziu. E cu capul pe umeri.

– Cum rămâne cu tine? O să ieși în curând. Dacă vrei, pot pune o vorbă bună comandantului. Poate te va lăsa se te înrolezi din nou.

Însă Greer clătină din cap.

– Mi-e teamă că s-au dus zilele acelea, Peter. Nu uita, sunt un dezertor. Odată ce-ai trecut linia asta, n-ai cum să te mai întorci.

– Ce-o să faci?

Greer îi zâmbi misterios.

– Mă gândesc că o să se ivească ceva. Așa se întâmplă mereu.

O vreme, vorbiră de alții, făcură schimb de vești, rememorară povești din trecut. În compania lui Greer, Peter simțea o caldă mulțumire, dar avea și o senzație de pierdere. Maiorul intrase în viața lui tocmai când Peter avea mai mare nevoie; prezența fermă a lui Greer îi dăduse puterea de a merge mai departe într-o vreme când hotărârea lui șovăise. Era o datorie pe care Peter nu avea s-o poată nicicând plăti pe de-a-ntregul: datoria curajului pe care i-l împrumutase. Peter simți că detenția îl schimbase pe Greer. Era încă același bărbat, însă ceva curgea pe dinăuntrul lui, un râu de liniște interioară. Părea să-și tragă forța din propria izolare.

Pe când cele zece minute se apropiau de final, Peter îi povesti maiorului despre peșteră, despre bărbatul ciudat, Ignacio, și despre teoria Aliciei în privința lui. Chiar pe când rostea cuvintele, își dădu seama cât de aiurea suna ideea; și totuși, părea justificată. Cumva, sentimentul că această informație era importantă crescuse în ultimele zile.

– Poate că ar avea o legătură, fu de acord Greer. Zici că a spus „Ne-a părăsit"?

– Întocmai cuvintele lui.

Greer tăcu, mângâindu-și barba lungă.

– Întrebarea este, firește, unde s-a dus Martínez. Alicia are vreo bănuială în privința asta?

– Nu, din câte mi-a spus mie.

– Dar tu ce crezi?

– Cred că o să fie mult mai complicat să-i găsim pe Cei Doisprezece decât am crezut inițial.

Așteptă, cercetându-i cu privirea chipul lui Greer. Cum maiorul nu răspundea, continuă:

– Oferta mea rămâne valabilă. Chiar avem nevoie de tine.

– Mă supraestimezi, Peter. Eu n-am fost bun decât pentru cursele lungi.

– Nu și pentru mine. Alicia ar spune și ea același lucru. Toți am spune-o.

– Și accept complimentul. Dar asta nu schimbă cu nimic situația. Ce-a fost, a fost.

– Tot nu mi se pare corect să fii aici.

Greer ridică cu indiferență din umeri.

– Poate că este, poate că nu. Crede-mă, m-am gândit prea mult la asta. Forțele Expediționare erau viața mea și îmi lipsesc vremurile alea. Dar am făcut ce-am crezut că e bine pe moment. În cele din urmă, viața unui om se definește prin deciziile pe care le ia. Miji ochii la Peter: Și nu trebuie să-ți zic eu asta, nu-i așa?

Maiorul îl citise ca în palmă.

– Aș zice că nu.

– Ești un soldat bun, Peter. Ai fost dintotdeauna și n-am mințit în privința uniformei. Chiar îți stă bine cu ea. Întrebarea este: tu te simți bine cu ea?

Întrebarea nu era acuzatoare – ba, dimpotrivă.

– Câteodată mă întreb și eu același lucru, răspunse Peter.

– Toți o facem. În militărie e cum e. Nu poți să te duci până la latrină fără să completezi un formular în triplu exemplar. Dar, în cazul tău, aș zice că întrebarea se pune la un nivel mai profund. Bărbatul pe care l-am întâlnit cu capul în jos în capcană – el nu urma ordinele nimănui, ci ale lui. Nici acum nu cred că ar ști cum s-o facă. Și iată-te acum aici, cinci ani mai târziu, informându-mă că al tău comandant vrea să renunțe la vânătoare. Spune-mi, au ei dreptate?

– Firește că nu.

– Și îi poți face să înțeleagă asta? Îi poți face să se răzgândească?

– Sunt doar un ofițer. Nu o să asculte de mine.

Greer încuviință din cap.

– De acord. Deci, iată-ne!

Se așternu tăcerea. Apoi, Greer continuă:

– Poate că asta o să-ți fie de ajutor. Ți-aduci aminte ce ți-am spus în noaptea aia din Arizona?

– Au fost multe nopți, Lucius. Și s-au spus multe lucruri.

– Așa-i. Dar în noaptea aceea – nu știu unde eram exact, la vreo câteva zile depărtare de Fermă, în orice caz. Ne adăpostiserăm sub un pod. Stânci cu forme ciudate peste tot. Îmi aduc aminte de ele după felul în care lumina soarelui le învăluia la asfințit, ca și cum ar fi fost aprinse din interior. Noi ne-am prins la vorbă. Era în noaptea în care te-am întrebat ce aveai de gând să faci cu fiola pe care ți-o dăduse Lacey.

Își amintea acum. Stâncile roșii, tăcerea adâncă din jur, conversația care curgea ușor, ei doi stând în fața focului. Era ca și cum amintirea plutise în toți acești cinci ani în mintea lui Peter fără să se sedimenteze decât acum.

– Știu.

Greer dădu din cap.

– Mă gândeam eu. Dă-mi doar voie să spun că, atunci când te-ai oferit să-ți fie injectat virusul, a fost, jos pălăria, cel mai tare lucru pe care l-am văzut vreodată, iar eu am văzut destule la viața mea.

Eu n-aş fi putut să fac niciodată asta. Te respectam mult şi înainte, dar după... Făcu o pauză, apoi: În noaptea aceea, ţi-am spus ceva. „Tot ceea ce s-a întâmplat pare să fie mai mult decât o simplă coincidenţă." Vorbeam mai mult cu mine însumi atunci, încercând să pun în cuvinte ceva ce nu prea înţelegeam, dar m-am gândit mult la asta. Tu ai găsit-o pe Amy, eu te-am găsit pe tine, Lacey, Babcock, tot ce s-a întâmplat pe munte. Evenimentele pot să pară întâmplătoare când le trăieşti, dar, când priveşti în urmă, ce vezi? Un lanţ de coincidenţe? Noroc chior? Sau ceva mai mult? Îţi spun ce văd eu, Peter. Un drum drept. Mai mult decât atât. Un drum *adevărat*. Care sunt şansele ca lucrurile astea să se fi întâmplat de la sine? Ca fiecare piesă să se aşeze la locul ei când aveam mai mare nevoie de ea? E o forţă care lucrează aici, ceva dincolo de puterea noastră de înţelegere. Spune-i cum vrei. Nu are nevoie de un nume, pentru că-l ştie pe al tău, prietene. Aşa că, dacă te întrebi ce fac toată ziua închis aici, răspunsul e foarte simplu. Aştept să văd ce urmează să se întâmple. Mă încred în planul lui Dumnezeu.

Îi oferi lui Peter un zâmbet misterios; transpiraţia care-i acoperea faţa şi pieptul gol, musculos făcea aerul din încăpere să fie înţepător.

– Ţi se pare ciudat să mă auzi vorbind astfel? Tonul i se îndulci: Probabil te gândeşti, *Săracul de el, singur cuc în cutia asta, trebuie să-şi fi pierdut minţile*. N-ai fi primul.

Lui Peter îi luă o clipă să răspundă.

– De fapt, nu. Mă gândeam cât de mult îmi aminteşti de cineva.

– De cine anume?

– I se spunea Mătuşica.

Fu rândul lui Greer să fie cuprins de amintiri.

– Fireşte. Femeia pe care am îngropat-o când ne-am întors în Colonie. Nu mi-ai povestit nimic despre ea, deşi mereu am fost curios. Dar n-am vrut să-mi bag nasul.

– Puteai să mă întrebi. Ai fi zis că eram apropiaţi, deşi cu Mătuşica nu erai niciodată sigur. Jumătate din timp credea că sunt altcineva. Obişnuiam să trec pe la ea ca să văd ce face. Şi ei îi plăcea să vorbească despre Dumnezeu.

– Așa? Greer părea mulțumit. Și ce spunea?

Ce ciudat, își spuse Peter în sinea lui, să se gândească tocmai acum la Mătușica. Întocmai ca povestea lui Greer spusă în acea noapte petrecută în Arizona, amintirea lui despre această femeie și despre timpul petrecut împreună era atât de proaspătă, de parcă s-ar fi întâmplat ieri. Bucătăria ei ca un cuptor, ceaiul groaznic; dispunerea precisă, ba chiar reverențioasă, a obiectelor din casa ei ticsită, mobila, cărțile, pozele și amintirile; picioarele ei bătrâne și noduroase, mereu desculțe, gura ei strânsă, fără dinți și claia diafană de păr alb ce părea că plutește deasupra capului ei, fără să fie prins de nimic. La fel ca Mătușica, de altfel; singură, în coliba ei de la marginea poienii, femeia părca să existe într-o cu totul altă dimensiune, într-un buzunar în care se adunaseră amintiri omenești, aflate în afara timpului. Acum că stătea să se gândească, Peter își dădu seama că probabil asta îl și atrăsese la ea. În prezența Mătușicii, grijile lui zilnice deveneau întotdeauna mai ușoare.

– Aceleași lucruri, mai mult sau mai puțin. Femeia aceea era greu de înțeles. O amintire anume ieși la suprafață: Și ar mai fi ceva, din noaptea în care Amy a apărut la poartă.

– Ce?

– A spus: „Dumnezeul de care știu eu nu ne-ar da nicio șansă."

Greer îl urmărea cu o concentrare maximă.

– Asta ți-a spus?

Era încă puțin uimit de cât de limpede era amintirea.

– La momentul acela am crezut că, știi tu, sunt doar vorbe de-ale Mătușicii.

Greer ieși din starea aceea zâmbind scurt și pe neașteptate.

– Ei bine, zise el, îmi închipui că femeia știa câte ceva. Îmi pare rău că n-am întâlnit-o niciodată. Sunt sigur că ne-am fi înțeles foarte bine.

Peter râse.

– Chiar cred că v-ați fi înțeles.

– Deci poate că e timpul să ai mai multă încredere, Peter. Asta e tot ce spun. Lasă lucrurile să vină la tine.

– Cum s-a întâmplat cu Martínez, vrei să spui.

– Poate că da, poate că nu. N-ai cum să știi până nu afli. Nu te-am întrebat niciodată ce crezi, Peter, și nici n-am s-o fac. Fiecare decide singur asta. Și nu mă înțelege greșit – sunt soldat sau, cel puțin, am fost. Lumea are nevoie de războinici și va veni o zi când nu prea va mai conta altceva. Și vei fi acolo ca să lupți, prietene, n-am nicio îndoială. Dar lumea este mai mult decât ce pare la prima vedere. Nu am eu toate răspunsurile, dar atâta lucru știu.

– Mi-aș fi dorit să fiu și eu la fel de sigur.

Maiorul ridică din umeri.

– Ei, tu doar încerci să rezolvi lucrurile, așa cum facem toți. Când eram la orfelinat, surorile ne spuneau mereu că o persoană credincioasă este aceea care crede în ceva care nu poate fi demonstrat. Nu că nu sunt de acord, dar asta este doar jumătate din poveste. Contează sfârșitul, nu mijloacele prin care ajungi acolo. Acum o sută de ani, umanitatea a fost pe cale să se autodistrugă. Ar fi ușor să credem că Dumnezeu nu ține prea mult la noi. Sau că nu *există* un Dumnezeu, că nu există niciun ritm și niciun motiv pentru nimic și că am putea foarte bine să o lăsăm așa și să închidem taraba. Mulțumesc, planeta Pământ, încântați de cunoștință. Dar tu nu ești așa, Peter. Pentru tine, să-i vânezi pe Cei Doisprezece nu este un răspuns, ci o întrebare. Îi pasă cuiva? Merităm să fim salvați? Ce-ar vrea Dumnezeu de la mine, asta dacă există un Dumnezeu? Cea mai mare credință este, în primul rând, dorința de a pune întrebări, o dovadă care reflectă contrariul. Credința nu doar în Dumnezeu, ci în noi toți. Te afli într-un loc unde n-o să-ți fie ușor și am impresia că o să rămâi în el o vreme. Dar e cel corect și e al tău.

Abia atunci înțelese Peter ce vedea de fapt. Greer era liber, un om liber. Zidurile cuștii lui nu aveau niciun înțeles pentru el; viața lui se petrecea într-o cu totul altă parte, neîngrădită de lucrurile fizice. Cât de surprinzător, să invidiezi un om care trăia într-o celulă de închisoare nu mai mare decât o latrină mai încăpătoare.

Se auzi cheia întorcându-se în încuietoare; timpul lor se sfârșise. Pe când Sanders intra în celulă, cei doi se ridicară în picioare.

– Deci, spuse Greer, bătând din palme în semn de încheiere. O să petreci ceva timp în Freeport, transmite-i salutările mele comandantului. Nu e orașul care să miroasă cel mai bine, dar priveliștea e frumoasă. Un loc bun în care să-ți pui lucrurile în ordine. O meriți, asta e sigur.

– Asta a spus și colonelul Apgar.

– Deștept tip, Apgar ăsta. Greer îi întinse mâna: Mă bucur că te-am văzut, prietene.

Își strânseră mâinile.

– Ai grijă de tine, bine?

Rânjetul lui Greer se ivi prin barbă.

– Știi cum se spune: Trei mese calde pe zi și un pat. Nu e o viață chiar atât de rea, dacă se ajunge la asta. Cât despre celelalte, te cunosc, Peter. O să-ți dai seama ce ai de făcut când va veni timpul. Asta e o lecție pe care am învățat-o de la tine, de fapt.

Sanders îl conduse înapoi în hol. Abia atunci își dădu Peter seama că uitase să-l întrebe pe Greer despre celălalt vizitator. Și mai era ceva: maiorul nu întrebase nimic despre Amy.

– Auziți, făcu Sanders pe când treceau prin cea de-a doua ușă, sper că nu vă supărați că vă întreb, dar credeți că ați putea semna asta?

Ținea în mână o bucată de hârtie și un ciot de creion.

– Pentru soția mea, îl lămuri el, ca să-i dovedesc că v-am întâlnit.

Peter luă hârtia, își scrijeli numele și i-o dădu înapoi. Preț de o clipă, Sanders nu făcu altceva decât să se holbeze la ea.

– Uau! făcu el.

– Unchiule Peter!

Rupându-se din rândul copiilor, Caleb traversă în fugă locul de joacă, venind spre el. În ultima secundă, făcu trei pași mari și se aruncă în brațele lui Peter, mai-mai să-l dărâme.

– Stai așa, ușurel!

Chipul băiatului strălucea de fericire.

– A spus Amy că o să vii! Ești aici, ești aici!

Peter se întrebă de unde știuse oare. Dar se corectă repede; Amy pur și simplu părea să știe lucruri, ca și cum mintea ei era conectată la ritmurile ascunse ale lumii. Ținându-l pe Caleb în brațe, Peter fu învăluit de prezența lui fizică aparte: de căldura trupului său de băiețel; de fierbințeala răsuflării lui; de mirosul lăptos emanat de pielea și de părul lui, umed din cauza transpirației, amestecat cu izul pătrunzător al săpunului de casă pe care îl foloseau surorile. Ceilalți copii îi urmăreau cu privirea de pe terenul de joacă. Peter o zări pe sora Peg, care-l privea cu răceală de lângă barele de cățărat, prezența lui neanunțată întrerupând mult iubita ei rutină.

– Ia să te văd eu mai bine!

Îl lăsă jos pe Caleb. Ca întotdeauna, Peter rămase uimit de asemănarea izbitoare cu Theo. Simți junghiul regretului, pe care-l lăsă cu indiferență să treacă.

– Te-ai făcut așa de mare, nici nu-mi vine să cred!

Pieptul băiatului se umflă de mândrie.

– Pe unde ai umblat? Ce-ai văzut?

– O mulțime de lucruri. Am fost în New Mexico.

– New Mexico!

Expresia de mirare de pe fața lui era deplină; Peter ar fi putut la fel de bine să-i fi spus că fusese pe lună. Deși copiii din Kerrville nu erau protejați de conceptul de Virali, așa cum se întâmpla în Colonie, mintea lui de copil nu pricepea încă implicațiile. Pentru Caleb, expedițiile erau o mare aventură, întocmai ca pirații care traversează mări și țări ori precum cavalerii de demult din cărțile cu basme citite de surori.

– Cât rămâi? îl întrebă rugător băiatul.

– Mi-e teamă că nu mult. Dar avem restul după-amiezii. Și o să mă întorc curând, probabil peste o săptămână sau cam așa. Ce-ai vrea să facem?

Răspunsul lui Caleb fu instantaneu:

– Să mergem la baraj!

– De ce tocmai acolo?

– De-acolo poți vedea totul!

Peter zâmbi. În astfel de momente, simțea ceva din el în nepotul său, aceeași curiozitate nestăvilită care îi guvernase și lui viața.

– Atunci barajul să fie!

Sora Peg apăru în spatele băiatului. Deși avea un trup firav, ca de pasăre, sora Peg era fără îndoială o figură intimidantă, ochii ei negri reușind să-ți facă măruntaiele să se strângă dintr-o singură privire cercetătoare. Prietenii lui Peter care crescuseră la orfelinat – bărbați care înduraseră condiții îngrozitoare și primejdii continue – vorbeau de ea cu un respect vecin cu groaza. *Dumnezeule*, spuneau ei, *femeia aia ne băga în sperieți, nu alta!*

– Bună ziua, soră!

Pe chipul ei, o hartă bătută de vreme, plină de șanțuri adânci și de planuri aride, se citea imobilitatea unei rațiuni stăpânite. Se oprise la o depărtare puțin mai mare decât pentru o conversație obișnuită, un detaliu mic, dar important, care-i accentua și mai mult autoritatea. Dinții îi erau de o culoare galben-maronie, de la țigările cu mătase de porumb – un obicei de neînțeles, larg răspândit în Kerrville, pe care Peter îl privea atât cu uimire, cât și cu repulsie.

– Locotenent Jaxon, nu te așteptam.

– Îmi cer scuze, totul a fost cam din scurt. Vă supărați dacă stă cu mine restul zilei?

– Ar fi fost mai bine dacă ne-ați fi dat de veste. Pe aici, lucrurile merg după anumite reguli.

Caleb nu mai avea astâmpăr.

– Vă rog, soră!

Privirea ei imperioasă îl scrută pe băiat din cap până în picioare, cântărind situația. Riduri ca niște evantaie îi încrețeau colțurile gurii, pe când își supse obrajii.

– Bănuiesc că e în regulă, având în vedere circumstanțele. Fac o excepție, cred că înțelegeți. Să fii atent la alarmă, locotenente. Știu că voi, cei din Forțele Expediționare, vă credeți mai presus de reguli, dar n-am să permit așa ceva.

Peter lăsă remarca să treacă neobservată; la urma urmelor, nu era lipsită întru totul de adevăr.

– O să-l aduc înapoi până la șase.

Sub privirea ei nimicitoare, se trezi cu următoarea întrebare, încercând să pară curios de degajat.

– Amy e pe aici? Aş vrea s-o văd înainte să plec.

– S-a dus la piaţă. Doar ce ai ratat-o. Afirmaţia fu însoţită de un suspin acrit. Presupun că vrei să rămâi la cină.

– Mulţumesc, soră. Foarte amabil din partea dumitale.

Caleb, plictisit de toate aceste formalităţi, începuse să-l tragă de mână.

– Te rog, unchiule Peter, vreau să *plecăm*.

Pentru o jumătate de clipă, expresia severă a femeii păru să se destrame. O blândeţe aproape maternă îi licări în priviri. Dar pe cât de brusc apăru, tot pe atât de repede şi dispăru, făcându-l pe Peter să se întrebe dacă nu cumva fusese doar în închipuirea lui.

– Fii cu ochii pe ceas, locotenente! Eu asta voi face.

Barajul era, din multe puncte de vedere, inima oraşului şi mecanismul lui de funcţionare. Împreună cu petrolul, care punea în mişcare generatoarele, modul prin care Kerrville stăpânea Râul Guadalupe, atât sursa de apă pentru irigaţii, cât şi bariera naturală la nord şi la vest – nimeni nu văzuse vreodată un Viral care să se încumete să înoate; cei mai mulţi credeau că le era frică de apă sau că pur şi simplu nu puteau să se menţină la suprafaţă –, se mândrea cu vechimea lui. Râul însuşi avusese dimensiuni modeste în primele lui zile, fiind subţire şi neînsemnat, nimic mai mult decât o şuviţă de apă pe timpul verii. Însă o inundaţie devastatoare în primăvara lui 22, o dovadă a schimbării climatice care avea să umfle permanent râul cu nu mai puţin de trei metri, a impus îmblânzirea lui. Fusese, din toate punctele de vedere, un proiect de proporţii uriaşe, necesitând devierea temporară a curenţilor râului şi mutarea unor cantităţi uriaşe de pământ şi calcar pentru săparea gropii ce avea să servească drept bazin, urmată de ridicarea barajului în sine, o lucrare de inginerie pe care Peter o compara mai degrabă cu cele din Vremea Dinainte, nu cu lumea pe care o ştia el. Ziua în care apei i se dăduse drumul pentru prima oară fusese privită ca un eveniment fundamental în istoria Republicii;

mai mult decât orice altceva în Kerrville, forțele naturale care gravitau în jurul barajului îi arătaseră cât de slabă fusese Colonia prin comparație. Fuseseră norocoși că rezistaseră atât cât o făcuseră.

Niște trepte din grătare metalice duceau până sus. Caleb nu luă în seamă protestele lui Peter de a încetini. Când Peter ajunse la ultima cotitură, Caleb se uita deja la apă, înspre coama ondulată a dealurilor ce se profilau la orizont. La zece metri mai jos, oglinda apei era de o limpezime uimitoare. Peter putea să zărească chiar și peștii, niște forme albe înotând leneș prin apa ca de sticlă.

– Ce-i acolo? întrebă băiatul.

– Texasul, în mare parte. Dealurile la care te uiți nu sunt la mai mult de câtiva kilometri depărtare.

– Unde e New Mexico?

Peter arătă înspre vest.

– Dar este foarte, foarte departe. Trei zile de mers, și asta fără oprire.

Băiatul își mușcă buza de jos.

– Vreau să-l văd.

– Poate c-ai să-l vezi, într-o bună zi.

Se plimbară de-a lungul barajului, până la deversor. O serie de canale eliberau apa la intervale regulate într-un bazin imens, de unde niște pompe gravitaționale o duceau până la complexul agricol. În depărtare, turnuri dispuse la distanțe egale demarcau Zona Portocalie. Se opriră din nou, admirând priveliștea. Peter fu încă o dată copleșit de măreția construcției. Era ca și cum numai în locul ăsta istoria umanității curgea încă în fluxul ei continuu, neatinsă de separarea absolută a erelor pe care Viralii o aduseseră asupra acestei lumi.

– Arăți ca el.

Peter se întoarse și îl văzu pe Caleb privindu-l pieziș.

– Ce vrei să spui?

– Ca Theo. Tatăl meu.

Afirmația îl prinse pe nepregătite; de unde putea ști băiatul cum arăta Theo? Firește că nu avea cum, dar nu asta era ideea. Declarația lui Caleb era mai degrabă o dorință, o modalitate prin care tatăl lui continua să trăiască.

– Asta spunea toată lumea. Dar şi tu îi semeni mult.

– Ţi-e dor de el?

– În fiecare zi. O tăcere gravă se aşternu; după care, Peter spuse: Dar să-ţi zic ceva. Atâta vreme cât ne aducem aminte de o persoană, ea rămâne încă printre noi. Gândurile ei, sentimentele, amintirile, toate devin o parte din noi. Şi chiar dacă tu crezi că nu-ţi aduci aminte de părinţii tăi, nu e adevărat. Ei sunt înăuntrul tău, la fel cum sunt şi înăuntrul meu.

– Dar eram doar un bebeluş.

– Asta e mai ales valabil în cazul bebeluşilor. Atunci îi veni un gând în minte: Ştii ceva despre Fermă?

– Locul unde m-am născut?

Peter încuviinţă din cap.

– Întocmai. Avea ceva special. Te simţeai în siguranţă acolo, ca şi cum cineva ar fi avut grijă de noi. Îl privi pe băiat o clipă: Tatăl tău credea că era o fantomă.

Băiatul făcu ochii mari.

– Şi tu?

– Eu nu ştiu. M-am gândit mult la asta de-a lungul anilor. Poate că da. Sau poate că era ceva care semăna cu o fantomă. Poate că şi locurile păstrează amintiri. Puse o mână pe umărul băiatului: Tot ce ştiu este că lumea a vrut ca tu să te naşti, Caleb.

Băiatul amuţi. Apoi, faţa i se lumină de rânjetul năstruşnic al unui plan nedezvăluit:

– Ştii ce vreau să facem acum?

– Spune.

– Să mergem să înotăm.

Era puţin trecut de patru când ajunseră la baza deversorului. Stând pe marginea bazinului, se dezbrăcară, lăsând pe ei doar chiloţii. Peter păşi pe stânci şi întoarse privirea spre Caleb, care rămăsese încremenit pe margine.

– Ce s-a întâmplat?

– Nu ştiu să înot.

Cumva, Peter nu se gândise la asta. Îi întinse mâna băiatului.

– Vino, te învăț eu.

Apa era surprinzător de rece, cu un gust metalic specific. Caleb fu temător la început, însă după treizeci de minute de bălăceală deveni mai încrezător. Peste încă zece ajunsese să înoate de unul singur, înaintând ca un cățel prin apă.

– Uită-te la mine! Uită-te la mine!

Peter nu-l văzuse niciodată pe băiat atât de fericit.

– Ține-te de mine! îi spuse el.

Băiatul i se urcă în cârcă, apucându-l pe Peter de umeri.

– Ce ai de gând să faci?

– Tu ia o gură mare de aer și ține-ți respirația.

Coborâră împreună. Peter dădu afară aerul din plămâni, întinse brațele și cu o mișcare iute se avântă înspre fundul pietros, băiatul ținându-se bine de el, trupul lui unduindu-se ca o mantie. Apa era limpede ca sticla. Mintea lui Peter fu inundată de amintiri din copilărie, pe când se bălăcea în grotă. Același lucru îl făcuse și el cu tatăl său.

Încă trei mișcări și urcară, ieșind la lumină.

– Cum ți s-a părut? întrebă Peter.

– Am văzut pești!

– Ți-am spus eu.

Se scufundară astfel încă o dată și încă o dată, bucuria băiatului fiind fără margini. Era trecut de cinci și jumătate, umbrele alungindu-se, când Peter spuse că era timpul să plece. Pășiră cu grijă pe stânci și se îmbrăcară.

– Abia aștept să-i spun surorii Peg că am fost afară, zise Caleb radiind tot.

– Mai bine nu i-ai spune. Hai să rămână între noi, bine?

– Să fie secret?

Băiatul pronunță cu plăcere cuvântul nepermis; făceau parte dintr-o conspirație acum.

– Exact!

Băiatul își strecură mâna mică în a lui Peter pe când își croiră drum spre poarta barajului. Peste alte câteva minute avea să sune alarma. Fu copleșit de un val de dragoste: *Pentru asta sunt aici.*

O găsi în bucătărie, stând dinaintea unui cuptor uriaș, plin cu oale care dădeau în clocot. Camera vuia de zgomot și de căldură – zdrăngănitul farfuriilor, surorile alergând de colo-colo, de larma crescândă a vocilor de copii care se adunau în sala de mese. Amy era cu spatele la el. Părul ei, negru și irizant, prins într-o coadă împletită și bogată, îi ajungea până la mijloc. Șovăi în ușă, urmărind-o cu privirea. Părea complet absorbită de treaba ei, amestecând în cea mai apropiată oală cu o lingură de lemn, gustând preparatul și mai adăugându-i puțină sare, pășind apoi sprinten spre unul dintre cuptoarele din cărămidă roșie din încăpere ca să scoată o tavă lungă plină cu vreo doisprezece pâinici proaspăt coapte.

– Amy!

Ea se întoarse și îi zâmbi. Se întâlniră la mijlocul încăperii aglomerate. O clipă de nesiguranță, apoi se îmbrățișară.

– Mi-a spus sora Peg că te găsesc aici.

El făcu un pas înapoi. Simțise acest lucru în atingerea ei: ceva era schimbat la ea. Nu mai era de mult fetișcana fără glas, traumatizată, cu părul vâlvoi și cu haine din căpătat. Înaintarea ei în vârstă părea să se petreacă în episoade, nefiind atât o chestiune de dezvoltare fizică, ci mai degrabă una de conștientizare a propriei persoane, ca și cum învăța să-și pună ordine în viață. Iar paradoxul acesta existase dintotdeauna: persoana care stătea dinaintea lui, deși ca înfățișare părea o adolescentă, era de fapt cea mai bătrână ființă de pe pământ. Absența îndelungată a lui Peter, o veșnicie pentru Caleb, pentru Amy fusese cât ai clipi din ochi.

– Cât stai? îl întrebă, fără să-și dezlipească privirea de la el.

– Doar în seara asta. Plec mâine.

– Amy, o strigă una dintre surorile de lângă cuptor, e gata supa? Încep să facă gălăgie.

Amy îi răspunse iute peste umăr:

– O clipă numai. Apoi, către Peter, cu un zâmbet larg: Se pare că nu sunt un bucătar atât de prost. Păstrează-mi un loc, spuse și îi strânse ușor mâna. Chiar mă bucur să te văd.

Peter își croi drum în sala de mese, unde toți copiii se așezaseră la niște mese lungi, aranjați după vârstă. Zgomotul din încăpere era puternic, o energie vie de trupuri și voci care trepida întocmai ca un motor uriaș. Ocupă un loc lângă Caleb la capătul unei băncuțe, tocmai când sora Peg apăru în fața camerei și bătu din palme.

Efectul fu ca după un fulger: o tăcere grea se așternu în jur. Copiii se prinseră de mână și își plecară capul. Peter se trezi prins în cercul lor, între Caleb și o fetiță cu părul șaten, care stătea în fața lui.

– Tatăl nostru, intonă femeia cu ochii închiși, Îți mulțumim pentru bucatele de pe masă, care ne-au adus împreună, și pentru binecuvântarea dragostei și grijii Tale, pe care le reverși asupra noastră după marea mila Ta. Îți mulțumim pentru bogăția pământului și a cerurilor și pentru grija ce ne-o porți până ne vom întâlni în viața ce va să vină. Îți mulțumim și pentru vizita oaspetelui nostru, unul dintre bravii tăi soldați, care a trecut prin multe primejdii ca să fie astăzi cu noi. Te rugăm să-l ții în paza Ta, pe el și pe toți ai lui, ca să se întoarcă cu bine din călătoriile lor. Amin!

Un cor de glasuri:

– Amin!

Peter se simți sincer mișcat. Poate că pe sora Peg nu o supărase atât de mult prezența lui. Veni și mâncarea: oale cu supă, pâinea tăiată în felii groase, aburinde, și carafe cu apă și lapte. În capul fiecărei mese, una dintre surori turna cu polonicul supa în castroane, care se dădeau din mână în mână până la capăt, în timp ce carafele făceau înconjurul mesei. Amy se strecură pe băncuță, lângă Peter.

– Să-mi spui cum ți se pare supa, zise ea.

Era delicioasă, cea mai bună chestie pe care o mâncase în ultimele luni. Pâinea, pe care o simțea moale și caldă în gură, aproape că-l făcea să geamă de plăcere. Își stăpâni dorința de a mai cere o porție, gândindu-se că n-ar fi fost politicos, însă de cum își golise castronul, una dintre surori apăru cu un altul plin, punându-l dinaintea lui.

– Rar avem musafiri, îl lămuri ea, cu fața îmbujorată de rușine, și plecă grăbită.

Vorbiră despre orfelinat și despre îndatoririle lui Amy – treburile de la bucătărie, dar și să-i învețe pe copiii cei mici să citească și, după cum se exprimase chiar ea, „orice altceva mai era nevoie“ –, iar Peter îi povesti despre ceilalți, deși făcură un schimb de informații generale; abia după ce copiii se vor fi dus la culcare puteau și ei să vorbească în voie. Lângă el, Caleb era angajat într-o conversație înflăcărată cu un alt băiat, pe care Peter nu putea decât în treacăt s-o urmărească, auzindu-i vorbind ceva despre regi, regine și pioni. După ce tovarășul lui se ridică de la masă, Peter îl întrebă pe Caleb despre ce fusese vorba.

– Despre șah.

– Șaht?

Caleb își dădu ochii peste cap.

– Nu, *șah*. E un joc. Pot să te învăț, dacă vrei.

Peter se uită la Amy, care izbucni în râs.

– O să pierzi, îi zise ea.

După cină și spălatul vaselor, cei trei se duseră în camera de zi, unde Caleb așeză tabla și începu să-i explice numele diverselor piese și mișcările pe care le putea face fiecare. Când ajunse la cai, lui Peter i se învârtea deja capul.

– Și chiar ții minte toate astea? Cât ți-a luat să înveți să joci?

Băiatul ridică cu nevinovăție din umeri.

– Nu mult. E destul de simplu.

– Mie nu mi se pare simplu.

Se întoarse spre Amy, care zâmbea amuzat.

– Nu te uita la mine, îi spuse ea, ești pe cont propriu.

Caleb arătă cu mâna spre tablă.

– Începe tu.

Bătălia începu. Peter se gândise să-l ia ușor pe băiat – era, la urma urmelor, un joc pentru copii, fără îndoială că avea să se prindă repede de ce avea de făcut –, însă descoperi numaidecât că-și subestimase enorm adversarul. Caleb părea să-i anticipeze fiecare mișcare, contracarând fără șovăire, mișcările lui fiind iuți și sigure. Într-o disperare crescândă, Peter se hotărî să atace, folosindu-se de calul său ca să ia unul dintre nebunii lui Caleb.

– Ești sigur că vrei să faci asta? îl întrebă băiatul.

– Aa, nu?

Caleb studie tabla cu bărbia sprijinită în palme. Peter mai că vedea mișcările complexe ale gândurilor lui: punea la cale o strategie, plănuind o serie de atacuri și contraatacuri viitoare. Și are cinci ani, se gândi Peter. Uimitor!

Caleb mută o tură trei căsuțe înainte, luându-i celălalt cal al lui Peter, pe care acesta îl lăsase descoperit.

– Ai grijă! îi spuse el.

Un schimb rapid de piese și regele lui Peter fu încolțit.

– Șah mat! anunță băiatul.

Peter se holba neajutorat la tablă.

– Cum ai făcut asta atât de repede?

Lângă el, Amy izbucni în râs – un sunet cald și molipsitor.

– Ți-am spus eu.

Rânjetul lui Caleb se lăți de un kilometru. Peter pricepu ce se întâmplase; mai întâi înotatul, acum asta. Nepotul lui întorsese fără niciun efort armele împotriva lui, demonstrându-i lui Peter de ce era în stare.

– Trebuie doar să gândești în perspectivă, îl lămuri Caleb. Încearcă să vezi jocul ca pe o poveste.

– Spune-mi adevărul: cât de bine te pricepi la asta?

Caleb ridică modest din umeri.

– Câțiva copii mai mari obișnuiau să mă bată, dar nu și acum.

– Așa, deci? Ei bine, aranjează piesele din nou. Vreau să mă răzbun.

Caleb tocmai își disputa a treia victorie la rând, fiecare mai nemilos de decisivă decât precedenta, când se auzi sunând clopoțelul care-l trimitea la culcare. Timpul trecuse mult prea repede. Amy se duse în aripa fetelor, lăsându-l pe Peter să-l conducă pe băiat până în dormitor. În marea încăpere plină cu pătuțuri, Caleb se schimbă într-o cămașă de noapte, apoi îngenunche pe podeaua de piatră lângă patul lui, cu mâinile împreunate, ca să-și spună rugăciunile, o serie prelungă de „Doamne, ajută“, care începea cu „părinții mei din ceruri“ și se termina cu Peter însuși.

– Întotdeauna te păstrez pentru final, îi spuse băiatul, ca să te protejez.

– Cine e Mouser?

Mouser era motanul lor. Peter văzuse biata creatură stând tolănită pe un pervaz din camera de zi – o ființă ca vai de ea, cu pielea atârnându-i peste oasele bătrâne ca niște rufe puse la uscat. Peter îl înveli pe Caleb până sub bărbie și se aplecă să-l sărute de noapte bună. Surorile umblau în susul și în josul șirului de paturi, sâsâindu-i pe copii. Luminile din încăpere fuseseră deja stinse.

– Când te întorci, unchiule Peter?

– Nu sunt sigur. Curând, sper.

– Putem să mergem din nou la înotat?

Un sentiment cald i se răspândi în tot corpul.

– Doar dacă promiți că mai jucăm șah. Nu cred că m-am prins încă. Mi-ar fi de folos câteva sfaturi.

Băiatul radia de fericire.

– Promit.

Amy îl aștepta în camera de zi, acum goală, cu motanul alintându-i-se la picioare. Trebuia să se întoarcă la cazarmă la 21:00; el și Amy nu aveau decât câteva minute la dispoziție.

– Bietul de el! făcu Peter. De ce nu-i pune cineva capăt zilelor? E o cruzime.

Amy își trecu mâna de-a lungul spinării animalului. Un tors slab răzbătu dinăuntrul lui, pe când își arcui spatele ca să iasă în întâmpinarea atingerii ei.

– E trecut bine, aș zice. Dar copiii îl adoră, iar surorile nu sunt de acord cu asta. Numai Dumnezeu poate să ia o viață.

– Evident că nu au fost în New Mexico.

Era o glumă, dar nu în totalitate. Amy îl privi îngrijorată:

– Arăți abătut, Peter.

– Lucrurile nu merg prea bine. Vrei să-ți povestesc?

Ea păru să cântărească întrebarea. Arăta puțin cam palidă; Peter se întrebă dacă se simțea bine.

– Poate altă dată, spuse ea, cercetându-i chipul cu privirea. Te iubește tare mult. Numai despre tine vorbește.

– Mă faci să mă simt vinovat. Probabil că așa merit.

Ea îl ridică pe Mouser de jos și îl așeză în poală.

– Înțelege. Eu doar îți spun ca să știi cât de important ești pentru el.

– Cum rămâne cu tine? E totul în regulă aici?

Ea dădu aprobator din cap.

– În mare, mi se potrivește locul ăsta. Îmi plac compania, surorile, copiii. Și, desigur, e și Caleb. Cred că este pentru prima oară în viață când... Nu știu. Când mă simt utilă. E plăcut să fii doar un om obișnuit.

Peter fu uimit de cursul firesc și sincer pe care îl luase conversația. Indiferent de ce barieră fusese între ei, aceasta căzuse.

– Celelalte surori știu? În afară de sora Peg, mă refer.

– Câteva da sau poate doar bănuiesc. Sunt aici de cinci ani, trebuie să fi observat că nu înaintez în vârstă. Cred că sunt puțin un ghimpe în coasta surorii Peg, ceva care nu se potrivește felului ei de a vedea lucrurile. Dar nu îmi spune nimic. Amy zâmbi: La urma urmelor, fac o supă de orz grozavă.

Clipa despărțirii venise mult prea repede. Amy îl conduse până la ieșire, unde Peter scoase câteva bancnote din buzunar și i le întinse.

– Dă-i asta surorii Peg, bine?

Amy încuviință din cap fără un cuvânt și strecură banii într-un buzunar al fustei. Îl îmbrățișă încă o dată, de data asta cu mai multă putere.

– Chiar mi-a fost dor de tine.

Îi simțea răsuflarea caldă pe piept.

– Să ai grijă, bine? Promite-mi.

Era ceva tulburător în insistența ei, ca o presimțire finală, o despărțire sumbră. Ce nu-i spunea? Și mai era ceva: trupul ei emana o fierbințeală ca de febră. Aproape că o simțea pulsând prin materialul gros al uniformei.

– Nu trebuie să-ți faci griji pentru mine. O să fiu bine.

– Vorbesc serios, Peter. Dacă se întâmplă ceva, n-aș suporta să... Vocea i se pierdu, ca și cum ar fi fost purtată pe aripile unui vânt nevăzut: N-aș putea suporta.

Acum era sigur: se petrecea ceva ciudat. Ceva ce Amy nu-i spunea. Peter încercă să-i citească pe chip despre ce era vorba. Fruntea îi lucea ușor de la transpirație.

– Ești bine?

Luându-i mâna într-a ei, i-o ridică, lipindu-și palma de a lui, așa încât buricele degetelor lor abia se atingeau. Gestul era o dovadă atât de apropiere, cât și de despărțire, de conexiune și de separare deopotrivă.

– Ți-aduci aminte când te-am sărutat?

Nu vorbiseră niciodată despre asta – de sărutul ei scurt, ca un ciugulit de pasăre, de la mall, când Viralii se repezeau spre ei. Se întâmplaseră multe de atunci, însă Peter nu uitase. Cum ar fi putut?

– Mereu m-a intrigat, răspunse el.

Mâinile lor ridicate păreau să plutească în spațiul întunecat dintre ei. Amy îl cercetă cu privirea. Era ca și cum încerca să caute un înțeles pe care ea însăși îl crease.

– Fusesem singură atâta amar de vreme. Nu e ceva ce pot descrie. Și, dintr-odată, ai apărut tu. Nici nu-mi venea să cred.

Apoi, ca și cum s-ar fi trezit dintr-o transă, își retrase mâna, înroșindu-se brusc.

– Asta e tot. Mai bine ai pleca – să nu întârzii.

Nu-i venea să plece. Întocmai ca sărutul, atingerea mâinii ei părea să aibă puterea unică de a-i lua în stăpânire simțurile, cuibărindu-se de tot în vârfurile degetelor lui. Ar fi vrut să spună mai multe, însă nu-și găsea cuvintele, iar momentul trecuse.

– Ești sigură că ești bine?

Pe chip îi apăru un zâmbet.

– N-am fost niciodată mai bine.

Însă chiar arăta c-ar fi bolnavă.

– Oricum, mă întorc peste zece zile.

Amy nu răspunse.

– Ne vedem atunci, da?

Se întrebă și el de ce spusese asta.

– Sigur că da, Peter. Unde să mă duc?

După ce Peter plecă, Amy se duse în aripa surorilor, o versiune mai mică a dormitoarelor unde dormeau copiii. Celelalte surori se culcaseră deja, câteva dintre cele mai bătrâne sforăind ușor. Își dădu jos tunica și se băgă în pat.

Puțin mai târziu, se trezi speriată. O transpirație rece îi acoperea trupul, îmbibându-i cămașa de noapte. Încă resimțea agitația de pe urma viselor neplăcute.

Amy, ajută-l!

Încremeni.

Te așteaptă, Amy. Pe corabie.

– Tata?

Du-te la el du-te la el du-te la el...

Se ridică, stăpânită brusc de certitudinea scopului. Sosise clipa. Nu-i mai rămânea decât un singur lucru de făcut, o singură misiune de îndeplinit în aceste ultime zile ale vieții ei pe care, deși scurtă, o îndrăgise. Își croi drum de-a lungul coridoarelor cufundate în liniște până în camera de zi. Îl găsi pe Mouser acolo unde îl lăsase, odihnindu-se pe canapea. În ochii lui se citea limpede extenuarea; membrele îi erau flasce și abia dacă-și putea înălța capul.

Te rog, părea să spună privirea lui. *Sufăr. Totul durează de prea multă vreme.*

Îl ridică cu blândețe la pieptul ei. Mângâindu-l pe spate, se întoarse cu fața spre fereastră, de unde se vedea noaptea înstelată.

– Vezi lumea asta superbă, Mouser? îi șopti ea la ureche. Vezi stelele astea drăguțe?

Este... atât de frumoasă!

Gâtul i se frânse cu un pocnet, trupul i se lăsă moale în brațe. Amy rămase așa câteva minute, în timp ce prezența lui se depărta, mângâindu-i blana, sărutându-i capul și fața. Adio, Mouser! Domnul fie cu tine! Copiii te iubesc; îi vei revedea curând. Apoi îl duse în magazia din grădină, ca să caute o lopată.

31

– Ia uite ce a adus vântul!

Un bărbat mânjit de petrol îl conduse pe Peter la comisariat, unde îl găsi pe Michael stând laolaltă cu un grup de vreo doisprezece bărbați și femei, care, cu câte o furculiță în mâinile lor murdare, își îndesau fasole în gură. Michael sări de pe banchetă și îl bătu pe umăr.

– Peter Jaxon, în carne și oase!

– Pe toți zburătorii, Michael! Te-ai făcut uriaș!

Pieptul prietenului său părea să se fi dublat în dimensiune, întinzând materialul salopetei, iar brațele îi erau foarte musculoase. O barbă blondă și zdravănă îi înăsprea acum obrajii.

– Sincer să fiu, nu prea ai ce face pe aici, în afară de scos petrol și tras de fiare. Și, ascultă la mine, nimeni nu folosește cuvintele astea. Toată lumea spune „afurisenia aia" și „afurisenia cealaltă". Arătă către masă: Ei sunt echipajul meu. Salutați-l pe Peter, oameni buni!

Făcură cunoștință. Peter se strădui să rețină numele tuturor, însă știa că avea să le uite peste câteva minute.

– Ți-e foame? îl întrebă Michael. Haleala pe aici nu e rea, dacă o înghiți fără s-o miroși.

– Ar trebui să mă prezint la șeful SN mai întâi.

– Poate s-aştepte. Cum e trecut de doisprezece jumătate, şansele sunt destul de mari ca Stark să fie oricum cam pilit. Cu Karlovic trebuie tu să te întâlneşti, dar e plecat la rezervă. Dă-mi voie să-ţi aduc o farfurie.

Îşi împărtăşiră veştile în timpul mesei, apoi duseră tăvile la bucătărie şi ieşiră afară.

– Mereu miroase atât de urât? întrebă Peter.

– Şi încă asta e o zi bună. Când se schimbă vântul, plângi, nu alta. Aduce toate rahaturile de la canal. Vino, vreau să-ţi fac marele tur.

Prima oprire fu la cazarmă, o cutie de beton cu un acoperiş de tablă ruginită. Mai multe paturi cu perdeluţe erau aliniate de-a lungul pereţilor. Un bărbat cu faţa lungă stătea la masa din mijlocul încăperii, amestecând iar şi iar un pachet de cărţi de joc.

– El este Juan Sweeting, secundul meu, spuse Michael. I se spune Ceps.

Dădură mâna, bărbatul întâmpinându-l cu un mormăit.

– De la ce vine Ceps? întrebă Peter. N-am mai auzit numele ăsta până acum.

Bărbatul îşi încrucişă braţele, scoţându-şi în evidenţă bicepşii ca două grepfruturi.

– Aha! făcu Peter. Am înţeles.

– Nu-ţi face griji, îi spuse Michael, nu e el cel mai politicos şi citeşte cu voce tare, dar se poartă destul de frumos, dacă nu uiţi să-i dai de mâncare.

O femeie ieşi de după o perdea, îmbrăcată doar în lenjerie intimă. Căscă, ducându-şi mâna pumn la gură.

– Doamne, Michael, încercam şi eu să trag un pui de somn.

Spre uimirea lui Peter, braţele ei se încolăciră în jurul gâtului lui Michael, faţa ei luminată de un zâmbet lacom:

– Asta dacă nu vrei să...

– Nu e momentul, *mi amiga*. Michael se eliberă cu blândeţe din strânsoarea ei. Dacă n-ai observat, avem companie. Lore, Peter. Peter, Lore.

Trupul ei era zvelt și robust, părul ei, decolorat de la soare, era tuns scurt. Atrăgătoare, dar într-o manieră neconvențională, ușor masculină, emanând o senzualitate pură, poate chiar carnivoră.

– Tu ești tipul?

– Exact!

Râse cu subînțeles.

– Ei bine, noroc, prietene!

– Lore e a patra generație de petroliști, spuse Michael. Practic mănâncă petrol pe pâine.

– E și ăsta un mijloc de a trăi, spuse Lore. Apoi, către Peter: Deci voi doi, băieți, vă știți de mult, aș zice. Ia spune-i și fetei ăsteia secretul: cum era înainte?

– Cam cel mai deștept tip din jur. I se spunea Circuit. Asta era porecla lui.

– Una stupidă. Mulțumesc mult, Peter.

– Circuit, repetă Lore, părând să savureze cuvântul. Știi, îmi place cum sună.

De la masă, Ceps, care nu spusese nimic, începu să geamă pe o voce feminină:

– *O, Circuit, o, Circuit, fă-mă să mă simt ca o femeie...*

– Mai tăceți din gură, spuse Michael, care se înroșise într-un hal care contrasta puternic cu nou-descoperita lui musculatură, deși Peter credea că o parte din el se bucura de această atenție. Ce, aveți treișpe ani? Haide, Peter, spuse el, îndreptându-se spre ușă, hai să plecăm de lângă copiii ăștia!

– Ne vedem mai târziu, locotenente, strigă Lore veselă pe când se îndepărtau. Vreau să-ți aud *poveștile*.

În căldura crescândă a după-amiezii, Michael îi arătă lui Peter împrejurimile, ducându-l la unul dintre turnuri și explicându-i procesul de rafinare.

– Sună destul de periculos, spuse Peter.

– Se mai întâmplă lucruri, adevărat.

– Unde e rezerva? Petrolul, din câte știa Peter, venea dintr-un rezervor de exploatare aflat la mare adâncime sub pământ.

– Cam la cinci kilometri nord de aici. Practic e un dom natural de sare care face parte din Rezerva Strategică de Petrol. Petrolul plutește, așa că noi pompăm afară apa de mare și el iese.

Prietenul lui prinsese puțin accent de Texas, remarcă Peter. Nu pronunța „petrol“, ci „pitrol“.

– Și cât mai e acolo jos?

– Ei bine, mai e o grămadă. După aproximările noastre, destul cât să mai umple cuptoarele pentru încă cincizeci de ani.

– Și după ce se termină?

– O să căutăm altul. Sunt o mulțime de rezervoare risipite de-a lungul canalului navigabil pe Houston. E o adevărată mlaștină toxică acolo, iar locul colcăie de moleșiți, dar ar putea să ne aprovizioneze pentru o vreme. Următorul cel mai apropiat dom este Port Arthur. Nu ar fi ușor să mutăm acolo toată operațiunea, dar, cu suficient timp la dispoziție, am putea s-o facem. Făcu din umeri un gest fatalist: Oricum ar fi, mă îndoiesc că voi mai fi prin preajmă ca să-mi fac griji.

Michael declară că are o surpriză pentru Peter. Se duseră până la armurerie, de unde Michael luă o pușcă, apoi la baza auto, de unde alese o camionetă. Michael puse pușca într-un suport de pe podea și îi spuse lui Peter să urce.

– Unde mergem?

– O să vezi.

Ieșiră din complex, apoi o luară spre sud, pe un drum asfaltat plin cu găuri, care mergea paralel cu apa. Un vânt sărat sufla prin ferestrele deschise ale camionetei, mai luând astfel din căldură. Peter văzuse Golful doar de câteva ori; întinderea lui străveche, prea mare ca să poată fi cuprinsă cu mintea, reușea, de fiecare dată, să-i taie răsuflarea. Cele mai fascinante erau valurile, tuburi lungi ce creșteau în mărime și în forță pe măsură ce se apropiau, spărgându-se într-o buclă de spumă maronie la marginea apei. Nu-și putea lua ochii de la ele. Peter știa că ar fi putut sta ore în șir pe nisip, doar uitându-se la valuri.

Unele fâșii de plajă erau curate lună, în vreme ce altele încă mai purtau cicatricele dezastrului: munții de metal ruginit, răsucit în forme nedeslușite; ambarcațiuni de toate felurile eșuate la mal, cu carenele lor albite, ciupite ori mâncate până la schelet, răsturnate în nisip ca niște coaste ieșite în afară; tot felul de resturi, aduse la mal de valuri.

– Ai fi surprins câte chestii mai sunt încă aduse de apă, spuse Michael, arătând cu mâna pe fereastră. Multe vin pe Mississippi și apoi o iau de-a lungul Coastei. Cele mai grele s-au dus, în mare parte, dar cele din plastic par să dureze.

Michael ieșise de pe drum, iar acum mergea aproape de buza apei. Peter se uită pe geam.

– Ai văzut ceva mai mare de atât?

– Din când în când. Anul trecut, a eșuat o barjă încă încărcată cu containere mari. Afurisenia mersese în derivă sute de ani. Am fost cu toții foarte entuziasmați.

– Ce era în ele?

– Schelete omenești.

Ajunseră în dreptul unui golfuleț și o luară spre vest, urmând linia Coastei cufundate în liniște. În fața lor, o structură mică, din beton, se ridica pe buza apei. Michael opri mașina, iar Peter văzu că nu era altceva decât o carapace, cu toate că pe semnul de la geam încă se mai vedea scris, cu litere șterse, „Art's Crab Shack".

– În regulă, spuse Peter, care e surpriza?

Prietenul lui zâmbi șmecherește.

– Lasă ucigătorul ăla de fumuri aici, spuse el, arătând către Browningul pe care Peter îl avea prins la coapsă. N-o să ai nevoie de el.

Curios în privința intențiilor prietenului său, Peter puse arma în torpedou, apoi îl urmă pe Michael în spatele clădirii. Un mic ponton pe piloni din ciment, poate de vreo zece metri lungime, penetra suprafața apei.

– La ce mă uit?

– La o barcă, evident.

O mică barcă cu vele stătea legată la capătul pontonului, legănându-se ușor pe valuri.

– De unde ai făcut rost de ea?

Fața lui Michael strălucea de mândrie.

– Practic, din mai multe locuri. Coca am găsit-o într-un garaj, la vreo zece kilometri de țărm. Restul bucăților au fost reparate sau făcute de noi.

– Noi?

– De mine și de Lore. Își drese vocea, înroșindu-se brusc în obraji: Bănuiesc că e destul de evident...

– Nu trebuie să-mi dai nicio explicație, Michael.

– Vreau doar să spun că nu e ce pare. Sau, ei bine, poate este. Dar n-aș zice că suntem împreună, nu chiar. Lore este doar... cum ai văzut-o.

Peter se trezi că este încercat de o plăcere aproape perversă să-și vadă prietenul atât de rușinat.

– Pare drăguță. Și e evident că *te* place.

– Mda, ce să zic, făcu Michael, ridicând din umeri. „Drăguță“ nu e chiar primul cuvânt pe care l-aș alege ca s-o descriu, dacă înțelegi ce spun. Sincer, abia pot ține pasul cu ea.

Când Michael păși în barcă, Peter își dădu seama cât de firavă părea.

– Care-i problema? întrebă Michael.

– Chiar o să mergem undeva cu chestia aia?

Michael începuse să strângă parâmele și să le așeze pe fundul ambarcațiunii.

– De ce crezi că te-am adus aici? Termină cu prostiile și urcă!

Peter se lăsă cu grijă în carlingă. Simțea barca mișcându-se ciudat sub el, răspunzând la greutatea lui cu o mișcare leneșă. Se prinse de margine, încercând s-o oprească în loc.

– Și chiar știi să o conduci?

Prietenul său râse în barbă.

– Nu mai fi copil! Ajută-mă să ridic pânzele!

Michael îi explică repede termenii principali: velier, cârmă, eche, vela mare. Aruncă parâma, duse echea la pupa, făcu ceva la pânze de se umflară numaidecât cu aer și se puseră deodată în mișcare, îndepărtându-se de ponton cu o viteză uimitoare.

– Deci, ce crezi?

Peter se uită neliniştit spre malul din ce în ce mai îndepărtat.

– Încerc să mă obişnuiesc.

– Ia-o aşa, îi sugeră Michael. Pentru prima oară în viaţa ta te afli într-un loc unde niciun Viral nu se poate atinge de tine.

– Nu m-am gândit la asta.

– Pentru următoarele ore, prietene, n-o să ai niciun stres.

Dădură ocol golfului. Cu cât înaintau mai în larg, culoarea apei se schimba de la verde-muşchi la un negru-albăstrui intens, lumina soarelui reflectându-se în asperităţile suprafeţei ei. Sub fermitatea pânzei, ambarcaţiunea căpătase o oarecare stabilitate, aşa că Peter începu să se destindă, deşi nu de tot. Michael părea să ştie ce face, însă oceanul era ocean.

– Cât de departe ai ajuns cu chestia asta?

Michael privi înainte, mijind ochii în lumină.

– Greu de spus. Vreo cinci kilometri, aş zice.

– Cum rămâne cu bariera?

Se ştia că, în primele zile de la izbucnirea epidemiei, naţiunile lumii îşi uniseră forţele pentru a impune starea de carantină pe continetul nord-american, punând mine de-a lungul coastelor şi bombardând orice ambarcaţiune care încerca să se îndepărteze de ţărm.

– Dacă e acolo, n-am dat peste ea încă, răspunse Michael, ridicând din umeri. O parte din mine crede că toată asta e o prostie, dacă vrei să ştii adevărul.

Peter îi aruncă prietenului său o privire bănuitoare:

– Nu o cauţi, nu?

Michael nu răspunse, Peter dându-şi astfel seama că-l ghicise.

– Asta e nebunie curată!

– La fel e şi ce faci tu. Şi chiar dacă bariera există, câte mine crezi că mai plutesc pe aici? În o sută de ani, oceanul înghite cam tot. Şi cu toate resturile astea, au fost declanşate până acum, mai mult ca sigur.

– Dar tot e nesăbuit. Ai putea să te arunci singur în aer.

– Poate. Sau poate că mâine unul dintre turnurile ălea o să mă lanseze în spaţiu. Pe aici, standardele pentru siguranţa personalului sunt destul de scăzute. Ridică din umeri: Dar asta n-are nicio legătură. Oricum nu cred că afurisenia aia să fi existat din capul locului. Toată Coasta? Dacă pui la socoteală și Mexicul, și Canada, asta înseamnă vreo patru sute de mii de kilometri. Imposibil!

– Și dacă te înșeli?

– Atunci o să mă arunc singur în aer într-o bună zi, după cum ai spus-o tu.

Peter lăsă baltă chestiunea. Multe lucruri se schimbaseră între timp, însă Michael era tot Michael, un om cu o curiozitate neostoită. Înaintau prin golf, în larg; briza se întețise, împroșcând cu valuri lucitoare peste marginea bărcii. Era atât de multă apă în jur.

– Poate că de data asta am putea rămâne mai aproape de țărm?

Michael ajustă velele, strângând în mână echea.

– Îți spun eu, Peter, acolo e altă treabă. Nici nu pot să-ți explic. Pur și simplu uiți de toate chestiile urâte. Chiar ar trebui să vezi cu ochii tăi.

– Mai bine m-aș întoarce. Hai s-o lăsăm pe altă dată!

Michael îi aruncă o privire și râse.

– Sigur, spuse el. O lăsăm pe altă dată.

32

Alicia înainta spre nord, în câmp deschis. Capătul Texasului: o regiune plată și vastă, ca o mare calmă, cu vântul adiind printre vegetația de prerie și cerul care se întindea nesfârșit deasupra ei, de un albastru tomnatic, cu îmbrățișarea orizontului frântă doar de ocazionalele pâlcuri de plopi, pecani sau sălcii cu ramuri prelungi, frunzele lor melancolice aplecându-se supuse atunci când trecea pe lângă ele. Zilele erau călduroase, însă noaptea temperaturile scădeau, iarba încovoindu-se sub greutatea picăturilor de rouă. Folosind combustibilul din depozitele găsite de-a lungul drumului, își încheiase călătoria în doar patru zile.

Ajunse la garnizoana din Kearney în dimineața zilei de 6 noiembrie. Era întocmai după cum se temuse comandamentul după ce convoiul de aprovizionare nu se mai întorsese: niciun suflet nu mai era acolo ca s-o întâmpine. Garnizoana ajunsese un mormânt deschis. Ecoul strigătelor soldaților pe moarte păreau să plutească încă în aer, prins în nemișcarea bătută de vânt. Aliciei îi trebuiră două zile ca să încarce rămășițele descompuse ale oamenilor într-o remorcă și să îi ducă într-un loc ales de ea, un luminiș de pe malul râului Platte. Acolo îi așeză într-un șir lung, așa încât să rămână împreună, îi stropi cu benzină și le dădu foc.

În dimineața următoare, văzu calul.

Stătea chiar la marginea baricadei. Un armăsar negru-maroniu, gâtul lui lung și masculin aplecat spre iarba grasă de la capătul zonei de paradă – o prezență de neexplicat, ca o singură casă rămasă în picioare după o tornadă. Avea cel puțin doi metri. Alicia se apropie de el cu băgare de seamă, ținând palmele cu fața în sus. Animalul părea speriat: nările îi fremătau, urechile erau date pe spate, ochii lui mari o cercetau agitat pe Alicia. Cine este creatura asta ciudată și ce vrea de la mine? părea să spună. Alicia mai făcu un pas; calul tot nu se mișcă. Îi simțea sălbăticia curgându-i prin vene, forța lui explozivă și animalică.

– Bun băiat! murmură ea. Vezi? Nu sunt așa rea. Hai să fim prieteni, ce zici?

Când nu-i mai despărțea decât un braț, ea își întinse palma sub botul lui. El își despărți buzele, dezvelindu-și zidul galben de dinți. O privea cu ochii lui mari ca două mărgele. O clipă hotărâtoare, trupul lui încordat și alert; apoi își lăsă capul în jos, umplându-i căușul palmei cu răsuflarea lui caldă și umedă.

– Cred că mi-am găsit tovarăș de drum.

Animalul îi adulmeca acum mâna, legănându-și capul înainte și înapoi. Urme de spumă îi fremătau de jur împrejurul gurii. Îl mângâie pe gât, pe coama lui lucioasă și îmbibată de transpirație. Avea un corp ca sculptat, tare și pur, și totuși în ochi i se vedea adevărata forță interioară.

– Îți trebuie un nume, spuse Alicia. Cum să-ți zic?

Îi puse numele Soldat. Din clipa în care i se urcă în spinare, cei doi deveniră unul singur. Parcă erau prieteni vechi, despărțiți de multă vreme și care acum se regăsiseră; tovarăși de-o viață, care-și puteau încredința poveștile unul altuia, dar care puteau, dacă doreau, și să se bucure împreună de tăcere. Trei zile mai rămase în garnizoana pustie, căutând provizii, pregătindu-se de drum. Își ascuți lamele cât de fin putu. Ordinele erau în traista ei. *Pentru: Alicia Donadio, căpitan al Forțelor Expediționare. Semnat: Victoria Sanchez, președinte, Republica Texas.*

În dimineața zilei de 12 noiembrie, porniră la drum, îndreptându-se către est.

Un singur pod peste Missouri mai era în picioare, la optzeci de kilometri nord de Omaha, în orășelul Decatur. Ajunseră la el în cea de-a șasea zi. Diminețile erau smălțuite de brumă, iarna simțindu-se în aer. Copacii renunțaseră la timiditatea lor, arătându-și acum crengile golașe în toată splendoarea lor. Pe când se apropiau, Alicia simți în mersul Soldatului o ușoară ezitare: *Râul, serios?* Ajunseră la mal; sub ei, apa își vedea de curgerea ei învolburată. Suprafața, neagră ca stânca, îi era împânzită de vârtejuri. La vreo patru sute de metri mai la nord, podul își susținea greutatea pe piloni masivi din ciment, arătând de parcă ar fi încălecat râul cu picioarele lui uriașe. *Da,* spuse Alicia. *Serios.*

Erau momente când i se părea că decizia ei fusese una pripită. Pe alocuri, se desprinseseră bucăți de ciment, dând la iveală apele ce curgeau pe dedesubt. Descălecă și îl luă pe Soldat de căpăstru. Înaintară, fiecare pas era greu de teamă că podul avea să se surpe sub ei. A cui fusese ideea asta proastă? părea Soldat să întrebe. A, da, a ta.

Se opriră pe cealaltă parte. Era seară; soarele își începuse coborârea în spatele desișurilor. Ritmul Aliciei fusese inversat: la picior, ar fi putut să doarmă ziua și să călătorească noaptea, după obiceiul ei. Dar nu și călare. Alicia făcu un foc pe malul râului, umplu tigaia cu apă și o puse la fiert. Scoase ultimele provizii din traistă: o mână de fasole uscată, paste la conservă și un biscuit sărat, tare ca piatra. Ar fi avut chef să vâneze, dar nu voia să-l lase singur pe Soldat. Își mâncă cina frugală, spălă tigaia în râu și își întinse sacul de dormit ca să privească cerul. Descoperise că, dacă se uită suficient de mult, vedea câte o stea căzătoare. Parcă răspunzând gândurilor ei, o șuviță strălucitoare se aprinse în înalturi, urmată de alte două. Michael îi spusese cândva, acum mulți ani, că unele erau creații rămase de pe urma oamenilor din Vremea Dinainte, numite sateliți. Încercase să-i explice cum funcționează – ceva în legătură cu vremea – însă Alicia fie uitase ce-i spusese, fie nu luase în seamă încă o încercare de a lui Michael de a face pe deșteptul. Reținuse însă că erau ceva abstract, o combinație între lumină și forță: corpuri nenumărate cu scopuri neștiute care dădeau ocol Pământului ca niște mărgeluțe pe o sfoară, neabătute de la traiectoria lor datorită unor influențe echilibrante de voință și gravitație, asta până când renunțau la misiunea lor și se avântau spre pământ într-o strălucire glorioasă. Și mai multe stele căzătoare; Alicia începu să le numere. Cu cât se uita mai mult, cu atât mai multe vedea. Zece, cincisprezece, douăzeci. Adormi, numărându-le.

Zorii anunțau o zi nouă și senină. Alicia își puse ochelarii și se întinse, lăsând energia plăcută obținută după o noapte de odihnă să i se răspândească prin corp. Râul părea și mai gălăgios în aerul dimineții. Păstrase un biscuit sărat pentru micul dejun. Ronțăi jumătate din el, restul dându-i-l lui Soldat, apoi porniră la drum.

Erau în Iowa acum; călătoria lor era deja la jumătate. Peisajul se schimbă, dealurile argiloase, cu înfățișarea lor povârnită, urcând și coborând, iar între ele văi adânci și late, săpate în pământul negru și bogat. Norii joși se mutaseră spre vest, ocultând lumina soarelui. Era după-amiază târziu când Alicia detectă o mișcare în dreptul crestelor. Vântul aduse miros de animale; și Soldat îl simți. Oprindu-se în loc, Alicia aștepta ca sursa mișcării să se arate singură.

Iat-o. O turmă de căprioare își făcu apariția pe coama dealului, douăzeci de capete și, printre ele, un singur cerb. Coarnele lui erau imense, ca un copac dezgolit pe timpul iernii. Va trebui să se apropie din direcția vântului; se miră că nu o observaseră până acum. Prinse pușca în cureaua de susținere, își luă arbaleta și câteva săgeți și descălecă. Soldat o privi cu neîncredere.

– Nu te uita așa la mine. O fată trebuie și ea să mănânce. Îl mângâie pe gât ca să-l liniștească. Să nu pleci aiurea, bine?

Ocoli dealul prin sud. Căprioarele încă păreau să nu fi luat seama de prezența ei. Își croi drum în susul povârnișului pe coate și genunchi. Era rapidă, dar ele erau și mai rapide; o singură săgeată, poate două, trasă din arbaletă era tot ce avea. După minute bune de urcuș răbdător, ajunse în vârf. Căprioarele se răspândiseră într-un „V“ de-a lungul coamei. Cerbul rămăsese la vreo doisprezece metri depărtare. Alicia, încă lipită de pământ, puse o săgeată în arbaletă.

Poate o adiere de vânt. O clipă de percepție profundă, tipic animalelor. Căprioarele o luară la sănătoasa, într-o explozie de mișcare. Până când Alicia se ridică în picioare, erau deja departe.

– Rahat!

Își aruncă arbaleta la pământ, scoase cuțitul și porni după ele. Își pusese ceva în minte și nimic nu putea s-o abată. Cincisprezece metri mai încolo, pământul se termina brusc, iar Alicia văzu portița salvatoare: o convergență de linii, pe care mintea ei o calculă cu maximă precizie. Pe când cerbul țâșni spre pantă, ea își ridică lama și se avântă în aer.

Se lăsă asupra lui ca un uliu, ridicând arma într-un arc de cerc larg și coborând-o la baza gâtului său. Sângele țâșni, iar picioarele din față ale animalului cedară sub el. Alicia își dădu prea târziu seama de ce urma să se întâmple. Prinsă de gâtul lui, trupul îi fu smuls de forța gravitației, iar Alicia se trezi rostogolindu-se în josul povârnișului.

Se opri la poalele dealului. Își pierduse ochelarii undeva pe drum. Se întoarse iute pe burtă, îngropându-și fața în brațe. La naiba! Era oare nevoită să rămână acolo, complet neajutorată, până la lăsarea întunericului? Începu să pipăie terenul din jur. Nimic.

Singurul lucru care-i rămânea de făcut era să deschidă ochii și să se uite. Cu fața încă îngropată în curbura cotului, Alicia se ridică în picioare. Inima îi bătea nebunește în piept. Ei bine, își spuse ea, ce se poate întâmpla?

La început, nu văzu decât alb – un alb orbitor, ca și cum s-ar fi uitat drept în inima soarelui. Resimți șocul ca pe o împunsătură de ac în țeastă. Dar apoi, cu o neașteptată iuțeală, ceva începu să se schimbe. Vederea i se limpezea. Culorile și formele prindeau contur ca dintr-o ceață. Ținea ochii mijiți; îi deschise încă puțin. Încet-încet, strălucirea începu să se risipească, lăsând loc peisajului înconjurător.

După cinci ani de trăit în umbră, Alicia Donadio, căpitanul Forțelor Expediționare, privea lumea la lumina zilei.

Abia atunci își dădu seama unde se afla.

Îl numi Câmpul Oaselor. Deși nu era nici câmp, în adevăratul sens al cuvântului, și nu erau nici oase prin jur. Ci mai degrabă rămășițe sfărâmicioase, uscate de soare, ale unei mulțimi de Virali, care acopereau platoul cât vedeai cu ochii. Câți să fi fost acolo? O sută de mii? Un milion? Mai mulți? Alicia înaintă printre ei. Fiecare pas pe care-l făcea stârnea un nor de cenușă. Îi simțea aroma în nări, în gât, lipindu-i-se de pereții gurii ca o pastă. În ochi i se adunară lacrimi. De tristețe? De ușurare? Ori de mirare, martoră fiind la acest eveniment nemaivăzut? Ce li se întâmplase nu era din vina lor. Ei nu fuseseră nicicând de vină. Lăsându-se în genunchi, scoase lama din teacă și o duse la inimă, apoi la frunte. Cu ochii închiși, își plecă fruntea și încercă să rostească o rugăciune. *Vă trimit acasă, frați și surori, vă eliberez din închisoarea existenței voastre. Ați părăsit această lume în căutarea adevărului care zace dincolo de această viață. Fie ca forța voastră să mă pătrundă și pe mine, ca să pot ține piept zilelor ce vor urma. Domnul fie cu voi!*

Soldat era exact unde îl lăsase. Pe când se apropia de el, îi citea iritarea din ochi. Am crezut că avem o înțelegere, părea să spună. Pe unde naiba ai umblat? Însă, când ajunse lângă el, privirea lui căpătă o înțelegere profundă. Alicia îl mângâie pe spate și îi lăsă un sărut pe fața lui prelungă și înțeleaptă. Îi șterse lacrimile cu limba lui puternică. Tu ești băiatul meu, îi spuse ea. Bunul, dragul meu băiat.

Ar fi vrut să pornească la drum, însă prada ei nu suferea amânare. Prinse prelata între copaci, se așeză pe pământ și începu să scoată din rucsac cele necesare. Înăuntru, învelit într-o bucată de pânză uleiată, se afla ficatul însângerat, tremurător al căpriorului. Îl duse la nas și trase adânc mireasma delicioasă, cu iz de pământ și sânge. În seara asta, nu mai era nevoie să facă focul ca să-și prepare mâncarea; era perfect exact așa.

Ceva se schimba; lumea se schimba. Alicia simțea acest lucru până în măduva oaselor. O schimbare profundă – seismică, regulată – întocmai ca înclinarea pământului pe axă. Dar pentru asta avea să-și facă griji mai târziu.

Acum, în noaptea asta, voia să mănânce.

33

În următoarele trei zile, Peter îl văzu prea puțin pe Michael. Ziua plecării se apropia; oamenii de la cuptoare lucrau în ture duble. Neavând bani pe care să-i cheltuie la masa de joc, Peter își petrecea timpul dormind, făcând plimbări neliniștite prin complex ori dând târcoale comisariatului. Karlovic îi era pe plac, însă cu Stark era altă chestiune. Sosirea lui Peter stârnise tot resentimentul în privința căruia îl avertizase Greer. Bărbatul abia dacă îi adresa vreun cuvânt. Bine, își spuse Peter în sinea lui, să fiarbă la foc mic. Nu e ca și cum eu mi-am dorit sarcina asta.

Dar cel mai interesant era să-și petreacă timpul cu Lore. Dorința ei de a afla mai multe despre Colonie, și mai ales despre Michael, era la fel de sănătoasă cum era orice altceva în privința ei. Între ture, îl lua de la comisariat și îl ducea la o masă liberă, unde puteau vorbi în voie. Indiferent de ce-i spusese Michael, era limpede că, dincolo de înfățișarea ei de tipă dură, atașamentul față de el era cât se poate de serios. Întrebările ei aveau o notă cercetătoare, ca și cum Michael era o încuietoare pe care ea nu reușea s-o deschidă. Cum fusese pe atunci? Deștept, da – asta era evident pentru oricine îl cunoștea – dar mai cum? Ce putea Peter să-i spună despre Sara? Dar despre părinți, care era povestea lor? Despre călătoria lor din California, femeia nu știa decât informațiile generale: după ce sursa de energie electrică a Coloniei a cedat, ei au pornit la drum în căutarea altor surse, dând, din pură întâmplare, peste garnizoana din Colorado. Despre Amy și ce se întâmplase pe munte în Telluride nu știa absolut nimic, iar Peter o lăsă așa.

Însă turnura cea mai surprinzătoare a conversației fu interesul lui Lore în legătură cu Alicia. Era evident că Michael îi vorbise îndelung despre ea. Dincolo de întrebările lui Lore, Peter simțea o urmă de rivalitate, ba chiar gelozie și, privind în urmă, își dădu seama că mare parte din discuție se învârtise în jurul acestui subiect. Peter merse chiar într-atât de departe încât s-o asigure pe Lore că nu avea de ce să-și facă griji. Michael și Alicia erau ca uleiul cu apa, îi spusese el. Nici c-ai fi putut întâlni doi oameni mai diferiți de atât. Lore răspunse cu un hohot de râs încrezător. Ce te-a făcut să crezi că aș fi îngrijorată? În privința unei nebune din Forțe, care e plecată cine știe pe unde? Crede-mă, îi spuse ea, alungând ideea cu un gest din mână, asta e ultima grijă pe care o am.

Peter își petrecu ultima zi sfătuindu-se cu Karlovic și cu Stark, punând în ordine ultimele detalii ale călătoriei lor. Zece autocisterne pline de combustibil, împărțite în mod egal între motorină și benzină de calitate superioară, erau parcate în dreptul porții. Până a doua zi de dimineață, aveau să mai vină două. Convoiul urma să se deplaseze cu o escortă formată din șase vehicule ale securității. Humvee-uri și 4x4 cu mitraliere montate pe capotă. Distanța care trebuia parcursă era de patru sute optzeci de kilometri: la nord de Freeport pe autostrada 36, la vest pe autostrada 10 la Sealy, drept înainte până la periferia orașului San Antonio, pe care aveau să-l ocolească pe o serie de drumuri rurale, după care înapoi pe I-10 pentru ultimii optzeci de kilometri. Mai multe cutii erau amplasate de-a lungul rutei la intervale regulate, însă planul era să conducă fără oprire. Înaintând la o viteză medie de treizeci de kilometri pe oră, aveau să ajungă în Kerrville la puțin după miezul nopții.

Atenția lui Peter fu atrasă de cinci puncte semnificative de-a lungul rutei care aveau să gâtuie traficul: un pod peste râul San Bernard, la vest de Sealy; un altul în Columbus, care traversa râul Colorado; podul San Marcos din Luling și două care se întindeau peste

Guadalupe, unindu-se o dată la vest de Seguin, apoi în orășelul Comfort. Primele trei nu puneau o problemă majoră – convoiul avea să le traverseze pe timpul zilei – însă la Seguin urmau să ajungă după apusul soarelui. Viralii fuseseră văzuți umblând în susul și în josul râului în timpul vânătorii, și se știa că sunetul motoarelor diesel care staționau îi atrăgeau. Mai rău decât atât, podul din San Marcos era într-o stare atât de proastă, încât nu putea trece decât o autocisternă pe rând. Să lumineze zona ar fi însemnat o măsură de protecție, însă convoiul rămânea despărțit pentru aproape o oră.

În întunericul dinainte de răsărit, toată lumea se strânse în dreptul autocisternelor. Aerul era rece și umed. Pentru majoritatea dintre ei, călătoria era una de rutină. Devenise ceva obișnuit, ba chiar o plictiseală. Din mână în mâna erau trecute căni cu cafea din cicoare. Ca petrolist de rang înalt, Michael avea să meargă în Humvee-ul care deschidea convoiul, împreună cu Peter. Ceps conducea prima autocisternă, Lore pe a doua. Peter plănuise ca Stark să meargă în față, ca o dovadă de respect, însă, spre ușurarea lui Peter, bărbatul îi refuzase oferta, alegând în schimb să rămână la rafinărie, împreună cu restul detașamentului SN.

La primele raze de lumină, poarta fu deschisă. Douăsprezece motoare diesel uriașe se treziră la viață, nori negri de fum ieșind de pe țevile lor de eșapament. Michael porni dinspre coadă spre capătul șirului, împărțind stații de emisie-recepție și sfătuindu-se cu șoferii pentru o ultimă oară. Își ocupă locul la volanul Humvee-ului său și dădu fiecărui șofer semnalul de plecare prin radio:

– Auto 1.

– Puteți pleca.

– Auto 2.

– Puteți pleca.

– Auto 3...

Și tot așa... Michael îi întinse stația lui Peter și băgă Humvee-ul în viteză.

– O să vezi, îi spuse el. Toată chestia asta e o mare plictiseală. O dată, am dormit aproape tot drumul.

Se puseră în mișcare. Ziua era abia la început.

Până aproape de prânz, traversaseră deja trecătoarea Rosenberg, iar acum se îndreptau spre I-10. Autostrăzile statale erau numai găuri, obligând vehiculele să înainteze în ritm de melc, însă de cum aveau să intre pe cea interstatală, viteza lor ar fi crescut semnificativ.

Vocea lui Ceps se auzi prin stație:

– Michael, am o problemă aici.

Peter se întoarse în scaun. În spatele lor, convoiul se oprise. Michael frână Humvee-ul și dădu înapoi. Ceps ieșise din cabina autocisternei lui și stătea dinaintea bării de protecție din față, meșterind ceva sub capotă.

– Care-i problema? îi strigă Michael.

Ceps plesni motorul cu o cârpă, vrând să împrăștie fumul.

– Cred că e pompa de răcire. O să-mi ia ceva s-o repar. Câteva ore pe puțin.

Aveau două opțiuni: fie așteptau s-o repare, fie îl lăsau în urmă. Ca să complice și mai mult lucrurile, erau înconjurați de un desiș impenetrabil. Cea mai apropiată ieșire era la zece kilometri în urmă. Ar fi însemnat să întoarcă tot convoiul până la Wallis.

– Poate s-o repare? întrebă Peter.

– Avem piese de schimb. Nu văd de ce nu.

Peter îi dădu aprobarea. Michael luă din nou stația:

– În regulă, toată lumea, să tragem pe dreapta.

– Vorbești serios? se auzi vocea lui Lore. Spune-i lui Ceps să mute hârbul ăla din drum.

– Da, vorbesc serios. Opriți motoarele, oameni buni!

Peter poziționă echipele de securitate de-o parte și de alta a convoiului, armele lor ațintite spre zidul de copaci și de arbuști. Era prea puțin probabil să se întâmple ceva ziua în amiaza mare, însă un hățiș ca ăla era adăpostul perfect pentru o ceată de Virali. Ceps și Lore se apucară de reparat motorul. Cei mai mulți dintre șoferi ieșiseră din cabină. Cărțile de joc apărură și ele, făcând minutele să treacă mai repede.

Când Ceps anunță că pompa de răcire fusese înlocuită, era trecut de trei. Reparația îi luase aproape patru ore. Kerrville era încă la douăsprezece ore depărtare – ba chiar mai mult, de vreme ce aveau să parcurgă o bucată și mai bună de drum pe întuneric.

– Nu e prea târziu să ne întoarcem, spuse Michael. Putem folosi ieșirea dinspre Columbus ca s-o luăm pe interstatală. Legăturile sunt neatinse.

– Tu ce zici?

Stăteau lângă Humvee, departe de ceilalți.

– Dacă mă întrebi pe mine, mai bine am porni. Câteva ore în plus pe întuneric nu o să facă diferența. Nu e ca și cum nu s-a mai întâmplat așa ceva și înainte. Rablele astea cedează tot timpul. Și avem benzi late până la Seguin. Michael ridică din umeri. Dar decizia îți aparține.

Peter reflectă un moment. Era riscant, dar ce nu era? Iar logica lui Michael părea destul de sănătoasă.

Încuviință din cap.

– Plecăm.

– Așa te vreau! Numai ochi, frățioare!

Semnele de ieșire, ruginite și pătate, stăteau aplecate ca niște bețivi; vechea autostradă, cu parapeții ei strâmbi, îi chema tot înainte; marginea drumului era plină de gropi, de restaurante, benzinării și moteluri, unele cu semne care încă țineau piept vântului, anunțând nume de neînțeles. McDonald's, Exxon, Whataburger, Holiday Inn Express. Peter urmărea cum peisajul se schimba sub ochii lui. Mergeau bine, momentan, însă asta nu avea să dureze. Nu mai era mult până la lăsarea întunericului.

Lumina se risipi pe când erau în Flatonia. Se aflau la cincizeci de kilometri est de cel de-al treilea pod, înaintând cu patruzeci la oră. Stația, care hârâise toată ziua de la vorbăria șoferilor, acum tăcea. Pe măsură ce se apropiau de orășelul Luling, văzură, în conul de lumină al farurilor Humvee-ului, un semn de ieșire marcat cu un „X" roșu. O cutie. Peter îi aruncă o privire lui Michael, căutând o schimbare în expresia feței lui, însă nu observă nimic. O țineau înainte.

Mai aveau puțin până la pod, când Michael se aplecă brusc înainte, privind lung peste volan.

– Ce naiba...?

Peter fu aruncat spre bord, când Michael frână pe neașteptate. Cabina fu inundată de lumină pe când Humvee-ul din spatele lor frână în ultimul moment. Convoiul se opri.

Michael se holbă la parbriz.

– Am vedenii?

Vocea lui Lore se auzi prin stație:

– Ce se-ntâmplă? De ce ne-am oprit?

Peter înhăță stația radio de pe bord.

– Echipele SN trei și patru, dublați în față. Unu și doi, rămâneți pe poziție. Ceilalți, nu ieșiți din cabine.

O siluetă stătea în mijlocul drumului. Nu era un Viral, ci un om. Părea să fie o femeie, cu capul aplecat, purtând un fel de pelerină.

– Ce face? întrebă Michael. Nu se clintește din loc.

– Așteaptă aici!

Peter coborî din mașină. Femeia nu părea să-i fi observat. Cele două vehicule SN își ocupară pozițiile de-o parte și de alta a Humvee-urilor. Scoțându-și arma, Peter înaintă cu băgare de seamă.

– Cum te numești?

Femeia stătea la capătul podului. Structura lui de fier profila linii întunecate pe fundalul cerului. Peter își ridică arma, apropiindu-se și mai mult. Femeia ținea ceva în mână.

– Hei! făcu el. Cu tine vorbesc!

Femeia își ridică fruntea. Chipul îi fu inundat de lumina farurilor. Peter nu putea spune ce vedea. O femeie? O fată? O bătrână? Imaginea feței ei părea să-i fluture prin minte, formându-se la nesfârșit, ca un obiect privit printr-o apă curgătoare. Simți că-l ia greața.

– Știm unde sunteți, spuse ea. Vocea îi era la fel de diafană precum un văl. E doar o chestiune de timp.

Peter trase piedica armei și i-o aținti spre cap.

– Răspunde-mi!

Ochii ei albăstrii străluciră cu interes. Țintuit de privirea ei, Peter își dădu seama că avea dinaintea lui o femeie foarte frumoasă, poate cea mai frumoasă femeie pe care o văzuse vreodată. Buze pline şi moi. Un nas delicat, cu vârful uşor ridicat. Oasele feţei dispuse proporţionat, o piele lucioasă pe obraji. Când o priveai, parcă erai luat de un val de senzualitate aproape de nesuportat. Brusc, îşi simţi gura uscată.

– Eşti obosit, îi spuse ea.

Afirmaţia, cu totul uimitoare, îl scoase din stupoarea iniţială. Cum era?

– Am spus că eşti obosit, repetă femeia.

– Nu ştiu despre ce vorbeşti.

Femeia păru dezamăgită. Privirea lui Peter căzu pe obiectul pe care îl ţinea strâns în mână. O cutie de metal. Cu mâna liberă scoase un băţ lung, metalic, din laterala cutiei.

Peter îşi dădu seama ce era.

Ţâşni ea spre ea, tocmai când degetul ei găsi întrerupătorul. O străfulgerare de lumină şi un bubuit puternic, ca atunci când se trânteşte o uşă imensă: fu izbit de un val de căldură, care-l azvârli înapoi, trântindu-l la pământ. Podul, se gândi Peter. Femeia asta, cine o fi fost ea, aruncase podul în aer. Peter se trezi întins pe spate, clipind spre cer. Părea că timpul trăsese câteva clipe pe dreapta. Ceva mare, în flăcări, cobora lent din înalturi într-un arc de cerc.

Nodul de drum cuprins de flăcări se făcu grămadă la pământ la câţiva paşi depărtare de capul lui. În timp ce se rostogolea, Peter simţi cum este apucat de cineva; deodată, era înapoi pe picioare; Michael îl trăgea spre Humvee.

– Înapoi! Cu o mână în jurul lui Peter, Michael ţipa în staţie: Toată lumea, înapoi, acum!

Luminile îi izbeau din toate direcţiile. Înainte ca Peter să poată pricepe tot ce se întâmplă în jur, o camionetă ţâşni afară din desiş, trecând şanţul cu ale ei cauciucuri pline de noroi. Se opri dinaintea lor, pe lateral. Patru siluete întunecate îşi făcură apariţia din burta camionetei, ridicând în acelaşi timp pe umăr nişte obiecte lungi şi cilindrice.

– Rahat! făcu Michael.

Se aruncară la pământ pe când rachetele, într-o izbucnire albă de lumină, țâșniră afară din tuburi. În spatele lor, sunetul mitralierelor fu înghițit brusc de explozia vehiculelor SN. Bucăți arzânde zburară pe deasupra capetelor lor.

– Ceps, urlă Michael în stație, pleacă de acolo!

Siluetele din camionetă făcură o pauză de reîncărcare. Autocisterna lui Ceps avea să fie următoarea. Peter își duse mâna la armă, însă aceasta dispăruse; o pierduse în prima explozie. Din capătul convoiului se auzi încă un bubuit asurzitor. Petroliștii săreau afară din mașini, alergând, țipând. Atacul venea acum din ambele părți. Erau prinși între râu și orice venea spre ei din spate, probabil mai multe camionete cu grenade. Combustibilul era ca și pierdut, nu le rămânea decât să fugă. Peter și Michael o luară la goană spre prima autocisternă, tocmai când Ceps sărea afară din cabină, aruncându-i lui Peter o pușcă. Acesta o prinse din aer, ținti camioneta și dezlănțui o ploaie de gloanțe, făcând siluetele să-și caute acoperire. Astfel, câștigă o clipă de răgaz, însă nimic mai mult. Michael o apucă pe Lore de mână pe când aceasta cobora din cabină și o trase la pământ. Apoi strigă, făcând cu mâna spre spatele convoiului:

– Plecați de lângă mașini!

Siluetele apărură din nou. O singură lovitură în prima autocisternă și totul s-ar fi terminat. Unsprezece mii de litri de combustibil în fiecare rezervor, o sută treizeci și șase de mii de litri în total. Întregul convoi avea să sară în aer, aprinzându-se ca bețele dintr-o legătură de dinamită. Peter își dădu seama că una dintre siluete era femeia cu mantie. Își ridică din nou pușca și apăsă trăgaciul, doar ca să audă clicul surd al magaziei goale.

Femeia își întinse brațele în aer.

În celălalt capăt al convoiului, își făcuse apariția un cu totul alt tip de vehicul. Se apropiase de ei la o viteză amețitoare, motorul vuind, o mulțime de lumini strălucind de pe capotă. Un tractor pe șase roti: trase de el erau două platforme mari, construite din metal galvanizat, acoperite cu un strat foarte reflectorizant.

În următoarele săptămâni, acest aspect ciudat – camionul arăta ca două cutii ce înaintau pe autostradă – avea să se dovedească de o importanță majoră, un indiciu dintr-o serie de indicii; însă la momentul descinderii în scenă a camionului, nimeni nu luă în seamă acest aspect. Câțiva dintre petroliștii care fugeau înspăimântați, neobservând că vehiculele mai mici care păzeau convoiul dispăruseră în mod convenabil în desiș, își îngăduiseră chiar să spere că vor fi salvați. Erau atacați. Atacul, nemilos de debusolant, venise de nicăieri. Containerele, cu înfățișarea lor metalică și lucitoare, semănau cu niște portabile.

Ceea ce și erau. Doar că ascundeau un cu totul alt tip de încărcătură.

Primul care observase acest lucru fu ofițerul Juan Sweeting. În ciuda manierelor care lăsau de dorit și a musculaturii lui intimidante, Ceps avea suflet de poet. La sfârșitul zilei, când rămânea singur în baraca lui, lua creionul în mână și își așternea gândurile pe hârtie sub forma unor versuri de o sensibilitate și o muzicalitate nemaiîntâlnită. În ciuda încercărilor la care îl supusese viața, credea cu îndârjire că lumea era frumoasă, un loc binecuvântat de Dumnezeu, în care oamenii meritau să-și spună speranțele; scria mult despre mare, a cărei tovărășie o prețuia. Cu toate că nu arătase nimănui poemele sale, ele reprezentau centrul universului lui, întocmai ca o iubită secretă. Uneori, când curăța mizeria de pe vreun cuptor ori ridica bucata de fier deasupra capului din aparatul cu greutăți, devenea atât de aprins de dorința de a scrie o poezie, încât abia se abținea să nu se întrerupă de la sarcina lui și să dea buzna în baracă, pentru a sărbători măreția creației.

Sosirea semiremorcii lucitoare coincise cu suspiciunea lui și a lui Peter, cum că totul era altfel decât părea la prima vedere. Într-adevăr, nimic în legătură cu acest atac nu părea să aibă vreo noimă. De ce s-ar năpusti niște ființe omenești asupra semenilor lor într-un asemenea hal? Nu aveau oare un dușman comun? De ce să distrugi o sursă de energie care susținea însăși existența speciei lor? Ideea care prinsese rădăcini în mintea lui era cea corectă, și anume că atacatorii nu erau de aceeași teapă cu ei, iar pe când cele două compartimente lucioase își goleau încărcătura, suspiciunea lui se adeveri. Însă era deja prea târziu; mereu fusese prea târziu.

Viralii luară cu asalt convoiul. Erau cu sutele. Însă, în clipa care urmă, Ceps își dădu seama că Viralii nu ucideau, de fapt, pe toată lumea. Unii își găseau sfârșitul însângerat iute și fără milă, însă alții erau înhățați cu totul, dând din mâini și țipând, pe când erau luați pe sus de Virali.

O soartă mult mai rea să fii luat. Să fii luat pe sus.

Luă și el numaidecât o hotărâre.

Semiremorca se oprise la mai puțin de douăzeci de metri de ultima autocisternă din șir. Ceps mai văzuse un tanc petrolifer sărind în aer. Distrugerea era instantanee și totală, o vâlvătaie uriașă, însă în următoarea fracțiune de secundă, ceva foarte interesant se petrecu. Căutând punctul slab din clădire, combustibilul ce se răspândea aruncă în aer plăcuțele de înmatriculare ale autocisternei, care săriră așa cum sare dopul de plută dintr-o sticlă. În esență, un tanc petrolifer explodând era o armă, înainte să fie o bombă. Ceps ajunsese acum în dreptul ultimei autocisterne. Vehiculul argintiu era parcat la douăzeci de metri în spatele lui, chiar în raza de acțiune. Cu brațele lui uriașe, Ceps deșurubă capacul orificiului de descărcare și deschise valva. Benzina țâșni afară de pe țeavă într-un șuvoi lucitor. El rămase în mijlocul torentului, îmbibându-și hainele. Își umplu căușul palmelor și își dădu și pe păr. Ce lume încântătoare, se gândi el, pe când simțurile îi erau inundate de mirosul combustibilului, un foc îmbuteliat. Ce lume dureros de încântătoare și de dulce-amară. Poate că cineva o să-i găsească teancul de poeme vârât sub saltea și o să descopere în acele pagini adevărurile ascunse din inima lui. Îi veniră în minte cuvintele unei poezii la care ținea mult. Emily Dickinson. Pe la opt ani, găsise o carte cu poeziile ei la biblioteca din Kerrville, într-una dintre sălile unde nu intra nimeni. Arăta de parcă nu-i era nimănui de niciun folos și, într-o stare de simpatie antropomorfică pentru faptul că era singură pe raft, Ceps o vârâse sub haină și o ștersese pe o alee, unde, așezându-se pe un tomberon, descoperise o voce de mult stinsă de pe acest pământ, care păru să-i vadă până în adâncul sufletului său.

Acum, stând în calea orificiului care se revărsa, închise ochii și lăsă cuvintele, păstrate în memorie, să-l pătrundă pentru o ultimă oară:

Frumusețea mă-nconjoară pân' la moarte,
Frumusețe, ai milă de mine,
Dacă astăzi mi-e să mor
Vreau să te văd pentru-o ultimă oară...

Își scoase bricheta din buzunar, îi deschise capacul și își puse degetul mare pe rotița ei zimțată.

La o sută de metri depărtare, în cabina celei de-a treia autocisterne, Peter încerca să pornească mașina. Schimbătorul de viteze, ale cărui semne erau șterse de mult, nu-i spunea nimic. Fiecare încercare se termina cu un scrâșnet.

– Dă-te la o parte!

Ușa se deschise și Lore se strecură înăuntru, urmată de Michael. Peter îi făcu loc să treacă la volan.

– Care e planul? întrebă Michael.

– Nu avem un plan.

Michael se uită în oglinda retrovizoare și făcu ochii mari:

– Acum avem.

Băgă în a-ntâia, răsuci volanul spre dreapta până la capăt și apăsă accelerația, intrând în cea de-a doua autocisternă. În loc să întoarcă, Michael acceleră din nou. Un scârțâit metalic și deodată aveau cale liberă, o bombă pe roți de cincisprezece tone alunecând în desiș.

În spatele lor, lumea explodase.

Camionul fu azvârlit în aer ca o rachetă; Peter fu aruncat în scaun. Spatele vehiculului fu ridicat, răsucit, după care, cumva, își găsi din nou tracțiunea. Cabina fu zdruncinată cu atâta putere, încât părea c-o să fie făcută bucăți. Michael se lupta cu schimbătorul de viteze, cu piciorul încă pe accelerație. Crengile se izbeau de parbriz; înaintau orbește. Răsuci din nou volanul, făcând o curbă largă prin hățiș, apoi, după o a doua întoarcere, se treziră înapoi pe autostradă, gonind spre est.

Fuga lor nu trecuse neobservată. În oglinda laterală, Peter văzu o mare de lumină verzuie apropiindu-se de ei.

– Nu putem să fugim de chestia asta, spuse Michael. Singura noastră șansă este cutia.

Peter schimbă magazia puștii.

– Tu ce ai? o întrebă el pe Lore, iar ea îi arătă un pistol.

– Și asta nu e singura problemă, spuse Michael. Nu mai avem frâne.

– Ce vrei să spui?

– Dacă încetinesc, mașina o să se răstoarne. Trebuie să sărim.

Viralii se apropiau din ce în ce. Peter ar fi zis că erau la două sute de metri, poate mai puțin.

– Poți să ne scoți de pe autostradă?

– La viteza asta, mi-e imposibil să întorc spre ieșire. E la nouăzeci de grade.

Nu aveau cum să reușească dacă ar fi sărit la baza rampei. Ar fi fost la o depărtare de o sută de metri, asta dacă presupuneau că nu aveau să se rănească în cădere.

Semnul care anunța cutia apăru în lumina farurilor. Lore se urcă pe banchetă și ocupă un loc lângă ușă, în timp ce Michael reduse viteza, ajungând la treizeci la oră, și răsuci volanul spre dreapta, îndreptând mașina spre rampă. Deschiseră larg ușile, vântul inundând cu forță cabina.

– Acum!

De cum roțile mașinii atinseră rampa, Michael și Lore săriră din cabină, urmați de Peter. Lovi pământul cu picioarele, îndoindu-și genunchii ca să absoarbă șocul impactului, și se rostogoli pe asfalt. Plămânii îi fură goliți de aer. Se opri la timp ca să vadă farurile autocisternei apropiindu-se cu repeziciune de balustradă. Pentru o fracțiune de secundă, avu impresia că vehiculul, în ciuda celor o mie de kilograme ale lui, era pe punctul de a-și lua zborul. Dar apoi dispăru din vedere, urmând o explozie colosală, care îi învălui într-un nor de fum, în mijlocul căruia ardea o flacără uriașă și albă.

Din stânga lui, auzi vocea lui Lore:

– Peter, ajută-mă!

Michael era inconștient. Părul îi era îmbibat de sânge, brațul răsucit nefiresc. Primii Virali ajunseseră la baza rampei. Lumina camionului în flăcări îi distrăsese, însă numai pentru o secundă. Peter îl ridică pe Michael pe un umăr. Doamne, își spuse el, genunchii i se îndoiau sub greutate, asta i-ar fi venit mult mai ușor acum câțiva ani. Steagul cutiei se profila negru pe fundalul cerului înstelat.

O luară la fugă.

34

Apăru în pragul ușii, tocmai când Lucius își încheia ritualul de seară. În mână îi atârna un inel de chei zornăitoare. Tunica ei cenușie și înfățișarea calmă nu aveau ce să-i transmită unuia care avea de gând să evadeze din închisoare, deși Lucius remarcă luciul de transpirație de pe chipul ei, în ciuda serii răcoroase.

– Domnule maior, îmi pare bine să te văd.

Inima îi era plină de presentimentul unor evenimente care se puseseră în mișcare, al unor cercuri care se închideau, al unui destin care era pe cale să fie dezvăluit. Parcă întreaga lui viață o trăise în așteptarea acestui moment.

– Se întâmplă ceva, nu-i așa?

Amy încuviință apăsat din cap.

– Cred că da.

– M-am rugat pentru asta. M-am rugat pentru *tine*.

Amy dădu din cap.

– Va trebui să ne mișcăm repede.

Ieșiră din celulă și înaintară de-a lungul coridorului întunecat. Sanders dormea la biroul lui din camera exterioară, cu fața întoarsă într-o parte și cu brațele frumos încrucișate pe piept. Al doilea paznic, Coolidge, sforăia pe podea.

– N-o să se trezească o vreme, îl lămuri Amy, iar când o vor face, n-o să-și aducă aminte nimic din toate astea. Iar tu vei fi dispărut pur și simplu.

Lucius se întinse să ia pistolul lui Sanders de la brâu, apoi ridică ochii și o văzu pe Amy privindu-l precaut.

– Ține minte, îl avertiză ea, Carter e de-al nostru.

Lucius încărcă un cartuș, trase piedica și își vârî pistolul la betelie.

– Am înțeles.

Odată ieșiți, se îndreptară cu pași iuți spre pasajul pietonal, ținându-se în umbră. Dinaintea porții, trei ofițeri de securitate stăteau adunați în jurul unui foc ce ardea într-un tomberon de metal, încălzindu-și mâinile.

– Bună seara, domnilor! le spuse Amy.

Aceștia se topiră pe picioare, lăsându-se în genunchi cu o expresie de ușoară uimire întipărită pe chip. Lucius și Amy le lăsară trupurile la pământ.

– Ăsta da truc! făcu Lucius. Trebuie să mă înveți și pe mine.

În capătul celălalt al pasajului îi așteptau doi cai înșeuați. Lucius o ajută pe Amy să urce, după care încălecă și el pe cel de-al doilea cal, luând frâiele în mâini.

– Am o întrebare. De ce eu?

Amy stătu pe gânduri o clipă.

– Fiecare dintre noi are câte unul, Lucius.

– Și Carter? El pe cine are?

Pe chip i se așternu o expresie de nepătruns, ca și cum gândurile o purtau undeva departe.

– El e altfel decât noi, restul. El își poartă familiarul înăuntrul său.

– Femeia din apă.

Amy zâmbi.

– Văd că te-ai pregătit, Lucius.

– Lucrurile au un fel de a se așeza singure.

– Da, într-adevăr. A iubit-o mai mult decât pe sine însuși și tot nu a putut s-o salveze. Ea este inima lui.

– Şi moleşiţii?

– Ei sunt Cei Mulţi ai lui, linia lui de descendenţă Virală. Aceştia ucid doar pentru că sunt nevoiţi. Le este tare greu. Ce gândeşte el, gândesc şi ei. Ce visează el, visează şi ei. Iar ei o visează pe ea.

Caii tropoteau în praful de pe drum. Era abia trecut de miezul nopţii, un cer lipsit de lună, singurul martor la plecarea lor.

– Aşa cum te-am visat eu pe tine, spuse Lucius Greer. Aşa cum te-am visat eu pe tine.

Şi se afundară în întuneric.

35

Frații mei, frații mei!

Porni în noapte. Julio Martínez, al Zecelea dintre Cei Doisprezece, ale cărui legiuni fuseseră nimicite, împrăștiate în vânt. Julio Martínez, care răspundea acum chemării lui Zero.

A sosit timpul. Clipa refacerii a venit. Voi veți reclădi această lume; veți deveni adevărații stăpânitori ai acestui pământ, stăpânitorii nu doar ai morții, ci și ai vieții. Voi sunteți anotimpurile. Voi sunteți Pământul care se învârte. Voi sunteți cerul dinăuntrul cercului dinăuntrul cercului. Voi sunteți însuși timpul, frații mei de sânge.

În timpul vieții, Martínez fusese avocat, un om al legii. Se înfățișase dinaintea judecătorilor, apărându-i pe inculpați în fața juriilor formate din semenii lor. Cazurile de condamnare la moarte erau specialitatea lui, punctul lui forte. Căpătase o oarecare faimă în domeniu. Primea cereri de peste tot: Voia marele Julio Martínez, Esq., să vină în ajutorul lui Cutărescu? Putea fi convins să preia cazul? Vedeta rock care îi împrăștiase creierii iubitei cu o lampă. Senatorul care era murdar pe mâini de sângele târfei moarte. Mama din suburbie care își înecase în cadă tripleții nou-născuți. Martínez le lua pe toate. Unii erau nebuni sau nu; pledau vinovați sau nu; ajungeau la ac sau într-o celulă, sau scăpau nepedepsiți. Pe Julio Martínez nu-l interesa rezultatul; drama îi plăcea lui. Faptul că o persoană urma să moară și totuși să se lupte împotriva acestei iminențe – acest lucru îl fascina de-a dreptul. Odată, băiat fiind, pe câmpul din spatele casei, dăduse peste un iepure prins într-o capcană, din aceea cu arc și dinți. Fălcile ei de oțel înhățaseră picioarele din spate ale animalului, sfâșiindu-i carnea până la os. În ochii mici și negri ai animalului, ca două picături de petrol, se citea înțelepciunea morții. Viața se scurgea din ei într-o serie de zvâcniri spasmodice. Băiatul Martínez ar fi putut să-l privească ore în șir, și chiar asta făcuse; și cum iepurele nu se prăpădi până la căderea nopții, îl dusese în hambar, iar el se întorsese în casă, își mâncase cina, mersese la culcare în camera lui plină de jucării și trofee, așteptând să se facă dimineață, când avea să poată să-l mai privească pe iepurele muribund.

Îi luase trei zile. Trei zile glorioase.

Astfel, cu viața lui și cu investigațiile dubioase, Martínez avea motivele sale. Avea logica lui. Metoda pe care o întrebuința – pânza spiritelor, funia cea loială și banda adezivă care se întindea la nesfârșit, modalitățile furtive, nevăzute de eliminare. Prefera femeile decăzute, cărora le lipseau educația și cultura, și nu pentru că le disprețuia ori pentru că le invidia în secret, ci pentru că erau ușor de prins în capcană. Nu puteau rezista costumului său frumos, părului ca de vedetă de cinema și vorbelor mieroase, de convins judecători și jurați. Erau trupuri fără nume, fără un trecut sau o personalitate, iar când sosea clipa extazului, nu ofereau nicio distragere. Sincronizarea era totul, eliberarea orchestrată, simultană. Străvechiul cor al sexului și al morții se auzea cântând.

Era nevoie de multă practică. Dăduse câteva rateuri. Fusese implicat, trebuia s-o recunoască, un oarecare comic de situație. Prima murise mult prea repede, a doua făcuse atâta zarvă, încât toată chestia se transformase într-un circ ieftin, a treia plânsese atât de jalnic, încât abia mai putuse să-și mențină concentrarea. Dar apoi urmă Louise. Louise, cu uniforma ei demodată de chelneriță, cu pantofii cu talpa joasă și cu desuurile de chelneriță, deloc atractive. Cât de frumos își luase adio de la viață! Și ce extaz nemaivăzut o cuprinsese în acea clipă de pe urmă! Era precum o ușă ce se deschidea spre un tărâm necunoscut, un portal în infinita negură a neființei. Fusese eradicat, pulverizat; vânturile eternității suflaseră prin el, îl curățaseră de tot. Era tot ce-și închipuise și mai mult decât atât.

Iar asta, sincer, îi deschisese apetitul.

Cât despre patrula de pe autostradă, universul nu era lipsit de ironii. Arunca bomba și fugea. Se petrecuse astfel: Jaguarul avea farul din spate spart, iar în portbagajul mașinii lui Martínez era înghesuită femeia moartă; polițistul se apropiase încet de mașină, cu mâinile strângând bărbătește tocul pistolului; șoferul lăsă geamul în jos; fața polițistului coborî, afișând un rânjet de dreptate plictisită, buzele lui rostind placa obișnuită – Domnule, puteți să-mi arătați...? – dar nemaiapucând să termine ce aveau de zis. În clipele de coșmar care urmară, Martínez reuși să se descotorosească de cadavrul din portbagaj, practicile lui nocturne rămânând astfel pe veci necunoscute, nefăcându-se nicio legătură cu el. Însă treaba cu polițistul mort de pe marginea drumului, întreaga tărășenie fiind filmată de camera video de la bord, ei bine, asta era cu totul altceva. În cele din urmă, singurul lucru care rămânea de făcut, vorba aceea, era că Julio Martínez, Esq., campionul campionilor, apărătorul celor dezgustător de lipsiți de apărare, să-și toarne un pahar de whisky vechi de treizeci de ani, să-l dea pe gât, în timp ce ferestrele casei lui erau inundate de luminile justiției, și să iasă cu mâinile ridicate, așa cum se cuvenea.

Ceea ce, având în vedere întorsătura pe care o luaseră lucrurile, nu era un deznodământ chiar atât de tragic al evenimentelor.

Martínez n-ar fi putut spune că ținea cine știe cât la tovarășii săi. Exceptându-l pe Carter, care i se păruse demn de toată mila – bărbatul nu părea să știe nici măcar ce era sau ce făcuse; Martínez nu-l auzise scoțând un sunet de atâția ani – nu erau nimic mai mult decât niște criminali de rând, care săvârșeau fapte banale, după capriciu. Omor stradal. Un jaf armat care n-a ieșit cum trebuie. Șmecheri de bar, cu un cadavru pe podea. Un secol care se marina în propriul lor deșeu psihologic și care nu îi făcuse cu nimic mai buni. Existența lui Martínez nu era lipsită de aspecte iritante. Nu era aproape niciodată singur. Foamea fără sfârșit trebuia întotdeauna satisfăcută. Vorbăria continuă din capul lui, nu doar frații săi, ci și Zero. Și Ignacio, care era un personaj în sine. Omul era o litanie de scuze și de văicăreli. *N-am vrut să fac jumătate din lucrurile pe care le-am făcut. Dar așa am fost eu făcut.* După o sută de ani de ascultat lamentările bărbatului, Martínez nu-i ducea deloc dorul.

Însă la Babcock fusese ceva enervant de atrăgător. Trebuia să recunoști înclinația bărbatului spre metaforă. Să-i scoată laringele mamei sale cu un cuțit de bucătărie; în altă viață, sigur ar fi fost poet. De-a lungul anilor, Martínez vizitase mental bucătăria aceea de milioane de ori, și era adevărat: femeii ăleia nu-i tăcea gura. Există un tip de persoană pe lumea asta care are nevoie să-i dai raportul în cele mai mici detalii, iar mama lui Babcock făcea parte din această categorie.

Apoi, într-o zi, Babcock nu mai fu de găsit, semnalul lui amuțise, ca un post de televiziune a cărui transmisie este întreruptă brusc. Cotlonul minții lui Martínez care-l adăpostise până atunci pe Babcock, care scobea la nesfârșit știuletele tare ce fusese organul vocal al mamei lui, era acum gol. Toți știau ce se întâmplase, existența lor colectivă, legată prin sânge, se asigură de acest lucru.

Domnul să te binecuvânteze și să te țină în paza Lui, Giles Babcock! Fie să-ți găsești în moarte pacea care te-a ocolit în viață și ce vine după ea!

Și astfel, din Cei Doisprezece rămaseră Unsprezece. O verigă lipsă, o crăpătură în armură, dar, la o adică, o chestiune mai puțin importantă decât perioada vitală care urma să vină. În mare, fusese un secol bun pentru Julio Martínez. Își amintea cu nostalgie de primele zile. Zilele de sânge, de haos, dezlănțuirea de proporții a semenilor săi asupra pământului. Să ucizi era una, o faptă glorioasă; dar să iei era cu totul altceva. Un banchet care aducea și mai multe satisfacții. Martínez luase câte o gură din sufletul delicios al fiecăruia, înmulțindu-le astfel rândurile, extinzându-și dominația. Cei Mulți ai lui nu făceau doar *parte* din el, nu erau o simplă *extensie* a lui, ci *erau* el. La fel cum el, Julio Martínez, era unul dintre Cei Doisprezece ai lui Zero și pe deasupra, concomitent și coexistent, erau uniți unul de altul, laolaltă cu bezna în care erau meniți să trăiască în permanență.

Frații mei, frații mei, e timpul. Frații mei, frații mei, a sosit clipa.

Căci era inevitabil; creaseră o rasă nesătulă. Cei Mulți ai lor, făcuți ca să-i protejeze, devoraseră pământul ca niște lăcuste, lăsând pustiu în urma lor. Ospățul dusese la foamete, abundența din timpul verii, la sărăcia din timpul iernii; aveau nevoie de un cămin, de un adăpost, de un loc de odihnă. Ca să-și viseze visele. Ca s-o viseze pe Louise.

Frații mei, noul vostru cămin vă așteaptă. Ei se vor pleca dinaintea voastră; veți trăi ca regii.

Lui Martínez îi plăcea cum sună asta.

Se descotorosi de ei fără alte ceremonii. Cei Mulți ai lui, milioane. Îi chemase pe toți laolaltă din toate cotloanele în care stăteau ascunși și le spusese: *muriți*. Zorii își întindeau degetele roșii spre orizont. Ei își întoarseră orbește chipurile într-acolo. Nu șovăiră o clipă; ce le ordona el, ei îndeplineau. Soarele se lăsă asupra lor ca un tăiș de lumină asupra pământului. Așezați-vă, fiii și fiicele mele; așezați-vă în bătaia soarelui și muriți!

Urmară țipetele.

Noapte de noapte, își croia drum către est, traversând ținutul sfârșit. Instinctele lui erau în alertă. Lumea tresălta de senzualitate, mângâindu-l cu sunetele și mirosurile ei. Iarba. Vântul. Tremurul copacilor. Le savura, le gusta pe toate. Fusese plecat prea multă vreme. Își chema semenii, în vocile lor simțindu-se întunericul pe măsură ce-și croiau drum afară din toate ungherele reînnoirii lor.

– Noi suntem Morrison-Chàvez-Baffes-Turrell-Winston-Sosa-Echols-Lambright-Martínez-Reinhardt-Carter. Unsprezece din Cei Doisprezece, căci am pierdut un frate.

Iar Zero le răspundea:

O, frații mei, durerea mea este pe măsura durerii voastre. Dar veți fi din nou Cei Doisprezece. Căci am mai făcut pe cineva, cineva care să vă vegheze și care să vă conducă spre locul odihnei voastre.

– Pe cine? întrebară ei, fiecare pe rând și toți împreună. Pe cine ai făcut?

Iar Zero astfel le grăi din întuneric:

Pe sora noastră.

Partea a VI-a

INSURGENTUL

Fort Powell, Iowa
Pop. 69.172
97 A.V.

„Noapte, tu care aduni în poala ta splendidă
Ceea ce strălucitorii zori departe-au aruncat,
Tu mielul înapoi aduci și capra rătăcindă,
Iar mamei copilul cel pierdut i l-ai redat."
SAPPHO, c. 612 I.H., *Fragment 120*

ATENȚIE

MESAJ DE LA DIRECTOR

Cetățeni ai patriei! Trădătorii sunt printre noi!

Metodele demne de dispreț ale așa-numitei „Insurgențe" au atins un nivel nou de josnicie. Zeci de cetățeni, printre care se numără și femei, și copii nevinovați, au fost uciși cu sânge rece de acești conspiratori lași, care acționează fără milă.

Trebuie să ne apărăm!
Fiți de partea Directorului vostru!
Puneți capăt acestei violențe epidemice!

Facem apel la toți cetățenii să ajute în a-i aduce pe acești trădători vrednici de dispreț în fața justiției. Siguranța patriei noastre este în joc.

Toată lumea trebuie să se implice!

- Fiți cu băgare de seamă. Persoana care stă lângă voi chiar în acest moment ar putea complota să ia viața a milioane de oameni.
- Raportați orice acțiune suspectă personalului de la Resurse Umane.
- Mențineți ordinea la locul de muncă și în locuința dumneavoastră.
- Fiți pregătiți! Puteți fi oricând solicitați să ajutați la apărare.
- Oricine se oferă să ajute insurgenții ori intervine în demersurile de securitate ale Apărării Naționale va fi considerat dușman al statului.

Fiți cu ochii în patru și cu urechile ciulite! Țineți garda sus!
Împreună putem restabili pacea și siguranța
în patria noastră mult iubită!

36

Oamenii șopteau la fiecare colț de stradă: mai fusese un bombardament, în piață.

Dimineața de noiembrie era cenușie și rece, cu gustul iernii ce avea să vină. Sara se trezi în sunetul strident al cornului, urmat de simfonia de tuse, horcăituri și oase trosnite care se trezeau la viață. Ochii și gura îi erau uscate ca hârtia. Încăperea mirosea a piele nespălată, respirație acră și emanații ale procesului biologic de descompunere umană, cu toate că Sara abia dacă le lua în seamă. Știa că și ea contribuia la miros.

Încă un răsărit necruțător, își spuse ea. Încă o dimineață ca cetățean al Patriei.

Învățase să nu lenevească în pat. Un minut mai târziu la coadă și te trezeai c-ajungi să-ți duci ziua fără nimic în stomac. Un castron cu niște terci maroniu îi fura câteva minute de somn dulce în fiecare dimineață. Cu mațele chiorăindu-i, dădu la o parte pătura roasă și se răsuci, aplecându-și capul ca să vină cu picioarele încălțate cu bascheți pe podea. Dormea de fiecare dată cu bascheții în picioare – chiar dacă erau cum erau, o pereche jerpelită, marca Reebok, rămasă de la un coleg de cameră care murise – pentru că mereu i se fura încălțămintea. *Cine mi-a furat pantofii?* striga cineva, urmând ca victima să dea o raită prin dormitor, rugându-se, acuzând și, în cele din urmă, prăbușindu-se în lacrimi deznădăjduite la podea. *O să mor fără ei! Să mă ajute cineva, vă rog!* Era adevărat: o persoană murea fără pantofi în picioare. Deși lucra la centrala biodiesel, se dusese vorba în vale că Sara era asistentă medicală. Văzuse capetele înnegrite ale degetelor degerate, crusta viermilor care-și croiseră drum înăuntru; își lipise urechea de piepturi afundate și ascultase hârâitul plămânilor care se uscau încet-încet; simțise la atingere bătăile ritmice ale apendicitei septice, ale malignității sau pur și simplu ale foamei; palmase frunți arzând de febră și bandajase răni plânse care aveau să devoreze trupul cu putreziciunea lor. Iar Sara spusese fiecărei persoane în parte, cu gustul minciunii pe limbă: O să fii bine. N-ai de ce să-ți faci griji. Peste câteva zile vei fi ca nou, îți promit. Ce oferea ea nu era asistență medicală, ci un fel de alinare. Vei muri și te va durea, dar o să mori aici, printre toți ai tăi, iar ultima atingere pe care o vei simți va fi cea a bunăvoinței, pentru că va fi a mea.

Și pentru că nu ai fi vrut să afle colabii că ești bolnav, și cu atât mai puțin ochi-roșii. Nimic din toate acestea nu se spunea cu glas tare, însă oamenii din vale își făceau puține iluzii în privința spitalelor. Femeie sau bărbat, tânăr sau bătrân, nu conta; treceai dincolo de ușile acelea și nimeni nu te mai vedea ieșind vreodată. Ajungeai direct în țarc.

Locuințele variau ca mărime; cea a Sarei era printre cele mai mari. Paturile erau cvadruple, câte douăzeci pe fiecare rând, zece rânduri: opt sute de suflete înghesuite într-o încăpere de dimensiunile unui hambar. Oamenii începeau să se trezească, îndesând pălării pe capul copiilor, mormăind în barbă, mișcându-și mâinile și picioarele cu docilitatea greoaie a unor animale de fermă pe când se îndreptau târșâit spre ușă. Scanând iute împrejur, ca să se asigure că nu e văzută, Sara îngenunche în dreptul patului, ridică salteaua cu o mână, în timp ce pe cealaltă o strecură sub ea. Scoase din ascunzătoare o bucată de hârtie împăturită cu grijă și o puse în buzunarul secret al tunicii. După care se ridică înapoi în picioare.

– Jackie, spuse Sara încetișor, trezește-te!

Bătrâna era chircită în poziția fetusului, cu pătura trasă până la bărbie. Ochii ei umezi priveau indiferenți revărsarea cenușie de la ferestrele înalte ale locuinței. Sara o auzise tușind toată noaptea.

– Lumina, spuse Jackie. Zici că e iarnă.

Sara îi puse mâna pe frunte. Nici urmă de febră; dimpotrivă, femeia era rece. Era greu de spus câți ani avea Jackie. Se născuse în vale, însă părinții ei veniseră din altă parte. Jackie nu era genul care să vorbească despre propriul trecut, dar Sara știa că îngropase trei copii și un soț, cel din urmă fiind trimis la țarc pentru crima de a-și fi ajutat un prieten care fusese bătut de un colab.

Încăperea se golea cu repeziciune.

– Jackie, te rog, repetă Sara, scuturând-o de umeri. Știu că ești obosită, dar chiar trebuie să plecăm.

Își aținti privirea asupra Sarei. Fu cutremurată de o tuse uscată.

– Nu vreau să ratezi micul dejun. Trebuie să mănânci.

– Uite cum îmi porți mereu de grijă. Ajută o bătrână să se dea jos din pat, te rog.

Sara îi întinse lui Jackie un umăr ca să-și țină echilibrul și o ajută să se ridice. Trupul femeii era ușor ca o pană, o grămadă de oase și de aer. Încă o tuse îi zgudui pieptul, un sunet ca de pietricele scuturate într-un sac. Se îndreptă ușor de spate.

– Gata! făcu Jackie, înghițind cu greu.

Fața îi era roșie toată; broboane de sudoare i se adunaseră pe frunte.

– Mult mai bine acum.

Sara trase pătura de pe pat și acoperi umerii femeii.

– O să fie o zi rece. Stai pe lângă mine, bine?

Buzele ei se strânseră într-un zâmbet știrb.

– Unde să mă duc în altă parte, dragă?

Sara își amintea doar frânturi din episodul răpirii ei. Un sentiment al morții, al sfârșitului, apoi o forță uriașă, nemiloasă în energia ei, care îi cuprinsese întregul trup. Zări pământul cum se îndepărtează pe când fu luată pe sus de Virali – de ce nu o omorâseră? – apoi o zguduitură uriașă, când fu înhățată a doua oară, smulsă din aer de un al doilea Viral, apoi de un al treilea, şi tot aşa, fiecare salt ducând-o şi mai departe de zidurile şi de luminile garnizoanei, tot mai adânc în întunericul care o învăluia, trupul ei pasat prin aer dintr-o mână în alta ca o minge într-un joc de copii. Toate acestea erau peste puterea ei de înţelegere. În cele din urmă, simţi impactul final, care-i zguduii creierii pe când era aruncată în tractor. Groaznică trezire la realitate, ca şi cum ai urca pe o scară dintr-un iad în altul. Zile întregi fără apă, fără mâncare. Orele nesfârşite de nelinişte şi de întrebări şoptite, fără răspuns. Unde mergeau? Ce li se întâmpla? Aproape toţi cei prinşi erau femei, dintre cele care făceau parte din corpurile civile staţionate la Roswell, deşi erau şi câţiva soldaţi printre ele. Plânsetele celor răniţi şi speriaţi. Bezna sufocantă.

Mintea Sarei nu-şi reveni din confuzie decât după ce ajunseră. Era ca şi cum timpul se întinsese pe durata călătoriei lor doar ca să revină la forma lui de dinainte când o uşă se deschise, scoţând la iveală revărsarea derutantă de lumină. Şi văzu... ce? Jumătate dintre cei transportaţi în camion pieriseră – unii morţi de la început, inundând compartimentul cu mirosul greu al putreziciunii, alţii de la rănile suferite, în vreme ce restul erau flămânzi, însetaţi şi stăpâniţi de o deznădejde sufocantă. Sara zăcea întinsă pe podea, la fel ca ceilalţi, atât morţii, cât şi viii, cu membrele inerte, cu limba umflată, cu spatele la perete şi cu ochii strânşi din cauza strălucirii cu care nu erau obişnuiţi. O inversiune a proporţiilor sale fizice părea să fi avut loc, aşa încât mare parte din greutatea ei o simţea acum în cap. De-a lungul vieţii, văzuse mulţi oameni murind; dar nu i se întâmplase până acum să zacă printre ei. Limita care o separa pe ea de ei părea o membrană la fel de transparentă ca un tifon. Abia mijind dureros ochii, văzu cum vreo şase bărbaţi, cu o mască de indiferenţă pe chip, cu pantaloni kaki şi cu cizme grele, care băteau în podea, se urcară în compartiment şi începură să azvârle afară morţii. Înţelese că oamenii aceştia erau obişnuiţi cu greutatea nestructurată a cadavrelor, asocierea aceea inutilă de părţi neavând vreo însemnătate mai mare decât un simplu obiect de cărat. Cadavrele erau aruncate afară unul după altul. Când veniră după ea, Sara ridică o mână în semn de protest; ar fi putut să zică ceva ca „Vă rog“, „Așteptați“ sau „Nu puteți face asta“. Însă aceste eforturi mărunte fură de îndată amuțite cu o palmă fierbinte peste obraz, urmată, ca o măsură în plus de prevedere, de o cizmă care ar fi nimerit-o în pântece, dacă Sara nu și-ar fi strâns protector brațele în jurul ei.

– Taci naibii din gură!

Tăcu. Tăcu naibii din gură. Bărbatul care o lovise era un colab pe care Sara avea să afle mai târziu că-l cheamă Sod. Printre cetățenii din vale, toți colabii aveau câte o poreclă. A lui Sod era Sod pentru că îi plăcea să sodomizeze oameni. Mulți dintre ei făceau asta, o vedeau ca pe un joc, însă Sod se distingea prin poftele lui neostoite. Femei, bărbați, copii, animale. Sod ar fi violat și vântul, dacă ar fi avut o gaură în el.

Era rândul Sarei în șopron: scurt, brutal și se termină. Pe termen scurt, durerea provocată de loviturile lui avură drept efect trezirea la viață. Strategiile începură să se formeze; prioritățile să se ordoneze. Una peste alta, era de dorit să rămână vie, iar să tacă-naibii-din-gură era modul cel mai bun de a îndeplini acest lucru. Taci, își spunea ea. Nu atrage atenția. Observă ce e de observat fără să lași să se vadă. Dacă vor să te omoare, o s-o facă oricum.

Nu pomeni nimic de copil.

Bâtele își făcură apariția, lovindu-i și împungându-i pe măsură ce înaintau în lumina soarelui. Erau înconjurați de verde. Abundența vegetației era o batjocură, cea mai crudă glumă. Camionul trăsese într-un fel de zonă de așteptare, delimitat cu sârmă ghimpată, un complex de clădiri îndesate din beton, cu acoperișuri lucitoare de metal; lângă, la o distanță de vreo câteva sute de metri, se găsea o structură uriașă, etajată, cum nu mai văzuse Sara în viața ei. Arăta ca o cadă imensă. Din pereții ei curbați, niște panouri înalte, pline cu reflectoare, se ridicau la câțiva metri în aer. În timp ce Sara privea, o semiremorcă de-un argintiu strălucitor, aidoma celei din care doar ce coborâseră, trase în dreptul clădirii. Niște bărbați fugiră pe lângă ea, înarmați cu puști. Purtau costume groase de protecție; pe față aveau trase niște măști cu zăbrele.

Pe măsură ce camionul se apropia de zid, părea că se scufundă în pământ – o rampă, își dădu seama Sara, care ducea în subteran. Se deschise o poartă, după care dispăru.

– Privirea în pământ! Nu vorbiți! Două rânduri, femeile la stânga, bărbații la dreapta.

Înăuntrul uneia dintre barăci, li se ordonă să se dezbrace și să-și pună hainele într-o grămadă. Acum stăteau dezbrăcate, douăzeci și trei de femei, în aceeași poziție reflexă de autoprotejare, un braț ținut peste sâni, celălalt întins ca să acopere zona genitală. Trei dintre bărbații în uniformă continuau să le privească, legănându-se pe călcâie, alternând căutăturile lacome cu rânjete de dezgust. În podea erau canale de scurgere. Raze piezișe de lumină pătrundeau printr-o serie de ferestre lungi și înalte, cu grilaj. Douăzeci și trei de femei dezbrăcate, cu ochii în pământ, fără să scoată o vorbă, cele mai multe dintre ele în lacrimi: să vorbească ar fi însemnat să încalce cine știe ce contract prin care rămâneau în viață. Indiferent de ce avea să li se întâmple, părea că mai durează.

Apoi, furtunul.

Apa le izbi ca un jet de gheață. Apă pe post de armă; apă pe post de berbece. Toată lumea țipa, femeile se învălmășeau, trupurile alunecau pe podea. Cel care mânuia furtunul părea să se distreze de minune, chiuind ca un călăreț la rodeo. Se luă de una, apoi de alta. Trecea cu furtunul de la față, la sâni și mai jos. Apa te lovea, se oprea, după care te lovea din nou. Nu aveai unde să fugi, unde să te ascunzi; nu-ți rămânea decât să înduri.

Se opri.

– Toată lumea în picioare!

Fură conduse din nou afară, în goliciunea lor înfrigurată. Apa li se scurgea de pe fețe, se prelingea șiroaie din păr. Pielea li se zbârcise de la umezeală. Un singur scaun de lemn apăruse în mijlocul complexului. Era păzit de un gardian, care ascuțea cu mișcări languroase o lamă de o curea din piele. Veniră încă patru, fiecare cu un tub mare de plastic în brațe.

– Îmbrăcați-vă!

Le aruncară hainele – pantaloni largi, cu șiret în talie, tunici cu mâneci lungi, care atârnau până la șolduri, toate făcute din lână aspră și mirosind puternic a chimicale – și o gamă variată de încălțăminte: tenişi, sandale din plastic, cizme cu talpa dezlipită. Sara nimeri o pereche de bocanci din piele în care-i înotau picioarele.

– Tu, un pas în față!

Bărbatul cu lama arătă înspre Sara. Celelalte femei se dădură de lângă ea. Gestul i se păru unul de trădare, însă Sara nu putea să le învinovățească; poate că și ea ar fi făcut la fel. O greutate îi apăsa pieptul, pe când se apropia de scaun și se așeză. Acum stătea cu fața la restul femeilor. Indiferent de ce urma să i se întâmple, Sara avea să vadă mai întâi în ochii lor. Bărbatul îi prinse părul în pumn și trase. O singură retezare și gata. Începu să taie la întâmplare ce mai rămăsese, scurtându-l cât mai aproape de scalp. Nu urmărea niciun model; ar fi putut la fel de bine să-și croiască drum cu maceta printr-o pădure. Părul cădea la picioarele Sarei în șuvițe aurii.

– Du-te la celelalte!

Se întoarse în rândul grupului. Când își duse mâna la cap, simți pe degete sângele lipicios. Îi studie textura. *Ăsta e sângele meu*, își spuse Sara în sinea ei. *Și pentru că e sângele meu, înseamnă că sunt în viață.* O a doua femeie ocupa acum scaunul. Sara își aminti că o chema Caroline. Se întâlniseră puțin la infirmieria din garnizoana Roswell; la fel ca Sara, și ea era asistentă medicală. O fată înaltă, cu oase impresionant de mari, care plesnea de sănătate, voie bună și talent. Acum plângea cu fața în mâini, în timp ce bărbatul îi ciopârțea părul.

Fură tunse una câte una. Dar nu era vorba numai despre păr, își dădu seama Sara. În hidoșenia semicheliei lor, le fusese furată intimitatea, aruncându-le într-o colectivitate nedeslușită, ca niște animale într-o turmă. Era atât de amețită de foame, încât nu știa cum se mai ținea încă pe picioare. Niciuna nu pusese o firimitură în gură – fără îndoială ca să le țină supuse, așa încât, când avea să li se ofere de mâncare, să le fie recunoscătoare răpitorilor lor.

După ce se termină cu tunsul, li se ordonă să meargă de-a lungul zonei de așteptare până la cea de-a doua clădire din beton, pentru „procesare". Fură aliniate dinaintea unei mese lungi, unde unul dintre gardieni, care radia de fericirea de a fi la conducere, stătea așezat, cu o expresie de iritare pe chip. Nota într-un clipboard pe măsură ce fiecare era strigată să vină în față.

– Numele?

– Sara Fisher.

– Vârsta?

– Douăzeci și unu.

O măsură de sus până jos.

– Știi să citești?

– Da, știu.

– Abilități speciale?

Șovăi.

– Știu să călăresc.

– Să călărești?

– Cai.

El își dădu ușor ochii peste cap.

– Ceva folositor?

– Nu știu. Încercă să se gândească la ceva prudent. Să cos?

El căscă. Avea dinții atât de stricați, încât ai fi zis că i se bălăngăneau în gură. Mâzgăli ceva în carnet și rupse jumătatea de jos a foii. Dintr-un coș de metal de sub masă scoase o pătură jerpelită, o plăcuță metalică, o cană strâmbă și o lingură. I le dădu, cu bucata de foaie deasupra. Sara aruncă rapid o privire: era trecut numele ei, un număr din cinci cifre, „Baraca 216" și, dedesubt, „Biodiesel 3". Scrisul era împiedicat ca al unui copil.

– Următoarea!

Unul dintre gardieni o prinse de braț și o conduse către un coridor cu ușile închise. O cameră cât o cutie, cu un scaun în mijloc, deși nu semăna cu scaunul de mai înainte: o combinație amenințătoare de oțel și piele roasă, de culoare roșie, cu spătarul înclinat înapoi la patruzeci și cinci de grade, curele în zona pieptului, a picioarelor și a încheieturilor. Atârnând deasupra lui, ca niște picioare de păianjen, prinse de niște sfori din mătase, era suportul unor instrumente lucitoare din metal. Gardianul o împinse spre scaun.

– Stai jos!

O legă de scaun și plecă. Din afara camerei, sunetul fiind înăbușit de pereții groși, răzbătu un țipăt ascuțit, prevestitor de rău. Cine țipa? Sara își dădu seama că nu se simte prea bine. Ar fi vomitat dacă ar fi avut ceva în stomac. I se năruia acum și ultima defensivă. Avea să implore. Avea să se roage. Nu mai avea puterea să se opună.

În spatele ei, ușa se deschise. În câmpul ei vizual apăru un bărbat, îmbrăcat într-un costum cenușiu. Avea un pântece cam rotunjor, ochelari fumurii pe vârful nasului și sprâncene stufoase, întoarse ca niște aripi la capete. Fața lui avea ceva blând, ca de bunic. La fel ca gardianul de la masă, stătea cu ochii într-un clipboard. Își ridică privirea și zâmbi.

– Sara, nu-i așa?

Ea dădu din cap, simțind gust de fiere în gură.

– Eu sunt doctorul Verlyn. Se uită la curele, încruntându-se și clătinând din cap. Oamenii ăștia sunt niște idioți. Pariu că ești lihnită. Să vedem dacă te putem scoate de-aici.

Fu încercată de o fărâmă de speranță, crezând că el are de gând s-o elibereze, însă își dădu seama că se referise la altceva, când își trase un scăunel aproape de ea și își puse o pereche de mănuși de cauciuc. Îi puse mâna sub bărbie, ca să deschidă gura. Se uită înăuntru, după care ridică două degete în fața ochilor ei.

– Urmărește-le cu privirea, te rog.

Sara urmări degetele cum trasează în aer cifra opt și apoi se retrag. Îi luă pulsul, după care scoase un stetoscop din buzunarul costumului și îi ascultă inima. Se îndreptă de spate, întorcându-și atenția la clipboard, cu ochii mijiți în spatele ochelarilor.

– Vreo problemă de sănătate? Paraziți, infecții, transpiri pe timpul nopții sau ai dificultăți la urinare?

Sara clătină din cap.

– Dar menstruația? o întrebă el, bifând niște căsuțe. Aici ai probleme? De exemplu, sângerezi excesiv?

– Nu.

– Scrie aici că ai... Făcu o pauză, răsfoind paginile. Douăzeci și unu. Corect?

– Da.

– Ai fost vreodată însărcinată?

Ceva se strânse înăuntrul ei.

– E o întrebare simplă.

Ea clătină din cap.

– Nu.

Dacă el își dăduse seama că minte, nu schiță niciun gest. Lasă clipboardul în poală.

– Ei bine, pari să fii într-o stare perfectă de sănătate. Și ai niște dinți minunați, dacă nu te deranjează să ți-o spun. N-am ce face aici.

Trebuia să-i mulțumească? Deasupra ei, păianjenul încă atârna, cu lucirile lui de rău-augur.

Brusc, ceva se schimbă. Sara simți cum expresia feței i se înăsprește, dar nu numai asta; aerul din încăpere suferise o modificare abia perceptibilă. Doctorul începu să apese zdravăn pedala de sub scaunul ei, care scotea un scârțâit, apoi se întinse ca să tragă unul dintre picioarele păianjenului aproape de fața ei. În capăt, învârtindu-se în ritmul mișcărilor făcute de picior, era o freză bâzâitoare.

– O să fie mai ușor dacă n-o să te miști.

Câteva minute mai târziu, Sara se trezi afară, strângându-și cele câteva lucrușoare la piept. Când începuse să țipe, doctorul îi dădu o curea de piele să strângă între dinți. Pe pielea albă de la interiorul brațului, mai întâi introducând-o, apoi cauterizând locul din jurul ei, se afla acum o plăcuță strălucitoare de metal, pe care era trecut același șir de cifre după cum văzuse pe bucata de hârtie: 94801. Așa te numești acum, îi spusese doctorul, îndepărtând cureaua în care rămăsese urma dinților ei. Își scosese mănușile și se dusese la chiuvetă ca să se spele pe mâini. Indiferent cine ai crezut că ești, s-a zis cu persoana aceea. Ești locuitorul din vale cu numărul 94801.

Semiremorca dispăruse, fiind înlocuită de un camion deschis de cinci tone. Sara văzu cuvintele GARDA NAȚIONALĂ IOWA scrise pe portiera vehiculului – primul indiciu în privința locului în care se afla. Un gardian îi făcu semn Sarei să urce; un al doilea gardian stătea în fața rampei de încărcare, cu spatele sprijinit de cabină, învârtind absent bastonul prins de o curea din piele. Toată lumea stătea adunată pe bănci, chipurile oamenilor împovărate de recentele întâmplări.

Se așeză lângă unul dintre bărbați, un ofițer tânăr pe care îl știa ca fiind locotenent Eustace. El fusese cercetașul care îi dusese la Roswell. În timp ce lua loc, el își întoarse capul tuns zero spre Sara:

– Ce naiba e locul ăsta? întrebă el șoptit.

Înainte ca Sara să poată răspunde, gardianul le atrase atenția.

– Tu! lătră el, arătând către Eustace cu vârful bâtei. Nu vorbi!

– Cine sunteți voi, oameni buni? Și de ce nu ne ziceți nimic?

– Am zis să taci din gură!

Sara înțelese ce era pe cale să se petreacă. Era punctul culminant implicit al unei astfel de zile, singura demonstrație de putere de care nu se făcuse încă uz.

– A, da? Chipul lui Eustace era aprins de sfidare, scuipând de pe buze ultima fărâmă de energie. Știa că și-o căuta cu lumânarea, însă nu-i păsa. Să vă duceți naibii cu toții!

Gardianul făcu un pas mare înainte și, cu o expresie de plictiseală absolută pe chip, coborî bastonul drept în genunchii lui Eustace. Acesta se aplecă înainte, încleștând din dinți, abia stăpânindu-și agonia. Nimeni nu schiță un gest; toată lumea își ținea privirea ațintită în pământ.

– Afu... *risitule!* îngăimă el.

Gardianul întoarse bastonul și îl lovi pe Eustace în nas cu capătul mai greu. Un scrâșnet umed de oase zdrobite, ca atunci când strivești o insectă cu piciorul; o pulverizare roșiatică umplu aerul, stropind-o pe față pe Sara. Eustace își azvârli capul pe spate, ochii învârtindu-i-se în orbite. Își trecu limba peste buza superioară și scuipă cu obidă un dinte.

– Am zis... *să te duci... naibii*!

Lovitură după lovitură: în față, în creștet, peste mâini. Când Eustace se prăbuși la pământ, cu ochii dați peste cap, trăsăturile zdrobite ajunseseră carne vie.

– Obişnuiţi-vă! le spuse gardianul, oprindu-se ca să-şi şteargă bastonul de cracul pantalonilor, în timp ce-şi plimba privirea peste grup. Noi aşa facem lucrurile pe aici.

Pe când camionul se îndepărta, Sara îl trase pe Eustace spre ea, aşa încât să-i ia faţa zdrobită în poala ei. Bărbatul abia mai era conştient, respiraţia fiindu-i un horcăit. Poate că avea să moară; cel mai probabil. Şi totuşi era un iz de victorie în fapta lui. Se aplecă spre el şi îi şopti la ureche:

– Mulţumesc.

Şi astfel, pecetluit cu sânge, începu totul.

– Un singur popor! Un singur Director! O singură Patrie!

De câte ori nu fusese Sara nevoită să strige aceste cuvinte? Odată încheiată strigarea de dimineaţă şi cântarea imnului, toată lumea se împrăştia la transporturile la care erau desemnaţi. Sara o ajută pe Jackie, apoi se urcă şi ea. Văzu o faţă nouă, una pe care o recunoştea: Constance Chou, nevasta bătrânului Chou. Se salutară cu un gest scurt din cap, dar nimic mai mult. De-a lungul anilor, Sara ajunsese să nu-şi mai aducă aminte decât episoade şi frânturi din cele întâmplate în Colonie. Povestea ei nu era diferită de altele pe care le auzise, iar evenimentele difereau foarte puţin faţă de cele petrecute la Roswell; din multe puncte de vedere, şocul cel mare fu acela că mai existau şi alte aşezări omeneşti izolate. Când ajunsese Sara, supravieţuitorii din Colonie se împrăştiaseră deja de-a lungul văii. Numărul pe care îl auzise Sara era cincizeci şi şase. Cât de uşor era pentru cincizeci şi şase de oameni să fie înghiţiţi de mase; cu părul tuns scurt şi cu tunicile lor identice, toată lumea arăta la fel. Şi totuşi, din când în când, mai zăreai câte un chip familiar. Doar ce văzuse cu coada ochiului o femeie care i se păru că ar fi Penny Darrell, apoi o alta despre care jură că era Belle Ramirez, soţia lui Rey, deşi, când Sara o strigă pe nume, femeia nu-i răspunse. Într-o dimineaţă, pe când stătea la coadă să-şi primească porţia, bolul îi fu umplut de un bărbat pe care îl văzuse de multe ori înainte fără să-l recunoască: era Russell Curtis, vărul ei. Părea mult mai în vârstă decât bărbatul pe care şi-l amintea Sara, iar când privirile li se întâlniră, îi luă o clipă să-și dea seama de unde îl știe. Mare parte din an, locuise în aceeași baracă cu Karen Molyneau, văduva lui Jimmy, și cele două fiice ale ei, Alice și Avery. De la Karen aflase Sara majoritatea veștilor, inclusiv numele celor morți. Ian Patal, care murise apărând centrala electrică. Nora lui Hollis, Leigh, și bebelușul ei, Dora, care pieriseră în drumul spre Patrie; Cealaltă Sandy, care murise la scurtă vreme după sosire, Karen nu știa cum; Gloria și Sanjay Patal. În ciuda veștilor sumbre, Sara tot privea anul petrecut cu Karen și fetele ei drept un scurt răgaz, o perioadă în care se simțise conectată cu trecutul. Dar oamenii erau tot timpul mutați de la o baracă la alta, iar într-o zi se trezi că nu mai erau, niște străini dormind în paturile unde cele trei își puseseră capul pe pernă vreme de aproape un an. Sara nici că le mai văzuse de atunci.

Drumul până la centrala biodiesel îi purta de-a lungul unui râu, printr-un labirint de locuințe mizere, până în zona industrială din capătul nordic al văii. Ziua nu promitea să devină mai bună; un vânt acru le scuipa drept în față picuri de ploaie. Aerul era plin de putorile din vale, de grămezile de deșeuri animale și de mizeria oamenilor, iar dincolo de el, ca o perdea de miasme, răzbătea mirosul greu de pământ al râului. Trecură de o serie de puncte de control, de porți deschizându-se și închizându-se, de colabi cu clipboardurile, cu pixurile și cu pofta lor nesătulă de birocrație și de alte structuri autoritare care le făcuseră semn să treacă. Râul lăsa loc unei câmpii deschise, golașe și lipsite de culoare, recolta fiind de mult strânsă pentru iarnă; la est, urcând în trepte deasupra râului, se ridica Vârful Dealului, unde locuiau toți ochii-roșii, iar pe culmea lui era Domul Capitol, cu a lui cupolă aurită. Despre clădire și cele care o înconjurau se spunea că fuseseră cândva o universitate, ceea ce era un fel de școală, deși nu avea decât Sanctuarul drept comparație, Sara nu prea înțelegea cum venea acest lucru. Sara nu fusese niciodată sus pe deal, darămite înăuntrul Domului. Unora dintre muncitori li se permitea accesul înăuntru, grădinarilor, instalatorilor, ajutoarelor de bucătărie și, firește, îngrijitoarelor, care erau femei selectate să-l servească pe Director și personalul său alcătuit din ochi-roșii.

Toată lumea spunea că îngrijitoarele erau norocoase, că trăiau în lux, având la dispoziție mâncare bună, apă caldă și paturi moi în care să doarmă, însă informația aceasta era de mâna a doua. Nicio îngrijitoare nu se întorsese în vale; odată ce intrau acolo, Domul devenea viața lor.

– Ia te uită! murmură Jackie.

Gândurile Sarei se risipiră, alungate de înțepătura frigului. Se îndepărtau acum de râu ca să intre pe drumul de acces; la nord, dincolo de granițele Patriei, Sara putea desluși macaralele țâșnind printre coroanele copacilor ca niște schelete de păsări uriașe. Ce vedea se numea Proiectul: o încercare lungă de zeci de ani de a ridica o structură uriașă de oțel și beton armat în scopuri necunoscute. Oamenii care lucrau acolo, adică aproape toți bărbații din vale, erau percheziționați în fiecare zi și la venire, și la plecarea de pe șantier; fie și numai să se vorbească despre asta era considerat un act de trădare, pentru care puteai ajunge în țarc, deși zvonurile variau. O teorie circula o vreme, lăsând apoi loc alteia, și alteia, după care cea dintâi se vehicula din nou, iar ciclul era reluat. Până și cei care lucrau acolo, atunci când se lăsau convinși să vorbească despre asta, nu știau sigur la ce lucrează. Se pomenea de coridoare ca niște labirinturi, de încăperi vaste, de uși groase din oțel, groase de treizeci de centimetri. Unii spuneau că ar fi un monument închinat Directorului, alții că ar fi o fabrică. Câțiva ziceau că nu era nimic, doar o distragere născocită de ochi-roșii ca să-i țină ocupați pe oamenii din vale. O a patra presupunere, una care câștigase teren în ultimele luni, era aceea că Proiectul ar fi fost un buncăr pentru situații de urgență. Dacă puterile misterioase ale Directorului n-ar fi reușit să-i țină la distanță pe Virali, structura avea să servească drept adăpost pentru populație. Dar, indiferent de ce ar fi fost, lucrarea părea să se apropie de final; din ce în ce mai puțini bărbați se îmbarcau dimineața în transporturile care duceau la șantier, și toți erau în vârstă, majoritatea cu o vechime de câțiva ani la același loc de muncă.

Însă nu macaralele îi atrăseseră atenția lui Jackie. Pe când camionul de cinci tone trase în dreptul ultimei gherete de pază, Sara văzu cele două cuvinte scrise pe zidul care delimita perimetrul, niște litere mari, din care picura încă vopseaua albă:

SERGIO TRĂIEȘTE!

Doi bărbați înmuiau două perii cu coadă lungă în găleți cu apă cu săpun, pregătindu-se să curețe pereții. Un colab stătea lângă ei, cu o pușcă la piept. Se holbă la transport când trecu prin dreptul lor, întâlnind privirea Sarei pentru o clipă rece ca gheața. Ea își întoarse privirea.

– Fisher, ai pus ochii pe ceva interesant?

Vocea aparținea unuia dintre cei doi colabi care îi supraveghea din spatele camionului, un bărbat mărunțel, de vreo treizeci și cinci de ani, pe nume Vale.

– Nu, domnule.

Ultimele cinci minute de mers, își păstră privirea ațintită la podea. Sergio, se gândi Sara. Cine era Sergio? Numele, rareori pronunțat cu glas tare, părea o incantație: Sergio, liderul insurgenților, cel care bombarda piețele, secțiile de poliție și gheretele paznicilor, care, împreună cu oamenii lui nevăzuți, păreau să se strecoare ca niște stafii pe tărâmurile Patriei, aprinzând armele distrugerii. Sara înțelese că acele cuvinte de pe perete nu erau o simplă tatonare. *Suntem aici*, spuneau ele, *am fost exact aici, unde sunteți și voi, suntem peste tot*. Metodele lui Sergio erau caracterizate printr-o cruzime aproape de neînțeles. Țintele insurgenților erau oriunde se adunau colabii, un program de asasinare și de divizare, însă, dacă te aflai la locul nepotrivit, în momentul nepotrivit, prezența ta nu conta câtuși de puțin. O femeie sau un bărbat își desfăcea haina, ca să arate rândurile de dinamită prinsă la piept, și ăsta îți era sfârșitul. Și de fiecare dată, în ultima clipă, când degetul mare găsea butonul detonatorului, trimițându-se pe sine însuși și pe cei din jurul lor în uitare, rosteau aceste două cuvinte: Sergio trăiește!

Transportul opri în dreptul centralei, iar muncitorii se dădură jos. Un miros ca de drojdie plutea în aer. Alte patru camioane cu muncitori opriră în spatele lor. Sara și Jackie fură trimise la măcinătoare, acolo unde erau trimise majoritatea femeilor. De ce aranjamentul ăsta, Sara nu putuse să înțeleagă niciodată – nu era o treabă nici mai grea, nici mai ușoară decât altele –, dar așa se făceau lucrurile. Porumbul trebuia măcinat, apoi amestecat cu enzime fungice și pus la fermentat ca să iasă combustibil. Mirosul era atât de pregnant, încât îi intrase Sarei în piele, cu toate că trebuia să recunoască, erau treburi mai rele de atât: să îngrijești de porci, să lucrezi la centrul de prelucrare al deșeurilor sau în țarcurile pline de noroi. S-au așezat la coadă ca să fie verificați de maistru, își legară batistele la gură, apoi își croiră drum prin spațiul cavernos până la stațiile de lucru. Porumbul era păstrat în containere mari, cu jgheaburi în capătul de jos; din acele deschizături primeau câte un cocean pe rând, pe care-l puneau în măcinătoare, unde lamele rotative transformau boabele în mălai. Umezeala porumbului prefăcea totul într-o pastă lipicioasă, care se lipea de pereții interiori ai mașinii de măcinat; era treaba operatorului să-i curețe, lucru care necesita o mare dexteritate și iuțeală, căci lamele nu se opreau din învârtit. Gradul de dificultate era dictat de temperatura scăzută, care făcea ca până și cea mai simplă mișcare să fie înceată și imprecisă.

Sara se apucă de treabă. Ziua avea să treacă într-un soi de transă. Era o abilitate pe care o deprinsese de-a lungul anilor, să se piardă în ritmurile hipnotice ale lucrului și să-și golească mintea de orice gând. Să nu gândească: ăsta era scopul. Să ocupe o stare pur biologică, simțurile ei să absoarbă numai informațiile fizice imediate: vâjâitul lamelor măcinătoarei, putoarea porumbului fermentând, golul rece din stomac acolo unde terciul apos de la micul dejun fusese de mult consumat. Pentru douăsprezece ore, era locuitorul văii cu numărul 94801, nimic mai mult, nimic mai puțin. Adevărata Sara, cea care gândea, simțea și își amintea – Sara Fisher, Prima Asistentă, cetățean al Coloniei, fiica lui Joe și Kate Fisher și sora lui Michael; iubita lui Hollis, prietena multora și mama unui singur copil – stătea ascunsă într-o bucată împăturită de hârtie din adâncul buzunarul ei, pe care o purta ca pe un talisman.

Încerca pe cât putea să stea cu ochii pe Jackie. Femeia o îngrijora; o tuse ca a ei nu aducea niciodată nimic bun. În vale, nu aveai prieteni, nu în sensul în care știa Sara că înseamnă prietenie. Erau fețe cunoscute și oameni în care te încredeai mai mult decât în alții, dar atât. Nu vorbeai despre tine, pentru că, în definitiv, erai un nimeni, și nici despre speranțele tale, de vreme ce nu aveai niciuna. Dar cu Jackie își îngăduise să-și lase garda jos. Făcuseră un pact tacit, o înțelegere nerostită de a avea grijă una de cealaltă.

La prânz, li se dădea o pauză de cincisprezece minute, atât cât să dai o fugă până la latrină – o platformă din lemn suspendată deasupra unui șanț, cu o gaură unde să te lași pe vine – și să înfuleci încă un bol de terci. Nu aveai unde să stai jos, așa că mâncai în picioare sau așezat pe pământ, folosindu-ți degetele pe post de lingură, după care te puneai la o a doua coadă ca să iei apă, care se împărțea cu un polonic folosit de toate femeile. În tot acest timp erau supravegheate de colabi, care stăteau în lături, învârtindu-și bâtele. Denumirea lor oficială era Ofițeri de la Resurse Umane, însă nimeni nu le spunea așa în vale. Cuvântul era prescurtarea de la „colaboratori". Aproape toți erau bărbați, dar se găseau și câteva femei printre ei, care erau, de obicei, cele mai lipsite de milă. Una dintre femeile colab, căreia i se spunea Fluierătoarea din cauza despicăturii adânci de la buza superioară, un defect din naștere, care îi făcea vocea să fie ascuțită și de neconfundat, părea să găsească o plăcere aparte din a inventa modalități noi și subtile care să creeze disconfort. Obiceiul ei era să selecteze o singură persoană, de cele mai multe ori o femeie, ca și cum ar fi condus un experiment. Dacă Fluierătoarea punea ochii pe tine, știai că urma să fii scos de la coada celor care așteptau la latrină pentru o percheziție tocmai când îți venea rândul. Și fie îți era atribuită vreo treabă imposibilă și inutilă, fie erai mutat într-o altă echipă atunci când ți se apropia pauza. Nu aveai ce face decât să te supui, strângând din dinți, în timp ce vezica îți stătea să plesnească, stomacul îți ghiorăia de foame sau picioarele te ardeau de oboseală, știind că, în curând, Fluierătoarei o să-i căşuneze pe altcineva, deși acest lucru nu făcea decât să înrăutățească și mai mult situația, părând să fie scopul întregului exercițiu; te trezeai că-ți dorești ca suferința aceasta să cadă pe capul altcuiva; și astfel deveneai complice, făceai parte din sistem, o spiță dintr-o roată a torturii care nu se oprea din învârtit.

Se uită după Jackie în pauză, însă femeia nu fu de găsit. Sara trecu în grabă pe lângă stațiile de lucru, căutându-și prietena. Fluierul maistrului avea să se audă cât de curând, chemându-i înapoi la lucru. Aproape că renunțase, când, după o cotitură, o văzu pe Jackie stând pe pământ, cu fața leoarcă de sudoare și cu batista strânsă la gură.

– Scuze, bâigui ea, nu mă mai puteam opri din tușit.

Batista era pătată de sânge. Sara știa ce urma să se întâmple, mai văzuse și înainte efectul pulberii acumulate în plămâni de-a lungul anilor. Într-o clipă erai bine, în următoarea te înecai în sânge.

– Trebuie să te scoatem de aici.

O ridică pe femeie în picioare, chiar când se auzi sunând fluierul. Cu o mână pe după mijlocul lui Jackie, Sara o conduse spre ieșire. Spera să ajungă afară înainte să fie văzute de cineva; ce urma după, Sara habar n-avea. Vale era colabul de serviciu. Nu cel mai bun, dar nici cel mai rău. Sara îl surprinsese de mai multe ori privind-o cu mult interes, deși nu făcuse niciodată nimic în această privință. Poate că acum era momentul potrivit. Fu cutremurată de o senzație de greață la gândul ăsta, și totuși știa că era capabilă de așa ceva. Că avea să facă ce era de făcut.

Aproape ajunseseră la ieșire, când o siluetă le tăie calea.

– Unde credeți că vă duceți?

Nu era Vale, ci Sod. Cu lumina bătându-i din spate prin ușa deschisă, dominându-le cu prezența lui. Sara simți un gol în stomac.

– Are nevoie de puțin aer. Pulberea...

– Așa-i, babo? Te supără pulberea?

O împunse pe femeie în piept cu capătul bâtei, provocându-i o tuse guturală.

– Înapoi la lucru!

– E în regulă, Sara, spuse Jackie cu un șuierat, eliberându-se din strânsoarea Sarei. O să fiu bine.

– Jackie...

– Vorbesc serios. Se uită la Sara, o privire care spunea: *Nu face asta*. Își bagă ea nasul, crede că știe ce-i mai bun pentru mine.

Sod o măsură pe Sara din priviri de sus până jos.

– Da, am auzit vorbindu-se despre tine. Ești un soi de doctor, așa-i?

– N-am zis niciodată asta.

– Firește că nu.

Cu mâna liberă, Sod se apucă între picioare, balansându-și șoldurile înainte.

– Hei, doctore, mă doare aici! Ce zici, arunci o privire?

Momentul îi atinse un punct sensibil; Sara se gândi la Eustace. La sângele de pe fața lui, la mâinile care-i tremurau, la dinții care-i clănțăneau în gură. La zâmbetul lui frânt de triumf. Stând dinaintea lui Sod, se căzni să rostească acele cuvinte, să dea glas înjurăturii acre, să-l asmută asupra ei. Era atât de simplu, atât de la îndemână. Deja vedea scena desfășurându-se în minte. Doar două cuvinte, și ar fi văzut furia lui Sod aprinzându-i privirile, ar fi simțit lovitura bâtei lui. Acestea erau condițiile traiului ei, o mie de umilințe repetate zilnic. Îi luaseră totul. Să accepte ce era mai rău – să se bucure chiar – era singura ei rezistență.

– Sara, te rog, spuse Jackie, privind-o cu insistență. *Nu așa. Nu pentru mine.*

Sara înghiți în sec. Toată lumea se uita acum la ea.

– Bine, zise.

Se întoarse și se îndepărtă. Spațiul din jurul ei devenise ciudat de tăcut. Nu-și auzea decât bătăile inimii.

– Nu-ți face griji, Fisher, strigă Sod după ea, râzând ademenitor. Știu unde să te găsesc. O să fie la fel de bine ca ultima oară, îți promit.

Abia mai târziu, întinsă în patul ei, Sara își permise să se gândească la consecințele depline ale evenimentelor de peste zi. Ceva se schimbase înăuntrul ei. Se afla pe marginea prăpastiei, așteptând să sară. Cinci ani lungi: ai fi zis că erau o mie. Trecutul dispărea în ea, spălat de trecerea timpului, de răceala amară a inimii, de zilele care erau toate la fel. Stătuse ascunsă în adâncul ei prea multă vreme. Se apropia iarna. Lumina iernatică.

Cumva, reușise s-o facă pe Jackie să treacă și de ziua asta. Acum, bătrâna dormea deasupra ei, curelele patului lăsându-se acolo unde i se odihnea trupul. Moartea lui Jackie, atunci când avea să vină, urma să fie urâtă, cu multe ore agonizante, un zbucium interior, înainte de liniștea finală. Aceeași soartă o aștepta oare și pe Sara? Aceeași împleticeală oarbă de-a lungul anilor, o ființă fără scop și fără să aibă pe nimeni alături, o carcasă goală, bună de nimic?

Sara nu pusese încă plicul improvizat la locul lui de sub saltea. Cuprinsă brusc de o senzație de singurătate, îl scoase de sub teancul de cârpe care țineau loc de pernă. Îi fusese dat de către asistenta moașă de la maternitate – aceeași femeie care-i spusese că bebelușul, venind prematur pe lume într-o revărsare de sânge, nu supraviețuise. Era fetiță, îi spusese femeia. Îmi pare rău. Apoi strecură plicul în mâinile Sarei și dispăru. Prin ceața provocată de durere și suferință, Sara ar fi dorit să-și strângă fiica la piept, însă acest lucru nu se întâmplă; copilul îi fusese luat. Nu o mai văzu nicicând pe femeia aceea.

Cu vârful degetelor, despături cu grijă buzunărașul de hârtie sfărâmicioasă. Înăuntru se găsea o șuviță de păr – un moț de copilaș. Încăperea era cufundată în beznă, și totuși auriul acela palid i se părea atât de aprins. O apropie de față și inspiră adânc, încercând să-i prindă mirosul. Sara nu va mai putea vreodată să aibă un altul, durerea era prea mare; Kate fusese singura. Așa o numise, Kate. Ce și-ar fi dorit să-i fi spus și lui Hollis. Voise să păstreze vestea, să aleagă momentul perfect ca să-i ofere darul uniunii lor. Cât de proastă fusese! Își spuse: Știu că ți-e mai bine așa, scumpa mea. Oriunde ai fi acum, sper că te afli într-un loc cu lumină, dragoste și cer senin. Dacă aș fi putut să te țin în brațe, măcar o dată, să-ți spun cât de mult te iubesc!

37

Chestia asta cu Sergio: pur și simplu ținea de prea mult timp. Nu că n-ar fi fost răzmerițe și înainte. În anul 31, nu? Și din nou, în 68? Ca să nu mai pomenească de sutele de conflicte minore înăbușite de-a lungul anilor. Și nu era adevărat că problema se rezuma la un singur individ instigator, un renegat singuratic, care pur și simplu nu *pricepea*? Iar când acest individ avea să fie pus cu botul pe labe (se găsea întotdeauna câte unul), văpăile rezistenței, lipsite de oxigenul lor vital, aveau să se stingă de la sine?

Și totuși, Sergio ăsta nu era ca alții. Stând la fereastra de la baza cupolei, cu privirea ațintită asupra petei cenușii, care era valea, și a câmpurilor iernatice, lipsite de culoare, de dincolo de ea, directorul Horace Guilder cântărea situația. Pentru început, metodele bărbatului erau diferite, nu atât în cantitate, cât în gen. Oameni care se aruncau în aer! Care-și legau dinamită pe piept sau explozibil cu cioburi de sticlă și șuruburi boante, ba chiar aveau dorința de a se arunca în aer pe ei și pe cei din jurul lor, pulverizându-se de-a dreptul! Era mai presus de nebunie, era o psihoză în plină floare, care nu însemna decât că acest Sergio, oricine ar fi fost, avea o mare înrâurire psihologică asupra simpatizanților lui decât oricare înaintea lui. Locuitorii din vale se bucurau de siguranță, aveau mâncare caldă în burtă, dormeau noaptea în paturi fără frică de

Virali. Li se îngăduia să-și trăiască viețile, cu alte cuvinte, așa își arătau ei mulțumirea? Nu vedeau că tot ce făcuse era pentru ei? Anume că ridicase un cămin pentru omenire, așa încât să poată, în ciuda curenților actuali ai istoriei, să dăinuie?

Adevărat, exista o oarecare... nedreptate. O distribuție inegală a resurselor, ai putea spune, o împărțire între conducători și muncitori, între cei ce aveau și cei ce nu aveau, între noi și ei. O încredere neplăcută în instinctul unui om de a ridica scara în urma lui și în uneltele testate de-a lungul timpului – dușuri reci ca gheața, cozi nesfârșite la care să aștepți, folosirea excesivă a substantivelor proprii, magnetofoane prin care să fie strigate un șuvoi continuu de aberații etc. – de supunere a maselor. „Un singur popor! O singură patrie! Un singur Director!" Cuvintele îl făceau să se cutremure, dar o doză de demagogie bine gestionată mergea de minune în asemenea circumstanțe. Nu era nimic nou, cu alte cuvinte, totul era de așteptat în vremurile actuale. Dar câteodată, ca acum, de exemplu, în această dimineață friguroasă din Iowa, primul front arctic al sezonului năpustindu-se asupra lor ca un tren deraiat de frig, Guilder nu prea reușea să-și mențină ridicat entuziasmul.

Suita lui de birouri scumpe, care-i serveau și drept locuință, fuseseră folosite, la diverse intervale în existența lor de două sute de ani, ca oficiu al guvernatorului teritorial din Iowa, ca sediu al muzeului statal de istorie și ca depozit. Ultimul lor ocupant din vechea lume fusese rectorul Universității Midwest State, un bărbat pe nume August Frye (așa era trecut pe obiectele de papetărie), care, judecând după ferestrele generoase, fără îndoială că petrecuse nenumărate ceasuri fericite delectându-se cu priveliștea încântătoare a studenților veseli și hrăniți cu porumb, flirtând ca apucații pe când se îndreptau agale spre clasele lor, traversând gazonul bine îngrijit al campusului. În ziua în care Guilder își luase în primire noua locuință, fusese uimit să descopere că rectorul August Frye decorase locul cu tematică navală: corăbii în sticlă, hărți cu șerpi, picturi elaborate în ulei înfățișând faruri, peisaje oceanice, o ancoră. O alegere straniu de nepotrivită, având în vedere că statul Midwest (hai, Bearcats!) nu avea deloc deschidere la mare. După aproape o sută de ani, Guilder ar fi dat orice pentru o schimbare cât de mică de peisaj.

De aici și marea problemă cu nemurirea, în afară de dieta ciudată: totul începea la un moment dat să te plictisească.

În astfel de momente, singurul lucru care-l înveselea era să se bucure de ce realizase. Ceea ce nu era puțin; ridicaseră un oraș, practic, din nimic. Ce entuziasm simțise în acele prime zile. Bătaia neîncetată a ciocanelor. Camioanele întorcându-se din călătoriile lor de-a lungul continentului nelocuit, dând pe afară de comorile abandonate ale unei lumi vechi. Sute de decizii tactice luate zilnic, energia vibrantă a personalului – oameni aleși pe sprânceană dintre supraviețuitori pentru experiența lor. Pe scurt, alcătuiseră o echipă de cunoscători veritabili dintre oamenii rămași de pe urma dezastrului. Chimiști. Ingineri. Urbaniști. Cercetători agronomi. Chiar și un astronom (care se dovedise surprinzător de util) și un istoric de artă, care-l sfătuise pe Guilder (care, sincer să fie, nu făcea diferența între nuferii lui Monet și câinii care joacă poker) în privința păstrării și a dispunerii adecvate a numeroaselor capodopere de la Institutul de Artă din Chicago, care acum decorau pereții Domului, inclusiv biroul lui Guilder. Ce bine se simțiseră! Era ceva din mentalitatea tipică membrilor unei frății în comportamentul lor, fără șicanările cu tentă sexuală, firește. (Virusul îți anihila partea aceea din creier așa cum cureți un pește de mațe; majoritatea celor din personal nici nu puteau să se uite la o femeie fără să facă o grimasă.) Dar, în definitiv, decorul și profesionalismul fuseseră la ordinea zilei.

Ce amintiri fericite! Iar acum, Sergio. Acum, bombe. Acum, sânge pulverizat.

Șirul gândurilor lui Guilder fu întrerupt de o bătaie în ușă. Scoase un oftat din toți rărunchii. Încă o zi de completat formulare, de împărțit îndatoriri, de emis edicte de la înălțime. Se afla la biroul lui, cu tăblia din mahon lustruit, model din secolul optsprezece, de mărimea unei mese de ping-pong, mai mult sau mai puțin, așa cum se cuvenea mult-iubitului Director al Patriei, Guilder se pregăti pentru încă o dimineață flămândă de opiniile lui – gând care făcu numaidecât loc unei senzații de foame de natură mult mai fizică și mai presantă, un gol cu gust de acid care i se ridică din stomac. Așa de repede? Era deja perioada aceea a lunii? Singurul lucru mai rău decât râgâielile erau bășinile care le urmau, jeturi eliberatoare de gaz acru, pe care nici măcar el nu le suporta.

– Intră!

În timp ce ușa se deschise, Guilder își strânse cravata și se prefăcu ocupat, mutând documentele de pe birou cu o concentrare bine prefăcută. Alese unul la întâmplare – un raport despre reparațiile la centrala de tratare a deșeurilor, practic, o pagină despre rahat – și pretinse că o studiază intens preț de treizeci de secunde, înainte să ridice privirea, cu un gest de oboseală directorială, spre silueta în costum închis la culoare care aștepta în prag, ținând în mână un clipboard cu un teanc gros de hârtii.

– Ai o secundă?

Șeful personalului lui Guilder, pe nume Fred Wilkes, avansă în încăpere. Ca toți rezidenții din Vârful Dealului, ochii lui erau injectați ca ai unui fumător de iarbă. Mai avea și înfățișarea atrăgătoare a unuia de douăzeci și cinci de ani – cu totul diferit de septuagenarul cu care Guilder făcuse cunoștință prima oară. Wilkes fusese primul care urcase la bord; Guilder îl găsise pe bărbat ascunzându-se într-unul dintre dormitoarele colegiului în primele zile după atac. Ținea – mai bine spus, îmbrățișa – trupul răposatei lui soții, a cărei robustețe nu fusese cu nimic îmbunătățită după trei zile de descompunere gazoasă în căldura toropitoare din Iowa. Din relatările lui Wilkes, cei doi fugiseră pe jos din centrul de procesare al refugiaților, atunci când autobuzele nu mai veniseră; parcurseră vreo cinci kilometri, când soția lui se apucase de piept, își dădu ochii peste cap și se prăbușise la pământ, răpusă de un infarct. Neputând s-o lase în urmă, Wilkes găsise o roabă și îi cărase trupul uriaș până la colegiu, unde își găsise adăpost, neavând decât cadavrul ei și amintirile unei vieți trăite împreună, care să-i țină companie. În ciuda mirosului oribil (pe care Wilkes ori nu-l băgase de seamă, ori nu-i păsa), cei doi alcătuiau o priveliște demnă de toată mila, care l-ar fi mișcat pe

Guilder până la lacrimi, dacă ar fi fost un alt fel de bărbat, care poate că fusese cândva, dar nu și acum.

– Ascultă, îi spusese Guilder, îngenunchind dinaintea omului îndurerat, aș vrea să-ți fac o propunere.

Și așa începuse totul. Chiar din acea zi, chiar din acea oră, de fapt, pe când îl urmărea pe Wilkes luând dezgustat prima înghițitură, auzise Guilder Vocea. Din câte știa el, era singurul; niciunul dintre ceilalți oameni din personal nu dăduse nici cel mai mic semn că ar fi simțit prezența mentală a lui Zero. Cât despre femeie, cine știe ce se petrecea în mintea ei?

Acum, la o viață și jumătate de om mai târziu, marele lui plan ajungea să dea roade, ultima fărâmă a umanității întinsă la picioarele lui (chestia cu Kerrville, întocmai ca aceea cu Sergio, era minoră, dar suficient de enervantă, ca un bob de mazăre sub salteaua Planului), iată-l pe Wilkes cu clipboardul lui omniprezent și cu o expresie pe chip care nu anunța nimic bun.

– M-am gândit că ai vrea să știi că s-a întors grupul de recuperare. Mă rog, ce a mai rămas din el.

Cu această introducere deconcertantă, Wilkes scoase prima foaie din clipboard, o puse pe biroul lui Guilder și se dădu înapoi, bucuros să scape de ea.

Guilder o scană iute.

– Ce naiba, Fred?

– Cred că ai putea spune că lucrurile nu au prea mers conform planurilor.

– *Nimeni*? Niciunul dintre ei? Care-i problema cu oamenii ăștia?

Wilkes arăta către coala de hârtie.

– Fluxul petrolului a fost întrerupt cel puțin temporar. Asta e un avantaj. Ne deschide multe uși.

Însă Guilder nu putea fi consolat. Mai întâi Kearney, acum asta. A fost o vreme când găsirea de supraviețuitori era o treabă relativ ușoară. Femeia apărea; porțile se deschideau larg, roata se învârtea, podul se lăsa în jos peste șanț; femeia își făcea treaba, ca o îmblânzitoare de lei la circ; iar următorul lucru pe care-l știai erau camioanele care se întorceau degrabă în Iowa, pline cu încărcătură umană. Peşterile din Kentucky. Insulele din lacul Michigan. Silozurile abandonate din Dakota de Nord. Mai recent, raidul din California se dovedise a fi o captură pe cinste, cincizeci şi şase de supravieţuitori, cei mai mulţi dintre ei intrând ca oile în camioane de cum le fuseseră prezentate condiţiile. (Urcaţi în camion sau sunteţi mâncaţi!) Rata obişnuită de pierderi – unii mureau pe drum, alţii nu se adaptau noilor împrejurări –, dar, chiar şi aşa, o încărcătură însemnată.

De atunci, fusese baie de sânge după baie de sânge, începând cu Roswell.

– Aparent, nu a mai existat nicio fază de negociere. Convoiul era destul de bine înarmat.

– Nu-mi pasă nici dacă aveau bombe nucleare. Ştiam ce ne aşteaptă. Ăştia sunt *texani*.

– Într-un anumit sens, ai dreptate.

– Suntem pe cale să intrăm în linie dreaptă, şi tu asta îmi spui? Avem nevoie de corpuri, Fred. De corpuri vii, care respiră. Unde este controlul?

– Am putea să facem lucrurile în stil vechi. Am spus-o de la bun început. Facem câteva victime, dar dacă le lovim în continuare rezerva de petrol, mai devreme sau mai târziu apărarea lor o să slăbească.

– Noi *adunăm* oameni, Fred. Nu îi pierdem. Nu m-am făcut înţeles? Nu ştii să faci calculele cele mai simple? Oamenii sunt *scopul*.

Wilkes ridică defensiv din umeri.

– Vrei să vorbeşti cu ea?

Guilder se frecă la ochi. Presupunea că trebuia s-o facă şi pe asta, dar să vorbească cu Lila era ca şi cum jucai handbal de unul singur: mingea venea înapoi indiferent de cât de tare o loveai. Una dintre cele mai mari dezavantaje ale postului său era să întreţină fanteziile ciudate ale femeii, un zid de iluzii pe care Guilder nu-l putea străpunge decât prin insistenţele cele mai dure. Dintre toţi experţii pe care-i adunase de-a lungul anilor, de ce nu se gândise să-şi facă rost şi de un psiholog? Dacă o ţinea pe medicamente, era calmă; talentul special al femeii era un bun indispensabil, care trebuia folosit cu grijă. Însă, când o apucau remușcările de mamă, practic nici nu se mai putea ajunge la ea, iar Guilder era îngrijorat să nu cumva să-i dăuneze și mai mult psihicului ei deja fragil.

Fiindcă asta era faza cu Lila. Dintre toți cei care dăduseră de gustul sângelui, numai ea era capabilă să-i controleze pe Virali.

Mai mult decât să-i controleze: în prezența Lilei, deveneau niște animăluțe docile, ba chiar afectuoase. Sentimentul era reciproc; pune-o pe femeie la două sute de metri de țarc și se transformă într-o pisicuță care toarce ca apucată de pandalii. Guilder nu reușise să reproducă efectul, deși numai Dumnezeu știa cât încercase. În primele zile, fusese de-a dreptul obsedat. În repetate rânduri își abandonase costumul de protecție și intrase în țarc, gândindu-se că o să găsească trucul mental, limbajul trupului potrivit sau tonul mângâietor al vocii care să-i facă să-i cadă la picioare la fel cum îi cădeau ei, ca niște câini care abia așteptau să fie scărpinați pe burtă. Dar asta nu se întâmpla niciodată. Îi tolerau prezența pentru trei secunde prelungi, înainte ca unul dintre ei să-l arunce în aer – nu era considerat drept mâncare, ci mai degrabă ca o jucărie umană –, iar Guilder se trezea zburând prin jur, până când se găsea cineva să aprindă luminile și să-l scoată de acolo.

Încetase de mult să mai încerce, firește. Ca Horace Guilder, Directorul Patriei, să fie văzut azvârlit de colo-colo ca o minge de volei nu era tocmai imaginea care să inspire încrederea pe care dorea s-o transmită. Și nimeni din personalul medical nu putea explica, spre satisfacția lui, ce anume o făcea pe Lila atât de diferită. Ciclul timusului ei se încheia la fiecare șapte zile, iar ochii îi arătau diferit, neavând nicio pată pe retină, așa cum aveau cei mai vechi din personal. Însă sensibilitatea ei la lumină era la fel de pronunțată, iar, din câte știa Suresh, virusul din sângele ei era la fel cu al lor. În cele din urmă, bărbatul renunțase, punând talentele ei pe seama faptului nu prea subtil cum că Lila era femeie – singura femeie din rândul lor, după cum fusese dorința lui Guilder.

Poate că asta e singura diferență, spusese Suresh. *Poate că ei o cred mama lor*.

Guilder deveni conştient că Wilkes îl privea. Despre ce vorbeau? Despre Lila? Nu, despre Texas. Dar Wilkes îi spusese că mai era ceva.

– Ceea ce mă duce la a doua chestiune.

Şi atunci îl informase Wilkes pe Guilder de bombardamentul din piaţă.

La naiba, la naiba, de trei ori la naiba!

– Ştiu, ştiu, făcu Wilkes, clătinând din cap într-un stil tipic lui. Nu e o întorsătură prea bună a situaţiei.

– E un singur om. Unul!

Faţa lui Guilder, tot corpul, de altfel, tremura de o furie îndreptăţită. Încă un râgâit îi veni până în gât. Voia răzbunare. Voia ca lucrurile să se aşeze naibii odată. Îl voia pe Sergio, oricine ar fi fost, cu capul tras într-o *ţeapă*.

– Avem oameni care lucrează la asta. Au fost contactaţi cei de la Resurse Umane şi am oferit porţii duble oricui vine cu o pistă solidă. Nu toată lumea de pe deal este la fel de fermecată.

– Şi poate să-mi explice cineva cum de se deplasează prin vale de parcă ar fi o afurisită de autostradă? Nu avem patrule? Nu avem puncte de control? Mă lămureşte cineva în privinţa acestui mic detaliu?

– Avem o teorie. Probele indică o organizaţie alcătuită clasic din celule. Grupări de câţiva indivizi care operează într-un cadru operaţional larg.

– Ştiu perfect ce înseamnă o celulă teroristă, Fred.

Şeful personalului făcu un gest stânjenit din mână.

– Nu spun decât că poate răspunsul nu e să căutăm un singur om. Noi ne confruntăm cu *ideea* de Sergio, nu cu Sergio însuşi. Dacă înţelegi ce zic.

Guilder înţelegea, şi nu era deloc un gând plăcut. Mai trecuse şi înainte prin asta, mai întâi în Irak şi Afganistan, apoi în Arabia Saudită, după lovitura de stat. Retezai capul, dar trupul tot nu murea; îi creştea pur şi simplu alt cap. Singura strategie utilă în astfel de cazuri era cea psihologică. Să ucizi trupul nu era suficient. Trebuia să-i omori spiritul.

– Câți avem în custodie?

Și mai multe hârtii. Guilder citi raportul complet. Potrivit martorilor, atacatorul din piață fusese o femeie, lucrătoare în agricultură, de vreo treizeci de ani. Nu pusese niciodată probleme; din toate punctele de vedere, era blândă ca un mieluşel, o calitate care, îngrijorătoare până la un anumit punct, se potrivea profilului celorlalți atacatori sinucigaşi. Nu avea familie, în afară de o soră; soțul și fiul îi muriseră acum șase ani, în urma unei infecții cu salmonela. Aparent, trecuse de punctul de control deghizată într-o uniformă de colab (cadavrul purtătorului original al uniformei fusese găsit într-un tomberon, cu gâtul tăiat și cu un braț retezat în chip misterios de la cot), deși nu se știa de unde făcuse rost de explozibil. Nu fusese raportată vreo cantitate lipsă de la armurerie ori de la depozitul cu materiale de construcții, însă inventarul complet nu se încheiase încă. Nouă dintre colegii ei de locuință, plus familia surorii, incluzându-i pe cei doi copii ai ei, fuseseră reținuți pentru interogatoriu.

– Nimeni nu pare să știe nimic, spuse Wilkes, făcând un gest expeditiv din mână. Cât timp Guilder citea, se așezase pe un scaun de cealaltă parte a biroului. În afară de sora ei, niciunul dintre ei nu a cunoscut-o prea bine. Am putea să forțăm nota, dar nu cred că o să aflăm vreo informație utilă. Oamenii ar fi ciripit dacă era ceva.

Guilder puse dosarul laolaltă cu celelalte. Râgâielile, care continuau nestingherite, îi lăsaseră pe pereții gurii un gust rău, de descompunere animală, nu cu mult diferit de răposata doamnă Wilkes. Lucru care, dacă era să judece după expresia abia stăpânită de dezgust olfactiv de pe chipul neted al tânărului său șef de personal, nu scăpase neobservat.

– Nu e nevoie, răspunse Guilder.

Wilkes se încruntă neîncrezător.

– Vrei să le dăm drumul? Nu cred că e o mișcare înțeleaptă. Măcar să-i mai ținem pe jar câteva zile. Îi mai zgâlțâim puțin, să vedem unde ajungem.

– Ai spus-o chiar tu că nu crezi că știu ceva, altfel ar fi vorbit până acum.

Guilder făcu o pauză, conștient de faptul că era pe punctul de a întrece limita. Cei treisprezece locuitori ai văii care se aflau în centrul de detenție erau, la urma urmelor, oameni, ființe omenești, cel mai probabil nevinovați. Mai mult decât atât, erau bunuri fizice tangibile într-o economie deficitară. Dar trebuiau luate în vedere dificultatea frustrantă întâmpinată în chestiunea cu Sergio, dezastrul din Texas și măreţele planuri ale lui Guilder, atât de dependente de timp și care erau în sfârșit pe cale să dea roade; stăpânit de nevoia fizică din ce în ce mai stringentă, un imperativ biologic de proporții, care, pe când îl privea pe Wilkes peste biroul de mahon exagerat de mare, creștea în el așa cum îmbobocește o floare într-un clip video pe repede înainte, nu stătu prea mult pe gânduri. Ajunse la limită, aruncă o privire rapidă și păși dincolo de ea.

– Din câte văd eu, spuse directorul Horace Guilder, a venit timpul să vindem chestia asta.

Guilder așteptă câteva minute după ce plecă Wilkes, înainte să-și înscenezee plecarea. Așa cum își amintise sieși de multe ori, mare parte din autoritatea lui se reducea la un simț al demnității în afișările publice și era mai bine pentru oameni să nu-l vadă într-o asemenea stare de agitație. Luă inelul cu chei de pe birou și ieși. Ciudat cât de repede îl copleșise foamea. De obicei, se instala de-a lungul mai multor zile, nu în doar câteva minute. De la baza cupolei, niște scări în spirală duceau la parter, pasajul fiind flancat de portretele în ulei ale diverșilor duci, generali, baroni și prinți ai regatului, o expoziție de chipuri cu maxilare proeminente, dezaprobatoare, în costume de epocă. (Măcar nu dăduse comandă să-i fie pictat și lui portretul, deși, la o adică, de ce nu?) Privi peste balustradă. La cincisprezece metri mai jos se vedeau siluetele mărunte ale detașamentului de ofițeri de securitate; membri ai conducerii, la costum de culoare închisă și cravată, umblând iute de colo-colo cu servietele de lucru și clipboardurile lor; ba și câțiva îngrijitori, plutind diafan de-a lungul podelelor lustruite din piatră în costumele lor ca de călugărițe, de parcă ar fi fost niște bărcuțe de hârtie. Wilkes se uita la el. Îl zări lângă ușa masivă de la intrare, împodobită cu motivele ei de prost-gust (un pumn strângând niște fire de grâu, un plug arând fericit solul rodnic al statului Iowa), șeful său de personal oprindu-se să discute cu doi de la conducere, miniștrii Hoppel și Chee. Guilder presupunea că Wilkes demarase deja ordinele de zi, grăbindu-le chiar, însă presupunerea îi fu dezmințită când Hoppel își lăsă capul pe spate, pocni din palme și scoase un hohot de râs care ricoșă în pereții de marmură ca un glonț tras într-un submarin. Guilder se întrebă ce naiba era atât de amuzant.

Se depărtă de balustradă și se duse la o a doua scară, mai convențională și mai puțin vizibilă, pe care numai el o folosea. De-acum, mațele îi ghiorăiau de-a dreptul. Se abținea cu greu să nu coboare câte trei trepte odată, lucru care, având în vedere starea în care se afla, s-ar fi sfârșit cel mai probabil cu o căzătură care i-ar fi rupt toate oasele. Și cu toate că s-ar fi vindecat în doar câteva ore, tot ar fi durut ca naiba. Ca un pocal din cristal care ar fi putut să-și verse conținutul, Guilder coborî atent câte o treaptă pe rând. Începuse să saliveze, o adevărată cascadă pe care trebuia s-o rețină în spatele dinților. Bavete pentru vampiri, se gândi el amuzat; asta i-ar aduce o groază de bani.

Ajunse în sfârșit la subsolul cu ușa lui masivă, ca de seif. Guilder scoase cheile din buzunarul sacoului. Cu mâinile tremurându-i de nerăbdare, introduse cheia în încuietoare, apăsă clanța grea și o împinse cu umărul.

Până când ajunse la jumătatea holului, se dezbrăcase deja până la talie și își scosese încălțările. Acum făcea chestia asta complet gol, un surfer călărind un val. Lăsă în urmă ușă după ușă. Guilder putea auzi strigătele înăbușite ale blestemaților venind de dincolo de ele, un sunet care nu-i mai stârnea de mult niciun dram de milă, asta dacă avusese așa ceva vreodată. Trecu de semnele de avertizare – ETER ÎN AER, NU DESCHIDEȚI, FOC – ajunse degrabă în camera frigorifică, coti după un ultim colț și evită la timp ciocnirea cu un laborant îmbrăcat în halat alb.

– Domnule Director Guilder! exclamă el. Nu știam că...

Însă nu apucă să-și termine fraza, că Guilder i-o reteză cu mai multă furie decât ar fi fost necesar, ridicându-și brațul stâng și lăsându-l în capul bărbatului cu toată greutatea, azvârlindu-l în perete.

Sânge voia el, dar nu orice fel de sânge. Și aici, era sânge și *sânge.*

Ajunse în dreptul ultimei uși și se opri brusc. Cu mâinile tremurânde, își dădu jos pantalonii, azvârlindu-i cât colo, după care băgă cheia în ușă și o deschise.

– Bună, Lawrence!

38

Dimineață, Jackie nu mai era.

Sara se trezi și văzu că patul femeii era gol. Cuprinsă de panică, traversă în fugă baraca, ocărându-se pentru faptul că dormise atât de adânc. Bătrâna din al doilea rând? A văzut-o cineva? Însă nimeni nu o văzuse, ori cel puțin asta răspundeau. Când se făcu prezența de dimineață, Sara remarcă doar o mică pauză atunci când ar fi trebuit strigat numărul lui Jackie. Pe prietena ei o înghițise pământul, pur și simplu. Era ca și cum nici nu existase vreodată.

Restul zilei trecu ca într-o ceață, mintea ei șovăind pe marginea fină dintre speranța deznădăjduită și disperarea totală. Probabil că nu era nimic de făcut. Oamenii mai dispăreau; era în firea lucrurilor. Dar Sara nu-și putea scoate din cap ideea că, dacă femeia ar fi fost încă în spital, dacă n-ar fi fost încă dusă la țarc, mai exista totuși o șansă. Însă cum era posibil ca Jackie să fie luată de sub nasul Sarei cu atâta ușurință? N-ar fi auzit nimic? Femeia n-ar fi opus rezistență? Ceva nu se lega, pur și simplu.

Atunci își dădu seama Sara. Nu auzise nimic pentru că nu fusese nimic de auzit. *Nu așa. Nu pentru mine.* Jackie plecase din baracă de bunăvoie.

O făcuse ca s-o protejeze pe Sara.

Nu se făcuse prânzul când Sara hotărâse deja ce avea de făcut. Vina era de neîndurat. N-ar fi trebuit să încerce s-o scoată pe Jackie din centrală, n-ar fi trebuit să se pună cu Sod. Nu reușise decât să facă din femeie o țintă vie. Minutele treceau cu rapiditate. Viralii din țarc mâncaseră imediat după apus; Sara văzuse camioanele. Marfare pline cu vaci mugind, dar și dube fără ferestre, folosite la mutatul prizonierilor de la centrul de detenție. Mereu era câte una parcată în spatele spitalului, un avertisment clar pentru oricine voia să țină seama de el.

Vale și Fluierătoarea erau colabii care supravegheau echipele de la măcinătoare. Cu Vale credea că ar fi scos-o la capăt, dar cu Fluierătoarea de serviciu Sara nu vedea cum ar fi putut să reușească. Nu putea să se gândească decât la o singură soluție. Întoarse coșul de nuiele, îl ridică de jos, făcu trei pași spre măcinătoare și se opri.

– Au! făcu Sara. Lăsă coșul să cadă și se prinse cu mâinile de stomac. Au! Au!

Se lăsă în genunchi, gemând. Pentru o clipă, crezu că demonstrația ei avea să rămână neobservată din cauza zgomotului măcinătoarelor. Își amplifică strigătele de durere, strângându-și picioarele la piept și chircindu-se toată.

– Sara, ce s-a întâmplat? Una dintre femei – Constance Chou – se lăsă pe vine lângă ea.

– Mă doare! Mă doare!

– Ridică-te sau o să te vadă!

O altă voce se auzi. Era a lui Vale.

– Ce se întâmplă aici?

Constance se dădu înapoi.

– Nu știu, domnule. S-a... prăbușit la pământ.

– Fisher? Ce-ai pățit?

Sara nu răspunse, ci continuă să geamă, legănându-se înainte și înapoi și mimând câteva spasme, ca să fie mai credibilă.

– Apendicele, bâgui ea.

– Ce-ai spus?

Își strânse fața într-o expresie de durere prefăcută.

– Cred... că e... apendicele.

Fluierătoarea își croi drum prin mulțime cu bastonul, dându-i la o parte pe gură-cască.

– Care-i problema cu ea?

Vale se scărpină în cap.

– Spune că are ceva la apendice.

– Voi la ce vă holbați? se răsti Fluierătoarea la oamenii din jur. Înapoi la treabă! Apoi, către Vale: Și ce ai de gând să faci cu ea?

– Fisher, poți să mergi?

– Te rog, gemu ea. Am nevoie de un doctor.

– Spune că are nevoie de un doctor, repetă Vale.

– Da, am auzit asta, Vale. Femeia scoase un oftat: În regulă, s-o scoatem de-aici.

O ajutară să meargă până la o camionetă parcată în spatele centralei și o întinseră pe spate. Sara continua să se legene și să geamă. Urmă o scurtă nelămurire: s-o ducă unul dintre ei sau să cheme un șofer?

– La naiba, o duc eu! spuse Fluierătoarea. La cum te știu pe tine, o să-ți ia toată ziua!

Drumul până la spital dură zece minute; Sara le folosi ca să ticluiască un plan. Nu se gândise decât cum să facă să ajungă la spital și s-o găsească pe Jackie înainte să fie luată în dubă. Acum se părea că nu avea de jucat decât două cărți bune. În primul rând, că nu era cu adevărat bolnavă; odată vindecată ca prin minune, părea puțin probabil să ducă o femeie perfect sănătoasă la țarc. În al doilea rând, era asistentă medicală. Sara nu știa cum să se folosească de acest avantaj – va trebui să improvizeze –, dar era posibil să facă uz de cunoștințele ei medicale ca să convingă persoana responsabilă că Jackie nu era atât de bolnavă pe cât părea.

Sau poate că acțiunea ei nici nu conta. Poate că, odată trecută de ușile spitalului, nici nu avea să mai iasă. Perspectiva aceasta, acum că se gândea mai bine, nu părea întru totul rea, oferindu-i astfel o a treia carte de jucat: când nu-i mai păsa dacă trăiește sau moare.

Fluierătoarea trase în dreptul intrării spitalului, se duse în spate la remorcă și lăsă în jos hayonul.

– Dă-te jos! Să mergem!

– Nu cred că pot să stau în picioare.

– Ei bine, o să trebuiască, pentru că eu nu te car în spate.

Sara se ridică. Soarele se ivise printre nori, scăldând scena în strălucirea lui rece. Spitalul era o clădire înaltă de trei etaje, din cărămidă, ce făcea parte dintr-un complex cu construcții joase din partea de sud a văii. La vreo douăzeci de metri se afla unul dintre cele trei sedii importante ale celor de la Resurse Umane. Doisprezece colabi păzeau intrarea, care era flancată de baricade din beton.

– Vorbesc singură?

Chiar vorbea singură; Sara nu o asculta. Era atentă la mașină, un Sedan micuț, în genul celor folosite de colabi ca să se deplaseze de la o baracă la alta. Se îndrepta cu viteză mare spre ele, stârnind în urma ei o dâră învolburată de praf. Sara se dădu jos din remorcă. În același timp, simți o siluetă venind iute din spate. Mașina continua să înainteze, fără să reducă din viteză. Era ceva ciudat la ea, și nu doar viteza nebună cu care se apropia. Geamurile erau fumurii, ascunzând identitatea șoferului; avea ceva scris pe capotă, niște litere strâmbe, făcute cu vopsea albă.

SERGIO TRĂIEȘTE

Pe măsură ce vehiculul gonea spre baricade, fu izbită din spate de cineva. În secunda doi, se trezi întinsă la pământ, cu trupul acoperit, în timp ce camioneta exploda cu o forță a exploziei și cu un val de presiune pe care nu o crezu că ar fi posibilă. Aerul îi țâșni afară din plămâni. Lucruri cădeau de sus. Lucruri zburau prin aer, prăbușindu-se ca niște meteoriți în jurul ei, lucruri grele, lucruri în flăcări. Un scârțâit metalic, o ploaie de cioburi. Lumea devenise zgomot, căldura și greutatea trupului de deasupra ei, după care urmă o tăcere bruscă și o răsuflare caldă îi învălui urechea, spunându-i:

– Vino cu mine! Fă exact ce-ți spun!

Sara se ridică în picioare. O femeie, una pe care n-o știa, o trăgea de mână, împotriva inerției propriei uimiri. Ceva i se întâmplase cu auzul, scăldând scena din jurul ei într-o fantezie lăptoasă.

Sediul era acum un crater fumegând. Camioneta nu mai era; zăcea răsturnată acolo unde era sau, mai bine zis, fusese intrarea spitalului. Sara simți ceva umed pe față și pe mâini. Sânge. Era plină de sânge. Și de o chestie lipicioasă, biologică, dar și de o pulbere fină, strălucitoare, care, își dădu seama, era alcătuită din fărâme de sticlă. Cât de uimitor, își spuse în sinea ei, cât de uimitor era totul, mai ales ce i se întâmplase Fluierătoarei! Cât de ciudat arăta un trup când nu mai era un întreg, ci mai multe părți omenești, împrăștiate peste tot, pe care reușeai totuși să le recunoști. Cine ar fi zis că atunci când cineva sărea în aer, așa cum era evident că se întâmplase, chiar asta făcea: sărea în aer.

Își dezlipi mai întâi privirea, apoi o luă din loc; femeia fugea, iar ea, pe jumătate alerga, pe jumătate se lăsa trasă, primind prin atingere din energia salvatoarei ei – Sara înțelese că femeia o protejase de explozie. În spatele lor, liniștea se transformase într-un cor de țipete și strigăte, un sunet straniu de muzical, iar femeia se opri în spatele unei clădiri care mai era încă în picioare (nu doar ce săriseră în aer toate clădirile din lume?) și se lăsă la pământ. În mână avea un fel de cârlig, și cu acest cârlig dădu la o parte capacul gurii de canal.

– Intră!

Iar Sara intră. Se lăsă în jos pe gaură, acolo unde o aștepta o scară. Mirosea urât. Mirosea a rahat, pentru că asta și era. Când picioarele Sarei atinseră fundul, bascheții ei umplându-se cu apa aceea oribilă, femeia întinse mâinile deasupra capului și puse la loc capacul cu un bufnet, învăluind-o pe Sara într-o beznă totală. Abia atunci realiză pe deplin faptul că fusese într-o explozie cu mulți morți și multă distrugere, în urma căreia, la probabil mai puțin de un minut, se lăsase întru totul pe mâna unei femei pe care nu o cunoștea, și că femeia aceasta o azvârlise într-un fel de inexistență: Sara, practic, dispăruse.

– Așteaptă!

Licărirea unei flăcărui albastre aprinzându-se: femeia ținea în mână o brichetă, pe care o apropie de capătul unei torțe. O strălucire puternică izbucni, luminându-i fața. Avea în jur de douăzeci de ani, un gât lung și ochi mici și negri, care scăpărau priviri intense. Era ceva cunoscut la ea, doar că Sara nu-și dădea seama ce anume.

– Gata cu vorba. Poți fugi?

Sara dădu din cap că da.

– Hai!

Femeia începu să înainteze cu pași mari de-a lungul conductei de canalizare, cu Sara pe urmele ei. Merseră așa o vreme. La fiecare dintre multele intersecții, femeia își alegea cu hotărâre calea. Sara începuse să-și evalueze rănile. Explozia nu fusese fără urmări. Simțea mai multe tipuri de durere, unele destul de ascuțite, altele mai mult ca o zvâcnire dispersată. Și totuși, niciuna nu era într-atât de puternică, încât s-o împiedice să țină pasul cu femeia asta. După o vreme, Sara își dădu seama că distanța pe care o parcurseseră trebuie să fi însemnat că lăsaseră cu mult în urmă granițele Patriei. Evadau! Erau libere! Un cerc de lumină apăru dinaintea lor: o ieșire. Dincolo de ea se întindea lumea – o lume periculoasă, o lume letală, unde Viralii mișunau nestingheriți, dar, chiar și așa, o lume care i se înfățișa dinainte ca o promisiune aurie, pe când păși în lumină.

– Îmi pare rău.

Femeia era în spatele ei. Cu o mână, o cuprinse pe Sara de talie, imobilizând-o; pe cealaltă, în care ținea o cârpă, i-o duse la față. Ce naiba? Dar înainte ca Sara să apuce să scoată un sunet măcar, cârpa îi acoperi gura și nasul, inundându-i simțurile cu un miros oribil și înăbușitor de chimicale, înțesându-i mintea cu o puzderie de stele; iar asta fu tot.

39

Lila Kyle. Numele ei era Lila Kyle.

Deși, firește, știa bine, chipul din oglindă avea și alte nume. Regina nebună. Maiestatea sa lunatică. Înălțimea sa Fără-țigle-pe-casă. O, da, Lila le auzise pe toate. Trebuia să te trezești devreme ca să ajungi la Lila Kyle. Le lăsa să-i treacă pe la ureche, cum spunea ea mereu (expresia tatălui ei), dar ce o enerva cu adevărat pe ea erau șoaptele. Oamenii șopteau întruna! De parcă ei erau adulții și ea copilul, de parcă ar fi fost o bombă care putea să explodeze în orice secundă. Ce ciudat! Ciudat și lipsit de respect, pentru că, în primul rând, nu era nebună, se înșelau amarnic în privința asta; în al doilea rând, chiar dacă ar fi fost, chiar dacă, de dragul discuției, ar fi apucat-o să umble goală și să urle la lună ca un câine (bietul Roscoe!), ce treabă aveau ei? Cât de nebună era sau nu era? (Deși, trebuia s-o recunoască, erau zile, zile grele, când propriile gânduri nu voiau să coopereze, întocmai ca o mână de frunze uscate pe care ea încerca să le strângă într-un sac.) Nu era *frumos*. Era mai mult decât de *prost-gust*. Să vorbești o persoană pe la spate, să faci asemenea insinuări răutăcioase – era ceva dincolo de limitele bunului-simț. Ce făcuse să merite o asemenea purtare? Era reținută, nu ceruse nimănui nimic, era tăcută ca un șoricel; era pe deplin mulțumită să stea în camera ei, printre lucrurile ei drăguțe, sticluțe, piepteni, perii și măsuța ei de toaletă, unde se afla acum – părea că era acolo de ceva vreme – pieptănându-și părul.

Părul ei. Întorcându-și atenția la chipul reflectat în oglindă, fu inundată de un val de caldă recunoaștere. Imaginea o lua de fiecare dată prin surprindere: tenul rozaliu, fără pori, strălucirea ca de rouă a ochilor, rotunjimile umede ale obrajilor, proporția delicată a trăsăturilor. Arăta... minunat! Și cel mai minunat dintre toate era părul. Cât de lucios era, cât de bogat la atingere, cât de plin în textura lui ca de melasă. Nu melasă: ciocolată. O nemaipomenită ciocolată neagră, dintr-un loc uimitor și special, Elveția, poate, sau una dintre acele țări de unde avea tatăl ei bomboanele pe care le ținea pe birou; dacă era cuminte, foarte cuminte, câteodată chiar fără un motiv anume, ci pur și simplu pentru că o iubea și voia ca ea să știe acest lucru, o chema în sanctuarul biroului său care emana masculinitate, acolo unde își scria lucrările importante, își citea cărțile de neatins sau își vedea de treburile misterioase de tată, ca să-i dăruiască simbolul dragostei sale. *Doar una, pentru moment*, îi spunea, unicitatea aceea amplificând caracterul special al ocaziei, fiindcă promitea că vizitele în biroul lui se vor repeta pe viitor. Cutia aurie, capacul care se ridica, un moment de suspans: mâna ei micuță șovăind deasupra acelei abundențe ca un înotător pe marginea piscinei, care-și calculează unghiul perfect al plonjeului. Erau cele cu ciocolată, cele cu alune și cele cu sirop de cireșe (singurele care nu-i plăceau și pe care le scuipa într-un șervețel). Dar cele mai bune erau cele simple, cu miez de ciocolată pură. La asta poftea ea. La dulceața aceea neprețuită, care ți se topea în gură, lăsându-ți gust de lapte, și pe care încerca s-o deosebească de suratele ei. Asta să fie? Asta?

– Yolanda!

Tăcere.

– Yolanda!

Într-o învălmășeală de fuste, de valuri și de materiale vaporoase, femeia dădea năvală în încăpere. Serios acum, se gândi Lila, ce era cu ținuta *aceea* ridicolă? De câte ori nu-i spusese Lila să se îmbrace mai practic?

– Yolanda, pe unde ai umblat? Te-am strigat de o sută de ori!

Femeia o privea pe Lila ca scoasă din minți. Dacă au ajuns până și la ea?

– Pe Yolanda, doamnă?

– Pe cine altcineva? Lila oftă cu exagerare. Femeia asta putea fi atât de grea de cap. Și engleza ei nu era prea bună. Aș vrea... să-ți cer ceva. Dacă vrei. *Por favor*.

– Da, doamnă. Desigur. Vreți să vă citesc?

– Să-mi citești?

Nu. Deși ideea devenise brusc atrăgătoare; ceva din Beatrix Potter ar fi fost tocmai bun să-i calmeze nervii. Peter Iepurașul în hăinuța lui albastră. Veverița Alunel și fratele ei Scăpărici. Cei doi intrau mereu în bucluc! Apoi își aminti.

– Ciocolată. Ai niște ciocolată?

Femeia părea complet pierdută. Poate că se apucase de băut.

– Ciocolată, doamnă?

– Poate niște bomboane rămase de la Halloween? Sunt sigură că mai avem ceva pe undeva. Orice. Hershey's Kisses. Almond Joy. Kit Kat. Mă mulțumesc cu orice.

– Ăă...

– *Sí*? Niște cio-co-LA-tă? Vezi în dulapul de deasupra chiuvetei!

– Îmi pare rău. Nu știu ce-mi cereți.

Acum chiar că se enervase. Femeia asta se prefăcea că nu știe ce e ciocolata!

– Nu văd care e problema, Yolanda. Trebuie să ți-o spun, atitudinea ta începe să mă cam deranjeze. Destul de mult, sincer.

– Vă rog, nu vă supărați. Dacă aș ști ce este, v-aș aduce bucuroasă. Poate știe Jenny.

– Vezi? Exact despre asta vorbeam.

Lila oftă din toți rărunchii. Păcat, dar chiar nu-i rămânea nimic altceva de făcut. Mai bine să o termine acum decât să tărăgăneze lucrurile.

– Mi-e teamă, Yolanda, că va trebui să te pun pe liber.

– Liber?

– Pe liber, da. *No màs*. Mi-e teamă că nu mai avem nevoie de serviciile tale.

Ochii femeii păreau că o să-i iasă de-a dreptul din orbite.

– Nu puteţi!

– Chiar îmi pare rău. Aş fi vrut să pot rezolva altfel lucrurile. Dar având în vedere circumstanţele, chiar nu-mi dai de ales.

Femeia se aruncă la picioarele Lilei.

– Vă rog! Fac orice!

– Yolanda, vino-ţi în fire!

– Vă implor! îi bolborosea femeia în poală. Ştiţi ce o să-mi facă? O să mă străduiesc mai mult, jur!

Lila se gândise c-o să primească prost vestea, însă această demonstraţie lipsită de demnitate era ceva cu totul neaşteptat. Era de-a dreptul stânjenitor. Nevoia de a-i oferi o mângâiere care s-o consoleze era puternică, însă Lila îi rezistă, de teamă să nu strice şi mai mult lucrurile, mâinile rămânându-i suspendate în chip ciudat în aer. Poate ar fi trebuit să aştepte până când se întorcea David acasă. El se pricepea mai bine la lucrurile de genul ăsta.

– O să-ţi dăm referinţe bune, desigur. Şi salariul pe două săptămâni. Nu e chiar aşa rău.

– E o condamnare la moarte!

Cuprinse genunchii Lilei de parcă ar fi fost un colac de salvare.

– O să mă trimită la beci!

– Asta n-ar fi nici pe departe o condamnare la moarte. Exagerezi.

Însă era prea târziu să mai faci apel la raţiunea femeii. Neputând să rostească vreun cuvânt prin torentul de suspine incontrolabile, încetase cu implorările, îmbibând fusta Lilei cu lacrimi şi muci. Lila nu se gândea decât la cum să iasă din situaţia asta cât mai repede posibil. Ura lucrurile de genul ăsta, pur şi simplu le ura.

– Ce se petrece aici?

Lila îşi ridică privirea spre silueta care stătea în prag, scoţând pe dată un suspin de uşurare.

– David. Mulţumesc lui Dumnezeu! Se pare că avem o situaţie delicată. Yolanda, ei bine, e puţin supărată. Am hotărât s-o pun pe liber.

– Iisuse, încă una? Care-i problema ta?

Asta nu-i stătea în fire lui David. Nu-i stătea în fire deloc.

– Ție ți-e ușor de zis, fiind plecat toată ziua și lăsându-mă pe mine singură în casă. Mă așteptam să mă susții.

– Vă rog, nu faceți asta! se văită Yolanda.

Lila făcu un gest cu mâinile care spunea ia-o-pe-femeia-asta-de-pe-mine.

– Mă ajuți puțin?

Lucru care nu se dovedi chiar atât de ușor. Când David (nu adevăratul David) se aplecă s-o ridice pe Yolanda (nu adevărata Yolanda) care încă suspina lângă genunchii Lilei, femeia își înteți strânsoarea și începu, de necrezut, să țipe. Ce scenă mai făcea! Pentru numele lui Dumnezeu, ai fi zis că să fii dat afară din slujba de menajeră *chiar* era o condamnare la moarte, după cum se purta! Trăgând-o cu putere de talie, David o smuci pe femeie și o ridică în aer. Ea începu să se zbată și să dea din mâini în brațele lui, agitându-se ca o nebună. Doar cu un efort supraomenesc reuși s-o țină. Un lucru era sigur în privința lui David: se ținea în formă.

– Îmi pare rău, Yolanda! îi strigă Lila, pe când el o ducea de-acolo. O să-ți trimit un cec prin poștă!

Ușa se trânti în urma lor. Lila scoase un oftat pe care abia atunci își dădu seama că-l ținuse în piept în tot acel timp. Ei bine, ce mai scenă! Cea mai neplăcută situație pe care a trebuit s-o îndure în viața ei. Yolanda lucrase ani buni pentru ei, de ce trebuia să se termine totul atât de urât? Îi lăsase Lilei un gust amar în gură. Deși, s-o recunoaștem, Yolanda nu fusese niciodată cea mai bună menajeră, iar în ultima vreme chiar se lăsase pe tânjeală. Probabil avea probleme personale. Lila nu fusese niciodată la femeie acasă; nu știa nimic despre ea. Cât de ciudat era asta? În toți acești ani, cu Yolanda venind și plecând, Lila simțea că n-o cunoaște deloc.

– Gata, s-a dus. Felicitări!

Lila, care-și reluase periatul părului, îl examină cu răceală pe David prin oglindă, bărbatul oprindu-se în pragul ușii ca să-și aranjeze cravata.

– Și de ce e asta vina mea? Doar ai văzut-o și tu. E scăpată cu totul de sub control.

– E a treia pe anul ăsta. Îngrijitoarele bune nu cresc în copaci.

Ea făcu o mişcare prelungă, voluptuoasă cu peria.

– Atunci sună la serviciu. Chiar nu e mare lucru, să ştii.

David nu mai spuse nimic, mulţumit, evident, să abandoneze subiectul. Se duse la divan, trase de genunchii pantalonilor şi se aşeză.

– Trebuie să vorbim.

– Nu vezi că am treabă? Nu au nevoie de tine la spital sau ceva?

– Nu lucrez la spital. Ţi-am mai spus de un milion de ori.

Îi spusese? Câteodată, gândurile ei erau ca nişte frunze uscate de toamnă, alteori nişte albine într-un borcan, chestii bâzâitoare care umblau de colo până colo.

– Ce s-a întâmplat în Texas, Lila?

– În Texas?

El oftă îmbufnat.

– Convoiul. Drumul Petrolului. Am crezut că instrucţiunile mele au fost clare.

– N-am nici cea mai vagă idee despre ce vorbeşti. N-am fost în Texas în viaţa mea. Se opri din pieptănat, întâlnind privirea lui David prin oglindă: Brad a urât dintotdeauna Texasul. Dar probabil că nu vrei să auzi nici despre asta.

Cuvintele ei, vedea bine, îşi atinseseră scopul. Să-l aducă în discuţie pe Brad era arma ei secretă. Deşi ştia că n-ar fi trebuit s-o facă, îi stârnea o plăcere perversă să vadă expresia de pe faţa lui David ori de câte ori îi pomenea numele – un bărbat care se dezumflă tot, ştiind că nu se putea compara cu celălalt.

– Nu cer multe de la tine. Dar încep să mă întreb dacă mai poţi controla chestiile astea.

– Ei bine, da. Bâz-bâz!

– Mă asculţi? Nu ne permitem alte eşecuri catastrofale ca ăsta. Nu acum, când suntem atât de aproape.

– Nu văd de ce eşti aşa de supărat. Şi, sinceră să fiu, nici nu-mi pasă, la cum vorbeşti cu mine.

– Fir-ar să fie, lasă *jos* peria aia odată!

Dar înainte s-apuce să facă asta, el i-o smulse din mână și o azvârli în colțul opus al camerei. Apoi, o prinse de păr, dându-i capul pe spate, și își apropie atât de mult fața de a ei, încât nici nu mai era o față, ci o chestie, o chestie monstruoasă și diformă, ca un limax, care o copleșea cu respirația ei putredă, bacteriană.

– M-am săturat de prostiile tale.

Scuipatul îi împroșca obrajii, îi intra în ochi, se avânta revoltător din gura lui în a ei. Dinții îi erau conturați de o substanță închisă la culoare, care îi făcea să pară înspăimântători. Sânge. Dinții îi erau mărginiți de sânge.

– De *şarada* asta a ta. De jocurile tale prostești.

– Te rog, îngăimă ea, mă doare!

– Chiar așa?

O trase și mai tare de păr. O durere înțepătoare îi săgetă scalpul.

– David, se rugă ea, lacrimile încețoșându-i vederea. Te implor. Gândește-te la consecințe!

Fața de limax replică furioasă:

– Nu sunt David! Sunt Horace! Mă cheamă Horace Guilder! O trase încă o dată: Spune-l!

– Nu știu! Nu știu! Sunt așa confuză!

– Spune-l! Spune-mi numele!

Era de la durere. Într-o învălmășeală ciclonică, își reveni în simțiri.

– Ești Horace! Te rog, oprește-te!

– Încă o dată! Pe tot!

– Horace Guilder! Ești Horace Guilder, Directorul Patriei!

Guilder îi dădu drumul și se îndepărtă. Ea rămase cu spatele peste măsuța de toaletă, tremurând și suspinând. Dacă s-ar putea întoarce. *Întoarce-te!* își spuse, ținând ochii strânși ca să-și ascundă groaza pe care o simțea față de bărbatul ăsta, față de acest Horace Guilder. *Lila, întoarce-te! Du-te înapoi!* Se cutremură de greața ce venea din acel loc atât de îndepărtat, că nu avea nume, un rău nu al trupului, ci al sufletului, miezul metafizic al sinelui ei fracturat, după care se trezi în genunchi, vomitând, cerșind după aer, înecându-se și scuipând sângele acela murdar pe care-l băuse chiar în acea dimineață.

– Bine, atunci, spuse Guilder, ștergându-și mâinile de sacou. Ca să fim înțeleși.

Lila nu spuse nimic. Atât de puternică era dorința de a dispărea de acolo, încât cuvintele nu i-ar fi venit nici dacă ar fi încercat.

– Ne așteaptă zile mari, Lila. Vreau să mă asigur c-o să-mi fii alături. Gata cu prostiile tale. Și, te rog, încearcă să nu mai concediezi și alte îngrijitoare. Fetele astea nu cresc în copaci.

Cu dosul palmei, își șterse scuipatul rânced de pe bărbia ei.

– Ai mai spus asta.

– Poftim?

– Am zis că ai mai spus asta.

Vocea nu părea deloc a ei.

– Că îngrijitoarele nu cresc în copaci.

– Chiar așa? Râse scurt: Așa e. Curios lucru, când stai să te gândești la asta. Cam așa ceva mi-ar trebui și mie, având în vedere cererea de hrană și restul. Sunt sigur că amicul tău Lawrence ar fi de acord cu mine. Îți spun eu, omul ăla *mănâncă*, nu glumă. Tăcu o clipă, savurând acest gând, după care o țintui din nou cu privirea:

– Acum du-te și te spală, Lila. Fără supărare, dar ai vomă în păr.

40

– Sara, mă auzi?

O voce venea plutind înspre ea. O voce și un chip, unul care i se părea cunoscut, dar nu știa de unde. Era un chip dintr-un vis, căci era sigură că visează: un vis tulburător, în care alerga, în jurul ei erau numai cadavre și bucăți omenești, iar totul era în flăcări.

– E încă amețită, spuse vocea. Părea că vine de la o depărtare de necuprins. De peste un continent. Un ocean. Părea că vine dintre stele. Cât ai folosit?

– Trei picături. Bine, poate patru.

– *Patru*? *Încercai* s-o omori?

– Eram pe grabă, bine? Mi-ai spus că n-o vrei conștientă. Ei bine, nu e conștientă.

Un oftat prelung.

– Adu-mi o găleată!

O găleată, se gândi Sara, de ce îi trebuia vocii o găleată? Ce treabă avea o găleată cu orice altceva? Dar nici nu-și termină bine gândul, că un val rece o izbi peste față, făcând-o să-și revină în simțiri. Se sufocă, se înecă, dădu speriată din mâini, nasul și gura pline de apă rece ca gheața.

– Ușurel, Sara!

Se ridică în capul oaselor; își simțea creierul alunecându-i prin țeastă, împăienjenindu-i vederea.

– Ah! gemu ea. Ah!

– Știu că ai o durere cumplită de cap, dar o să treacă. Respiră!

Clipi ca să-și scoată apa din ochi. Eustace?

Chiar el. Dinții din față nu-i mai avea, îi fuseseră retezați de la rădăcină; ochiul drept îi era tulbure de o albeață. Cu o mână noduroasă, îi întinse un pahar de metal.

– Mă bucur să te revăd, Sara. Pe Nina ai cunoscut-o deja. Salut-o și tu, Nina!

În spatele lui stătea femeia din conductă. Avea o pușcă la piept, peste care își ținea brațele încrucișate cu nonșalanță.

– Bună, Sara!

– Nu-ți face griji, îi spuse Eustace. Știu că ai o mulțime de întrebări. O să ajungem și acolo. Acum bea.

Sara luă paharul și bău apa pe nerăsuflate. Era uimitor de rece și avea un gust ușor metalic, ca și cum ar fi lins o bară de fier.

– Am crezut că ai...

– Murit? Eustace rânji, dezvelindu-și dinții distruși. Dintr-un anumit punct de vedere, toți de aici suntem morți. Nina, amintește-mi, cum ai murit?

– Cred că de pneumonie, domnule. Asta sau ceva greu a căzut peste mine. Nu-mi aduc aminte ce am trecut în acte.

Explozia, goana prin canal; își amintea totul acum. Sara bău până la ultima picătură și își luă o clipă de răgaz să privească în jur. Părea să fie într-un fel de buncăr, deși nu erau ferestre; dar ar fi zis că era undeva sub pământ, singura sursă de lumină din încăpere fiind niște torțe pâlpâitoare.

– Unde suntem?

– Undeva unde ochi-roșii nu ne pot găsi. Cu capul înclinat așa încât s-o poată vedea cu ochiul bun, se uită la ea într-un fel care adâncea și mai mult intensitatea privirii lui. Mai mult de atât nu-ți pot spune. Important este că ești în siguranță.

– Tu ești... Sergio?

Încă un zâmbet știrb.

– Sunt flatat că asta crezi despre mine. Dar nu. Nu există niciun Sergio. Nu așa cum îți închipui tu.

– Dar am crezut că...

– Asta și trebuia să crezi. Numele este prescurtarea de la „Insurgență". Nina, dacă nu mă înșel, a fost ideea ta, nu-i așa?

– Cred că da.

– Oamenii au nevoie de un nume. Ceva asupra căruia să-și îndrepte atenția, o față pe care s-o asocieze cu ideea. Asta este fața noastră. Sergio.

Se uită la femeie, care o privea cu răceală, apoi din nou la Eustace.

– Explozia. Tu ai provocat-o, nu?

Eustace încuviință din cap.

– Rapoartele noastre preliminare ne indică șaptesprezece colabi morți, inclusiv prietena ta, Fluierătoarea, și doi membri ai personalului, care veniseră în inspecție. Deloc rău pentru o zi de muncă. Dar nu asta e captura adevărată.

– Nu?

– Nu. Captura adevărată ești tu, Sara.

Eustace o privea și mai intens acum. Amândoi o făceau. Sara tremura de frig. Se schimbase ceva, o răsturnare a energiilor conversației; încearcă s-o descoasă. Puteau avea încredere în ea? Mai mult decât atât, ea putea avea încredere în ei?

– Asta e partea în care mă întrebi de ce.

Nevrând să divulge prea multe, Sara dădu din cap.

– Din această dimineață, Sara Fisher nu mai există. Sara Fisher, locuitorul din vale cu numărul 94801, a fost ucisă într-un atac sinucigaș cu bombă care a curmat viețile a nouăsprezece ofițeri de securitate din preaiubita noastră Patrie. Singura parte recognoscibilă care a rămas din Sara Fisher este, în mod convenabil, un braț, cu plăcuța ta pe el. Acesta a fost găsit de o femeie colab, care, cu nici douăzeci și patru de ore în urmă, l-a folosit ca să bată femeile și copiii de la lăptării. Ne-am gândit că, având în vedere circumstanțele, ar putea servi la scopuri mai bune, cu toate că nu au părut să fie de acord. S-au cam opus ceva, nu-i așa, Nina?

– Femeia era bătăioasă, trebuie s-o recunosc.

El își întoarse privirea spre Sara.

– Citesc pe fața ta că metodele noastre te șochează. N-ar trebui.

Totul se petrecea mult prea repede.

– Omorâți oameni. Și nu doar colabi. Ci și trecători nevinovați.

Eustace dădu din cap cu indiferență. Expresia de pe fața lui era impenetrabilă, aproape lipsită de emoție.

– Adevărat, mai puțini decât te-ar lăsa să crezi gloriosul nostru director, dar lucrurile de genul ăsta au întotdeauna un preț.

Ea fu oripilată de tonul lui nonșalant.

– Asta nu e o scuză.

– O, ba cred că e. Dă-mi voie să te întreb ceva. Ce crezi că o să facă ochi-roșii după atacul de azi?

Sara nu răspunse.

– În regulă, îți spun eu. O să se răzbune. În stil mare. Și n-o să fie deloc frumos.

Sara se uită la Eustace, apoi la Nina, apoi din nou la Eustace.

– Dar de ce ai vrea asta?

Eustace oftă prelung.

– O să-ți explic în termeni cât mai simpli, Sara. Suntem în război. Nimic mai mult sau mai puțin. Iar în războiul ăsta suntem foarte depășiți numeric. Am reușit să ne infiltrăm în aproape fiecare nivel al operațiunilor lor, doar că cifrele sunt încă tot de partea lor. N-am putea să-i învingem niciodată în confruntare directă. Teatrul nostru de operațiuni este psihologic. Îi zgândărim de sus. Îi atragem afară. Oricine este aruncat în detenție este tatăl cuiva, soția cuiva, fiul sau fiica cuiva. Pentru fiecare persoană pe care ochi-roșii o trimit în țarc, nouă ni se alătură alte două. Poate că pare brutal. Și este. Făcu o pauză, lăsând cuvintele să-și facă efectul: Poate că pentru tine n-are nicio noimă. Dar o să aibă, cât de curând, asta dacă bănuiala mea despre tine e corectă. În orice caz, consecința atacului din această după-amiază este că nu mai exiști. Ceea ce te face extrem de prețioasă pentru noi.

– Îmi spui că ai plănuit asta?

El ridică din umeri într-o manieră care sugera că întrebarea era mai complexă decât ar fi crezut ea.

– Sunt planuri și planuri. Multe dintre acțiunile noastre depind de sincronizare și de noroc. Dar, în cazul tău, ne-am gândit mult cum să facem să te obținem. Te urmărim de ceva vreme, așteptând momentul potrivit. Jackie a fost cea care a pus piesele cap la cap și ne-a dat undă verde. Episodul de la centrala biodiesel a fost înscenat, la fel ca brusca ei dispariție de noaptea trecută. Știa că o să te duci s-o cauți la spital. Sincer, mi s-a părut totul puțin cam prea complicat, și am avut îndoielile mele, dar încrederea ei în tine a câștigat în cele din urmă. Și mă bucur să recunosc că a avut dreptate.

Mintea Sarei înota într-o mare de neîncredere. Nu înota, se îneca.

– Jackie este... cu voi?

Eustace dădu din cap că da.

– A fost cu noi de la bun început, agent operativ senior. Nu-ți pot spune câte atacuri a pus la cale. Ultima ei misiune a fost să te aducă pe tine.

Sara încercă, dar nu reuși să-și găsească cuvintele. Pur și simplu nu putea asocia femeia descrisă de Eustace cu aceea pe care o știa ea. Jackie? Membră a Insurgenței? Sara abia dacă a scăpat-o din ochi pe bătrână pentru mai bine de un an. Dormiseră la câțiva metri una de cealaltă, lucraseră cot la cot; luaseră fiecare masă împreună. Împărtășiseră totul. Nu avea niciun sens; nu era posibil. După care:

– Ce vrei să spui prin „ultima"?

Ceva se schimbase în aer.

– Îmi pare rău, spuse el. Jackie a murit.

Cuvintele lui o izbiră din plin.

– Nu se poate!

– Mi-e teamă că e adevărat. Știu că țineai mult la ea.

– Dar nu-i transferă pe oameni de la spital decât după ce se întunecă! Am văzut duba! Trebuie s-o recuperăm!

– Ascultă-mă...

– Mai avem încă timp! Trebuie să facem ceva!

Își mută privirea asupra Ninei, care stătea impasibilă lângă ușă, cu brațele încrucișate peste pușcă, și înapoi la Eustace.

– De ce nu faceţi ceva?

– Pentru că e prea târziu, Sara. Expresia de pe chipul lui se îmblânzi. Jackie nu a fost niciodată la spital. Asta încerc să-ţi spun. Jackie a fost şoferul maşinii.

Simţi cum i se sfâşie inima. Asta era senzaţia, de ceva care se rupe înăuntrul ei. Că se destramă şi ultimul fir care o ţinea legată de viaţă. Plutea, plutea departe.

– Ştia cât era de bolnavă. N-ar mai fi avut decât câteva luni de trăit, cel mult, înainte să fie trimisă în ţarc. Eustace veni mai aproape: Aşa a vrut ea. Clipa supremă care să-i încoroneze cariera glorioasă. Nici n-a vrut să audă de altceva.

– A murit, spuse Sara mai mult pentru sine.

– A făcut ce trebuia să facă. Jackie a salvat Insurgenţa. Şi acum iată-te aici, gata să-i iei locul.

Nici nu mai putea plânge. Se întrebă de ce, după care îşi dădu seama: îşi plânsese deja ultimele lacrimi; nu-i mai rămăsese niciuna. Ce ciudat, să nu poţi plânge. Să ţii la cineva cum ţinuse ea la Jackie şi să nu găseşti nicio fărâmă de tristeţe în suflet.

– De ce eu?

– Pentru că îi urăşti, Sara. Îi urăşti şi nu te temi de ei. Am văzut acest lucru în ziua aceea, din camion. Îţi aduci aminte?

Sara încuviinţă din cap.

– Sunt două feluri de ură. Una îţi dă putere, cealaltă ţi-o ia. A ta e din prima categorie. Mereu am ştiut asta despre tine. Şi Jackie a ştiut-o.

Era adevărat; îi ura. Îi ura pentru privirile lor libidinoase, pentru cruzimea pe care o afişau cu atâta uşurinţă râzând. Îi ura pentru terciul lor apos şi duşurile reci ca gheaţa; îi ura pentru minciunile pe care o puneau să le strige în gura mare; îi ura pentru bătăile pe care le aplicau şi pentru feţele lor încrezute. Îi ura până la os, până la sânge, cu fiecare celulă din corp; nervii îi erau aprinşi de ură, plămânii inspirau şi respirau ură, inima îi pompa un elixir din ură pură prin vene. Era vie datorită urii şi îi ura, mai mult decât orice, pentru că îi luaseră fiica.

Deveni conștientă de faptul că Eustace și Nina îi așteptau răspunsul. Înțelese că tot ce făcuseră și spuseseră fusese anume pentru acest scop. Pas cu pas, o conduseseră până pe marginea prăpastiei. Odată ce-ar fi trecut de cealaltă parte, n-ar mai fi fost aceeași.

– Ce vreți să fac eu?

Partea a VII-a

PROSCRISUL

„Ca și muștele în mâinile copiilor zburdalnici,
suntem noi în mâna zeilor:
ne ucid jucându-se.“[1]

SHAKESPEARE, *Regele Lear*

[1] În traducerea Mărgăritei Miller-Vergi, 1911.

41

Cei trei fură salvați în după-amiaza următoare de o patrulă a celor de la SN, trimisă în căutarea lor atunci când autocisternele nu mai ajunseră la Kerrville. De-acum, Peter, Michael și Lore ieșiseră din cutie și se întorseseră la scena atacului. Explozia lăsase în urmă un crater uriaș, de cel puțin cincizeci de metri; o grămadă de resturi contorsionate erau împrăștiate pe câmpurile din apropiere. Un fum uleios se ridica din bălțile de petrol care încă ardeau, îmbâcsind un cer și așa plin cu prădători înaripați. Cadavrele, ajunse niște cruste înnegrite, se amestecau printre dărâmături. Era cu neputință să spui dacă vreuna dintre acele rămășițe odioase aparțineau atacatorilor. Tot ce rămăsese din camionul misterios și lucitor erau câteva plăci de metal galvanizat care nu demonstrau nimic.

Michael era terminat. Rănile lui fizice – un umăr dislocat pe care și-l pusese la loc izbindu-l de peretele cutiei, o gleznă scrântită, o tăietură deasupra urechii stângi care avea nevoie de copci – erau o nimica toată. Unsprezece petroliști și zece ofițeri ai securității: bărbați și femei alături de care Michael trăise și lucrase. El fusese responsabil, în el se încrezuseră. Iar acum erau morți.

– De ce crezi că a făcut-o? întrebă Peter.

Vorbea de Ceps; în timpul lungii lor nopți petrecute în cutie, Michael îi spusese lui Peter ce văzuse în oglinda laterală. Cei doi stăteau așezați pe malul râului; Lore se dusese mai în amonte. Peter o vedea stând pe vine lângă apă, umerii cutremurându-i-se de lacrimile pe care nu voia ca ei să le vadă.

– Bănuiesc că nu a văzut altă cale, răspunse Michael, uitându-se în sus cu ochi mijiți la păsările care dădeau târcoale, cu toate că nu părea să fie atent la ceva anume. Tu nu l-ai cunoscut cum l-am cunoscut eu. Era mai mult decât părea la prima vedere. Nu ar fi permis în niciun caz să fie luat. Îmi doresc numai să fi avut și eu curajul să fac același lucru.

Peter putea vedea durerea și îndoiala de pe chipul prietenului său: rușinea de a fi supraviețuit. Cunoscuse și el sentimentul. Nu te mai părăsea niciodată.

– Nu a fost vina ta, Michael. Dacă e cineva de vină, atunci eu sunt acela.

Dacă vorbele lui aduseseră vreo alinare, Peter n-ar fi putut să spună.

– Cine crezi că erau oamenii ăia? întrebă Michael.

– Aș vrea să știu.

– Ce naiba, Peter? Un camion plin cu Virali? De parcă ar fi fost niște animale de companie! Și femeia?

– Nici eu nu pricep.

– Dacă ar fi vrut petrolul, ar fi putut să-l ia pur și simplu.

– Nu cred că asta voiau de fapt.

– Mda, nici eu. Trupul îi fu scuturat de un val de furie. Un lucru e sigur: dacă o să-i găsesc vreodată pe oamenii ăia, o să-i fac să sufere.

Își petrecură noaptea împreună cu echipa de căutare într-o cutie la est de San Antonio și ajunseră în Kerrville a doua zi de dimineață. Odată intrați în oraș, fură împărțiți pe mai multe lanțuri de comandă: Peter la Sediul Diviziei, Michael și Lore la Oficiul Autorității Naționale, care administra toate proprietățile de dincolo de ziduri, inclusiv complexul petrolier Freeport. Lui Peter i se dădu răgaz să se spele înainte de interogatoriu. Era mijlocul zilei, cazarma fiind aproape goală. Rămase multă vreme sub duș, urmărind cu privirea mizeria unsuroasă care se scurgea la picioarele lui. Se cunoștea destul de bine încât să știe că impactul emoțional al evenimentelor nu trecuse încă. Nu își dăduse niciodată seama dacă asta era slăbiciunea sau puterea lui. Știa că o să aibă necazuri, dar acest lucru părea insignifiant. Mai mult decât atât, îi părea rău de Michael și de Lore.

Îmbrăcă cea mai curată salopetă și se duse la comandament, un fost complex de birouri, aflat în vecinătatea primăriei. Când intră în sala de conferințe, fu uimit să vadă un chip cunoscut: Gunnar Apgar. Însă, dacă se așteptase la vreo vorbă de încurajare din partea bărbatului, deveni cât de repede evident faptul că nu avea să primească niciuna. Când Peter își recăpătă concentrarea, colonelul îl săgetă cu o privire de gheață, înainte să-și întoarcă atenția asupra foilor de pe masa lungă, întinse dinaintea lui – fără îndoială, raportul patrulei SN.

Însă cel de-al doilea bărbat îl făcu pe Peter să cadă și mai mult pe gânduri. În dreapta lui Apgar se găsea silueta impunătoare a lui Abram Fleet, generalul Armatei. Peter nu-l văzuse decât o singură dată; se obișnuia ca generalul să fie de față la depunerea jurământului fiecărui expediționar. Nu era nimic demn de remarcat la înfățișarea generalului – totul la persoana lui era de o banalitate fizică aproape desăvârșită – și totuși, era cine era, un bărbat a cărui prezență schimba atmosfera dintr-o încăpere, care părea să facă moleculele din aer să vibreze la o altă frecvență. Peter nu recunoscu a treia persoană care stătea la masă, un civil cu o bărbuță sură și cu părul scurt ca un lan de grâu proaspăt secerat.

– Ia un loc, locotenente! spuse generalul. Să punem lucrurile la punct. Îl știi pe colonelul Apgar. Domnul Chase se află aici din partea personalului președintelui. El îți va servi drept ochi și urechi în această – păru să caute exprimarea potrivită – nefericită întorsătură a situației.

Pentru mai bine de două ore, Peter fu asaltat de întrebări. Generalul vorbea cel mai mult, urmat de Chase; Apgar rămase în mare parte tăcut, din când în când făcând câte o însemnare ori cerând o lămurire. Cursul discuției era îngrijorător de categoric, ca și cum încercau să-l facă pe Peter să se contrazică singur. Părea să se sugereze că această poveste era o mușamalizare a dezastrului de care omul se făcea responsabil și pentru care Peter, unul dintre cei trei supraviețuitori, inclusiv petrolistul din fruntea convoiului, era de vină. Totuși, pe parcursul interogatoriului, începu să considere această suspiciune drept neîntemeiată, un paravan pentru o preocupare de natură mai profundă. Se întorceau iar și iar la chestiunea femeii. Ce purta, ce spusese, cum arăta? Era ceva ciudat la înfățișarea ei? La toate aceste întrebări repetate, Peter le relatase ordinea evenimentelor pe cât de exact putu. Femeia purta o mantie. Era deosebit de frumoasă. Spusese: *Ești obosit. Știm unde ești. E doar o chestiune de timp.* Noi? repetă generalul întrebarea? Care noi? *Nu știu.* Nu știi pentru că nu-ți aduci aminte? *Nu, sunt sigur. Nu a mai spus nimic altceva.* Apoi o luau iar de la capăt, până când Peter începu să se îndoiască de propria relatare. Când se termină – interogatoriul se încheiase brusc, în ton cu intimidarea verbală – se simțea epuizat nu numai emoțional, ci și fizic.

– Te avertizez, locotenente, conchise generalul. Nu discuți cu nimeni despre cele întâmplate pe Drumul Petrolului și nici despre cele vorbite în această seară. Asta îi include atât pe supraviețuitorii convoiului, cât și pe membrii echipei de căutare care v-au recuperat. Hotărârea acestui consiliu este să spunem oficial că, din motive necunoscute, una dintre autocisterne a explodat, distrugând convoiul și podul din San Marco. Ne-am înțeles?

Așadar, adevărul. Ce se întâmplase pe Drumului Petrolului nu era întreaga poveste; era doar o piesă dintr-un puzzle mai mare pe care cei trei bărbați încercau să le așeze la locul lor. Peter aruncă o privire spre Apgar, pe al cărui chip nu se citea decât neutralitatea impusă a cuiva care urmează ordinele superiorului său.

– Da, domnule General.

Fleet făcu o pauză, continuând pe un ton mai precaut:

– O ultimă chestiune, Jaxon, pe care trebuie s-o tratezi cu aceeași discreție. Se pare că prietenul tău, Lucius Greer, a scăpat din detenție.

Pentru o clipă, Peter avu impresia că nu-l auzise bine pe general.

– Domnule? Își mută privirea la ceilalți. Cum a...?

– Nu asta ne interesează. Dar se pare că a avut un ajutor. În noaptea când a dispărut Greer, una dintre surori a plecat de la orfelinat și nu s-a mai întors. Un ofițer de securitate de la detașamentul de pază din vest a raportat că a văzut doi oameni călare pe la orele trei. Un bărbat – Greer, evident – și o adolescentă, îmbrăcată cu tunica Ordinului.

– Vorbiți despre... Amy?

– Așa se pare. Fleet se apleacă peste masă: Greer nu este prioritatea mea. E doar un evadat și ne vom ocupa de el. Dar cu Amy este altceva. Deși am privit întotdeauna cu scepticism ce mi-ai spus despre ea, rămâne fără îndoială o achiziție prețioasă din punct de vedere militar. Fleet îl privea acum intens pe Peter: Știm că i-ai vizitat pe amândoi înainte să pleci la rafinărie. Dacă ai ceva să ne spui, îți sugerez s-o faci acum.

Lui Peter îi luă o secundă să priceapă înțelesul întrebării.

– Credeți că am știut despre asta?

– Ai știut, locotenente?

Mintea lui Peter se lupta cu trei idei simultan. Amy îl scosese pe Lucius din închisoare; cei doi plecaseră din oraș, având o destinație necunoscută; generalul îl suspecta pe el ca fiindu-le complice. Oricare dintre acești trei bărbați ar fi fost suficient să-l lase lat; împreună, aveau efectul de a-l face să-și concentreze gândurile pe problema imediată de a se apăra. Iar undeva, într-un cotlon al minții, se năștea o nouă întrebare: ce legătură avea dispariția lui Amy cu femeia de pe Drumul Petrolului? Mai mult ca sigur că cei trei bărbați se întrebau și ei același lucru.

– În niciun caz, domnule general. Nu mi-au spus absolut nimic.

– Ești sigur? E nevoie să-ți amintesc că tot ce spui se consemnează drept declarație oficială.

– Da, sunt sigur. Sunt la fel de uimit ca dumneavoastră.

– Și nu ai idee unde ar putea fi?

– Aș fi vrut să am.

Fleet îl mai privi o clipă pe Peter, cu chipul lui impenetrabil. Apoi se uită la Chase și încuviință din cap.

– Foarte bine, Jaxon. Te cred pe cuvânt. Colonelul Apgar mi-a transmis dorința ta de a fi relocat la fortul Vorhees cât mai repede posibil. Sunt înclinat să-ți aprob cererea. Prezintă-te la ofițerul de serviciu de la autobază, iar el îți va opri un loc în următorul transport.

Brusc, ăsta era ultimul lucru pe care și-l dorea Peter. Intențiile generalului erau cât se poate de clare: îl izgoneau pe Peter ca să fie siguri că nu scoate o vorbă.

– Dacă se poate, domnule, aș vrea să mă întorc la rafinărie.

– Asta nu e o opțiune, locotenente. Ai primit ordine.

Îi veni o idee.

– Dacă îmi permiteți să vorbesc liber, domnule.

Fleet oftă din greu.

– Din ce văd eu, asta faci oricum, locotenente. Așa că mai bine spune ce ai de spus.

– Cum rămâne cu Martínez?

– Ce-i cu el?

Apgar întâlni scurt privirea lui Peter. *Ai grijă!*

– Cuvintele bărbatului din peșteră au fost: „Ne-a părăsit."

– Știu asta, Jaxon. Am citit raportul. Unde bați?

– Nu era unde ar fi trebuit să fie. Poate că Greer și Amy s-au dus să-l caute. Se uită la fiecare dintre cei trei bărbați pe rând, apoi: Poate că știu ei unde este.

O clipă încremenită în timp, apoi Fleet spuse:

– O idee interesantă, locotenente. Altceva?

Și, uite, așa, ideea lui fusese dată deoparte. Sau poate că nu. Oricum, Peter simți că vorbele lui își atinseseră scopul.

– Nu, domnule.

Generalul îi aruncă un avertisment din priviri:

– Repet, nu discuți aceste chestiuni cu nimeni. Nu cred că ți-am spus, dar o indiscreție din partea ta nu va fi deloc privită cu ochi buni. Ești liber să pleci, locotenente.

– Îmi pare rău, sora Peg este plecată astăzi.

Sora Peg nu pleca niciodată. Postura defensivă a femeii din ușă era cât se poate de clară: Peter nu avea să treacă de ea.

– Îi puteți spune măcar lui Caleb că am trecut pe aici?

– Desigur, domnule locotenent.

Ea își luă iute privirea de la el, ca atunci când cineva devine brusc conștient de faptul că este observat.

– Acum, dacă mă scuzați...

Peter se întoarse la cazarmă și își petrecu după-amiaza agitată întins în pat, cu ochii pironiți în tavan. Transportul lui urma să plece a doua zi de dimineață, la ora 6; n-avea nicio îndoială că o plecare atât de bruscă făcea parte din plan. Oamenii veneau și plecau, făcând zgomot prin cameră cu cizmele lor grele, și totuși conștiința lui abia dacă le remarca prezența. Amy și Greer – unde s-ar fi putut duce? Și de ce tocmai ei doi? Cum ar fi putut ea să-l scoată din închisoare și cum reușiseră să treacă de paznicii de la poartă? Își cercetă memoria după ceva ce spuseseră sau făcuseră care să indice plănuirea unei astfel de evadări. Singurul lucru la care se putu gândi fu pacea interioară stranie pe care o emana maiorul – ca și cum pereții cuștii lui erau neimportanți, substanța lor iluzorie. Cum se putea una ca asta?

Era un mister, ca tot ce se întâmplase în ultimele treizeci de zile. Întreaga chestiune îi lăsa impresia unor siluete rătăcind de colo-colo în spatele unei bariere de ceață densă.

Pe măsură ce orele goale se scurgeau, gândurile lui Peter se întoarseră la seara petrecută în compania surorilor: la timpul petrecut cu Caleb, la istețimea și energia tinerească a băiatului; la bucuria de pe chipul lui Amy atunci când, întorcându-se cu fața de la cuptor, îl văzuse stând în ușă; la clipa de tăcere pe care o împărtășiseră la plecarea lui, mâinile lor atingându-se în spațiu. Gestul se simțise întru totul natural, un reflex involuntar, care nu întâmpinase nicio șovăire, nicio rezistență; părea că venise atât dintr-o fântână adâncă dinăuntrul lui, cât și de undeva de departe, întocmai ca forțele care împing înainte valurile la care îi plăcea atât să se uite, arcuindu-se și spărgându-se de țărm. Dintre toate întâmplările din ultimele zile, clipa când rămăseseră în prag îi era cea mai vie în amintire, așa că închise ochii și o derulă în minte iar și iar. Căldura obrazului ei pe pieptul lui, forța aprinsă a îmbrățișării ei;

felul în care Amy se uitase la mâinile lor împreunate. *Îți aduci aminte când te-am sărutat?* Încă își repeta cuvintele acestea în minte când îl fură somnul.

Se trezi în beznă; gura îi era uscată și simțea gust de rumeguș. Se miră că dormise atât; se miră că dormise, în primul rând. Ridicându-se să-și ia plosca de pe podea, observă o siluetă stând pe patul de lângă.

– Domnule colonel?

Apgar stătea cu fața spre el, cu picioarele pe podea și cu mâinile pe genunchi. Trase prelung aer în piept înainte să vorbească. Peter înțelese că prezența omului fusese cea care îl trezise.

– Ascultă, Jaxon. Nu-mi convine ce s-a întâmplat astăzi aici. Așa că ce urmează să-ți spun rămâne între noi, bine?

Peter încuviință din cap.

– Femeia pe care ai descris-o a mai fost văzută o dată, acum câțiva ani. Nu am văzut-o cu ochii mei, dar au făcut-o alții. Ai auzit de Masacrul de pe Câmp?

Peter se încruntă.

– Ați fost acolo?

– Eram doar un copil, aveam șaisprezece ani. Nu obișnuiesc să vorbesc despre asta. Niciunul dintre noi n-o face. Mi-am pierdut părinții și sora. Mama și tata au fost uciși pe loc, dar cu sora mea n-am știut niciodată ce s-a întâmplat. Presupun că a fost luată. Și până în ziua de azi am coșmaruri. Avea patru ani.

Apgar nu-i mai spusese niciodată lui Peter ceva atât de personal; de fapt, nu-i spusese nimic personal vreodată.

– Îmi pare rău, domnule colonel.

Suferința amintirii și efortul de a o relata se citeau limpede pe chipul bărbatului.

– Ei, a fost acum multă vreme. Îți accept condoleanțele, dar nu de asta am venit, iar acum îmi pun pielea la bătaie pentru ce îți spun. Dacă află Fleet, o să mă trimită dinaintea comisiei. Sau în țarc.

– Aveți cuvântul meu, domnule.

Apgar făcu o pauză, apoi continuă:

– Douăzeci și opt de suflete au pierit în ziua aceea. Dintre ei, șaisprezece, printre care și sora mea, nu au fost găsiți. Toată lumea știa de eclipsă. Ce nu știau era că Viralii se ascundeau în cutii, ca și cum ar fi știut dinainte că venim. Chiar înainte de atac, un tânăr ofițer de securitate a raportat că a văzut din turn un camion mare, întocmai ca acela descris de tine, așteptând chiar dincolo de linia copacilor. Înțelegi unde bat?

– Spuneți că e vorba de aceiași oameni.

Apgar încuviință din cap.

– Doi bărbați au văzut-o pe femeie. Primul a fost ofițerul de securitate de care am pomenit. Al doilea era un lucrător pe câmp, șeful Complexului Agricol din Nord. Și-a pierdut și soția, și cele două fiice în acea zi. Numele lui era Curtis Vorhees.

Încă o surpriză.

– *Generalul* Vorhees?

– Mă gândeam eu c-o să ți se pară interesant, mai ales având în vedere prietenia lui cu Greer. Vorhees s-a înrolat imediat după masacru. Jumătate din conducerea Forțelor Expediționare Secunde provine din cei înscriși în acea zi. Nate Crukshank era celălalt ofițer de securitate din turn. Sunt sigur că recunoști numele. Știai că a fost cumnatul lui Vorhees?

Crukshank fusese ofițerul comandant la Roswell. Brusca aliniere a jucătorilor începea să pună piesele cap la cap. Peter își aminti de zilele petrecute cu Greer și Vorhees la garnizoana din Colorado – prietenia caldă, simplă a celor doi bărbați, teancul de schițe în cărbune pe care Greer i le arătase după moartea generalului. Vorhees desenase aceeași imagine la nesfârșit: o femeie și două fetițe.

– Cum rămâne cu primul ofițer? El cine era?

– Ei bine, e un nume pe care îl știe toată lumea: Tifty Lamont.

Asta nu avea nicio logică.

– Tifty Lamont era ofițer de securitate?

– O, era mai mult decât atât. Îi datorez viața omului ăstuia de mai multe ori și nu sunt singurul. După masacru, s-a înscris și el în Forțele Expediționare Secunde, ca lunetist observator, poate cel mai bun din câți au existat vreodată. A fost făcut căpitan înainte să fie dat afară. Vorhees, Crukshank și Tifty se cunosc de mult. Nu le știu povestea, dar sigur există una.

Tifty Lamont ca membru al Forțelor Expediționare, ba chiar ofițer de securitate. Dintre toate lucrurile pe care le auzise Peter despre el, informația asta părea că nu se potrivește deloc.

– Deci, ce s-a întâmplat cu el?

– Cu Tifty?

– Omul e un proscris.

Pe chipul lui Apgar apăru o expresie nouă.

– Nu știu, locotenente. Va trebui să-l întrebi. Asta, dacă dai de el. Dacă, să zicem, ai cunoaște pe cineva care cunoaște pe cineva.

Se așternu o tăcere, care durã o vreme. Apgar se uită la el ca și cum aștepta ceva. După care:

– Câți oameni spuneai că erau în Colonia asta a ta din California?

– Nouăzeci și doi.

– Nouăzeci și două de suflete, pierdute fără urmă. Destul de intrigant, dacă mă întrebi pe mine. Nu prea se încadrează în modul de operare tipic al unui atac al Viralilor. Pune-i la socoteală și pe cei șaizeci și doi de la Roswell și obții aproape două sute de oameni care practic au dispărut în neant. Iar acum Amy iese din peisaj, tocmai când femeia aceea își face din nou apariția și reușește să ne taie rezerva de petrol. Aș înțelege de ce atâta tevatură. Cu atât mai mult, dacă iei în calcul și faptul că singurul care a văzut-o pe femeia asta și a rămas în viață este... ce termen ai folosit tu?

– Proscris.

– Exact. *Persona non grata*. O situație cel puțin delicată din punct de vedere politic. Pe de-o parte, ai armata, care nu vrea să aibă nimic de a face cu acest individ. Pe de alta, ai Autoritatea Civilă, care nu poate să facă nimic, cel puțin nu *oficial*. Mă urmărești până aici, locotenente?

– Nu prea mă pasionează politica, domnule.

– Atunci suntem doi. O grămadă de oameni cărora nu le pasă decât cum să-și salveze fundurile. Motiv pentru care suntem unde suntem. Întocmai genul de situație de care ar putea să profite o a treia parte. Cineva cu o reputație de, să zicem, inițiativă personală, care poate acționa de după colț. Nu sunt singurul care crede asta. Anumite discuții confidențiale au fost ținute în locuri sus-puse. Civile, nu militare. Aparent, ca superior al tău, știu tot în ceea ce te privește. Pe tine și pe Donadio.

Peter se încruntă.

– Ce are Alicia de-a face cu toate astea?

– Asta nu știu să-ți zic. Dar pot să-ți spun două lucruri și te las pe tine să faci adunarea. Primul: nimeni nu a primit nicio veste de la fortul Kearney de trei luni. Al doilea: Donadio a avut două seturi de ordine. Eu nu știam decât de primul, care venea de la Divizie și era întocmai cum îți spusesem și ție. Al doilea a venit într-un săculeț sigilat din biroul lui Sanchez, numai ochi.

– Nu înțeleg. De ce n-ar vrea să știți care îi sunt ordinele?

– O întrebare excelentă, care pare să fie tocmai enigma întregii chestiuni. Pare să existe un anumit interes în chestiunile confidențiale, și nu doar în ceea ce te privește pe tine. Așa că Fleet te vrea scos din peisaj, nu-ți spun nimic din ce nu știi deja. Dar, între noi fie vorba, Fleet și Sanchez nu s-au avut bine niciodată, iar lanțul de comandă nu este atât de bine organizat pe cât ai crede. Declarația lasă loc pentru interpretări, iar lucrurile pot ajunge destul de confuze. Treaba asta cu femeia de pe Drumul Petrolului nu este o chestiune de, să zicem, consens general în rândul autorităților militare și civile. Și nici treaba cu Martínez, care, așa cum ai spus-o foarte bine, nu era acolo unde ar fi trebuit să fie, iar asta tocmai când Amy reușește cumva să-l scoată pe Greer din închisoare și să fugă împreună. Totul este cât se poate de interesant.

– Deci credeți că Martínez e la mijloc?

Apgar ridică din umeri.

– Eu sunt doar mesagerul. Dar Fleet n-a crezut niciodată cu adevărat, cum s-ar spune. În opinia lui, Amy este doar o distragere, iar Cei Doisprezece doar un mit. Cu Donadio nu se pune – e evident că ea e diferită – dar, după socoteala lui, asta nu demonstrează nimic. A tolerat vânătoarea doar pentru că Sanchez a făcut atâta caz de ea și nu merită să-și bată capul, iar ceea ce s-a întâmplat în peșteră a fost ocazia lui de a pune capăt tărășeniei. Sunt alții care nu-i împărtășesc opinia.

Peter avu nevoie de o secundă ca să proceseze informația.

– Deci, Sanchez îl lucrează pe Fleet pe la spate.

Apgar se încruntă ironic.

– Nu mi-am dat seama să fi spus ceva de genul ăsta. Astfel de discuții sunt mai presus de gradul meu. Oricum, aș lua-o drept o favoare personală dacă ai putea să mă ajuți la localizarea individului cu resurse potrivite, ca să putem conecta câte un punct, două. Știi pe cineva care se potrivește descrierii, locotenente?

Mesajul era cât se poate de clar.

– Cred că da, domnule colonel.

– Minunat. Apgar făcu o pauză, înainte să reia: Ciudată faza cu transportul. O afurisită de coincidență, mai bine spus. Se pare că hârtiile au fost rătăcite. Știi cum sunt lucrurile astea. Ar trebui să dureze patruzeci și opt de ore să le ordoneze, șaptezeci și două de ore cel mult.

– E bine de știut, domnule.

– Mă gândeam eu c-o să fim de aceeași părere. Colonelul se pălmui cu mâinile pe genunchi: Ei bine, se pare că e nevoie de mine în altă parte. Am primit o misiune confidențială de a mă ocupa de această... nefericită întorsătură de situație. Nu știu cât de multe pot face, dar mă duc unde mi s-a spus. Se ridică de pe pat. Mă bucur că te-ai odihnit, locotenente. Ne așteaptă zile grele.

– Mulțumesc, colonele.

– Nici vorbă de așa ceva. Și când spun asta, ia-o literalmente. Îi mai aruncă lui Peter o ultimă privire: Ai grijă cu el, Jaxon. Nu vrei să te pui rău cu Lamont.

Merseră o noapte, apoi încă una. Erau acum la est de Luling. Nu aveau hartă, dar nici nevoie de una; Autostrada interstatală 10 îi ducea direct la Houston, drept în inima junglei urbane. Greer mai fusese acolo – doar la periferie, dar se lămurise. Orașul era o mlaștină impenetrabilă, o miasmă de copaci prinși în noroi și de ruine umede, care colcăiau de molești. Dacă nu te mâncau ei, o făceau aligatorii. Navigau prin apele murdare ca niște bărci scufundate pe jumătate, mulți dintre ei ajunși la dimensiuni gargantuești, fălcile lor puternice fiind într-o continuă căutare. Nori uriași de țânțari umpleau aerul. Nasul, gura, ochii: căutau orice portiță de intrare în corpul tău, uitându-se după părțile moi. Houston, sau ce mai rămăsese din el, nu era un loc pentru oameni; Greer se întrebă dacă fusese vreodată locuibil.

Aveau să afle cât de curând. Acum se aflau într-un fel de preerie, cu ierburi înalte și desișuri, aplecându-se cu fiecare kilometru și mai mult spre mare. Fiind atât de departe în est, autostrada nu fusese curățată. Părea mai degrabă o sugestie decât o construcție, suprafața ei fiind spartă și îngropată sub valurile grele de sol mocirlos. Cimitire de mașini vechi le blocau din când în când calea. Schimbaseră puține vorbe de când plecaseră: conversația pur și simplu nu era necesară. De-a lungul zilelor, Greer simțise că se petrece o schimbare în Amy, o suferință fizică. Respira greoi; câteodată o surprindea strângând din ochi, ca stăpânită de vreo durere. Însă, când își exprimase grija pentru ea, fata îl expedie numaidecât. *Sunt bine*, insistă ea. *N-am nimic*. Tonul vocii ei era aproape furios; îi sugeră să nu stăruie.

După lăsarea întunericului, își ridicară tabăra într-un luminiș din apropierea unui motel în ruine. Cerul era senin, temperatura scădea, chemând roua din înalturi. Greer știa că vor fi în siguranță peste noapte; în prezența lui Amy, se afla într-o zonă de protecție. Își întinseră sacii de dormit și se culcară.

Se trezi mai târziu cu un tresărit; ceva era în neregulă. Se răsuci pe-o parte și văzu că sacul de dormit al lui Amy era gol.

Nu lăsă panica să pună stăpânire pe el. Cât dormiseră ei, o lună plină se ridicase deasupra lor, despărțind bezna în fâșii de lumini și umbre, un peisaj amenințător de forme alungite și de buzunare de întuneric. Caii păşteau neabătuți niște buruieni. Greer își scoase Browningul din rucsac și începu să înainteze cu băgare de seamă prin negură. Își forță ochii să distingă formele. Unde putuse să se ducă? S-o strige? Însă liniștea dimprejur și pericolele ascunse i-o interziceau.

Atunci o zări. Era la doar câţiva metri de tabără, cu spatele la el. Ritmurile conversaţiei îi ajunseră la urechi. Vorbea cu cineva? Aşa părea, şi totuşi nu era nimeni.

Se apropie din spate.

– Amy?

Niciun răspuns. Se oprise din murmurat acum, căci trupul îi era nemişcat.

– Amy, ce s-a întâmplat?

Se întoarse cu faţa la el, privindu-l uşor surprinsă:

– A, înţeleg.

– Cu cine vorbeai?

Ea nu-i răspunse. Nu părea să fie decât parţial prezentă. Era oare somnambulă?

Atunci:

– Cred că ar trebui să ne întoarcem.

– Să nu mă mai sperii aşa!

– Îmi pare rău. N-am vrut. Îşi coborî privirea asupra armei: Ce faci cu aia?

– Nu ştiam unde plecaseşi. Mi-am făcut griji.

– Credeam că m-am făcut înţeleasă, domnule maior. Acum, pune ăla deoparte.

Şi o luă înainte, îndreptându-se înapoi spre tabără.

42

Timp interminabil; timp fără sfârşit. Existenţa lui era un coşmar din care nu se putea trezi. Gândurile pluteau prin el ca nişte molii lucitoare, ţâşnind de oriunde îşi îndrepta privirea. Veneau în fiecare zi. Bărbaţii cu ochii lor strălucitori şi roşii ca sângele. Luau pungile pline cu sânge şi le încărcau în căruciorul lor zornăitor, atârnând unele noi de stativ. Pungi şi iarăşi pungi, cu pofta lor nesecată, umplându-se din Grey la nesfârşit, pic cu pic cu pic.

Erau unii cărora le plăcea treaba asta. Făceau glumiţe, se amuzau. Se distrau pe seama lui, ca nişte copii chinuind un animal de la zoo. Uite aici, se prosteau ei, întinzându-i spre gură picurătoarea frumos mirositoare, bebeluşul vrea păpică? Bebeluşului îi e foame?

Încerca să le reziste. Îşi încleştase muşchii în ciuda lanţurilor, îşi întorsese faţa de la ei. Avea nevoie de fiecare fărâmă de voinţă ca să-i ignore, dar pierdea de fiecare dată. Foamea creştea în el ca o pasăre neagră şi uriaşă.

– Spune-o pentru mămica. Spune-o: sunt un bebeluş care vrea păpică, promit c-o să fiu cuminte. Fii un bebeluş cuminte, Grey!

Vârful picurătorii îi flutura ademenitoare pe sub nas, mirosul sângelui explodându-i ca o bombă în creier, un milion de neuroni aprinzându-se într-o furtună electrică de dorinţă pură.

– O să-ți placă asta. E bătrân, de calitate superioară. Dar ție îți plac ăștia tineri, nu-i așa, Grey?

Din ochi îi țâșniră lacrimi. Lacrimi de poftă și de repulsie. Lacrimile unei vieți prea lungi, a unui secol de trăit în gol, în lanțuri. Lacrimi pentru faptul că era Grey.

– Te rog.

– Spune-o: Îmi plac tinereii.

– Vă implor. Nu mă obligați.

– Cuvintele, Grey! Un val de răsuflare acră îl izbi în ureche: Vreau... să... aud... cuvintele.

– Da! Da, îmi plac tinereii! Vă rog! O gură numai! Oricât!

Iar atunci, în sfârșit, simți pe limbă stropii delicioși, cu iz de pământ. Își linse buzele. Își roti mușchiul greu al limbii de jur împrejurul gurii. Supse ca bebelușul care îi spuseseră că e, dorindu-și să prelungească acea senzație, deși nu reușea niciodată: o mișcare involuntară a gâtlejului și dispărea.

– Mai vreau, mai vreau.

– Ajunge, Grey! Știi că nu primești mai mult. Știi vorba aia: o picătură pe zi ține doctorul departe. Destul cât să te facă să dai în continuare bunătatea aia Virală.

– Încă una, atât. Promit să nu spun nimănui.

Un râset malefic.

– Să zicem că aș face-o. Să zicem că ți-aș da încă o picătură. Ce-ai face atunci?

– Nimic, jur, vreau doar...

– Îți spun eu ce vrei. Tu, prietene, vrei să smulgi lanțurile alea din podea. Ceea ce, sincer, aș face și eu dacă aș fi în locul tău. La asta m-aș gândi. Să-i ucid pe cei care m-au adus aici. O pauză, după care vocea se apropie: Asta vrei, Grey? Să ne ucizi pe toți?

Asta voia. Voia să le smulgă membru cu membru. Voia ca sângele lor să se reverse în șuvoaie; tânjea să le audă strigătul de pe urmă. Își dorea acest lucru mai mult decât moartea însăși, deși doar cu puțin. Lila, se gândi el. Lila, te simt, știu că ești pe aproape, Lila, te-aș fi salvat dacă aș fi putut.

– Ne vedem mâine, Grey!

Și la fel, iar și iar. Pungile soseau goale și plecau pline, picurătoarea își făcea treaba. Sângele lui îi ținea în viață pe ei, pe bărbații cu ochi strălucitori. Se hrăneau cu sângele lui și trăiau veșnic, la fel cum și el trăia veșnic. Grey pentru eternitate, în lanțuri.

Câteodată, se întreba de unde venea sângele cu care îl hrănea pe el. Dar nu foarte des. Era genul de lucru la care nu voia să se gândească.

Uneori, îl mai auzea încă pe Zero, cu toate că Zero nu-i mai vorbea. Partea aceea din înțelegere părea să se fi încheiat acum multă vreme. Vocea pe care o auzea era înăbușită și îndepărtată, ca și cum Grey ar fi tras cu urechea la o conversație care avea loc de cealaltă parte a unui zid și, având în vedere situația, o lua drept o binecuvântare măruntă când rămânea singur cu gândurile lui, fără Zero și vorbăria lui care să-i umple capul.

Guilder era singurul care bea sângele direct de la sursă. Așa îi spuneau lui Grey, Sursa, de parcă nici nu era o persoană, ci un lucru, ceea ce presupunea și el că ar fi. Nu întotdeauna, dar câteodată, când se simțea foarte înfometat, ori în alte ocazii, cărora Grey nu le cunoștea motivul, Guilder apărea în ușă dezbrăcat, ca să nu-și murdărească de sânge costumul. Smulgea punga din suportul ei, lichidul vâscos împroșcându-l din cap până în picioare, și o ducea la gură, sugând sângele lui Grey de parcă ar fi fost un copil care bea suc la cutie cu paiul. Lawrence, obișnuia el să spună, nu arăți prea bine. Te hrănesc suficient? Îmi fac griji pentru tine, cum stai aici singur, toată ziua. Odată, acum mulți ani, poate chiar zeci, Guilder venise cu o oglindă. Era dintr-aceea care obișnuia să se numească oglindă compactă. Guilder îi deschise capacul și i-o așeză în fața lui Grey, spunându-i: De ce nu arunci o privire? Chipul unui bătrân îi întoarse privirea, stafidit ca o prună uscată – fața cuiva care era cu un picior în groapă.

Se afla în pragul morții pentru vecie.

Apoi, într-o zi, se trezi și îl văzu pe Guilder stând invers pe un scaun, cu ochii ațintiți la el. Cravata de la gât îi era desfăcută, părul ciufulit; costumul șifonat și pătat. Grey își dădu seama că era în perioada târzie a ciclului. Simțea mirosul putred pe care-l emana bărbatul – o putoare ca de gunoi, ca de cadavru, ușor fructată, însă Guilder nu se clinti ca să se hrănească. Grey bănuia că bărbatul stătea de mult acolo.

– Dă-mi voie să te întreb ceva, Lawrence.

Întrebarea urma să-i fie pusă oricum.

– Bine.

– Ai fost vreodată..., cum să mă exprim mai bine? Guilder ridică neștiutor din umeri. Ai fost vreodată îndrăgostit?

Venit din gura bărbatului, cuvântul părea cu totul străin. Dragostea ținea de o cu totul altă epocă; era ceva de-a dreptul preistoric.

– Nu înțeleg întrebarea.

Fața lui Guilder se strânse într-o încruntătură.

– Serios, mie îmi pare o întrebare destul de simplă. Coruri de îngeri care cântă în ceruri, picioarele care parcă îți plutesc la câțiva centimetri deasupra pământului. Știi tu: îndrăgostit.

– Aș zice că nu.

– Răspunsul e da sau nu, Lawrence. E ori una, ori alta.

Se gândi la Lila. Ce simțea pentru ea era dragoste, dar nu în sensul la care se gândea Guilder.

– Nu, nu am fost niciodată îndrăgostit.

Guilder privea acum dincolo de el.

– Ei bine, eu am fost o dată. O chema Shawna. Deși nu era numele ei adevărat, firește. Avea pielea ca untul, Lawrence, și vorbesc foarte serios. Așa se simțea la gust. Ochii îi aduceau puțin cu cei ai unei asiatice, știi ce zic? Cât despre corp, ei bine... Își frecă fața și scoase un oftat melancolic: Nu mai simt partea asta. Partea sexuală. A avut grijă virusul să se ocupe de ea. Nelson credea că steroizii pe care îi luai au fost motivul pentru care virusul s-a manifestat diferit la tine. Ar putea fi adevărat. Dar cum îți așterni, așa dormi. Chicoti ironic: Cum îți așterni. E amuzant. Am râs.

Grey nu răspunse. Dispoziția în care se afla Guilder nu părea să aibă vreo legătură cu el.

– În linii mari, aș zice că nu e un lucru așa rău. Pot spune cu mâna pe inimă că sexul mi-a adus câteva favoruri. Dar chiar și după atâția ani, încă mă gândesc la ea. La lucrurile mărunte. La ce spunea. La felul în care soarele se revărsa peste patul ei. Chiar îmi lipsește soarele. Făcu o pauză, apoi: Știu că nu m-a iubit. Nu a fost decât o mare prefăcătorie din partea ei. Am știut asta de la bun început, chiar dacă nu am vrut s-o recunosc în sinea mea. Dar asta a fost.

– De ce îmi spui asta?

– De ce? Îl privi pe Grey cu ochii mijiți: Ar trebui să fie destul de evident. Poți fi tare greu de cap uneori, iartă-mă că ți-o spun. Pentru că suntem *prieteni*, Lawrence. Știu că probabil crezi că sunt cel mai rău lucru care ți s-a întâmplat. Fără îndoială că așa pare. Și sunt sigur că îți pare puțin nedrept. Dar chiar nu mi-ai dat de ales. Sincer, Lawrence, oricât de ciudat ar părea, tu ești cel mai vechi prieten al meu.

Grey se abținu să spună ceva. Omul aiura. Grey se trezi că trage involuntar de lanțuri. Cea mai mare fericire a vieții lui, în afară de moarte, ar fi să-i smulgă capul lui Guilder.

– Cum rămâne cu Lila? Nu vreau să mă bag, dar mereu am crezut că era ceva între voi. Ceea ce mi s-a părut surprinzător, având în vedere trecutul tău.

Ceva să strânse în el. Nu voia să vorbească despre asta, nici acum, nici altă dată.

– Lasă-mă în pace!

– Nu fi așa. Întrebam doar.

– Du-te naibii!

Guilder își apropie fața de a lui, vorbindu-i pe un ton confidențial:

– Spune-mi ceva. Îl mai auzi, Lawrence? Fii sincer.

– Nu știu despre cine vorbești.

Guilder îi aruncă o privire încruntată:

– Ei, haide, cum să nu știi? Te întreb dacă există cu adevărat. Dacă nu e doar o porcărie din capul meu. Îl pironi cu privirea: Știi ce mi-a cerut să fac, nu?

Părea că n-avea rost să nege. Grey încuviință din cap.

– Și, în mare, având în vedere circumstanțele, ai zice că e o idee bună? Simt că am nevoie de un sfat.

– Ce contează ce cred eu?

– Nu te vinde ieftin. Ai rămas preferatul lui, Lawrence, nu e nicio îndoială în privința asta. Chiar dacă eu sunt șeful acum. Căpitanul corabiei lui.

– Nu.

– Nu ce?

– Nu, nu e o idee bună. E o idee groaznică. E cea mai rea idee din lume.

Guilder ridică din sprâncene, de parcă ar fi fost două parașute umflate de vânt.

– Uită-te la tine. Pentru prima oară în toți acești eoni, Grey râse din toată inima. Crezi că e *prietenul* tău? Crezi că vreunul dintre noi e prietenul lui? Ești târfa lor, Guilder. *Eu* știu ce sunt ei. Știu ce e Zero. Am fost *acolo*.

Era evident că atinsese o coardă sensibilă. Guilder începu să-și încleșteze și să-și descleșteze pumnii; Grey se întrebă, într-o doară, dacă bărbatul avea de gând să-l lovească. Perspectiva nu-l îngrijora câtuși de puțin; ba chiar ar fi întrerupt monotonia. Ar fi fost ceva diferit, un alt tip de durere.

– Trebuie să recunosc, răspunsul tău e mai mult decât dezamăgitor, Lawrence. Mă așteptam la un mic ajutor din partea ta. Dar nu o să cobor la nivelul tău. Știu că ți-ar plăcea asta, dar voi fi eu cel deștept care cedează. Ca să știi și tu: Proiectul a fost finalizat astăzi. Un adevărat succes. Am păstrat vestea pentru final, voiam să fie o surpriză, știi tu, ceva ce ți-ar plăcea să auzi. Ai putea face parte din el, dacă vrei. Dar, evident, te-am judecat greșit.

Se ridică și se îndreptă spre ușă.

– Ce vrei, Guilder?

Bărbatul se întoarse, privindu-l cu ochii lui roșii ca sângele.

– Ce-ți iese din asta? N-am știut niciodată.

O tăcere prelungă, apoi:

– Știi ce sunt, Grey?

– Normal că știu.

Însă Guilder clătină din cap.

– Ba nu, nu știi. Dacă ai ști, n-ai întreba. Așa că-ți spun eu. Sunt creaturile cele mai libere de pe pământ. Nu știu ce e regretul. Ce e mila. Ce e dragostea. Nimic nu-i poate atinge, nimic nu-i poate răni. Închipuie-ți cum ar fi asta, Lawrence. O libertate absolută. Închipuie-ți cât ar fi de minunat.

Grey nu răspunse; nu era nevoie de niciun răspuns.

– M-ai întrebat ce vreau, prietene, și am să-ți spun. Vreau ce au ei. Vreau să mi-o scot din minte pe târfulița aia. Vreau să nu mai simt... *nimic*.

Vaza se izbi de perete într-o explozie satisfăcătoare de cioburi de sticlă. Mașina care sărise în aer fusese picătura care umpluse paharul. Asta trebuia să înceteze *acum*.

Guilder îl chemă pe Wilkes în biroul lui. Până când șeful personalului intră în încăpere, Guilder reușise să se mai calmeze puțin.

– Mai strânge încă zece pe zi.

Wilkes păru luat prin surprindere.

– Ăă, cineva anume?

– Nu contează!

Iisuse, câteodată tipul ăsta era tare greu de cap!

– Nu pricepi? N-a contat *niciodată*. Scoate-i de la strigarea de dimineață.

Wilkes șovăi.

– Deci spui că ar trebui să fie, așa, la întâmplare? Nu neapărat oameni suspectați de a avea legătură cu Insurgența?

– Bravo, Fred! Exact asta încerc să-ți spun.

Preț de o clipă, Wilkes rămase acolo, privindu-l pe Guilder cu o expresie nedumerită pe chip. Nu nedumerită, tulburată.

– Alo? Vorbesc singur?

– Dacă așa vrei. Pot face o listă, pe care s-o trimit celor de la Resurse Umane.

– Nu-mi pasă cum o faci. Doar fă-o! Guilder arătă cu mâna spre ușă: Acum pleacă! Și trimite o îngrijitoare să curețe mizeria.

43

Ca să ajungă la Hollis fu mult mai complicat decât se aşteptase Peter. Pista îl dusese mai întâi la un prieten de-ai lui Lore, care ştia pe cineva care ştia pe altcineva; dar de fiecare dată păreau să fie cu un pas în urmă, aflând abia pe urmă că ţinta se pusese în mişcare.

Ultima pistă îi conduse la o baracă unde se organizau partide ilegale de jocuri de noroc. Era trecut de miezul nopţii când se treziră înaintând de-a lungul aleii întunecoase, pline de gunoaie, din oraşul H. Ora de stingere se dăduse de mult, dar de peste tot răzbăteau tot felul de zgomote, de voci care strigau, de pahare sparte şi de sunete de pian.

– Un loc pe cinste! făcu Peter.

– Nu prea ai fost pe aici, aşa-i? îl întrebă Michael.

– Nu chiar. De fapt, n-am fost niciodată.

O siluetă întunecată le ieşi în cale. O femeie.

– *Oye, mi soldadito. Tienes planes esta noche?*[1]

Păşi afară din umbră. Nu era nici tânără, nici bătrână, cu un trup subţire, aproape băieţesc, şi totuşi încrederea senzuală din vocea ei şi felul în care stătea – mutându-şi greutatea de pe un picior

---

[1] „Salut, soldăţel! Ai planuri în seara asta?" în lb. sp., în orig. (n. red.).

pe altul, pelvisul ieşindu-i uşor prin fusta strâmtă – combinat cu privirea languroasă pe sub genele grele, care-l măsura pe Peter din cap până în picioare, îi dădeau o forţa sexuală indiscutabilă.

– *Cómo te puedo ayudar, Teniente?*[1]

Peter înghiţi cu greu; îşi simţi faţa fierbinte.

– Îl căutam pe Văru'.

Femeia zâmbi, dezvelindu-şi dinţii galbeni ca mătasea.

– Toată lumea e vărul cuiva. Eu pot să fiu verişoara ta dacă vrei.

Îşi mută privirea la Lore, apoi la Michael.

– Şi cum rămâne cu tine, frumosule? Pot să-ţi fac rost de o prietenă. Să vină şi iubita ta dacă vrea. Poate îi place să se uite.

Lore îl prinse pe Michael de braţ.

– Nu e interesat.

– Căutăm pe cineva, spuse Peter. Ne cerem scuze pentru deranj.

Ea râse malițios.

– O, niciun deranj! Dacă te răzgândeşti, ştii unde să mă găseşti, *Teniente*.

Plecară mai departe.

– De treabă, tipul, spuse Michael.

Peter aruncă o privire în spate, de-a lungul aleii. Femeia, sau ce presupuse el că fusese o femeie, dispăruse înăuntru.

– Să fiu al naibii! Eşti sigur?

Michael chicoti amar, clătinând din cap.

– Chiar trebuie să mai ieşi din casă, *hombre*.

Văzură în faţă baraca pe care o căutau. Raze de lumină răzbăteau prin cadrul uşii, acolo unde doi bărbaţi mătăhăloşi stăteau de pază. Cei trei se opriră în spatele unui tomberon care dădea pe afară de gunoi.

– Mai bine mă lăsaţi pe mine să vorbesc, spuse Lore.

Peter clătină din cap.

– Asta a fost ideea mea. Eu ar trebui să mă duc.

– În uniforma aia? Nu fi ridicol! Rămâi cu Michael. Şi încercaţi să nu vă lăsaţi agăţaţi de vreun trans.

---

[1] „Cu ce te pot ajuta, locotenente?“ în lb. sp., în orig. (n. red.).

O urmăriră cu privirea cum se apropie de ușă.

– Sigur e o idee bună? întrebă în șoaptă Peter.

Michael ridică o mână.

– Așteaptă numai.

Cei doi bărbați se crispară la vederea lui Lore, apropiindu-se unul de altul ca să-i blocheze intrarea. Urmă o conversație scurtă, pe care Peter nu o putu auzi; apoi se întoarse la ei.

– Bun, intrăm.

– Ce le-ai spus?

– Că voi doi doar ce v-ați primit plata. *Și* că sunteți beți. Așa că încercați să vă prefaceți ca atare.

Înăuntru era zgomot mare și aglomerație, spațiul fiind ocupat de mese lungi, hexagonale, unde se țineau partidele de cărți. Nori de fum mătăsos sufocau aerul, amestecat cu aroma dulce-acrișoară a malțului; în apropiere era o distilerie. Femei pe jumătate dezbrăcate – sau cel puțin asta credea Peter că sunt – stăteau așezate pe scaunele de la capătul încăperii. Cele mai tinere nu păreau să aibă mai mult de șaisprezece ani, cele mai bătrâne în jur de cincizeci, arătând caraghios cu machiajul lor de clovn. Altele intrau și ieșeau de după o perdea din spate, de obicei la braț cu un bărbat vizibil amețit de băutură. Din câte înțelegea Peter, ideea de bază a orașului H era să treci cu vederea o seamă de vicii ilegale, limitându-le însă la o anumită zonă. Își dădea seama de logica acestui raționament – oamenii erau oameni –, dar să vadă cu ochii lui era o chestiune cu totul diferită. Se întrebă dacă Michael avusese dreptate în privința lui? Când ajunsese atât de pudic?

– Ce joacă acolo? îl întrebă el pe Michael.

– Poker, din câte se pare, cu miza pe douăzeci de dolari. Cam mult, pentru buzunarul meu. Privirea lui, la fel ca a lui Peter, scrută încăperea în căutarea lui Hollis. Ar trebui să ne amestecăm prin mulțime. Câte parale ai la tine?

– Niciuna.

– Niciuna?

– I-am dat tot ce aveam surorii Peg.

Michael oftă.

– Firește că așa ai făcut. Nu te dezminți, trebuie s-o recunosc.

– E vai de capul vostru, făcu Lore. Priviți și învățați cum se face, prieteni.

Se îndreptă cu pași mari spre cea mai apropiată masă și ocupă un loc. Din buzunarul blugilor scoase un teanc de bancnote, luă două și le puse ca miză. O a treia îi aduse un pahar cu băutură, pe care îl dădu pe gât cu o smucitură a părului ei blond, ars de soare. Crupierul împărți câte două cărți fiecărui jucător; apoi începură pariurile. Pentru primele patru mâini, Lore nu părea să acorde cine știe ce atenție jocului, flecărind cu ceilalți jucători, în timp ce punea jos cu ochii dați peste cap. Apoi, la a cincea, fără vreo schimbare vizibilă în purtarea ei, începu să mărească miza. Teancul de pe masă creștea; Peter bănuia că erau pe puțin trei sute de austini care așteptau să fie luați. Unul câte unul, jucătorii se retraseră, până când nu mai rămăsese decât unul singur, un bărbat slab, cu obrajii ciupiți de vărsat, îmbrăcat cu o salopetă de hidro. Fură împărțite ultimele cărți; cu o expresie impenetrabilă pe chip, Lore puse jos încă cinci bancnote. Bărbatul clătină din cap și își arătă cărțile.

– În regulă, sunt impresionat, spuse Peter, când Lore își încasă câștigul. Stăteau deoparte, suficient de aproape cât să urmărească jocul fără să se observe. Cum reușește?

– Trișează.

– Serios? Dar nu-mi dau seama cum.

– E chiar simplu, de fapt. Cărțile sunt toate marcate. Subtil, dar se poate face. Un jucător de la masă joacă pentru casă, așa că o să dea mereu primul. Se folosește de primele mâini ca să-și dea seama cine este și cum să citească jocul. Plus că nu strică deloc că e femeie. Aici, nimeni n-o ia în serios. Au impresia că pariază când are cărți bune și că dă jos când nu are. Trei sferturi din timp blufează.

– Ce se întâmplă când își dau seama ce face?

– Nu-și dau, nu imediat. Lasă să piardă o mână sau două.

– Și după?

– După se retrage.

Atenția le fu atrasă de o zarvă iscată brusc în capătul încăperii. O femeie cu păr negru, cu rochia sfâșiată de pe umeri și cu brațele încrucișate peste sânii dezgoliți ieși cu furie de după perdea, țipând ceva fără noimă. O secundă mai târziu, fu urmată de un bărbat, cu pantalonii adunați caraghios în jurul gleznelor. Părea să plutească la treizeci de centimetri de podea – suspendat, își dădu Peter seama, în strânsoarea unuia care-l ținea de la spate. În timp ce primul fu azvârlit prin aer, Peter îl recunoscu; era tânărul caporal din echipa lui Satch, cel care condusese transportul de la tabăra Vorhees. Al doilea bărbat, un munte de om, cu jumătatea de jos a feței ascunsă sub o barbă și o mustață, era Hollis.

– Aha! făcu Michael.

Cu o nonșalanță de invidiat, Hollis îl apucă pe bărbat de guler și îl ridică în picioare. Femeia striga tot felul de injurii, arătând cu degetul spre ei – *Omoară-l pe nenorocit! Nu sunt obligată să-i suport măgăriile! M-ai auzit? Ești mort, afurisitule!* – în timp ce Hollis, pe jumătate târându-l, pe jumătate împingându-l, îl conduse spre ieșire.

– Ăsta e semnalul nostru, spuse Peter.

Cu pas iute, își croiră drum spre ușă, Lore venind în urma lor, tocmai când ei ieșeau din baracă. Caporalul, strigând în gura mare scuze disperate, încerca să-și ridice pantalonii și să fugă în același timp. Dacă Hollis fusese mișcat de rugămințile bărbatului, nu lăsa să se vadă. Sub privirile celor doi paznici, care râdeau zgomotos, Hollis îl apucă pe caporal de betelie și îl azvârli și mai departe pe alee. Chiar când dădea să-l ridice din nou, Peter îl strigă pe nume:

– Hollis!

Preț de o secundă derutantă, omul păru să nu-i recunoască. Apoi scoase un mic țipăt de surpriză:

– Peter! *Hola!*

Caporalul se zvârcolea încă în strânsoarea lui.

– Domnule locotenent, pentru numele lui Dumnezeu, faceți ceva! Monstrul ăsta vrea să mă omoare!

Peter se uită la prietenul său:

– Asta vrei să faci?

Uriașul ridică plictisit din umeri.

– Bănuiesc că, dacă e unul de-ai tăi, aș putea să-l las să plece de data asta.

– Exact! Ai putea să mă lași să plec și n-o să mă mai întorc niciodată, îți jur!

Peter își îndreptă atenția spre soldatul îngrozit, al cărui nume, și-l aminti acum, era Udall.

– Caporale, unde se presupune că ar trebui să fii? Și nu mă minți!

– La Cazarma din Vest, domnule.

– Atunci acolo să te duci, soldat!

– Mulțumesc, domnule! N-o să regretați!

– Deja o fac. Acum piei din fața mea!

O luă la fugă, ținându-se de pantaloni.

– Nu aveam de gând să-i fac rău, spuse Hollis. Doar să-l sperii puțin.

– Ce-a făcut?

– A încercat s-o sărute. E interzis.

Infracțiunea părea minoră. Și, din câte văzuse Peter, nu părea deloc o infracțiune.

– Serios?

– Astea sunt regulile. Poate să facă aproape orice, în afară de asta. În general, rămâne la latitudinea femeilor. Își luă privirea de la Peter: Michael, mă bucur să te văd! A trecut ceva vreme. Arăți bine.

– Și tu. Ea e Lore.

Hollis îi zâmbi.

– O, știu cine ești. Dar mă bucur să ne cunoaștem oficial, în sfârșit. Ai avut mână bună în seara asta?

– N-a fost rea, replică Lore. Leguma de la masa trei e un pămpălău și jumătate. Abia mă încălzisem.

Chipul bărbatului se înăspri vizibil.

– Nu mă judeca pentru ce-ai văzut, Peter. Atât îți cer. Pe aici, lucrurile merg diferit.

– Ai cuvântul meu. Toți știm... Se opri, căutând cuvintele potrivite: Ei bine, știm prin ce ai trecut.

O clipă de tăcere. Hollis își drese apoi glasul:

– Deci, îmi închipui că asta nu e o vizită de curtoazie.

Peter aruncă o privire peste umăr la cei doi paznici, care nu făceau niciun efort să ascundă faptul că trăgeau cu urechea.

– Am putea merge undeva să vorbim?

Două ore mai târziu, Hollis le dădu întâlnire acasă la el, o colibă din carton gudronat de la periferia vestică a orașului H. Cu toate că, pe afară, arăta ca o dărăpănătură, pe interior era surprinzător de primitoare, cu perdeluțe la ferestre și legături de ierburi uscate agățate de grinzile din tavan. Hollis aprinse cuptorul și puse la fiert o oală cu apă, ceilalți așteptând în timpul acesta la masă.

– Eu îl fac cu roiniță, afirmă Hollis, punând pe masă patru căni aburinde. O cultiv pe o mică parcelă din spate.

Peter îi povesti cele întâmplate pe Drumul Petrolului și ce îi spusese Apgar. Hollis ascultă gânditor, mângâindu-și barba și sorbind din ceai.

– Deci, ne poți duce la el? întrebă Peter.

– Nu asta-i problema. Nu vrei să te încurci cu Tifty – șeful tău a avut dreptate în privința asta. Pot să garantez pentru voi, dar cu tipii ăia nu te joci. Nu pot face mai mult de atât. Cei din armată nu sunt chiar bine-veniți.

– Nu prea avem multe opțiuni. Dacă bănuiala mea e corectă, posibil să ne poată spune unde s-au dus Amy și Greer. Toate astea sunt conectate între ele. Asta îmi spunea Apgar.

– Sună cam tras de păr.

– Poate. Dacă Apgar are dreptate, aceiași oameni ar putea fi responsabili pentru ce s-a întâmplat la Roswell. Lui Peter nu-i plăcea să insiste, însă următoarea întrebare trebuia să fie pusă: Ce-ți amintești?

O expresie de durere apăru deodată pe fața lui Hollis.

– Peter, n-are niciun rost, bine? N-am văzut nimic. Doar l-am luat pe Caleb și am fugit. Poate ar fi trebuit să procedez altfel. Crede-mă, m-am tot gândit. Dar având copilul după mine...

– Nimeni nu spune altceva.

– Atunci, las-o baltă. Te rog. Nu știu decât că, atunci când s-au deschis porțile, ei au dat năvală peste noi.

Peter îi aruncă o privire lui Michael. Uite ceva ce nu știu. O nouă piesă din puzzle.

– De ce s-au deschis porțile?

– Nu cred că a aflat cineva răspunsul la asta vreodată, spuse Hollis. Oricine a dat ordinul trebuie să fi murit în atac. Și n-am auzit nimic de nicio femeie. Dacă ar fi fost acolo, aș fi văzut-o. Și nici vreun camion. Oftă adânc: Lucrul cert este că Sara nu mai e. Dacă mi-aș îngădui fie și numai pentru o secundă să mă gândesc că aș fi putut proceda diferit, aș înnebuni. Îmi pare rău s-o spun, credeți-mă. N-o să mă prefac că m-am obișnuit cu ideea. Dar cel mai bun lucru este să accept realitatea. Și tu, Michael.

– Era sora mea.

– Și urma să fie soția mea. Hollis se uită la fața șocată a lui Michael. Nu știai asta, nu?

– Pe toți zburătorii, Hollis! Nu știam!

– Urma să-ți spunem când ajungeam la Kerrville. Ea a vrut să te aștepte. Îmi pare rău, Circuit.

Nimeni nu părea să știe ce să spună. Pe măsură ce tăcerea se prelungea, Peter își plimbă ochii prin încăpere. Pentru prima oară înțelegea ce vedea. Coliba micuță, cu ierburile și cuptorul ei și senzația tihnită de cămin pe care ți-o dădea – Hollis făcuse casa pe care ar fi împărțit-o el și Sara.

– Asta e tot ce am, spuse Hollis. Va trebui să vă mulțumiți cu atât.

– Nu o să accept așa ceva. Uită-te la locul ăsta. E ca și cum ai aștepta să se întoarcă acasă.

Hollis își strânse vizibil mai tare mâna în jurul cănii.

– Las-o așa, vere!

– Poate ai dreptate. Poate că Sara e moartă. Dar dacă e încă acolo?

– Atunci a fost luată. Te rog frumos. Dacă prietenia noastră contează câtuși de puțin pentru tine, nu mă face să mă gândesc la asta.

– Trebuie. Și noi am iubit-o. Eram o familie, familia *ei*.

Hollis se ridică și își puse cana în chiuvetă.

– Du-ne la Tifty, atât te rugăm.

Hollis li se adresă fără să se întoarcă cu fața.

– Nu e cum credeți. Îi sunt dator.

– Pentru ce? O slujbă într-un bordel?

Capul îi era plecat, iar cu mâinile se ținea strâns de marginea chiuvetei, de parcă doar ce încasase o lovitură.

– Iisuse, Peter! Nu te-ai schimbat deloc!

– N-ai greșit cu nimic. Ai făcut ce a trebuit să faci. Și l-ai salvat pe Caleb.

– Caleb... Hollis scoase un oftat prelung. Ce mai face? Am tot zis că-i fac o vizită.

– Ar trebui să vezi cu ochii tăi. Îți datorează viața, și e o viață bună.

Hollis se întoarse din nou cu fața la ei. Ceva se schimbase; Peter vedea acest lucru în ochii bărbatului. O mică flacără de speranță fusese aprinsă.

– Cum rămâne cu tine, Michael? Știu ce crede Peter.

– Aceia care au murit erau prietenii mei. Dacă e rost de răzbunare, o vreau. Iar dacă este o șansă cât de neînsemnată ca sora mea să fie în viață, nu am de gând să stau cu mâinile în sân.

– E un continent mare.

– Așa a fost dintotdeauna. Nu m-a deranjat.

Hollis se uită la Lore.

– Tu ce crezi?

Femeia tresări ușor.

– De ce mă întrebi pe mine? Eu doar până aici am venit.

Uriașul ridică din umeri.

– Nu știu. Te pricepi destul de bine la cărți. Spune-ne care ne sunt șansele.

Lore își mută privirea la Michael, apoi din nou la Hollis.

– Aici nu se pune problema de șanse. Dintre toți oamenii din lume, femeia aceea te-a ales pe tine. Dacă e încă acolo, înseamnă că te așteaptă. Încearcă să rămână în viață prin orice mijloace până când o vei găsi. Asta e tot ce contează.

Toți așteptau răspunsul lui Hollis.

– Ești o dură în adevăratul sens al cuvântului, știai asta?

Lore rânji.

– Mi s-a dus vestea pentru asta.

Se lăsă din nou tăcerea. După care:

– Lăsați-mă să împachetez câte ceva.

44

Prima zăpadă o prinse pe Alicia în cea de-a treia noapte de căutare la periferia orașului, fulgi mari căzând în spirale din cerul de culoarea cernelii. Un frig aspru, de iarnă se instalase pe pământ. Aerul se simțea tare și pur. I se strecura prin corp ca niște mici semne de exclamație, înțepături de gheață în plămâni. I-ar fi plăcut să facă un foc, dar risca să fie văzută. Își încălzea mâinile cu răsuflarea, bătea cu picioarele în pământul înghețat când simțea că se întoarce senzația. Era ceva potrivit la șocul frigului: avea gust de luptă.

Soldat nu mai era lângă ea. Nu putea s-o urmeze acolo unde se ducea Alicia. Fusese tot timpul ceva celest la el, se gândi ea, ca și cum i-ar fi fost trimis dintr-o lume a spiritelor. În conștiința lui pătrunzătoare, văzuse ce se întâmplase cu ea, o evoluție întunecată. Gustul acesta puternic i-l lăsase chiar din ziua când îi împlântase tăișul în adâncitura de sub coamă, scoțându-i inima încă vie. Emana o putere îmbătătoare, o energie curgătoare, pentru care plătise un preț. Se întrebă cât timp mai avea până când urma s-o copleșească. Înainte ca învelișul ei uman să cadă, iar ea să devină doar un singur lucru. Să nu mai fie Alicia Donadio, lunetist cercetaș al Forțelor Expediționare.

Du-te acum, îi spusese. Nu ești în siguranță cu mine. Lacrimile îi inundaseră ochii; ar fi vrut să-și ia privirea de la el, însă nu putuse. *Băiat bun ce ești, n-o să te uit niciodată.*

Parcursese ultimii kilometri la picior, urmând cursul râului. Apele lui curgeau cu ușurință încă, dar asta nu avea să dureze; gheața începuse să se prindă pe margini. Peisajul era lipsit de copaci și golaș. În lumina amurgului, orașul se profila la orizont. Îi simțise mirosul de ore bune. Măreția lui o uimise. Scoase harta galbenă, desenată de mână, din rucsac și cercetă zona. Domul care se înălța din vârful dealului, stadionul ca un castron, barajul, structura uriașă din beton, cu macaralele ei și rândurile de barăci delimitate de sârmă ghimpată – toate întocmai cum le însemnase Greer acum cincisprezece ani. Scoase radiogoniometrul și-l ajustă cu degetele amorțite de frig. Se mișca înainte și înapoi. Nimic; apoi, acul se mișcă o miime de centimetru. Receptorul arăta către dom.

Cineva era acasă.

Nu mai avea nevoie de ochelari, cu excepția orelor când soarele strălucea cel mai puternic. Cum se putea așa ceva? Ce se întâmplase cu ochii ei? Își examină fața în oglinda râului; strălucirea portocalie continua să pălească. Arăta aproape... normală. Ca o femeie obișnuită. Măcar de-ar fi adevărat, își spuse în sinea ei.

Petrecu primele două zile dând ocol perimetrului ca să-i afle mijloacele de defensivă. Făcu inventarul: vehicule, efective, armament. Patrulele de serviciu care porneau de la poarta principală erau ușor de evitat; păreau să fie doar de formă acolo, de parcă nu s-ar fi așteptat la vreo primejdie adevărată. La primele ore, camioane de mic tonaj plecau de la barăci spre oraș, ducându-i pe muncitori la fabrici, hambare și pe câmpuri, întorcându-se la căderea serii. Cu cât observa mai mult de-a lungul zilelor, cu atât Aliciei i se părea că avea în fața ochilor un fel de închisoare, un oraș de sclavi și de stăpâni de sclavi, deși structurile de detenție păreau vulnerabile. Gardurile erau slab păzite, iar mulți dintre gardieni nici nu erau înarmați. Indiferent de forța care subjuga populația, părea să vină din interior.

Își concentră privirea asupra celor două construcții. Prima era clădirea mare cu macarale. Avea înfățișarea butucănoasă a unei fortărețe. Prin binoclu Alicia nu văzu decât o singură intrare, o poartă largă, cu două uși grele de metal. Macaralele erau nemișcate; construcția părea terminată, și totuși, după toate aparențele părea nefolosită. Ce scop avea? Era un refugiu împotriva Viralilor, un adăpost pentru retragere. Părea posibil, deși nimic din ce văzuse în oraș nu sugera vreo astfel de amenințare.

Cealaltă era stadionul, situat chiar dincolo de limita sudică a orașului, într-un complex adiacent îngrădit. Spre deosebire de buncăr, stadionul era locul unde se desfășurau activitățile zilnice. Vehiculele veneau și plecau, dube și camioane mari, mereu în zori sau puțin după răsărit, dispărând în josul unei rampe care ducea, presupunea ea, la subsol. Marfa lor fusese un mister total până în cea de-a patra zi, când un camion de marfă, plin cu vite, coborî pe rampă.

Ceva era hrănit acolo jos.

În cea de-a cincea zi, la scurt timp după prânz, Alicia se odihnea în apeductul în care își ridicase tabăra, când auzi bubuitul îndepărtat al unei explozii. Își îndreptă binoclul spre inima orașului. Un vălătuc de fum negru se ridica încolăcit de la poalele dealului. Cel puțin o clădire era în flăcări. Urmări cu privirea cum oameni și vehicule se grăbesc spre locul incidentului. Un camion de pompieri fu adus acolo ca să stingă flăcările. De-acum, învățase să deosebească prizonierii de gardieni, însă, cu această ocazie, apăru o a treia categorie de indivizi. Erau trei. Coborâră la locul dezastrului dintr-un vehicul negru și frumos, care nu semăna deloc cu hârburile recuperate pe care le văzuse până atunci Alicia, ajustându-și cravata și netezindu-și pliurile costumului după ce pășiră în lumina soarelui de iarnă. Ce costume mai erau și astea? Ochii le erau ascunși de ochelari mari și negri. Să îi poarte doar din cauza luminii puternice de peste zi sau dintr-un alt motiv? Prezența lor avu un efect imediat, ca o piatră azvârlită care tulbură suprafața unei ape. Cei din jur împrăștiau valuri de neliniște. Unul dintre bărbații la costum părea să scrie ceva într-un clipboard, iar ceilalți doi dădeau ordine în gura mare, gesticulând frenetic. Ce avea oare în fața ochilor? O castă conducătoare, asta era evident; totul la orașul acesta sugera existența uneia. Dar ce fusese explozia? Să fi fost un accident sau ceva intenționat? O breșă în armură, poate?

Ordinele ei erau clare. Să cerceteze orașul, să evalueze pericolele, să raporteze înapoi la Kerrville în termen de șaizeci de zile. Sub nicio formă nu trebuia să intre în contact cu locuitorii. Dar nu-i spusese nimeni să nu pătrundă dincolo de gardurile de sârmă ghimpată.

Venise momentul să arunce o privire mai de-aproape.

Alese stadionul.

Observă venirile și plecările camioanelor încă patru zile. Gardurile nu erau o problemă; partea grea avea să fie pătrunderea în subsol. Ușa, întocmai ca intrarea în buncăr, părea impenetrabilă. Se deschidea numai când camionul ajungea pe rampă, închizându-se de îndată ce vehiculul trecea dincolo de ea, totul sincronizat la perfecție.

Amurgul celei de-a treia zile: după un tufiș, Alicia renunță la armele sale – la toate, cu excepția Browningului, la adăpost în tocul lui, și a unui cuțit, prins în teacă la spate. Găsise un loc în gardul de sârmă ghimpată pe unde ascensiunea ei ar fi fost ascunsă de câteva clădiri care păreau nefolosite. O sută de metri de câmp deschis separau aceste clădiri de rampă. Din momentul în care șoferul dubei lua colțul, Alicia avea șase secunde la dispoziție să parcurgă acea distanță. Floare la ureche, își spuse. O nimica toată.

Urcase gardul dintr-o singură mișcare, se lipi de zidul din spate al clădirii și aruncă o privire după colț. Iat-o, chiar la timp, croindu-și drum spre stadion: duba. Șoferul reduse viteza pe măsură ce se apropia de viraj.

Pornește!

Când vehiculul atinse capătul rampei, Alicia era la doar douăzeci de pași în urma lui. Ușa, ridicându-se în lanțurile zornăitoare, se deschisese aproape complet. Cu un salt înalt, se înălță în aer, aterizând pe acoperișul dubei și lăsându-se cu fața în jos cu o jumătate de secundă înainte să treacă pe sub ușă.

Pe toți zburătorii, era *bună*!

Deja o încerca senzația, îi simțea pe *ei*. Furnicăturile bine cunoscute de pe pielea ei și din interiorul craniului, un murmur apos, ca valurile care mângâie un țărm îndepărtat. Duba înaintă cu viteză redusă de-a lungul tunelului. Văzu în față o a doua ușă. Șoferul claxonă; ușile se ridicară, lăsându-i să intre. Peste trei secunde, duba se opri.

Se aflau într-un spațiu vast, deschis, la vreo cincisprezece metri de perete. Privind pe deasupra parbrizului, Alicia numără opt oameni. Șase erau înarmați cu puști; ceilalți doi purtau rucsacuri grele cu rezervoare și baghete lungi de oțel. În celălalt capăt al încăperii se vedea o a treia ușă, diferită de celelalte: o invenție cu bare groase de oțel puse într-un cadru.

Unul dintre oameni se apropie de dubă, ținând în mână un clipboard; Alicia se lipi de acoperișul mașinii cât de mult putu.

– Câți ai?

– Ca de obicei.

– Și trebuie să ne ocupăm de ei în grup?

– Să fiu al naibii dacă știu. Cum sună ordinul?

Un foșnet de hârtie.

– Ei bine, nu precizează, răspunse al doilea bărbat. În grup, aș zice.

– Pariurile mai sunt deschise?

– Dacă vrei.

– Dă-mi șapte secunde.

– Sod are șapte. Va trebui să alegi altceva.

– Șase, atunci. Ușa șoferului se deschise cu un scârțâit; Alicia îi auzi pașii pe podeaua de ciment. Îmi place mai mult cu vaci. Durează mai mult.

– Ești bolnav, știai asta? Urmă o pauză. Dar ai dreptate. E destul de tare. Își îndreptă vocea în direcția opusă: În regulă, toată lumea, e timpul spectacolului! Să reducem luminile!

Cu un pocnet înfundat, luminile fură stinse și înlocuite de strălucirea slabă și albăstruie care emana din becurile atârnate de tavan. Toți bărbații se depărtau de cea de-a treia ușă din capătul încăperii. Nu era nicio îndoială în privința a ceea ce se afla dincolo de ea; Alicia simțea acest lucru până în măduva oaselor. O poartă de metal începu să coboare din tavan, după care se opri. Bărbații cu rucsacurile își ocupară pozițiile în apropiere de poartă, cu văpăi de foc dansând în vârful baghetelor lor. Șoferul se duse în spatele dubei și deschise ușa.

– Hai, afară cu voi!

– Vă rugăm! se auzi implorând un bărbat. Nu trebuie să faceți asta! Nu sunteți ca ei!

– E în regulă, nu e ce credeți. Fii cuminte acum!

Apoi o femeie:

– N-am făcut nimic! Nu am decât treizeci și opt de ani!

– Serios? Aș fi putut jura că ești mai bătrână. Clicul unei piedici de revolver: Haideți cu toții, mișcați-vă!

Unul câte unul ieșiră din dubă, șase bărbați și patru femei, cu lanțuri la mâini și la picioare. Plângeau, implorând să le fie cruțate viețile. Unii abia puteau sta în picioare. În vreme ce doi oameni își țineau puștile ațintite asupra lor, șoferul, cu un inel de chei în mână, trecu pe la fiecare, desfăcându-le cătușele.

– De ce-i descătușezi? întrebă una dintre gărzi.

– Te rog, nu face asta! strigă una dintre femei. Te implor! Am copii acasă!

Șoferul îi dădu una femeii cu dosul palmei, lăsând-o lată la podea.

– Parcă ți-am zis să-ți ții gura! Apoi, ridicând o pereche de cătușe de jos, spuse: Cureți tu astea după? Că eu sigur nu vreau.

Nu intra în contact cu locuitorii, își spuse Alicia. *Nu intra în contact cu locuitorii. Nu intra în contact cu locuitorii.*

– Sod? strigă șoferul. Sunteți gata acolo?

Un bărbat care semăna cu un porc stătea în spatele a ceea ce părea a fi un panou de control. Trase de o manivelă, iar poarta se mișcă un centimetru.

– O secundă, s-a blocat.

Nu intra în contact, nu intra în contact, nu intra în contact...

– Gata, și-a revenit.

La naiba cu asta!

Alicia se rostogoli de pe acoperiş şi se trezi faţă în faţă cu şoferul.

– 'Neaţa!

– Să fiu al... naibii?

Îşi scoase cuţitul şi i-l înfipse între coaste. Trăgând aer adânc în piept, bărbatul se împletici înapoi.

– Toată lumea la podea! strigă Alicia.

Îşi scoase Browningul din toc şi înaintă în încăpere, cu arma strânsă în mâini, trăgând metodic. Gărzile păreau prea uimite ca să reacţioneze: începu să-i doboare unul câte unul, în ţâşniri arămii de sânge. În cap. În inimă. Din nou în cap. În spatele ei, prizonierii izbucniseră într-un torent de ţipete sălbatice. Îşi păstră însă concentrarea, având mintea limpede ca cristalul. Aerul deveni ameţitor din cauza mirosului dulceag de sânge. Îi secera de-a dreptul. Îi trăsnea ca un fulger. Magazia avea nouă gloanţe; îi termină dintr-un singur rând.

Unul dintre bărbaţii cu aruncătoarele de flăcări fu cel care o prinse. Cu toate că nici nu intenţionase. În secunda în care Alicia apăsă pe trăgaci, el nu încercase decât să se apere – gestul intinctiv de a-şi acoperi capul şi a se întoarce cu spatele la ea.

45

– Actele!

Cu degete tremurânde, Sara scoase permisul de trecere ca să fie verificat de femeia de la pază. Inima îi bătea atât de tare în piept, încât se miră că nu o aud și ceilalți. Aceasta i-l smulse din mână și îl scană rapid, scrutând chipul Sarei înainte să-l mai examineze o dată și să i-l dea înapoi, fără nicio expresie.

– Următorul!

Sara înaintă prin ușa turnantă. Un ultim obstacol: odată ce trecea de cealaltă parte, avea să fie liberă. Dincolo de ușă se afla un culoar împrejmuit, așa cum întâlneai în abatoare. Șiruri de lucrători cu ziua înaintau de-a lungul lui – îngrijitori, personal de bucătărie, mecanici. Mai mulți colabi stăteau de-o parte și de alta a culoarului, ținând în lanțuri câini care mârâiau amenințător, râzând de fiecare dată când vreunul dintre oameni tresărea. Li se căuta prin traiste, toată lumea era supusă controlului corporal. Acoperindu-și capul cu șalul, Sara își ținu privirea în pământ. Adevăratul pericol era să fie văzută de cineva care o cunoștea – vreun locuitor din vale, vreun colab, nu conta. Nu avea să se afle în siguranța anonimității decât după ce va fi îmbrăcat vălul de îngrijitoare.

Cum reușise Eustace să-i găsească de lucru în Dom, Sara habar n-avea. *Suntem peste tot*, îi spusese el și nimic mai mult. Odată ajunsă înăuntru, persoana ei de contact avea s-o găsească. Un schimb de cuvinte codate, un șir de replici obișnuite, dar cu înțeles ascuns, avea să le stabilească identitatea. Înainta în susul dealului, încercând să se facă invizibilă, ascunzându-și privirea, deși, dacă se gândea mai bine, așa trebuia să facă? N-ar fi fost mai firesc să se uite prin jur? Până și aerul părea diferit aici – mai curat, deși, într-un fel, mai încărcat, vibrând de pericole. Cu coada ochiului, detectă prezența apăsătoare a personalului de la Resurse Umane, umblând în grupuri de câte doi sau trei. Probabil că intensificaseră paza ca urmare a incidentului cu mașina cu bombă, dar cine știa? Poate că așa era mereu.

Domul era înconjurat de baricade din beton. Îi arătă permisul de trecere santinelei și urcă apoi treptele late care duceau la intrare, două uși masive cu un cadru de bronz. Ajunsă în prag, trase aer adânc în piept. Să-i dăm drumul, își spuse.

Ușile se deschiseră larg, silind-o să se ferească. Doi ochi-roșii trecură pe lângă ea, cu gulerele ridicate din pricina frigului și cu serviete din piele legănându-li-se în mâini. Când crezu că nu fusese observată, cel din stânga se opri pe prima treaptă și se întoarse spre ea:

– Ai grijă pe unde mergi, țăranco!

Ea rămase cu ochii în pământ, încercând din răsputeri să evite contactul vizual. Chiar și prin ochelarii fumurii, privirea lor reușea să-i facă stomacul să se întoarcă pe dos.

– Îmi pare rău, domnule. Greșeala mea.

– Uită-te la mine când îți vorbesc!

Părea o capcană.

– Nu am vrut să vă jignesc, murmură ea. Am permis de trecere, spuse și îl scoase la vedere.

– Am zis să te *uiți la mine*!

În ciuda propriilor instincte, Sara își ridică încet capul. Pentru o fracțiune de secundă, bărbatul o măsură cu privirea din spatele scutului impenetrabil al ochelarilor lui, fără să schițeze vreun gest de a-i verifica permisul. Al doilea părea să fie preocupat de altceva; îi făcea jocul tovarășului său cu această abatere de la programul zilnic. Era ceva de-a dreptul copilăresc la ei, se gândi Sara. Cu fețele lor netede, perfecte, și cu trupul suplu, de băiețandri, păreau niște copii mari jucându-se de-a adulții. Totul era doar un joc pentru ei.

– Când unul dintre noi îți spune să faci ceva, faci!

Celălalt pufni nerăbdător.

– Ce naiba e cu tine astăzi? Nu vezi că e un nimeni? Hai să plecăm!

– Nu până n-am terminat aici. Apoi, către Sara: M-am făcut înțeles?

Își simți sângele că-i îngheață în vine. Avu nevoie de toată voința de care era în stare ca să nu-și ia privirea de la el. De la acei ochi demonici. De la acel rânjet răutăcios.

– Da, domnule, se bâlbâi ea. Absolut!

– Spune-mi, ce faci?

– Ce fac?

O licărire de zâmbet, ca al unei pisici care a prins șoarecele în gheare.

– Da, ce faci. Cu ce te ocupi.

Ea ridică umil din umeri.

– Doar fac curățenie, domnule. Cum el nu răspunse, adăugă: O să fiu îngrijitoare.

Bărbatul o mai studie o secundă, cântărind parcă dacă să se mulțumească cu răspunsul sau nu.

– Atunci, un sfat de la cei mai înțelepți decât tine, țăranco. Când treci de ușile astea, ai face bine să te porți cum trebuie. Nu e nevoie de mult.

– Așa am să fac, domnule. Vă mulțumesc, domnule.

– Acum treci naibii la muncă!

Sara așteptă până când cei doi bărbați coborâră ca să se poată destinde. *Pe toți zburătorii!* își spuse ea. *Revino-ți, pentru numele lui Dumnezeu. Ești pe cale să intri într-o clădire plină cu dintr-ăștia!*

Își adună curajul și deschise ușa.

Fu numaidecât copleșită de senzația de măreție, simțul dimensiunii ei distorsionat de vastitatea verticală a spațiului. Nu mai văzuse nicicând așa ceva: podeaua lucitoare de marmură, balcoanele supraetajate, scările masive, circulare. Tavanul se înălța mult deasupra ei. Lumina soarelui pătrundea timidă prin ferestrele cu draperii ale cupolei, scăldând interiorul într-un fel de amurg. Totul părea cufundat în tăcere și în zgomot deopotrivă, până și cele mai mici sunete reverberând înainte să fie înghițite de vid. De jur împrejurul încăperii stăteau de gardă colabi și la fel și pe scări, la intervale regulate. Un șir de vreo zece muncitori așteptau dinaintea biroului de procesare din mijlocul camerei. Se așeză și ea în spatele unui bărbat cu o trusă de scule pe umăr. Dorința de a privi dincolo de el și de a vedea ce o aștepta înainte era puternică, însă se stăpâni. Coada înainta pe măsură ce fiecare permis era ștampilat. Era a cincea la rând, după care a treia, după care a doua. Bărbatul cu trusa de scule păși în lateral, scoțând la iveală silueta celui care stătea așezat la birou.

Era Vale.

Sarei îi tresări inima în piept de la adrenalină. Nu se putea mișca. Avea să se termine totul înainte să fi început măcar. Ordinele ei erau clare: nu trebuia să se lase prinsă în viață. Nina nu o scutise de o relatare detaliată în privința a ceea ce i-ar face ochi-roșii. *O experiență cum n-ai mai trăit niciodată. O să-i implori să te omoare. Nu trebuie să eziți.* De ce putea să se folosească? Să o ia doar la goană și să se roage s-o împuște?

– Ești bine, domnișoară?

Vale se uită la ea, așteptând cu mâna întinsă să-i ia permisul.

– Ce ați spus?

– Ești... bine?

Se simțea de parcă ar fi fost smulsă de pe marginea unei prăpăstii. Bălmăji răspunsul potrivit:

– Sunt doar puțin emoționată.

Dacă Vale fu surprins s-o vadă, nu se trădă prin nimic. Vale era pur și simplu un actor mai bun decât ea. În toți acești ani de când îl cunoștea, nu reușise să-l citească o dată.

– Domul poate fi copleșitor când îl vezi prima oară. Tu trebuie să fii fata cea nouă, Dani. Am dreptate?

Ea încuviință din cap. Dani, așa o chema acum. Nu Sara.

– Arată-mi numărul, te rog.

Ea își suflecă mâneca și întinse brațul. Eustace, folosindu-se de un contact infiltrat în departamentul de înregistrări, îi aranjase numărul Sarei, așa încât să i se potrivească noii ei identități inventate. Vale făcu o mică bifă în registrul lui.

– Se pare că trebuie să raportezi directorului-adjunct Wilkes. Îi făcu semn unui alt colab să vină să-i țină locul la masă. Tu vino cu mine.

Sara nu cunoștea numele. Dar un director-adjunct însemna că era un membru superior din conducere. Vale o conduse de-a lungul unui coridor scurt, până la un lift cu uși metalice, reflectorizante. Stăteau în tăcere, amândoi privind în față, așteptând să vină liftul.

– Intră, te rog!

Urmând-o, Vale apăsă butonul pentru etajul șase. Cabina liftului începu să urce. Tot nu se uita la ea. Sara se întrebă dacă avea să-i spună ceva. Apoi, după ce trecură de etajul patru, el se întinse din nou spre panou și apăsă un întrerupător. Liftul se opri brusc.

– Nu avem decât o secundă la dispoziție, spuse Vale. Ai fost repartizată unei femei, Lila. Asta e mai bine decât la ce te-ai fi așteptat.

– Cine e Lila?

– Ea este cea care controlează Viralii. O țintă importantă. Este foarte bine păzită și aproape că nu iese niciodată din apartamentul ei.

Sara își forță mintea să rețină fiecare cuvânt.

– Și ce ar trebui să fac?

– Pentru moment, doar s-o supraveghezi. Să-i câștigi încrederea. Noi doi nu vom mai avea contact direct. Dacă vrei să-mi transmiți ceva, o vei face prin fata care-ți servește masa. Dacă lingura de pe tavă este întoarsă, înseamnă că ai un bilet sub farfurie. Răspunde la mesaj pe aceeași cale, dar numai în cazuri de urgență. Înțeles?

Sara dădu din cap că da.

– Mereu mi-ai plăcut, Sara. Și îmi place să cred că am făcut ce mi-a stat în putere să te protejez. Dar nimic din toate acestea nu mai contează acum. Dacă ochi-roșii își dau seama cine ești, n-o să te pot ajuta. Își strecură degetele pe sub betelie, de unde scoase un mic pătrat din folie metalică și i-l puse în palmă. Să-l ai mereu la tine. E o bucată de sugativă înăuntru. Înmuiată în aceeași substanță pe care Nina a folosit-o ca să te adoarmă, doar că într-o concentrație mult mai mare. Pune-o sub limbă. N-o să dureze mai mult de câteva secunde. Crede-mă, e mai bine decât să te ducă la subsol.

Sara strecură plicul în buzunarul pantalonilor. Moartea era cu ea acum. Spera să aibă curajul s-o facă dacă avea să fie nevoie.

Vale era cu mâna pe întrerupător.

– Gata?

Cu o zgâlțâitură, liftul își reluă ascensiunea, încetinind pe măsură ce se apropiau de destinație. Vale, reintrându-și în rol, îi puse mâna pe braț, prinzând-o chiar mai sus de cot. Ușile se dădură în lături, lăsând la iveală un colab, solid, cu dinți negri, care se holba la ei cu mâinile în șold.

– Ce naiba se întâmplă cu liftul ăsta? Apoi, ațintindu-și privirea asupra Sarei: Ea ce caută aici?

– Îngrijitoarea cea nouă. O duc la Wilkes.

Colabul o măsură de sus până jos, dând sugestiv din sprâncene.

– Păcat! N-arată rău.

Vale o conduse de-a lungul unui coridor cu uși grele din lemn. Pe fiecare se găsea, la nivelul ochilor, o plăcuță din aramă cu numele și titulatura, pe care Sara le recunoscu din afișele distribuite prin vale. „Aidan Hoppel, Ministrul Propagandei“,„Clay Anderson, Ministrul Muncii Publice“,„Daryl Chee, Ministrul Recuperării Resurselor Materiale“, „Vikram Suresh, Ministrul Sănătății Publice“. Ajunseră la ultima ușă: „Frederick Wilkes, Șef de personal și Director-adjunct al Patriei“.

– Vino!

Ocupantul oficiului era aplecat peste un teanc de hârtii de pe birou, scrijelind ceva cu un stilou. O lumină slabă, de iarnă se strecura prin ferestrele cu draperii din spatele lui.

– Tu ești Dani?

Sara dădu din cap.

Bărbatul își mută privirea la Vale:

– Așteaptă afară, te rog.

Ușa se închise cu un clinchet. Wilkes se lăsă pe spătarul scaunului. Un aer de istovire plutea în jurul lui. Scoase o foaie de hârtie din teanc și parcurse iute.

– Acolo ai lucrat, la lăptărie?

– Da, domnule director-adjunct.

– Și nu ai rude apropiate?

– Nu, domnule director-adjunct.

Wilkes își întoarse ochii în foaia de pe birou.

– Ei bine, se pare că e ziua ta norocoasă. O să fii însoțitoarea Lilei. Numele ăsta îți spune ceva?

Sara clătină slab din cap.

– N-ai auzit zvonuri? Nu ne facem iluzii că securitatea e întotdeauna așa cum ar trebui. Poți să-mi spui dacă ai auzit.

Cu un efort colosal, se sili să-l privească în ochi.

– Nu, nu am auzit nimic.

Wilkes așteptă o clipă înainte să continue:

– În regulă. E suficient de menționat că Lila e specială. Ce ai tu de făcut e destul de simplu. Practic, orice îți cere. O să vezi că poate fi – cum să mă exprim? Imprevizibilă. Unele dintre chestiile pe care ți le va cere ți se vor părea ciudate. Crezi că faci față?

Ea dădu scurt din cap.

– Da, domnule.

– Și trebuie s-o faci să mănânce. Are nevoie de muncă de lămurire. Poate fi foarte încăpățânată uneori.

– Puteți conta pe mine, domnule director-adjunct.

El se lăsă din nou pe spătarul scaunului, cu mâinile în poală.

– Vei vedea că traiul în Dom este mult mai bun decât cel din vale. Trei mese calde pe zi. Apă caldă pentru spălat. Ți se vor cere puține lucruri în afară de cele despre care ți-am vorbit. Dacă faci treabă bună, nu există niciun motiv să nu te bucuri de generozitatea noastră și în anii ce vor urma. Încă o chestiune. Te pricepi la copii?

– La copii, domnule?

– Da. Îți plac? Te înțelegi bine cu ei? Eu, unul, îi găsesc cam obositori.

Sara simți un junghi familiar.

– Da, domnule director adjunct. Îmi plac.

Așteptă alte lămuriri din partea lui Wilkes, însă era evident că nu avea să mai urmeze niciuna. O mai cântări din priviri câteva secunde din spatele biroului său, apoi ridică receptorul.

– Spune-le că venim.

Aproximativ o oră mai târziu, Sara se trezi îmbrăcată într-o rochie de îngrijitoare, stând în pragul unei încăperi somptuos decorate, al cărei număr de detalii era cu neputință de cuprins. Draperii grele atârnau la ferestre; singurele surse de lumină erau câteva candelabre mari de argint, împrăștiate prin cameră. Treptat, încăperea deveni clară. Mulțimea pieselor de mobilier și a celorlalte nimicuri o făceau să arate nu atât un loc unde locuia cineva, cât un spațiu de depozitare a tot felul de lucruri. O canapea voluminoasă, acoperită de perne mari, cu ciucuri, precum și două scaune umplute până la refuz ocupau o latură a camerei, în fața lor aflându-se o măsuță pătrată din lemn lustruit, pe care erau grămezi de cărți. Și mai multe perne, de toate culorile, erau împrăștiate pe podea, care era îmbrăcată de un covor bogat ornamentat. Pereții erau plini de picturi în ulei cu rame grele, suflate cu aur – peisaje, imagini cu cai și pisici, precum și multe portrete de femei cu ai lor copii, purtând tot felul de costume, reprezentările având un caracter tulburător de realism magic. Atenția Sarei fu atrasă de una anume: o femeie într-o rochie albastră și cu o pălărie portocalie, care stătea în grădină, alături de o fetiță. Se apropie de ea ca să vadă mai bine. Pe plăcuța de sub ramă scria: Pierre-Augustin Renoir, *Două surori pe terasă*, 1881.

– Aici erai! Era și timpul să trimită pe cineva.

Sara se întoarse. O femeie, cu brațele încrucișate la piept, stătea în ușa dormitorului. Era și mai mult, și mai puțin decât cum și-o închipuise Sara din cele spuse de Vale și Wilkes. Persoana pe care și-o imaginase ea era măcar o prezență substanțială, doar că silueta dinaintea ei părea destul de fragilă. Avea în jur de șaizeci de ani. Riduri adânci îi brăzdau chipul, delimitând ca niște granițe diversele regiuni; semiluni de piele lăsată îi atârnau ca hamacele sub ochii apoși. Buzele îi erau atât de palide încât erau practic inexistente, ca niște buze-fantomă. Purta un halat lucios, dintr-un material subțire, un prosop gros înconjurându-i capul ca un turban.

– *Hablas inglés?*

Sara o privi mută, incapabilă să formuleze un răspuns la această întrebare de neînțeles.

– Vorbești... engleza?

– Da, afirmă Sara, vorbesc engleza.

Femeia tresări ușor.

– O, deci așa. Trebuie să recunosc, asta e o surpriză. De câte ori nu le-am cerut să-mi trimită pe cineva care vorbește măcar puțin engleza? Nici nu vreau să-ți spun. Făcu un mic gest expeditiv cu mâna. Scuze, cum ziceai că te cheamă?

Nu mai conta că nici nu i-l spusese până acum.

– Dani.

– Dani, repetă femeia. De unde ești, mai precis?

Răspunsul cel mai general era și cel mai înțelept.

– Sunt de aici.

– Firește că ești de *aici*. Mă refeream *de unde vii*. Din ce trib. Din ce popor. Din ce clan. Încă o fluturare a mâinii. Știi tu, din ce *familie*.

Cu fiecare cuvânt pe care-l rostea, Sara simțea că se adâncește și mai mult în nisipurile mișcătoare ale ciudățeniei acestei femei. Și totuși, ceva la ea era cât se poate de înduioșător. Părea de-a dreptul neajutorată, o păsărică ce se zbate într-o colivie.

– Din California.

– Așa mai vii de-acasă. O pauză; apoi, cu o privire care părea că pricepuse, adăugă: A, *înțeleg*. Lucrezi, ca să poți să te întreții la școală. De ce n-ai zis așa de la început?

– Doamnă?

– Te rog, ciripi ea, spune-mi Lila. Și nu mai fi așa modestă. Faci un lucru admirabil. Ai tărie de caracter. Bineînțeles, asta nu înseamnă c-o să te plătesc mai mult decât pe celelalte fete. Am făcut o înțelegere în legătură cu serviciul. Paisprezece pe oră, accepți sau pleci.

Paisprezece ce? se întrebă Sara.

– Paisprezece e o plată numai bună.

– Şi, desigur, asigurarea. O să plătim şi asta, conform formularului 1099. David este foarte strict când vine vorba de asta. El este ce ai putea numi un om al regulilor. Un mare demodat. Mi-e teamă că nu-ţi plătim şi asigurarea de sănătate, dar sunt sigură că o face şcoala. O privi încurajator: Deci, ne-am înţeles?

Ea încuviinţă din cap, complet bulversată.

– Minunat! Trebuie să recunosc, Dani, continuă femeia pe nume Lila, traversând încăperea, ai venit la ţanc. Nicio clipă mai devreme, de fapt. Scosese o cutie de chibrituri din halat, iar acum aprindea candelabrul de lângă măsuţa de toaletă. De ce nu laşi aia acolo?

Se referea la tava pe care i-o dăduse Wilkes. Pe ea, se aflau o sticlă şi un pahar. Sara lăsă tava pe masa indicată de femeie, cea de lângă dulapul bogat ornamentat, acoperit de eşarfe. Lila se aşezase în faţa unei oglinzi mari şi se întorcea într-o parte şi în alta, cercetându-şi reflexia.

– Deci, ce crezi?

– Îmi cer scuze?

Îşi puse o mână pe abdomen şi apăsă în interior, pe măsură ce-şi umplu pieptul cu aer.

– Dieta asta îngrozitoare! Nu cred că mi-a mai fost aşa foame în viaţa mea. Dar chiar pare să funcţioneze. Ce zici, Dani? Încă două kilograme şi jumătate? Fii sinceră!

Stând din profil, femeia era numai piele şi os.

– Arătaţi bine, spuse ea cu blândeţe. Eu n-aş mai da jos niciun kilogram.

– Serios? Pentru că mă uit în oglindă şi mă gândesc: cine este umflata asta? Zepelinul ăsta? *O, doamne, omenirea asta!* La asta mă gândesc.

Sara îşi aduse aminte de ordinele lui Wilkes.

– Cred că, dimpotrivă, ar trebui să mâncaţi ceva.

– Mi s-a mai spus. Crede-mă, am mai auzit *asta şi înainte*. Îşi puse mâinile în şold, îşi schimonosi faţa şi începu pe o voce piţigăiată: Lila, eşti prea slabă. Lila, trebuie să pui nişte carne pe oasele alea. Lila, în sus. Lila, în jos. Bla-bla-bla. Făcu apoi ochii mari, cuprinşi parcă brusc de panică: Dumnezeule, cât este ceasul?

– Cred că e... aproape prânzul.

– Vai, Dumnezeule mare! Femeia începu să alerge de colo până colo prin cameră, luând în mână mai multe lucruri şi punându-le jos într-o manieră ce părea arbitrară. Nu sta acolo! o imploră ea, ridicând un teanc de cărţi şi îndesându-l în bibliotecă.

– Ce aţi dori să fac?

– Fă... Nu ştiu. Orice. Uite...

Îi umplu braţele Sarei de perne.

– Aşază astea acolo. Pe chestia aia, cum s-o numi.

– Adică, pe canapea?

– Fireşte că pe canapea!

Şi, uite aşa, o lumină păru să aprindă chipul femeii. O lumină strălucitoare, uimitoare, fericită. Se uită peste umărul Sarei, spre uşă.

– Scumpo!

Se lăsă în genunchi, în timp ce un copilaş, o fetiţă într-o salopeţică simplă, cu buclişoare blonde, ţâşni pe lângă Sara şi se aruncă în braţele întinse ale femeii. Îngeraşul meu! Îngeraşul meu scump de fetiţă!

Copilul, care ţinea în mână o foaie de hârtie colorată, arătă cu degetul spre turbanul femeii:

– Ai făcut baie, mami?

– Da! Ştii că lui mami îi place să facă baie. Ce fetiţă deşteaptă eşti tu! Ia spune-mi, continuă ea, cum a fost lecţia? Te-a învăţat Jenny să citeşti?

– Am citit din *Peter Iepuraşul*.

– Minunat! făcu femeia, radiind. Ţi s-a părut amuzant? Ţi-a plăcut? Cred că ţi-am spus cât de mult îl adoram când eram mică. Îşi întoarse atenţia asupra foii: Şi ce avem noi aici?

Fetiţa ridică foaia.

– E un desen.

– Aia sunt eu? E un desen cu noi două.

– Sunt nişte păsări. Pe asta o cheamă Martha, pe cealaltă Bill. Fac un cuib.

O străfulgerare de dezamăgire; după care, zâmbi din nou.

– Da, normal că sunt niște păsări. Oricine poate vedea asta. E la fel de evident ca năsucul de pe fața ta.

Și tot așa. Sara abia mai rezista. O senzație nouă și intensă pusese stăpânire pe ea, un fel de alarmă biologică. Ceva profund și atavic, înaintând apăsător ca un val, atenția ei fiind captivată de capul blond al fetiței. De buclele acelea. De dimensiunea unică și precisă pe care trupul fetiței îl ocupa în încăpere. Sara deja știa, fără să fie conștientă, un fapt de care era conștientă: paradoxul care sfredelea un fel de pasaj înăuntrul ei, ca imaginile reflectate în două oglinzi opuse.

– Vai, ce urât din partea mea! izbucni femeia aceea, Lila, vocea ei distanțată de realitate, ca o transmisie de pe o planetă îndepărtată. Unde îmi sunt manierele? Eva, vreau să cunoști pe cineva. Ea este noua noastră prietenă... Se opri, neputând să-și amintească.

– Dani, bâigui Sara.

– Noua și minunata noastră prietenă, Dani. Spune-i bună ziua, Eva!

Copila se întoarse spre ea. Timpul se nărui când Sara îi privi chipul. Un amalgam unic de forme și trăsături, cum nu putea exista decât unul singur în tot universul. Sara nu avea nicio îndoială de asta.

Fetița îi adresă un zâmbet strălucitor, cu gura închisă.

– Bună ziua, Dani!

Sara se uita la propria fiică.

Însă, în următoarea secundă, totul se schimbă. O umbră căzu peste ele, o prezență întunecată coborî din neant. Sara se trezi brusc la realitate.

– Lila.

Sara se întoarse. El stătea în spatele ei. Chipul lui era cel al unui bărbat obișnuit, banal, unul ca alte o mie, însă radia o amenințare invizibilă la fel de puternică precum însăși gravitația. Când te uitai la el, simțeai că te arunci într-un hău.

Îi aruncă Sarei o privire sfredelitoare, plină de dispreț.

– Știi cine sunt?

Sara înghiți cu greu. Gâtlejul îi era uscat ca o trestie. Pentru prima oară, mintea îi fugi la folia metalică ascunsă în faldurile rochiei ei; nu avea să fie cea din urmă.

– Da, domnule. Sunteți Directorul Guilder.

Colțurile gurii i se lăsară în jos, cu scârbă.

– Pune-ți vălul, pentru numele lui Dumnezeu! Numai când mă uit la tine și îmi vine să vomit!

Cu degete tremurătoare, făcu după cum i se ceruse. Acum, umbra deveni o umbră în adevăratul sens al cuvântului, căci trăsăturile lui erau estompate, din fericire, de materialul textil, ca de o ceață. Guilder trecu pe lângă ea, ducându-se în locul unde Lila era încă îngenuncheată, împreună cu fiica Sarei. Dacă prezența lui însemna ceva pentru fetiță, Sara nu ar fi putut spune, însă cu Lila era cu totul altceva. Fiecare părticică din ea se crispase. Strângând în fața ei copilul ca pe un scut, se ridică în picioare.

– David...

– Încetează! O măsură nemulțumit din priviri: Arăți ca naiba, știai asta? Apoi, întorcându-se din nou către Sara: Unde e?

Vorbea, își dăduse ea seama, de tavă. Sara arătă cu degetul în direcția ei.

– Adu-o încoace!

Mâinile ei reușiră cumva să ducă la îndeplinire ordinul.

– Scapă de ele! i se adresă Guilder Lilei.

– Eva, scumpo, nu vrei să te duci tu afară cu Dani? Îi aruncă Sarei o privire scurtă, imploratoare: E o zi așa frumoasă! Puțin aer curat, ce zici?

– Vreau să mă duci *tu*! protestă fetița. Tu nu ieși *niciodată* afară.

Vocea Lilei era ca un cântec pe care era nevoită să-l cânte.

– Așa e, scumpo, dar știi cât de sensibilă e mami la lumina soarelui. Iar mami trebuie să-și ia medicamentul acum. Știi cum face mami dacă nu-și ia medicamentul.

Șovăind, copila se supuse. Despărțindu-se de Lila, se duse spre Sara, care aștepta lângă ușă.

Printr-un miracol dureros, o luă pe Sara de mână.

Carne pe carne. Trupușorul ei, puterea ei subtilă, amintirea care o năpădi. Toate simțurile Sarei se pliară după senzația deosebită a mâinii micuțe a copilei într-a ei. Era prima oară când trupurile lor se atingeau de când fuseseră unul într-altul, deși acum era exact pe dos: Sara era cea dinăuntru.

– Haide, duceți-vă! spuse Lila cu glas răgușit, făcând un gest expeditiv către ușă. Distracție plăcută!

Fără un cuvânt, Kate – Eva – o conduse pe Sara afară din încăpere. Sara plutea; Sara cântărea un milion de kilograme. Eva, se gândi ea. Trebuie să țin minte s-o strig Eva. Un coridor scurt, apoi un șir de trepte: o ușă dublă jos, care dădea într-o curte mică, îngrădită, cu un balansoar și o pereche de leagăne ruginite. Cerul privea în jos cu o lumină solemnă, aducătoare de zăpadă.

– Vino! spuse copila și se desprinse de ea.

Se urcă într-un leagăn. Sara își ocupă locul în spatele ei.

– Împinge-mă!

Sara trase de lanțuri, devenind brusc agitată. Cât de mult, ca să fie în siguranță? Ființa aceasta prețioasă și iubită. Acest omuleț divin, miraculos. Desigur că un metru era de ajuns. Dădu drumul lanțurilor, iar fata se înălță în aer, ridicându-și picioarele cu avânt.

– Mai sus!

– Ești sigură?

– Mai sus, mai sus!

Fiecare senzație o străpungea. Fiecare îi săpa fără durere în inimă. Sara își lipea mâna de spatele fiicei ei și o împingea înainte. Cobora și se ridica în aerul de decembrie. Cu fiecare avânt luat, părul i se răsfira înapoi, umplând aerul din urma ei de mirosul dulce al ființei sale. Fata se dădea liniștită în leagăn; fericirea ei se limita la actul în sine. O fetiță, dându-se în leagăn în aerul iernii.

Scumpa mea Kate, se gândi Sara. *Copilașul meu, singurul meu copil*. O împinse iar și iar; fetița se înălța sus, ca să se întoarcă în mâinile ei. *Am știut eu, am știut eu, am știut dintotdeauna. Tu ești tăciunele de viață peste care am suflat o mie de nopți singuratice. N-aș putea nicicând să te las să mori.*

46

Houston.

Orașul lichefiat zăcea pe fundul mării. Din marele conglomerat urban nu mai rămăseseră decât zgârie-norii din inima lui. Uraganele, ploile tropicale, alunecarea neverificată a unui continent ale cărui ape își căutau drum spre Golf: vreme de o sută de ani fusese bătut de valuri, care inundaseră ținutul, săpând brațe murdare de râu și delte contaminate, eradicând orice urmă de viață.

Erau șaisprezece kilometri până în centrul orașului. Ultimele zile de călătorie fuseseră un joc de șotron, căutând locuri uscate și segmente traversabile de drum, croindu-și drum printre desișuri de vegetație spinoasă, infestată de insecte. Prin aceste părți, natura își dezvăluise adevăratul scop malefic: totul de aici voia fie să te înțepe, fie să te năpădească, fie să te muște. Aerul trosnea de greutatea saturată și de miasma putreziciunii. Copacii, încovoiați ca niște mâini care vor să înșface, păreau cu totul dintr-o altă eră. Ai fi zis că erau puși acolo. Cine să inventeze asemenea copaci?

Întunericul se lăsă cu o paloare gălbuie din cauza chimicalelor. Înaintau acum în ritm de melc. Până și Amy începuse să dea semne de iritare. Simptomele bolii ei nu dispăruseră, ba chiar dimpotrivă. Când credea că Greer nu o vede, se ținea cu mâinile de stomac, inspirând încet de durere. Înnoptară la ultimul etaj al unei case care părea ridicol de opulentă pentru o ruină: candelabre atârnând din tavan, încăperi de dimensiunile unor amfiteatre, toate pătate cu mucegai negru, mirositor. Pe pereți, o dungă maro cam la un metru deasupra podelei de marmură indica nivelul apelor care inundaseră cândva locul. În dormitorul uriaș unde se adăpostiseră, Greer deschise ferestrele ca aerul curat să alunge putoarea cu iz de amoniac: sub el, în curtea împânzită de iederă, era o piscină plină cu o substanță vâscoasă.

Toată noaptea, Greer îi auzi pe moleșiții de afară cum se mută dintr-un copac în altul. Săreau din creangă în creangă, ca niște maimuțe uriașe. Ascultă foșnetul frunzelor, urmat de chițăitul ascuțit al șobolanilor, al veverițelor și al altor animale mici care-și găseau sfârșitul. În ciuda ordinului dat de Amy, dormi agitat, cu pistolul în mână. *Ține minte: Carter e de-al nostru.* Se ruga să fie adevărat.

De dimineață, Amy nu se simțea mai bine.

– Ar trebui să mai stăm, spuse el.

Până și statul în picioare părea să-i consume toată energia. Nu făcea niciun efort să-și ascundă disconfortul, ținându-se cu mâna de abdomen, cu capul plecat de durere. Îi putea vedea spasmele scuturându-i stomacul, pe măsură ce crampele o cuprindeau.

– Plecăm, spuse ea, rostind cuvintele printre dinții încleștați.

Își reluară drumul spre est. Zgârie-norii din centru își făcură apariția în toată splendoarea lor. Unii dintre ei se prăbușiseră, solul argilos dilatându-se și contractându-se de-a lungul anilor, săpându-le fundația; altele se lăsaseră unul pe celălalt, ca niște bețivi ce se împleticeau afară dintr-un bar. Amy și Greer dădură de o fâșie îngustă de nisip între două brațe de râu sufocate de buruieni. Soarele strălucea cu putere. Începuseră să apară epave aduse de ape: bărci și bucăți de bărci, răsturnate pe o parte, de parcă ar fi leșinat de extenuare. Când ajunseră la locul unde se sfârșea uscatul, Greer descălecă, își scoase binoclul din traista de la șa și îl îndreptă dincolo de apele nămoloase. Drept înainte, sprijinit de un zgârie-nor, zăcea epava unui vapor uriaș eșuat la mal. Pupa i se ridica extrem de mult în aer, elicele-i imense fiind vizibile deasupra liniei de plutire. Pe el era trecut numele vasului, acum mâncat de rugină: CHEVRON MARINER.

– Acolo o să-l găsim, spuse Amy.

Nu exista niciun drum până acolo; trebuiau să găsească o barcă. Norocul le surâse. După ce făcură cale întoarsă vreun sfert de kilometru, dădură peste o bărcuță cu vâsle din aluminiu, care zăcea răsturnată în bălării. Fundul părea să fie intact și niturile la locul lor. Greer o trase până la marginea lagunei și o lansă la apă. Când văzu că nu se scufundă, o ajută pe Amy să se urce în ea.

– Cum rămâne cu caii? o întrebă el.

Chipul ei era o mască a durerii abia reținute.

– Ar trebui să ne întoarcem până la lăsarea serii.

Ținu barca să se urce și Amy, după care ocupă bancheta din mijloc. O scândură le servi drept cârmă. Așezată la pupa, Amy fusese redusă la rolul de încărcătură. Își ținea ochii închiși, mâinile în jurul mijlocului, transpirația picurându-i de pe sprâncene. Nu scotea niciun sunet, deși Greer se gândea că tăcerea ei era de dragul lui. Pe măsură ce distanța se micșora, ambarcațiunea căpăta dimensiuni uluitoare. Laturile ei ruginite se zăreau de la sute de metri depărtare de lagună. Era aplecată într-o parte; apa din jur era neagră din pricina petrolului. Greer vâsli barca până în holul de intrare al clădirii adiacente, oprindu-se lângă un banc de lifturi încremenite.

– Lucius, cred că o să am nevoie de ajutor.

O ajută să iasă din barcă și să meargă până la cel mai apropiat lift, ținând-o de talie. Se treziră într-un hol cu mai multe lifturi și cu un perete de sticlă fumurie. ONE ALLEN CENTER anunța un semn, dedesubtul căruia se găsea o listă de birouri. Nu era de glumă: urcușul care îi aștepta era pe puțin de zece etaje.

– Poți? o întrebă Greer.

Amy își mușcă buza și dădu din cap că da.

Urmară indicatorul către scări. Greer aprinse o torță, o apucă din nou pe după mijloc și astfel începură să urce. Aerul închis de pe casa scării te intoxica din pricina mirosului de mucegai; la fiecare câteva etaje erau nevoiți să iasă pe hol, doar ca să-și curețe plămânii. La etajul al doisprezecelea, se opriră:

– Cred că am urcat suficient, spuse Greer.

De la ferestrele închise ale unui birou plin de cărţi, îşi coborâră privirea la puntea vasului petrolier, care se sprijinea greoi de clădire zece etaje mai jos. Un salt uşor. Greer luă scaunul de la birou, îl ridică deasupra capului şi îl aruncă pe geam.

Se întoarse să se uite la Amy.

Ea îşi studia mâna, ţinând-o căuş în faţa ochilor. Un fluid roşu îi umplea palma. Abia atunci observă Greer pata de pe tunica ei. Şi mai mult sânge i se prelingea de-a lungul picioarelor.

– Amy...

Îi întâlni privirea.

– Eşti obosit.

Se simţea cuprins de o moliciune infinită. Un somn care-i învăluia întreg trupul, ca o pătură.

– La naiba! spuse el, deja adormit şi se prăbuşi la podea.

47

Peter și ceilalți intrară în San Antonio pe Autostrada 90. Era dimineață devreme; își petrecuseră prima noapte într-o cutie din inelul exterior al suburbiilor orașului, o întindere de case dărăpănate și spălate de ape. Încăperea se afla sub o secție de poliție, cu o rampă fortificată lângă. Nu era o cutie de-a Securității Naționale, le explicase Hollis, ci una de-a lui Tifty. Era mai mare decât cutiile văzute de Peter, deși nu mai primitoare – doar o cameră neaerisită, cu paturi și un garaj, unde îi aștepta o camionetă cu roțile umflate și cu mai multe canistre cu benzină în remorcă. De-a lungul pereților erau aliniate mai multe lăzi și dulapuri militare din metal. Ce-i în ele? întrebă Michael, la care Hollis îi răspunse, ridicând o sprânceană: Nu știu, Michael. Tu ce crezi?

Porniră cu mașina la prima oră a dimineții sub cerul greu, Hollis la volan, Peter lângă, Michael și Lore în remorcă. Mare parte a orașului arsese în primele zile ale epidemiei; puțin rămăsese din centru, în afara câtorva clădiri mai înalte, care se ridicau în austeritatea lor singuratică pe fundalul dealurilor albite, fațadele lor scorojite scoțând în evidență interiorul înnegrit și ruinat, unde o armată de moleșiți își petreceau acum ziua moțăind. „Doar moleșiți", ziceau oamenii, deși adevărul era adevăr: un Viral rămânea un Viral.

Peter se aştepta ca Hollis să întoarcă, să-i ducă spre nord sau spre sud; în schimb, îi duse drept în inima oraşului, lăsând autostrada în favoarea străzilor strâmte. Pe măsură ce umbrele clădirii învăluiau camioneta, Hollis lăsă în jos geamul din spate al cabinei.

– Mai bine v-aţi înarma, îi avertiză el pe Michael şi pe Lore. Va trebui să aveţi grijă de voi pe aici.

– Numai ochi, *hombre*, veni răspunsul bărbatului.

Peter se uită la distrugerea din jur. Oraşele îl făceau mereu să se gândească la cum fusese lumea înainte. Clădirile şi casele, maşinile şi străzile: toate fremătaseră cândva de oamenii care îşi vedeau de traiul lor, neştiind ce le rezervă viitorul, neştiind că, într-o zi, istoria avea să se oprească.

Îl traversară fără niciun incident. Vegetaţia începuse să crească pe drumuri, pe măsură ce găurile dintre clădiri se lărgeau.

– Cât mai avem? îl întrebă pe Hollis.

– Nu-ţi face griji. Nu mai e mult.

Zece minute mai târziu, ajunseră în dreptul unui gard. Hollis opri în faţa porţii, scoase o cheie din torpedoul camionetei şi coborî din maşină. Peter fu copleşit de o amintire: Hollis parcă era Theo, fratele lui Peter, când deschisese poarta centralei electrice, cu atâţia ani în urmă.

– Unde suntem? îl întrebă pe Hollis când acesta se întoarse la camionetă.

– Fortul Sam Houston.

– O bază militară?

– Mai degrabă un spital al Armatei, îl lămuri Hollis. Cel puţin, asta era înainte. Nu prea mai sunt mulţi doctori pe aici acum.

Îşi reluară drumul. Peter ar fi zis că mergeau printr-un sătuc. Un turn înalt cu ceas se ridica într-o parte a curţii pătrate, care ar fi putut să fie centrul micului oraş. În afară de cele câteva tunuri de ceremonie, nu văzu nimic care să fi ţinut de armată – nu tu camioane ori tancuri, nu tu amplasamente armate, nu tu fortificaţii de orice fel. Nu peste mult timp, Hollis trase camioneta în faţa unei clădiri lungi şi joase, cu un acoperiş plat. Semnul de deasupra uşii scria: CENTRU ACVATIC.

– Acvatic, citi Lore după ce coborâră.

Miji neîncrezătoare ochii la semn, pușca atârnându-i pe piept, pregătită de atac.

– Ca pentru... înot?

Hollis arătă către pușcă.

– Ar trebui să lași asta aici. N-am vrea să facem impresie greșită. Își îndreptă atenția spre Peter: Ultima șansă. Odată ce facem asta, nu mai e cale de întoarcere.

– Da, sunt sigur.

Intrară în foaier. Având în vedere circumstanțele, interiorul clădirii era în stare bună: tavan înalt, ferestre solide, nimic dintre gunoaiele obișnuite.

– Simțiți asta? întrebă Michael.

O vibrație joasă, ca o coardă uriașă care era ciupită, răzbătea din podea. Undeva în clădire mergea un generator.

– Mă așteptam să fie gărzi, îi spuse Peter lui Hollis.

– Câteodată sunt, când Tifty vrea să facă impresie. Dar, de obicei, nu avem nevoie de așa ceva.

Hollis îi conduse dincolo de o ușă dublă, pe care o împinse, scoțând la iveală un spațiu vast, cu gresie, tavan înalt și, în mijlocul încăperii, o uriașă piscină goală. Trecură de încă un set de uși duble și coborâră niște trepte, luminate de neoane bâzâitoare și fluorescente. Peter se gândi să-l întrebe pe Hollis de unde are Tifty gazul pentru generator, dar își răspunse singur apoi. Tifty probabil îl obținuse așa cum obținea orice altceva: furând. Scările îi conduseră la o încăpere plină de țevi și de rezervoare de metal. Acum se aflau sub piscină. Își croiră drum prin spațiul strâmt până ajunseră la o altă ușă, diferită de celelalte, făcută din oțel masiv. Nu avea niciun semn, nici vreun mijloc vizibil de a o deschide; suprafața ei netedă nu părea să aibă niciun mecanism. Pe peretele de lângă ea era o tastatură numerică. Hollis apăsă degrabă câteva butoane și, cu un clic, ușa se deschise, dezvăluind un coridor întunecat.

– E în regulă, le spuse Hollis, făcând semn cu capul înspre deschizătură. Luminile se aprind automat.

Când uriașul păși înăuntru, mai multe neoane fluorescente se aprinseră la viață, strălucirea lor scoțând și mai mult în evidență albeața ca de spital a pereților coridorului. Impresia pe care o avea Peter despre Tifty se schimbă cu repeziciune. Ce-și închipuise el? O tabără murdară, populată de zdrahoni, de niște gorile înarmate până în dinți? Nimic din cele văzute până atunci nu îi confirmase aceste așteptări. Dimpotrivă: totul demonstra un nivel de tehnologie avansată care părea s-o depășească cu mult pe cea din Kerrville. Și nu era singurul care credea acest lucru; și Michael era de-a dreptul uimit. *Ce mai loc*, părea să spună expresia de pe fața lui.

Coridorul se sfârși cu un lift. Deasupra lui se afla o cameră de supraveghere. Oricine era de partea cealaltă, știa de venirea lor; fuseseră sub observație încă de când pătrunseseră în holul de la intrare.

Hollis își îndreptă fața în obiectiv, după care apăsă butonul de pe peretele vecin, vorbind într-un interfon micuț:

– E în regulă, spuse el. Sunt cu mine.

Un hârâit, apoi:

– Hollis, ce naiba?

– Nu poartă arme. Sunt prieteni de-ai mei. Garantez pentru ei.

– Ce vor?

– Să-l vadă pe Tifty.

Pauză, ca și cum vocea din spatele interfonului se sfătuia cu altcineva; după care:

– Nu putem să-i aducem aici pur și simplu. Nu ești în toate mințile?

– N-aș face asta dacă n-ar fi cu adevărat important. Deschide ușa, Dunk!

O clipă de șovăire și ușa se deschise.

– E fundul tău în joc, mai spuse vocea.

Intrară; liftul își începu coborârea lentă.

– În regulă, o să mușc momeala. Ce e locul ăsta? întrebă Michael.

– Suntem într-o fostă bază USAMRIID. O anexă a unității principale din Maryland, care a activat pe timpul epidemiei.

– Ce înseamnă USAMRIID? întrebă Lore.

Fu Michael cel care îi răspunse:

– Este o prescurtare de la „Institutul de Cercetări Medicale al Armatei Statelor Unite pentru Boli Infecțioase". Se uită încruntat la Hollis: Nu pricep. Ce caută Tifty aici?

Atunci se deschiseră ușile liftului și auziră piedici de armă trase, fiecare dintre ei trezindu-se cu o țeavă de pușcă în față.

– Toată lumea, în genunchi!

Erau șase. Cel mai tânăr nu părea să aibă mai mult de douăzeci de ani, cel mai în vârstă patruzeci. Bărbi neîngrijite, păr soios și dinți înnegriți: cam așa arătau. Unul dintre ei, un uriaș cu chelie și falduri de grăsime la baza gâtului, avea tatuaje albăstrii pe toată fața și pe pielea expusă de pe brațe. Aparent, acela era Dunk.

– Ți-am spus, începu Hollis, îngenunchind la podea cu ei, ținând mâinile deasupra capului, sunt prieteni de-ai mei.

– Liniște!

Era îmbrăcat cu mai multe părți din diverse uniforme, atât militare, cât și de-ale Securității Naționale. Își băgă revolverul în toc și se lăsă pe vine în fața lui Peter, ațintindu-și asupra lui ochii cenușii și sfredelitori. Văzute de aproape, desenele de pe față și brațele lui deveneau clare. Virali. Mâini de Virali, fețe de Virali, dinți de Virali. Peter nu se îndoia că, pe sub haine, trupul bărbatului era plin de așa ceva.

– Expediționar, spuse Dunk tărăgănat, dând cu gravitate din cap. Lui Tifty o să-i placă asta. Cum te cheamă, locotenente?

– Jaxon.

– Peter Jaxon?

– Da.

Menținându-și poziția, Dunk se răsuci pe călcâiele cizmelor spre ceilalți:

– Ce ziceți de asta, domnilor? Nu în fiecare zi ai parte de asemenea oaspeți. Se întoarse spre Peter: De fapt, nu avem parte de oaspeți niciodată. Ceea ce este o problemă. Aici nu e ceea ce ai numi o destinație de vacanță.

– Trebuie să-l văd pe Tifty.

– Am auzit. Mi-e teamă că Tifty nu e disponibil momentan. Tifty al nostru e un tip foarte retras.

– Termină cu prostiile! i-o reteză Hollis. Ți-am spus doar, garantez pentru ei. Tifty trebuie să audă ce au de spus.

– Asta e problema ta, amice. Nu cred că ești în poziția de a face vreo cerere. Și care-i treaba cu voi doi? zise, adresându-se lui Michael și Lore. Voi ce aveți de spus?

– Suntem petroliști, răspunse Michael.

– Interesant. Ne-ați adus petrol? Mijindu-și ochii înspre Lore, un zâmbet amenințător îi apăru pe chip: Ia stai, cred că te știu de undeva. De la poker, nu? Sau de la zaruri? Probabil că nu-ți amintești.

– Cu așa o mutră, cum aș putea să te uit?

Rânjind, Dunk se ridică, frecându-și mâinile cărnoase.

– Bun, mi-a părut bine să vă cunosc. O adevărată plăcere. Înainte să vă omor, mai are careva ceva de adăugat? Să vă luați adio, poate?

– Spune-i lui Tifty că este vorba despre câmp, zise Hollis.

Ceva se schimbase; Peter își dădu seama de acest lucru numaidecât. Cuvintele căzură pe fața lui Dunk ca o umbră.

– Spune-i! stărui Hollis.

Bărbatul părea prea șocat ca să mai facă ceva. Apoi își scoase pistolul.

– Să mergem!

Dunk și oamenii lui îi conduseră de-a lungul unui coridor lung. Peter aruncă o privire prin jur, deși nu era mare lucru de văzut, doar și mai multe coridoare și uși închise. Multe dintre ele aveau tastaturi numerice pe peretele de lângă, întocmai ca aceea de sub piscină. Dunk se opri dinaintea unei asemenea uși și bătu cu putere de trei ori.

– Intră!

Marele gangster Tifty Lamont. Încă o dată, așteptările lui Peter nu corespundeau deloc cu realitatea. Fizic, era un bărbat bine proporționat, cu ochelari lăsați pe vârful nasului său lung și coroiat. Părul deschis la culoare i se revărsa peste ceafă, împuținat în creștet, unde începuse să se vadă scalpul rozaliu. Stând la un birou mare din metal, era angrenat în actul puțin probabil de a construi un turn din bețișoare de lemn.

– Ce e, Dunk? întrebă, fără să ridice privirea.

– Am prins intrușii, domnule. Hollis i-a adus înăuntru.

– Înțeleg. Își văzu în continuare de migăloasa lui preocupare. Și nu i-ai omorât pentru că...?

Dunk își drese glasul.

– Este vorba despre câmp, domnule. Au spus că au informații.

Mâinile lui Tifty încremeniră în aer. După câteva secunde, își ridică fața, privindu-i prin ochelari.

– Cine spune asta?

Peter făcu un pas în față.

– Eu.

Tifty îl studie o clipă.

– Și ceilalți? Ei ce știu?

– Erau cu mine când am văzut-o.

– Pe cine ai văzut, mai precis?

– Pe femeie.

Tifty nu răspunse. Chipul îi era la fel de impenetrabil ca al unui orb. Apoi:

– Toată lumea afară! În afară de tine... Flutură un deget spre Peter: Cum te cheamă?

– Peter Jaxon.

– În afară de domnul Jaxon.

– Ce vreți să fac cu restul? întrebă Dunk.

– Folosește-ți imaginația. Par înfometați. De ce nu le dai ceva de mâncare?

– Cum rămâne cu Hollis?

– Îmi pare rău, nu te-am auzit bine? Parcă ai spus că el i-a adus înăuntru.

– Asta e și chestia. El i-a condus aici.

Tifty scoase un oftat prelung.

– Ei bine, asta e o problemă. Ce să mă fac cu tine, Hollis? Avem reguli. Avem un cod. Onoare în rândul hoților. De câte ori trebuie să ți-o spun?

– Îmi pare rău, Tifty. Dar am crezut că trebuie să auzi ce au de zis.

– Ei bine, scuzele nu mă încălzesc cu nimic. Mă pui într-o poziție foarte delicată. Își plimbă agale privirea prin încăpere, de parcă și-ar fi căutat următoarea propoziție printre rafturile și dosarele de-acolo. Prea bine. Unde ești de serviciu?

– La numărul patru.

– S-a zis cu asta. Ești suspendat de la cușcă până la noi ordine. Știu cât de mult îți plăcea. Încerc să fiu generos cu tine.

Pe chipul lui Hollis nu se citea nimic. Ce era cușca? se întrebă Peter.

– Îți mulțumesc, Tifty, spuse Hollis.

– Acum ieșiți naibii afară cu toții!

Ușa se închise în urma lor. Peter așteptă ca Tifty să vorbească primul. Bărbatul se ridică de la birou și veni în dreptul unei măsuțe pe care se afla o carafă cu apă. Își turnă într-un pahar și îl goli dintr-o înghițitură. Tocmai când tăcerea se prelungise prea mult, i se adresă lui Peter, întors cu spatele:

– Ce purta?

– O pelerină neagră și ochelari.

– Ce ai mai văzut? Era și un camion?

Peter îi povesti cele întâmplate pe Drumul Petrolului. Tifty îl lăsă să vorbească. După ce termină, bărbatul se duse înapoi la birou.

– Dă-mi voie să-ți arăt ceva.

Deschise sertarul de sus, scoase o foaie de hârtie și i-o întinse peste masa de lucru. Un desen în cărbune, hârtia uscată și ușor decolorată, care înfățișa o femeie și două fetițe.

– Ai mai văzut unul asemănător, nu? Îmi dau seama de asta.

Peter încuviință din cap. Nu putea să-și ia ochii de la desen. Avea o forță de atracție copleșitoare, ca și cum femeia și copiii ei priveau din foaie la un loc dincolo de limitele obișnuite ale timpului și spațiului. Parcă se uita la niște fantome, la trei fantome.

– Da, în Colorado. Greer mi l-a arătat, după ce Vorhees a fost ucis. Un teanc mare de desene asemănătoare. Își ridică privirea și îl văzu pe Tifty urmărindu-l cu atenție, ca un profesor care dă un test: De ce ai o copie?

– Pentru că i-am iubit, răspunse Tifty. Eu și Vorhees am avut neînțelegerile noastre, dar a știut întotdeauna ce simt pentru ei. Erau familia mea. De-asta mi-a dat desenul.

– Au murit pe câmp.

– Dee, da, și cea mică, Siri. Amândouă au fost ucise imediat. S-a întâmplat repede, deși știi zicala: Fă-o repede, dar nu azi. Fata mai mare, Nitia, nu a fost găsită niciodată. Se încruntă: Ești surprins de toate astea? Nu te așteptai, nu?

Peter nici nu știa de unde să înceapă.

– Îți spun toate astea ca să știi cine și ce suntem. Fiecare dintre acești bărbați au pierdut pe cineva drag. Eu le ofer un cămin, un loc unde să-și canalizeze furia. Ia-l pe Dunk, de exemplu. Poate că face pe durul acum, dar, când mă uit la el, știi ce văd? Un puști de unsprezece ani. A fost și el pe câmp. Tatăl, mama și sora, toți duși.

– Nu văd legătura dintre asta și afacerile pe care le faci.

– Pentru că afacerile sunt doar o parte din lucrurile cu care ne ocupăm noi. Ne plătesc facturile, ca să zic așa. Autoritatea Civilă ne tolerează pentru că e nevoită. Într-un fel, are nevoie de noi mai mult decât avem noi nevoie de ea. Nu suntem cu mult diferiți de Forțele Expediționare, e doar cealaltă fațetă a monedei.

Logica lui Tifty părea prea convenabilă, un mijloc de a-și justifica crimele; pe de altă parte, Peter nu putea să nege semnificația imaginii de ansamblu.

– Colonelul Apgar spune că ești ofițer. Lunetist cercetaș.

Pe chipul lui Tifty apăru un zâmbet scurt; era o poveste în spatele acestui lucru.

– Trebuia să-mi închipui că Gunmar are o legătură cu asta. Ce ți-a spus?

– Că ai fost numit căpitan înainte să fii dat afară. A spus că ai fost cel mai bun ofițer din câți au existat vreodată.

– Chiar așa? Ei, încerca să fie drăguț, dar avea puțin dreptate.

– De ce te-ai retras?

Tifty ridică nepăsător din umeri.

– Din mai multe motive. Ai putea spune că viața de soldat nu era deloc pentru mine. Prezența ta aici îmi spune că e cam la fel și cu tine. Bănuiala mea e că nu ai plecat în permisie, locotenente. De câte zile ai dezertat?

Peter se simți prins.

– Doar de vreo două.

– Un dezertor e dezertor. Crede-mă, știu totul despre asta. Dar, ca să-ți răspund la întrebare, am plecat din Forțele Expediționare din cauza femeii aceleia. Mai precis, fiindcă am raportat comandamentului de unde vine, iar ei au refuzat să ia vreo măsură.

Peter rămase de-a dreptul năuc.

– *Știi* de unde vine?

– Normal că știu. Și comandamentul știe. De ce crezi că Gunmar te-a trimis aici? Acum cincisprezece ani, am făcut parte din echipa de trei trimisă în nord ca să localizeze sursa semnalului radio de undeva din Iowa. Foarte slab, doar niște hârâituri, dar suficient cât să-l prinzi cu radiogoniometrul. Nu știam de ce, expediționarii nu urmăreau fiecare cârâit aleatoriu, dar totul a fost foarte pe blat, ordin venit de sus. Trebuia să-l verificăm și să raportăm ce aflăm, nimic mai mult. Am găsit un oraș, poate două, cam de vreo trei ori mai mare decât Kerrville. Dar nu avea ziduri, nici lumini. După câte se vedea, nici n-ar fi trebuit să existe. Și știi ce am mai văzut? Camioane, identice cu cel văzut pe câmp chiar înainte de atac. Cu cel pe care l-ai văzut tu acum trei zile.

– Și ce a spus comandamentul?

– Ne-au ordonat să nu vorbim cu nimeni despre asta.

– De ce ar face asta?

Deși, firește, și lui Peter îi fusese spus același lucru.

– Cine știe? Bănuiala mea ar fi că ordinul a venit de la Autoritatea Civilă, nu de la Armată. Erau speriați. Oricine ar fi fost oamenii aceia aveau la dispoziție o armă cu care noi nu ne puteam măsura.

– Viralii.

Bărbatul dădu din cap.

– Bagă-ți degetele în urechi și roagă-te să nu se întoarcă. Poate nu era o decizie greșită, dar n-am putut înghiți. În ziua aceea, mi-am înaintat demisia.

– Te-ai întors după?

– În Iowa? De ce aș fi făcut-o?

Peter trebuia să dea curs nevoii imperioase.

– Fiica lui Vorhees ar putea fi încă acolo, pe undeva. La fel și Sara. Ai văzut camioanele.

– Îmi pare rău, Sara? Cred că n-am cunoscut-o.

– Soția lui Hollis. Sau ar fi fost soția lui. A fost dată dispărută la Roswell.

O expresie de regret se strecură pe chipul bărbatului.

– Firește. Greșeala mea. Cred că știam asta, deși nu-mi amintesc să-i fi pomenit numele. Oricum, asta nu schimbă lucrurile cu nimic, locotenente.

– Dar ar putea fi încă în viață.

– Aș zice că asta e puțin probabil. A trecut mult timp. Oricum, nu putem face nimic. Nici atunci n-am fi putut, nici acum. Am avea nevoie de o armată. Lucru de care s-a ocupat Autoritatea Civilă, mai mult sau mai puțin. Și, în apărarea conducerii, oamenii ăștia, oricine ar fi, nu s-au întors niciodată. Cel puțin, nu până acum, dacă ce spui tu e adevărat.

Ceva lipsea, se gândi Peter, un detaliu care se ascundea la marginea cunoștințelor lui.

– Cu cine mai erai?

– În echipa de cercetare? Ofițerul responsabil era Nate Crukshank. Al treilea era un bărbat pe nume Lucius Greer.

Informația îl străbătu pe Peter ca un curent electric.

– Du-mă acolo! Arată-mi locul!

– Și ce vrei să faci odată ajuns acolo?

– Să-mi recuperez oamenii. Să-i scot cumva de-acolo.

– Tu mă asculți, locotenente? Nu sunt niște simpli supraviețuitori. Sunt în cârdășie cu Viralii. Mai mult decât atât – femeia aceea îi controlează. Am văzut amândoi ce s-a întâmplat.

– Nu-mi pasă.

– Ar trebui. N-o să reușești decât să te lași ucis. Sau luat. După mine, ăsta ar fi un târg mai prost.

– Atunci spune-mi cum să-l găsesc. Mă duc singur.

Tifty se ridică de la birou și veni înapoi la masa din colț, turnându-și încă un pahar cu apă. O bău încet, înghițitură cu înghițitură. Tăcerea se prelungea, iar Peter avea impresia că gândurile bărbatului rătăceau departe. Se întrebă dacă întrevederea luase sfârșit.

– Spune-mi ceva, domnule Jaxon. Ai copii?

– Ce legătură are asta cu orice altceva?

– Fă-mi pe plac.

Peter clătină din cap.

– Nu.

– Nici familie, nimic?

– Am un nepot.

– Și unde e acum?

Întrebarea era la fel de incomodă ca un interogatoriu. Și totuși, tonul lui Tifty era atât de dezarmant, încât răspunsurile păreau să vină de la sine.

– E împreună cu surorile. Părinții lui au murit la Roswell.

– Sunteți apropiați? Ține la tine?

– Unde vrei să ajungi cu asta?

Tifty nu-i luă în seamă întrebarea. Lăsă paharul gol pe masă și se întoarse la birou.

– Cred că te admiră mult. Marele Peter Jaxon. Nu mai face pe modestul – știu exact cine ești, mai mult chiar decât scrie în raportul oficial. De fata asta a ta, Amy, și de chestiunea cu Cei Doisprezece. Și nu da vina pe Hollis. Nu el e sursa mea.

– Atunci cine?

Tifty rânji.

– Poate îți spun altă dată. Acum vorbim despre nepotul tău. Cum ai spus că-l cheamă?

– N-am spus. Caleb.

– Te întreb doar dacă ești ca un tată pentru Caleb. În ciuda peregrinărilor tale prin teritoriu, în încercarea de a curăța lumea de marea amenințare a Viralilor, ai putea afirma acest lucru ca fiind adevărat?

Brusc, Peter simți că fusese cu desăvârșire manipulat. Îi aducea aminte de partida de șah pe care o jucase cu băiatul: într-un minut se lăsase în voia jocului; în următorul, fusese prins la înghesuială, sfârșitul fiind aproape.

– E o întrebare simplă, locotenente.

Tifty îl mai privi o clipă, după care spuse ca o încheiere:

– Îți mulțumesc pentru sinceritatea ta. Sfatul meu ar fi să uiți de toate astea, să te duci acasă și să-ți crești băiatul. Atât de dragul lui, cât și de al tău, sunt dispus să te las să pleci pe tine și pe prietenii tăi, cu avertismentul că, dacă veți spune cuiva de locul nostru, nu o să aveți parte de lucruri bune, ca să zic așa.

Șah mat.

– Asta e tot? N-ai de gând să faci nimic?

– Ia-o ca pe cea mai mare favoare care ți-a făcut-o cineva vreodată. Du-te acasă, domnule Jaxon! Trăiește-ți viața! Poți să-mi mulțumești mai târziu.

Peter își chinui mintea să găsească de spus ceva care să-l facă pe bărbat să se răzgândească. Arătă către desenul de pe birou.

– Fetele acelea, ai spus că le iubeai.

– Le-am iubit. Le iubesc încă. De-asta nu am de gând să te ajut. Spune-mi că sunt sentimental, dar nu vreau să-ți am moartea pe conștiință.

– Pe conștiința *ta*?

– Am una, da.

– Mă surprinzi, știai asta? făcu Peter.

– Serios? Și cum anume te surprind?

– Nu am crezut niciodată că Tifty Lamont poate fi așa un laș.

Dacă Peter se aștepta să-l scoale pe bărbat de pe scaun, se înșelase. Tifty se lăsă pe spătar, împreunându-și vârful degetelor și privindu-l rece pe deasupra ochelarilor.

– Crezi că, dacă încerci să mă enervezi, o să mă faci să-ți spun ce vrei să afli?

– Ceva de genul ăsta, da.

– Atunci mă confunzi cu unul căruia îi pasă ce crede lumea despre el. Bună încercare, locotenente.

– Ai spus că una dintre ele nu a mai fost găsită. Nu văd cum poți să stai aici, știind că ar putea să mai fie în viață.

Tifty oftă cu exagerare.

– Poate că nu ai aflat, dar nu trăim într-o lume a lui cum-ar-fi-dacă, domnule Jaxon. Prea multe asemenea gânduri te țin treaz noaptea și astfel nu dormi suficient ca să-ți vezi de treburile de peste zi. Nu mă înțelege greșit, îți admir optimismul. Ei bine, poate că nu ți-l admir – ar fi un cuvânt prea puternic. Dar ți-l înțeleg. Cândva, nici eu nu eram prea diferit de tine. Dar zilele acelea au trecut de mult. Ce mi-a mai rămas este acest desen. Mă uit la el în fiecare zi. Pentru moment, mă mulțumesc cu atât.

Peter ridică din nou desenul. Zâmbetul larg al femeii, părul în bătaia brizei nevăzute, cele două fetițe, cu ochii lor mari, plini de speranță, cum sunt ai copiilor, așteptând ca viețile lor să li se dezvăluie. În jurul imaginii ăsteia se învârtea toată viața lui Tifty, nu avea nicio îndoială. Uitându-se la ea, Peter simți prezența unei datorii complexe, alianțe, promisiuni făcute. Imaginea asta nu era o simplă amintire: era o modalitate prin care bărbatul se pedepsea singur. Tifty și-ar fi dorit să moară împreună cu ele, pe câmp. Ciudat, să-i fie milă de Tifty Lamont!

Peter puse desenul înapoi pe biroul lui Tifty.

– Ai spus că afacerile sunt doar o parte din activitățile tale. Nu mi-ai spus despre ce e vorba în rest.

– N-am făcut-o, nu-i așa? Tifty își dădu jos ochelarii și se ridică. Just! Vino cu mine!

Tifty butonă tastatura și ușa masivă se deschise, lăsând să se vadă o încăpere spațioasă, cu o mulțime de cuști din metal de-a lungul pereților. Aerul era rânced, mirosind puternic a animale, sânge și carne crudă, cu un iz pătrunzător de alcool. Lumina era de un albastru rece, vinețiu – „albastru Viral“, îl lămuri Tifty, cu o lungime de undă de patru sute de nanometri, chiar la marginea câmpului spectral vizibil. Suficient, îi spuse el lui Peter, cât să-i menţină într-o stare de calm. Constructorii clădirii îşi cunoşteau foarte bine subiecţii.

Li se alăturaseră şi Michael, şi Lore. Traversară încăperea cu cuşti şi urcară câteva trepte. Era evident unde se duceau; nu era decât o chestiune de cum li se va arăta.

– Iar aici, spuse Tifty, deschizând un panou cu două butoane, unul verde şi unul roşu, este puntea de observaţie.

Se aflau pe un balcon lung cu o serie de păsărele care ieşeau în afara unei platforme din metal. Tifty apăsă butonul verde. Cu un scârţâit de mecanisme şi de lanţuri puse în mişcare, platforma începu să se retragă în peretele opus, scoţând la iveală o suprafaţă de sticlă ranforsată.

– Haideţi! îi îndemnă Tifty. Uitaţi-vă cu ochii voştri!

Peter şi ceilalţi doi păşiră pe pasarelă. În aceeaşi clipă, un Viral se năpusti la ei de dedesubt, izbindu-se de sticlă cu zgomot, înainte să se prăbuşească înapoi şi să se retragă într-un colţ al cuştii sale.

– Să fiu... a naibii! îngăimă Lore.

Tifty veni lângă ei.

– Unitatea asta a fost construită cu un singur scop: ca Viralii să poată fi studiaţi. Mai precis, ca să se afle cum pot fi omorâţi.

Cei trei se holbau la cuştile de dedesubt. Peter numără nouăsprezece creaturi în total; a douăzecea era goală. Majoritatea păreau să fie moleşiţi, care abia dacă reacţionau la prezenţa lor, însă cel care sărise era altfel – o femeie-drac dezvoltată complet. Îi privea cu ochi flămânzi pe măsură ce înaintau de-a lungul pasarelei, cu trupul încordat şi cu mâinile ei cu gheare pregătite.

– Cum îi prindeţi? întrebă Michael.

– Le punem capcane.

– Cu ce, cu elice?

– Elicele sunt pentru amatori. Rotirile îi imobilizează, dar asemenea dispozitive nu sunt foarte eficiente, decât dacă vrei să-i prăjeşti pe loc. Dacă vrei să-i prinzi în viaţă, foloseşti capcane cu momeli, aşa cum au folosit şi constructorii acestui complex. Un aliaj de tungsten, incredibil de rezistent.

Peter îşi dezlipi privirea de la drac.

– Deci, ce-ai aflat?

– Nu atât de multe pe cât aş fi vrut. Pieptul, cerul gurii. Mai este un punct slab la baza craniului, deşi e foarte mic. Sângerează până la moarte dacă îi dezmembrezi, dar nu e uşor să le penetrezi pielea. Frigul şi căldura nu par nici ele să aibă vreun efect. Am încercat o sumedenie de otrăvuri, dar sunt prea deştepţi pentru asta. Au un simţ al mirosului extrem de fin şi nu mănâncă nimic din ce am stropit noi, oricât de flămânzi ar fi. Un lucru ştim sigur: că pot fi înecaţi. Corpul lor este prea dens ca să plutească şi nu-şi pot ţine respiraţia mult timp. Recordul a fost de şaizeci de secunde.

– Dacă îi înfometezi? sugeră Michael.

– Am încercat şi asta. Îi încetineşte şi intră într-un fel de stare de somnolenţă.

– Şi?

– Din câte am observat noi, ar putea rămâne aşa pentru totdeauna. În cele din urmă, am renunţat.

Brusc, Peter înţelese ce avea dinaintea ochilor. Afacerile erau doar un paravan. Adevăratul scop al bărbatului era chiar aici, în această încăpere.

– Tifty, eşti mânjit de rahat!

Toată lumea se întoarse spre el. Tifty îşi încrucişă braţele la piept şi îi aruncă lui Peter o privire urâtă.

– Ai ceva de spus, locotenente?

– Mereu ai vrut să te întorci în Iowa. Doar că nu ştiai cum s-o faci.

Expresia lui Tifty rămase neschimbată. Deodată, arăta mai bătrân, împovărat de viaţă.

– Asta e o teorie interesantă.

– Aşa să fie?

Preţ de cinci secunde, cei doi bărbaţi se uitară lung unul la altul. Nimeni nu spunea nimic. Tocmai când tăcerea începea să devină stânjenitoare, Michael o întrerupse:

– Cred că te place, Peter.

La cinci metri mai jos, femela-drac nu-l scăpa din ochi, rotindu-și leneșă capul pe gâtul ei cardanic. Deschise gura ca și cum ar fi căscat, dezvelindu-și dinții strălucitori. *Ăștia sunt pentru tine.*

Tifty păși în față.

– Ultima noastră achiziție, spuse el. Suntem cu toții foarte mândri de ea – o urmăream de săptămâni bune. Nu întâlnim des un drac dezvoltat complet. Am numit-o Sheila.

– Ce ai de gând să faci cu ea? întrebă Michael.

– Nu am hotărât încă. Mai mult sau mai puțin decât ce facem de obicei. Puțin din asta, puțin din cealaltă. E prea rea ca să fie ținută în cușcă.

Peter își aminti pedeapsa lui Hollis.

– Ce este cușca?

Chipul lui Tifty fu luminat de un zâmbet.

– A! făcu el.

Miezul nopții. Până atunci, cei trei fuseseră închiși într-o cameră mică, nefolosită, un om de-al lui Tifty păzindu-i pe dinafară. Peter doar ce reușise să adoarmă, când auzi un bâzâit și ușa se deschise.

– Veniți cu mine! le spuse Tifty.

– Unde mergem? întrebă Lore.

– Afară, desigur.

De ce „desigur"? se gândi Peter. Dar așa părea să fie Tifty. Bărbatul avea o înclinație spre dramatism.

– Unde e Hollis? întrebă Peter.

– Nu-ți face griji, o să ni se alăture.

Era o noapte senină, fără stele. O camionetă îi aștepta, parcată la baza scărilor. Se urcară în remorcă, în timp ce Tifty se duse în cabină, alături de șofer. Nu erau păziți, nu erau înarmați, era întuneric, unde puteau să se ducă?

Trecură câteva minute până când camioneta trase în dreptul unei clădiri uriașe și pătrate, care semăna cu un hangar pentru avioane. Erau acolo mai multe vehicule, inclusiv un camion cu o rampă lungă de încărcare. Mai mulți bărbați patrulau de colo până colo în lumina lanternelor, dubios de înarmați cu pistoale și puști, unii fumând țigări din mătase de porumb. Dinăuntrul clădirii răzbătea un murmur de voci.

– Acum o să vedeți cu ce ne ocupăm noi cu adevărat, le spuse Tifty.

Interiorul clădirii era un spațiu deschis, cavernos, luminat de torțe. Un steag mare al Americii, zdrențuit de vreme, atârna de grindă. În mijloc era cușca, o structură închisă cu o cupolă de aproximativ patru metri și jumătate diametru, care atârna deasupra podelei, prinsă cu un lanț din tavan. De jur împrejurul ei erau banchete înțesate de oameni, care vorbeau tare și fluturau frenetic austini spre silueta care se mișca în susul și în josul rândurilor. La intrarea lui Tifty, un chiot izbucni din mulțime, acompaniat de un tropăit furtunos din picioare. Nu schiță niciun gest în această privință, conducându-i pe cei trei într-o zonă liberă din primul rând, la doar câțiva metri depărtare de barele încrucișate ale cuștii.

– Cinci minute până la închiderea pariurilor! anunță o voce. Cinci minute!

Hollis se așeză lângă ei.

– Asta e ce cred eu că este? făcu Peter.

El dădu scurt din cap.

– Cam da.

– Și chiar pariază pe cum o să se sfârșească?

– Unii, da. Dar cu moleșiții e doar o chestiune de câte minute o să reziste.

– Și tu chiar ai făcut asta.

Hollis îi aruncă o privire nedumerită:

– De ce n-aș face-o?

Conversația le fu întreruptă de izbucnirea unei a doua serii de urale, și mai zgomotoase. Peter ridică privirea și văzu o cutie de metal adusă înăuntru pe un stivuitor. O siluetă intră din cealaltă parte a camerei, cu un mers legănat, care voia să emane masculinitate: era Dunk. Purta un echipament de protecție și avea o suliță în mână; pe cap avea o mască de curățător, lăsându-i la vedere fața tatuată. Își ridică pumnul drept și îl agită în aer, stârnind un val de tropote frenetice dinspre banchete. Cel care opera stivuitorul lăsă cutia în mijlocul cuștii și dădu cu spatele, în vreme ce un al doilea om lega încuietoarea cu un lanț. După ce plecă, Dunk păși înăuntru. Ușa se închise în urma lui.

Se așternu o liniște mormântală. Tifty, care stătea lângă Peter, se ridică în picioare, cu un megafon în mână. Își drese glasul și se adresă mulțimii:

– Vă rog să vă ridicați pentru imnul național!

Toată lumea se ridică în picioare și, cu mâna pe inimă, începură să cânte:

În lumina dintâi a zorilor, se vede oare
Ce-am izbutit, în a amurgului de pe urmă licărire?
În toiul aprigei lupte, drapelul, cu ale lui stele lucitoare,
Flutură de pe metereze, strălucind de atâta mândrie.

Peter, ridicat și el în picioare, se chinui să-și aducă aminte cuvintele. Era un cântec de demult – din Vremea Dinainte. Profesoara îi învățase în Sanctuar. Însă melodia era dificilă, iar cuvintele nu aveau niciun înțeles pe atunci, așa că nu reușise nicicând să-l stăpânească. Aruncă o privire spre Michael, ale cărui sprâncene erau ridicate de uimire.

Ultima notă acută se pierdu într-o nouă izbucnire de urale. Din haosul aureal răsună încă o dată refrenul, ritmul susținut de tropotul picioarelor: *Dunk, Dunk, Dunk*... Tifty îl îngădui o vreme, după care ridică o mână, cerând să se facă liniște. Apoi se întoarse cu fața spre cușcă:

– Dunk Withers, ești pregătit?

– Pregătit!

– Atunci... pornește cronometrul!

Babilonie. Dunk își lăsă masca pe față, se auzi un sunet de corn, lanțul fu tras. Preț de o clipă, nu se întâmplă nimic; după care, moleșitul țâșni afară din cutie, cățărându-se pe interiorul cuștii cu mișcări agile, ca de insectă, semănând cu un gândac care urcă pe un perete. Părea să caute o cale de scăpare sau un unghi de atac; Peter n-ar fi știut să spună. Mulțimea avea părerea ei. Neîntârziat, uralele se prefăcură în huiduieli și fluierături. Ajuns în vârful cuștii, moleșitul se prinse cu picioarele de una dintre bare și își întinse corpul, așa încât capul îi era îndreptat spre podea, iar brațele îi atârnau în lături. Dunk stătea dedesubtul lui, adresându-i tot felul de injurii odioase și fluturându-și sulița spre el, doar-doar l-o face să se dea jos. *Carne!* striga în cor mulțimea, bătând la unison din palme. *Carne! Carne! Carne!*

Moleșitul părea dezorientat, aproape uimit. Își plimbă la întâmplare privirea lui goală prin mulțime, ca și cum tot tărăboiul acela îi scurtcircuitase instinctele. Înfățișarea îi era neclară, ca și cum trăsăturile lui omenești fuseseră dizolvate de un acid puternic. Atârnă acolo încă cinci secunde, apoi încă zece.

Carne! Carne! Carne! Carne!

– Ajunge! Tifty se ridică în picioare, ridicând megafonul: Aruncați carnea înăuntru!

Printre bare fură azvârlite hălci de carne, pline de sânge, care aterizară cu un plescăit. Nici nu fu nevoie de mai mult. Arătarea dădu drumul zăbrelei de oțel și se năpusti asupra celei mai apropiate bucăți. O pulpă de vacă. Moleșitul o luă de pe podea și își afundă fălcile în faldurile de grăsime, nu atât cât să-i sugă fluidele, ci parcă să i le inhaleze. Le stoarse în două secunde; arătarea azvârli cât colo resturile uscate.

Acestea aterizară în direcția lui Dunk. Acum bărbatul însemna ceva. Moleșitul se lăsă pe vine, sprijinindu-se pe călcâiele lui prehensile și pe mâinile uriașe, cu degetele răsfirate.

Se pregătea de atac.

În timp ce Viralul se năpusti asupra lui, cu brațele deschise și cu ghearele ațintite spre gâtul lui, Dunk se lăsă la podea, lansându-se într-un salt cu sulița ridicată. Mulțimea era în delir. Îl simțea și Peter: adrenalină pură stârnită de încleștare îi străbătea venele. Evitând sulița, moleșitul se cățără înapoi pe peretele cuștii. Nu se mai retrase buimac: intențiile lui erau cât se poate de clare. Când ataca, o făcea de sus. La șase metri înălțime, moleșitul se împinse de zăbrelele din spate, strângându-și corpul ca un dop de plută și țâșnind cu capul înainte spre Dunk, aterizând în picioare la doar câțiva metri de el. Același atac, dar inversat: Dunk se avântă spre el, moleșitul se lăsă în jos. Sulița lovi aerul de deasupra capului lui. Dunk se prăvăli înainte, purtat de propriul elan, în timp ce Viralul sări din poziția lui ghemuită și îl izbi cu capul în partea de mijloc protejată de echipament, azvârlindu-l în colțul opus al cuștii.

Dunk se opri între două bare, vizibil afectat. Sulița zăcea pe podea, lângă el; masca îi fusese sfâșiată. Peter îl văzu întinzându-se după armă, însă gestul era slăbit, mâna bâjbâindu-i tremurătoare. Pieptul i se ridica și cobora ca niște foale, sângele prelingându-i-se din nas pe buza de sus. De ce nu-l luase încă moleșitul?

Pentru că era o capcană. Sau cel puțin asta credea moleșitul; ca și cum ar fi contemplat războinicul rănit, Peter putea simți conflictul interior ce se ducea în acea arătare. Dorința de a ucide împotriva îndoielii tactice nefondate că nimic nu era așa cum părea – un vestigiu, poate, a puterii omului de a raționa. Cine avea să iasă învingător? Mulțimea scanda numele lui Dunk, în încercarea de a-l dezmetici din stupoare. Asta sau să-l îmboldească pe moleșit să intre în acțiune. Se mulțumeau cu moartea oricăruia dintre ei. Numai prin faptul că intrase în cușcă, Dunk își asigurase cea mai importantă dintre victorii: aceea de a fi om. De a nega dominația Viralului asupra lui însuși, asupra camarazilor lui, asupra lumii. Restul avea să se petreacă de la sine.

Sângele câștigă.

Moleșitul se înălță în aer. În același timp, mâna bâjbâindă dădu peste suliță și o strânse bine. În timpul saltului creaturii, Dunk ridică sulița la un unghi de patruzeci și cinci de grade, aliniind-o cu pieptul în cădere al moleșitului, prinzându-i posteriorul de podea, între genunchi.

Știa moleșitul ce urma să se întâmple? Fusese oare încercat, în acea fracțiune de secundă în care se hotărâse totul, de sentimentul morții care-l aștepta? Era fericit? Era trist? Când vârful suliței își atinse ținta, străpungând creatura atât de adânc, viața ieși din ea într-o singură, aproape instantanee, răsuflare a morții.

Dunk azvârli trupul cât colo. Peter se alătură mulțimii care era în picioare. Energia lui făcea parte dintr-a lor; curgea în ritmul curentului colectiv. Vocea lui răsună împreună cu a mulțimii:

Dunk, Dunk, Dunk, Dunk!

Dunk, Dunk, Dunk, Dunk!

De ce era diferit de data asta? se întrebă Peter, în vreme ce o altă parte din creierul lui refuza să-i pese, lăsându-se în voia acestei exaltări neașteptate. Avusese de-a face cu Virali pe metereze, în orașe și deșerturi, în păduri și pe câmpuri. Coborâse două sute de metri într-o peșteră. Se aruncase în brațele morții de sute de ori, și totuși curajul lui Dunk era ceva mai mult de atât, ceva mai pur, ceva mai înălțător. Peter se uită la prietenii lui, la Michael, la Hollis, la Lore: nu era nicio îndoială. Și ei simțeau la fel ca el.

Numai Tifty arăta diferit. Se ridicase în picioare, ca toți ceilalți, însă chipul îi era impasibil. Ce vedea cu ochii minții? Pe unde rătăcea? Se întorsese pe câmp. Nici măcar în cușcă nu-și putea lăsa deoparte povara. Aici intervenea Peter. Așteptă ca uralele să se piardă. În gradenă, pariurile erau numărate și plătite.

– Lasă-mă să intru acolo!

Tifty îl privi cu o sprânceană ridicată.

– Locotenente, ce-mi ceri?

– Un pariu. Viața mea împotriva promisiunii de a mă duce în Iowa. Și nu doar să-mi spui unde este orașul. Ci să vii cu mine.

– Peter, asta nu e o idee bună! îl avertiză Hollis. Știu ce simți. Noi îi spunem „febra cuștii".

– Nu e asta.

Tifty își încrucișă brațele la piept.

– Domnule Jaxon, drept cât de prost mă iei? Reputația te precede. Nu mă îndoiesc că un moleșit nu e pe măsura abilităților tale.

– Nu un moleșit, spuse el. Sheila.

Tifty îl cântări din priviri. În spatele lui, Michael și Lore nu spuneau nimic. Poate că înțelegeau ce voia să facă sau poate că nu. Poate că erau prea șocați de lipsa aparentă a facultăților lui de a formula un răspuns. Dar nu conta.

– În regulă, locotenente, e înmormântarea ta. Nu că ar mai rămâne ceva de îngropat.

Tifty și doi dintre oamenii lui îl conduseră pe Peter într-o încăpere mică din spatele arenei. Michael și Hollis erau cu el; Lore aștepta în gradenă. Camera era goală, cu excepția unei mese lungi, pe care erau înșirate mai multe echipamente de protecție și arme de tot felul. Peter se echipă. Inițial, se temuse că protecția avea să-l încetinească prea mult, dar, surprinzător, era foarte ușoară și pliabilă. Cu masca era altceva; Peter nu vedea să-i fie de vreun folos, plus că-i limita câmpul vizual. O dădu deoparte.

Acum, armele. Avea voie să aleagă două. Nu erau permise arme de foc, doar arme de străpungere. Pumnale, arbalete, sulițe, săbii și securi de diferite lungimi și greutăți. Arbaleta era tentantă, dar i-ar fi luat prea mult s-o încarce la o distanță atât de mică. Peter alese o suliță de un metru și jumătate, cu un vârf din oțel ghimpat.

Cât despre a doua: își plimbă privirea prin jur și văzu ceva care avea să-i fie numai bun. În colțul încăperii era un tomberon de gunoi din metal galvanizat. Dădu jos capacul și îl examină.

– Să-mi dea cineva o cârpă.

I se dădu o cârpă. Peter o umezi cu scuipat și începu să frece capacul pe interior. Începu să i se distingă reflexia – nu cu exactitate, ci mai degrabă o formă neclară; dar avea să fie suficient.

– Pe ăsta îl vreau.

Oamenii lui Tifty izbucniră în râs. *Un capac de gunoi! Ce mai scut de toată jena împotriva unui drac dezvoltat complet! Are de gând să se sinucidă?*

– Prostia ta te privește, locotenente, spuse Tifty. Dar așa ceva nu pot îngădui.

Michael îl privi cu subînțeles.

– Ca... în Las Vegas?

Peter încuviință scurt din cap, după care se întoarse spre Tifty.

– Ai spus orice din camera asta.

– Așa e.

– Atunci sunt gata.

Fu condus în arenă. Mulțimea izbucni în urale și să bată din picioare, însă zgomotul era diferit față de cum fusese la Dunk. Loialitatea lor se inversase. Peter nu era unul de-al lor; erau bucuroși să-l vadă murind pe acest soldat arogant al Forțelor Expediționare care îndrăznea să creadă că se poate pune cu un drac. Cutia fusese deja poziționată în centrul arenei. Pe măsură ce se apropia, lui Peter ii se păru că o vede zgâlțâindu-se. Dinspre gradene, auzi strigându-se:

– Pariurile s-au închis!

– Nu e prea târziu să dai înapoi, spuse Hollis. Am putea s-o luăm la sănătoasa.

– Ce șanse îmi dai?

– Zece la una c-o să reziști treizeci de secunde. O sută la una dacă treci de un minut.

– Tu ai pariat?

– Am zis că o să câștigi în patruzeci și cinci. M-aș aranja pe viață.

– Cum ne-am înțeles, bine? Nu era nevoie ca Peter să elaboreze: *Dacă sunt mușcat, dar supraviețuiesc, nu mă lăsa. Fă-o repede.*

– Nu trebuie să-ți faci griji.

– Michael! Vezi să-și respecte promisiunea.

Pe chip i se citea durerea.

– Iisuse, Peter! Ai făcut-o *o singură dată*. Poate că altceva i-a încetinit. Te-ai gândit la asta?

Peter se uită la cutia din mijlocul arenei. Trepida ca un motor.

– Mulțumesc – mă gândesc acum.

Își strânseră mâinile. Un moment de răscruce, dar mai trecuseră prin multe altele. Peter păși înăuntrul cuștii; unul dintre oamenii lui Tifty încuie ușa în urma lui. Hollis și Michael își ocupară locurile pe banchetă, lângă Lore. Tifty se ridică, vorbind prin megafon:

– Locotenent Jaxon din Forțele Expediționare, ești pregătit?

Un tumult de huiduieli. Peter se strădui să le reducă la tăcere. Fusese mânat doar de o convingere pură, dar acum că venise momentul, trupul începuse să se îndoiască de minte. Inima îi bătea nebunește, palmele îi transpirau. Sulița se simțea absurd de grea în mână. Trase aer în piept:

– Gata!

– Atunci... pornește cronometrul!

Uitându-se în urmă, Peter avea să afle că înfruntarea durase douăzeci și opt de secunde. Trecuseră deopotrivă și repede, și lent; totul se petrecuse încet, dar și brusc, o învălmășeală de evenimente care nu corespundeau curgerii firești a timpului.

Ce-și amintea el erau urmatorele:

Dracul care țâșnise afară din cutie, ca jetul de apă dintr-un furtun; saltul ei maiestuos în aer, cu o forță de natură nediluată, direct în vârful cuștii, după care trei sărituri scurte dintr-o parte în alta, prea rapidă ca Peter s-o poată urmări cu privirea; imaginea mentală a atacului care avea să urmeze și unghiul trupului ei când avea să se repeadă asupra lui; apoi clipa când se întâmplă exact după cum prevăzuse; forța încleștării celor două trupuri, unul stând pe loc, celălalt năpustindu-se cu capul înainte; dracul azvârlindu-l în partea opusă a cuștii și el – fără suflare, rupt, pierdut pentru o clipă sau două, dar nu mai mult – rostogolindu-se iar și iar.

Se trezi pe burtă. Capacul tomberonului și sulița dispăruseră. Se răsuci pe spate și se târî înapoi în patru labe, apoi găsi ce mai rămăsese din suliță. Prăjina se rupsese la șaizeci de centimentri de vârful din oțel. O strânse în pumn și se ridică. Avea să moară în picioare, măcar atât. Ca de pe o planetă îndepărtată, mulțimea se auzea ovaționând. Viralul avansă spre el agale, aproape fără griji. Își lăsă capul într-o parte și își deschise larg gura, arătându-i dinții ei lungi.

Privirile li se întâlniră.

Chiar se întâlniră. O căutătură în adevăratul sens al cuvântului, care-l sfredeli până în suflet. O clipă, și în aceea clipă, Peter simți cum mintea i se întrepătrunde cu a ei: cu senzațiile și amintirile ei, cu gândurile, dorințele, cu persoana care fusese și cu durerea lucrului oribil care ajunsese. Expresia de pe chipul ei se îmblânzise, postura i se destinsese vizibil. Ferocitatea lăsase acum loc unei profunde melancolii. Înăuntrul ei se afla încă o ființă umană, ca o flăcăruie aprinsă în întuneric. Nu-ți dezlipi privirea, își spuse Peter. Orice ai face, nu-ți lua ochii de la ea. Avea acum sulița în mână.

Făcu un pas înainte, apoi încă unul. Ea tot nu se clinti din loc. Fu străbătut de un tremur mut, nu de frică, mai degrabă de dor: ea asta voia. Mulțimea amuțise. Era ca și cum ei doi erau singuri într-un spațiu vast, cufundat în nemișcare. O biserică goală. Un teatru abandonat. O peșteră. Trase înapoi sulița, punându-i o mână pe umăr pentru echilibru. *Te rog*, păreau să-i spună ochii ei.

Apoi se sfârși.

Mulțimea rămăsese într-o tăcere absolută. Peter își dădu seama că tremura. Ceva irevocabil se întâmplase, dincolo de orice putere de înțelegere. Privi în jos la trupul ei. Simțise cum sufletul îi părăsește corpul. Trecuse pe lângă el ca o adiere de vânt, numai că adierea fusese înăuntrul lui, făcută din cuvinte. *Îți mulțumesc. Îți mulțumesc, sunt liberă.*

Tifty îl aștepta la ieșirea din cușcă.

– Nu o chema Sheila, îi spuse Peter, ci Emily.

Tifty nu zise nimic, având pe față o expresie de uimire pură.

– Avea șaptesprezece ani când a fost luată. Ultima ei amintire era când sărutase un băiat.

– Nu înțeleg.

Hollis, Michael și Lore veneau și ei dinspre gradenă. Peter făcu un pas spre ei, îi opri, după care se întoarse spre Tifty:

– Vrei să știi cum să-i omori?

Bărbatul încuviință din cap, cu gura căscată.

– Privește-i în ochi.

48

Mintea lui Amy era plină de el. De Carter și de femeia al cărei nume era Rachel. Rachel Wood.

Amy simțea, simțea pe deplin. Simțea și vedea și știa. Brațele femeii în jurul lui, trăgându-l în jos, tot mai jos. Gustul apei din piscină, ca răsuflarea unui demon. Bufnetul moale când atinseră fundul și trupurile lor, întrepătrunse ca ale unor îndrăgostiți.

Cum o iubise Carter. Asta simțea Amy cel mai puternic: dragostea lui. Viața bărbatului se oprise atunci și acolo, pe fundul piscinei, mintea lui rămânând blocată pe vecie în acea buclă a durerii. O, te rog, lasă-mă, spunea Anthony Carter. *O să mor, dacă asta vrei, aș muri pentru tine dacă mi-ai cere-o, lasă-mă să mor eu în locul tău.* Apoi, bulele de aer se ridicară, în timp ce femeia își dădea ultima suflare, plămânii ei umplându-se cu apa aceea îngrozitoare, spasmul morții scuturându-i trupul; după care îi dăduse drumul.

Tristețea lui era în centrul lumii. La *Chevron Mariner*: așa se numea locul. Era însăși inima suferinței lui.

Sângele picura din ea, pe când înainta de-a lungul punții. Amy simțea că schimbarea e pe drum, un vuiet ce răzbătea dinspre dealurile de deasupra. Avea să se prăvălească asupra ei ca o avalanșă. Avea s-o șteargă de pe fața pământului, s-o refacă într-o formă nouă. Coborî în pântecele vaporului, în labirintul lui de coridoare înclinate și de țevi nesfârșite. Picioarele îi lipăiau prin apa stătută de culoarea ruginci. Curcubeie lucitoare jucau pe suprafața ei. Se mișca din instinct. Era acasă. Era cea care răspunsese la semnalul luminos al lui Carter, semnal care o trăsese inexorabil mai jos, tot mai jos.

Camera pompelor.

Atârnau peste tot, umplând spațiul cu strălucirea lor. Se prindeau de fiecare suprafață. Se ghemuiau pe podea ca niște copii. Aici era rezervorul, bârlogul. Cuibul lui Anthony Carter, legiunile lui îndurerate, suspendate în așteptare. *Unde ești?* se gândi, iar în același timp trupul i se cutremură, iar ca urmare a acestui tremur convulsiv, stomacul i se strânse cu putere, ca și cum ar fi fost strivit într-un pumn uriaș. Se împletici înainte, căznindu-se să rămână în picioare. Pete negre îi întunecau vederea.

Sunt aici.

– Unde? Unde ești? Te rog, cred că sunt... pe moarte.

Vino la mine, Amy. Vino la mine vino la mine vino la mine...

O ușă se afla dinaintea ei. O deschisese? Înainta împleticit de-a lungul pasajului îngust de dincolo de ea. Podeaua era lipicioasă din cauza petrolului, a sângelui pământului, a distilării timpului, comprimată de o planetă. Ajunse în fața altei uși. R1 scria pe ea: Rezervorul nr. 1. Știa ce o aștepta dincolo de ea. O știuse dintotdeauna. Apucă inelul ruginit cu toată puterea și îl trase. Spațiul se deschise larg dinaintea ei, ca și cum intrase într-o catedrală imensă.

Și iată-l acolo. Anthony Carter, al Doisprezecelea dintre Cei Doisprezece. Zbârcit și împuținat, o fărâmă de ființă vie, nu mai mare decât bărbatul care fusese cândva și care, în inima lui, încă era. O creatură respinsă făcută din carne vie. Zăcea pe podea, în mizeria propriei lumi; se desfăcu încet, ridicându-se în picioare s-o întâmpine. Carter cel Îndurerat, cel Care Nu a Putut, captiv în închisoarea pe care el însuși și-o ridicase.

– Ajută-mă! spuse Amy, un ultim spasm cutremurându-i violent trupul, copleșind-o și făcând-o să i se prăbușească în brațe.

Apoi se trezi în altă parte.

Într-un pasaj de sub o autostradă. Amy știa locul ăsta sau cel puțin i se părea cunoscut. Vederea lui, zgomotele și mirosurile din jur, toate erau încărcate de amintiri. Ecoul îndepărtat al mașinilor care treceau pe deasupra; zgomotul îmbinărilor drumului; gunoiul purtat de vânt și aerul greu, încărcat de fum. Amy stătea pe marginea șoselei, ținând în mână un carton pe care scria: MI-E FOAME, AJUTAȚI-MĂ CU ORICE. DUMNEZEU SĂ VĂ BINECUVÂNTEZE. Traficul se desfășura nestingherit dinaintea ei, mașini, camioane, fără să-i arunce măcar o privire. Era îmbrăcată în zdrențe; mâinile îi erau negre de mizerie. Își simțea stomacul un bolovan de goliciune rece. Vehiculele nepăsătoare goneau pe lângă ea. De ce nu oprea niciunul?

Apoi, o mașină. Un SUV mare, negru și strălucitor: încetini, după care opri, nu atât trăgând pe dreapta, ci mai degrabă aterizând, ca o pasăre mare și neagră. Geamurile lui fumurii erau niște pătrate care reflectau perfect lumea. Cu un zumzet ușor, mecanic, geamul din dreapta fu coborât.

– Bună, Amy!

Wolgast era la volan, îmbrăcat cu un costum albastru-închis și o cravată neagră. Era proaspăt ras, cu părul dat pe spate, lucindu-i ușor, de parcă doar ce ar fi ieșit din duș.

– Ai ajuns la timp. Zâmbind, se întinse să-i deschidă portiera. De ce nu intri?

Amy își lăsă cartonul jos și urcă pe locul din stânga. Aerul din mașină era rece, mirosind vag a piele.

– Mă bucur să te văd, spuse Wolgast. Nu uita să-ți pui centura, scumpo!

Mirarea ei era atât de mare, încât abia își putea găsi cuvintele.

– Unde mergem?

– O să vezi.

Ieșiră de sub pasaj în lumina puternică a soarelui. Magazine, case și mașini treceau pe lângă ei, o lume de oameni ocupați. Mașina se clătina plăcut sub ei, pe pernele ei cu arcuri.

– Cât de departe e?

Wolgast ridică neştiutor din umeri.

– Nu foarte. Puţin mai sus pe drum. Întoarse privirea spre ea: Trebuie s-o spun, arăţi foarte bine, Amy. Ai crescut.

– Ce e... locul ăsta?

– Ei bine, Texas, o lămuri el, făcând o grimasă de dezgust. Tot ce vezi este Houston, Texas. O amintire păru să i se strecoare pe chip: Lila s-a săturat să mă tot audă vorbind de el. „E un stat ca oricare altul, Brad" îmi spunea ea mereu.

– Dar cum am ajuns aici?

– Asta nu ştiu. Nu cred că există un răspuns la întrebarea asta. Cât despre motiv... Se uită din nou la ea: Sunt unul de-ai lui, înţelegi.

– De-ai lui Carter.

Wolgast dădu din cap că da.

– Eşti şi tu pe vas?

– Pe vas? Nu.

– Dar atunci unde?

Nu îi răspunse imediat.

– Cred că cel mai bine îţi explică el. Îi aruncă încă o privire: Chiar arăţi minunat, Amy! Aşa cum mi te-am închipuit dintotdeauna. Ştiu că o să se bucure să te vadă.

Ajunseseră într-un cartier de case mari, copaci cu coronatura bogată şi peluze mari şi bine întreţinute. Wolgast trase pe o alee cu pietriş alb, în stil colonial, şi opri maşina.

– Am ajuns. De aici te las pe tine.

– Nu vii cu mine?

– O, mi-e teamă că de data asta sunt doar mesagerul. Nici măcar atât. Mai degrabă doar curierul. Să intri prin spate.

– Dar nu vreau să merg fără tine.

– E în regulă, scumpo, n-o să te muşte. O luă de mână şi o strânse uşor. Haide, du-te acum, te aşteaptă! Ne vedem curând. Totul o să fie bine, îţi promit.

Amy ieşi din maşină. Lăcustele bâzâiau printre copaci, un zgomot care cumva adâncea şi mai mult liniştea din jur. Aerul era greu de umezeală şi mirosea a iarbă proaspăt tunsă. Amy îşi întoarse privirea spre Wolgast, însă mașina dispăruse. Locul ăsta, înțelese ea, era diferit; aici, lucrurile puteau dispărea pur și simplu.

Își croi drum în susul aleii, trecu printr-o poartă înconjurată de plante agățătoare și ajunse în curtea din spate. Carter stătea la masa de pe terasă, îmbrăcat cu o pereche de blugi, un tricou murdar și cizme mari, cu șireturi desfăcute. Își ștergea capul și gâtul cu un prosop; mașina de tuns iarbă era oprită nu departe, emanând un miros slab de benzină. Când Amy se apropie, el își ridică privirea și îi zâmbi:

– Aici erai! Făcu semn către cele două pahare de pe masă cu un lichid în ele. Doar ce am ajuns și eu – vino și ia un loc. M-am gândit că ți-ar plăcea niște ceai.

Zâmbetul se prefăcu într-un rânjet lat și alb.

– Nimic nu se compară cu un pahar cu ceai într-o zi fierbinte de iunie.

Amy se așeză pe scaunul dinaintea lui. Avea o față mică, netedă, ochi blânzi și părul tuns scurt, ca o bască de lână neagră. Pielea lui închisă la culoare era plină de pete negre; pe tricou și pe brațe avea fire de iarbă. Lângă terasă, piscina era o prezență albastră, îmbietoare și rece, apa bătându-se ușor de marginile de faianță. Abia atunci își dădu Amy seama că aceea era casa în care își petrecuseră noaptea ea și Greer.

– Locul ăsta, începu Amy și își îndreptă fața spre copacii bâzâitori, lumina puternică a soarelui încălzindu-i pielea: E atât de frumos aici.

– Mare dreptate ai, don'șoară Amy.

– Dar suntem tot pe vas, nu?

– Într-un fel, îi răspunse Carter pe un ton egal. Într-un fel.

Rămaseră în tăcere, sorbind din ceaiul rece. Broboane de apă se prelingeau pe pahare. Lucrurile deveneau mai clare acum.

– Cred că știu de ce sunt aici, spuse Amy.

– Mă așteptam s-o faci.

Aerul se răci brusc; Amy începu să tremure, strângându-și brațele în jurul corpului. Frunze uscate, ca niște fâșii de hârtie maronie, suflând de-a lungul curții; lumina își pierduse culoarea.

– M-am gândit la tine, don'șoară Amy. În tot timpul ăsta. Eu și Wolgast am avut o discuție. O discuție bună, așa cum avem noi doi acum.

Indiferent de ce urma Carter să-i spună, brusc își dădu seama că nu voia să audă. Din cauza frunzelor nu mai voia: îi era teamă.

– Spune că e al tău. Că îți aparține.

Carter încuviință ușor din cap.

– Omul îmi spune că îmi e dator, iar eu țin minte că are dreptate și am mare încredere în el. El este cel care mi-a dat timp să mă gândesc. Un ocean de timp, Anthony, așa s-a exprimat. Am irosit ceva din el la început, nu zic nu. Din cauza foamei. N-am reușit niciodată s-o potolesc. Wolgast a fost cel care mi-a dat șansa să îndrept lucrurile.

– El este cel care te-a adus pe vasul ăsta, nu?

– Da, chiar el. L-am întrebat ce să fac când foamea devenise prea puternică. S-ar fi pus și pe el pe vas, dar nu și pe tine. Du-te și ai grijă de fata ta, i-am zis. Bărbatul ăsta te iubește din toată inima.

Amy deveni conștientă de faptul că se afla ceva în piscină. O siluetă neagră ieșea ușor din ea, despărțind suprafața apei ca să-și ocupe locul printre frunzele de toamnă plutitoare.

– Ea e mereu acolo. Carter clătină ușor și trist din cap. Aici e buba. În fiecare zi tai iarba. În fiecare zi ea se ridică.

Rămase tăcut o clipă, chipul lui blând adâncit în suferință. Apoi își veni în fire și o privi din nou în ochi:

– Știu că nu e drept față de tine, din cauza lucrurilor pe care trebuie să le înfrunți. Și Wolgast o știe. Dar asta e șansa noastră. N-o să mai avem alta.

Atunci, îndoiala ei se prefăcu în certitudine, ca o sămânță care dă rod înăuntrul ei. Simțise acest lucru de zile, de săptămâni, de luni încoace. Vocea lui Zero, chemând-o. *Du-te la ei, Amy. Du-te la ei, sora noastră de sânge. Te-am aflat, te-am simțit. Tu ești omega și ei sunt alfa, cea care să-i îngrijească și să-i vegheze.*

– Te rog, spuse ea cu voce tremurătoare. Nu-mi cere să fac asta.

– Nu eu îți cer să faci asta. Nici măcar nu-ți spun. Asta *este* situația și nimic mai mult.

Carter se ridică de pe scaun, scoase o batistă din buzunarul de la spate și i-o întinse.

– Haide, plângi dacă vrei, don'șoară Amy! Ți-ai câștigat acest drept. Și eu am plâns râuri de lacrimi.

Asta făcuse: plânse. Gustase viața în orfelinat. Cu Caleb, cu surorile, cu Peter și ceilalți. Făcuse parte din ceva, dintr-o familie. Își făcuse un cămin pe lumea asta. Acum avea să-l piardă.

– O să ne omoare pe amândoi.

– O să-ncerce, mai mult ca sigur. Am știut-o de la bun început. Se aplecă peste masă și o luă de mână: Nu e corect, o știu, dar asta e crucea pe care trebuie s-o purtăm noi. Singura noastră șansă. Și nici că va mai veni o alta.

Nu era chip să refuze; destinul o prinsese din urmă. Lumina pălea, frunzele erau duse de vânt. În piscină, trupul femeii își vedea de trecerea lui lentă, plutind și învârtindu-se în curentul veșnic.

– Spune-mi ce am de făcut.

Partea a VIII-a

SCHIMBAREA

„Eu Nimeni sunt! Tu cine ești? Se știe?
Ori poate Nimeni ești asemeni Mie?
Suntem deci o pereche? Taci, nu spune!
Pe dată ar afla o întreagă lume."[1]

EMILY DICKINSON

---

[1] În traducerea Ilenei Mihai-Ștefănescu.

49

Prima zăpadă adevărată a iernii sosi, așa cum se întâmplă mereu, în toiul nopții. Sara dormea pe canapea, când fu trezită de o bătaie ușoară. O vreme, sunetul se împleti cu visul ei, în care era însărcinată și încerca să-i dea vestea lui Hollis. Decorul în care se petrecea visul era o învălmășeală confuză de locuri suprapuse (prispa casei din Prima Colonie unde crescuse ea; centrala biodiesel, cu huruitul măcinătoarelor pe fundal; un teatru în ruine, închipuit în totalitate, cu cortine purpurii, zdrențăroase, care atârnau deasupra unei scene) și, deși ceilalți participanți erau undeva la marginea câmpului vizual (Jackie, Michael, Karen Molyneau și fiicele ei), se simțea izolată: ea și Hollis erau singuri, iar copilul, care ciocănea ușor în ea – Sara înțelese că era un fel de cod – cerea să se nască. De fiecare dată când încerca să-i explice lui Hollis, nu-i ieșeau deloc cuvintele care trebuiau – în loc de „Sunt însărcinată“ ieșea „Plouă“, în loc de „O să am un copil“ ieșea „Azi e marți“ – făcându-l pe Hollis s-o privească mai întâi cu nedumerire, apoi cu amuzament și în cele din urmă să izbucnească în râs. „Nu e amuzant“, îi spunea Sara. Lacrimi de frustrare îi inundaseră ochii. Hollis râdea în felul lui blajin, din gât: „Nu e amuzant, nu e amuzant, nu e amuzant...“ și tot așa la nesfârșit; visul se destrămă în această manieră, iar ea se trezi.

Rămase nemișcată o clipă. Bătaia se auzea dinspre fereastră. Dădu pătura la o parte și traversă camera, trăgând perdelele. Împrejurimile Domului erau luminate pe timpul nopții, o insulă luminescentă într-o mare de întuneric, iar în razele acestor lumini se vedea cum cade zăpada înghețată, bătută de rafalele de vânt. Părea mai mult gheață decât zăpadă, dar, pe măsură ce continua să privească, ceva se schimbă. Particulele încetiniră și se măriră, devenind fulgi de nea. Se lăsau pe fiecare suprafață, prefăcându-se într-o mantie albă. Cât privește celelalte două încăperi din apartament, într-una dormea Lila, în cealaltă fiica Sarei, cuibărită în pătuțul ei. Cât își mai dorea Sara să se ducă la ea, s-o ia în brațe și s-o ducă pe canapea, ca s-o privească dormind. Să-i atingă părul, pielea, să-i simtă răsuflarea caldă. Însă gândul acesta era doar un vis zadarnic, nimic din ce-și îngăduia să creadă că ar fi posibil în realitate. Suferind de dor, Sara urmărea cu privirea cum cade zăpada, bucurându-se de ștergerea lentă a lumii, deși, jos în vale, știa că zăpada însemnă cu totul altceva. Degete înghețate la mâini și la picioare, trupuri chinuite de frig. Luni de întuneric și nefericire. *Ei bine*, se gândi Sara, străbătută de un fior, *a venit iarna. Așa începe totul. Măcar o să fiu înăuntru.*

Dar când se trezi de dimineață, ceva se schimbase din nou.

– Dani, uite! Zăpadă!

O lumină orbitoare țâșni în cameră. Fetița, în cămașa de noapte, se urcase pe un scaun ca să tragă draperiile și își lipise năsucul de geamul înghețat. Sara se ridică iute de pe canapea și le trase la loc.

– Dar vreau să văd!

Din cealaltă cameră, se auzi:

– Dani! Unde ești? Am nevoie de tine!

– O secundă! Sara se uită în ochii rugători ai fetiței: Îmi pare rău, scumpo. Știi regulile.

– Dar ea poate să stea în pat.

– Dani!

Sara scoase un oftat. Lila era dificilă dimineața, stăpânită de anxietate și de o groază fără nume. Starea i se înrăutățea cu fiecare zi care trecea de la utima dată când fusese hrănită. Sub efectul tonic al sângelui, devenea veselă și afectuoasă cu amândouă, ba chiar și puțin jucăușă, deși interesul ei față de Kate era mai degrabă abstract decât personal; nu părea să înțeleagă pe deplin ce vârstă avea copilul, vorbindu-i deseori de parcă ar fi fost un bebeluș. În aceste zile bune, Lila părea complet convinsă că locuia într-un loc numit Cherry Creek și că era măritată cu un bărbat pe nume David – deși mai vorbea și de unul pe nume Brad, cei doi părând interschimbabili – și că Sara era o menajeră trimisă de „serviciu", ce mai era și asta. Dar, pe măsură ce efectul sângelui trecea, cam după o perioadă de patru-cinci zile, începea să fie prost-dispusă și panicată, ca și cum această elaborată fantezie devenea din ce în ce mai greu de menținut.

– Lasă-mă să o ajut cu baia. După o să văd dacă te pot scoate afară la joacă. Ne-am înțeles?

Fetița dădu viguros din cap.

– Acum du-te și îmbracă-te!

Sara o găsi pe Lila stând în capul oaselor în pat, strângând faldurile cămășii de noapte la piept. Dacă era să-i ghicească vârsta, Sara ar fi spus că avea în jur de cincizeci; mâine, avea să arate mai bătrână, ridurile feței se vor fi adâncit, mușchii i se vor fi lăsat, iar părul i-ar fi devenit mai alb și mai rar. Câteodată, schimbarea era atât de bruscă, încât se petrecea sub ochii Sarei. Atunci Guilder aducea sângele, Sara era alungată din cameră împreună cu Kate, iar, când revenea, Lila era din nou femeia de douăzeci și cinci de ani, cu părul lucios și cu pielea netedă, iar ciclul se relua.

– De ce nu mi-ai răspuns? Mi-am făcut griji.

– Îmi pare rău, am dormit mai mult.

– Unde e Eva?

Sara o lămuri că fetița se îmbrăca și că plecase de lângă ea ca să-i pregătească baia Lilei. Întocmai ca măsuța de toaletă a femeii, baia era un loc de o importanță crucială. În coconul ei adânc, cu gheare de leu, femeia putea să stea la înmuiat ore în șir. Sara deschise robinetul și scoase săpunurile și uleiurile Lilei, borcănașele cu cremă și două prosoape mari, proaspăt spălate. Lilei îi plăcea să se îmbăieze la lumina lumânărilor; Sara scoase o cutie cu chibrituri din dulăpior și aprinse candelabrul. Când Lila apăru în ușă, aerul se umpluse de aburi. Sara, în rochia ei greoaie de îngrijitoare, începuse să transpire. Lila închise ușa și se întoarse cu spatele ca să-și dea jos halatul. Partea de sus a corpului era subțire, deși nu la fel de subțire pe cât urma să devină, masa lui redistribuindu-se în partea de jos pe măsură ce treceau zilele, punându-se în zona șoldurilor și a coapselor. Cu fața spre Sara acum, privi cada cu o expresie îngrijorată:

– Dani, nu mă simt în apele mele astăzi. Ai putea să mă ajuți?

Sara o luă pe Lila de mână, pe când aceasta păși cu grijă peste marginea căzii și se cufundă în apa aburindă. Odată intrată, trăsăturile i se îndulciră, iar încordarea de pe chipul ei dispăru. Afundându-se până la bărbie, trase o gură prelungă de aer în piept și, fericită, începu să-și miște brațele ca niște vâsle, împrăștiind apa în susul și în josul trupului ei. Se lăsă pe spate ca să-și ude părul, după care se ridică, cu spatele lipit de peretele căzii. Eliberați de gravitație, sânii femeii pluteau deasupra pieptului ei într-o pantomimă de tinerețe restabilită.

– Ador să fac baie! murmură ea.

Sara își ocupă locul pe scăunelul de lângă cadă.

– Mai întâi părul?

– Mhmmmm, răspunse Lila cu ochii închiși. Te rog.

Sara începu. Ca orice altceva, Lilei îi plăcea ca lucrurile să fie făcute într-o anumită ordine. Mai întâi creștetul capului, masat viguros de mâinile Sarei, apoi netezindu-i cu degetele șuvițele lungi de păr. Săpunită, apoi clătită, etapele repetate apoi în aceeași ordine, dar cu ulei aromat. Câteodată, Sara era nevoită să facă asta de mai multe ori.

– A nins noaptea trecută, se aventură Sara.

– Hmmmm.

Chipul Lilei era relaxat, ochii încă închiși.

– Ei, așa e în Denver. Dacă nu-ți place vremea, așteaptă un minut, c-o să se schimbe. Așa obișnuia să spună tatăl meu.

Vorbele tatălui Lilei, luate ca atare, ocupau un loc major în conversația lor. Sara turnă cu o carafă apa ca să spele săpunul de pe fruntea Lilei și începu să o dea cu ulei.

– Deci, presupun că totul o să fie închis, continuă Lila. Chiar voiam să merg la piață. Practic, nu mai avem nimic. Nu o luă în seamă. Din câte știa Sara, Lila nu ieșise niciodată din apartament. Știi ce mi-ar plăcea, Dani? Un prânz bogat și bun. Într-un loc drăguț. Cu fețe de masă curate, cu vase de porțelan și cu flori pe mese.

Sara învățase să-i facă jocul.

– Sună bine.

Lila oftă prelung, afundându-se și mai mult în apă.

– Nici nu știu cât a trecut de când n-am mai luat un prânz bogat și bun.

Trecură câteva minute, Sara încă masând cu ulei scalpul femeii.

– Cred că Evei i-ar plăcea să se joace puțin afară.

O simți ca pe o minciună odioasă să-i spună pe numele ăsta, dar uneori era inevitabil.

– Da, cred că i-ar plăcea, spuse Lila pe un ton neutru.

– Mă întrebam dacă mai sunt pe aici și alți copii cu care să se poată juca.

– Alți copii?

– Da, cineva de vârsta ei. M-am gândit că i-ar prinde bine să aibă niște prieteni.

Lila se încruntă deranjată. Sara se întrebă dacă nu cumva mersese prea departe.

– Ei bine, spuse ea pe un ton împăciuitor, ar fi fata vecinilor, cum o chema-o. Cea cu părul negru. Dar nu o văd prea des. Majoritatea familiilor de pe-aici sunt destul de retrase. Niște învechiți, dacă mă întrebi pe mine. Dar tu ești prietenă bună cu ea, nu, Dani?

Prietenă. Ce ironie înțepătoare!

– Încerc.

– Nu, e mai mult de atât, spuse Lila, zâmbind moleșită. E ceva diferit la tine, îmi dau seama de asta. Cred că e minunat pentru Eva să aibă o prietenă ca tine.

– Deci pot s-o duc afară? întrebă Sara.

– Într-un minut, zise Lila și își închise din nou ochii. Speram să-mi citești puțin. Ador să mi se citească în timp ce fac baie.

Când termină, se făcuse deja aproape ora prânzului. Sara o înfofoli pe Eva într-un palton, îi puse mănuşi, galoşi de cauciuc şi căciula din lână, pe care i-o trase până peste urechi. Pentru ea, nu avea altceva decât rochia şi nimic în picioare în afară de tenişii jerpeliţi şi nişte şosete de lână, dar nici că-i păsa. Picioare reci, şi ce? Coborâră scările din curte şi ieşiră într-o lume atât de schimbată, încât ai fi zis că era cu totul alta. Aerul se simţea proaspăt şi înţepător, iar soarele se reflecta în zăpadă cu o intensitate care te orbea. După atâtea zile de stat în întunecimea impusă a apartamentului, Sara fu nevoită să se oprească o clipă în prag ca să-şi adapteze ochii. Însă Kate nu avea astfel de probleme. Într-o izbucnire de energie, se desprinse din mâna Sarei şi ţâşni prin uşă, traversând în fugă curtea. Până când Sara îşi croi anevoie drum spre ea – se înşelase în privinţa tenişilor; chiar aveau să fie un impediment – copila îndesa pumni de zăpadă pufoasă în gură.

– Are gust... de rece. Faţa îi radia de fericire: Ia şi tu.

Sara făcu după cum i se ceruse.

– Mm, bună! zise ea.

Îi arătă fetiţei cum să facă un om de zăpadă. Mintea îi era inundată de o dulce nostalgie; se simţea Micuţă din nou, jucându-se în curtea Sanctuarului. Dar de data asta era diferit; Sara era mama acum. Roata timpului se întorsese inexorabil. Cât de minunat era să împărtăşească fericirea contagioasă a fiicei ei, să fie încercată de acest sentiment uimitor care le aducea împreună. Pentru moment, din mintea Sarei dispăruse toată durerea de până atunci. Ar fi putut să se afle oriunde. Doar ele două.

Sara îşi aminti de Amy, când făcuse şi ea pentru prima oară acest lucru. Amy, care nu fusese nicicând copil, sau cel puţin aşa părea, şi totuşi asta fusese dintotdeauna; Amy, Fata de Nicăieri, în persoana căreia timpul nu era o roată, ci un lucru care se oprise şi nu mai înainta, un secol prins în căuşul palmei. Sara simţi brusc o tristeţe infinită pentru ea. Se întrebase mereu care fusese motivul pentru care Amy distrusese fiolele cu virusul în acea noapte de la Fermă, azvârlindu-le în flăcări. Sara le urâse, nu doar pentru ceea ce reprezentau, ci pentru însăşi existenţa lor, dar ştia de asemenea că erau ce erau: o speranță de salvare, singura armă suficient de puternică pentru a fi folosită împotriva Celor Doisprezece. (*Cei Doisprezece*, se gândi ea; cât timp fusese de când nu-i mai trecuse prin minte nici numele ăsta?) Sara nu știuse niciodată ce să creadă despre decizia lui Amy; acum își primise răspunsul. Amy știuse dintotdeauna că viața pe care fiolele acelea i-o refuzaseră era singura realitate omenească posibilă. În fiica Sarei, această ființă triumfător de vie pe care o crease trupul Sarei, zăcea răspunsul celui mai mare mister dintre toate – misterul morții și a ce urma după ea. Cât de evident era! Moartea nu era nimic, pentru că moartea nu exista. Prin simpla existență a lui Kate, Sara se alăturase veșniciei. Să ai un copil însemna să primești darul nemuririi – nu al timpului oprit, așa cum se oprise în Amy, ci a timpului continuu și nesfârșit.

– Hai să facem niște îngeri de zăpadă! spuse ea.

Kate nu mai făcuse niciodată asta. Se întinseră una lângă alta, trupurile lor învăluite de alb, vârfurile degetelor abia atingându-se. Deasupra lor, soarele și cerul le erau singurii martori. Își mișcară brațele și picioarele în sus și în jos, după care se ridicară ca să-și contemple urmele. Sara îi explică ce erau îngerii: îngerii suntem noi.

– A fost distractiv, îi spuse Kate zâmbind.

Servitoarea, Jenny, urma să aducă prânzul; timpul petrecut în zăpadă se sfârșise. Sara își închipui cum avea să se desfășoare restul zilei: Lila pierdută în fantezia ei, lăsându-le pe ele două singure; haine ude uscându-se pe suporturi puse lângă foc, Sara și fiica ei cuibărindu-se pe canapea și schimbul dulce de căldură acolo unde trupurile lor se atingeau și orele în care avea să-i citească povești – *Peter Iepurașul*, *Veverița Alunel* și *James și piersica uriașă* – înainte să alunece împreună într-un somn cu vise întrepătrunse. Nu mai fusese în viața ei atât de fericită.

Se îndreptau înapoi spre intrare, când Sara ridică privirea la fereastră și văzu că draperiile erau trase. Lila le urmărea din spatele ochelarilor ei fumurii. De cât timp stătea acolo?

– Ce face? întrebă Kate.

Sara afișă un zâmbet.

– Cred că se bucură să ne privească. Dar înăuntrul ei simți un fior de teamă.

– De ce trebuie să-i spun „mami“?

Sara se opri brusc.

– Ce-ai spus?

O clipă, fata rămase tăcută. Zăpada topită se prelingea de pe ramuri.

– Am obosit, Dani, spuse Kate. Poți să mă iei în brațe?

O bucurie nemărginită. Greutatea fetiței aproape că nu se simțea în brațele ei. Era partea care îi lipsea ei, întoarsă acum acasă. Lila le urmărea încă de la fereastră, însă Sarei nu-i păsa. Kate își petrecu mânuțele și piciorușele în jurul ei, și astfel Sara o duse pe fiica ei înapoi în casă.

Sara nu primise niciun mesaj; în fiecare zi se uita după lingura întoarsă, după biletul ascuns sub farfuria ei, negăsind niciunul. Jenny venea și pleca, lăsând tăvile cu pâine, terci de porumb și supă și ieșind fără o vorbă. Cum nu ieșise din apartament decât atunci când o dusese pe Kate în curte, Sara îl zărise doar o singură dată pe Vale, când Lila o trimisese să-l aducă pe instalator să curețe scurgerea de la cadă. Acesta traversa coridorul, însoțit de alți doi colabi, printre care se număra și cel cu fața căzută pe care Sara îl întâlnise în prima zi la lift. Vale trecuse chiar pe lângă ea. Ca de obicei, deghizarea lui – care era, de altfel, purtarea lui de toate zilele, încrederea din mersul său fiind dată de rangul pe care-l avea – era desăvârșită. Nu dăduse niciun semn că ar fi recunoscut-o; dacă Vale știa cine era, nu lăsa să se vadă.

Nu trebuia să trimită ea mesaj decât dacă era vreo urgență, însă lipsa contactului o neliniștea. În cele din urmă, hotărî să riște. Nu existau coli de hârtie rătăcite prin apartament, dar, desigur, erau cărțile. Într-o noapte, după ce Lila se duse la culcare, Sara rupse o bucățică din ultima pagină a lui *Winnie de pluș*. Problema și mai mare era să găsească ceva cu care să scrie; în apartament nu existau creioane sau stilouri. Dar, pe fundul unui sertar din măsuța de toaletă a Lilei, Sara găsi o trusă de cusut, în care era o pernuță cu ace. Sara îl luă pe cel care arăta mai ascuțit și îl înfipse în vârful degetului arătător, făcând să iasă o mărgea de sânge. Folosind acul pe post de peniță improvizată, mâzgăli următorul mesaj pe bucata de hârtie:

Trebuie întâlnire. D.

În ziua următoare, când Jenny veni să ia tava cu prânzul, Sara așteptă. În loc s-o lase pe fată să plece ca de obicei, Sara ridică tava de pe masă și i-o întinse, întâlnindu-i privirea și coborându-și apoi ochii, ca nu cumva să nu priceapă.

– Mulțumesc, Jenny.

Două zile mai târziu, veni și răspunsul. Sara strecură biletul în faldurile rochiei, așteptând momentul când avea să rămână singură. Ceea ce nu se întâmplă până mai târziu, când Lila trase un pui de somn. Era spre sfârșitul ciclului de-acum, moartă de sete, neputincioasă și veșnic indispusă; cât de curând, Guilder avea să-și facă apariția cu porția de sânge. În baie, Sara desfăcu bucata de hârtie, pe care erau scrise ora, locul și o singură instrucțiune. Sarei i se puse un nod în gât; nu-și dăduse seama că va trebui să părăsească Domul. Va avea nevoie să ceară permisiunea Lilei, invocând un pretext credibil; habar n-avea ce era de făcut dacă nu urma s-o obțină. Cu Lila în starea în care era, Sara se întreba dacă femeia avea să priceapă măcar ce i se cerea.

Abordă subiectul în ziua următoare, când o spăla pe Lila pe cap. Câteva ore libere, asta era tot. O ieșire până la piață. Îi va prinde bine să vadă fețe noi și, dacă tot ajungea acolo, putea să se uite de niște săpunuri și uleiuri speciale. Cererea stârnise în Lila o neliniște palpabilă; devenise mai dependentă de ea în ultima vreme, abia pierzând-o pe Sara din ochi. Dar, în cele din urmă, cedase forței blânde cu care-și susținuse Sara argumentele. *Numai nu sta prea mult*, spuse Lila. *Nu știu să mă descurc fără tine, Dani.*

Vale îi pavase calea; la recepție, colabul îi înmână permisul pentru două ore cu un avertisment formal. Sara ieși în bătaia vântului și se îndreptă spre piață. Numai colabii și ochi-roșii aveau voie să facă târguieli acolo; ca monedă de schimb se foloseau niște jetoane mici, din plastic, în trei culori: roșu, albastru și alb. Sara avea în buzunarul rochiei câte cinci din fiecare, o parte din compensația pe care Lila i-o oferea la fiecare şapte zile, întreţinând închipuirea că Sara era angajata ei plătită. Zăpada fusese dată de pe trotuare în locul în care existase cândva zona comercială a micului oraş, trei străzi cu clădiri din cărămidă, adiacente colegiului. Mare parte din oraş zăcea nefolosită şi abandonată, lăsată pradă unei lente decăderi; aproape toţi ochii-roşii, în afară de cei din conducere, locuiau în blocul de zece etaje din capătul de sud al centrului. Piaţa era inima oraşului, cu puncte de control la fiecare intrare. Unele dintre clădiri încă mai aveau firmele de odinioară: Iowa State Bank, Fort Powell Army-Navy, Wimpy's Café, Prairie Books and Movies. Ba chiar era şi un mic cinematograf de stat cu frontonul încă intact; Sara auzise că, uneori, colabilor le era permis să se ducă, să vadă cele câteva filme care erau rulate la nesfârşit.

Arătă permisul la punctul de control. Străzile erau pustii, în afară de patrule şi de cei câtiva ochi-roşii care se plimbau în hainele lor grele şi somptuoase, cu ochelarii de soare la ochi. Protejată de vălul ei, Sara era ca într-o bulă de anonimitate, deşi, ştia prea bine, senzaţia de siguranţă era o iluzie periculoasă. Mergea într-un ritm care nu era nici prea rapid, nici prea lent, cu capul în jos, înfruntând rafalele reci de vânt care biciuiau străzile şi colţurile clădirilor.

Ajunse în dreptul unei farmacii. Intrarea îi fu anunţată de nişte clopoţei. Înăuntru era cald şi se simţea miros de lemn ars şi ierburi. În spatele tejghelei, o femeie cu o pojghiţă de păr alb şi o gură strânsă, fără dinţi, era aplecată deasupra unui cântar, măsurând cantităţi infime dintr-o pulbere galbenă şi turnându-le în fiole micuţe de sticlă. Îşi ridică privirea când intră Sara, după care o îndreptă iute spre colabul care aştepta în dreptul unui raft cu uleiuri aromate. *Ai grijă! Ştiu cine eşti. Nu te apropia până nu scap de el!* Apoi, cu glas tare, dornică să fie de folos, spuse:

– Domnule, căutaţi ceva anume?

Colabul mirosi un săpun. În jur de treizeci de ani, nu urât, emanând un aer de îngâmfare. Puse săpunul la locul lui pe raft.

– Ceva pentru dureri de cap.

– Aha!

Un zâmbet binevoitor; soluţia era la îndemână.

– Doar o clipă.

Bătrâna alese un borcan din raftul cât tot peretele din spatele ei, scoase din el o lingură de frunze uscate, le puse într-o pungută de hârtie, pe care i-o întinse peste tejghea.

– Dizolvați-le în apă călduță. Un vârf ar trebui să fie suficient.

El cercetă pachețelul neîncrezător.

– Ce-i aici? Nu încerci să mă otrăvești, babo?

– Nimic altceva decât obișnuitul mărar. Îl folosesc și eu. Dacă doriți să-l încerc eu mai întâi, o fac bucuroasă.

– Las-o baltă!

Îi plăti un singur jeton albastru; femeia îl petrecu cu privirea până ieși în clinchetul clopoțeilor.

– Vino cu mine! îi zise atunci Sarei.

O conduse la o cameră de depozitare din spate, unde erau o masă, scaune și o ușă ce dădea spre o alee. Femeia îi spuse Sarei să aștepte și se întoarse în magazin. Trecură câteva minute, apoi ușa se deschise: Nina, îmbrăcată în tunica celor din vale, cu o jachetă neagră și o eșarfă lungă ce îi acoperea partea de jos a feței.

– Asta e o prostie crasă, Sara! Știi cât de periculos e ce facem aici?

Sara se uită în ochii reci ca gheața ai femeii. Nici nu-și dăduse seama cât de furioasă era.

– Știați că fiica mea trăiește, nu-i așa?

Nina își desfăcu eșarfa.

– Firește că știam. Cu aste ne ocupăm, Sara: aflăm lucruri, după care ne folosim de informație. Credeam că o să te bucuri.

– De când?

– Contează?

– Da, fir-ar să fie, contează!

Nina îi aruncă o privire aspră.

– În regulă. Să spunem că am fi știut în tot acest timp. Să spunem că ți-am fi zis și ție. Ce-ai fi făcut atunci? Nu te obosi să-mi răspunzi. Te-ai fi pripit și ai fi făcut vreo prostie. N-ai fi pătruns nici zece pași în Dom, că ți-ai fi compromis acoperirea. Dacă te consolează, am discutat mult despre asta. Jackie era de părere că ar trebui să știi. Însă opinia majorității a fost că reușita operațiunii era prioritară.

– Opinia majorității. Adică a ta.

– A mea și a lui Eustace. Preț de o clipă, expresia de pe fața Ninei păru să se îndulcească. Nu reacționa așa! Ai primit ce îți doreai. Fii fericită!

– Ce îmi doresc e s-o scot de aici!

– Pe asta contăm și noi, Sara. Și o s-o scoatem.

– Când?

– Cred că asta e destul de evident. Când se va fi terminat totul.

– Mă *șantajezi*?

Nina ridică indiferentă din umeri.

– Nu mă înțelege greșit – nu fac asta de obicei. Dar, în cazul ăsta, sunt nevoită. O privi îngrijorată pe Sara: Ce crezi că se întâmplă cu fetițele alea?

– Ce vrei să spui prin „fetițe"? Fiica mea e singura de-acolo.

– *Acum*. Dar nu e prima. Mereu e câte o Eva. Să-i dea un copil Lilei e singura modalitate prin care Guilder o poate ține liniștită. Doar că, odată ce ajung la o vârstă, fie femeia își pierde interesul, fie copilul o respinge. Și atunci îi aduc altul.

Un val de amețeală inundă mintea Sarei; fu nevoită să se așeze.

– La ce vârstă?

– Cinci sau șase. Depinde. Dar se întâmplă de fiecare dată, Sara. Asta îți spun. Timpul trece. Poate nu azi, poate nici mâine, dar curând. Și atunci direct la subsol cu ea.

Sara se sili să pună următoarea întrebare:

– Ce e la subsol?

– De acolo iau sângele pentru ochi-roșii. Nu știm detalii. Procesul începe cu sânge de om, dar, între timp, se întâmplă ceva cu el. Îl alterează cumva. E un bărbat acolo jos, un fel de Viral, sau cel puțin așa se aude. I se spune Sursa. Bea un distilat de sânge uman, care suferă schimbări în corpul lui, și astfel se obține ceva diferit. Ai văzut ce se întâmplă cu femeia?

Sara încuviință din cap.

– Așa se întâmplă cu toți, dar mai încet la bărbați. Sângele Sursei îi întinerește. Îi ține în viață. Dar, dacă fiica ta ajunge acolo, nu e chip să mai iasă.

Înăuntrul Sarei se stârni o furtună de emoții. Furie, neputință, o dorință aprigă de a-și proteja fiica. Era atât de intensă, încât se gândi că o să i se facă rău.

– Și eu ce ar trebui să fac?

– Când va sosi momentul, o să-ți spunem. O s-o scoatem de acolo. Îți dau cuvântul meu.

Sara înțelegea ce anume îi cerea Nina. Nu ce-i cerea: ce-i spunea. O manipulaseră fără cusur. Kate era ostatică, iar răscumpărarea avea să fie plătită cu sânge.

– Urăște-o pentru asta, Sara! Gândește-te la ce face! O să vină și momentul nostru, inclusiv al meu, la fel cum a venit pentru Jackie. O să mă duc de bună-voie când mi se va cere. Iar dacă treaba asta nu e oprită, fiica ta rămâne de una singură. N-o să mai putem să ajungem la ea.

– Unde e? întrebă Sara. Nu era nevoia să fie mai precisă de-atât; era limpede la ce se referea.

– Mai bine să nu știi încă. Vei primi un mesaj pe calea obișnuită. Tu ești pivotul, iar sincronizarea e tot ce contează.

– Și dacă nu pot s-o fac?

– Atunci, vei muri oricum. La fel și fiica ta. E doar o chestiune de timp. Ți-am spus cum o să se întâmple.

Ochii ei o sfredeleau pe Sara. Nu citea nici urmă de compasiune în ei, numai o limpezime de gheață.

– Dacă totul merge conform planului, acesta va fi sfârșitul ochilor-roșii. Al lui Guilder, al Lilei, al tuturor. Înțelegi ce-ți spun?

Mintea Sarei amorțise cu totul. Simți că dă din cap, apoi că răspunde, pe o voce slabă:

– Da.

– Atunci, fă-ți datoria! Fă-o pentru fiica ta! Kate, așa o cheamă, nu?

Sara rămase ca lovită de trăsnet:

– De unde...?

– Tu mi-ai spus. Nu-ți amintești? Mi-ai spus cum o cheamă în ziua în care s-a născut.

Firește, se gândi ea. Totul căpăta noimă acum. Nina era femeia de la maternitate care-i dăduse buclișoara din părul lui Kate.

– Poate că nu mă crezi, Sara, dar încerc să îndrept un rău aici.

Sara ar fi vrut să râdă. Și ar fi făcut-o, dacă acest lucru ar fi fost posibil.

– Ai un mod tare ciudat de a o arăta.

– Așa o fi. Dar astea sunt vremurile în care trăim. Încă o pauză scrutătoare: O ai în tine. Simt asta.

Așa să fi fost? Întrebarea era inutilă. Cumva, va trebui să găsească în ea puterea.

– Fă-o pentru fiica ta, Sara! Fă-o pentru Kate! Altfel, n-are nicio șansă.

50

Lucrurile pe care le făceau erau suportabile. Nu lipsite de durere, nici de verișoara durerii, care era așteptarea. Dar cu putință de îndurat. O vreme, nu o întrebară nimic. Nu îi cerură nimic. Era pur și simplu ceva ce le stârnea plăcere și pe care continuau să-l facă, căci Alicia nu se dădea ușor bătută. Își înăbușea țipetele, îndurând totul cu stoicism, râdea ori de câte ori se simțea în stare, spunând: *Arătați-mi ce puteți, prieteni! Eu sunt cea care trebuie ținută în lanțuri. Credeți că lucrul ăsta, în sinea lui, nu este un fel de victorie?*

Apa era cea mai rea pedeapsă dintre toate. Ciudat, căci Aliciei îi plăcuse dintotdeauna apa. Fusese o înotătoare neînfricată când era mică, scufundându-se adânc în grota din Colonie, ținându-și respirația pe cât de mult putea, atingând fundul, în timp ce urechile îi pocneau, iar bulele răsuflării ei urcau din beznă în lumina soarelui de deasupra. Câteodată, îi turnau apa în gură. Alteori, o dădeau jos din lanțuri, o legau de o scândură și o afundau cu capul înainte într-o cadă cu apă rece ca gheața. *O luăm de la capăt*, se gândea de fiecare dată și număra treizeci de secunde până când se sfârșea totul.

Puterea îi slăbise considerabil pe măsură ce zilele treceau. O deteriorare minoră în ansamblu, dar suficientă. Îi dădeau să mănânce o pastă dezgustătoare din soia sau porumb și fâșii afumate de carne, tari ca pielea tăbăcită, intenția lor neafirmată fiind aceea de a o ține în viață, așa încât să se poată distra cât mai mult, dar, în lipsa celorlalți, ei bine... Făcuse un jurământ mut: când va da în sfârșit de gustul sângelui de om, ultima etapă iminentă a transformării ei, sângele acela va fi al lor. Îi era greu să renunțe la apartenența ei la rasa umană, dar se consola cu acest gând: avea să-i stoarcă de sânge pe nenorociți.

Nu era chip să țină socoteala zilelor. Lăsată singură, adopta practica mentală de a rememora evenimentele trecute, deplasându-se printre amintiri ca printr-un coridor cu tablouri: stând de pază în Prima Colonie; călătoria cu Peter, Amy și ceilalți de-a lungul Ținuturilor Întunecate spre Colorado; copilăria ei ciudată, aridă, alături de Colonel. Întotdeauna i se adresase cu „domnule", niciodată „tăticule" sau măcar cu „Niles"; încă de la bun început el fusese superiorul ei, nu tată, nici prieten. Ciudat lucru să se gândească la asta tocmai acum. Amintirile vieții ei erau încărcate de tot felul de emoții, durere, fericire, entuziasm și singurătate și, într-o oarecare măsură, dragoste, dar sentimentul pe care îl împărtășeau împreună era acela de apartenență. Ea însemna amintirile ei, iar amintirile ei erau ea. Spera să le poată păstra atunci când totul se va fi sfârșit.

Începuse să se întrebe dacă tot ce aveau de gând cu ea era să-i aplice la nesfârșit practicile lor dureroase, când ritmul captivității ei fu întrerupt de apariția unui bărbat care părea să fie responsabil de toate acestea. Nu se prezentă, ba chiar nu scoase un cuvânt aproape un minut, ci se mulțumi să stea dinaintea ei, așa cum stătea suspendată din tavan, cercetând-o cu expresia unuia care citește o carte de neînțeles. Purta un costum negru, cravată și o cămașă albă, scrobită; nu părea să aibă mai mult de treizeci. Pielea îi era palidă și delicată, de parcă n-ar fi văzut niciodată soarele. Însă în ochi i se citea întreaga poveste. De ce ar fi surprinsă?

– Ești... diferită. Făcu un pas în față, respirând zgomotos pe nări, adulmecând aerul din jurul ei ca un câine.

– Mda, aud des asta.

– O miros.

– Nu pot spune că am avut ocazia să mă spăl. Îi adresă cel mai îndrăzneț zâmbet al ei: Iar tu ești...?

– Eu pun întrebările aici.

– Știi, n-ar trebui să citești pe întuneric. Ochii tăi arată ca naiba.

El își luă avânt și îi dădu o palmă peste față.

– Uau! făcu Alicia, mișcându-și mandibula. Ups! A cam durut!

El își reluă poziția dinainte și îi răsuci violent brațul în sus.

– De ce nu ai plăcuță?

– Ce costum stilat porți! Faci o fată să se simtă cam prost îmbrăcată.

Încă o palmă peste față, care ustură ca o lovitură de bici. Alicia clipi din ochii înlăcrimați și, trecându-și limba peste dinți, simți gust de sânge.

– Știi, mi-ați tot făcut asta. Nu e deloc frumos din partea voastră. Și nu cred că-mi placi prea mult.

El își îngustă furios ochii injectați. Acum ajungea la un rezultat.

– Spune-mi despre Sergio.

– Numele nu-mi sună cunoscut.

O lovi din nou. Frânturi de lumină îi scăpărau dinaintea ochilor. Își dădea seama că își păstra puterile pentru mai târziu. Avea să i-o aplice treptat, o creștere ușoară.

– De ce nu mă dai jos de aici ca să avem o discuție normală? Pentru că e evident că așa nu merge cu tine.

Vâj! făcu mâna lui, un pumn de data asta. Era ca și cum fusese lovită de o scândură. Alicia se clătină, scuipând sânge.

– *Spune-mi!*

– Du-te naibii!

O lovitură năucitoare în burtă. Răsuflarea îi îngheță în piept când își simți diafragma prinsă ca într-o menghină. Secundele fără aer treceau. În clipa când plămânii ei se umplură din nou, el o lovi iarăși.

– Cine... este... *Sergio*?

Aliciei îi era cam greu să se concentreze. Să se concentreze, să respire și să gândească în același timp. Se pregăti pentru o nouă lovitură, însă aceasta nu mai veni; deveni conștientă că bărbatul deschisese ușa. Trei siluete pășiră înăuntru. Duceau un fel de banchetă, înaltă până la mijloc, cu un cadru larg la bază.

– Aș vrea să-ți fac cunoștință cu un prieten de-ai meu. El e Sod. De fapt, cred că v-ați mai întâlnit.

Vederea Aliciei se limpezi încet-încet. Ceva nu era în regulă cu fața bărbatului. Sau, mai bine zis, cu o parte a feței, care arăta ca o bucată de carne gătită insuficient, crudă la mijloc și înnegrită la margini. Jumătate din părul bărbatului era ars, la fel și mare parte din nas. Ochiul stâng zici că îi era topit, vulcanizat până la consistența unui jeleu moale.

– Ptiu! făcu Alicia dezgustată.

– Sod era în zona de transfer când te-ai hotărât să arunci în aer un camion plin cu propan. Nu e prea bucuros în legătură cu asta.

– Toate într-o zi de muncă. Mă bucur să te cunosc, Sod. Halal nume, „Sod".

– Sod are un entuziasm de invidiat. Aș zice că numele i se potrivește. Și are ceva de împărțit cu tine. Bărbatul în costum se adresă apoi celorlalți doi: Legați-o! Dacă mă gândesc mai bine, ia stați puțin!

Loviturile veniră una după alta. În față. Pe corp. Până când bărbatul obosi, Alicia nu mai simțea aproape nimic. Durerea devenise distantă, vagă. Un zornăit de lanțuri și o ridicare a presiunii din jurul încheieturilor. Era cu fața la podea, întinsă pe banchetă, cu picioarele despărțite și prinse de cadru. Pantalonii îi fuseseră dați jos.

– Puțină intimitate pentru prietenul nostru, spuse primul bărbat. Alicia auzi ușa închizându-se, urmată de sunetul, amenințător și final, al cheii răsucite în broască.

51

În fiecare noapte, în timp ce Amy și Greer înaintau spre nord, ea îl visa pe Wolgast. Câteodată, erau în carusel. Alteori, erau în mașină, trecând pe lângă orășele și câmpuri înverzite, munți ridicându-se în depărtare, fețele lor lucind ca gheața. În seara asta erau în Oregon, în tabără. Se aflau în camera principală, stând față în față pe podea, cu picioarele încrucișate, iar între ei era o tablă de Monopoly, cu pătratele ei colorate și cu banii aranjați pe categorii; Amy avea pălăriuța, Wolgast mașinuța; Wolgast aruncă zarurile dintr-un păhărel și mută șase căsuțe, până la St. Charles Place, unde era unul dintre cele șase (șase!) hoteluri ale lui Amy. Camera era încălzită de la sobă, iar afară o zăpadă uscată cădea prin întunericul mătăsos și gerul aspru de iarnă.

– Pentru numele lui Pete! bombăni el.

Îi întinse bancnotele. Exasperarea lui era simulată; voia să piardă. Îi spusese că era norocoasă, și parcă era tocmai din acest motiv. *Ești norocoasă, Amy!*

Pionii lor dădură roată tablei iar și iar. Și mai mulți bani se schimbară din mână în mână. Park Place, Illinois Avenue, Marvin Gardens, locul cu nume amuzant de „B. & Q." Grămada de bani a lui Amy crescu, pe măsură ce a lui Wolgast scăzu aproape de zero. Ea cumpăra căi ferate și utilități, construise case și hoteluri peste tot, o serie de proprietăți care o ajutau să ridice și mai multe, acoperind astfel tabla. Înțelegerea acestei matematici accelerate era cheia câștigării jocului.

– Cred că am nevoie de un împrumut, mărturisi Wolgast.

– Încearcă la bancă, îi spuse ea, rânjind victorios.

Odată ce ajungeai să te împrumuți, sfârșitul era aproape; el avea să renunțe cât de curând. Atunci și-ar fi ocupat locurile obișnuite pe canapea, cu o pătură trasă până la mijloc, făcând cu rândul la citit. Cartea din seara aceasta: *Mașina timpului*, H. G. Wells.

Aruncă zarurile pe tablă. Un trei și un patru. Își mută mașinuța, ajungând pe căsuța „Taxă de lux“, cu inelul ei cu diamant.

– Nu din nou! zise și plăti, dându-și ochii peste cap. E atât de bine să fim din nou împreună! Își ridică privirea și se uită dincolo de ea, pe fereastră. Dar ninge, nu glumă! De când ninge?

– Cred că de ceva vreme.

– Mi-a plăcut dintotdeauna. Îmi amintește de când eram copil. Mereu zici că e Crăciunul când ninge.

Lemnele din sobă trosneau. Prin pădurea deasă, ninsoarea continua să cadă. Dimineața urma să aducă o lumină dulce și albă și liniște, deși, în locul unde se aflau ei, dimineața nu avea să mai vină.

– În fiecare an, părinții mei mă duceau să văd *O poveste de Crăciun*. Oriunde am fi locuit, găseau un cinematograf și mă duceau. Jacob Marley m-a speriat dintotdeauna îngrozitor. *Purta lanțurile pe care și le-a făurit în viață*. E atât de trist. Dar și frumos totodată. Multe povești sunt așa. Rămase pe gânduri o clipă, apoi continuă: Câteodată îmi doresc să rămân aici cu tine pentru totdeauna. O prostie, știu. Nimic nu durează pentru totdeauna.

– Unele lucruri da.

– Ce fel de lucruri?

– Lucrurile de care ne face plăcere să ne amintim. Dragostea pe care o simțim față de anumite persoane.

– Așa cum simt eu față de tine, spuse Wolgast.

Amy încuviință din cap.

– Așa e, să știi, continuă el. Ți-am spus-o vreodată?

– Nu a fost nevoie să mi-o spui. Am știut dintotdeauna. Am știut-o de la bun început.

– Nu, ar fi trebuit să ți-o spun. În tonul vocii lui se simțea regretul. E mai bine când o spui.

Se așternu o tăcere adâncă precum pădurea, nesfârșită precum zăpada care cădea peste ea.

– Ceva e diferit la tine, Amy. Îi cercetă chipul: S-a schimbat ceva.

O beznă ușoară începea să-i înconjoare. Așa se întâmpla de fiecare dată, întocmai ca luminile care se stingeau pe o scenă, până când nu mai rămâneau decât ei doi.

– Ei bine, orice ar fi, îmi place, spuse el și zâmbi. Trecu o clipă, apoi: I-ai spus lui Carter cât de rău îmi pare?

– Știe.

Privirea lui Wolgast trecu dincolo de ea:

– E ceva ce n-o să mi-o iert niciodată. Am știut-o de cum m-am uitat la el. A iubit-o pe femeia aceea din toată inima. Își coborî ochii la tabla de Monopoly. Se pare că am terminat aici. Nu știu cum reușești. Dar mă revanșez eu data viitoare.

– Ți-ar plăcea să citești?

Se duseră pe canapea și se băgară sub pătura de lână. Două căni cu ciocolată caldă îi așteptau pe masă, care apăruseră acolo, așa cum se întâmpla cu orice altceva, la dorința lor. Wolgast luă cartea și îi răsfoi paginile până când o găsi pe cea potrivită.

– *Mașina timpului*, capitolul șapte. Își drese glasul și se întoarse cu fața spre ea: Fetița mea curajoasă. Curajoasa mea Amy. Chiar te iubesc, să știi.

– Și eu te iubesc, îi răspunse Amy, cuibărindu-se lângă el.

Și astfel petreceau ore nesfârșite, care treceau parcă într-o clipită, până când întunericul, o pătură în toată regula, se lăsa peste ei.

52

Urmară linia estică de aprovizionare, aflată la nord de Texarkana, procurându-și mâncare și combustibil și dormind în cutii. Vehiculul era unul de-al lui Tifty, o camionetă mică de marfă, dotată cu un portabil, pe care aveau să-l folosească în curând: la nord de Little Rock aveau să doarmă în câmp deschis. Combustibilul nu era o problemă, le explică Tifty. Camioneta putea duce 750 de litri de combustibil în rezervor, iar în călătoria lui spre nord cu Greer și Crukshank de acum cincisprezece ani găsiseră surse pe tot drumul până la linia de aprovizionare din Iowa – aerodromuri, centrale electrice diesel, depozite comerciale mari, cu propriile câmpuri de cisterne dese ca ciupercile apărute după ploaie. Camioneta era echipată cu un sistem de filtrare pe care puteau să-l folosească pentru a înlătura agenții contaminanți și a oxida compusul. Un proces lent, dar, cu noroc și vreme bună, reușeau să ajungă în Iowa pe la mijlocul lui decembrie.

Prima noapte în portabil o petrecură la o sută șaizeci de kilometri nord de granița cu Missouri. Pe când soarele apunea, Tifty scoase o carafă mare din plastic din remorcă, își acoperi fața cu o cârpă și turnă conținutul ei, un lichid limpede, de jur împrejurul vehiculului.

– Ce e chestia aia? întrebă Lore. Putoarea îți făcea ochii să lăcrimeze.

– O veche rețetă de familie. Dracii o urăsc – plus că ne acoperă mirosul. Nici nu o să știe că suntem aici.

Își mâncară cina compusă din fasole și biscuiți nesărați și se întinseră pe paturile de campanie. Cât de curând, Hollis începu să sforăie. Hollis? Nu, Lore, își dădu seama Peter. Dormea la fel cum făcea orice altceva: după cum avea chef. Peter putea să înțeleagă de ce Michael era atât de atras de ea – farmecul ei era irezistibil –, dar și de ce nu recunoștea asta pe față. Cine putea rezista faptului de a fi dorit cu atâta ardoare? Chiar dacă prada voia să se lase prinsă, tot se zbătea mai întâi. În zilele de așteptare de la rafinărie, Peter se întrebase, în repetate rânduri, dacă Lore flirta cu el. Și așa era, înțelese el, însă era doar o tactică. Ea nu încerca decât să pătrundă și mai mult în lumea lui Michael. Odată ce avea să ajungă în inima ei, el va fi rămas descoperit: Michael ar fi devenit al ei.

Peter se foi în pat, încercând să-și găsească o poziție confortabilă; mereu îi venea greu să adoarmă într-un portabil. Tocmai când începea să ațipească, un zgomot de afară îl trezi brusc. Odată, când erau lângă Amarillo, Viralii bătuseră în pereți toată noaptea. Ba chiar ridicaseră cadrul, în încercarea de a-l întoarce. Ca să-și mențină moralul ridicat, oamenii din echipajul lui Peter își omorâseră timpul jucând poker și spunând glume, ca și cum nu se întâmpla nimic. *Ce nebunie e afară!* era tot ce mai spunea câte unul din când în când. *Cum să mă pot concentra la cărți?* Lui Peter îi lipsea viața aceea; dezertase de nouă zile, era acum un proscris la fel ca Hollis și ca Tifty. Indiferent de ce avea să spună Gunnar în apărarea lui Peter, mesajul bărbatului fusese cât se poate de clar: faci asta pe cont propriu; nimeni nu o să spună că are vreo legătură cu tine.

Următorul lucru pe care-l știu fu că Hollis îl zgâlțâia ca să-l trezească. Ieșiră în frig. Înaintând atât de mult în nord, schimbarea anotimpurilor era mai acută. Cerul era acoperit de nori mari și cenușii, ca niște formațiuni de piatră aeriene.

– Vedeți? făcu Tifty, arătând spre pământul din jurul camionetei. Nicio urmă

Își continuară călătoria. Absența Viralilor îl neliniștea pe Peter. Nici măcar în preajma cutiilor nu văzuse vreo urmă. O întorsătură bine-venită a evenimentelor, dar atât de improbabilă, încât era îngrijorătoare, ca și cum Viralii le pregăteau ceva special.

Înaintau mai încet acum, drumurile fiind mai șterse; Tifty trebuia să oprească destul de des camioneta ca să recalculeze cursul, folosindu-se de o busolă, hărți și uneori de un sextant, un dispozitiv pe care Peter nu-l mai văzuse până atunci. Michael îi arătă cum funcționează. Măsurând unghiul soarelui față de orizont și, luând în calcul timpul și data, puteai afla coordonatele fără alte puncte de referință. Instrumentul era de obicei folosit pe mare, îi explică Michael, unde orizontul nu era obstrucționat de nimic, dar putea fi foarte bine folosit și pe uscat. Michael învățase singur să folosească sextantul pentru ziua când avea să pornească în larg ca să găsească sau nu bariera.

Zilele treceau și tot nici urmă de Virali. De-acum, nu-și mai ascundeau mirarea în privința acestei chestiuni, cu toate că nu făceau altceva în afară de a remarca ciudățenia situației. *Straniu*, spuneau ei. *Cred că ar trebui să ne considerăm norocoși*. Și erau, dar norocul are obiceiul să-și întoarcă fața de la tine în cele din urmă. După unsprezece zile, Tifty îi anunță că se apropiau de linia Missouri–Iowa. Erau murdari și extenuați; nervii cedau repede. Vreme de două zile se împiedicaseră de un râu fără nume, fiind nevoiți să se întoarcă kilometru după kilometru, în căutarea unui pod care să mai fie în picioare. Rezerva de combustibil era pe terminate. Peisajul se schimbase din nou, nemaifiind atât de plat ca în Texas, cu dealuri unduindu-se lin, la poala cărora iarba se înălța până la mijloc. Era aproape ora prânzului când Hollis, care era la volan, opri camioneta.

Peter, care ațipise pe bancheta din spate, se trezi la auzul zgomotului făcut de portierele care se deschiseseră. Se ridică în capul oaselor și văzu că era singur în cabină. De ce opriseră?

Își luă pușca și coborî. Totul în jur – iarba, copacii – era acoperit de o pulbere fină, deschisă la culoare. Zăpadă? Aerul avea un miros acru, a ceva ars. Nu era zăpadă. Cenușă. Nori mici și albi se stârneau sub pașii lui Peter pe când acesta înainta spre locul unde se opriseră ceilalți, pe culmea unui deal. Se opri și el, la fel cum o făcuseră și tovarășii lui de drum, încremenit în loc din cauza a ceea ce se întindea dinaintea lor.

– Pentru numele lui Dumnezeu! făcu Michael. Ce naiba e asta?

53

Cine era femeia asta?

Un spion. Un insurgent. Atâta lucru era evident; încercarea ei de a elibera ostaticii indica toate acestea, plus că omorâse șase oameni înainte să comită greșeala fatală. Însă faptul că nu avea etichetă era lipsit de noimă. Mirosul ciudat pe care îl simțise Guilder ce însemna oare? Recuperaseră o armă, un Browning semiautomat cu două gloanțe în încărcător. Guilder nu mai văzuse în viața lui așa ceva; nu era de-a lor. Fie insurgenta avea o rezervă ascunsă de arme dintr-o sursă despre care ei nu aveau habar, fie femeia provenea dintr-un cu totul alt loc.

Lui Guilder nu-i plăceau enigmele. Îi plăceau chiar mai puțin decât îi plăcea ideea de Sergio.

Femeia părea indestructibilă. Nu le spusese nici măcar un nume. Până și Sod, psihopatul ăla, notoriu pentru poftele lui revoltătoare, dăduse greș din a obține vreo informație. Hotărârea de a apela la serviciile bărbatului fusese luată cu o ușurință stranie. Să trimită oameni în țarc era una; Viralii terminau numaidecât treaba, plus că trebuiau și ei hrăniți. Nu era ceva plăcut, dar se sfârșea repede. Cât despre cele câteva lovituri în detenție sau atenta aplicare a înecării simulate, ei bine, asemenea măsuri erau câteodată inevitabile. Care era termenul folosit înainte? Tehnici extreme de interogare.

Dar violul aprobat: asta era o chestie nouă. Care dădea oarecare bătăi de cap. Era genul de lucru care se întâmpla în țările mici, dar violente, unde bărbați cu macete căsăpeau oameni fără vreun motiv în afară de acela că se născuseră în satul greșit, că aveau urechile puțin diferite sau că preferau ciocolata vaniliei. Gândul ar fi trebuit să-l dezguste. Ar fi trebuit să-l considere... sub demnitatea lui. Numai din cauza lui Sergio ajunsese în halul ăsta. Ciudat cum într-o zi puteai s-o iei complet razna, ca în următoarea să fii absolut normal.

Acestea erau gândurile care-i treceau prin minte lui Guilder în timp ce se afla în capul mesei de conferințe. Dacă ar fi putut, ar fi sărit peste aceste întâlniri săptămânale, care inevitabil se transformau în certuri cu privire la diverse proceduri, un exemplu clasic de prea mulți bucătari într-o singură bucătărie. Guilder credea cu tărie într-un lanț simplu de comandă și în împărțirea autorităților după birocrația piramidală. Exista tendința de a se crea un exces de îndatoriri la baza piramidei, un apetit crescut pentru hârțoage și un precedent, dar măcar fiecare își vedea de treaba lui. Totuși, pretenția unei guvernări comune trebuia menținută, cel puțin pentru moment.

– Mai are cineva ceva de adăugat?

Nu părea să mai aibă nimeni. După o tăcere stânjenitoare, ministrul pentru Propagandă, Hoppel, care stătea în stânga lui Guilder, lângă Suresh, ministrul Sănătății Publice, și în fața lui Wilkes, își drese glasul și spuse:

– Cred că toată lumea este îngrijorată despre, ei bine, nu atât îngrijorată, cât preocupată, și cred că vorbesc în numele tuturor aici...

– Pentru numele lui Dumnezeu, spune ce-ai de spus odată! Și dă-ți jos ochelarii!

– În regulă.

Hoppel își scoase lentilele fumurii de la ochi și le puse cu o grijă nervoasă pe masă.

– După cum spuneam, continuă el, dregându-și încă o dată glasul, este posibil ca, dintr-o întâmplare, lucrurile să fi scăpat de sub control?

– Să fii sigur că așa e! La naiba, ăsta e primul lucru inteligent pe care l-am auzit astăzi!

– Mă refer la faptul că strategiile pe care le-am aplicat nu par să dea rezultatele dorite.

Guilder oftă iritat:

– Ce sugerezi?

Hoppel își îndreptă involuntar privirea spre colegii săi: *Ați face bine să mă susțineți – n-am de gând să-mi risc pielea de unul singur.*

– Poate că ar trebui să o lăsăm mai moale, măcar o vreme.

– S-o lăsăm mai moale? Suntem prinși la înghesuială!

– Ei bine, tocmai asta e faza. Se vorbește mult în vale, și nu în favoarea noastră. Poate că ar trebui să încercăm să mai domolim puțin lucrurile. Să vedem unde ajungem așa.

– Ți-ai pierdut mințile? V-ați pierdut toți mințile?

– Chiar tu ai spus-o că nu ne îndreptăm în direcția dorită.

– Nu am spus așa ceva, tu ai spus-o!

– Chiar și așa, câțiva dintre noi ne-am gândit...

– Ăsta nu-i nici pe departe cel mai bine ținut secret din camera asta.

– Da, corect. Deci, ne gândeam că poate ar trebui să încercăm o abordare diferită. Una care să facă apel la emoții și logică mai degrabă. Dacă mă urmărești.

Guilder trase calm aer în piept.

– Deci sugerezi, și scuză-mi parafraza, să ne purtăm ca niște fătălăi?

– Domnule director Guilder, dacă îmi permiteți, interveni Suresh. Tiparul unei insurgențe reușite...

– Omoară nevinovați! Omoară *locuitori din vale*. Ce nu e clar? Oamenii ăștia sunt niște măcelari.

– Nimeni nu susține altceva, continuă Suresh cu o expresie indiferentă pe chip. Și, pentru o vreme, acest aspect a lucrat în favoarea noastră. Doar că nu am obținut nicio informație utilă de pe urma raziilor. Tot nu știm unde este Sergio sau cum acționează. Nu s-a predat nimeni. Și, între timp, represaliile au servit drept o unealtă numai bună de recrutare pentru Insurgență.

– Dacă te-ai putea auzi! Știi cum sună ce spui? Ca o placă.

Suresh nu luă în seamă remarca.

– Permiteți-mi să vă arăt ceva.

Dintr-un dosar de pe masă scoase o foaie de hârtie, pe care i-o întinse lui Guilder. Unul dintre buletinele lor de propagandă, pe spatele căruia era scris un mesaj diferit:

LOCUITORI DIN VALE, RIDICAȚI-VĂ!
OCHI-ROȘII ÎȘI TRĂIESC ULTIMELE ZILE!
ALĂTURAȚI-VĂ FRAȚILOR VOȘTRI DIN INSURGENȚĂ!
FIECARE ACT DE NESUPUNERE DĂ O LOVITURĂ REGIMULUI!

Și tot așa, în același ton. Guilder își ridică privirea și văzu că toată lumea se holba la el, ca și cum ar fi fost o bombă gata să explodeze.

– Și? Ce dovedește asta?

– Cei de la Resurse Umane au găsit până acum cincizeci și șase de astfel de buletine, răspunse Suresh. Să vă dau un exemplu de probleme pe care le provoacă acest lucru. La strigarea din această dimineață, o baracă întreagă a refuzat să cânte imnul.

– Și au fost bătuți?

– Erau peste trei sute de oameni. Nu putem ține în detenție decât cel mult jumătate din numărul lor. Pur și simplu nu avem suficient loc.

– Atunci înjumătățiți-le porțiile!

– Au fost deja reduse la limita de subzistență. Dacă le reducem și mai mult, nu vor mai putea munci.

Era exasperant. Tot ce spunea Guilder era parat instantaneu. Avea în fața ochilor nimic mai puțin de o insurgență organizată în rândul personalului de conducere.

– Ieșiți afară cu toții!

– Sunt de părere, continuă Suresh cu o atitudine enervant de calmă, că ar trebui să cădem de acord în privința unei strategii.

Guilder își simți fața înroșindu-se de furie. Venele de la tâmple începuseră să-i zvâcnească; era practic în pragul unei crize de apoplexie. Ridică foaia de hârtie și o flutură în aer.

– Apel la emoții și logică! Vă auziți ce spuneți? Ați citit ce scrie aici?

– Domnule director Guilder...

– Nu mai am ce discuta cu voi. Afară!

Hârtiile fură strânse, servietele închise, de jur împrejurul mesei schimburi de priviri îngrijorate. Toată lumea se ridică și se îndreptă spre ieșire. Guilder se prinse cu mâinile de cap. Iisuse Hristoase, de asta avea nevoie! Trebuia să acționeze, și încă repede.

– Wilkes, așteaptă o clipă!

Bărbatul se întoarse, ridicând din sprâncene.

– Tu mai stai!

Ceilalți plecară. Șeful personalului rămase în dreptul ușii.

– Ia loc!

Wilkes se așeză din nou pe scaunul lui.

– Vrei să-mi spui ce naiba a fost asta? Am avut mereu încredere în tine, Fred. M-am bazat pe tine să faci lucrurile să meargă. Nu-mi vinde gogoși acum.

– Sunt doar îngrijorați.

– Să fii îngrijorat e una. Dar nu voi tolera să fim divizați. Nu când suntem atât de aproape. Ar putea ajunge la noi din clipă în clipă.

– Toată lumea înțelege asta. Doar că nu vor... ei bine, ca lucrurile să scape de sub control. Și pe mine m-au luat prin surprindere.

Scutește-mă de scuzele tale, își spuse Guilder.

– Tu ce crezi? Au scăpat sau nu de sub control?

– Chiar mă întrebați asta? Cum Guilder nu răspunse, Wilkes se mulțumi să ridice din umeri: Poate puțin.

Guilder se ridică, își scoase ochelarii din buzunarul sacoului și trase draperiile. Ce loc jalnic. În mijlocul pustietății. Se trezi nostalgic după trecut, după vechea lume a mașinilor și a restaurantelor, a magazinelor și a curățătoriilor, a impozitelor și a ambuteiajelor, a cozilor de la cinematograf. Nu se mai simțise atât de deprimat de multă vreme.

– Oamenii vor trebui să facă mai mulți copii.

– Domnule?

Continuă să vorbească fără să se întoarcă:

– Copii, Fred clătină din cap din pricina ironiei: Ciudat, dar n-am știut niciodată mare lucru despre ei. N-am simțit niciodată nevoia. Tu ai avut doi, nu?

Era o regulă nescrisă să nu vorbească despre viața lor anterioară. Guilder simți șovăiala lui Wilkes înainte ca acesta să-i răspundă:

– Eu și doamna am avut trei. Doi băieți și o fată. Și șapte nepoți.

– Te gândești la ei?

Guilder se întoarse cu fața de la fereastră. Wilkes își pusese acum ochelarii. Din cauza luminii sau să fi avut alt motiv?

– Nu o mai fac. Unul dintre colțurile gurii lui Wilkes zvâcni ușor. Mă pui la încercare, Horace?

– Poate că da, puțin.

– Încetează!

Cuvântul avea mai multă forță în el decât oricare altul pe care Guilder îl auzise scos din gura bărbatului. Nu se putea decide dacă acest lucru era de bine sau nu.

– O să trebuiască să-i facem să fie de acord. Pot conta pe tine?

– Mai întrebi?

– Fă-mi pe plac, Fred!

Pauză; apoi Wilkes încuviință.

Răspuns corect, însă ezitarea lui Wilkes îl deranja. *De ce* îl întreba Guilder? Nu-l iritase doar tonul juvenil al întâlnirii; mai avusese parte de asta și înainte. Dar cineva călca pe bătăturile altcuiva. *Au! A durut! Nu-i corect! Te spun!* Se punea la cale ceva mai profund și mai problematic. Avea de-a face nu cu un eșec, ci cu senzația unei insurgențe în pregătire. Asta îi spuneau instinctele lui, ca și cum s-ar fi aflat deasupra unei crevase care se căsca, având un picior pe-o parte și unul pe cealaltă.

Trase înapoi draperiile și se întoarse la masă.

– Care e situația în țarc?

Chipul lui Wilkes se relaxă vizibil; se întorseseră la subiecte mai familiare.

– Explozia a afectat destul de mult locul. O să mai dureze cel puțin trei zile până să fie reparate porțile și iluminatul.

Prea mult, se gândi Guilder. Vor trebui s-o facă la vedere. Poate că era mai bine așa; în felul acesta, putea prinde doi iepuri dintr-un foc. Puțin teatru, ca să adune trupele. Își împinse carnetul pe deasupra mesei spre șeful personalului.

– Ia și notează!

54

– E atât de... ciudat.

Lila doar ce terminase de mâncat și se confrunta cu durerile obișnuite. Sângele îi fusese administrat, de Guilder cel mai probabil, în timp ce Sara și Kate se jucau în curte. După două zile cu temperaturi de peste zero grade, zăpadă căpătase consistența aceea lipicioasă, perfectă pentru bulgări. Se băteau cu ei de ore bune.

Acum se jucau alba-neagra pe podea, lângă foc. Jocul era nou pentru Sara; Kate o învățase. Încă o plăcere, să fii învățat un joc de către propriul copil. Sara încerca să nu se gândească la cât de efemere erau toate acestea. Mesajul de la Nina putea sosi în orice zi.

– Ei bine, spuse Lila, de parcă ea și Sara reluau o discuție întreruptă anterior, o să am nevoie să-mi faci un comision cât de curând.

Sara nu acordă prea mare atenție. Lila părea să fie cu mințile rătăcite în fantezia ei. Un comision unde?

– David spune că trebuie să mă duc. Cu fața la oglindă, Lila făcu grimasa pe care o făcea de fiecare dată când vorbea despre David. „E pentru o cauză nobilă, Lila. Știu că nu-ți place opera, dar trebuie neapărat să mergem. Lila, tipul ăsta este șeful unui spital important, toate soțiile vor fi acolo, cum o să arăt dacă mă duc singur?" Oftă resemnată, peria oprindu-se din drumul ei prin păru-i bogat și lucios. Măcar o dată dacă s-ar gândi și la ce vreau *eu* și la locurile în care vreau *eu* să merg. Da, *Brad* era grijuliu. Brad era genul de bărbat care te ascultă. Privirea ei o întâlni pe a Sarei prin oglindă. Spune-mi ceva, Dani. Ai prieten? Cineva special în viața ta? Dacă nu te deranjează că te întreb. Doamne, la cât ești de drăguță, fac pariu că stau cu zecile la coadă.

Pe Sara întrebarea o lăsă buimacă o secundă; Lila rareori, aproape niciodată, nu o întrebase ceva personal pe Sara.

– Nu chiar.

Lila rămase o clipă pe gânduri.

– Ei bine, deștept din partea ta. Mai ai o groază de timp. Testează terenul, nu te așeza încă. Vei ști când vei întâlni bărbatul potrivit. Glasul i se întristă brusc: Ține minte, Dani. Există cineva și pentru tine. Când îl găsești, nu-l lăsa să-ți scape. Eu am făcut greșeala asta și uite acum în ce situație neplăcută sunt!

Remarca, la fel ca multe altele, părea să plutească în eter, fără să se poată așeza pe vreo suprafață solidă. Și totuși, de-a lungul zilelor în care fusese închisă în apartament, Sara observase un tipar în ceea ce privește înțelesul acestor declarații indirecte. Erau umbra a ceva real: o adevărată istorie a oamenilor, a locurilor, a evenimentelor. Dacă ceea ce spusese Nina despre femeie era adevărat – iar Sara credea că așa era – Lila era un monstru la fel de mare ca ochi-roșii. Câte Eve fuseseră trimise la subsol din cauză că Lila... cum se exprimase Nina? Din cauză că își *pierduse interesul*. Și totuși, Sara nu putea nega faptul că era ceva demn de toată milă la femeia asta. Părea atât de pierdută, atât de fragilă, atât de împovărată de regret. *Câteodată*, remarcase Lila odată, un apropo la nimic, scoțând un oftat dintre cele mai profunde, *pur și simplu nu văd cum pot să mai continui așa*. Iar într-o seară, pe când Sara o dădea cu loțiune emolientă pe picioare: *Dani, te gândești vreodată să fugi de-aici? Să lași totul în urmă și s-o iei de la capăt?* Le lăsa din ce în ce mai mult pe Sara și pe Kate să facă ce vor, ca și cum ar fi abdicat la rolul ei din viața fetiței – ca și cum, dintr-un anumit punct de vedere, cunoștea adevărul. *Mă uit la voi două și văd că vă potriviți perfect. Fetița asta te adoră. Dani, tu ești piesa de puzzle care lipsea.*

– Deci, ce crezi?

Atenția Sarei se îndreptă din nou asupra jocului. Își ridică ochii din podea și o văzu pe Lila privind-o cu seriozitate.

– E rândul tău, Dani, spuse Kate.

– Doar o clipă, scumpo. Apoi, către Lila: Îmi cer scuze. Ce să cred despre ce?

Un zâmbet chinuit îi era întipărit pe chip:

– Să vii cu mine. Cred că mi-ai fi de mare ajutor. Poate să aibă grijă Jenny de Eva.

– Să vin unde?

Sara o citea în ochii Lilei: oricare ar fi fost destinația, femeia pur și simplu nu voia să fie singură.

– Ce contează? E una dintre... *chestiile* lui David. De obicei, sunt mortale, ca să fiu sinceră. Chiar mi-ar prinde bine compania ta. Se apleacă în scaun, adresându-se copilei: Ce zici, Eva? Cum îți sună o seară cu Jenny ca mami să iasă în oraș?

Fata refuză să-i întâlnească privirea.

– Vreau să stau cu Dani.

– Firește că vrei, dovlecel. Toți o iubim pe Dani. Nu există persoană mai specială pe lume. Dar, din când în când, adulții trebuie să plece singuri, să facă lucruri de adulți. Așa e câteodată.

– Atunci du-te tu.

– Eva, nu cred că asculți ce-ți spun.

Fetița o trăgea pe Sara de mâneca rochiei.

– Spune-i.

Lila se încruntă.

– Ce este, Dani?

– Nu... știu. Se uită la Kate, care se ghemuise lângă ea pe podea, lipindu-și protector trupușorul ei de al Sarei. Sara o petrecu cu brațul: Ce e, scumpo?

– Eva! izbucni Lila. Ce vrei să-mi spună Dani? Vorbește, acum!

– Nu-mi place de tine, bălmăji Kate în faldurile rochiei Sarei.

Lila se trase înapoi, culoarea scurgându-i-se din obraji.

– Ce-ai spus?

– Nu-mi place de tine! Îmi place de *ea*!

Expresia de pe fața Lilei era mai mult decât șocată. Era întruchiparea respingerii supreme. Sara înțelese atunci ce se întâmplase cu celelalte Eve: exact *asta*.

– Ei bine, făcu Lila, dregându-și glasul, căutând un obiect asupra căruia să-și îndrepte atenția. Înțeleg perfect.

– Lila, nu a vrut să spună asta.

Fetița se lipise din nou de Sara, îngropându-și fața în rochia ei, în timp ce o privea îngrijorată pe Lila cu coada ochiului.

– Spune-i, scumpo!

– Nu e nevoie, răspunse Lila. Nici că ar fi putut să se facă mai bine înțeleasă.

Femeia se ridică nesigură de pe scăunel. Totul era diferit acum: cuvintele fuseseră rostite.

– Dacă mă scuzați, cred că trebuie să mă întind puțin. David o să ajungă acasă cât de curând.

Se duse împleticit până în dormitor. Spatele îi era adus înainte, ca și cum ar fi încasat o lovitură.

– Mai vrei să vin cu tine? o întrebă Sara cu blândețe.

Lila se opri, sprijinindu-se de tocul ușii ca să-și mențină echilibrul. Nu se uită la Sara când îi răspunse:

– Desigur, Dani. De ce n-aș vrea?

Conduseră până la stadion pe întuneric. Un convoi format din zece vehicule, camionete în față și în spate, fiecare ducând o unitate de colabi înarmați în remorcă, cu opt SUV-uri negre în mijloc pentru membrii din conducere. Lila și Sara erau pe bancheta din spate din a doua mașină. Lila purta o mantie neagră cu glugă strânsă în jurul gâtului. Niște ochelari mari îi acopereau partea de sus a feței ca un scut. Sarei i se părea cunoscut șoferul, deși nu știa de unde, un bărbat scheletic, cu păr castaniu și lins și cu ochi deschiși la culoare care-i întâlniră pe ai Sarei pe când plecau de la Dom.

– Tu. Cum te cheamă?

– Dani.

Îi adresă un rânjet prin oglinda retrovizoare. Sara fu cutremurată de un fior de teamă. O cunoştea de undeva? Privirea lui pătrunsese cumva dincolo de stratul protector al vălului ei?

– Ei bine, diseară te răsfeţi, Dani.

Guilder refuzase iniţial s-o lase şi pe Sara să vină, însă Lila nici nu vru să audă. *David, cum crezi că mă simt eu, să fiu târâtă pe la toate petrecerile tale stupide cu prietenii tăi stupizi? Pur şi simplu nu vreau să merg fără ea, accepţi sau nu.* Şi tot aşa, până când Guilder, cu un oftat prelung, se dăduse bătut. Bine, spusese el. Să fie ca tine, Lila. Poate că măcar una dintre îngrijitoarele tale ar trebui să te vadă cum eşti cu adevărat. Cu cât mai mulţi, cu atât mai al naibii de bine!

Traversau valea acum, urmând cursul râului, care curgea liniştit pe sub pojghiţa de gheaţă. Ceva se întâmpla cu Lila. Cu fiecare minut care trecea, luminile Domului pierzându-se în urma lor, personalitatea ei se destrăma. Îşi arcuia spatele ca o pisică, scoţând nişte zgomote înfundate din gât, atingându-şi părul şi faţa.

– Mmmm! torcea Lila cu o plăcere aproape erotică. Îi simţi?

Sara nu ştia ce să-i răspundă.

– E... *minunat*.

Trecură prin poartă. În faţă, Sara văzu stadionul, luminat din interior, strălucind în noaptea de iarnă. Nu simţea teamă, cât o beznă acaparatoare. Convoiul încetini în timp ce urcau rampa, ieşind într-un câmp puternic luminat, înconjurat de tribune. Vehiculele opriră în spatele unui camion de marfă argintiu, unde aşteptau vreo zece colabi, făcându-şi de lucru cu bastoanele şi bătând cu picioarele în pământ din cauza frigului. Un stâlp mare fusese înfipt în mijlocul terenului.

– Mmmm! făcu Lila.

Uşile se deschiseră larg; toată lumea coborî. Stând lângă maşină, Lila ridică vălul Sarei şi o atinse uşor pe obraz.

– Dani a mea. Fata mea scumpă. Nu e minunat? Copilaşii mei, copilaşii mei frumoşi sunt aici.

– Lila, ce se petrece aici?

Îşi clătină capul cu o încântare plină de senzualitate. Ochii îi erau blânzi şi distanţi. Lila pe care o ştia Sara nu mai era acolo.

Își îndreptă pivirea spre Sara și, de necrezut, o sărută ușor pe buze.

– Mă bucur atât de mult că ai venit cu mine.

Șoferul o apucă pe Sara de cot și o conduse la tribune. Douăzeci de bărbați în costume negre erau așezați pe două rânduri, vorbind cu însuflețire între ei, fluturându-și pumnii în aer. „Asta e atât de tare!“ îl auzi Sara spunând pe unul dintre ei, pe când îi fu arătat un loc din al patrulea rând, în mijlocul unui grup de colabi. „N-am văzut asta niciodată.“

Jos, în față, Guilder se întorsese spre grup. Purta o haină neagră și o cravată la fel de neagră în jurul gâtului. Ținea ceva în mâna înmănușată: o stație radio.

– Domnilor membri ai conducerii, bine ați venit! declară el cu un zâmbet larg.

Răsuflarea i se încolăcea dinainte, accentuându-i cuvintele.

– Am o mică surpriză pentru voi în această seară. O dovadă a recunoștinței mele pentru munca grea pe care ați depus-o, acum, când mai avem puțin și vom culege roadele.

– Adu-i încoace! strigă unul dintre ochi-roșii, stârnind chiote și râsete.

– Imediat, aveți răbdare, le spuse Guilder, făcându-le semn cu mâna să păstreze liniștea. Cu toții știți prea bine ce spectacol ne așteaptă. Doar că, în seara aceasta, am plănuit ceva foarte special. Domnule ministru Hoppel, vreți, vă rog, să veniți în față?

Un bărbat din al doilea rând se ridică în picioare și i se alătură lui Guilder. Înalt, cu bărbia pătrată și cu părul tuns scurt, zâmbind stânjenit, spuse:

– Doamne, Horace, și nici nu e ziua mea!

– Poate că vrea să te retrogradeze! se auzi o voce.

Și mai multe râsete. Guilder așteptă să se stingă.

– Domnul Hoppel aici de față, începu el, punând părintește o mână pe spatele bărbatului, așa cum bine știe toată lumea, a fost cu noi încă de la început. În calitate de Ministru pentru Propagandă, ne-a oferit un element-cheie în vederea susținerii eforturilor noastre. Aici, expresia i se înăspri brusc: Motiv pentru care, cu cele mai sincere regrete, vă anunț că, în lumina dovezilor irefutabile care mi-au parvenit, domnul ministru Hoppel are legătură cu Insurgența. Îndreptă o mână spre chipul bărbatului, smulgându-i ochelarii de la ochi și azvârlindu-i cât colo. Hoppel scoase un țipăt de durere, acoperindu-și ochii cu brațul. Gărzi, luați-l! strigă Guilder.

Doi colabi îl apucară pe Hoppel de brațe; și mai mulți îl înconjurară degrabă, scoțându-și armele. Un moment de confuzie, vocile răsunând în tribune: *Ce? Ce spune? Hoppel, să fie adevărat...?*

– Da, prieteni, domnul ministru Hoppel este un trădător. El este cel care a oferit informații cruciale Insurgenței, lucru care a dus la bombardamentul de săptămâna trecută, în care și-au pierdut viața doi dintre colegii noștri.

– Iisuse, Horace!

Bărbatului i se înmuiaseră genunchii. Își ținea ochii strânși. Încercase să se smulgă din strânsoarea colabilor, însă puterile păreau să-l fi părăsit.

– Mă știi doar! Mă știți cu toții! Suresh, Wilkes, cineva... spuneți-i!

– Îmi pare rău, prietene. Ți-ai făcut-o cu mâna ta. Duceți-l pe teren!

Fu luat de acolo. În dreptul camionului argintiu, Hoppel fu legat cu o funie groasă. Unul dintre colabi aduse o găleată, turnându-i conținutul în cap, un plescăit roșu, care-i îmbiba hainele, părul și fața. Se zbătea neputincios, strigând de ți se făcea mai mare mila: *Nu faceți asta! Vă rog! Jur că nu sunt trădător! Nenorociților, spuneți ceva!*

Guilder își duse mâinile căuș la gură:

– Prizonierul este prins bine?

– Da!

Apoi, în stația radio:

– Stingeți luminile!

Bascularea încuietorii, scârțâitul ușii deschizându-se.

Alicia atârna de tavan, cu încheieturile mâinilor legate deasupra capului, susținându-i greutatea trupului care nu mai avea mult și ceda. Era obosită, atât de obosită. Firişoare de sânge se prelingeau în josul picioarelor ei dezgolite. Bărbatul cu numele de Sod nu-i lăsase nicio părticică din corp neatinsă de-a lungul zilelor în care-şi văzuse de treburile lui murdare. Îi umpluse urechile şi nările cu putoarea fierbinte a răsuflării lui gemânde. O zgâriase, o lovise, o muşcase. O muşcase, ca pe un animal. Sânii, pielea moale a gâtului, interiorul coapselor, toate aveau urmele dinţilor lui. Nu plânsese deloc. Strigase, normal. Urlase. Însă nu-i dăduse satisfacţia de a-i vedea lacrimile. Iar acum era din nou aici, învârtind leneş belciugul cu chei pe deget, plimbându-şi ochiul bun de-a lungul trupului ei, cu zâmbetul acela lacom, animalic pe faţa lui pe jumătate arsă.

– M-am gândit, de vreme ce toată lumea e pe stadion pentru marele spectacol, că am putea să petrecem nişte timp doar noi doi.

Ce mai era de zis? Absolut nimic.

– Acum, mă gândeam să încercăm ceva nou. Banca îmi pare atât de... impersonală.

Începu să se dezbrace, o treabă complicată care presupunea desfăcut de curele din piele şi catarame. Îşi dădu jos cizmele, pantalonii. Pe când îşi vedea de marea lui dezvelire, Alicia nu putea decât să-l privească, mută de dezgust. Simţea ca şi cum ar fi fost vreo zece Alicii diferite în cap, fiecare cu fărâma ei de informaţie fără nicio legătură cu cealaltă. Şi totuşi: *doar noi doi*. Asta era ceva nou, se gândi ea. Asta da abatere de la procedura standard. De obicei, erau patru: unul care opera vinciul, doi care o ţineau şi Sod. Unde erau ceilalţi?

Doar noi doi.

– Te implor, spuse ea cu glas spart, fără durere. O să fac să fie bine pentru tine.

– Foarte frumos din partea ta.

– Dă-mă jos şi am să-ţi arăt cât de bine.

El rămase o clipă pe gânduri.

– Spune-mi ce vrei şi o să fac întocmai.

– Vorbeşti numai prostii.

– Poţi să-mi laşi cătuşele. Promit că o să cooperez. O să fac tot ce vrei.

Văzu pe fața lui că ideea începea să îi surâdă. Era goală, bătută. De ce putea fi capabilă o femeie în halul în care era ea? Cheile erau prinse de cureaua desfăcută a pantalonilor lui, care zăceau pe podea, în spatele lui. Alicia se forță să nu se uite în direcția lor.

– Poate am putea face ceva în privința asta, spuse Sod.

Lanțurile, care duceau la un bloc din tavan, puteau fi puse în mișcare de un levier fixat în perete. Fără pantaloni, mistuit de dorință, Sod se duse spre el și deblocă frâna. Un zornăit deasupra capului; picioarele Aliciei atinseră podeaua.

– Și mai jos, spuse ea. Trebuie să am libertate de mișcare.

Un rânjet adormit, încărcat de sexualitate.

– Îmi place cum gândești.

Presiunea de la încheieturi slăbi.

– Încă puțin.

Șmecheria ei era mai mult decât evidentă, însă nerăbdarea bărbatului îi întunecase judecata. Alicia își simți brațele lăsându-i-se pe lângă corp. Avea acum o arie de doi metri și jumătate în care să se joace.

– Fără prostii acum, bine?

Ea se lăsă în patru labe, ca la o invitație. Sod veni în spatele ei, alăturându-i-se pe podea.

– O să te simți bine, spuse ea. Îți promit.

Pe când el își puse mâinile pe șoldurile ei, ea își trase piciorul drept la piept și îl izbi în față. Un trosnet și un țipăt; Alicia țâșni în picioare și se răsuci. El zăcea pe podea, ținându-se de nas, sânge negru șiroindu-i printre degete.

– Târfă afurisită!

Se repezi spre ea, cu gând s-o apuce de gât. Era care pe care. Alicia făcu un pas înapoi, își ridică o mână, făcând din lanț un fel de lasou, pe care-l aruncă înainte.

Bucla îi căzu peste cap. Îl trase spre ea, pășind în lături și folosindu-se de avânt ca să-l rotească. Acum era în fața ei. Cu mâna cealaltă, făcu o a doua buclă din lanț, pe care i-o petrecu în jurul gâtului. Un salt scurt și îl prinse între picioare. El scotea un sunet gâlgâit, fluturându-și brațele în aer. *Mori, porcule*, gândi ea, *mori odată!* Și, cu toată forța, se lăsă pe spate, trăgând de lanțuri ca de niște frâie, până când, cu o zdruncinătură, lanțul ieși, blocul de deasupra lor rămase înțepenit, iar Alicia auzi în cele din urmă sunetul satisfăcător pe care-l aștepta: un pârâit de oase.

Erau suspendați la cincizeci de centimetri de pământ. Peste ea atârnau acum nouăzeci de kilograme de mortăciune. Își trase picioarele sub ea, își arcui spatele și împinse. Trupul lui Sod se aplecă înainte, venind în genunchi, căzând cu fața pe plăcile de beton pe când ea îi desfăcea lanțurile din jurul gâtului. Luă cheile de jos și își descuie cătușele, eliberându-și astfel încheieturile.

Apoi îi dădu un șut și îl călcă pe cap, zdrobindu-i fața de ciment cu călcâiul. Mintea îi fu copleșită de un val de ură. Îl apucă de păr și îi târî trupul neînsuflețit prin celulă, apoi îl ridică în fund ca să-i poată izbi capul de ușă.

– Îți place asta, rahatule? Îți place așa, cu gâtul rupt? Îți place cum te-am omorât?

Poate că mai era cineva în afara celulei sau poate că nu. Poate că și mai mulți bărbați aveau să dea buzna înăuntru și s-o prindă în lanțuri de tavan, luând totul de la capăt. Dar nu conta. Nu conta decât capul lui Sod. Avea să i-l zdrobească până când avea să ajungă mortul cel mai mort din istoria lumii, mortul cel mai mort care se născuse vreodată. Strigă iar și iar:

– Naiba să te ia! Naiba să te ia! Naiba să te ia!

Apoi se sfârși. Alicia îi dădu drumul. Trupul alunecă într-o parte pe podea, lăsând o dâră de creieri înșirați pe perete. Alicia se prăbuși în genunchi, trăgând guri mari de aer în piept. Se terminase, dar nu simțea asta. Nu avea să se termine nicicând.

Avea nevoie de haine. Avea nevoie de o armă. Prins la gamba lui Sod, găsi un cuțit cu mâner gros. Nu era prea bine echilibrat, dar avea să-i fie suficient. Îi strânse pantalonii și cămașa. Îmbrăcă hainele bărbatului, care încă-i purtau duhoarea, ceea ce o umplu de dezgust. Îi furnica pielea, de parcă ar fi atins-o. Își suflecă mânecile și cracii pantalonilor, pe care și-i strânse în talie. Cizmele, mult prea mari, doar ar fi încetinit-o; mai bine să meargă desculță.

Trase cadavrul din dreptul ușii și începu să bată în metal cu plăseaua cuțitului.

– Hei! strigă ea, cu mâna căuș la gură, ca să-și îngroașe vocea. Hei, m-ați închis aici!

Secundele treceau. Poate că nu era nimeni acolo. Ce-i rămânea de făcut? Bătu din nou în ușă, și mai tare de data asta, rugându-se să o audă cineva.

Atunci auzi cheia întorcându-se în încuietoare. Alicia țâșni după ușă, în timp ce gardianul pășea în celulă.

– Ce naiba, Sod? Mi-ai spus că am treizeci de minute...

Însă propoziția rămase neterminată. Alicia, apărând în spatele lui, îi puse o mână la gură, iar cu cealaltă îi înfipse cuțitul în spate, răsucind mânerul pe măsură ce trăgea vârful în sus.

Aruncă trupul la podea. Sângele curgea din el, formând o băltoacă uriașă. Mirosul lui pătrunzător îi inundă nările. Alicia își aminti de jurământul ei. *O să beau sângele nenorociților ăstora până la ultima picătură. O să mă scald în sângele dușmanilor mei.* Gândul îi dăduse puteri în zilele când fusese torturată. Dar, uitându-se la cei doi, mai întâi la gardian, apoi la Sod, cadavrul lui palid și gol ca o pată albă pe ciment se cutremură de dezgust.

Nu acum, își spuse. *Nu încă*, și se strecură afară.

Terenul se cufundă în întuneric. Preț de o clipă, totul rămase în nemișcare. Apoi, de deasupra lor, o lumină rece, acvatică pulsă peste teren, inundându-l cu strălucirea ei ca a unei luni artificiale.

Lila apăruse în spatele camionului argintiu. Toți ochii-roșii se căutau după ochelarii de soare. Hoppel încetase să mai strige și începuse să plângă încetișor. O dubă veni până în mijlocul terenului. Din ea coborâră doi colabi, care se duseră cu pași mari în spatele vehiculului și deschiseră ușile.

Unsprezece oameni se împleticiră afară, șase bărbați și cinci femei, cu lanțuri la mâini și la picioare, legați unii de alții. Se împiedicau, plângeau, implorau să le fie cruțate viețile. Erau mult prea îngroziți; nu mai aveau putere să se opună. O amorțeală rece pusese stăpânire pe Sara; se gândi că o să i se facă rău. Una dintre femei semăna cu Karen Molyneau, doar că Sara nu putea să fie sigură. Colabii îi târâră până în dreptul lui Hoppel, ordonându-le apoi să se pună în genunchi.

– E grozav! spuse cineva de lângă ea.

Toți colabii se depărtară, în afară de unul, care rămase cu Lila în spatele camionului. Trupul ei se legăna, capul i se mișca dintr-o parte în alta, ca și cum ar fi fost purtată de un curent nevăzut sau ar fi dansat pe o muzică neauzită.

– Credeam că trebuie să fie zece, spuse aceeași voce. Era un ochi-roșu, două rânduri mai jos.

– Mda, zece.

– Dar sunt unsprezece!

Sara îi numără încă o dată. Unsprezece.

– Mai bine du-te acolo și spune-i lui Guilder!

– Glumești? Cine știe ce și-a pus în minte!

– Ar trebui să verifici asta la ușă. Dacă te aude ce spui, tu o să fii următorul!

– Tipul ăla nu mai are toate țiglele pe casă, îți spun eu. O pauză, apoi: Dar am știut mereu că e ceva putred cu Hoppel.

Vorbele acestea o atinseră pe Sara ca o pală de vânt îndepărtată. Atenția ei era acum pe deplin îndreptată asupra terenului. Karen să fie aceea? Femeia părea mai în vârstă și prea înaltă. Cei mai mulți dintre prizonieri adoptaseră o poziție de autoapărare, cu trupurile aplecate unde stăteau îngenuncheați în zăpada întărită și cu mâinile deasupra capului; alții, își țineau capul sus, cu fețele scăldate în lumina aceea albastră, și se rugau. Colabul care rămăsese ultimul își punea costumul de protecție. Își îndesă o cască pe cap și trimise apoi un salut către tribune. Sara își simți fiecare mușchi din corp încordându-i-se. Ar fi vrut să-și ia privirea, dar nu putea. Colabul se duse la ușa compartimentului de marfă al camionului argintiu, jucându-se zgomotos cu cheile.

Ușile se deschiseră larg; colabul sări într-o parte. Preț de o secundă, nu se întâmplă nimic. După care Viralii începură să țâșnească afară din burta camionului ca niște insecte mari cât un stat de om, lăsându-se în patru labe în zăpadă. Siluetele lor zvelte, striate de mușchi, pulsau de o vioiciune strălucitoare. Opt, nouă, zece. Se apropiară de Lila, care îi aștepta cu brațele deschise larg. Un gest îmbietor, de bun-venit.

Aceștia se plecară la picioarele ei.

Ea îi atinse, îi mângâie. Își trecu mâinile peste capetele lor netede, le prinse bărbiile în mâini de parcă ar fi fost copii, ca să se poată uita drăgăstos în ochii lor. *Dragii mei*, o auzi Sara spunându-le. *Frumoșii mei minunați.*

– Tu vezi asta? Chiar îi iubește pe afurisiți!

Din rândul ostaticilor răzbătu doar un plânset înăbușit. Sfârșitul era inevitabil; nu le rămânea decât să-și accepte soarta. Sau poate tocmai ciudățenia scenei îi redusese la tăcere.

Drăguții mei. Vă este foame? Mama o să vă dea să mâncați. Mama o să aibă grijă de voi. Asta e treaba Mamei.

– Nu, sunt destul de sigur că ar fi trebuit să fie zece.

O voce nouă de data asta, venind din dreapta.

– Ai spus zece? Așa știam și eu.

– Deci, cine e al unsprezecelea?

Unul dintre ochi-roșii se ridică în picioare și arătă spre teren.

– E unul în plus!

Toate capetele se întoarseră în direcția de unde venise vocea, inclusiv Guilder.

– Nu glumesc! Sunt unsprezece oameni acolo!

Haideți, dragilor!

Viralii se depărtară de Lila. În același timp, unul dintre ostatici țâșni în picioare, arătându-și fața. Era Vale. Viralii încercuiau grupul; toată lumea țipa. Vale își desfăcu jacheta, lăsând la iveală mai multe tuburi de metal pe care le avea prinse la piept. Își ridică brațele în aer, cu degetul mare pe detonator.

– Sergio trăiește!

Partea a IX-a

SOSIREA

„Şi m-am uitat şi, iată, un cal galben-vânăt,
şi numele celui care şedea pe el era Moartea;
şi Iadul se ţinea după el."

Apocalipsa după Ioan, 6:8.[1]

[1] Editura Institutului Biblic şi de Misiune Ortodoxă, Bucureşti, 2008, p. 1399.

55

Măsuța de toaletă a Lilei sări în aer cu o bubuitură asurzitoare. Guilder o ridică din nou pe picioare, plesnind-o peste față cu dosul palmei, azvârlind-o în spate, spre canapea.

– Cum ai putut lăsa să se întâmple așa ceva? El clocotea de mânie: De ce nu ți-ai chemat înapoi Viralii? Spune-mi!

– Nu știu, nu știu!

De data aceasta, cu o ușurință terifiantă, Guilder o înșfăcă de gulerul halatului, aruncând-o, cu capul înainte, spre bibliotecă. Bufnitura impactului, lucruri căzând. Lila țipând. Sara era ghemuită la podea, protejând-o pe Kate, în timp ce fetița tremura de spaimă.

– Toți Viralii, până la ultimul! Nouă dintre oamenii mei, morți! Știi cum mă face asta să arăt?

– N-a fost vina mea! Nu-mi amintesc nimic! Te rog, David!

– Nu sunt David!

Sara își închise ochii strâns. Kate plângea încetișor în brațele ei. Ce avea să se întâmple dacă Guilder o omora pe Lila? Ce avea să se întâmple cu ele două?

– Oprește-te! David, te implor!

Lila era întinsă cu fața în sus pe podea, cu Guilder deasupra ei, strângând-o cu o mână de guler. Cealaltă era făcută pumn, dată pe spate, gata să lovească. Lila își acoperise ochii cu brațele ca un scut, deși strădania ei ar fi fost zadarnică; pumnul lui Guilder avea să-i zdrobească fața ca un berbece.

– Mă... dezguști.

El o eliberă din strânsoare și se depărtă, ștergându-și mâinile de cămașă. Lila suspina incontrolabil. Sângele îi curgea din tăietura de pe obraz. În păr avea și mai mult sânge. Guilder își aruncă ochii înspre Sara, concediind-o dintr-o privire. *Tu ești un nimic*, păreau ei să spună. *Ești doar un personaj secundar într-un teatru ieftin care a mers prea departe.*

Apoi ieși furtunos din încăpere.

Sara se duse acolo unde Lila scâncea întinsă pe podea. Îngenunche lângă ea și întinse mâna, ca să-i vadă tăietura. Într-o izbucnire neașteptată de energie, Lila îi împinse la o parte mâna Sarei și se trase înapoi.

– Nu mă atinge!

– Dar ești rănită...

În ochii femeii se citea o teamă nebună. În timp ce Sara se apropie de ea, aceasta începu să-și fluture mâinile dinaintea ei.

– Pleacă! Nu te atinge de sângele meu!

Sări în picioare și fugi în dormitor, trântind ușa în urma ei.

6:02 A.M.

Vehiculele își croiră drum de-a lungul văii în întunericul care precede răsăritul, porțile deschizându-se ca să treacă prin ele. În fruntea convoiului, întocmai ca vârful unei săgeți, mergea SUV-ul negru al Directorului, urmat de două camioane deschise, pline de oameni îmbrăcați în uniformă completă. Intrară vuind în labirintul de barăci, împrăștiind bulgări de zăpadă murdară de sub cauciucuri, trecerea lor fiind remarcată de muncitorii care ieșeau din clădiri ca să se adune pentru strigarea de dimineață – fețe obosite, ochi obosiți, observând pasiv vehiculele ce treceau prin dreptul lor. Însă privirile aruncate erau scurte; știau că nu era treaba lor să se uite. *Ceva oficial; nu mă privește. Sau, cel puțin, ar fi bine să nu.*

Plin de dezgust, Guilder îi urmărea cu privirea pe locuitorii văii prin fereastra din dreapta. Cât îi mai ura! Și nu doar pe insurgenți ori pe cei care îl sfidau – pe toți. Își duceau traiul ca niște animale, fără să vadă mai departe de următoarea parcelă de pământ care trebuia arată. Încă o zi la lăptărie, pe câmp, în centrala biodiesel. Încă o zi în bucătărie, la spălătorie, în cocina porcilor.

Dar astăzi nu era o zi oarecare.

Vehiculul opri în dreptul Barăcii Nr. 16. La est, cerul căpătase o culoare gri-gălbui, ca de plastic vechi.

– Aici e? îl întrebă Guilder pe Wilkes.

Lângă el, bărbatul încuviință scurt din cap, cu buzele strâns lipite.

Colabii coborâră și își ocupară pozițiile. Guilder și Wilkes ieșiră din mașină. Dinaintea lor, pe cincisprezece rânduri clar delimitate, trei sute de oameni tremurau în frig. Alte două camioane traseră pe dreapta la capătul pieței. Încărcătura lor era acoperită de prelate groase.

– Astea pentru ce sunt? întrebă Wilkes.

– În caz că trebuie să fie... convinși.

Guilder se duse la ofițerul-șef al celor de la Resurse Umane și îi smulse megafonul din mână. Un strigăt de verificare; apoi vocea îi bubui de-a lungul pieței:

– Cine poate să-mi spună cine este Sergio?

Niciun răspuns.

– Asta e singurul vostru avertisment. Cine îmi poate spune cine e Sergio?

Tot nimic.

Guilder își îndreptă atenția asupra femeii din primul rând. Nu era nici tânără, nici bătrână, cu un chip atât de șters, încât ai fi zis că era făcut din pastă. Ținea strâns un batic murdar în jurul capului, mâinile ei acoperite de mănuși fără degete, negre de funingine.

– Tu! Cum te cheamă?

Cu privirea lăsată în jos, femeia bălmăji ceva în faldurile baticului.

– Nu te aud. Vorbește mai tare!

Ea își drese glasul, înăbușindu-și o tuse. Vocea îi era guturală, flegmatică.

– Priscilla.

– Unde lucrezi?

– La țesătorie, domnule.

– Ai familie, copii?

Dădu slab din cap:

– Deci? Ai familie sau copii?

Genunchii îi tremurau.

– O fiică și doi băieți.

– Soț nu?

– A murit, domnule. Iarna trecută.

– Condoleanțele mele! Fă un pas în față.

– Eu am cântat imnul ieri. Ceilalți n-au făcut-o, vă jur!

– Și te cred, Priscilla. Chiar și așa. Domnilor, puteți să-i dați o mână de ajutor?

Doi colabi ieșiră în față și o prinseră pe femeie de brațe. Trupul i se înmuie, ca și cum ar fi fost în pragul leșinului. Aceștia pe jumătate o purtară pe brațe, pe jumătate o târâră până în față, unde o aruncară în genunchi. Ea nu scoase niciun sunet; supunerea ei era deplină.

– Care îți sunt copiii? Arată-mi-i!

– Vă rog, spuse ea, plângând de ți se făcea mai mare mila. Nu mă puneți să fac asta!

Unul dintre colabi își ridică bastonul deasupra capului ei.

– Omul ăsta o să-ți împrăștie creierii, spuse Guilder.

Ea dădu din capul plecat.

– Prea bine, zise Guilder.

Bastonul coborî asupra ei; femeia se prăbuși cu fața în noroi. Din stânga izbucni un țipăt ascuțit.

– Luați-o!

O tânără fată, cu chipul mamei ei. Se prăbuși în genunchi. Plângea, tremura; din nas îi curgeau muci. Guilder ridică megafonul.

– Are cineva ceva de spus?

Tăcere. Guilder își scoase pistolul de sub haină și trase piedica.

– Domnule ministru Wilkes, spuse el, întinzându-i arma, vrei te rog să faci onorurile?

– Iisuse, Horace! Ce încerci să demonstrezi?

– E vreo problemă?

– Avem *oameni* pentru astfel de treburi. Asta nu face parte din înțelegere.

– Ce înțelegere? Nu există nicio înțelegere. Înțelegerea e ce-ți spun eu.

Wilkes se crispă.

– N-o fac.

– N-o faci sau nu poți s-o faci?

– Care e diferența?

Guilder se încruntă.

– Nu una considerabilă, acum că mă gândesc mai bine. Și, spunând acestea, se duse în spatele fetei, îi lipi țeava pistolului de ceafă și trase.

– Doamne Dumnezeule!

– Știi care e cel mai mare dezavantaj cu tinerețea veșnică? îl întrebă Guilder pe șeful personalului, ștergând cu batista sângele care se prelingea de pe țeava pistolului. Să știi că m-am gândit mult la asta.

– Du-te naibii, Horace!

Guilder îndreptă pistolul spre fața palidă a lui Wilkes, potrivindu-i cătarea chiar între ochi.

– Uiți că poți să mori.

Guilder îl împușcă și pe el.

O schimbare se produse în rândul mulțimii, frica lor prefăcându-se deodată în altceva. Un murmur colectiv străbătu rândurile, calcule șoptite, energia acumulată a unor oameni care știau că nu aveau nimic de pierdut. Lucrurile se mișcaseră mai repede decât ar fi vrut Guilder – sperase să obțină o informație folositoare înainte să ia vreo decizie – însă acum zarurile fuseseră aruncate.

– Deschideți camioanele!

Prelatele fură trase. O izbucnire de țipete asurzitoare: nu mai era niciun secret acum. Guilder se întoarse repede la mașină și îi spuse șoferului să pornească. Plecară în goană, stârnind un nor de praf și împroșcând noroi, în vreme ce, în urma lor, orchestra își începuse simfonia mortală: un cor de strigăte și zbierete, ascuțite, disperate și îngrozite, accentuate de ritmul sincopat al armelor de foc automate, rămânând apoi doar ecoul ultimelor împușcături, pe când colabii treceau printre cadavre, reducându-i la tăcere pe cei rămași în viață.

56

Iowa. Oasele făcute scrum.

Combustibilul se termină când erau în apropiere de Millersburg. Se adăpostiră peste noapte într-o biserică fără acoperiș, continuând a doua zi la picior. Încă vreo sută de kilometri, le spuse Tifty, poate puțin mai mult. Mai dădură peste încă două câmpuri cu oase ca în primul, numărul Viralilor morți fiind de neînchipuit. Mii, ba chiar milioane. Ce însemnau toate astea? Ce îi împinsese să se întindă pe pământ în câmp deschis și să aștepte soarele să-i risipească în vânt? Sau mai întâi au murit, trupurile lor fiind apoi luate de lumina dimineții? Nici măcar Michael, omul cu teoriile, nu avea un răspuns.

Porniră. Înaintau cu greu prin zăpada care le ajungea până la genunchi. Porțiile erau pe terminate; de vânat, nici urmă. Fuseseră nevoiți să mănânce și ultimele provizii – fâșii de carne uscată și seu, care le lăsa pe cerul gurii o dâră de grăsime. Pământul se simțea cristalizat, iar aerul nemișcat, ca răsuflarea ținută în piept. Vântul nu suflă ore în șir, după care se asmuți, vuind asupra lor. Lumina zilei veni și plecă într-o clipire. Geci groase cu glugi îmblănite, căciuli de lână trase peste sprâncene, mănuși cu degetele tăiate pentru cazurile în care ar fi fost nevoiți să folosească arma, deși Peter se îndoia că ar fi putut, chiar și așa. Nu-i fusese în viața lui mai frig de atât. Nici nu se gândise că poate exista un asemenea ger. Cum reușea Tifty să reziste într-un loc atât de dezolant, nu-și putea da seama.

Își petrecură cea de-a optsprezecea noapte într-un magazin de reparații auto care era dotat, în chip miraculos, cu o sobă pântecoasă, pe lemne, făcută din fontă și cu steatit în partea de sus. Dar ce să pună pe foc? Pe când se lăsă întunericul, Michael și Hollis se întoarseră din casa de vizavi, aducând două scaune din lemn și câte un braț de cărți. *Encyclopaedia Britannica*, 1998. Mai mare păcatul s-o ardă, nu o doreau, dar aveau nevoie de căldură. Încă două drumuri și își făcură proviziile pentru noapte.

Se treziră în lumina puternică a soarelui, prima pe care o vedeau de zile bune, și deși temperatura scăzuse, dacă era vreo schimbare. Un vânt aspru din nord scutura crengile copacilor. Își permiseră luxul de a face un ultim foc și de a se strânge în jurul lui, savurând fiecare fărâmă de căldură.

– Seamănă cu... năpârlirea.

Fu Michael cel care vorbise. Peter se întoarse spre prietenul lui.

– Ce-ai spus?

Michael stătea cu privirea ațintită asupra ușiței de la sobă.

– Câți credeți că am văzut?

– Nu știu, răspunse Peter, ridicând din umeri. Mulți.

– Și toți au murit deodată. Deci să presupunem că ce se întâmplă e normal să se întâmple, că face parte din ciclul vieții de Viral. Păsările fac asta, la fel și reptilele. Când o parte a corpului se uzează, aceștia se debarasează de ea și fac să crească una nouă.

– Dar vorbim de Virali întregi, spuse Lore.

– Așa *pare*. Dar tot ce știm despre ei ne indică faptul că acționează în grup. Fiecare dintre ei este conectat la ceată, fiecare ceată la membrul ei dintre Cei Doisprezece. Lăsați deoparte aiurelile despre suflete și tot restul. Nu spun că n-ar fi adevărate, dar asta e domeniul lui Amy. Din punctul meu de vedere, Viralii sunt o specie ca oricare alta. Când Lacey l-a omorât pe Babcock, au murit și toți Viralii lui. Ca albinele, vă mai amintiți?

– Eu da, spuse Hollis, încuviințând din cap. Omoară regina și vei omorî stupul. Asta ai spus.

– Și ceea ce am văzut pe munte a confirmat acest lucru. Dar să presupunem că fiecare familie de Virali este de fapt un organism singular. Fiecare dintre Cei Doisprezece este un organ principal – creierul sau inima. Restul sunt precum penele unei păsări, carapacea unei insecte. Când se uzează, organismul scapă de ea și face să crească una nouă.

– Nu *par* să fie ca niște pene, spuse Lore cu obidă.

– Bine, nu pene, dar ați prins ideea. Ceva periferic, de care te poți lipsi. Mereu m-am întrebat ce îi ține în viață, atât de numeroși fiind. Ce le-a mai rămas de mâncare? Știm că pot rezista multe zile fără să se hrănească – Tifty, tu însuți ai dovedit asta –, dar nimic nu poate trăi pe o perioadă indefinită fără să mănânce. Din punctul de vedere al longevității speciilor, nu are nicio noimă să-ți dai gata toată rezerva de hrană. Ca prădători, am reușit chiar *prea bine* să facem asta. Ideea m-a deranjat dintotdeauna, pentru că face să pară că totul la ei este atât de bine organizat.

– Nu știu sigur dacă te urmăresc, spuse Tifty. Sugerezi că sunt pe cale de dispariție?

– Evident că se întâmplă ceva. Faptul că se petrece deodată mă duce cu gândul la un proces natural, intrinsec sistemului lor. Iată încă o analogie. Când corpul uman intră în șoc, ia sângele de la periferie și îl redirecționează spre organele importante. E un mecanism de apărare. Protejează ce e important, lasă baltă restul. Acum imaginați-vă că fiecare trib de Virali este un animal, care intră în șoc din cauza inaniției. Logic ar fi să reduci radical din numărul lor și să permiți astfel rezervei de hrană să se refacă.

– Și atunci ce? întrebă Peter.

– Atunci ciclul o ia de la capăt.

O clipă, nimeni nu spuse nimic.

– Oricum, continuă Michael, e doar o teorie. Aș putea să vorbesc prostii.

Peter știa mai bine de atât.

– Dar de ce se întâmplă aici?

– Asta mă îngrijorează și pe mine, spuse Michael.

Era timpul să plece; stătuseră și așa prea mult. Își adunară echipamentul și își traseră fermoarele gecilor până sus, pregătindu-se de rafala de aer rece care avea să-i izbească din clipa în care aveau să pășească afară.

– Șase zile, dacă ține vremea bună, spuse Tifty, punându-și rucsacul în spate. Șapte, cel mult.

– De ce îmi doresc să fi fost mai multe? făcu Lore.

Grey! Grey!

Deschise brusc ochii.

Îi simți, Grey?

– Cine e acolo? Guilder, tu ești?

Scuze, am fost plecat. Dar tot preferatul meu ai rămas, Grey. Încă din prima zi în care ne-am întâlnit. Îți amintești?

Stomacul i se strânse: era vocea lui Zero.

– Încetează! Încheieturile traseră instinctiv de lanțuri. Zăcea în propria mizerie, puțea tot, în gură simțea în permanență gust de sânge. Pleacă! Lasă-mă în pace!

Tu mi-ai spus totul despre tine. Nici măcar nu erai conștient c-o făceai. M-ai simțit și atunci în mintea ta?

– Ieși! spuse el în gând. Ieși ieși ieși! Trezește-te, Grey!

O, nu, nu visezi. Eu sunt aici dintotdeauna. Chiar și atunci când ai stat în lanțuri vreme de o sută de ani, eu am stat alături de tine. La fel ca în pilda lui Iov, care s-a întins în cenușă, blestemându-și soarta. Dumnezeu l-a pus la încercare, așa cum am făcut și eu cu tine.

– Nu te cunosc. Nu știu ce ești.

Nu, Grey? Cum să nu? Eu sunt Dumnezeul care sălășluiește în tine. Singurul Dumnezeu adevărat, Grey. Nu-mi simți dragostea ce-o am pentru tine? Nu-mi simți aripile iubirii mele care te cuprind, acum și în vecii vecilor?

El începu să plângă.

– Lasă-mă să mor, te rog. Nu vreau decât să mor.

O iubești, nu-i așa, Grey?

El înghiți cu greu, simțind scârbăvnicia din gură. Corpul tot îi era ca o peșteră plină de mizerie și putreziciune.

– Da.

Femeia, Lila. Înseamnă totul pentru tine.

– Da.

Al tău este sângele care curge prin venele ei, la fel cum al meu curge prin ale tale. Înțelegi? Pricepi? Suntem toți o singură formă, Grey. Tu ești prins în lanțuri, dar nu ești singur. Dumnezeul lui Grey trăiește în tine. Dumnezeul a tot ce există și a tot ce va exista. Dumnezeul următoarei lumi noi. Vei avea un loc special în lumea aceea, Grey.

– În următoarea lume nouă?

Sunt pe drum, Grey.

– Cine? Cine vine?

Însă își dădu seama de răspuns chiar în timp ce rostea întrebarea.

Frații noștri.

57

Deodată, era liberă. Alicia Donadio, Ultima dintre Primii, Noua Armă și căpitan al Forțelor Expediționare, sări peste gardul de sârmă ghimpată și se pierdu în noapte.

O luă la fugă. Fugi și nu se mai opri.

Omorî câțiva oameni în drumul ei. Ba chiar și câteva femei. Alicia nu mai omorâse nicio femeie până acum; nu părea cu nimic diferit. Și asta pentru că, la sfârșit, viața se scurgea din trupul orișicui în același fel. Aceeași surpriză le apărea pe chip, degetele dădeau să atingă rana cu o grijă exploratoare, aceeași privire pierdută în neant, îndreptată spre veșnicie. Chestia asta avea farmecul ei.

Poate că de-asta îi plăcea Aliciei atât de mult.

Își găsi echipamentul unde îl lăsase, în tufișuri. O suliță și o arbaletă. Radiogoniometrul. Bandulierele cu pumnale. Un schimb de haine, o pătură, încălțări. O sută de gloanțe, dar nicio armă în care să le pună. Lăsase în urmă cuțitul lui Sod, înfipt în plămânul stâng al unui bărbat care-i ordonase să se oprească, de parcă ea chiar ar fi făcut asta. Ieșind în goană din centrul de detenție, nici nu știa dacă avea să fie zi sau noapte. Timpul fusese anihilat. Lumea pe care o găsi era un loc schimbat. Nu, nu era corect spus. Lumea era aceeași; ea se schimbase. Se simțea separată de tot, lipsită de trup, aproape ca un spectru. Deasupra ei, stelele de iarnă străluceau cu putere, pure, ca niște cioburi de gheață. Avea nevoie de adăpost. Avea nevoie de somn. Avea nevoie să uite.

Se adăposti într-un hambar care era posibil să fi găzduit găini înainte. Jumătate din acoperiș nu mai era; rămăsese doar scheletul: în picioare nu mai era decât un singur perete, micile cuști incrustate cu găinaț fosilizat și podeaua din pământ bătătorit. Se înveli cu pătura, trupul ca vai de el tremurându-i de frig. Louise, spuse ea în gând, așa a fost? Mintea îi era plină de amintiri, pâlpâiri puternice de chin care-i despicau gândurile ca fulgerul. Când o să înceteze, când o să înceteze?

Era încă întuneric când se trezi, mintea ei revenindu-i ușor-ușor la realitate. Ceva cald o atingea pe ceafă. Se întoarse și, deschizând ochii, se trezi cu o siluetă uriașă și întunecată stând deasupra ei.

Băiatul meu, spuse ea în gând, apoi cu glas tare: Băiatul meu bun. Soldat își coborî capul spre al ei, fremătând din nările lui mari și inundându-i fața cu răsuflarea lui. Îi linse ochii și obrajii cu limba lui lungă. Era un miracol. Nu-i puteai spune altfel. Venise cineva. Până la urmă, venise cineva. Alicia tânjise după asta fără ca să știe măcar, după un suflet care s-o consoleze în această lume lipsită de consolare.

Apoi, ieșind nesigură din beznă, o siluetă și o voce de femeie, nouă și familiară totodată:

– Alicia! Bună!

Femeia îngenunche dinaintea ei, dându-și pe spate gluga de la haina ei lungă, de lână. Pletele ei lungi și negre se revărsară slobode.

– E în regulă, spuse ea încetișor. Sunt aici acum.

Amy? Dar asta nu era Amy pe care o știa ea.

Amy care stătea dinaintea ei era femeie.

O femeie puternică, frumoasă, cu un păr bogat și negru și cu ochi ca două ferestre luminate de o lumină aurie. Același chip, dar diferit, mai profund; impresia pe care i-o lăsa era aceea de deplinătate, de împlinire a sinelui. Un chip înțelept, se gândi Alicia. Frumusețea ei era mai mult decât o simplă înfățișare, mai mult decât o simplă colecție de detalii fizice; venea din interior.

– Nu... înțeleg.

– Șșșșt! o luă pe Alicia de mână.

Atingerea ei era fermă, dar blândă, ca a mamei care-și mângâie copilul.

– Prietenul tău, el ne-a arătat unde ești. E un cal atât de frumos. Cum îl cheamă?

Își simțea capul greu, amorțit.

– Soldat.

Amy o prinse pe Alicia de bărbie și i-o ridică ușor.

– Ești rănită.

Cum era posibil? Cum era ceva din toate astea posibil? În afara hambarului, Alicia mai zări o siluetă, care ținea doi cai de căpăstru. Un vălătuc de păr alb, bătut de vânt, și o barbă mare, la fel de albă, îi ascundeau trăsăturile. Dar felul în care se ținea, postura unui soldat, îi spusese Aliciei cine era de fapt; bărbatul ăsta din zăpadă era Lucius Greer.

– Ce ți-au făcut? șopti Amy. Spune-mi!

Nu fu nevoie de mai mult. Voința i se nărui, un val de durere se dezlănțui înlăuntrul ei. Nu vorbi, cât bălmăji cuvântul:

– Totul.

Fu zguduită de un ultim suspin prelung – un urlet de cea mai pură durere și de suferință îndreptat spre cerul de iarnă împânzit de stele – și, în brațele lui Amy, Alicia începu să plângă.

Guilder, e timpul!

Guilder, ridică-te!

Însă Guilder nu auzi aceste cuvinte. Directorul Horace Guilder dormea și visa – un vis oribil, recurent, în care se făcea că este în centrul de detenție, sufocându-și tatăl cu perna. Spre deosebire de ce se întâmplase în realitate, nu era o treabă ușoară. Tatăl lui se zbătea și se zvârcolea, apucând aerul cu mâinile, încercând să se elibereze, în timp ce scotea țipete înăbușite de îndurare. Guilder nu-i luă perna de pe față decât după ce zbaterile încetară, și numai atunci își dădu seama de greșeala comisă. Nu pe tatăl lui îl omorâse, ci pe Shawna. O, doamne, nu! Atunci, ochii Shawnei se deschiseră brusc și începu să râdă. Râdea din toată inima, încât îi dădură lacrimile. Nu mai râde! țipă el. Nu mai râde de mine! Guilder, spuse ea, ești atât de amuzant. Ar trebui să vezi ce față ai. Tu și brățara ta de doi bani. Maică-ta a fost o târfă. *Ridică-te și întâmpină-i! A sosit clipa!*

El se trezi tresărind.

Acum e timpul nostru. Nașterea următoarei lumi noi.

Informația îi lovi creierul ca un curent electric de mare voltaj. Țâșni în capul oaselor în patul lui mare, cu nenumărate perne, pături și cearșafuri, dându-și seama, ușor stânjenit, că adormise îmbrăcat. Și de ce, se gândi el aiurea, avea nevoie, dintre toate lucrurile de pe lume, de un pat cu baldachin? De un pat atât de imens, încât îl făcea să se simtă ca o păpușă? Însă alungă numaidecât întrebarea. Ei erau pe drum! Erau aici! Veni cu picioarele pe podea și le îndesă într-o pereche de pantofi din piele, pe care, aparent, avusese energia să și-i dea jos înainte să-și piardă cunoștința din pricina extenuării. Vârându-și cămașa în pantaloni, țâșni spre ușă și apoi în josul holului.

– Suresh!

Ciocănitul lui răsună de-a lungul coridorului pustiu.

– Suresh, trezește-te!

Ușa de la apartamentul lui Suresh se deschise, iar în prag se ivi fața adormită a noului său șef de personal, de culoarea bronzului. Purta un halat pufos de baie și papuci, clipind ca un urs care doar ce ieșise din peșteră.

– Pe legea mea, Horace, nu trebuie să zbieri! Căscă în pumn: Cât e ceasul?

– Cui îi pasă cât e ceasul? Au ajuns.

Suresh tresări.

– Sunt aici acum?

Ridică-te și întâmpină-i, Guilder! Condu-i acasă!

– Nu sta ca o momâie, îmbracă-te!

– Da, corect. Imediat.

– La naiba, mișcă-te odată!

Guilder se întoarse în apartamentul lui și intră în baie. Să se bărbierească? Măcar să se spele pe față. De ce se gândea la asemenea lucruri, ca un adolescent în noaptea balului de absolvire? Își trecu o mână umezită prin păr, se spălă pe dinți și încercă să se calmeze. Asta numeau ei pastă de dinți pe aici? Mâzga asta lipicioasă, cu gust oribil? Pentru numele lui Dumnezeu, de ce, în nouăzeci și șase de ani, nu reușiseră să vină cu o pastă de dinți decentă?

Își scoase un costum curat din șifonier. Cravată albastră, roșie, cea cu dungi verzi și galbene? Nu știa. Brusc, fu cuprins de așa o emoție, încât abia reuși să-și facă nod. Și îi era și foame. Parcă avea un bolovan în stomac. O vizită la vechiul său prieten Grey ar fi fost tocmai soluția pentru a-și calma nervii, dar ar fi trebuit să se gândească la asta mai devreme.

Stând dinaintea oglinzii, trase o gură mare de aer în piept. Ușurel, Guilder! Știi ce ai de făcut. E doar o altă zi la birou. Nu poate fi mai rău decât o întrunire cu șefii de stat-major, nu-i așa?

De fapt, putea fi. Dar nu trebuia să se gândească la asta.

Când ajunse în holul de la intrare, Suresh îl aștepta împreună cu șoferul lui Guilder.

– Camioanele sunt pe drum, spuse Suresh, în timp ce Guilder își punea mănușile. Vrei să fii escortat de o unitate întreagă?

Guilder refuză; avea să se ducă de unul singur. Mai bine să facă lucrurile într-o manieră cât mai simplă. Cei doi bărbați dădură mâna.

– Noroc! îi ură Suresh.

În timp ce mașina cobora dealul, neliniștea lui Guilder începu să se mai risipească. Momentul sosise. În dreptul râului, o luară spre nord, îndreptându-se spre Proiect. Forma lui întunecată se ridica deasupra pământului ca o piatră de mormânt, un pătrat de o beznă și mai adâncă decât cerul nopții. Portalul era deschis, îi aștepta.

Nu se opriră, ci o luară spre est, pe drumul de serviciu. Cândva, fusese folosit să se transporte echipamentul pe șantier: blocurile de piatră, betonierele de la centrala de ciment, platformele cu stivele de grinzi din oțel. Acum duceau o cu totul altă încărcătură. Trecură prin poarta auxiliară. Încă cinci minute și ajunseră la locul unde două semiremorci așteptau într-un câmp de coceni înghețați.

Guilder îi spuse șoferului să plece. Se părea că nu era nimeni în cabine; șoferii lor plecaseră și ei. Guilder își lipi urechea de partea din spate. Dinăuntru veneau niște șoapte înăbușite, întrerupte de plânsetul unei femei speriate.

Vocea din capul lui amuțise. O nemișcare adâncă îl învăluia, întocmai ca liniștea dinaintea unei furtuni. Aveau să vină din vest. Îi aștepta.

Atunci:

Își făcu apariția cel dintâi, apoi încă unul și încă unul, unsprezece punctulețe de lumină fosforescentă așezate la intervale egale la orizont. Distanța dintre ei se micșora pe măsură ce se apropiau, ca luminile unui avion uriaș pe cale să aterizeze.

Veniți la mine! spuse Guilder în gând. *Veniți la mine!*

Detaliile începură să se limpezească. Nu atât să se limpezească, cât să se mărească. Era unul mai mic decât toți – acela trebuia să fie Carter –, însă ceilalți îl lăsară cu răsuflarea tăiată. Cu trupul lor puternic, cu mișcările lor grațioase și absolută stăpânire de sine păreau să micșoreze spațiul din jurul lor, să altereze dimensiunile, să rescrie cursul timpului. Curgeau spre el ca un râu de lumină, scăldându-l în strălucirea grozăviei lor măiastre.

Veniți la mine! spuse Guilder în gând. *Veniți la mine!*

Simțea momentul sosirii lor ca pe o desăvârșire absolută. Ca pe un botez. Ca atunci când închizi copertele unei cărți. Un salt înalt într-o apă albastră și lumea care se pierde în secunda pătrunderii în adâncuri. Stăteau dinaintea lui, în toată măreția lor înfricoșătoare. El sorbea imaginile maiestuoase, teribile ale amintirilor lor, ca și cum s-ar fi scufundat într-o piscină de nebunie pură. O fată plângând pe o saltea murdară. O vânzătoare cu mâinile ridicate și împunsătura osoasă a țevii unui pistol în cuta verticală dintre sprâncenele lui. O senzație de beție deplină și un băiețel mergând pe bicicletă zărit printr-un parbriz, bufnitura impactului, urmat de o zdruncinătură scurtă, pe când trupușorul lui ajunse sub roțile autovehiculului. Senzația delicioasă a sexului și ochii unei femei măriți până la limita imposibilului în timp ce funia i se strângea în jurul gâtului. Un cor de groază, de depravare, de răutate neagră.

Eu sunt Morrison-Chàvez-Baffes-Turrell-Winston-Sosa-Echols-Lambright-Martínez-Reinhardt-Carter.

Guilder deschise ușa de la compartimentul de marfă al primului camion. Prizonierii încercară să fugă, firește. Guilder ordonase să nu li se pună lanțuri; voia să nu fie constrânși de nimic. Cei mai mulți nu apucară să facă decât câțiva pași. Cei care ajunseră mai departe fură încercați, probabil, de speranța trecătoare că se vor salva. Fuga lor zadarnică făcea parte din farmec. Momentul se transformă în împroșcături uriașe de sânge, de țipete curmate brusc și de țesuturi vii sfâșiate fără milă, iar în liniștea care urmă Guilder se duse în spatele celui de-al doilea camion și deschise ușa în semn de bun-venit.

– Bine ați venit, prieteni! Ați ajuns acasă, în sfârșit. Vom avea grijă să vă facem toate voile.

Partea a X-a

ASASINUL

„Tu roagă pe stăpâna ta să sune când cupa-i gata.
Du-te la culcare!“
SHAKESPEARE, *Macbeth*[1]

[1] În traducerea lui Ion Vinea (n. tr.).

58

Vale nu mai era, ceea ce nu putea să însemne decât un singur lucru. Urma rândul Sarei.

Jenny dispăruse și ea. La două zile după bombardamentul de pe stadion, o fată nouă îi luase locul. Era cu ei? Nu, Sara și-ar fi dat seama dacă era. Un mesaj sub farfurie, un schimb de priviri liniștitoare. Ceva. Însă fața – palidă, agitată, al cărei nume Sara nu-l cunoștea și nu avea să-l afle niciodată – venea și pleca în tăcere.

Lila căzuse la pat. Toată ziua și toată noaptea se zvârcolea și se întorcea pe toate părțile. Se ridica doar ca să facă baie și refuza propunerile Sarei de a o ajuta. Vocea îi era secătuită; până și vorbitul părea s-o sleiască de energie.

– Lasă-mă în pace! îi spunea ea.

Rămăsese singură, izolată. Sistemul se prăbușea.

Își petrecea zilele cu Kate, dar se simțea altfel acum, deznodământul era aproape. Și copila simțea același lucru, așa cum fac toți copiii. Care să fie oare sursa percepției lor? Totul era învăluit într-o senzație de zădărnicie. Jucau jocurile obișnuite, însă nu îi mai păsa să câștige. Sara citea aceleași povești, însă copila nu o mai asculta cu atenție. Nimic nu mai ajuta. Timpul petrecut împreună se apropia de sfârșit. Zilele erau ori prea lungi, ori prea scurte. Noaptea, dormeau amândouă pe canapea, topite într-un singur trup. Căldura dulce a fetiței era un chin. Sara stătea trează cu orele ca s-o audă respirând ușor, ca să-i absoarbă mirosul. Ce visezi? se întreba ea. Visezi despărțirea, așa cum fac eu? Ne vom mai vedea vreodată? Există un asemenea loc? Ținând-o strâns pe Kate, își aminti de cuvintele Ninei. *O s-o scoatem de-aici. Altminteri, n-are nicio șansă.* Copila mea, se gândi Sara. O să fac tot ce ține de mine ca să te salvez. O să mă duc când mi se va cere. E singurul lucru care mi-a rămas.

În a treia dimineață, Sara o duse afară pe Kate. Gerul era înțepător, însă bine-venit. O vreme, o împinse pe Kate în leagăn, după care se dădură amândouă în balansoar. Kate nu pomenise de Lila din noaptea când Guilder o bătuse. Legătura care le unise până atunci, indiferent de natura ei, fusese ruptă. Când frigul se înăspri, se duseră înapoi înăuntru. În dreptul ușii, Kate se opri.

– Cineva mi-a dat asta, spuse ea, și îi arătă Sarei. În mână avea un ou roz din plastic.

– Cine?

– Nu știu. Era acolo.

Sara urmări direcția în care arătă fetița. Nu era nimeni în curte. Kate ridică din umeri.

– Era acolo acum o secundă.

Preț de câteva minute, nu mai mult de cinci, Sara o lăsase pe Kate să plece de una singură.

– Mi-a spus să-ți dau ție asta, zise Kate, întinzându-i oul.

Femeia trebuia să fie Nina, firește. Sara vârî oul în buzunarul rochiei. Își simțea corpul amorțit. După ce Jenny dispăruse, Sara își îngădui fărâma de speranță că povara aceasta avea să fie luată de pe umerii ei. Cât se înșelase!

– Hai să păstrăm asta secret, da?

– La fel mi-a spus și ea. Apoi, radiind toată, Kate o întrebă: E un mesaj secret?

Sara se strădui să zâmbească.

– Exact!

Nu deschise imediat oul; îi era teamă. Când se întoarseră în apartamentul întunecat, o găsiră pe Lila aprinzând candelabrul cu un chibrit lung. Culoarea i se scursese de pe față, părul îi era uscat și ciufulit. Le chemă să se așeze pe canapea și scoase o carte.

– Vrei să-ți citesc?

Fiicele doctorului March: Sara deschise coperta, un vălătuc de praf ieșind dintre paginile ei îngălbenite.

– Nu mi s-a mai citit din cartea asta de o grămadă de timp, oftă Lila.

Sara fu pusă să citească ore în șir. O parte din mintea ei găsi povestea destul de interesantă, însă restul era pierdut în ceață. Limbajul era greoi și deseori i se întâmpla să piardă rândul. Atenția lui Kate se diminuă; în cele din urmă, fetița adormi. Părea foarte posibil ca Lila s-o pună pe Sara să-i citească întreaga carte.

– Trebuie să merg la toaletă, spuse Sara în cele din urmă. Mă întorc imediat.

Înainte ca Lila să mai poată spune ceva, Sara se duse iute la baie și închise ușa. Își ridică rochia, se așeză pe WC și scoase oul din buzunar. Inima îi bătea nebunește. O șovăire de un moment: apoi îl deschise și despături biletul.

Pachetul este în magazia din capătul curții. Uită-te sub scândurile din podea în stânga ușii. Ținta este întâlnirea din sala de conferință a șefilor de personal, mâine la 11:30. Ia liftul central de la etajul patru; fă dreapta la primul hol. Ultima ușă pe stânga duce la sala de conferințe. Spune-i paznicului că te-a trimis Guilder. Sergio trăiește!

Puse biletul înapoi în ou tocmai când auzi o bătaie puternică în ușă.

– Dani, am nevoie de tine!

– O clipă!

Mânerul se mișcă. Încuiase ușa?

– Am cheia, Dani! Te rog, deschide ușa!

Sara se ridică de pe WC, scăpând oul, care se rostogoli pe podea. Rahat! Cheia se întorcea în broască. Abia avu timp să ascundă oul în sertarul de jos al dulăpiorului înainte să se întoarcă și s-o vadă pe Lila stând în pragul ușii.

– Am terminat, spuse ea. Zâmbi: De ce ai nevoie, Lila?

Confuzia se așternu pe chipul femeii:

– Nu ştiu. Credeam că ai plecat undeva. M-ai speriat.

– Păi da, am plecat la baie.

– N-am auzit să tragi apa.

– A, scuze. Sara se întoarse şi trase de lanţ. Urât din partea mea.

Preţ de o clipă, Lila nu spuse nimic. Părea întru totul ruptă de realitate.

– Ai putea să-mi faci o favoare?

Sara dădu din cap că da.

– Aş vrea... nişte ciocolată.

– Ciocolată?

Ce era ciocolata?

– De unde să fac rost de aşa ceva?

Lila se uită la ea, nevenindu-i să creadă.

– De la bucătărie, fireşte.

– Corect! Cred că era evident.

Poate cineva de la bucătărie ştia despre ce vorbea Lila. Sara presimţea că nu era o idee bună să se întoarcă cu mâna goală.

– Mă duc imediat.

Chipul Lilei se destinse.

– Mă mulţumesc cu orice. Chiar şi cu o cană de ciocolată caldă. Privirea îi era aţintită în gol; scoase un mic oftat: Întotdeauna mi-a plăcut o cană de ciocolată caldă într-o după-amiază de iarnă.

Sara ieşi din apartament. Cât de mult văzuse Lila? De ce nu se gândise Sara să arunce biletul în WC? Închisese sertarul? Desfăşură scena în minte: da, îl închisese. Lila nu avea de ce să caute acolo, deşi, ca să fie sigură, Sara avea să-l ia înainte să se întoarcă servitoarea.

Bucătăria era situată în cealaltă parte a clădirii; trebuia să traverseze atriumul, care era mereu plin de colabi. Purtată parcă de un val de adrenalină, îşi coborî ochii în pământ şi îşi croi drum de-a lungul holului.

În mijlocul lui, deveni conştientă de agitaţie. O însoţitoare era escortată de două gărzi, ţipetele ei demne de milă, amplificate de acustica încăperii largi.

– Nu! Vă rog! Vă implor! Mă voi strădui mai mult! Nu mă duceți la subsol!

Femeia era Karen Molyneau.

– Sara! Ajută-mă!

Sara se opri brusc. Cum putea Karen să-i vadă fața? Și atunci își dădu seama: comisese o greșeală fatală, singurul lucru pe care uitase să-l facă. Uitase să-și pună vălul.

– Sara, te rog!

– Oprește-te!

Porunca veni de la un al treilea bărbat. Pe când acesta făcu un pas în față, Sara îl recunoscu numaidecât. Burta proeminentă, ochelarii fumurii lăsați pe vârful nasului, sprâncenele ca niște aripi. Al treilea bărbat era doctorul Verlyn.

– Tu! Îi cercetă atent chipul: Cum te cheamă?

Ei i se uscase gura.

– Dani, domnule.

– Ea te-a strigat Sara.

– Sunt sigură că m-a confundat. Ochii îi fugiră către ieșire. Eu sunt Dani.

– Sara, de ce faci asta? Karen se zbătea ca un pește prins în plasă. Spune-le că nu fac parte din Insurgență!

Privirea lui Verlyn deveni și mai scrutătoare. Colțurile gurii i se ridicară într-un zâmbet.

– Vai, dar îmi amintesc de tine! Ești aia drăguță. Nu uit niciodată o față, mai ales una ca a ta.

Sara țâșni spre ușă. Trei pași mari și se năpusti afară. O luă la goană pe scări, ieșind în lumina soarelui și în bătaia vântului, în urma ei auzind strigăte:

– Opriți-o! Opriți-o pe femeia aia!

Unde se putea duce? Nu avea unde; colabii veneau alergând spre ea din toate direcțiile, încercuind-o ca un laț care se strânge. Sara își vârî mâna în buzunar și găsi pliculețul cu folia împăturită în el. Iată că venise sfârșitul. Se opri pe cărare; nu mai avea niciun rost să fugă – nu-i mai rămăseseră decât o secundă sau două. Plicul se deschise, scoțându-și la iveală conținutul letal. Luă bucata de sugativă între degetul mare și arătător și o ridică la gură. *Adio, copilul meu, te iubesc atât de mult, adio!*

Dar nu fu să fie. Tocmai când ducea sugativa la buze, cineva o împinse de la spate, dezechilibrând-o; pământul îi fugi de sub picioare, apoi se ridică din nou, ușor la început, apoi mai iute, și de tot la urmă, pe când craniul ei se izbea de ciment, iar totul fu cufundat în beznă.

59

Toţi trei zăceau întinşi, cu burta lipită de partea de sus a apeductului, Greer survolând zona prin binoclu. Soarele după-amiezii târzii aprindea focuri colorate în nori.

– Eşti *sigur* că ăsta e locul? întrebă Amy.

Alicia încuviinţă din cap. Stăteau acolo de aproape trei ore. Atenţia le era îndreptată înspre gura largă a canalului de scurgere care ieşea în afară la poalele unui deal scund. Zăpada din jurul lor purta urme de tractor.

Minutele treceau. Alicia începuse să se îndoiască, dar chiar atunci Greer ridică mâna:

– Uitaţi!

O siluetă purtând o haină neagră ieşi din gura de canal. Dacă era femeie sau bărbat, Alicia nu-şi putea da seama. Partea de jos a feţei îi era acoperită de o eşarfă, iar peste urechi avea trasă o căciulă din lână. Silueta se opri, uitându-se spre sud cu o mână streaşină la ochi.

– Pare că tipul aşteaptă pe cineva, spuse Greer.

– De unde ştii că e bărbat? întrebă Alicia.

– Nu ştiu.

Greer îi întinse binoclul lui Amy, care-şi dădu o şuviţă de păr la o parte şi îl puse la ochi. Era uimitor s-o priveşti, se gândi

Alicia; din toate punctele de vedere, Amy era deopotrivă fata care fusese dintotdeauna, dar și cineva complet nou. Greer îi relatase faptul că Amy intrase în carena navei *Chevron Mariner* și ieșise pe deplin schimbată. Nici măcar Amy nu avea o explicație. Pentru Alicia, cel mai ciudat lucru în toată povestea asta era că nu i se părea deloc ciudată.

– Nici eu nu-mi dau seama. Dar indiferent de cine trebuie să vină, evident că întârzie.

Amy coborî binoclul. Pe sub haina ei mult prea mare din lână, încă purta tunica fără forme a Ordinului. Avea ciorapi groși, tot din lână, iar în picioare niște ghete lungi din piele încrețită.

– Dacă vrem să-l găsim pe Sergio, nu cred că vom avea vreo ocazie mă bună.

Alicia dădu din cap.

– De acord. Domnule maior?

– Nicio obiecție.

Singura acoperire care să le ascundă apropierea erau un șir de tufișuri la est de gura de canal și un pâlc de copaci pe dealul de deasupra ei. Amy și Alicia îl lăsară pe Greer de pază și înaintară târâș de-a lungul apeductului, luând-o în direcții diferite. Amy o apucă spre dreapta, la nivelul solului; Alicia avea să vină de sus. De îndată ce-și ocupau pozițiile, Greer urma să fluiere, distrăgându-l pe bărbat, ca ele să-și facă mutarea.

Totul se desfășură conform planului. Alicia înaintă pe burtă până pe marginea gurii de canal. Creștetul acoperit de căciulă al bărbatului era chiar sub ea. Din unghiul ăsta, n-o putea vedea pe Amy, dar Greer putea. Aștepta semnalul, când:

Unde dispăruse?

Ridicându-se în genunchi, Alicia se răsuci, trezindu-se cu toată greutatea lui asupra ei. Dar nu era *un el*. Ci o ea. Într-o îmbrățișare aeriană, se rostogoliră până pe buza gurii de canal, femeia căzând peste Alicia, care ateriză cu spatele în zăpadă.

– Cine naiba ești? Femeia țintui brațele Aliciei între genunchii ei, ținându-i cuțitul la gât, lama scrijelindu-i ușor pielea. Alicia nu se îndoi o clipă că avea să-l folosească.

– Ușurel, sunt o prietenă!

– Răspunde la întrebare!

– Amy? Puțin ajutor aici!

Amy veni din spate. Se apropiase fără să facă nici cel mai mic zgomot. Înainte ca femeia să aibă timp să reacționeze, Amy o apucă de guler și o aruncă în lături; în timp ce femeia se ridica în picioare, năpustindu-se înainte cu cuțitul în mână, Amy i-l azvârli cât colo, țâșni în spatele ei și îi aplică o prindere *half nelson*, cu celălalt braț apucând-o de mijloc. *Să fiu a naibii!* fu singurul lucru la care se putu gândi Alicia.

– Oprește-te! îi spuse Amy. Trebuie să vorbim, atâta tot.

Femeia răspunse printre dinții încleștați:

– Du-te naibii!

– Nu crezi că aș putea să-ți rup gâtul dacă aș vrea?

– Dar te rog! Și spune-i lui Guilder să se ducă și el naibii!

Amy se uită la Alicia, care ridicase cuțitul femeii, curățându-l acum de zăpadă pe pantalonii ei. Greer venea cu pași mari spre ele.

– Numele ăsta îți spune ceva? întrebă Amy.

Alicia clătină din cap.

– Cine e Guilder? o întrebă el pe femeie.

– Cum adică, cine e Guilder?

– Cum te cheamă? întrebă Amy. Poți să-mi spui.

O clipă de șovăire, apoi:

– Nina, bine? Mă cheamă Nina.

– O să-ți dau drumul, Nina, spuse Amy. Dacă promiți că asculți ce am de spus. Asta e tot ce-ți cer.

– Să te ia naiba!

Amy o strânse și mai tare, ca să se facă înțeleasă.

– Promiți?

Încă o zbatere, apoi femeia se dădu bătută.

– Bine, bine, promit!

Amy o eliberă din strânsoare. Femeia se împletici înainte, întorcându-se apoi cu fața spre ea. Un chip tânăr, nu părea să aibă mai mult de douăzeci de ani, însă privirea spunea cu totul altceva – era pătrunzătoare, aproape feroce.

– Cine sunteți voi?

– Frumoasă mișcare, îi spuse Alicia lui Amy. Răsuci cuțitul în jurul degetului mare și i-l întinse: De unde ai învățat-o?

– De unde crezi? De la tine.

Își îndreptă apoi ochii spre Greer. Barba lui lungă era acoperită de zăpadă, întocmai ca botnița unui câine.

– Lucius, pot să te rog să te întorci la punctul de observație? Să ne dai de știre dacă se apropie vreun vehicul.

– Atât? Doar să vă dau de știre?

– Ar fi bine dacă ai putea să... îi întârzii puțin. Până când terminăm noi de vorbit.

Greer fugi în susul dealului. Amy se adresă din nou femeii, făcând mișcări scurte, dar pline de subînțeles din cuțit:

– Ia un loc!

Nina o privi sfidătoare.

– De ce aș face asta?

– Pentru că ai sta mai comod. O să ne ia ceva.

Amy își strecură cuțitul la curea. *Am terminat cu asta, dacă te porți frumos.*

– Nu suntem deloc cum ne crezi tu. Acum stai jos!

Ezitând, Nina se lăsă în zăpadă.

– Nu vă spun nimic.

– Mă îndoiesc, spuse Amy. Cred că o să ne spui tot ce avem nevoie să știm, după ce te voi pune la curent cu ce urmează să se întâmple aici.

– Vreau să mă joc cu Dani!

– Eva, scumpo...

Fața copilei era roșie de furie. Apucă unul dintre obiectele de pe podea și îl aruncă în Lila, ratând-o la mustață.

– Treci la culcare! strigă Lila. Treci la culcare în momentul ăsta!

Fata era de neclintit. Chipul i se aprinsese de ură.

– Nu mă poți obliga!

– Sunt mama ta! Faci cum îți spun eu!

– O vreau pe Dani!

Luă un pumn plin de boabe de fasole. Înainte ca Lila să apuce să reacționeze, copila făcu un pas înapoi și le azvârli cu o forță surprinzătoare, alimentată de ură, în fața Lilei. Și mai multe boabe căzură pe podea în spatele ei, o ploaie zornăitoare. Sări în picioare și începu să facă ravagii prin apartament – dând jos cărțile din rafturi, dărâmând lucrurile de pe mese, aruncând pernele în aer.

– Încetează în secunda asta!

Copila apucă o vază mare din ceramică.

– Eva, nu...

Fetița o ridică deasupra capului și o trânti la pământ, auzindu-se ca izbitura cuiva pe capota unei mașini. Nu o izbitură, ci o bubuitură: vaza explodă în milioane de cioburi, care săriră în toate părțile.

– Te urăsc!

Se întâmplă ceva, ceva final. Lila era conștientă de asta, la fel cum simțea, într-un ungher al minții ei, că aceeași scenă se mai petrecuse și cu o altă ocazie. Dar nu apucă să se gândească mai bine; marginea tare a unui obiect o lovi în moalele capului. Fata începuse să arunce cu cărți.

– Pleacă! țipă ea. Te-urăsc-te-urăsc-te-urăsc!

Dar chiar pe când Lila îi urmărea buzele formând acele cuvinte oribile, acestea păreau să vină din altă parte. Dinăuntrul minții ei. Se repezi înainte și o apucă pe fetiță pe după mijloc, ridicând-o în aer. Fetița se zbătea și dădea din picioare, zvârcolindu-se în strânsoarea Lilei. Lila nu voia decât să – ce? S-o liniștească pe fetiță? Să aducă situația sub control? Să-i amuțească strigătele care-i despicau capul? Pe măsură ce Lila o strângea mai tare, fetița răspundea cu aceeași monedă, zbierând din toți rărunchii, scena luând amploare până la dimensiuni grotești, un fel de nebunie. Lila începu să se clatine pe picioare, centrele lor de gravitație fiind dezechilibrate, ca apoi să se prăbușească la pământ, izbindu-se de măsuța de toaletă.

– Eva!

Fetița o zbughi de lângă ea. Se opri în dreptul canapelei, aruncându-i priviri furioase. De ce nu plângea? Era rănită? Ce-i făcuse Lila? Lila se apropie de ea în patru labe.

– Eva, îmi pare rău. N-am vrut...

– Sper să mori!

– Nu spune asta. Te rog. Te implor să nu spui asta!

La auzul acestor cuvinte, ochii fetiței se umplură în cele din urmă de lacrimi, deși nu erau lacrimi de durere, nici de umilință, nici măcar de frică. *O să te urăsc pentru totdeauna. Nu ești mama mea și nici nu ai fost vreodată. Știi asta la fel de bine ca mine.*

– Te rog, Eva. Te iubesc. Nu știi cât de mult de iubesc?

– Nu spune asta! O vreau pe Dani!

Plămânii ei micuți emiteau un volum impresionant de zgomot.

– Te-urăsc-te-urăsc-te-urăsc!

Lila își acoperi urechile cu mâinile, dar nimic nu putea bloca țipetele copilei.

– Încetează! Te rog!

– Sper-să-mori-sper-să-mori-sper-să-mori!

Lila fugi în baie și trânti ușa. Dar nu rezolvă nimic: strigătele păreau să vină de peste tot, un urlet asurzitor. Căzu în genunchi, plângând în palme cu suspine. Ce i se întâmpla? Eva mea, Eva mea. Ce ți-am făcut, de mă urăști atât? Trupul îi era scuturat de suferință. Gândurile i se învălmășeau, se revărsau, se spărgeau; Lila Kyle era un milion de cioburi împrăștiate pe podea.

Și asta pentru că fetița nu era Eva. Oricât de tare ar fi vrut Lila să creadă asta, Eva nu mai era. Eva era pierdută pe vecie, o fantomă din trecut. Gândul o străbătu ca acidul, făcând scrum minciunile. *Întoarce-te*, își spunea Lila, *întoarce-te!* Dar nu mai putea face nimic, nu acum.

O, Doamne, ce lucruri îngrozitoare făcuse! Ce lucruri îngrozitoare, oribile, de neiertat! Plângea și tremura toată. Plângea, așa cum era vorba tatălui ei, în timp ce vopsea la corăbioarele lui, de-i tremura cămașa pe ea. Ajunsese dezgustătoare. O pată de răutate care murdărea acest pământ. Totul i se revelase, totul era de aceeași natură, timpul se oprea și își relua cursul într-un continuum reasamblat dinăuntrul ei, depănându-și povestea rușinoasă.

Sper să mori. Sper să mori sper să mori sper să mori!

Atunci se întâmplă altceva. Lila se trezi stând pe marginea căzii. Intrase într-o stare dincolo de propria voință; ea nu alesese nimic, totul o alesese pe ea. Deschise robinetul. Își puse mâna sub șuvoiul de apă, urmărind-o cum i se scurge printre degete. Deci asta e, se gândi ea. Soluția cea neagră. Și parcă știuse dintotdeauna: era ca și cum, în cele mai îndepărtate cotloane ale minții ei, dusese la îndeplinire acest ultim act iar și iar, vreme de o sută de ani. Cada era modalitatea cea mai firească. Se cufundase cu orele în căldura ei; petrecuse decenii în adâncurile ei reconfortante, în dulceața ei care anula existența lumii, și totuși îi șoptise neîncetat: *Aici sunt, Lila, lasă-mă să-ți fiu izbăvirea de pe urmă.* Aburul se ridica în vălătuci, îmbibând baia cu răsuflarea lui umedă. Fu învăluită de un calm desăvârșit. Aprinse lumânările, una câte una. Era doctor: știa perfect ce face. *Soy médico.* Se dezbrăcă și își cercetă trupul gol în oglindă. Frumusețea lui - pentru că era frumos - o umplu de amintiri: de când era ea însăși o copilă, ieșind din baie. Tu ești prințesa mea, o alinta tatăl ei, ștergându-i bine părul ca să-l usuce, copleșind-o astfel cu moliciunea prosopului proaspăt spălat. Ești cea mai frumoasă din țară. Amintirile curgeau prin ea ca apa. Era copilă, apoi adolescentă, în rochia ei albastră din tafta, cu un buchețel prins la umăr, fiecare imagine pierzându-se în următoarea, până când văzu în cele din urmă o femeie matură, plesnind de sănătate, stând dinaintea oglinzii în rochia de mireasă a mamei ei. Corsetul delicat din dantelă, continuându-se cu o revărsare strălucitoare de mătase: viața, cu toate promisiunile ei, părea să fie întruchipată în această singură imagine. *Astăzi este ziua în care mă mărit cu Brad.* Își duse mâna la burtă; rochia de mireasă dispăruse, înlocuită de o cămașă vaporoasă de noapte. Soarele dimineții își răsfrângea lumina prin ferestre. Se întoarse și, în profil, cuprinse în palme curba voluptoasă. *Eva. Tu vei fi Eva, ești Eva. Așa te voi numi.* Aburul se ridica, iar cada era aproape plină.

Brad, Eva, vin! Prea multă vreme am fost departe de voi. Acum vin să fim împreună.

Trei linii albastre îi pulsau la fiecare încheietură: vena cefalică, unduindu-se de-a lungul marginii radiale a antebrațului; vena bazilică, începând din rețeaua venoasă dorsală și continuând spre partea posterioară a cubitusului, unindu-se cu vena mediană bazilică; vena cefalică accesorie, care pornea din plexul tributar ca să se îmbine cu vena cefalică în spatele cotului. Avea nevoie de ceva ascuțit. Unde era foarfeca? Cele pe care le folosea Dani, și toate celelalte îngrijitoare dinaintea ei, ca să-i scurteze vârfurile? Încercă într-unul dintre sertarele dulăpiorului, apoi în următorul. Dar iată-le, așteptând-o în sertarul de jos, o ascuțime lucindă.

Și asta ce mai era?

Un ou. Un ou de Paște din plastic, ca acelea pe care le găsea prin iarbă când era mică. Cât îi mai plăcea obiceiul ăsta: goana nebună pe câmp, cu micul ei coș legănându-i-se în mână, roua umezindu-i tălpile și anticipația crescândă a comorii, închipuirea marelui iepure alb, care, în vizitele sale nocturne, lăsase în urmă această răsplată. Lila cuprinse oul în căușul palmei. Simți un foșnet slab venind dinăuntrul lui. Să fie... Era oare posibil...? Dar ce altceva *să fi fost*?

Nu exista decât un singur răspuns. Lila Kyle avea să moară cu gustul ciocolatei pe buze.

60

Trădare. *Trădare.*

Cum ajunsese Insurgența atât de aproape? Putea cineva să-i explice? Mai întâi roșcata, apoi Vale și acum îngrijitoarea Lilei? Șoricelul ăla speriat? Anonima aceea care își cobora privirea în pământ de câte ori intra el în cameră? Cât de adânc în Dom pătrunsese conspirația?

Spre marea iritare a lui Guilder, roșcata era încă în libertate. Omorâse unsprezece oameni înainte să scape; cum era *posibil* așa ceva? Nici măcar nu-i știau numele. *Spune-mi cum vrei*, îi zisese ea, *dar nu mă chema de dimineață*. Glume, din partea unei femei care fusese bătută încontinuu zile în șir. Cât despre Sod, acum că privea în urmă, Guilder era nevoit să-și recunoască greșeala. Dându-i mână liberă unui astfel de om fusese calea sigură spre dezastru.

Guilder supraveghea personal interogatoriul îngrijitoarei. Oricare ar fi fost sursa puterii roșcatei, asta era plămădită dintr-un aluat mai moale. Trei scufundări în cadă fuseseră suficiente ca s-o facă să vorbească. Bomba din magazie. Servitoarea, Jenny, pe care nimeni nu o mai văzuse de zile bune. Ascunzătoarea, a cărei locație nu o cunoștea, din cauză că o dăduseră afară, lucru care avea noimă; la fel ar fi procedat și Guilder. O femeie pe nume Nina, deși singura Nina din dosare murise acum patru ani, și un bărbat pe nume Eustace, despre care nu aveau nicio informație. Totul foarte interesant, dar nimic care să le fie cu adevărat de folos.

Vrei să ne pui la încercare? o întrebase gardianul. Pentru că mai putem câteva runde, să știi. Guilder o privi pe femeie, care era încă prinsă de scândură, cu părul ud leaorcă de la apa rece ca gheața, ultima răsuflare umedă cutremurându-i întregul trup. Sara Fisher, nr. 94801, Baraca 216, lucrătoare la centrala biodiesel nr. 3. Verlyn și-o amintea din transportul adus din Roswell. Deci era una dintre acei texani nesuferiți. Acum că veniseră cei unsprezece Virali, chiar trebuia să se ocupe de chestiunea Texasului. Și totuși, femeia nu părea deloc genul; trebui să-și amintească încă o dată că încercase să-l omoare. Deși, firește, nu exista un gen anume; o lecție pe care o învățase ca urmare a violențelor din ultimele luni. Insurgența era toată lumea și nimeni.

Uită de asta, îi spusese paznicului. Leag-o! Cred că Grey o să se bucure de ce are de oferit. Mereu i-au plăcut prospăturile.

O luă pe scările de la subsol până la biroul lui, își puse ochelarii și trase draperiile. Soarele doar ce coborâse dincolo de orizont, străpungând norii cu șuvițe aprinse de culoare. Priveliștea era frumoasă, într-un fel. Guilder presupunea că i-ar fi plăcut, acum un secol. Dar văzuse destule apusuri într-o viață de om ca să-și facă o părere. Problema vieții veșnice etc. etc.

Îi simțea lipsa lui Wilkes. Îi plăcuse dintotdeauna compania lui – omul se străduise mult prea mult să se facă plăcut –, dar cel puțin avusese cu cine să vorbească. Guilder avusese încredere în el, i se confesase. De-a lungul anilor, vorbiseră cam despre orice. Guilder îi spusese chiar și despre Shawna, cu toate că mascase povestea în ironie. *O târfă, îți vine să crezi? Ce fraier am fost și eu!* Doamne, ce se mai amuzaseră pe seama ei. Problema era că tocmai asta era perioada vagă, nedefinită din zi când Guilder și-ar fi scos capul pe ușă și și-ar fi chemat prietenul sub cine știe ce pretext – „Fred, vino-ncoace!“ – când, de fapt, avea nevoie doar să vorbească.

Prietenul lui. Asta presupunea el că erau. Că fuseseră.

Se lăsa întunericul. Privirea lui Guilder coborî până la poalele dealului, unde se afla Proiectul. Trebuia să-i găsească un alt nume acum. Hoppel ar fi fost numai bun pentru treaba asta, nu era nicio îndoială, le avea cu exprimările. În viața lui anterioară lucrase în publicitate la o agenție importantă din Chicago, experiență care i-a folosit din plin pentru a scorni de la fraze sau îndemnuri care mențineau trupele în linie retorică, până la însuși versurile imnului. *Patrie, Patria noastră, ție viața-ți închinăm. Fără plată ori răsplată, munca noastră-n dar ți-o dăm. Patrie, Patria noastră, o națiune ce se-naltă, pretutindeni ne oferă siguranță și speranță.* Siropos ca naiba, iar lui Guilder nu prea îi fusese pe plac cuvântul „răsplată" – părea puțin cam învechit –, dar suna bine și, după toate standardele genului său, prindea repede.

Deci cum să-i spună? „Buncărul" părea prea marțial. „Palatul" suna bine, numai că locul nu semăna deloc cu un palat, ci mai degrabă cu o uriașă cutie de beton. Ceva religios? „Altarul"? Cine nu ar fi intrat de bunăvoie într-un altar?

Rămânea de văzut de câți locuitori din vale va avea nevoie și la ce frecvență; la capitolul ăsta, Guilder mai avea de primit niște instrucțiuni de la Zero, având impresia că lucrurile aveau să se aranjeze cât de curând. Or fi fost Cei Doisprezece – sau, mai bine spus, Cei Unsprezece – diferiți de Viralii obișnuiți, dar tot erau ce erau – niște mașinării puse pe mâncat. Indiferent de ce directive veneau de sus, înfulecatul a orice care avea puls avea să fie un obicei greu de zdruncinat. În principal, dieta lor urma să fie alcătuită dintr-o combinație de sânge omenesc donat și animale vii. Porțiile corecte trebuiau să fie atent supravegheate, populația umană trebuia să crească. Generație după generație, atât de oameni, cât și de Virali, lucrând împreună – lucru care, dacă stăteai să te gândești, nu era o idee rea de a vinde produsul. Era foarte à la Hoppel. Care era expresia? Schimbare de imagine? De asta avea nevoie Guilder. Un nou punct de vedere, un nou lexicon, o nouă viziune. O schimbare de imagine a ceea ce însemna Viralul.

Poate chiar avea să dea lovitura cu treaba asta cu altarul. Instaurarea a ceva ce semăna cu o religie oficială, împreună cu toate prostiile ei de capcane ritualice, putea fi tocmai lubrifiantul care să ungă rotițele psihologiei umane de care avea atâta nevoie.

Venerarea statului era ca bățul fără momeală în vârf; genera o supunere aridă în fața autorităților. Însă speranța era cel mai bun organizator social dintre toate. Dă-le oamenilor speranță și aproape că făceai orice voiai din ei. Dar nu orice fel de speranță, aceea de toate zilele – pentru mâncare, haine, absența durerii, școli bune în suburbii sau împrumuturi cu rate mici. Oamenii aveau nevoie de o speranță dincolo de lumea vizibilă, de lumea trupului și a încercărilor, de nesfârșita și plictisitoarea paradă de *lucruri* a vieții. O speranță care nu era deloc așa cum părea la prima vedere.

Și uite așa, îi veni și numele. Cât de simplu era, cât de elegant! Nu un altar, ci un templu. Templul Vieții Veșnice. Iar el, Horace Guilder, avea să fie preotul lui.

Deci, până la urmă, nu fusese o zi pierdută în zadar. Ciudat cum se întâmplau lucrurile, își spuse el, zâmbind – prima oară de săptămâni bune. La naiba cu Hoppel și cântecele lui! Și, că tot venise vorba, la naiba și cu Wilkes, nerecunoscătorul ăla! Guilder avea tot ce-i trebuie.

Mai întâi injecția, apoi amețeala, iar Sara, care zăcea pe o masă mobilă, văzu cum tavanul se îndepărtează.

– Hei... *rup*!

Acum era în altă parte. Încăperea era slab luminată. Niște mâini o puneau pe o masă, îi legau mâinile, picioarele și fruntea cu niște curele. Simțea metalul rece sub ea. La un moment dat, rochia îi fusese dată jos și înlocuită cu una de bumbac. Mintea percepea ce i se întâmplă cu lentoarea unui animal greoi, observând totul fără nicio emoție. Îi venea greu să-i mai pese de orice altceva. Iată-l pe doctorul Verlyn, privind-o prin ochelarii lui micuți ca un bunic grijuliu. Nu mai văzuse niciodată sprâncene ca ale lui. Ținea în mână un forceps argintiu, cu o dischetă din bumbac înmuiată într-un lichid maro, care era prinsă între clești. Presupunea că, de vreme ce era doctor, îi aplica vreun tratament medical.

– O să se simtă cam rece.

Așa era. Doctorul Verlyn îi trecu discheta de-a lungul brațelor și a picioarelor; în același timp, altcineva îi punea un tub din plastic sub nas.

– Un cateter.

Asta nu avea să se mai simtă la fel de plăcut. Ba chiar deloc. Un geamăt i se ridică din gâtlej. Începu să simtă și alte lucruri, tot felul de înțepături și de intruziuni, senzația necunoscută de obiecte străine strecurându-i-se sub piele, între coapse. Un țiuit, un șuierat de gaz și un miros ciudat care-i pătrunse în nări, neașteptat de dulce. Eter dietilic. Fusese făcut în centrala biodiesel, cu toate că Sara nu văzuse niciodată procesul. Nu-și amintea decât tuburile, pe care scria cu litere roșii pe fiecare parte INFLAMABIL, și zdrăngănitul lor în timp ce erau rostogolite pe cărucioare care le încărcau apoi într-un camion.

– Respiră, te rog.

Ciudat lucru să ceri cuiva! Cum să nu respire?

– Așa!

Simți că plutește acum pe cel mai pufos nor.

61

Trecuseră două zile de când luaseră contact cu Insurgența. La început, Nina nu-i crezu, așa cum nu ar fi făcut-o nimeni. Povestea era prea fantasmagorică, evenimentele prea complexe. Alicia fu cea care găsi în cele din urmă o cale de a-i demonstra adevărul. Scoase radiogoniometrul din rucsac, o conduse pe femeie până pe creastă și îi arătă Domul. Greer le urmărea din valea de dedesubt. La asemenea distanță, Alicia se temea că nu o să prindă semnal. Ce să facă s-o convingă pe femeie? Dar era, limpede și clar, o pulsație continuă. Alicia se simțea ușurată, dar și nedumerită: semnalul era chiar puternic. Amy rămase tăcută o clipă, apoi spuse: Trebuie să ne grăbim. Semnalul pe care îl auziți: înseamnă că Cei Unsprezece sunt deja aici. Își scoase apoi cuțitul de la curea, i-l întinse Ninei, spunându-le și Aliciei, și lui Greer să-și lase armele. Ne predăm ție, spuse Amy. Restul depinde numai de tine.

Camioneta ajunse, aducând cu ea doi oameni înarmați. Alicia și ceilalți îi întâmpinară cu brațele ridicate. Fură legați la mâini, iar capul le fu acoperit cu glugi negre. Trecu ceva timp, cei trei înghețând în remorca zgâlțâindă; auziră apoi ușa unui garaj deschizându-se. Fură coborâți din camionetă și li se spuse să aștepte. Trecură câteva minute; se auziră niște pași apropiindu-se.

– Dați-le jos! spuse o voce de bărbat.

Glugile fură date jos, la iveală ieşind şase bărbaţi şi femei, care stăteau dinaintea lor cu armele ridicate – toţi în afară de unul.

– Eustace?

– Maiorul Greer? Eustace îşi mută privirea la Alicia. Şi Donadio? De ce sunt surprins? făcu, scuturând din cap. Se întoarse spre ceilalţi şi le făcu semn să-şi coboare armele: E în regulă, oameni buni.

– *Îi* cunoşti? întrebă Nina.

Eustace se uită din nou la ei, observând-o atunci şi pe Amy.

– Pe tine nu cred că te-am mai văzut.

– De fapt, spuse Amy, asta nu e întru totul adevărat.

Ajunseră în ajunul zilei în care oamenii lui Eustace voiau să-şi facă mutarea. Anii de infiltrare chinuitoare îşi atinseseră punctul culminant. Mai întâi, decapitarea celor de la conducere, urmată de atacuri simultane asupra mai multor ţinte de importanţă majoră: posturi ale celor de la Resurse Umane, infrastructura industrială, centrala electrică, centrul de detenţie, apartamentele de la marginea centrului oraşului, acolo unde locuiau majoritatea ochilor-roşii. Arme şi explozibili fuseseră ascunse prin tot oraşul. Nu erau mulţi, dar, odată atacurile dezlănţuite, sperau ca numărul lor să crească. Uriaşul adormit alcătuit din cei şaptezeci de mii de locuitori din vale avea să se trezească şi să se răscoale. De cum se va întâmpla acest lucru, revolta avea să devină de neoprit, ca o avalanşă. Oraşul va fi al lor.

Dar ceva mersese prost. Operaţiunea din Dom fusese compromisă. Ştiau că o prinseseră în viaţă, dar nu şi unde fusese dusă – cel mai probabil, la subsol.

– Mi-e teamă că trebuie să vă zic ceva, începu Eustace şi le explică de cine depinsese această operaţiune.

Sara era aici. Sfida orice logică. Ba nu, trecea cu mult dincolo de orice logică. Şi la fel şi fiica Sarei. Şi a lui Hollis. Dintr-un anumit punct de vedere, copilul aparţinea tuturor. Scopul lor se mărise, dar la fel şi complexitatea situaţiei. Trebuiau să le scoată pe amândouă de acolo.

Amy relată din nou povestea pe care i-o spusese şi Ninei. Nu era nicio îndoială că Viralii erau prezenţi undeva prin oraş şi nici în privința a ceea ce însemna acest lucru. Aici aveau să-și reclădească legiunile. Eustace îi ascultase cu o undă de scepticism, dar apoi ceva se schimbă.

– Guilder va dori să-i protejeze, spuse Amy. Există vreun loc în oraș care să fie fortificat? Ar trebui să fie ceva mare.

Eustace trimise pe cineva să aducă schițele Proiectului. Trei oameni au murit ca să facă rost de astea, spuse Eustace, desfășurând hârtiile pe masă.

– N-am știut niciodată la ce servește locul ăsta. Multe zvonuri, dar nimic nu se lega. Practic, este o fortăreață. Ochi-roșii construiesc la ea de ani buni.

Amy examină schițele, mintea ei făcând rapid niște calcule.

– Aici o să-i găsim.

– Nu știu cum poți fi atât de sigură.

– Numără încăperile.

Eustace se aplecă deasupra foilor. Cu degetul arătător, urmări pe unde ducea fiecare coridor. Apoi își ridică privirea.

Astfel, cauzei lor li se alătură o alta. Clădirea cunoscută drept Proiectul era acum în prim plan. Construcția ei era în favoarea lor: întocmai ca peștera din New Mexico, structura restrânsă a clădirii avea să amplifice forța exploziei unei singure bombe detonate în epicentrul ei. Dar puteau să intre? Se îndoiau – și, chiar dacă ar fi putut, ar fi fost ca și cum ar fi intrat în vizuina lupului. Pierderile lor aveau să fie însemnate și prea mulți oameni distrași de la obiectivele lor.

– Atunci să nu mergem noi după ei, spuse Amy. Să-i facem pe ei să vină la noi.

– La ce te gândești?

Amy rămase o clipă pe gânduri.

– Spune-mi ce fel de om e Guilder.

Eustace ridică din umeri. Pe parcursul pregătirilor, nu-l deranjase câtuși de puțin prezența lor. Era bine, spuse el, să se afle din nou printre expediționari.

– E un monstru. Crud, obsedat, maniac până la extrem. A făcut o fixație cu Sergio.

– Ce ar face dacă l-am captura?

– S-ar distra de minune, probabil. Dar Sergio nu există. Este doar un nume.

– Și dacă ar exista?

Eustace se scărpină în bărbie.

– Ei bine, omului îi place să se dea în spectacol. Probabil ar pune la cale o execuție publică, ceva mare.

– Publică. Adică să vină toată lumea.

– Așa presupun. Expresia de pe fața lui Eustace se schimbă. Aha, înțeleg!

– Unde ar face asta?

– Stadionul e singurul loc suficient de încăpător. Pot încăpea lejer șaptezeci de mii. Ceea ce ar...

– Lasă restul Patriei neapărată. Resursele împrăștiate, țintele principale expuse.

Eustace începu să încuviințeze de-acum.

– Și dacă vrea într-adevăr să facă o demonstrație de putere...

– Întocmai.

Un schimb de priviri mirate de jur împrejurul mesei.

– Să mă lămurească și pe mine cineva, spuse Nina.

Amy se aplecă înainte în scaunul ei:

– Uitați cum o să facem.

Le luă încă douăzeci și patru de ore ca să se pregătească. Nina se întoarse în oraș ca să intre în contact cu liderii diverselor celule și să le dea noile instrucțiuni. Ascunzătoarea Insurgenței avea să fie distrusă, firește. O umpluseră cu explozibil – butoaie cu fertilizator din nitrat de amoniu și combustibil conectat la aprinzătoare cu sulfură. Din ea nu avea să rămână decât o gaură plină de cenușă; cu puțin noroc, Guilder avea să presupună că toți dinăuntrul ei muriseră, un suicid în masă, ultima izbucnire de glorie a Insurgenței.

Pregătiră vehiculele pentru plecare. Alicia avea s-o conducă pe Amy la gura de canal, după care se întâlnea cu restul oamenilor lui Eustace ca să-și continue drumul. Acum nu mai stăteau decât după vreme – aveau nevoie de zăpadă ca să le acopere urmele.

Putea să ningă mâine, putea să ningă peste o săptămână, putea să nu mai ningă niciodată. Cu o oră înainte de apusul celei de-a treia zile, o învolburare ispititoare de fulgi începu să cadă. Se opri, apoi reîncepu, adunându-și treptat forțele, ca și cum vremea și-ar fi dres glasul și ar fi spus: Haideți, acum!

Porniră la drum, un convoi format din nouă camionete, transportând patruzeci și șapte de bărbați și de femei. Alicia se desprinse din el și o luă către nord. În lumina farurilor, zăpada forma o masă densă, învăluitoare. Lângă ea, Amy, într-o rochie de îngrijitoare, stătea tăcută. Alicia o avertizase de pericolele pe care urma să le înfrunte; nu mai era rost să discute despre ele, cu atât mai puțin acum.

Treizeci de minute mai târziu, ajunseră la gura canalului. În ciuda propriei convingeri, Alicia spuse:

– Știi ce o să-ți facă?

Amy încuviință din cap. O pauză scurtă, apoi:

– Există un scop pentru orice. O configurație. Crezi asta?

– Nu știu.

Amy îi luă mâna Aliciei de pe volan și o cuprinse într-a ei, petrecându-și degetele printre degetele ei.

– Suntem surori, să știi. Surori de sânge. Știu ce ți s-a întâmplat, Lish.

Vorbele lui Amy căzură greu înăuntrul ei. Și totuși, era firesc să știe. Cum putea Amy să nu știe?

– O poți controla?

Alicia înghiți cu greu. În ultimele două zile, dorința devenise mai puternică. Își întindea mâna neagră înăuntrul ei, punând stăpânire pe ea. Îi încețoșa mintea. Curând, avea s-o copleșească, fără putința de a mai rezista.

– E... din ce în ce mai greu.

– Când va veni timpul...

– Nu am de gând să permit una ca asta!

De jur împrejur, zăpada continua să cadă. Alicia știa că, dacă nu avea să plece cât de curând, ar fi putut rămâne blocată. Nu mai rămăsese decât un singur lucru de spus. Avu nevoie de fiecare fărâmă de curaj ca să dea glas cuvintelor.

– Ai grijă de Peter. Nu trebuie să afle ce mi s-a întâmplat. Promite-mi!

– Lish...

– Îi poți spune orice altceva. Inventează ceva. Nu-mi pasă. Dar vreau să-mi dai cuvântul tău.

O tăcere adâncă se așternu, învăluindu-le pe amândouă. Pe Alicia o măcinase gândul ăsta de prea multă vreme; acum fusese împărtășit. Încerca să vadă ce simte. Pierdere, ușurare, senzația că trecea o graniță într-un ținut întunecat. Renunță la el.

– Într-un fel, mereu am știut că o să se întâmple asta. Chiar dinainte să te cunosc. Mereu a fost altcineva.

Amy nu răspunse. Tăcerea ei îi spunea Aliciei tot ce avea nevoie să știe.

– Ar trebui să pleci, spuse ea.

Tot niciun răspuns din partea lui Amy. Pe chip i se citea nesiguranță. Apoi:

– E ceva ce nu ți-am spus, Lish.

Zi mohorâtă după zi mohorâtă. Imperiul vast al vremii continentale. Avea să ningă? Avea să mai iasă soarele vreodată? Vântul avea să le sufle în spate sau în fețele înghețate? Mergeau neîncetat, înaintând anevoie din cauza rucsacurilor grele. Nu era niciun semn, niciun indicator. Drumurile și orașele dispăruseră, îngropate ca niște nave sub valurile preriei acoperite de zăpadă. Tifty mărturisi că nu știa exact unde erau. În centrul Iowei, la nord-est de Des Moines, dar nimic mai precis... Nu se scuza; asta era situația. De ce nu v-ați gândit să faceți asta pe timpul verii? spuse el.

Aproape rămăseseră fără mâncare. Își înjumătățiseră porțiile, dar jumătate din nimic e tot nimic. După ce se adăpostiseră într-o fermă abandonată, Lore distribui feliile subțiri pe lama cuțitului ei. Peter o ținu pe a lui sub limbă ca să dureze mai mult, grăsimea întărită topindu-se ușor în căldura gurii lui.

Își continuară drumul.

Apoi, într-o după-amiază târzie din cea de-a douăzeci și opta zi, o formă își făcu apariția: materializându-se treptat pe fundalul cerului lipsit de culoare, un semn înalt, bătut de vânt. Își croiră drum în direcția lui; o mână de clădiri se iviră la orizont. Ce oraș era acesta? Nu conta; aveau nevoie de adăpost mai mult decât orice altceva. Traversară inelul comercial exterior, cu șirurile lui de supermarketuri și de lanțuri de magazine, acoperișuri lungi prăbușite sub greutatea zăpezii, și își continuară drumul spre oraș. Dărâmături și moloz, ca peste tot, însă în mijlocul lui dădură peste două blocuri din cărămidă care păreau intacte.

– Credeți că am găsi ceva de mâncare acolo? întrebă Michael.

Stăteau dinaintea unei prăvălii, vitrina fiind miraculos de întreagă. Pe geam, cu litere șterse, scria FANCY'S CAFÉ.

– Se pare că au închis de ceva vreme, făcu Hollis.

Forțară ușa și intrară. Un spațiu strâmt, standuri cu plăci din vinil în fața unei tejghele cu scaune înalte; în afară de praf, care acoperea în strat gros fiecare suprafață, totul era uimitor de neatins. Din când în când, mai dădeai și peste un astfel de loc, un muzeu al trecutului unde trecerea anilor nu se simțea, mai sinistru decât ruinele însele.

Michael luă un meniu din grămada de pe tejghea și îl deschise.

– Ce e o ruladă cu carne? Înțeleg partea cu carnea, dar o ruladă din ea?

– Iisuse, Michael! spuse Lore, tremurând toată și având buzele învinețite. Nu înrăutăți lucrurile!

Hollis și Peter se duseră în spate. Ușa din dos și ferestrele fuseseră baricadate cu scânduri; un ciocan și niște cuie zăceau pe podea.

– N-o să ajungem prea departe fără mâncare, spuse Hollis pe un ton grav.

– Nu e nevoie să-mi aduci aminte.

Se întoarseră în partea din față a cafenelei, unde ceilalți se cuibăriseră sub pături, pe podea. Întunericul începuse să se aștearnă. În încăpere era frig de înghețai, dar măcar nu bătea vântul.

– Mă duc să arunc o privire prin jur, spuse Peter. Poate îmi dau seama unde suntem.

Își croi cu greutate drum de-a lungul străzii și luă apoi colțul, uitându-se prin vitrinele magazinului. Încercă niște uși, dar toate erau închise. Ei bine, se puteau întoarce de dimineață și să deschidă câteva, ca să vadă ce era înăuntru.

La capătul celei de-a două străzi, încercă o clanță fără să se mai uite – deja îi intrase în reflex – și tresări când ușa se deschise larg. Pășind înăuntru, scoase pistolul din toc, luă un chibrit din cutia din buzunarul de la piept al gecii și îl aprinse, protejând flacăra cu palma împotriva vântului care pătrundea prin ușa deschisă.

Să fiu al naibii!

Peter recunoștea o rezervă ascunsă atunci când vedea una. Saci din pânză groasă erau înșirați de-a lungul pereților din încăperea goală. Îngenunche și deschise cel mai apropiat sac cu o fluturare de cuțit: fasole uscată. În altul, găsi cartofi, în al treilea, mere. Aprinse încă un chibrit și îl ridică deasupra podelei: urme de picioare peste tot prin praf. Cine le lăsase aici? Ce însemna?

Situația lor era disperată, dar măcar nu aveau să moară de foame. Te gândești mai bine la ce ai de făcut cu stomacul plin. Își înfipse dinții într-un măr. Nu avea niciun gust și era tare ca o bucată de gheață. Îl dădu gata numaidecât, îndesă câteva prin buzunare și cercetă încăperea după ceva în care să le ducă mâncare și celorlalți. Într-un colț, găsi o găleată plină cu sârmă ghimpată. Aruncă sârma și umplu găleata cu mere și cartofi, după care ieși în stradă.

Brusc, fu încercat de o senzație ciudată. Noaptea părea mai luminoasă. De la lună? Nu era de la lună. Fu străbătut de un fior de spaimă, după care auzi un zgomot. Își întoarse fața în direcția opusă vântului și ciuli urechile. Un huruit îndepărtat. Sunetul devenea din ce în ce mai puternic, din ce în ce mai deslușit.

Motoare.

Lăsă găleata să-i cadă din mână și dădu fuga înapoi la cafenea. Un șir de vehicule veneau în direcția lor. Auzi țipete, apoi o serie de împușcături. Zăpada se învolbura în jurul lui.

Cineva trăgea în el.

Dădu buzna înăuntrul cafenelei tocmai când mai multe mitraliere deschiseră focul, făcând țăndări ferestrele. *Jos!* strigă el. *La pământ!* Însă toată lumea era deja acolo. El sări peste tejghea, aterizând peste Lore, care-și acoperise capul cu brațele. Farurile vehiculelor inundară încăperea. Lucrurile erau distruse, sparte, gloanțele șuierând în rafale prin mica încăpere.

– Michael! Unde ești?

Vocea i se auzi de sub o banchetă.

– Cine sunt? Ce vor?

Întrebările erau retorice: oricine ar fi fost, voiau să-i omoare.

– Tifty? Hollis?

– Sunt cu mine! răspunse tot Michael. Tifty s-a tăiat, dar e bine!

– Lore e cu mine!

Împușcăturile se opriră puțin, după care focul fu deschis din nou.

– Vede cineva ceva?

– Trei vehicule drept în față, strigă Hollis. Și mai multe pe stradă!

– Poate că ar trebui să ne predăm! țipă Michael.

– Nu cred că sunt genul de oameni în fața cărora să ne predăm!

Încăperea era sub asediu. Peter nu avea decât un pistol; pușca și-o lăsase lângă ușă. N-aveau cum să iasă prin spate și, oricum, ușa și ferestrele erau baricadate. Cafeneaua era o capcană a morții.

– Ce facem? strigă Hollis.

– Tifty poate să meargă de unul singur?

– Sunt bine!

Culcat la podea, Peter se întoarse spre Lore.

– Tu ce ai?

Ea îi arătă cuțitul.

– Doar ăsta.

El strigă peste tejghea:

– Pornim la trei! Cineva să ne arunce o armă!

Aceasta veni din direcția lui Michael, căzându-le în cap. Lore o luă și trase încărcătorul. Mitralierele de afară amuțiseră din nou. Nimeni de acolo nu se grăbea să facă nimic.

– Să ne croim drum afară cu pușca nu pare cine știe ce plan, spuse Lore.

– Aș fi bucuros să aud altul mai bun.

Peter tocmai se ridică în genunchi când Lore îl opri.

– Ascultă! șopti ea.

El auzi pași scârțâind prin zăpadă, urmat de zgomotul sticlei zdrobite sub tălpi. Își duse un deget la buze. Câți să fi fost acolo?

Doi? Un ostatic, își dădu el brusc seama. Era singura lor șansă. Nu aveau cum să comunice și cu ceilalți, era pe cont propriu. Îi indică lui Lore spre celălalt capăt al tejghelei, opus ușii. Mimă cu buzele: *Fă zgomot.*

Lore se târî de-a lungul podelei. Peter își scoase pistolul din toc și se așeză pe vine. După ce Lore se puse pe poziție, îi aruncă o privire hotărâtă și dădu din cap.

– Ajută-mă! gemu ea.

Peter sări peste bar. Când cel mai apropiat dintre bărbați se întoarse, Peter ridică pistolul și trase în silueta întunecată, năpustindu-se asupra celui de-al doilea și trântindu-i pe amândoi la pământ. Pistolul lui Peter fu azvârlit cât colo. O clipă de învălmășeală nebună, o încolăceală de brațe și de picioare; bărbatul era cu vreo zece kilograme mai greu decât el, însă Peter avea de partea lui elementul surpriză: de coapsa bărbatului era prinsă o armă semiautomată. Petrecându-și brațul pe după gâtul adversarului, Peter îl trase pe spate, scoase arma din teacă și îi îndesă țeava în adâncitura gâtului, pe sub părul lui bogat și argintiu.

– Spune-le să nu mai tragă!

De unde stăteau pe podea, Peter se trezi că se holbează la Michael, care stătea ascuns sub una dintre mese. Făcu ochii mari.

– Peter...

– Vorbesc serios, îi spuse Peter bărbatului, înfingându-i și mai adânc țeava pistolului.

– Strigă, ca să te audă toată lumea!

Omul se relaxă în strânsoarea lui. Peter îl simți cutremurându-se, dar nu de durere. Bărbatul începuse să râdă.

– Nu trageți! se auzi o voce nouă – de femeie. Toată lumea să rămână pe poziții!

Cel de-al doilea bărbat se dovedi că, de fapt, nu era bărbat, ci o femeie. Stătea jos, cu spatele sprijinit de unul dintre standuri, cu brațul drept petrecut peste piept, ținându-se de umărul rănit.

– Pe toți zburătorii, Peter! făcu Alicia, întinzându-i o mână însângerată. Acum începuse și ea să râdă: Lucius, să fiu a naibii, îți vine să crezi că m-a împușcat?

62

La baza scării, Amy ridică harta în dreptul torței. Hârtia se aprinse numaidecât, într-o flacără albastră. Stinse torța în apa care picura la picioarele ei, urcă scara și dădu la o parte capacul gurii de canal.

Ieși în aleea din spatele farmaciei. Puse la loc capacul și trase cu privirea după colțul clădirii; deasupra centrului orașului, Domul se înălța impunător, lumina reflectându-se în suprafața lui. Își puse vălul și înaintă cu pași repezi în josul aleii. De-a lungul baricadelor patrulau gărzi cu câini. Se duse la cabina paznicului, unde doi bărbați își suflau în mâini, și le arătă permisul de trecere.

– Nu-mi pare în regulă, spuse cel dintâi, întinzându-l colegului. Ție?

Colabul aruncă o privire scurtă asupra lui, după care se uită la Amy.

– Ridică-ți vălul!

– E vreo problemă? întrebă ea.

El îi cercetă chipul o clipă, după care îi întinse înapoi permisul.

– Las-o baltă! E în regulă.

Amy trecu de ei și se îndreptă spre scări. Niciunul dintre ceilalți bărbați nu o băgă în seamă; gărzile de la poartă o verificaseră pentru că era de datoria lor. Ajunsă înăuntru, trecu de paznicul de la intrare, care abia dacă ridică privirea la ea, traversă holul spre lift și urcă la etajul șase.

Ușile lui se deschiseră într-un balcon circular care dădea spre atriumul clădirii. De aici porneau patru coridoare, ca spițele unei roți. Amy trecu prin balcon și o apucă pe cel de-al treilea coridor, mergând până la capătul lui, unde o ultimă ușă, păzită de un gardian cu fața lăsată și cu un păr cenușiu, stătea într-un scaun pliabil din metal, răsfoind o revistă veche de o sută de ani. Pe copertă era fotografia unei femei în bikini portocalii, cu brațele ridicate trecute prin păr.

– Directorul a cerut să mă vadă, îi spuse Amy, ridicându-și vălul.

El își desprinse privirea din foaie, întâlnind-o pe a lui Amy, și nici că fu nevoie de mai mult. Îl lăsă ușor la podea, sprijinindu-i spatele de perete, și îi luă cheia de la curea. Bărbia îi căzuse în piept. Își apropie buzele de urechea lui.

– O să intru acum. Vreau să numeri până la șaizeci – poți face asta?

El avea ochii închiși. Încuviință ușor din cap, scoțând un murmur aprobator.

– Bun! Numără până la șaizeci și, după ce termini, aruncă-te de pe balcon.

Ea descuie ușa și păși înăuntru. Era ceva tulburător de liniștitor la încăperea asta. Două fotolii se găseau în fața unui birou imens, suprafața lui lustruită strălucind ușor. Podeaua era acoperită de un covor gros, care înăbușea toate sunetele, în afară de răsuflarea lui Amy. Pe un perete întreg erau numai cărți; pe altul atârna un tablou uriaș, luminat de un mic reflector, înfățișând trei siluete stând la o tejghea prelungă și un al patrulea bărbat, cu pălărie albă, toate văzute printr-o fereastră de pe o stradă întunecoasă. Amy se opri ca să citească plăcuța de sub rama lui: Edward Hopper, *Păsări de noapte*, 1942.

La dreapta ei, o ușă dublă cu geamuri din sticlă cu plumb. Amy apăsă clanța și intră.

Guilder stătea întins peste pături, doar în chiloți. O grămadă de dosare pluteau în marea de cearșafuri de lângă el. Sforăia ușor pe nas, ca niște adieri de vânt. Unde să se așeze? Alese capul patului.

– Domnule director Guilder!

El tresări violent, strecurându-și numaidecât mâna sub pernă. Se ridică în capul oaselor, sprijinindu-se de tăblia patului și trăgându-se cât mai departe de ea; ridică pistolul cu ambele mâini și trase piedica. Tremura atât de tare, încât Amy se temea că avea s-o împuște din greșeală.

– Cum ai intrat aici?

Ea îi simți nesiguranța din voce. Purta o rochie de îngrijitoare, însă chipul îi era străin.

– Paznicul a fost foarte înțelegător. De ce nu lași ăla jos?

– Naiba să te ia, cine ești?

Ea auzi niște glasuri venind de pe hol, urmate de pumni bătând în ușă.

– Eu sunt Sergio, răspunse ea. Am venit să mă predau.

Partea a XI-a

CEA MAI ÎNTUNECATĂ NOAPTE DIN AN

21 decembrie, 97 A.V.

„Mânia lor după asemănarea șarpelui, ca a unei vipere surde, care-și astupă urechile ei."

Psalmii, 54:71

[1] *Biblia*, Editura Institutului Biblic și de Misiune Ortodoxă, București, 2008, p. 591.

PRINS!

UN MESAJ DIN PARTEA DIRECTORULUI

Mârșavul criminal
cunoscut sub numele de Sergio
este în detenție!

Insurgența a fost zdrobită!

Pacea a fost restabilită
în preaiubita noastră Patrie!

CONDAMNAT
LA EXECUȚIE PUBLICĂ
PE STADION

TOȚI LUCRĂTORII SĂ RAPORTEZE
PERSONALULUI DE LA RESURSE UMANE
AFERENT BARĂCII FIECĂRUIA
PÂNĂ MÂINE LA 21:30.

Cetățeni ai Patriei, uniți-vă!
Bucurați-vă de această glorioasă zi
în care dreptatea și-a spus cuvântul!
Fie ca toți trădătorii să știe ce-i așteaptă!

63

Evenimentele se desfăşurară întocmai cum prevăzuse Amy. Timpul şi locul execuţiei ei fuseseră stabilite; numai metoda mai trebuia dezvăluită – detaliul final de care depindea întregul lor plan. Guilder avea s-o împuşte? S-o spânzure? Însă, dacă ar fi vrut să recurgă la un mijloc atât de simplu, de ce s-ar mai fi obosit să ordone întregii populaţii, toate cele şaptezeci de mii de suflete din Patrie, să-i fie martor? Amy aruncase momeala; avea Guilder să muşte din ea?

Peter îşi petrecu următoarele patru zile oscilând între mai multe extreme emoţionale – stări de nervozitate alternate cu îngrijorare şi uimire, fiecare încărcată de o senzaţie puternică de *déjà vu*. Totul părea straniu de familiar, ca şi cum timpul nu trecuse deloc de când îl înfruntase pe Babcock pe munte, în Colorado. Iată-i din nou împreună, destinele lor atrase laolaltă de o puternică forţă gravitaţională. Peter, Alicia, Michael, Hollis, Greer: ajunseseră în acest loc pe căi diferite, din motive diferite. Şi iat-o aici şi pe Amy, care le arătase, încă o dată, calea.

Greer le relată procesul transformării ei: Houston, Carter, nava *Chevron Mariner*; călătoria lui Amy în măruntaiele acesteia şi întoarcerea ei. Cât despre ce se petrecuse între Amy şi Carter, Greer nu le putea spune; nu ştia decât că acest Carter le spusese să vină aici. Mai mult de atât, Amy nu voia sau nu putea să le spună.

În noaptea aceea de la orfelinat, cei doi stătuseră în prag, cu vârfurile degetelor lor unite în spațiu: știuse atunci ce avea să se întâmple cu ea? Dar el? Peter simțise în atingerea lui Amy presiunea a ceva nerostit. *Plec. Fata pe care o știi nu va mai fi aici când ne vom reîntâlni.* Și exact așa se și întâmplase; fata care fusese cândva Amy nu mai era. În locul ei se afla acum o femeie.

Grupul își ascundea neliniștile în spatele pregătirilor inutile ale diverselor lor operațiuni. Curățatul armelor. Examinarea schițelor și a hărților. Verificarea listelor și inventarierea mentală a lucrurilor pe care aveau să le ducă la război. În ultimele zile, Hollis și Michael deveniseră un fel de buclă închisă și scopul lor se redusese la Sara și la Kate. Alicia își trata propria neliniște așa cum trata orice altceva – prefăcându-se că nu are nicio importanță. Glonțul tras de Peter ratase osul și ieșise pe partea cealaltă, un noroc chior, dar chiar și așa. Avea să se vindece într-o zi sau două, dar, până atunci, bandajul de la umărul ei îi amintea în permanență lui Peter cât de aproape fusese s-o omoare. Când nu dădea ordine în gura mare, se retrăgea într-o tăcere de nepătruns, dându-i de înțeles lui Peter, fără să scoată o vorbă, că intrase în zona de luptă. Greer bănuia că se întâmplase ceva cu ea cât timp stătuse în celulă, că fusese bătută rău, însă orice încercare de a o face să vorbească despre asta, de a-i oferi vreo alinare, era aprig respinsă. „Sunt bine“, spunea Alicia pe un ton hotărât, care nu putea să însemne decât contrariul. „Nu-ți face griji pentru mine. Pot să-mi port și singură de grijă.“ De fapt, părea să-l evite constant, dispărând pentru perioade lungi de timp; dacă n-ar fi cunoscut-o mai bine, ar fi zis că era supărată pe el. Se întorcea peste câteva ore, mirosind a sudoare de cal, iar când Peter o întreba unde fusese, îi răspundea că mersese în recunoaștere și nimic mai mult. Nu avea niciun motiv să-i pună la îndoială vorbele, și totuși explicația părea cusută cu ață albă, o acoperire pentru ceva nerostit.

Și Tifty suferise o schimbare subtilă, dar considerabilă. Reuniunea lui cu Greer însemnase pentru el mai mult decât ar fi crezut Peter. Fuseseră împreună în Forțele Expediționare, între ei se crease o legătură de necontestat, însă Peter nu bănuise profunzimea prieteniei lor. O căldură sinceră îi străbătea. La început, Peter se gândi mult la asta, însă nu găsi niciun motiv evident: Greer și Tifty mai fuseseră acolo, împreună cu Crukshank, în urmă cu atâția ani. Incidentul de pe câmp, Dee și cele două fetițe: dintre toți bărbații de pe pământ, Greer cunoștea cel mai bine adâncimile inimii lui Tifty Lamont.

Astfel se scurgeau orele, și apoi zilele. Peste toate plutea o singură întrebare: Planul avea să funcționeze? Și dacă da, puteau să ajungă la Amy la timp?

În cea de-a treia noapte, când Peter nu mai putuse îndura așteptarea nicio secundă în plus, ieși din subsolul secției de poliție unde dormeau cu toții, urcă scările și păși afară. Partea din față a clădirii era protejată de o proeminență lată care ținea la distanță zăpada să nu se aștearne în zonă. Alicia stătea cu spatele sprijinit de perete și cu genunchii strânși la piept. Își dăduse jos bandajul. Într-o mână ținea o baionetă lungă și strălucitoare, zimțată la bază; în cealaltă, o piatră de ascuțit. Cu mișcări calme, egale, trecea lama cuțitului peste piatră, mai întâi pe o parte, apoi pe cealaltă, oprindu-se când ajungea la capătul fiecăreia ca să-și examineze lucrarea. La început, nu păru să-l observe pe Peter, atât de concentrată era asupra a ceea ce făcea; apoi, simțindu-i prezența, își ridică privirea spre el. Părea că vrea să vorbească, însă nu spuse nimic; pe chip nu i se citea nimic, în afară de o ușoară îngândurare.

– Te deranjează dacă îți țin companie?

– Ia un loc dacă vrei.

Se așeză lângă ea pe pământ. Acum putea și el s-o simtă. Aerul din jurul ei părea să înțepe din cauza furiei abia stăpânite. Emana din ea ca un curent electric.

– Un cuțit pe cinste!

Ea își văzu în continuare de treaba ei migăloasă.

– Eustace mi l-a dat.

– Crezi că e destul de ascuțit?

– Nu fac decât să-mi țin mâinile ocupate.

El se strădui să găsească un nou subiect de conversație, însă nu găsi niciunul. Unde ai dispărut, Lish?

– Ar trebui să fiu supărat pe tine, spuse el. Ar fi trebuit să-mi fi spus ce ordine aveai.

– Și ce-ai fi făcut atunci? M-ai fi urmărit?

– Și așa am dezertat. Câteva zile în plus nu ar fi făcut nicio diferență.

Ea suflă spre vârful cuțitului.

– Nu erau ordinele tale, Peter. Nu mă înțelege greșit – mă bucur să te revăd. Nici măcar nu sunt surprinsă. Într-un fel ciudat, are sens să fii și tu aici. Ești un bun ofițer și vom avea nevoie de tine. Dar fiecare dintre noi are datoria lui de îndeplinit.

Fusese luat prin surprindere. Un bun ofițer? Asta era tot ce însemna el pentru ea?

– Asta nu pare să fie ceva ce ai zice tu.

– Nu-mi pasă cum pare. Așa e și atât. Poate că e timpul ca unul dintre noi s-o spună.

Nu știa ce să-i răspundă. Asta nu era Alicia pe care o știa el. Indiferent de ce i se întâmplase în celula aceea, o îndepărtase atât de mult înăuntrul ei, încât nici nu părea să mai fie acolo.

– Îmi fac griji pentru tine.

– Ei bine, nu-ți mai face.

– Vorbesc serios, Lish. Ceva nu e în regulă. Poți să-mi spui.

– Nu am ce să-ți spun, Peter. Îl privi în ochi: Poate că abia acum... mă trezesc. La realitate. Ar trebui s-o faci și tu. Nu o să fie ușor.

Simți un fel de junghi. Îi cercetă chipul, căutând orice urmă de căldură, însă nu găsi niciuna. Peter fu primul care își întoarse privirea.

– Ce crezi că i s-a întâmplat? întrebă el.

Nu era nevoie să fie mai exact. Alicia știa la cine se referea.

– Încerc să nu mă gândesc la asta.

– De ce ai lăsat-o să plece?

– N-am *lăsat-o* eu să facă nimic, Peter. Nu a depins de mine.

O tăcere rece se lăsă între ei.

– Chiar mi-ar prinde bine ceva de băut.

Ea râse încetișor.

– Hai că e bună! Nu cred că te-am auzit să mai fi spus asta vreodată.

– Există o primă dată pentru orice. Apoi: Îți aduci aminte de noaptea aceea din buncărul din Twentynine Palms când am găsit whisky-ul?

Sticla fusese într-un sertar. Ca să sărbătorească reparația Humvee-urilor și apropiata lor plecare din buncăr, o trecuseră din mână în mână, toastând pentru marea aventură care-i aștepta în călătoria lor spre Colorado.

– Doamne, ce ne-am mai îmbătat toți! făcu Alicia. Michael s-a făcut cel mai rău. N-a ținut niciodată la băutură.

– Nu, cred că ăla a fost Baschețel. Îți aduci aminte cum a spart un băț luminos și și-a înșirat chestia aia pe toată fața? „Uitați-vă la mine, uitați-vă la mine, sunt un Viral!“ Puștiul ăla avea haz!

Își dădu numaidecât seama de greșeala comisă. Cinci ani mai târziu, moartea băiatului era încă o rană proaspătă; în tot acest timp, Peter nu o auzi pe Alicia nici măcar să-i rostească numele.

– Îmi pare rău. Nu am vrut să...

O lumină puternică izbucni la orizont. Fulgere? Iarna? Câteva clipe mai târziu, auziră și bubuitura, înăbușită, dar de neconfundat.

Eustace apăru în capul scărilor.

– Am auzit și eu. De unde?

Zgomotul venise din sud. Era greu să-ți dai seama de distanță, dar bănuiau că erau vreo cinci kilometri.

– Ei bine, făcu Eustace, încuviințând din cap ca pentru sine. Presupun că vom afla mai multe de dimineață.

La scurt timp după răsărit, sosi un mesager trimis de Nina. Explozibilul din ascunzătoarea lor își făcuse treaba; trucul lor ținuse. Se zvonea că ministrul Suresh, pe care Guilder îl trimisese personal să se ocupe de capturarea lor, era mort. O fărâmă, sperau cu toții, din ce avea să urmeze.

Însă partea a doua a mesajului era cea mai promițătoare. O camionetă fusese parcată în fața Proiectului cu o seară în urmă. Era păzită de o unitate mare de soldați, cel puțin douăzeci. Ultima piesă se aranjase la locul ei; Viralii se puseseră în mişcare. Guilder își dăduse singur peste mână.

Toată lumea era conștientă de implicațiile a ceea ce aveau de gând să întreprindă. Planul lor părea solid, însă era cu bătaie lungă. Ordinul lui Guilder de a deplasa întreaga populație la stadion însemna că restul orașului avea să fie prea puțin apărat, iar dacă totul mergea conform acestui plan, Insurgența ar fi reușit, dintr-o singură lovitură, să decapiteze regimul din toate punctele de vedere. Dar sincronizarea era crucială; cu atât de multe elemente ale rezistenței care acționau independent, și lipsindu-le capacitatea de a comunica între ei odată ce atacul avea să fie declanșat, nu ar fi durat mult până când ar fi putut să se aleagă praful de tot. Orice variabilă ar fi putut transforma întreaga operațiune în haos total.

Cea mai mare variabilă era Sara. Presupunând că se afla în subsolul Domului, să pună la cale o operațiune de salvare era îngrozitor de dificil din punct de vedere strategic și nimeni nu știa unde era fiica ei. Putea fi în Dom sau putea fi într-un cu totul alt loc. Odată ce vor fi luat cu asalt clădirea și ar fi început să tragă, urma să fie aproape imposibil să distingi prieten de dușman. Hotărâră că Hollis și Michael să conducă înainte o echipă la subsol. Nu aveau la dispoziție decât cinci minute. Pe urmă, clădirea și toți din ea aveau să fie o pradă ușoară.

Eustace avea să conducă operațiunea de pe stadion. Conținutul pachetului cu explozibil, un fel de nitroglicerină, fusese furat de pe șantierul Proiectului în timpul construcției acestuia și modificat ulerior ca să servească scopului lor, făcându-l mult mai puternic, dar și mai instabil. Era de același tip care îi fusese dat și Sarei în Dom și acum presupus pierdut. În ciuda forței de explozie, singura modalitate prin care urmările puteau fi garantate era să fie livrat celor unsprezece Virali „personal, o bombă cu picioare", după cum se exprimase Eustace. Peter nu înțelesese la început, dar apoi își dădu seama: rolul picioarelor avea să fie jucat de Eustace.

Echipele lor aveau să intre în oraș prin patru puncte diferite, fiecare legat la canalul deversor principal. Echipa lui Eustace, printre care se numărau Peter, Alicia, Tifty, Lore și Greer, avea să se folosească de agitația iscată pe stadion ca să se amestece prin mulțime; elementele Insurgenței aflate sub comanda Ninei își vor fi ocupat deja pozițiile în tribună ca să preia controlul la momentul potrivit. Armele fuseseră ascunse în băi și sub scările locurilor de sus. Apariția lui Eustace pe stadion avea să fie semnalul declanșării atacului.

Porniră la prima atingere a întunericului. Nu avea rost să-și ascundă urmele; într-un fel sau altul, nu aveau să se mai întoarcă. Noaptea era senină, cerul împânzit de stele, o prezență nemărginită și indiferentă privindu-i de sus. Ei bine, se gândi Peter, poate nu atât de indiferentă. Spera din suflet să fie cineva acolo sus căruia să-i pese de ei, după cum spusese Greer. Era greu de crezut că nu trecuseră decât câteva săptămâni de la discuția lor din închisoare. Ajunseră la canal și începură să se plimbe prin jur. Peter se trezi că se gândește nu numai la Amy, dar și la Sora Lacey. Amy însemna ceva, femeia altceva. Aceasta îl înfruntase pe Babcock fără pic de teamă, cu o acceptare deplină a consecințelor. Peter spera să se ridice la înălțimea așteptărilor.

La baza gurii de canal cea mai apropiată de stadion, grupul avu ultimul schimb de replici. Celelalte echipe, deplasându-se la locațiile lor de-a lungul Patriei, aveau să rămână ascunse până la explozia de pe stadion, care avea să le servească drept semnal de începere a atacului. Numai Hollis și Michael trebuiau să intre în acțiune mai devreme. Nu aveau cum să prezică momentul propice acțiunii; trebuiau să-și urmeze instinctele.

– Noroc! le ură Peter.

Cei trei bărbați își strânseră mâinile, iar, când gestul le păru nepotrivit, se îmbrățișară. Lore se ridică pe vârfuri să-l sărute pe Hollis pe obrazul lui bărbos.

– Adu-ți aminte ce ți-am spus, îi zise. Ea te așteaptă. Ai s-o găsești, ai să vezi.

Hollis și Michael își croiră drum de-a lungul tunelului, siluetele lor estompându-se, apoi pierzându-se de tot. Cu strângeri de mână și urări de bine, porniră după ei și celelalte grupuri. Peter și ceilalți mai așteptară. Frigul te amorțea: toți aveau picioarele ude, șosetele îmbibate de apa fetidă. Eustace purta o jachetă măslinie, încărcătura mortală fiind ascunsă sub ea. Nimeni nu spunea nimic, însă liniștea care-l învăluia pe bărbat era mai profundă. Într-un moment de intimitate, Eustace îl asigură pe Peter că pur și simplu nu exista altă cale. Ba chiar era bucuros s-o facă. Mulți fuseseră trimiși la moarte ca urmare a ordinelor lui. Era mai mult decât corect să-i vină și lui rândul.

Era puțin trecut de orele 17:00 când, din vârful scării, Tifty strigă:

– Începe. E timpul să pornim!

Aveau să iasă câte unul pe rând, la intervale regulate de un minut. Deschizătura se afla sub o camionetă pe care un membru din echipa Ninei o lăsase acolo, în partea de sud a stadionului. Mai devreme sau mai târziu avea să atragă atenția și să stârnească remarci – *ce caută asta aici?* – dar, până acum, nu fusese observată. Din gura de canal, fiecare dintre ei putea să-și croiască drum printre rândurile de oameni care inundau stadionul. Un moment de cumpănă, însă abia primul din multe altele.

Eustace se duse primul. Greer urmărea totul din capătul scării.

– Bun! spuse el. Cred că a reușit.

Fu urmat de Lore și de Greer. Odată ajunși înăuntru, aveau să se întâlnească în locuri atent menționate dinăuntrul structurii. Alicia avea să fie penultima, cu Tifty închizând șirul. Peter își ocupă poziția de la baza scării. Alicia stătea în spatele lui. La fel ca toți ceilalți, și ea era îmbrăcată ca un locuitor din vale, cu o tunică din lână aspră și pantaloni.

– Îmi pare rău pentru brațul tău, îi spuse el, pentru a o suta oară.

Alicia zâmbi în felul ei autotștiutor. Era primul zâmbet din ultima perioadă.

– La naiba, cred că venise timpul să ne împușcăm unul pe celălalt! Practic am trecut prin toate. Mă bucur numai că n-ai o țintă atât de bună.

– Ce scenă emoționantă, făcu Tifty sec, dar chiar trebuie să *plecăm*.

Peter șovăi; nu voia ca ăsta să fie ultimul lucru pe care și-l spuseseră.

– Ți-am spus că o să-ți vină și ție rândul, nu? Alicia îl îmbrățișă scurt. L-ai auzit pe Tifty – să ne mișcăm! Ne vedem după lăsarea amurgului.

Nu îl privi, feridu-și ochii umezi.

Întrebarea era următoarea: cu ce să se îmbrace?

Era costumelor și a cravatelor se încheiase pentru Horace Guilder. Partea aceea a vieții lui se sfârșise. Costumul era ținuta unui oficial guvernamental, nu al înaltului preot din Templul Vieții Veșnice.

Toată situația îi cam zdruncina nervii. Nu mersese niciodată prea mult la biserică, nici când fusese copil. Mama lui îl mai ducea din când în când, însă tatăl său nici măcar o dată. Din câte își amintea Guilder, se impunea un soi de robă. Ceva care semăna cu o rochie.

– Suresh!

Bărbatul intră șchiopătând în dormitor. În ce hal arăta! Fața îi era umflată și roz; genele și sprâncenele îi fuseseră pârlite, dându-i feței o expresie de permanentă mirare. Avea tăieturi și vânătăi peste tot, pielea fiindu-i încrețită și jupuită. Avea să se vindece complet în câteva zile, dar, până atunci, bărbatul arăta ca o combinație dintre o șuncă și un învins al unui meci de box.

– Fă-mi rost de o rochie de îngrijitoare!

– Pentru ce?

Guilder îl expedie cu un gest din mână.

– Doar fă-o! Adu-mi una mare!

Articolul cerut îi fu adus. Suresh zăbovi, evident așteptând o explicație pentru strania cerință a lui Guilder sau poate că doar voia să-l vadă pe acesta fâțâindu-se în rochie.

– Nu trebuie să fii în altă parte?

– Credeam că vrei să stau cu tine.

– Iisuse, ce ești așa greu de cap? Du-te și vezi de mașină!

Suresh se împletici afară. Guilder se postă în fața oglinzii care-l cuprindea întreg și ținu rochia dinaintea lui. Pentru numele lui Dumnezeu, avea să arate ca un clovn în chestia asta! Însă timpul trecea. Cei de la Resurse Umane aveau să-i aducă pe oameni la stadion din clipă în clipă. O mică întârziere nu era neapărat ceva rău – ar fi crescut așteptarea – însă mulțimea ar fi ajuns greu de controlat dacă ar fi tras prea mult de timp. Mai bine să îndure totul și gata; îmbrăcă rochia pe cap. Până la urmă, reflexia din oglindă nu semăna cu cea a unui clovn, ci mai degrabă cu a unei mirese la o nuntă amish. Chestia asta era pur și simplu ca un sac. Scoase două cravate din șifonier, le legă una de alta și își petrecu legătura după mijloc. Clar o îmbunătățire, dar tot lipsea ceva. Preoții pe care îi văzuse din puținele întâlniri cu religia de pe timpul copilăriei lui purtau mereu un fel de șal. Guilder se duse la fereastră. Draperiile erau prinse de cadrul ferestrei cu ajutorul unor frânghii groase și aurii, cu ciucuri la capete. Le desfăcu și le puse pe umeri, ciucurii atârnându-i în dreptul taliei, și se privi din nou în oglindă. Nu era rău pentru cineva care nu știa absolut nimic despre religie și, că tot veni vorba, nici despre modă. Ce șoc avea să fie pentru istoricii din viitor să descopere că Horace Guilder, Înaltul Preot al Templului Vieții Veșnice, Reclăditorul Civilizației, Pastorul Noii Epoci de Cooperare dintre Oameni și Virali, se sanctificase de unul singur cu două cordoane de draperie.

Deschise ușa și îl găsi pe Suresh așteptându-l. Bărbatul își căscă larg ochii spâni.

– Nu spune nimic!

– Nu aveam de gând.

– Nici să nu ai!

Coborâră cu liftul până în holul de la intrare. Clădirea era curios de liniștită; Guilder își trimisese mare parte din detașamentul personal pe stadion. Asta împuțina apărarea colabilor și a ochilor-roșii, însă era crucial ca lumea de pe stadion să fie ținută sub control. Vehiculele îi așteptau, pufăindu-și în frig gazele de eșapament: mașina lui Guilder, semiremorca și a ei încărcătură impresionantă, două camioane de pază și o dubă a celor de la securitate. Se duse cu pași mari spre dubă, unde doi colabi se sprijineau de spatele ei. Veșmântul ăsta de preot avea un singur dezavantaj: nu ținea de cald pe o noapte de iarnă. Ar fi trebuit să-și aducă o haină.

– Deschide!

Era greu de crezut că silueta care stătea în fața lui pe banchetă îi cauzase atâtea bătăi de cap. Putea fi considerată chiar drăguță, dacă Guilder ar fi permis propriilor gânduri să se ducă în direcția aceea. Nu că ar fi fost cine știe ce grațioasă – nu era. Pe dedesubtul umflăturilor și a palorii, se vedea că era robustă. Ochi adânciți în orbite, trăsături puternice și o construcție musculoasă, solidă, câtuși de puțin feminină. Însă, în închipuirile lui Guilder, Sergio fusese dintotdeauna bărbat, și nu orice bărbat; portretul mental pe care și-l crease aducea cu Che Guevara, un revoluționar dintr-o republică bananieră cu ochi cât două găuri de ac și cu o barbă țepoasă. Însă cea dinaintea lui era Ioana d'Arc.

– Ai ceva de spus în apărarea ta?

Lui Guilder nici că ar fi putut să-i pese mai puțin; o întrebase într-o doară.

Ea avea lanțuri la mâini și la picioare. Buzele sparte și umflate îi îngroșau puțin vocea, ca și cum ar fi fost răcită.

– Aș vrea să spun că-mi pare rău.

Guilder râse. Auzi, lui Sergio să-i pară rău!

– Ia spune-mi, și pentru ce-ți pare rău?

– Pentru ce o să se întâmple cu tine.

Deci, sfidătoare până la sfârșit. Guilder presupunea că asta vine odată cu experiența, dar nu însemna că era mai puțin enervant. Nu l-ar fi deranjat s-o mai fi zgâlțâit puțin.

– Ultima șansă, spuse femeia.

– Ai un punct de vedere foarte interesant, îi replică Guilder, ieșind din mașină. Închideți-o!

Lila o urmări cu privirea multă vreme, de pe marginea patului. Fâșiile de lumină pătrunzând prin fereastră cădeau pe chipul adormit al copilei, buclele ei blonde parcă plutind pe pernă. De zile în șir nu-și găsea alinarea, oscilând între refuzul încăpățânat de a nu vorbi cu orele și crize violente de nervi, însă, în somn, defensiva ei se dizolva și redevenea fetița de odinioară: încrezătoare, liniștită.

Cum te cheamă? se întrebă Lila. Ce visezi?

Întinse mâna să mângâie părul fetiței, dar se opri. Copila nu avea să se trezească; nu ăsta era motivul, ci mâna nedemnă a Lilei. Atâtea Eve de-a lungul anilor. Și totuși, nu fusese niciuna ca ea.

Îmi pare rău, copila mea. Nu meritai una ca asta; niciuna dintre ele nu merita una ca asta. Sunt cea mai egoistă femeie din lume. Dar ce-am făcut am făcut din dragoste. Sper să mă poți ierta.

Fetița se mișcă, strângând păturile în jurul ei și întorcându-și fața către Lila. Deschise ușor gura și scoase un mic geamăt. Avea să se trezească oare? Dar nu. Își strecură palma sub curbura obrazului, trecând dintr-un vis în altul, iar momentul trecu.

Mai bine așa, se gândi Lila. Mai bine să mă pierd în întuneric. Se ridică ușor din pat. În prag, se întoarse să-i arunce o ultimă privire, scăldată în amintiri: amintirea unei dăți când la fel stătuse în ușa camerei copilului cu Brad, în casa pe care și-o ridicaseră împreună cu dragostea lor, ca să-și vegheze copila, ghemotocul nou-născut, acea minune pe pământ, dormind în pătuțul ei. Cât și-ar mai fi dorit Lila să moară atunci. Dacă raiul era un loc al viselor, în visul acela ar fi vrut să-și petreacă veșnicia.

Adio! spuse în sinea ei. Adio, copila cuiva!

Scena din afara stadionului era aceea a unui haos ordonat, o masă de oameni pusă în mișcare. Peter se alătură șuvoiului. Nimeni nu-i aruncă nicio privire; era încă un chip anonim, încă un cap ras și un trup murdar, îmbrăcat în zdrențe.

– Mișcați-vă, mișcați-vă!

Urcară rampa înșiruiți pe patru coloane și trecură prin poarta de fier a stadionului. La stânga lui Peter, o serie de scări din beton duceau la niște porți cu litere; în față, o scară și mai lungă ducea la nivelurile superioare. Mulțimea era împărțită – două coloane în partea de jos, două în sus pe scări. Terenul era puternic luminat; lumina se revărsa prin porți. Peter încercă să-i zărească pe Lore și pe Eustace, dar erau prea departe de el. Poate că deja ieșiseră din rând. Literele se apropiau. P, Q, R, apoi S.

Peter se lăsă în genunchi, prefăcându-se că-și leagă șireturile. Cel din spatele lui dădu peste el, mormăind uimit. Orice făceai, nu te opreai.

– Scuze, continuă.

Șirul se gâtui, în încercarea de a-l ocoli. Printre picioarele târșâite, zări gardianul cel mai apropiat. Acesta se uita indiferent în direcția lui Peter, de la o depărtare de vreo zece metri – probabil încercând să deslușească sursa întreruperii. *Nu te uita*, își spuse Peter.

O surprindere a privirii colabului, și Peter țâșni în spațiul îngust de sub scări. Dar nu auzi niciun strigăt în urma lui. Fie nu fusese văzut, fie mulțimii nu-i păsa, prinsă în starea ei obișnuită de supunere. Intrarea la toaleta bărbaților era la trei metri depărtare, la baza tribunelor. Nu avea ușă, ci doar un perete din ciment care să ofere intimitate. Peter aruncă o privire după scări. O barieră impenetrabilă de oameni trecea pe lângă. *Acum*.

Încăperea era surprinzător de mare. La dreapta, un șir lung de pisoare și de cabine. Se îndreptă iute spre ultima, deschise ușa și văzu o femeie înspăimântătoare, cu păr scurt și negru, cocoțată pe marginea toaletei, ațintind un revolver cu toc gros spre fața lui.

– Sergio trăiește!

Ea coborî arma.

– Peter?

El încuviință din cap.

– Nina, spuse ea. Să mergem!

Îl conduse de-a lungul unei încăperi mici din spatele toaletei: un birou și un scaun, găleți pe roți cu mopuri și un șir de dulapuri de metal. Dintr-unul dintre dulapuri, Nina scoase două arme, cum Peter nu mai văzuse niciodată ceva între o pușcă și un pistol mai mare, cu un încărcător foarte lung și cu un al doilea toc care ieșea de sub țeavă.

– Știi să folosești așa ceva? întrebă ea.

Peter trase piedica să-i arate că știa.

– Focuri scurte și țintește de la nivelul taliei. Trage cu doisprezece gloanțe pe secundă. Dacă ții degetul pe trăgaci, încărcătorul se golește repede.

Îi dădu încă trei încărcătoare, după care deschise o uşiţă care semăna cu un fel de sertar în perete.

– Ce-i aia? întrebă Peter.

– Ghena de gunoi.

Peter se urcă pe scaun, se strecură înăuntru şi îşi dădu drumul în jos, cu picioarele înainte. Pasajul era înclinat ca un tobogan, atenuându-i căderea, dar nu suficient. Ateriză cu putere, picioarele cedându-i sub propria greutate.

– Cine naiba mai eşti şi *tu*?

Erau doi, îmbrăcaţi la costum. Ochi-roşii. Zăcând neajutorat pe spate, Peter nu putea face nimic. Strânse arma la piept, dar se auziră nişte împuşcături. Pe când se împleticea înapoi, încercând totodată să se ridice în picioare, amândoi bărbaţii îşi scoaseră pistoalele din toc.

Apoi, Tifty. Apăru în spatele celui din stânga şi îl izbi pe bărbat în cap cu patul puştii. Pe când se întorcea şi al doilea, Tifty îl îngenunche cu o lovitură la picioare, i se urcă în spate, îl apucă de păr, trăgându-i capul pe spate, îşi încleştă mâna liberă în jurul gâtului lui şi răsuci. Un scrâşnet scurt, apoi linişte.

– Eşti bine? Tifty ridică privirea la Peter.

Capul mortului, încă prins în curbura cotului lui Tifty, atârna nefiresc. Peter se uită la celălalt ochi-roşu. Sânge negru i se prelingea din cap pe podea.

– Da, îngăimă Peter.

Un foşnet se auzi din spatele lor şi Nina îşi făcu apariţia. Ateriză ca o pisică, ridicându-şi graţios arma ca să scruteze încăperea.

– Văd că am întârziat. Îşi îndreptă arma spre tavan. Tu eşti Tifty?

O clipă, bărbatul nu răspunse, privind-o îndelung.

– Poţi să-i dai drumul acum, ştii? făcu ea. Mai mort de-atât n-are cum să fie.

Tifty îşi dezlipi privirea de la ea. Dădu drumul capului mortului şi se ridică în picioare. Părea puţin tulburat; Peter se întreba cine îl răscolise pe bărbat.

– Mai bine am ascunde cadavrele, spuse Tifty. Eustace a intrat?

– Am fi auzit dacă n-ar fi făcut-o.

Se aflau într-un fel de zonă de aprovizionare. Un tunel, destul de larg cât să pătrundă prin el un camion mare, continua spre stânga, ducând probabil afară; la dreapta, se vedea un coridor mai mic. O săgeată de pe perete indica SPRE VESTIARUL VIZITATORILOR.

Târâră corpurile în spatele unei grămezi de cutii și merseră de-a lungul coridorului. Acum se aflau sub teren, în partea de sud. Coridorul se sfârșea cu o serie de trepte care duceau în sus. Abia era suficientă lumină să vezi pe unde mergi. Peter auzi freamătul mulțimii venind de deasupra lor.

– Așteptăm aici până începe, spuse Nina.

Pe bancheta din spate a dubei, Amy nu putea vedea nimic. O ferestruică separa compartimentul de marfă de cabină, însă șoferul o lăsase închisă. Își simțea trupul ca târât de un cal la galop, însă mintea îi era limpede și concentrată asupra momentului prezent. Duba coborî dealul și se îndreptă apoi, cauciucurile ei împroșcând noroiul și zăpada pe caroserie.

– Hei, tu de-acolo!

Ferestruica se deschise. Șoferul o privi pe Amy prin oglinda retrovizoare, aruncându-i un zâmbet de încântare răutăcioasă.

– Cum te simți?

Bărbatul din dreapta râse. Amy nu răspunse.

– Afurisiților! Știți câți prieteni de-ai mei au murit din cauza voastră?

– Așa îi numești?

– Serios, spuse el cu un râset amar. Ar trebui să vezi chestiile alea. O să te sfâșie de vie.

Duba se zgâlțâi, trecând peste niște gropi adânci și făcând lanțurile să zdrăngăne.

– Cum te cheamă? întrebă Amy.

Șoferul se încruntă; nu era genul de întrebare la care să se aștepte din partea unei femei duse la moarte.

– Haide, spune-i! zise celălalt bărbat. Apoi, întorcându-se în așa fel încât să vină cu fața spre deschizătură, spuse: El e Ween.

– Ween? repetă Amy.

– Da, toată lumea îi spune așa, fiindcă o are mică.

– Ha, ha! făcu șoferul. Ha, ha, ha, ha!

Conversația păru să se fi sfârșit. Apoi, șoferul își aruncă din nou privirea în oglindă.

– Ce i-ai spus lui Guilder, începu el și Amy putea să-i simtă nesiguranța din voce. Despre ce o să se întâmple. Vorbeai aiurea, nu-i așa?

Amy își vârî un picior sub banchetă și își trimise gândurile adânc în ochii lui. Șoferul puse numaidecât frână, făcându-l pe cel de-al doilea bărbat să se izbească cu capul de parbriz. Izbitura îl trimise înapoi pe spate, în timp ce vehiculul din spatele lor lovi duba cu un sunet de sticlă spartă și metal îndoit.

– Ce naiba e în neregulă cu tine?

Cel de-al doilea bărbat își apăsa fața cu mâna. Sângele i se scurgea printre degete.

– Mi-ai spart nasul, nenorocitule!

Convoiul se opri. Amy auzi un ciocănit în geamul șoferului.

– Ce se întâmplă? De ce ai oprit?

Șoferul răspunse anevoie.

– Nu știu. Mi-a amorțit piciorul sau așa ceva.

– Iisuse, uită-te la asta! făcu cel de-al doilea paznic întinzându-și mâinile pline de sânge ca să le vadă și cel de afară. Uite ce mi-a făcut idiotul ăsta!

– Aveți nevoie de un alt șofer?

Amy îl privea pe șofer prin oglindă. Acesta clătină frenetic din cap.

– Sunt bine. Doar că... nu știu. A fost ciudat. Sunt bine.

Omul de afară făcu o pauză, apoi:

– În regulă. Dar fii atent, bine? Aproape am ajuns. Fii tare!

Se îndepărtă; duba se puse greoi în mișcare.

– Nu-mi vine să *cred* ce afurisit ești!

Șoferul nu răspunse. Se uită la Amy, privirile lor întâlnindu-se prin oglindă. O fracțiune de secundă numai, dar ea îi citi frica din ochi. După care el își întoarse privirea.

Ora 21:40. Hollis şi Michael stăteau ghemuiţi pe aleea din spatele farmaciei. Cu ajutorul binoclului, urmăriră cum Amy este adusă la dubă şi cum convoiul porneşte apoi spre stadion. Echipa de asalt care avea să se ocupe de Dom, doisprezece femei şi bărbaţi înarmaţi cu arme de foc şi cu bombe, stătea încă ascunsă în gaura de canal, la cinci metri sub pământ.

– Cât mai trebuie să aşteptăm? spuse Michael.

Întrebarea era retorică; Hollis ridică din umeri. Deşi oraşul se simţea părăsit, intrarea în Dom era încă apărată de un contingent de cel puţin douăzeci de oameni, atât cât se vedea din alee. Ceea ce nu spuneau era că nu aveau de unde şti dacă Sara şi Kate erau măcar în clădire sau cum puteau să le găsească în cazul în care erau, presupunând că puteau trece de gărzi – un lanţ de contingente care, abstract vorbind, păruse de netrecut, dar care acum se ridica dinaintea lor cu o claritate dezolantă.

– Nu-ţi face griji pentru Lore, spuse Hollis. Fata aia poate să-şi poarte şi singură de grijă, crede-mă.

– Am spus eu că-mi fac griji?

Dar fireşte că Michael îşi făcea. Îşi făcea griji pentru ei toţi.

– Îmi place de ea, continuă Hollis, încă scrutând împrejurimile cu binoclul. E potrivită pentru tine. Mai potrivită decât Lish.

Michael rămase consternat.

– Despre ce vorbeşti?

Hollis lăsă jos binoclul şi îl privi în ochi.

– Te rog, Circuit. N-ai putut niciodată să minţi. Când eram noi copii, nu mai ştii cum vă dădeaţi unul la altul? Era mai mult decât evident.

– Era?

– Da, cel puţin pentru mine. Totul. La tine, la ea. Ridică din umerii lui laţi şi îşi reluă uitatul prin binoclu. Mai mult la tine. Pe Lish n-am putut s-o citesc niciodată.

Michael dădu să nege, însă încercarea îi fu zădărnicită. Din câte îşi amintea el, existase un colţişor în mintea lui unde o păstra pe Lish. Se străduise din răsputeri să-şi ascundă sentimentele, de vreme ce nimic bun nu putea ieşi de pe urma lor, însă nu reuşise niciodată să le înăbuşe complet. De fapt, nu reuşise deloc.

– Crezi că Peter ştie?

– De Lore să-ţi faci griji. Fetei ăleia nu-i scapă prea multe. Dar va trebui să-l întrebi pe el. Aş zice că da, dar n-ai cum să ştii sigur până nu-l întrebi. Hollis se crispă: Stai aşa!

Un vehicul venea spre ei. Se băgară cât mai mult în tocul uşii. Aleea fu inundată de luminile farurilor. Michael îşi ţinu respiraţia. Cinci secunde, zece; după care camionul trecu.

– Ai împuşcat pe cineva până acum? îl întrebă Hollis încetişor.

– Doar Virali.

– Crede-mă, odată ce te porneşti, n-o să fie aşa greu cum crezi.

În ciuda frigului, Michael începuse să transpire. Inima îi bătea nebuneşte în piept.

– Orice s-ar întâmpla, asigură-te c-o salvezi, bine? spuse el. Pe amândouă.

Hollis încuviinţă din cap.

– Vorbesc serios. Te acopăr eu. Tu intră pe uşa aia.

– Intrăm amândoi.

– După cum arată lucrurile, n-aş zice. Tu trebuie s-o faci, Hollis. Ai înţeles? Nu te opri!

Hollis îl privi, fără să spună nimic.

– Asta ca să fim înţeleşi, sfârşi Michael.

La fel ca restul, Lore şi Greer reuşiseră să se strecoare neobservaţi în mulţime. Acolo unde şirurile de oameni se despărţiseră, ei se alăturară şuvoiului care fusese direcţionat spre nivelul doi, apoi spre cel de-al treilea, în cele din urmă, spre ultimul rând al tribunelor. Se întâlniră sub scara care ducea la camera de control.

– Bine lucrat! şopti Greer.

Recuperară armele: două revolvere vechi, pe care nu aveau să le folosească decât la nevoie, şi două cuţite, lungi de cincisprezece centimetri, cu lame curbate din oţel. Ultimul grup de oameni era condus la locurile lor. Greer se minună de cât de disciplinaţi erau locuitorii din vale, supunerea oarbă cu care se lăsau dirijați. Erau sclavi, doar că nu o știau – sau poate că știau, dar acceptaseră de mult mersul lucrurilor. Dar toți? Poate că nu toți. Cei care nu o făcuseră aveau să fie factorul decisiv.

– Ai vrea să te rogi cu mine? o întrebă el.

Lore îl privi sceptică.

– A trecut ceva vreme. Nu sunt sigură că mai știu cum se face.

Stăteau față în față, amândoi în genunchi.

– Ia-mă de mână, îi spuse Greer. Închide ochii.

– Atât?

– Încearcă să nu te gândești la nimic. Închipuie-ți o cameră goală. Nici măcar o cameră. Nimic.

Ea îl luă de mâini, o ușoară stânjeneală citindu-i-se pe chip. Palmele îi erau umede de transpirație.

– Mă gândeam că o să spui ceva, așa cum fac surorile. „Sfinte" în sus, „Binecuvântează, Doamne" în jos.

El clătină din cap.

– Nu și de data asta.

Greer așteptă să închidă ochii, apoi îi închise și el. O clipă de cufundare: simți căldura împrăștiindu-se prin el. Încă o clipă, și mintea i se împrăștie într-o energie incomensurabilă dincolo de orice gând. *Doamne, Dumnezeul nostru*, începu el, *ține-ne în paza Ta. Ține-o pe Amy în paza Ta.*

Dar ceva nu era în regulă. Greer simți durere. O durere îngrozitoare. Apoi, durerea dispăru, înghițită de întuneric. Îi învălui conștiința ca o umbră care trece pe deasupra unui câmp. O eclipsă a morții, a groazei, a răului negru.

Eu sunt Morrison-Chávez-Baffes-Turrell-Winston-Sosa-Echols-Lambright-Martínez-Reinhardt...

Tresări. Vraja se risipi; el se întorsese în lume. Ce văzuse? Pe Cei Doisprezece, desigur, dar cine era celălalt? Cel a cărui durere o simțise? Lore, încă în genunchi, cu mâinile goale întinse, o simțise și ea; Greer putea vedea acest lucru pe chipul ei înmărmurit.

– Cine-i Wolgast? întrebă ea.

Picioarele Lilei abia dacă atingeau podeaua, în timp ce înainta pe coridor spre atrium. O senzaţie de invincibilitate îi învăluia acţiunile; anumite hotărâri, odată ce le luai, nu mai puteai da înapoi. Scările pe care le căuta erau situate în capătul lungului hol din cealaltă parte a clădirii. După ce dădu colţul, începu să fugă, îndreptându-se spre uşă, ca şi cum ar fi fost urmărită. Matahala de paznic se ridică din scaun, blocându-i calea.

– Unde crezi că te duci?

– Te rog, îngăimă ea. Mor de foame. Nu e nimeni.

– Trebuie să pleci de aici.

Lila îşi ridică vălul.

– Nu ştii cine sunt?

Paznicul tresări.

– Îmi pare rău, doamnă, se bâlbâi el. Fireşte că ştiu.

Scoase cheia de pe lanţul prins la curea şi o vârî în încuietoare.

– Mulţumesc, spuse Lila, străduindu-se să se arate uşurată. Eşti un înger.

Coborî scările. Ajunsă jos, dădu peste un al doilea paznic, care stătea dinaintea uşii de oţel ce ducea spre unitatea de procesare a sângelui. Nu mai fusese aici de ani buni, dar şi-o amintea în toate detaliile ei lugubre: cadavrele de pe mese, frigiderele uriaşe, pungile cu sânge, mirosul dulceag al gazului care îi ţinea pe subiecţi într-un somn veşnic. Gardianul o urmări cu privirea, cu mâna pe tocul pistolului. Lila nu trăsese în viaţa ei cu o armă. Spera să nu fie greu.

Se apropie de el cu paşi îndrăzneţi, ridicându-şi faţa în ultima clipă, ca să-l privească adânc în ochi:

– Eşti obosit.

Ascunsă în şanţul din partea de nord a stadionului, Alicia scoase încărcătorul din puşcă, îl cercetă fără să aibă vreun motiv, suflă praful închipuit de deasupra lui şi îl introduse înapoi, împingându-l cu dosul palmei. Până acum, făcuse acest lucru de zece ori. Arma era un Colt automat de calibru .45, cu un pat din lemn vărgat, douăsprezece gloanţe în fiecare locaş. Doisprezece, se gândi Alicia, remarcând ironia. Ciudat, dar nu neplăcut, cum funcţiona câteodată universul.

Un murmur străbătu mulțimea. Alicia se ridică în genunchi ca să vadă pe teren. Începuse deja? Un obiect ciudat era adus pe teren – o armătură din oțel în formă de Y, înaltă de șase metri și fixată pe o platformă lată. Din brațele de deasupra atârnau lanțuri. Camionul se opri în mijlocul terenului; doi colabi își făcură apariția, venind în fugă în spatele remorcii. Strecurară piedici sub roți, ridicară cârligul, desfăcură remorca de camion și plecară.

Ea începu ultimele pregătiri. Baioneta era prinsă strâns cu o funie de coapsa ei. O dezlegă și o strecură la curea.

Amy, spuse în sinea ei. *Amy, sora mea de sânge. Nu-ți cer decât atât.*

Lasă-mă pe mine să-l ucid pe Martínez.

Până când convoiul se opri dinaintea rampei principale a stadionului, nervii lui Guilder erau încă zdruncinați de pe urma impactului. Avuseseră noroc că nu se întâmplase ceva mai rău de atât.

Însă dacă crezuse că sosirea lor în siguranță avea să-i aducă un suspin de ușurare, imaginea stadionului, arzând de lumină pe fundalul beznei iernatice, îi alungă numaidecât acest gând. Ieși din mașină în zarva vastă a umanității. Nu erau urale – oamenii ăștia erau prea inhibați pentru așa ceva –, dar o mulțime de șaptezeci de mii de oameni adunată laolaltă scotea un zgomot propriu, intrinsec propriei mase. Șaptezeci de mii de perechi de plămâni deschizându-se și închizându-se; șaptezeci de mii de perechi de picioare tropăind; șaptezeci de mii de spinări foindu-se pe scaunele tribunelor, încercând să se așeze confortabil. În zarva aceea se distingeau și voci, și tușituri, și bebeluși plângând, însă cel mai deslușit Guilder auzea un fel de freamăt subteran, ca replicile unui cutremur.

– Duceți-o la locul ei! spuse el.

Gardienii o scoaseră din dubă. Guilder nu simți nevoia să o privească pe când era luată. Îi făcu semn lui Suresh să pregătească semiremorca. Camionul porni, intrând pe rampă spre zona de apărare.

Guilder se gândise mult la prezentări. Se impunea o oarecare pompă. Își chinuise mintea ce să spună, până când găsi un analog potrivit care să scoale mulțimea în picioare: intrarea orchestrată pe terenul de joc al unei importante echipe sportive. Suresh avea să fie regizorul secund, coordonând diversele elemente vizuale și auditive care aveau să ridice demonstrația din această seară la nivelul unui spectacol. Verificaseră împreună lista celor necesare: sunetul, luminile, decorul. Făcuseră și niște exerciții de tragere în după-amiaza aceea. Întâmpinaseră câteva probleme, dar nimic care nu putea fi rezolvat, iar Suresh îl asigură că totul avea să se desfășoare fără niciun impediment.

Înaintară pe rampă; Suresh, șchiopătând, se străduia să țină pasul. Personalul de la Resurse Umane se aliniase de-o parte și de alta a semiremorcii oprite; ceilalți își ocupaseră deja locurile din tribunele inferioare. Zgomotul mulțimii părea să vină spre Guilder ca un val, cuprinzându-l în energia lui. Plugurile curățaseră terenul de zăpadă, lăsând în urmă un peisaj mocirlos; în centrul lui așteptau platforma și armătura. O mașinărie strașnică; fusese ideea lui Suresh. Insurgența aproape că-l aruncase în aer; cine n-ar fi puțin supărat? Medic fiind, părea să cunoască și anumite modalități interesante de a omorî oameni. Suspendând-o sus în aer ar fi oferit tuturor ocazia de a-i vedea măruntaiele revărsându-i-se; și ea ar fi simțit mai bine în felul acesta și ar fi durat mai mult.

După ce Guilder își verifică notițele, Suresh îi puse microfonul, trecând firul în josul spatelui până la transmițător, pe care îl prinse la cordonul improvizat din cravate al lui Guilder.

– Apasă ăsta, spuse Suresh, arătându-i întrerupătorul, și ai pornit.

Suresh se îndepărtă. El își puse căștile, își potrivi microfonul și începu numărătoarea inversă.

– Cabina de sunet.

(Verificat.)

– Luminile.

(Verificat.)

– Echipele de tragere.

(Verificat.)

Și tot așa. Guilder, ascultând vag, începu să-și scuture brațele ca un boxeur care se pregătește să intre în ring. Mereu fusese intrigat de gest, care părea o demonstrație goală de a te da în spectacol. Dar acum îi pricepea înțelesul.

– Noi suntem pregătiți. La semnalul tău, spuse Suresh.

Așadar, momentul sosise în sfârșit. Ce șoc avea să fie pentru mulțime. Guilder își puse ochelarii la ochi și trase o ultimă gură prelungă de aer în piept.

– În regulă, toată lumea, anunță el. E timpul să animăm atmosfera. Să înceapă spectacolul!

Păși înainte, în lumină.

64

– Dani, trezește-te!

Vocea i se părea cunoscută. Vocea aparținea cuiva cunoscut. Venea de undeva de deasupra, rostind acest nume ciudat, pe jumătate familiar.

– Dani, trebuie să-ți deschizi ochii! Trebuie să încerci!

Sara simți cum mintea i se limpezește, trupul căpătând formă în jurul ei. Brusc, îi fu frig. Gâtul îi era uscat și încleștat, cu un gust ușor dulceag în gură. Trebuia să-și deschidă ochii – asta îi spusese vocea – însă pleoapele îi atârnau grele de parcă ar fi avut cinci sute de kilograme fiecare.

– O să-ți dau ceva.

Era vocea Lilei? Sara simți o înțepătură în braț. Apoi:

Ah!

Se ridică în capul oaselor, îndoindu-se violent de la mijloc, inima bătându-i nebunește în piept. Aerul îi năvăli în plămâni, aruncat afară printr-o tuse uscată care-i zgârie gâtlejul.

Lila îi duse o cană la buze, cuprinzându-i capul Sarei în căușul palmei ei.

– Bea!

Sara dădu de gustul apei, o apă rece. Imaginile din jurul ei începură să se unească. Inima încă i se mai zbătea la fel de repede ca aripile unei păsări. Junghiuri de durere, adevărată sau amintită, îi săgetau extremitățile. Își simțea capul doar vag conectat la restul corpului.

– Ești bine, îi spuse Lila. Nu-ți face griji. Sunt doctor.

Lila era doctor?

– Trebuie să ne grăbim. Știu că n-o să-ți fie ușor, dar poți sta în picioare?

Sara nu credea că putea, însă Lila o puse să facă o încercare. Îi dădu jos picioarele de pe patul mobil, ajutând-o să se ridice ținând-o de cot. Pe sub halatul Sarei se zăreau bandaje albe care îi ajungeau până sus pe coapse. Și mai multe bandaje îi îmbrăcau partea inferioară a brațelor. Iar toate astea se întâmplaseră fără ca ea să fie conștientă.

– Ce mi-ați făcut?

– Ei măduva o vor. Încep de la șolduri. De-asta simți durerea.

Sara atinse podeaua cu picioarele. Abia atunci își dădu seama de faptul că însăși prezența Lilei acolo era o anomalie – că o elibera.

– De ce ești înarmată, Lila?

Femeia fragilă, nesigură pe care o știa Sara nu mai era. Pe chip i se citea disperarea.

– Vino!

Sara văzu cel dintâi cadavru când ieșiră pe hol: un bărbat îmbrăcat într-un halat de laborator, zăcând cu fața la podea, mâinile și picioarele fiindu-i răsfirate în aranjamentul aleatoriu al unei morți fulgerătoare. Creștetul capului îi fusese zdrobit, conținutul lui împrăștiat pe tot peretele. Nu departe mai zăceau încă doi, unul împușcat în piept, celălalt în gât, deși cel de-al doilea nu era mort. Stătea în capul oaselor, sprijinit de perete, cu mâinile în jurul gâtului, pieptul urcându-i și coborându-i în mișcări scurte și rapide. Era doctorul Verlyn. Din cauza găurii de la gât, scotea un șuierat atunci când respira. Buzele i se mișcau fără să articuleze un cuvânt, privind-o pe Sara cu ochi rugători.

Lila o trase de braț.

– Trebuie să ne grăbim.

Nu era nevoie să-i spună de două ori. Trecură pe lângă și mai multe cadavre – sângele împroșcat, trupurile încremenite și expresia de surpriză din ochii lor nevăzători. Era un masacru. Era posibil ca Lila să fi făcut toate astea? Ajunseră la capătul holului, unde ușa grea de oțel le aștepta deschisă. Lângă ea, zăcea un colab împușcat în cap.

– Ieși din clădire! îi porunci Lila. E ultimul lucru pe care ți-l cer. Fă ce ai de făcut!

Sara înțelese că femeia vorbea despre Kate.

– Lila, ce faci?

– Ce ar fi trebuit să fac acum mult timp. Pe chip i se arăta un sentiment de împăcare cu sine; ochii îi străluceau de căldură. O să se termine totul cât de curând, Dani.

Sara șovăi.

– Nu mă cheamă Dani.

– M-am gândit eu. Cum te cheamă?

– Sara.

Lila dădu ușor din cap, ca și cum ar fi fost de acord că numele i se potrivea. O luă pe Sara de mână.

– O să fii o mamă bună pentru ea, Sara, îi spuse și o strânse ușor. Știu asta. Acum fugi!

Tăcerea se așternu peste mulțime când Guilder intră pe teren, toate cele șaptezeci de mii de chipuri întorcându-se spre el. Rămase pe loc o clipă, absorbind nemișcarea, în timp ce își plimba ochii de-a lungul tribunelor. Avea să-și facă o intrare umilă, demnă de un preot. Timpul părea să se întindă pe măsură ce el se apropia de platformă. Cine ar fi crezut că îți lua atât să parcurgi cincizeci de metri? Liniștea din jurul lui părea să se adâncească cu fiecare pas pe care-l făcea.

Ajunse în dreptul platformei. Ridică privirea spre mulțime, mai întâi într-o parte a terenului, apoi în cealaltă. Își duse mâna la talie și găsi comutatorul.

– Toată lumea să se ridice pentru intonarea imnului!

Nu se întâmplă nimic. Apăsase butonul corect? Se uită înspre Suresh, care stătea pe tușă, făcând frenetic o mișcare circulară din mână.

– Am *spus*: Vă rog să vă ridicați!

Fără tragere de inimă, mulțimea începu să se ridice în picioare.

– *Patrie, Patria noastră*, începu Guilder să cânte, *ție viața-ți închinăm...*

Fără plată ori răsplată, munca noastră-n dar ți-o dăm. Patrie, Patria noastră, o națiune ce se-naltă, pretutindeni ne oferă siguranță și speranță.

Deznădăjduit, Guilder își dădu seama că nimeni altcineva nu mai cânta. Auzea câteva voci izolate pe ici, pe colo – personalul de la Resurse Umane, firește, și oamenii lui, mormăind cuvintele de pe linia de cincizeci de metri –, dar asta nu făcea decât să accentueze și mai mult impresia că mulțimea era, practic, în grevă.

Patrie, Patria noastră, pașnică și roditoare, raiul însuși îți zâmbește și te scaldă în splendoare. Suntem toți un trup și-un suflet în iubirea ce-ți purtăm, Hai să dăm mână cu mână, Patria s-o ridicăm!

Cântecul se termină brusc. Nu era deloc un semn bun. Prima din cele câteva broboane de sudoare se desprinse de la subrațul lui și se prelinse nestingherită în josul trupului. Poate că ar fi trebuit să apeleze la cineva care chiar știa să cânte, ca să însuflețească mulțimea. Totuși, Guilder mai avea câte ceva în plan ca să-i facă pe oameni să se implice în festivitățile transformaționale din acea seară. Își drese glasul, aruncă o ultimă privire spre Suresh și, primind aprobarea bărbatului, începu să vorbească.

– Mă înfățișez azi dinaintea voastră în ajunul unei noi ere...

– Criminalule!

Un zumzet de voci străbătu mulțimea. Strigătul venise din spatele lui, de undeva din tribunele superioare. Guilder se întoarse, scrutând orbește marea de fețe.

– Ucigașule!

Era vocea unei femei. Guilder o văzu stând în picioare lângă balustradă. Își flutura frenetic mâinile în aer.

– Măcelarule!

– Cineva s-o aresteze pe femeia aceea! lătră Guilder în microfon, mult prea tare.

Se iscă o debandadă generală. Obiectele zburau prin aer, aterizând pe teren. Mulţimea arunca ce avea la îndemână, şi anume pantofii.

– Monstrule! Asasinule! Torţionarule!

Guilder încremeni. Nu se aşteptase deloc la aşa ceva.

– Demonule! Tiranule! Porcule!

– Diavole! Satana! Fiară!

Dacă nu făcea cât mai repede ceva, avea să-i piardă de tot. Îi dădu lui Suresh semnalul; întrerupătorul fu acţionat. În explozia orchestrată de lumină colorată şi fum, camioneta cu remorcă în care era femeia fu adusă pe teren. În acelaşi timp, echipele de tragere fugeau de-a lungul marginii terenului, aprinzând butoaie din lemn îmbibat în etanol, înconjurând perimetrul de văpăi pâlpâitoare. Când remorca ajunse în dreptul platformei, camioneta întoarse într-un cerc larg şi începu să dea înapoi. Gardienii lăsară în jos hayonul, o ridicară pe femeia din remorcă şi o azvârliră pe podeaua plină de noroi a platformei.

– Ridică-te!

Mulţimea era agitată – huiduia, fluiera, azvârlea cu pantofi de parcă ar fi fost proiectile.

– Am spus să te ridici!

Guilder îi dădu un şut aprig între coaste. Cum ea nu scoase niciun sunet, o lovi din nou, apoi o trase în picioare şi îşi îndesă faţa atât de aproape de a ei, încât vârfurile nasurilor aproape că li se atingeau.

– Nici n-ai idee ce te aşteaptă.

– De fapt, am. Ai putea spune că suntem cunoştinţe vechi.

Nu ştia ce să creadă în privinţa acestei afirmaţii stranii, dar nici nu-i păsa. Îi făcu semn gardianului s-o ia de acolo. Femeia nu opuse rezistenţă, în timp ce fu târâtă până la baza armăturii şi aruncată în genunchi. Noroiul îi mânjea obrazul, tunica, părul. În lumina strălucitoare, părea o mână de om, aproape cât o păpuşă, şi totuşi Guilder încă putea desluşi sfidarea din ochii ei, refuzul absolut de a se lăsa intimidată. Spera ca Viralii să nu se grăbească, să se joace puțin cu ea. Gardienii îi desfăcură lanțurile, după care îi puseră din nou la mâini cătușele care erau prinse la armătură.

Apoi începură s-o ridice.

Strigătele mulțimii deveneau mai puternice cu fiecare metru al ascensiunii ei. În semn de protest? Nerăbdare? Entuziasmul pur la vederea unei ființe umane care urma să fie sfâșiată de vie? Îl urau, Guilder înțelegea asta, dar acum făceau parte din spectacolul lui; energia lor întunecată se alăturase puterii transformaționale a nopții.

Femeia se opri sus, în aer, brațele atârnându-i pe lângă corpul care i se legăna ușor.

– Ultimele cuvinte?

Ea rămase o clipă pe gânduri, apoi spuse:

– Adio?

Guilder râse.

– Așa te vreau!

– Eu îți ziceam ție.

Guilder auzise destul. Se întoarse spre capătul remorcii. Doi colabi în costume de protecție erau postați de-o parte și de alta a vehiculului. Suresh îi urmărea cu privirea de pe tușă; Guilder îi surprinse privirea și încuviință din cap.

Hei, Lila, se gândi el, nebuno ce ești, ia de-*aici*!

Brusc, se făcu liniște. O încremenire absolută a oricărei mișcări, în timp ce stadionul fu cufundat în întuneric.

O izbucnire de albastru.

Venise timpul să intre în acțiune. Greer și Lore ieșiră din ascunzătoarea lor și o luară la goană pe scări. Un singur colab stătea de pază la ușa de la camera de control. Greer ajunse primul la el.

– Ce naiba? făcu gardianul atunci când observă cuțitele. Hei! mai zise.

Însă Greer îl apucă de urechi – care erau convenabil de mari, ieșindu-i din lateralele capului ca două mânere – și își izbi cu putere fruntea de craniul bărbatului. Acesta se prăbuși la pământ, căzând ca un trunchi de copac.

Dădură buzna pe ușă. Din nou, nu întâlniră decât un singur om, un ochi-roșu. Cu niște căști grosolane conectate la un microfon, stătea pe un scaun dinaintea unui panou cu beculețe și întrerupătoare. Un perete de ochiuri de sticlă dădeau spre stadionul inundat în albastru. Căștile erau un avantaj; intrarea lor nu fusese observată. Înțelegerea tacită dintre Greer și Lore spunea că acum era rândul ei.

Bărbatul își întoarse capul.

– Hei, n-ar trebui să fiți aici!

– Adevărat, spuse Lore, care se strecurase în spatele lui, punându-i o mână pe frunte și, scoțându-și cuțitul, îi tăie gâtul de parcă ar fi fost o coală de hârtie.

Portierele semiremorcii se deschiseră.

Ieșiră în toată splendoarea lor, ca niște regi. Mișcările le erau impunătoare, sigure; nu se grăbeau, făcând dovada stăpânirii de sine specifică speciei. Nimeni n-ar fi putut să se înșele în privința lor. Tronau deasupra tuturor. Ocupau spațiul cu imensitatea glorioasă a înălțimii și rasei lor. Se hrăniseră cu sânge de generații, umplându-și persoanele până când ajunseseră niște coloși. Până și Carter, cu dimensiunile lui modeste, părea, în tovărășia fraților săi, să se bucure de măreția lor. La apariția lor extraordinară, mulțimea scoase un suspin colectiv. Aveau să urmeze strigătele, Guilder nu se îndoia de asta, însă la vederea celor unsprezece Virali, se instaură din nou o tăcere profundă, plină de anticipație. Măreţele creaturi făcură un pas înainte, arătându-se în toată splendoarea lor. Își țineau spatele drept și ghearele încovoiate ca niște uriașe mecanisme de tortură. Arătau ca niște uriași. Erau legende vii, marii stăpânitori ai lumii. Gardienii se grăbiră să ajungă pe linia de tușă, ca să mai apuce și ziua de mâine, deși Guilder nu păru să observe acest lucru. Mintea îi era înțesată de glorie.

Frații mei, își spuse Guilder, *vă ofer acest dar, o fărâmă din ceea ce va urma. O bucățică fragedă, un nou început. Frații mei, apropiați-vă și împreună vom stăpâni lumea.*

Echipa de asasini ai Ninei luară cu asalt treptele. Ieşiră la nivelul terenului printr-o gaură situată chiar sub tribună, unde erau aşezaţi membrii personalului din conducere. După ce Eustace avea să dea semnalul, ei urmau să intre pe teren, gata să-şi înfrunte duşmanii, eliberând încărcătura pistoalelor automate.

Dar acum, stând pe vine în ultimele clipe ale camuflării lor, ei, la fel ca toţi ceilalţi din mulţime, fură încercaţi de un sentiment care, pe de-o parte, era groază, pe de alta, uimire, iar pe de alta, ceva ce nu mai simţiseră niciodată în viaţa lor. Peter încerca să absoarbă simultan trei acţiuni vizuale ce se petreceau concomitent. Ultimii dintre Cei Doisprezece erau dinaintea lui, la doar câţiva metri depărtare; Amy, suspendată în lanţuri, era momeala care să-i atragă mai aproape; Amy care nu era Amy, ci o femeie în toată firea. Greer şi Alicia încercaseră să-i spună, însă niciun cuvânt nu l-ar fi putut pregăti pentru această realitate.

Unde era Eustace?

Peter îl văzu chiar atunci. Stătea lângă balustrada din zona de apărare – amestecat prin mulţime, camuflat în rolul martorului. Cei unsprezece Virali stăteau dinaintea lui Guilder ca un pluton de soldaţi care-şi aşteptau ordinele. Fir-ar să fie! îşi spuse Peter, sunteţi prea depărtaţi! Mai strângeţi-vă, afurisiţilor!

Guilder îşi ridică mâinile în aer.

Lila, singură. Domul era cufundat în linişte, întocmai ca un animal uriaş care-şi ţinea respiraţia. Locul ăsta, se gândi ea. Acest tabernacul al durerii. Cum era îngăduit să existe pe lume un astfel de loc?

Arma era goală; o lăsă jos şi ţâşni înapoi de-a lungul holului. Dincolo de fiecare uşă se afla o persoană întinsă pe o masă, viaţa scurgându-li-se încet din ei. Nu era timp să-i salveze, acesta era regretul Lilei, dar măcar putea să-i scutească de chin.

Se duse din încăpere în încăpere, descuind uşile cu cheile din setul pe care-l luase de la gardian. Câteva cuvinte de binecuvântare pentru fiecare suflet captiv înăuntrul trupului; apoi deschise supapele de la tuburile cu eter. O dulceaţă înecăcioasă umplu aerul. Mişcările ei începură să devină greoaie; trebuia să acţioneze repede. Nemaiînchizând ușile în urma ei, își croi drum de-a lungul coridorului, unde semnele de avertizare erau puse la intervale regulate: ETER PREZENT ÎN AER. NU APRINDEȚI FOC.

Ajunse în dreptul ultimei uși. Încercă o cheie, apoi încă una și încă una, cu degete tremurătoare și nesigure, gazul pătrunzând deja în ea. Zimții prindeau și se blocau.

Inima Lilei tresări la vederea lui. Îl înlănțuiseră la podea. Zăcea acolo gol, în propria degradare, suspendat pentru vecie deasupra hăului morții. Monștrii! Cum ar fi putut să permită această suferință? Cum ar mai fi putut aștepta încă o sută de ani ca să-i aline durerea?

– Lawrence, ce ți-au făcut?

Se aruncă în genunchi lângă el. Avea ochii deschiși, însă privirea lui părea să treacă dincolo de ea, într-o cu totul altă lume. Îi atinse ușor obrajii zbârciți, sprâncenele ciufulite. Își coborî capul spre al lui, lipindu-și fruntea de a lui și continuând să-l mângâie pe față.

– Lawrence! șoptea ea iar și iar. Lawrence al meu!

În cele din urmă, buzele lui rostiră ultimele cuvinte:

– Salvează-mă...

– Firește c-o să te salvez, dragul meu.

Lacrimile îi curgeau șiroaie, nestăvilite. Gazul ajunsese în hol. Din buzunarul rochiei, Lila scoase cutia de chibrituri.

– O să ne salvăm unul pe altul.

Mult deasupra nivelului terenului, Lore și Greer stăteau după cei unsprezece Virali să facă o mișcare.

– La naiba! izbucni Greer, cu binoclul lipit de ochi, de ce nu fac nimic?

Guilder încă era cu mâinile în aer. Ce se întâmplă? Le lăsă pe lângă trup, doar ca să le ridice din nou și să le fluture agitat. Și tot niciun răspuns.

– Afurisitul!

Lore stătea cu degetul pe întrerupător. În voce i se citea disperarea:

– Ce să fac? Ce să fac?

– Nu știu!

Atunci, Greer detectă mișcare pe teren. O siluetă venea în grabă dinspre zona de apărare: Eustace.

– Fă-o! Aprinde luminile!

Dar era deja prea târziu.

Sara, fugind: traversă în goană atriumul – ce era cu împușcăturile de afară? – și de-a lungul holului ce ducea la apartamentul Lilei, dând buzna pe ușă.

– Kate!

Fetița dormea în pătuțul ei. Când Sara o luă în brațe, deschise ochii:

– Mami?

– Sunt aici, puișor. Sunt aici.

Acum era sigură: de afară se auzeau împușcături. (Deși nu avea de unde să știe, în acel moment, fratele ei, Michael, fugind pe scări în sus, încasa un glonț în coapsa dreaptă, o durere pe care o găsi ciudat de neînsemnată, atât de avântat fiind de adrenalina pură care-i curgea prin vene. Hollis nu mințise: de îndată ce lucrurile se puseseră în mișcare, nu fusese deloc greu să împuști pe cineva, așa că mai doborî doi gardieni până să-i cedeze piciorul și arma să-i alunece din mână – chestia aia se golise oricum –, iar vederea să-i fie împânzită de stele.) Sara țâșni în josul holului, cu fetița în brațe. *Copilul meu, copilul meu.* Aveau să trăiască sau aveau să moară, dar, oricum ar fi fost, erau împreună; și nu aveau să se mai despartă nicicând.

Ajunse în atrium tocmai când un bărbat fu azvârlit prin ferestrele ușii de la intrare. Cămașa îi era murdară de sânge; în mână avea un pistol. Chipul bărbos îi era luminat de o privire hotărâtă. Sara se opri brusc.

Hollis?

Stând în aer, Amy putea vedea întreaga scenă. Miile de oameni și zarva lor dezlănțuită; pe Guilder, cu brațele ridicate fără niciun motiv; echipa Ninei ieșind din ascunzătoare și asmuțirea armelor lor de foc asupra rândurilor de bărbați la costum, dintre care unii țipară, alții se lăsară în jos ori nu făcură nimic, rămânând drepți și nedumeriți, în timp ce trupurile le erau împroșcate cu arcurile trandafirii ale morții; pe Alicia făcându-și apariția pe teren, cu arma pregătită, gata să tragă; pe Eustace țâșnind dinspre zona de apărare, cu bomba prinsă la piept, și pe colabul care îi luă urma, se lăsă în genunchi, își ridică pușca și-l luă în cătare; sângele țâșnind și pe Eustace învârtindu-se și rostogolindu-se, bomba fiind azvârlită cât colo. Aceste evenimente se mișcau în jurul ei ca niște planete în jurul propriilor orbite, un univers în plină activitate, și totuși prezența lor o atinsese doar în treacăt, stârnindu-i senzațiile ca o adiere de vânt. Stătea în centru, ea și ai ei cavaleri, iar acolo, pe scenă, avea să se decidă totul.

– Salutare, frații mei! A trecut ceva vreme.

Noi suntem Morrison-Chávez-Baffes-Turrell-Winston-Sosa-Echols-Lambright-Martínez-Reinhardt...

– Eu sunt Amy, sora voastră.

Atunci îl simți. În mijlocul răului, el era o lumină strălucitoare. Amy îl căută pe Carter cu privirea. Stătea ușor deoparte, cu trupul ghemuit pe vine ca toți ai lui.

Dar nu era Carter.

– Tată!

Da, Amy, sunt aici.

Un val de iubire îi inundă inima. Lacrimile i se adunară până în gât.

– O, tati, îmi pare rău. Nu te uita. Nu te uita.

Pe când lumina se revărsa pe teren, Amy închise ochii. Avea să fie ca deschisul unei uși. Așa își închipuise. Un act nu de voință, ci de capitulare, de renunțare la această viață, la această lume. Imagini îi apăreau prin minte, mai iute decât însuși gândul. Mama ei îngenunchind ca s-o îmbrățișeze, forța strânsorii ei, apoi silueta ei îndepărtându-se; Wolgast, cu mâna lui mare pe spatele ei, stând lângă ei în carusel, cu luminile lui și cu muzica; un crâmpei de cer înstelat pe timp de iarnă, în noaptea când făcuseră îngeri de zăpadă; Caleb urmărind-o cu privirea lui isteață în timp ce-l băga în pat, întrebând-o: Pe tine te-a iubit cineva vreodată?

Peter, stând în ușa orfelinatului, mâinile lor întâlnindu-se în spațiu, spunându-și printr-o atingere ce nu-și puteau spune prin cuvinte. Zilele curgeau prin ea una câte una, iar după ce se sfârșiră, Amy își trimise gândul spre cei la care ținea și își luă adio.

Apoi deschise ușa.

La marginea terenului, Peter și ceilalți, consumându-și cartușele în tribunele inferioare, își scoteau acum încărcătoarele ca să le reîncarce. Încă nu aflaseră că Eustace fusese împușcat, ci doar că luminile se aprinseseră așa cum era în plan, semnalizând startul fugii; așteptau ca explozia să se audă din clipă în clipă.

Dar aceasta nu se mai auzi.

Peter se întoarse cu fața spre platformă. Viralii, amețiți din cauza luminilor, luaseră diferite poziții de autoapărare. Unii se împleticeau înapoi, cu fața ascunsă în curbura cotului. Alții se lăsaseră la pământ, ghemuindu-se ca niște bebeluși în pătuțurile lor. Era o scenă pe cinste, una pe care Peter avea să și-o amintească tot restul vieții, însă până și aceasta pălea în comparație cu ce se întâmpla deasupra platformei.

Era ceva în neregulă cu Amy. Se zbătea în lanțuri, niște convulsii atât de violente, încât părea că o să se rupă în bucăți. Spasm după spasm, fiecare mai puternic decât precedentul. Cu o ultimă convulsie înverșunată, trupul i se vlăgui; preț de o clipă plină de speranță, Peter crezu că totul se sfârșise.

Dar nici pe departe.

Cu un urlet animalic, Amy își dădu capul pe spate. Abia acum înțelegea Peter ce vedea. Ceva ce ar fi trebuit să dureze ore întregi se întâmpla în doar câteva secunde. Trăsăturile feței se topeau într-o neclaritate fetală. Spinarea se alungea, degetele de la mâini și de la picioare căpătau gheare. Dinții ieșeau înainte ca niște țăruși, iar pielea devenea groasă, ca o carapace de cristal. Spațiul din jurul ei începu să strălucească, ca și cum aerul însuși se aprinsese de forța accelerată a transformării ei. Cu o smucire violentă, Amy trase lanțurile la piept, smulgându-le din blocurile de ciment, iar până când atinse pământul, aterizând pe vine cu o grație care-i absorbi forța impactului, pe teren nu mai erau unsprezece Virali, ci doisprezece.

Erau Cei Doisprezece.

Ea se ridică în picioare și scoase un urlet.

Tocmai atunci, în subsolul Domului, Lila Kyle și Lawrence Grey, curmându-și destinele, se prinseră de mână, numărară până la trei și aprinseră chibritul, făcând astfel ca toate luminile de pe teren să se stingă.

65

Explozia din subsol, stârnită de aprinderea violentă a celor o mie cinci sute de kilograme de eter dietilic puternic comprimat, produse o energie echivalentă cu prăbușirea unui mic avion de pasageri. Neavând unde să se împrăștie, forța exploziei țâșni drept în sus, căutând o cale de a se debarasa de expansiunea rapidă a oxigenului – pe scări, pe holuri, prin conducte – înainte de a face cale întoarsă și de a-și împrăștia suflul de-a lungul podelei. Odată dezlănțuită în spațiile deschise din clădire, restul lucrurilor ajunseră la cheremul ei. Ferestrele se sparseră fărâme. Mobila fu aruncată în aer. Pereții dispărură brusc. Se tot ridica și, pe când se ridica, descătușa o spirală de distrugere pură, întocmai ca o tornadă inversă, azvârlind totul în aer și scuipându-le afară din inima ei de foc, până când dădu peste însuși scheletul construcției, grinzile de metal și blocurile de calcar atent dăltuite care susținuseră acoperișul deasupra preriei din Iowa încă din vremurile pionierilor, făcându-le pe toate bucăți.

Domul începu să se prăbușească.

La trei kilometri depărtare, spectatorii de pe stadion trăiră distrugerea Domului ca pe un lanț de întâmplări senzoriale discrete: mai întâi, o lumină puternică, apoi o bubuitură, urmată de o zguduitură de proporții seismice și de o beznă copleșitoare, atunci când rețeaua de curent electric a orașului se prăbuși. Toată lumea încremeni în loc, însă în secunda următoare ceva se schimbă. O forță nouă se trezi la viața dinăuntrul lor. Cine ar fi putut spune ce o pornise? Insurgenții plantați prin tribune începuseră deja să atace gărzile, dar acum nu mai erau singuri. Mulțimea se ridica violentă, o gloată dezlănțuită. Atât de feroce era furia lor, încât, asmuțindu-se asupra dușmanilor, părea că individualitatea lor se topise într-un singur animal colectiv. Un roi. O turmă. O ceată. Deveniră asemenea dușmanului lor, așa cum trebuia; încetaseră să mai fie sclavi, și astfel se treziseră la viață.

Pe teren, Guilder se... dizolva.

Mai întâi, simți acest lucru în dosul palmelor – o încrețire rapidă a pielii, ca și cum aerul din el ar fi fost absorbit. Și le ridică în dreptul feței. Într-o neînțelegere amorțită – durerea încă nu-și făcuse simțită prezența – urmărea cu privirea cum carnea de pe mâini se strângea și se desfăcea în șuvițe lungi, fără sânge. Senzația se împrăștie, jucându-i de-a lungul întregului corp. Pipăi fața cu vârfurile degetelor. Simțea ca și cum ar atinge un craniu. Părul începuse să-i cadă, la fel și dinții. Spatele i se aplecă înainte, încovoindu-l ca pe un bătrân. Căzu în genunchi în noroi. Își simți oasele trosnindu-i, făcându-se fărâme.

– Ce-ai făcut, Grey?

O umbră se lăsă peste el.

Guilder își ridică privirea. Viralii îi întunecau câmpul vizual cu o ultimă imagine a splendorii lor. Frații mei, își spuse în sinea lui, ce mi se întâmplă? Ajutați-mă, frații mei, sunt pe moarte. Însă nu văzu nicio licărire de prietenie în ochii lor.

Trădătorule!

Trădătorule!

Trădătorule trădătorule trădătorule...

În același timp, se întâmplau și alte lucruri – împușcături, voci care țipau, siluete care fugeau prin întuneric. Însă percepția lui Guilder asupra acestor evenimente fu pe dată absorbită de realizarea mai profundă, rece și finală, a ceea ce i se întâmpla.

Shawna, se gândi el, *Shawna, voiam doar puțină companie. Voiam doar să nu mor singur.*

Iar atunci se năpustiră asupra lui.

Evenimentele care se desfășurară în continuare, și care nu durară decât treizeci de secunde din viața participanților lor, se petrecură într-o serie de cadre suprapuse de mișcări simultane îndreptate spre mijlocul terenului. Iluminat doar de pâlpâirea focului – butoaiele de la marginea terenului încă ardeau – și de strălucirea fosforescentă a Viralilor, scena semăna cu un crâmpei din iad. Viralii, sfârșind cu Guilder, trupul lui împrăștiat într-o sumedenie de bucăți uscate, ce păreau mai degrabă cenușă decât resturi, se aliniaseră într-un șir dezordonat. Păreau s-o privească pe Amy cu o oarecare reținere. Poate că încă nu știau de ce era în stare; poate că le era frică de ea. Peter, care-și încărcase arma, trăgea în rafale asupra siluetelor lor uriașe, deși fără vreun rezultat vizibil; gloanțele ricoșau din pielea lor tare cu scântei puternice; ei nici măcar nu se uitau în direcția lui. În capătul celălalt al terenului, Alicia înainta cu pistolul ridicat, în timp ce Nina și Tifty veneau în goană din colțul opus ca să-i flancheze. Planul era acum în pom; acționau doar din instinct. Stând în picioare pe platformă, Amy își ridică brațele în aer. De fiecare încheietură îi atârna o bucată de lanț. Le azvârli în sus și începu să le învârtă deasupra capului în arcuri iuți și largi. O spirală, își dădu seama Peter. Amy crease o spirală ca să-i dezorienteze pe Virali. Lanțurile se învârteau din ce în ce mai repede, o învălmășeală hipnotică de mișcare. Creaturile încremeniseră în loc, ca într-o transă. Cu o mișcare ca de pasăre, Amy își îndreptă capul într-o parte; privirea îi era fixă, calculând unghiul atacului. Peter știa ce urma să se întâmple.

Amy Harper Bellafonte, complet transformată. Amy, Fata de Nicăieri, ridicată în aer.

Pe când țâșnea în sus, azvârli lanțurile și plesni din ele ca din niște bice. În același timp, își lăsă bărbia în piept, îndreptându-și postura în toiul zborului, așa încât să-i întâmpine pe cei mai aproape de ea cu picioarele înainte, cu pieptul umflat, fizicul ei devenind în momentul impactului un berbece cu aripi de fier lungi de șase metri. Ea era doar o fărâmă din cât erau ei, însă avea avantajul inerției; se îndreptă spre cel dintâi, azvârlindu-l pe spate; până când se lăsă la pământ, lanțurile își atinseseră deja ținta, strângându-i de gât pe alți doi. Cu o smucitură puternică, îl trase pe cel din stânga spre ea și își îngropă fața în gâtul lui, scuturându-l așa cum un câine scutură o zdreanță.

El scoase un urlet.

Și, cu sângele țâșnind și cu oasele pârâindu-i, muri.

Dintr-o singură răsucire de încheietură, ea dezlegă lanțul din jurul lui, răsucindu-i trupul ca pe un titirez. Își îndreptă apoi atenția spre cel de-al doilea Viral, însă balanța se înclinase în partea opusă: elementul-surpriză nu mai era, efectul hipnotic al spiralei trecuse. Creatura se repezi spre ea, trupurile întâlnindu-li-se într-o coliziune de necontrolat, care-i făcu să se rostogolească dincolo de marginile platformei. Amy își recuperă lanțul, însă părea dezorientată; se ghemui în patru labe în noroi. Trupurile Viralilor fură cuprinse de un fel de zgâlțâit, conștiința lor comună fiind trezită, recăpătându-și concentrarea. Încă o secundă, și s-ar fi năpustit asupra ei ca o turmă de animale sălbatice.

Ceea ce ar fi și făcut, dacă nu intervenea cel mic.

Mintea lui Peter nu-i percepea altfel decât ca pe un colectiv; însă acum fu silită să facă exact opusul. Unul dintre Virali era diferit. După statură și dimensiuni, nu părea mai mare decât un bărbat obișnuit. În secunda dinaintea năpustirii celorlalți asupra lui Amy, el le-o luă înainte; lansându-se într-un salt înalt, ateriză între ea și atacatorii ei, întorcându-se cu fața spre Virali, cu ghearele scoase și cu o poziție gata de atac. Pieptul îi era umflat, buzele strânse, dinții dezveliți.

Zgomotul care urmă depășea cu mult proporțiile corpului care-l produsese. Era un urlet de cea mai pură furie. Era un urlet care ar fi culcat la pământ o pădure întreagă, care ar fi ras de la rădăcini un munte, care ar fi scos de pe axă o planetă. Peter pur și simplu se simți împins înapoi din cauza lui; timpanele îi zvâcneau de durere. Micul Viral îi întârziase cu numai o secundă, dar pentru Amy era suficient. Pe când se ridica în picioare, ceilalți se repeziră spre ea.

Haos.

Brusc, deveni imposibil să-ți dai seama ce se întâmplă sau de unde se auzeau împușcăturile, scenele luptei derulându-se mult prea rapid pentru a putea fi captate de ochiul omenesc. Peter își dădu seama că-și folosise și ultimul glonț, însă arma era oricum inutilă. O zări pe Alicia venind din cealaltă parte a terenului, încă trăgând din pistolul ei.

Dar unde erau Nina și Tifty?

Cercetă terenul. Nina fugea spre platformă, cu bomba strânsă la piept. Tifty era în urma ei. Își flutura în aer brațul liber, strigând cât o ținea gura:

– Hei, afurisiților! Aici!

Unul dintre ei o observă – îi pricepuse oare intențiile? Știa oare ce anume ținea ea în mână? Nu se lansă, cât se aruncă spre ea, aterizând în patru labe ca un păianjen rășchirat pe pânza lui. Tifty îl văzu primul. Ridicându-și arma, încerca s-o împingă pe Nina în lături, însă strădania lui venise prea târziu; la fel ca toate lucrurile în cădere, lejeritatea cu care plonjase Viralul era o iluzie. Acesta se prăbuși peste amândoi, Tifty încasând mare parte din greutatea lui. Peter se așteptase ca bomba să se declanșeze, dar nu se întâmplă una ca asta. Viralul o prinse pe Nina de braț și o azvârli cât colo, trimițând-o de-a dura prin noroi; apoi se întoarse spre Tifty. Pe când acesta își ridica arma, creatura îl acapară cu totul.

Un țipăt. O împușcătură.

Nu era nicio decizie de luat. Nu erau avantaje și dezavantaje de cântărit. Peter își aruncă arma, luă bomba din locul în care căzuse și începu să alerge cât îl țineau picioarele.

Singurii care văzură totul fură Lore și Greer. Și chiar și așa, numai Greer, omul credinței, ale cărui rugăciuni îi îngăduiseră o mai bună înțelegere a evenimentelor, reuși să priceapă înțelesul lor.

Observată din camera de control, bătălia de pe teren se desfășura la o calitate redusă, ajungând să fie mai descifrabilă în funcție de distanță. Într-un capăt zăcea Eustace, inconștient sau mort, iar între el și platformă era cadavrul lui Tifty Lamont; Nina dispăruse, înghițită de beznă; Alicia, în capătul opus, era singura care încă mai trăgea. În mijloc se găsea platforma; Amy, care ieșise din învălmășeală, se urcase în vârful armăturii. Tunica îi era sfâșiată și murdară de petele umede și întunecate ale sângelui; se ținea cu o mână înghețată de o parte, ca și cum ar fi încercat să oprească sângerarea unei răni. Transformarea ei era deplină, și totuși îi rămăsese ceva omenesc: părul. Negru și sălbatic, i se revărsa nestăvilit pe față. În următoarea clipă, atacatorii ei aveau să lovească, o forță copleșitoare, și totuși nimic din postura ei nu bătea în retragere. Era ceva invincibil la ea, aproape nobil.

Atunci îl văzu pe Peter alergând de-a lungul terenului. Unde se ducea? La camionetă?

Nu.

Greer țâșni din cameră și în jos pe scări. Avea să-și croiască drum prin mulțime cu trupul, cu pumnii, cu pumnalul, dacă ar fi fost nevoie. *Amy, Amy, așteaptă-mă, vin!*

Alicia nu putea fi oprită. Își dedicase întreaga existență acestui moment sfânt. Îl simțise încă din peșteră: un dor aparte, care o împingea înainte, ca și cum ar fi fost trasă de-a lungul unui tunel. Pe când se apropia de Virali, trăgând din arma ei – știa prea bine că gloanțele nu aveau cine știe ce efect; nu voia decât să le atragă atenția – devenise o ființă cu un singur gând, o singură viziune, o singură dorință.

Te voi răzbuna, Louise. Nu te-am uitat, Louise. Și tu ești sora mea de sânge.

– Arată-te, nenorocitule!

Gloanțele ei zburau prin aer și ricoșau. Își aruncă încărcătorul gol, vârî la loc unul plin și continuă să tragă. Avansa, murmurând o rugăciune printre dinții încleștați. El avea s-o recunoască, s-o simtă; nu se putea altfel. Era destinul, să fie ea cea care să-l omoare, care să-l radă de pe fața pământului. El era Julio Martínez, Esq., al Zecelea dintre Cei Doisprezece. El era Sod, cu bancheta lui și cu răsuflarea gâfâită. El era toți bărbații din toată istoria timpului care violaseră femei în această manieră, iar ea avea să-și împlânte pumnalul adânc în inima lui neagră și să-l simtă cum moare.

Unul dintre Virali se întoarse spre ea. Firește, se gândi Alicia; l-ar fi recunoscut dintr-o mie. La fizic, era identic cu ceilalți, și totuși era ceva diferit la el, un aer disprețuitor pe care numai ea putea să-l remarce. O privea cu ochii lui lipsiți de suflet, cu pleoape grele de plictis; părea aproape să zâmbească. Până atunci, Alicia nu mai văzuse o asemenea expresie la un Viral; acum era prima oară. *Te știu*, părea să spună chipul lui dezinteresat, plin de îngâmfare. *Nu-i așa? Nu-mi spune, lasă-mă să ghicesc. Sunt sigur că te știu de undeva.*

Ba bine că nu, se gândi ea, scoțându-și baioneta de la curea.

Se năpustiră unul asupra altuia în același timp – Alicia cu lama ridicată deasupra capului, Martínez cu ghearele lui uriașe ieșite înainte ca niște cuțite. O forță de neoprit întâlnind un obiect imobil: traiectoriile lor se intersectară într-o coliziune năvalnică, copleșitoare, masa uriașă a lui Martínez trecând totodată și prin ea, și pe sub ea, trimițând-o ca o spirală pe deasupra capului lui. În clipa zborului ei necontrolat, Alicia deveni conștientă, deși nu simțea încă, de rănile de pe brațe și față, acolo unde ghearele lui îi sfâșiaseră pielea. Lovi pământul o dată, de două ori, de trei ori, fiecare rotație atenuându-i din inerție, până când reuși să se ridice din nou. Rămăsese fără suflu, tremura pe picioare, capul îi vuia din cauza impactului. Cumva, reușise să nu dea drumul baionetei; dacă o pierdea, însemna să-și recunoască înfrângerea, ceea ce era de neimaginat.

Martínez, la șase metri depărtare, se lăsase pe vine ca un broscoi, cu mâinile ca niște padele răsfirate în noroi. Zâmbetul de pe fața lui se transformase în ceva mai jucăuș, debordând de un entuziasm nou. Părea pe punctul de a izbucni în râs. Fi-ți-ar fața rânjită! se gândi Alicia, ridicându-și încă o dată baioneta.

O umbră se lăsă peste ei.

Bomba, bomba, unde era bomba?

Atunci o zări Peter, zăcând la câțiva metri de cadavrul lui Tifty. Se aruncă în noroi și o ridică. Dopul de presiune era la locul lui, firele conectate încă. Ce avea să simtă? Nimic, se gândi el. Nu avea să simtă nimic.

Ceva îl lovi din spate, ceva dur ca un zid. Preț de o clipă, îl părăsiră toate: suflu, gânduri, gravitație. Bomba fu azvârlită în spirale în aer. Pământul se învârtea sub el, urmat de o sclipire de întunecime mentală; după care, Peter se trezi cu fața în sus în noroi.

Viralul era aplecat deasupra lui, cu fața la doar câțiva centimetri depărtare. Imaginea părea că transcende simțurile lui Peter, ca și cum ar fi gustat căderea serii ori ar fi ascultat un fulger. În timp ce creatura își înclină capul într-o parte, Peter făcu singurul ultimul lucru la care s-ar fi gândit să fie ultimul lui gest din această viață: îi imită mișcarea, își forță mintea într-o concentrare absolută și îl privi pe Viral drept în ochi.

Eu sunt Wolgast.

Atunci observă Peter că Viralul ținea bomba în mână.

Ajută-mă!

Alicia, sora mea. Alicia, el îți aparține.

Martínez nu se așteptase la asta. În fracțiunea de secundă dinainte ca să-și strângă trupul masiv, Amy ateriză în spatele lui. Cu o mișcare iute din încheieturi, aruncă lanțurile spre el ca niște lasouri, prinzându-i brațele de-o parte și de alta. Zâmbetul de pe chip i se topi într-o privire plină de uimire.

Acum! îi spuse Amy.

Îl trase pe Martínez în picioare, lăsându-i expusă carnea lată a pieptului. Pe când Martínez se împletici înapoi, Alicia ateriză, prinzându-l între picioare de la mijloc și doborându-l la pământ. Ținea baioneta ridicată deasupra capului, strânsă în pumni. Și totuși, nu o coborî.

– Spune-l! țipă ea pe deasupra țiuitului din urechi. Spune-i numele!

El își concentră privirea. Louise?

Rostind acestea, totul se sfârși, Alicia coborî baioneta și îl omorî după metoda străveche.

Ultimele clipe ale bătăliei fură, pentru mulțimile din tribune, o învălmășeală neînțeleasă de mișcări. Dar nu și pentru Lucius Greer. Greer înțelesese, ca nimeni altul, ce urma să se întâmple. Lanțurile pe care Amy le folosise ca să-l prindă pe Martínez o legau acum de cadavrul lui. Alicia se căznea să-l dea jos ca să se elibereze de greutatea lui. Erau ținte ușoare, și totuși ceilalți Virali erau încă în picioare. Poate că moartea lui Martínez provocase o ruptură în șirul comun al gândurilor lor; poate că șocul de a-l vedea pe unul dintre ei murind de mâna unui om îi făcuse să încremenească în loc; poate că nu doreau decât să-și prelungească momentul victoriei, extrăgând astfel satisfacția maximă a atacului lor de pe urmă; sau poate că era ceva cu totul diferit.

Și chiar așa era.

Pe când Greer gonea de-a lungul terenului, o altă siluetă porni în fugă din dreapta lui. Nu fu nevoie decât de o privire ca să priceapă ceea ce mintea deja știa. Era Peter. Țipa, dădea din mâini. Dar ceva era diferit. O simțiră și Viralii. Își îndreptară atenția, cu nările în vânt, adulmecând aerul.

– Aici, afurisiților!

Peter era dezbrăcat până la mijloc, acoperit de sânge – sânge cald, proaspăt, curgându-i șiroaie pe brațe și pe piept de la lama lungă și arcuită a pumnalului pe care încă îl ținea strâns în mână. Intențiile lui erau clare: voia să-i atragă pe Virali asupra lui, departe de Amy și Alicia. El era momeala; dar care era capcana?

Atunci Greer auzi:

Eu sunt Wolgast.

Eu sunt Wolgast.

Eu sunt Wolgast.

Greer o luă la fugă.

Și Alicia îl văzu.

Amy era încă prinsă sub cadavrul lui Martínez. Lanțurile care o legaseră se întorseseră acum împotriva lor; cu fiecare tragere nu făceau decât să se strângă și mai mult. Urlând de frustrare, Alicia îl văzu pe Peter venind în fugă spre Virali; le văzu trupurile răsucindu-se, capetele plecându-se într-o parte, privirile strălucindu-le cu o atracție animalică, plăcerea de a ucide.

Peter, nu! gândi ea. *Nu tu! După toate câte s-au întâmplat, nu tu!*

Nu avea să știe niciodată cum reușise Amy să se elibereze. Într-o clipă era acolo, în următoarea dispăruse. Cătușele goale erau în locul unde până atunci fusese Amy, prinse la lanțurile care încă încingeau fără milă trupul neînsuflețit al lui Martínez; în zilele care aveau să urmeze, gândindu-se fiecare la înțelesul acestei întâmplări, părerile aveau să difere. Pentru unii, însemna ceva, pentru alții altceva. Era un mister, la fel cum și Amy era unul. Și, ca orice mister, spunea la fel de multe despre văzător, cât și despre cel văzut.

Dar asta avea să vină mai târziu. În fracțiunea de secundă care rămăsese, Alicia nu știu decât că Amy plecase; că se ridicase în aer. O șuviță de lumină, întocmai ca o stea căzătoare; și că apoi se lăsase în jos, peste Peter.

– Amy...

Însă nu reuși să spună mai mult.

Pentru că Wolgast o iubise.

Pentru că Amy era acasă.

Pentru că el o salvase pe ea și ea pe el.

Iar Peter Jaxon, locotenent al Forțelor Expediționare, auzise, văzuse și simțise toate acestea; le simțise în sfârșit. Dintr-o singură întâlnire a privirilor lor, întreaga viață a lui Wolgast se revărsase într-a lui. Durerile lui nemărginite. Amărăciunea pierderilor și junghiul regretelor. Dragostea lui pentru această fată uitată de lume și rătăcirea lui de o sută de ani prin bezna nopții. Văzuse chipuri, siluete, imagini din trecut. Un bebeluș în pătucul lui, o femeie care se apleacă să-l ia în brațe, pe ei doi scăldați într-o lumină aproape sfântă. O văzu pe Amy care fusese o fărâmă de copilă, radiind cu o intensitate ciudată, singura pe lume, luminile caruselului și al stelelor pe cerul nopții de iarnă și urmele îngerilor făcuți în zăpadă. Era ca și cum aceste viziuni făcuseră dintotdeauna parte din el, ca un vis recurent amintit mai târziu, și se simți profund recunoscător pentru faptul că le văzuse, că fusese martor în aceste ultime clipe din viața lui.

Vino la mine! îi spuse în gând. *Vino la mine!*

Se repezi spre el cu capul înainte. Se aruncă în mâinile lui Dumnezeu. Îi simțea, dar nu-l vedea, pe Greer fugind spre el și pe Wolgast venind cu viteză din spate, cu bomba prinsă la piept, cu gând să ajungă în inima cetei. Iar în ultima secundă, Peter auzi aceste vorbe:

Amy, fugi!

Apoi: *Tată...*

Apoi: *Te iubesc.*

Wolgast se aruncă în mijlocul lor, cu o gheară pe întrerupător; și chiar atunci Amy se lăsă asupra lui, ca să-l ia pe Peter de-acolo, primind din plin forța distrugătoare în locul lui; iar pe când ultimii dintre Cei Doisprezece își asmuțiră furia asupra lui Wolgast – Wolgast cel Adevărat, Părintele Tuturor și Cel Care a Iubit – o gaură se căsca în locul unde stătuse până atunci, noaptea neagră prefăcându-se în cea mai strălucitoare zi, iar cerurile fură zgâlțâite de tunet.

66

În minutele care urmară, se simți ca și cum ar fi fost două orașe într-un singur loc: tribunele, unde domnea haosul, și terenul, un câmp de bătaie, cufundat acum brusc într-o liniște desăvârșită. Un sfârșit și un început, care stăteau laolaltă și totuși erau despărțite. Curând, cele două aveau să se întrepătrundă, pe măsură ce mulțimea, epuizându-și energia violentă a răzmeriței și devenind conștientă de libertatea ei, începu să se împrăștie, mergând încotro voia, inclusiv pe teren; aveau să-i găsească unul câte unul, deplasându-se încet, temător, în timp ce trupurile lor dădeau de gustul libertății. Însă, până atunci, combatanții de pe teren fură lăsați de unii singuri, ca să se ocupe atât de cei rămași în viață, cât și de cei pe care îi pierduseră.

Peter se trezi cu chipul Aliciei. Era neagră toată, învinețită, însângerată. Mare parte din părul ei fusese ars, din el ridicându-se încă fuioare subțiri de fum. *Peter!* spunea ea. Stătea aplecată deasupra lui, cu lacrimile curgându-i șiroaie pe obraji. *Peter!*

El se căzni să vorbească. Își simțea limba plimbându-i-se greoi prin gură. Amy? E...?

Alicia, plângând încetișor, clătină din cap.

Cumva, Greer reușise să scape cu viață. Detunătura îl azvârlise departe. După toate considerentele logice, ar fi trebuit să fie mort, și totuși îl găsiră zăcând pe spate, cu ochii ațintiți la cerul împânzit de stele. Hainele îi erau sfâșiate și pârlite, dar, de altfel, nu părea rănit. Era ca și cum forța exploziei acționase nu prin el, ci prin jurul lui, viața lui protejată de o mână invizibilă. Pentru o clipă îndelungă, nu se mișcă și nici nu spuse nimic. Apoi, cu un gest grăitor, își duse o mână la piept, bătându-se ușor; după care o ridică în dreptul feței, atingându-și obrazul, sprânceana și bărbia.

– Să fiu al naibii! făcu el.

Și Eustace avea să trăiască. La început, îl crezuseră mort; fața îi era plină de sânge. Însă glonțul fusese tras de la o distanță prea mare; sângele provenea de la urechea stângă, care acum nu mai era, smulsă ca o plantă din rădăcini și înlocuită cu o gaură adâncă. Nu-și amintea de explozia în sine, nu-și amintea nimic în afară de înlănțuirea de senzații izolate: un bubuit care-ți spărgea timpanele, un val de căldură arzătoare care trecu pe deasupra lui, apoi un fel de ploaie și gustul de fum și de cenușă. De pe urma acelei nopți avea să rămână doar cu acea mutilare în plus pe chipul care purta deja nenumăratele cicatrici de război și cu țiuitul permanent din urechi, care nu avea să se mai ducă nicicând și care avea să-l oblige să vorbească pe un ton mai ridicat, făcându-i pe oameni să-l creadă supărat chiar și atunci când nu era. În timp, după ce se va fi întors în Kerrville și va fi fost ridicat la gradul de colonel, servind drept legătură între militari și personalul președintelui, avea să privească aceste evenimente mai puțin ca pe un inconvenient și mai mult ca pe o îmbunătățire favorabilă a autorității lui; se întrebase de ce nu se gândise la asta și înainte.

Numai Nina avea să părăsească terenul neatinsă. Luată pe sus de Viralul care-l omorâse pe Tifty, fusese scoasă din zona exploziei și dusă în susul terenului când bomba explodă, forța detunăturii aruncând-o pe spate; însă, în momentul care îi urmă, ea fusese singurul martor la moartea Celor Doisprezece, atunci când trupurile lor fură mistuite și înghițite de mingea de lumină. Orice altceva se pierduse în ceață; pe Amy nu o văzuse deloc.

Absolut deloc.

Unul dintre ei însă fusese răpus.

Îl găsiră pe Tifty cu arma încă în mână. Zăcea în noroi, cu trupul frânt, sfâșiat în bucăți și cu ochii însângerați. Brațul drept îi fusese smuls, dar nu asta era cel mai grav. Pe când se strânseră în jurul lui, el își trăgea ultimele răsuflări spasmodice. În cele din urmă, reuși să formeze cu buzele trei cuvinte:

– Unde este ea?

Numai Greer păru să înțeleagă ce anume voia. Se întoarse spre Nina:

– Pe tine te vrea.

Poate că pricepu și ea natura dorinței lui, poate că nu; nimeni n-ar fi putut spune. Se lăsă în genunchi lângă el. Cu un efort supraomenesc, Tifty își ridică mâna și îi atinse fața cu vârful degetelor, un gest dintre cele mai blânde.

– Nitia, șopti el. Nitia mea.

– Eu sunt Nina.

– Nu, ești Nitia. Nitia mea. Zâmbi printre lacrimi: Semeni... atât de mult cu ea.

– Cu cine?

Viața i se scurgea din priviri.

– I-am spus...

I se tăie răsuflarea. Începu să se înece și să scuipe sânge.

– I-am spus... Să aibă grijă de tine.

Apoi, licărirea din ochi i se stinse, iar el își dădu duhul.

Nimeni nu scoase niciun cuvânt. Unul de-ai lor fusese luat de întuneric.

– Nu înțeleg, spuse Alicia, întorcându-se apoi către ceilalți: De ce i-a spus așa?

Greer fu cel care îi răspunse:

– Pentru că ăsta e numele ei.

Nina ridică ochii de la cadavru.

– Nu știai, nu-i așa? Nici n-aveai cum.

Ea clătină din cap.

– Tifty a fost tatăl tău.

La timpul potrivit, totul avea să fie lămurit. Curând, o camionetă avea să intre pe teren şi din ea aveau să iasă trei oameni. Ba nu, patru. Michael, Hollis şi Sara, care o ţinea pe fetiţă în braţe.

Dar, pentru moment, rămaseră în tăcere lângă prietenul lor, acum golit de viaţă. Marele gangster Tifty Lamont, căpitanul Forţelor Expediţionare. Aveau să-l îngroape în locul unde fusese răpus, pe teren. Pentru că nu-l poţi părăsi, le explicase Greer; asta spusese Tifty întotdeauna. Poate crezi că poţi, dar nu e adevărat. Odată ce ai fost acolo, devine parte din tine pentru vecie.

Nimeni nu părăsise vreodată terenul.

Partea a XII-a

SĂRUTUL

Ianuarie 98 A.V.

„În ziua victoriei, niciun om nu este obosit."

Proverb arab

67

Vremea nu voia să coopereze cu ei. Era ianuarie în Iowa – la ce se așteptaseră? Zilele geroase veneau una după alta. Mâncarea, combustibilul, apa, curentul electric, îndatorirea complexă de a menține pe linia de plutire un oraș cu șaptezeci de mii de suflete – bucuria victoriei fusese rapid înlocuită de grijile mult mai presante de zi cu zi. Pentru moment, Insurgența preluase controlul, deși Eustace, care o recunoscu el însuși, nu era prea încântat de asta. Se simțea copleșit de volumul de muncă, iar guvernul provizoriu instaurat în grabă, alcătuit din delegați desemnați din fiecare baracă, nu-i ușura deloc această povară; era exagerat și dezorganizat, jumătate din cei din încăpere certându-se cu cealaltă jumătate și făcându-l astfel pe Eustace să-și pună mâinile în cap și să ia tot el deciziile. În rândul populației domnea încă o oarecare supunere, însă aceasta nu avea să rămână. Se dăduseră jafuri în piață, înainte ca Eustace să asigure perimetrul, și în fiecare zi se auzeau și mai multe zvonuri despre eventuale represalii; mulți dintre colabi încercaseră să se amestece prin mulțime, însă fețele lor fură ușor recunoscute. Fără un sistem de justiție care să-i judece pe cei care se predaseră sau pe cei care fuseseră capturați de Insurgență înaintea mulțimii, nu prea știau ce să facă cu ei. Centrul de detenție dădea pe afară. Eustace sugerase să readapteze Proiectul noilor nevoi – cu siguranța că era suficient de sigur și mai avea și avantajul izolării – dar asta ar fi cerut timp și nu ar fi rezolvat problema prizonierilor, acum că populația începuse să plece spre sud.

Și, între timp, toată lumea îngheța de frig. Ei, asta e, se gândi Peter, ce mai conta puțin frig?

Formase o prietenie strânsă cu Eustace. În parte, datorită faptului că amândoi erau ofițeri în Forțele Expediționare, dar nu numai; de-a lungul zilelor, decoperiseră că erau foarte compatibili. Hotărâseră ca Peter să conducă echipa care să pornească înainte spre sud ca să-i pregătească pe cei din Kerrville în privința fluxului de refugiați. Inițial, nu fusese de acord; nu i se părea corect să fie printre primii care pleacă. Dar, în cele din urmă, el era alegerea cea mai logică, conchisese Alicia. Caleb te așteaptă, îi amintise ea. Du-te să-ți vezi băiatul.

Exodul în sine avea să aștepte până la primăvară. Presupunând că oamenii din Kerrville le puteau trimite suficiente vehicule și personal, Eustace plănuia să relocheze câte cinci mii de oameni odată, alcătuirea fiecărui grup fiind făcută aleatoriu. Călătoria avea să fie una grea – în afară de cei foarte bătrâni și de cei foarte tineri, toți trebuiau să meargă pe jos – dar, cu puțin noroc, Patria avea să se golească în răstimp de doi ani.

– Știi că nu toată lumea o să vrea să plece, nu? spuse Eustace.

Se aflau amândoi în biroul lui Eustace, în încăperea din spatele farmaciei, încălzindu-se cu niște ceai din plante. Mare parte dintre clădirile din piață fuseseră luate în stăpânire de guvernul provizoriu pentru a servi diverselor lor funcții. Ultimul proiect care îi ținea ocupați era organizarea recensământului. Cum toate arhivele ochilor-roșii fuseseră distruse odată cu Domul, nu aveau nici cea mai mică idee cine era și nici măcar câți oameni erau în total. Șaptezeci de mii era numărul confirmat oficial, însă nu aveai cum să știi precis până nu-i numărai bob cu bob.

– De ce nu?

Eustace ridică din umeri. Partea stângă a capului îi era încă bandajată, chipul lui arătând ușor asimetric, deși balanța se echilibra din pricina ochiului umflat. Sara îi scosese lui Peter ultimele copci cu o zi înainte; pieptul și brațele îi erau acum ca o hartă rutieră de cicatrici lungi și rozalii. În momentele când rămânea singur, Peter nu se putea abține să nu și le atingă, uimit nu doar din pricina faptului că el însuși își făcuse aceste răni, cât și din cauză că, în vâltoarea momentului, nu simțise absolut nimic.

– Ei nu știu altceva. Au trăit aici toată viața lor. Dar ăsta nu e singurul motiv. E bine să îndrepți un rău. Nu știu câți o să fie de aceeași părere odată ce vom începe să relocăm oamenii spre sud, dar unii vor fi.

– Cum o să se descurce?

– Așa cum se descurcă oamenii de obicei. Alegeri, treaba dificilă de a lua viața de la capăt. Sorbi din ceai: O să fie urât. Poate că n-o să iasă nimic. Dar măcar le va aparține.

Atunci intră și Nina, aducând cu ea frigul și bătând din picioare ca să-și scuture cizmele de zăpadă.

– Iisuse, e ger de crapă pietrele! făcu ea.

Eustace îi oferi cana lui cu ceai.

– Ia de-aici, încălzește-te!

Ea cuprinse cana cu palmele și sorbi, aplecându-se să-i dea un sărut scurt pe gură.

– Mulțumesc, soțiorule. Chiar trebuie să te razi.

Eustace râse.

– Cu așa o față? Cui îi mai pasă?

Faptul că cei doi erau un cuplu, își dăduse seama Peter, fusese secretul cel mai bine păzit din toată Insurgența. Unul dintre primele lucruri pe care Eustace le făcuse fusese să dea un ordin executiv prin care le permitea locuitorilor din vale să se căsătorească. Din multe puncte de vedere, acest lucru era doar un detaliu tehnic; unii trăiau deja împreună de ani, dacă nu chiar de zeci de ani. Însă căsătoria nu primise aprobare oficială. Lista cuplurilor care doreau să-și oficieze uniunea ajunsese acum de ordinul sutelor, iar Eustace avea doi judecători ai păcii care lucrau zi și noapte în fața unui magazin din josul străzii. El și Nina fuseseră printre primii, la fel ca Sara și Hollis.

– Vești bune, spuse Nina. Vin de la spital.

– Și?

– S-au mai născut doi copii azi de dimineață, amândoi sănătoși. Mamele sunt bine și ele.

– I-auzi! făcu Eustace, rânjind spre Peter. Exact ce-ți spuneam. Chiar și în cele mai negre timpuri, viața își vede de drumul ei.

Peter coborî dealul, înaintând încovoiat împotriva vântului. Ca membru al personalului executiv, i se permitea să folosească un vehicul, însă prefera să meargă pe jos. Ajuns la spital, se îndreptă spre salonul unde era Michael. Rețeaua electrică fusese restabilită parțial, însă spitalul fusese printre primele clădiri care primiseră curent. Îl găsi pe Michael treaz, stând în capul oaselor. Piciorul lui drept, pus în ghips de la gleznă până la șold, era suspendat într-o bandulieră la patruzeci și cinci de grade deasupra patului. Fusese cam instabil o vreme, iar Sara se temuse că o să-și piardă piciorul; însă Michael era un luptător, iar acum, trei săptămâni mai târziu, era oficial în curs de însănătoșire.

Lore stătea pe marginea patului, mânuind două andrele. Eustace îi găsise de lucru ca maistru la centrala biodiesel, însă orice clipă liberă și-o petrecea la spital, la căpătâiul lui Michael.

– Ce faci acolo? o întrebă Peter.

– Să fiu a naibii dacă știu să-ți zic. Ar trebui să iasă un pulover, dar arată mai degrabă ca o șosetă.

– Mai bine rămâi la ce știi să faci, o sfătui Michael.

– Așteaptă numai până scapi de ghipsul ăla, amice. O să-ți arăt eu ce știu să fac. Și n-o să uiți prea curând. Își întoarse privirea spre Peter, zâmbindu-i șmecherește, ca să se asigure că prinsese gluma. O, scuze, Peter. M-am cam lăsat dusă de val. Am uitat că ești aici.

El râse.

– E în regulă.

Flutură în aer una dintre andrele.

– Vreau doar să spun, în cazul în care se întâmplă ceva cu băiatul nostru, aici de față, mereu am fost de părere că arăți bine, locotenente. Plus că ești erou de război. Aș fi interesată să aud orice ai avea de zis.

– O să mă gândesc.

– O, nici nu mă îndoiesc. Lăsă lucrul în poală: Din întâmplare, tura mea începe peste treizeci de minute, așa că vă las să discutați despre mine.

Se ridică, își strânse lucrul, îl bătu ușor pe Michael pe braț, apoi se răzgândi și îi dădu un sărut pe creștet.

– Ai nevoie de ceva înainte să plec?

– Sunt bine.

– Nu ești bine, Michael. Ești departe de a fi bine. M-ai speriat de moarte, asta ai făcut.

– Am spus că-mi pare rău.

– Continuă să spui asta și într-o zi o să te și cred. Îl sărută din nou. Domnilor!

După ce Lore plecă, Peter se așeză în locul ei.

– Scuze pentru asta, spuse Michael.

– Nu știu de ce continui să te scuzi pentru ea, Michael. Din câte văd eu, ești cel mai norocos tip de pe pământ. Își înclină capul spre pat: Cum îți este piciorul?

– Mă doare ca naiba. Frumos din partea ta să vii în sfârșit în vizită.

– Îmi pare rău. Eustace mă ține ocupat.

– Deci, câți ați găsit?

Peter înțelese că Michael îl întreabă despre ceilalți Primi Coloniști.

– Din câte am auzit, cincizeci și șase. Încă încercăm să dăm de urmă și celorlalți. Până acum, le-am găsit pe fiicele lui Jimmy, Alice și Avery. Pe Constance Chou, Russ Curtis, Penny Darrell. La Micuți o să dureze ceva până când îi triem. Toți sunt împrăștiați peste tot.

– Aș zice că sunt vești bune, începu Michael, lăsând fraza neterminată. Atât de mulți muriseră.

– Hollis mi-a spus ce-ai făcut, zise Peter.

Michael ridică din umeri. Părea puțin rușinat, dar și mândru totodată.

– Asta am simțit că trebuie să fac la momentul ăla.

– Dacă vei dori vreodată un post în Forțele Expediționare, să-mi spui. Data viitoare când ne vom întâlni, voi fi probabil la închisoare.

– Haide, Peter, fii serios! Probabil o să te facă general pentru asta. Sau o să-ți ceară să fii președinte.

– Atunci nu cunoști Armata așa cum o cunosc eu. Și totuși, preț de o secundă, se gândi: și dacă ar fi așa? O să plecăm peste câteva zile. Am vrut să știi.

– M-am gândit eu. Nu uita să te îmbraci bine. Salută-i pe cei din Kerrville din partea mea.

– Te luăm cu noi data viitoare, îți promit.

– Nu știu ce să zic, *hombre*, serviciile aici sunt destul de bune. Și locul mi se potrivește oarecum. Cine mai merge cu tine?

– Sara, Hollis și Kate, dar asta era logic. Greer rămâne aici să ajute la evacuare. Eustace adună o echipă.

– Cum rămâne cu Lish?

– Aș întreba-o dacă aș găsi-o. Abia dacă o văd. E tot timpul plecată călare pe calul ei. L-a numit Soldat. Habar n-am ce face.

– Îmi pare rău c-ai ratat-o. Chiar de dimineață a trecut.

– Lish a fost aici?

– A spus că a vrut să mă salute. Michael își întoarse privirea spre el: Ce? E așa ciudat?

Peter se încruntă.

– Nu neapărat. Cum ți s-a părut?

– Tu cum crezi? Ca Lish.

– Deci nu era nimic schimbat la ea?

– Nu, din câte am observat eu. N-a stat foarte mult. Spunea că trebuie s-o ajute pe Sara cu donațiile.

În calitate de director interimar la spital, Sara descoperise că respectiva clădire care servise drept spital, așa cum bănuia de mult, era spital doar cu numele. Nu exista aproape niciun fel de echipament medical și niciun pic de sânge. Cu atât de mulți răniți în urma atacului, cu atâția bebeluși care se nășteau și tot restul, pusese să fie adus un frigider din unitatea de procesare a mâncării și instituise un program de donare de sânge.

– Lish, asistentă medicală, remarcă Peter cu ironie, clătinând din cap. Aş vrea s-o văd şi pe asta.

Nu aflară niciodată pe deplin ce se întâmplase cu ochi-roşii. Aceia care nu fuseseră omorâţi pe stadion pur şi simplu îşi încetaseră existenţa. Singura concluzie care putea fi trasă, susţinută de povestea Sarei despre Lila, era aceea că distrugerea Domului, deopotrivă cu moartea bărbatului cunoscut drept Sursă, cauzase o reacţie în lanţ asemănătoare cu cea pe care o observaseră la descendenţii lui Babcock pe muntele din Colorado. Cei care fuseseră martori la întâmplare o descriau ca pe o îmbătrânire rapidă, ca şi cum o sută de ani de viaţă se scurseseră în doar câteva secunde – carnea zbârcindu-se, părul căzând în smocuri, pielea feţei strângându-se pe craniu. Cadavrele pe care le găsiseră, încă îmbrăcate în costum şi cu cravată, nu mai erau altceva decât o grămadă de oase maronii. Arătau de parcă erau morţi de zeci de ani.

Pe măsură ce ziua plecării se apropia, Sara ajunsese să lucreze practic zi şi noapte. După ce se dusese vestea că în vale chiar aveau acum servicii medicale, începuseră să vină din ce în ce mai mulţi oameni. Cazurile variau de la răceli banale la malnutriţie şi până la disfuncţii grave provocate de vârsta înaintată. Câţiva păreau doar curioşi să vadă cum arată un doctor. Sara îi trata pe cei care puteau fi trataţi şi îi alina pe cei care nu mai aveau nicio şansă. La urma urmelor, cele două categorii nu erau chiar atât de diferite.

Nu părăsea spitalul decât ca să doarmă şi, uneori, să mănânce, când nu-i aducea Hollis pachet, însoţit întotdeauna de Kate. Fuseseră repartizaţi într-un apartament din complexul de la marginea centrului oraşului – un loc ciudat, cu ferestre late şi vopsite, care creau în permanenţă o atmosferă nocturnă. Se simţea puţin straniu, ştiind că foştii locatari fuseseră ochi-roşii, dar era confortabil, cu paturi mari, lenjerie moale, apă caldă şi un cuptor funcţional, unde Hollis gătea supe şi tocane din ingrediente despre care ea nu voia să ştie, dar care nu le făceau mai puţin gustoase. Mâncau toţi trei la lumina lumânărilor, după care se puneau în pat şi făceau dragoste cu o tandreţe tăcută, ca să n-o trezească pe fiica lor.

În seara aceasta, Sara hotărâse să ia o pauză; o omorau picioarele, plus că era și lihnită și îi era un dor nebun de familia ei. Familia ei: după toate câte se întâmplaseră, cât de minunate păreau aceste două cuvinte. Erau cele mai deosebite din întreaga istorie a limbajului omenesc. Când îl văzuse pe Hollis dând buzna în Dom, inima ei știuse pe dată ceea ce ochilor nu le venea să creadă. Firește că venise după ea; Hollis mișcase și munții din loc, și iată-l acum acolo. Cum ar fi putut să fie altfel?

Își croi drum în susul dealului, trecu de ruinele Domului – rămășițele lui arseseră mocnit zile întregi – și traversă centrul vechi al orașului. Să umble liberă, fără teamă, i se părea încă un lucru de necrezut. Sara se gândise să se oprească pe la farmacie, ca să-l salute pe Eustace și pe cine mai era pe acolo, însă picioarele refuzară să dea curs acestei porniri, care nu dură mult. Cu nerăbdare ușurându-i fiecare pas, urcă cele șase etaje până la apartament.

– Mami!

Hollis și Kate stăteau cu picioarele încrucișate pe podea, jucându-se alba-neagra. Înainte ca Sara să apuce să-și dea jos eșarfa de la gât, fetița sări în picioare și i se aruncă în brațe, o ciocnire moale; Sara o ridică pe Kate de mijloc ca s-o privească în ochi. Nu-i ceruse niciodată lui Kate să-i spună așa, nevrând s-o deruteze mai mult decât era necesar, dar se părea că acest lucru nu mai conta, fetița o făcuse din proprie inițiativă. Cum nu avusese tată înainte, lui Kate îi luă puțin mai mult să se obișnuiască cu prezența lui Hollis în viața ei, ca mai apoi, într-o zi, la vreo săptămână după eliberare, să înceapă să-i spună tati.

– Ia te uită, spuse Sara fericită. Cum ți-a fost ziua? Te-ai distrat cu tati?

Fetița se întinse spre chipul Sarei, îi prinse nasul în pumn, prefăcându-se că-l smulge de pe fața Sarei și că-l bagă în gura ei, împingând cu limba în interiorul obrazului.

– Ț'-am mâ'cat nasu'! spuse ea, ca și cum ar fi avut gura plină.

– Hei, dă-mi-l înapoi!

Kate, cu ochii radiind și cu buclișoarele ei blonde încadrându-i chipul, clătină din cap cu o sfidare vădită.

– Nu-nu! E al meu!

Urmară gâdilături și râsete din partea tuturor, precum și furatul altor părți ale corpului, ca în cele din urmă nasul Sarei să-i fie returnat. După ce neînțelegerea fu rezolvată, li se alătură și Hollis. Cuprinzând capul lui Kate în palme, o sărută scurt pe Sara, barba lui – caldă, bine-cunoscută, plină de mirosul lui – simțindu-se ca lâna pe obrajii ei.

– Ți-e foame?

Ea zâmbi.

– Aș mânca.

Hollis îi puse o farfurie; el și Kate mâncaseră deja. El stătu la masă cât ea mâncă cu poftă. Carnea, recunoscu ea, ar fi putut să fie orice, însă morcovii și cartofii mergeau. Sarei nu-i prea păsa; mâncarea nu avusese niciodată un gust atât de bun ca în ultimele săptămâni. Vorbiră despre pacienții ei, despre Peter, Michael și ceilalți, despre Kerrville și ce îi aștepta acolo, despre călătoria spre nord, acum la doar câteva zile depărtare. Hollis sugerase inițial să aștepte până la primăvară, când drumul avea să fie mai puțin dificil, însă Sara nici nu vru să audă. Prea multe se întâmplaseră aici, îi spusese ea. Nu știu unde este căminul nostru, dar hai să fie Texas.

Spălară vasele, le puseră la scurs și o pregătiră pe Kate de culcare. Fetița era pe jumătate adormită când Sara îi trase cămașa de noapte peste cap. O băgară în pat și se retraseră în sufragerie.

– Chiar trebuie să te întorci la spital? întrebă Hollis.

Sara își luă haina din cui și o îmbrăcă.

– Doar pentru câteva ore. Nu mă aștepta.

Deși exact asta avea să facă; Sara ar fi făcut același lucru în locul lui.

– Vino aici!

Îl sărută prelung.

– Vorbesc serios. Du-te la culcare!

Dar chiar când puse mâna pe clanță, el o opri.

– De unde ai știut, Sara?

Ea își dădu seama la ce se referea, dar nu în totalitate.

– De unde am știut ce?

– Că era ea. Că era Kate.

Era ciudat; Sara nu se gândise până acum să-și pună întrebarea asta. Nina îi confirmase identitatea lui Kate cu ocazia întâlnirii clandestine din camera din spate a farmaciei, dar nu era nevoie; în mintea Sarei nu fusese nicicând loc de îndoială. Era mai mult decât asemănarea fizică a copilei; cunoștința acestui lucru venea dintr-un loc mult mai îndepărtat. Sara o privise pe Kate și știuse pe dată că, dintre toți copiii de pe lume, ea era a ei.

– Numește-le instincte materne. A fost ca și cum... ca și cum m-aș fi văzut pe mine. Ridică din umeri. Nu pot să explic mai bine de-atât.

– Totuși, am avut noroc.

Sara nu-i spusese despre foița de aluminiu; și nici nu avea de gând s-o facă.

– Nu sunt sigură că a fost vorba de noroc aici, răspunse ea. Nu știu decât că suntem împreună.

Era trecut de miezul nopții când i se termină tura. Căscând în pumn, mintea fugindu-i deja acasă, Sara intră în ultimul cabinet, unde o tânără femeie o aștepta stând la o masă.

– Jenny?

– Bună, Dani!

Sarei îi veni să râdă – nu doar la auzul numelui, care părea să vină dintr-un vis îndepărtat, ci din pricina fetei. Abia când o văzu în carne și oase își dădu Sara seama că o presupusese moartă pe Jenny.

– Ce s-a întâmplat cu tine?

Ea ridică timid din umeri.

– Îmi pare rău c-am plecat. Pur și simplu m-am speriat, după cele petrecute în țarc. Unul dintre lucrătorii de la bucătărie m-a ascuns într-un butoi cu făină și m-au scos afară cu unul dintre camioanele de livrare.

Sara îi zâmbi cu blândețe.

– Ei bine, mă bucur să te revăd. Ce ai pățit?

Fata șovăi.

– Cred că sunt însărcinată.

Sara o consultă. Era prea devreme să știe. Dar, dacă erai însărcinată, îți asigurai un loc printre cei dintâi evacuați. Completă un formular și i-l întinse.

– Du asta la biroul recensământului și spune-le că eu te-am trimis.

– Serios?

– Serios.

Fata rămase cu privirea ațintită asupra bucății de hârtie.

– Kerrville. Nu-mi vine să cred. Abia dacă mi-l mai amintesc.

Sara completă un duplicat al ordinului de evacuare. Rămase cu pixul în aer.

– Ce-ai spus?

– Că nu-mi vine să cred?

– Nu, cealaltă chestie. Despre amintit.

Fata ridică din umeri.

– Acolo m-am născut. Sau cel puțin așa cred. Eram destul de mică când m-au luat.

– Jenny, de ce n-ai mai spus asta nimănui?

– Ba am spus. Celui de la recensământ.

Pe toți zburătorii, cum de le scăpaseră asta?

– Ei bine, mă bucur că mi-ai spus și *mie*. Poate că te caută cineva. Care ți-e numele de familie?

– Nu sunt sigură, răspunse Jenny. Dar cred că era Apgar.

68

Ziua plecării sosi cu un răsărit puternic, viu. Echipa de avangardă se adunase la stadion: treizeci de bărbați și de femei, șase camioane și două cisterne cu combustibil. Eustace și Nina veniseră să-i petreacă, la fel și Lore și Greer.

Se adunaseră ceva oameni, rude și prieteni ai celor care plecau. Sara și ceilalți își luaseră deja la revedere de la Michael cu o seară în urmă, la spital. Haideți, spusese el, cu fața roșie toată, plecați de-aici! Cum să se mai odihnească cineva cu atâta tevatură? Însă felicitarea pe care Kate o făcuse pentru el îl înmuie: *Te ubesc, uchiule Michel. Fă-te bine.* Vai, pe toți zburătorii, făcuse el, veniți încoace! și o strânse pe fetiță la pieptul lui, cu lacrimile curgându-i șiroaie din ochi.

Fură încărcate în camioane și ultimele provizii; toată lumea se îmbarcă. Peter avea să meargă în prima camionetă, împreună cu Hollis; Sara și Kate într-unul din camioanele mari de la coada convoiului. Tocmai când Peter porni motorul, Greer apăru la geamul lui. În lipsa lui Peter, maiorul fusese de acord să-i ia locul, ca secund al lui Eustace, fiind acum responsabil de evacuare.

– Nu știu unde e, Peter. Îmi pare rău.

Fusese atât de evident? Încă o dată, Lish îl părăsise la altar.

– Sunt doar îngrijorat în privința ei. Ceva nu e în regulă.

– A trecut prin multe în celula aia. Nu cred că ne-a spus nici jumătate din câte a îndurat. O să-și revină – așa cum face de fiecare dată.

Nu mai era nimic de spus despre subiectul ăsta. Și nici despre celălalt, lucru care, de-a lungul zilelor care urmară bătăliei, îi împovărase pe toți cu durerea lui nerostită. Explicația logică era aceea că Amy murise în explozie, pulverizată laolaltă cu ceilalți Virali, și totuși o parte din el refuza să accepte acest lucru. O simțea ca pe un membru lipsă, ca pe o parte nevăzută din el.

Cei doi bărbați își dădură mâinile.

– Să ai grijă, bine? îi spuse Peter. Și tu, Hollis. E o altă lume acolo, dar nu poți ști niciodată.

Peter încuviință din cap.

– Numai ochi, maiorule!

Greer le oferi unul dintre zâmbetele lui rare.

– Recunosc că-mi place cum sună. Cine știe? Poate că, până la urmă, o să mă primească înapoi.

Sosise clipa plecării. Peter băgă vehiculul în viteză; cu un hârâit greu de motor, convoiul porni spre poartă. În oglinda retrovizoare, Peter urmări cu privirea cum clădirile Patriei se pierd din vedere, dispărând în albeața iernii.

– Sunt sigură că e acolo pe undeva, Peter.

Peter se întrebă la cine anume se referea.

Din ascunzătoarea ei din apeduct, Alicia urmărea cu privirea convoiul care se îndepărta. De zile întregi își închipuia această clipă, în încercarea de a o găsi pregătită. Cum se simțea? Nici măcar acum nu putea spune. Ca un sfârșit, atât. Se simțea ca un sfârșit. Șirul de vehicule făcură un arc de cerc larg în jurul gardurilor care împrejmuiau orașul și o luară spre sud. Alicia privi multă vreme, imaginea devenind din ce în ce mai mică, huruitul motoarelor diminuându-se. Se uită și după ce dispărură din vedere.

Nu mai rămăsese decât un singur lucru de făcut.

Luase sângele de la spital, ascunzând punguța de plastic sub tunică, atunci când Sara era întoarsă cu spatele. Avusese nevoie de toată stăpânirea de sine ca să nu-și înfigă ghearele în ea, să nu-și afunde fața, gura și limba în bogăția aceea pământie. Dar se gândi la Peter, la Amy, la Michael și la ceilalți, găsind astfel puterea să aștepte.

Îngropase punguța în zăpadă, marcând locul cu o piatră. Acum o dezgropase: un bloc de gheață roșie, solidă în mâinile ei. Soldat o urmărea cu privirea de pe marginea apeductului. Alicia i-ar fi spus să plece, dar firește că n-ar fi ascultat-o; aveau să rămână împreună până la sfârșit. Făcuse un foc din crenguțe uscate, topise niște zăpadă într-o crăticioară, așteptă până când bulele se ridicară și introduse punguța în apa clocotindă – era ca și cum ar fi făcut ceai, se gândi ea. Treptat, conținutul se înmuie până când ajunse o pastă. După ce sângele se topi complet, Alicia scoase punguța și se așeză în zăpadă, strângându-i căldura la piept. Ambalajul de plastic adăpostea un destin cu totul diferit. Încă din ziua de pe munte, când fusese mușcată de Viral, cu cinci ani în urmă, fusese conștientă de soarta care o aștepta; acum avea s-o întâlnească. Avea s-o întâlnească, apoi să moară.

Soarele dimineții de iarnă se ridică pe cerul fără nori. Soarele. Alicia îi privi strălucirea cu ochii mijiți. *Soarele*, se gândi ea. *Dușmanul meu, prietenul meu, izbăvirea mea de pe urmă*. Avea s-o mături de pe fața pământului. Să-i împrăștie cenușa în vânt. Fă-o rapid, îi spuse Alicia soarelui, dar nu prea rapid. Vreau să simt cum iese din mine.

Ridică punguța la buze, scoase dopul și bău.

Până la apus, convoiul parcursese o sută de kilometri. Numele orașului era Grinnell. Se adăpostiră într-un magazin abandonat de la marginea orașului unde, aparent, în trecut se vindea încălțăminte; pe rafturi erau cutii peste cutii de pantofi. Deci, un loc unde merita să revină într-o bună zi. Își mâncară porțiile, își așternură paturile și se culcară.

Sau cel puțin încercară. Nu era din cauza frigului – Peter se obișnuise cu asta. Era pur și simplu prea tulburat. Evenimentele de pe stadion fuseseră de proporții mult prea mari ca să poată fi absorbite toate deodată; la aproape o lună, el încă era stăpânit de emoții, prin minte trecându-i iar și iar imaginile de atunci.

Peter își trase geaca pe el, își încălță cizmele și ieși afară. Puseseră un singur om de pază, care stătea acum într-un scaun pliant pe care-l aduseseră din magazin; Peter primi pușca pe care i-o întindea bărbatul și îl trimise la culcare. Luna strălucea, aerul se simțea ca gheața în plămânii lui. Rămase acolo în tăcere, absorbind claritatea pură a nopții. În zilele care urmară bătăliei, Peter încercase să-și impună o emoție care să corespundă măreției evenimentelor – fericire, sentimentul victoriei sau măcar ușurare – însă nu simțea decât singurătate. Își aminti cuvintele de bun-rămas ale lui Greer: *E o altă lume acolo*. Așa era, Peter o știa prea bine; și totuși nu se simțea. Oricum ar fi fost, lumea se simțea mai mult ca ea însăși. Iată câmpurile cu zăpadă, care se întindeau ca o mare înghețată și calmă; iată cerul fără sfârșit, împânzit de stele; iată luna, cu privirea ei gălbuie și leneșă, precum răspunsul la o întrebare pe care nu o pusese nimeni. Totul era așa cum trebuia să fie, și așa avea să rămână mult timp după ce ei nu vor mai fi fost, după ce numele, amintirile și tot ce erau s-ar fi împrăștiat ca cenușa în vântul timpului.

Auzi un zgomot venind din spatele lui. Sara ieși pe ușă, ținând-o pe Kate în brațe. Fetița avea ochii deschiși și se uita curioasă prin jur. Sara se apropie de Peter, cizmele ei scârțâind în zăpadă.

– Nu poți să dormi? întrebă el.

Pe chipul ei apăru o expresie de exasperare.

– Eu aș putea, *crede-mă*. Dar e vina mea, am lăsat-o să doarmă prea mult în mașină.

– Bună, Peter! spuse fetița.

– Bună, scumpo! N-ar trebui să fii în pat? Ne așteaptă o zi lungă mâine, știi doar.

Ea își strânse buzele.

– Îhm!

– Vezi? făcu Sara.

– Vrei să stau eu cu ea o vreme? Să știi că pot.

– Vrei să spui, aici afară?

Peter ridică din umeri.

– Puțin aer curat ar trebui să-i facă bine. Și mi-ar prinde bine puțină companie. Cum Sara nu răspunse, Peter continuă: Nu-ți face griji, o să stau cu ochii pe ea. Ce spui, Kate?

– Ești sigur? stărui Sara.

– Da, sunt sigur. Am altceva de făcut? De cum o să i se facă somn, o aduc înăuntru. Își sprijini pușca de clădire și întinse brațele spre fetiță: Haide, dă-o încoace! Nu accept niciun refuz.

Sara se învoi, dându-i-o pe Kate lui Peter. Fetița își încolăci picioarele în jurul lui, prinzându-se de gulerul gecii, ca să-și mențină echilibrul.

Sara se dădu puțin înapoi ca să-i privească pe amândoi.

– Trebuie să recunosc, asta e o latură a ta pe care nu am văzut-o până acum.

El se trezi că zâmbește.

– Cinci ani te pot schimba mult.

– Ei bine, nu-ți stă rău. Nu-și putu înfrâna un căscat. Serios acum, dacă te deranjează...

– N-o să mă deranjeze. Poți să pleci. Du-te și dormi puțin.

Sara îi lăsă singuri. Peter se lăsă în scaun, o așeză pe Kate în poală și o întoarse cu fața spre cerul de iarnă.

– Despre ce vrei să vorbim?

– Nu știu.

– Nu ți-e somn deloc?

– Nu.

– Ce-ai zice să numărăm stelele?

– E plictisitor. Se foi, așezându-se mai comod, după care îi comandă: Spune-mi o poveste!

– O poveste. Ce fel de poveste?

– Una cu „A fost odată".

Nu știa prea sigur cum să înceapă, nu mai făcuse asta niciodată. Și totuși, pe când se gândea la cererea fetiței, fu năpădit de o sumedenie de amintiri: de zilele când era Micuț, în Sanctuar, stând în cerc împreună cu ceilalți copii, cu picioarele strânse sub ei; de Profesoară, de chipul ei palid ca luna și de poveștile pe care le spunea, despre animale vorbitoare în jachete și fuste, despre regi în castelele lor și despre corăbii care traversează mări în căutare de comori; senzația de moleșeală a cuvintelor trecând prin el, purtându-l în lumi și timpuri îndepărtate, ca și cum și-ar fi părăsit propriul trup. Erau amintiri dintr-o altă viață; se simțeau atât de îndepărtate, încât ai fi zis că erau istorie; și totuși, stând în ger cu fetița Sarei în poală, nu păreau separate de el. Simți o umbră trecând peste el și, odată cu ea, un junghi de regret: lui Caleb nu-i spusese niciodată o poveste.

– Deci, începu el și își drese vocea, trăgând de timp ca să-și adune gândurile. Dar adevărul era că nu avea nimic: fiecare poveste din copilăria lui îi zburase deodată din minte. O să trebuiască să improvizeze. Să vedem...

– Să fie cu o fată în ea, spuse Kate, încercând să-l ajute.

– Este. Acum ajungeam la partea asta. Deci, a fost odată ca niciodată o fetiță...

– Cum arăta?

– Hmm. Era foarte drăguță. Semăna cu tine, de fapt.

– Era prințesă?

– Mă lași pe mine să spun povestea sau nu? Dar, acum că ai pomenit de asta, da. Era cea mai frumoasă prințesă din câte existaseră vreodată. Doar că, vezi tu, ea *nu* știa că e prințesă. Asta e partea interesantă.

Kate se încruntă autoritară:

– De ce nu știa?

Atunci se produse clicul; simți cum povestea prinde contur în mintea lui.

– Asta e o întrebare excelentă! S-a întâmplat așa. Când era foarte mică, doar un bebeluș, părinții ei, regele și regina, au dus-o la un picnic în pădurea regală. Era o zi senină, iar fetița, pe care o chema prințesa...

– Elizabeth.

– Prințesa Elizabeth a văzut un fluturaș. Un fluturaș *superb*. Părinții ei nu erau atenți, ea s-a dus după fluture, cu gând să-l prindă, şi a intrat în pădure. Dar fluturele nu era un fluture. Ci era... regina zânelor.

– Serios?

– E adevărat. Acum, problema cu zânele este că nu au încredere în oameni. Le place să stea cât mai retrase. Dar regina zânelor era diferită. Dintotdeauna îşi dorise o fiică. Zânele nu pot avea copii. Era foarte tristă că nu avea o fetiţă de care să aibă grijă, aşa că, atunci când a văzut-o pe prinţesa Elizabeth, a fost atât de mişcată de frumuseţea ei, încât nu s-a putut abţine. A atras-o pe copilă adânc, tot mai adânc în pădure. Curând, copila se rătăci şi începu să plângă. Regina zânelor ateriză pe năsucul ei, îi şterse lacrimile cu aripile ei delicate şi îi spuse: „Nu fi tristă. O să am eu grijă de tine. O să fii fetiţa mea de-acum." O conduse la scorbura mare unde trăia împreună cu restul zânelor, supusele ei, îi dădu să mănânce, o masă la care să stea şi un pat în care să doarmă. Destul de repede, prinţesa Elizabeth ajunse să nu-şi mai amintească nimic despre viaţa ei de dinainte, nimic în afară de zânele din pădure.

Kate îl încurajă dând din cap.

– Şi ce s-a întâmplat?

– Ei bine, nu s-a întâmplat nimic. Nu imediat. O vreme, au trăit fericiţi laolaltă, mai ales regina zânelor. Cât de mult se bucura să aibă o fetiţă a ei! Dar, pe măsură ce Elizabeth creştea, fetiţa simţea că ceva nu era în regulă. Ştii ce anume?

– Nu era zână?

– Exact. Foarte bine că ţi-ai dat seama. Nu era zână, era o fetiţă şi nimic mai mult. De ce sunt atât de diferită? se întreba ea. Şi cu cât creştea mai mult, cu atât îi era mai greu reginei zânelor să ascundă adevărul. De ce-mi ies picioarele din pat? o întreba Elizabeth, iar regina zânelor îi răspundea: Pentru că sunt mici paturile, aşa sunt ele. De ce e masa mea atât de mică? întreba Elizabeth, iar regina zânelor îi răspundea: Îmi pare rău, nu e vina mesei, va trebui să te opreşti din crescut. Lucru care, fireşte, nu putea să-l facă. Creştea şi tot creştea, până când, în cele din urmă, nu mai încăpu în scorbură. Toate celelalte zâne se plângeau din pricina ei. Le era teamă că o să le mănânce toată mâncarea și că lor n-o să le mai rămână nimic. Le era frică să nu le strivească din greșeală. Trebuia făcut ceva, însă regina zânelor nu voia defel. Mă urmărești?

Kate încuviință din cap fascinată.

– Acum, regele și regina, părinții lui Elizabeth, o căutaseră neîncetat în tot acest timp. Scormoniseră fiecare colțișor de pădure și toate pământurile din regat, pe deasupra. Însă copacul era foarte bine ascuns. Apoi, într-o zi, auziră un zvon despre o fetiță care trăia în pădure laolaltă cu zânele. Să fie aceea fiica lor? se întrebară ei. Făcură singurul lucru la care se putură gândi. Poruncirăpădurarilor din regat să taie toți copacii până când îl vor găsi pe acela în care se afla Elizabeth.

– Pe *toți*?

Peter încuviință din cap.

– Până la ultimul. Ceea ce nu a fost deloc o idee bună. Pădurea e casa nu numai a zânelor, dar și a multor animale și păsări. Numai că părinții lui Elizabeth erau atât de disperați, încât ar fi făcut orice să-și recupereze fiica. Așa că pădurarii s-au apucat de tăiat pădurea, în vreme ce regele și regina călăreau prin jur, strigând-o pe fată pe nume: „Elizabeth! Elizabeth! Unde ești?“ Și știi ce a urmat?

– I-a auzit?

– Da, i-a auzit. Doar că numele de Elizabeth nu-i mai spunea nimic fetiței. Acum avea un nume de zână și uitase tot despre viața ei de dinainte. Dar regina zânelor știa ce auzise copila și s-a întristat amarnic. Cum am putut face un lucru atât de oribil? se gândi ea. Cum am putut s-o iau pe Elizabeth de la ei? Dar tot nu-i venea să zboare afară din scorbură ca să le dea de veste părinților unde era Elizabeth. Pentru că, vezi tu, o iubea prea mult pe fetiță ca să se despartă de ea. „Stai cuminte!“ îi spuse ea. „Nu scoate niciun sunet!“ Pădurarii se apropiau din ce în ce mai mult. De jur împrejur, copacii cădeau unul după altul. Toate zânele erau înspăimântate. „Dă-ne-o înapoi!“ îi strigau ei reginei zânelor, „te rugăm, dă-ne-o înapoi, înainte să tăiem toată pădurea.“

– Uau! făcu Kate cu respirația tăiată.

– Știu. E o poveste cam înfricoșătoare. Vrei să mă opresc?

– Unchiule Peter, *te rog*.

El râse.

– În regulă, în regulă. Deci, pădurarii ajunseră la copacul unde erau zânele și Elizabeth. Era un copac nemaipomenit de mare, cu trunchi gros și o coroană bogată. Un copac al zânelor. Dar tocmai când unul dintre pădurari ridică toporul să dea prima lovitură, regele se răzgândi. Vezi tu, copacul era prea frumos ca să fie tăiat. „Creaturile pădurii îndrăgesc copacul ăsta la fel de mult cât îmi îndrăgesc eu fiica, sunt sigur de asta, spuse el. N-ar fi drept să-l tăiem. Toată lumea să-și lase topoarele jos și să se ducă acasă. Lăsați-mă pe mine și pe soția mea să jelim pierderea fiicei noastre." Toată lumea era în lacrimi. Părinții lui Elizabeth, pădurarii, chiar și regina zânelor, care auzise fiecare cuvințel. Fiindcă știa că Elizabeth nu poate în veci să fie fiica ei adevărată, indiferent cât ar fi încercat. Așa că o luă pe fetiță de mână, o scoase afară din scorbură și spuse: „Majestățile voastre, iertați-mă. Eu am fost cea care a luat-o pe fiica voastră. Mi-am dorit o fetiță atât de mult, încât nu m-am putut abține. Dar știu acum că ea vă aparține. Îmi pare rău, nespus de rău." Și știi ce au răspuns regele și regina?

– Să-i fie tăiat capul?

Peter își înăbuși un hohot de râs.

– Din contră! În ciuda celor întâmplate, au fost atât de fericiți să-și primească fiica înapoi și atât de mișcați de părerile de rău ale reginei zânelor, încât au decis s-o răsplătească. Au decretat ca zânele să fie lăsate să trăiască în pace și că fiecare copil din regat să aibă o zână ca prieten. Motiv pentru care și în ziua de azi numai copiii le pot vedea.

Kate rămase tăcută o clipă.

– Și așa s-a terminat?

– Cam așa, da.

Se simți puțin stânjenit.

– N-am mai făcut asta, să știi. Cum m-am descurcat?

Fetița se gândi puțin, apoi spuse, încuviințând scurt din cap:

– Mi-a plăcut. A fost o poveste bună. Mai spune-mi una.

– Nu sunt sigur că mai pot încă una. Nu ești obosită?

– *Te rog*, unchiule Peter.

Noaptea era senină, stelele îi scăldau în lumina lor. Totul era cufundat în nemișcare, nu era nicio mișcare și nu se auzea niciun sunet. Peter se gândi la Caleb și-și dădu seama, cu un tresărit, cât de mult îi ducea dorul băiatului, cât ar mai fi vrut să-l strângă în brațe. Alicia avea dreptate, la fel și Tifty. Dar cea mai mare dreptate dintre toți o avea Amy. *Te iubește, să știi.* Adevărul acestor cuvinte îl umplură ca o gură de aer rece de iarnă. Peter avea să se ducă acasă și să învețe să fie tată.

– Bine, atunci...

Vorbiră și iar vorbiră. Îi spuse toate poveștile pe care le știa. Când terminară, Kate începuse să caște; trupușorul ei se lăsase moale în brațele lui. Își descheie haina, o răsuci pe fetiță și o cuprinse în căldura ei.

– Ți-e frig, scumpo?

Vocea ei era înceată, pe jumătate stinsă.

– Nu.

Se cuibări lângă el. Încă un minut, se gândi Peter, și închise ochii. Încă un minut și o duc înăuntru. Simțea răsuflarea caldă a lui Kate pe gâtul lui; pieptul ei urca și cobora ușor pe al lui, ca valurile lungi pe o plajă. Dar minutul trecu, apoi încă unul și încă unul, iar Peter nu mai apucă să meargă nicăieri, pentru că adormi și el de îndată.

În baia farmaciei, Lucius Greer se bărbierea.

Zilele, și majoritatea nopților, dispăreau sub o avalanșă de îndatoriri. O întâlnire la Consiliul Barăcilor, în timpul căreia Eustace încercase inițial să explice încă o dată, apoi să justifice, procedura aleatorie a evacuării; procesul de evidență a persoanelor, în urma căruia apăruseră mai multe formulare în dublu exemplar, unele completate din greșeală, altele cu intenție de către indivizi care încercau să-și sporească șansele de a fi aleși; o ceartă în fața centrului de detenție, unde un grup de trei colabi, înfometați de moarte după ce stătuseră săptămâni bune ascunși într-un depozit nefolosit, încercaseră să se predea, doar ca să se intersecteze cu o mică mulțime care stătea de pază în afara clădirii; nouă nunți, dintre care pe una i se ceruse s-o oficieze chiar el, după ce unul dintre judecători se îmbolnăvise (Lucius nu trebuise decât să citească patru propoziții de pe un cartonaș, și totuși îl surprinsese greutatea lor, odată rostite cu glas tare); prima adunare oficială a echipelor de asistență pentru evacuare și distribuirea sarcinilor în vederea pregătirii primei plecări; și altele de genul acesta. Într-o zi apărea ceva, în următoarea altceva și tot așa; Lucius nu-și mai amintea ce sau dacă mâncase, abia dacă apuca să stea jos peste zi, și totuși iată-l aici, trecut de miezul nopții, holbându-se la chipul îmbătrânit, cu barba căruntă și neîngrijită din oglindă, cu un cuțit într-o mână și cu o foarfecă în cealaltă.

Începu cu foarfeca. Cu fiecare mișcare, învălmășeala sălbatică de păr și barbă cădea, șuvițele albe adunându-se pe podea la picioarele lui ca niște troiene de zăpadă. După ce termină, încălzi niște apă într-o oală, înmuie în ea o cârpă și o întinse pe față, ca să-i înmoaie țepii rămași. Își frecă obrajii cu săpunul dur, mirosind a chimicale, apoi puse la treabă cuțitul: mai întâi obrajii, apoi arcul lung al gâtului și în cele din urmă capul, pe care-l rase de deasupra sprâncenelor până la baza craniului cu mișcări scurte, măsurate. Prima oară când se răsese astfel fusese în noaptea dinaintea depunerii jurământului pentru Forțele Expediționare, iar atunci se tăiase în vreo douăzeci de locuri. Se spunea că nu trebuie să te uiți la uniformă ca să-ți dai seama că e un recrut nou; nu trebuia decât să-i privești capul. Dar, în timp și cu multă practică, Greer, la fel ca tovarășii lui, prinsese șpilul și se bucura acum să vadă că nu-și ieșise din mână. Ar fi putut s-o facă și legat la ochi, dacă ar fi fost cazul, și totuși era o oarecare satisfacție în a urmări desfășurarea ritualului care și după atâția ani încă mai avea acea putere a botezului. Centimetru cu centimetru, fața lui fu rasă de păr, iar după ce termină, își trecu mâna peste rozaliul rece al chipului său redescoperit și dădu din cap aprobator la imaginea din oglindă.

Se șterse, curăță și uscă lama cuțitului și își strânse lucrurile. Trecuseră multe zile de când nu dormise cum trebuie, și totuși nu-i era câtuși de puțin somn. Își puse geaca, își încălță cizmele și ieși prin ușa din spate, croindu-și drum în josul aleii. Era aproape unu noaptea, nici picior de om prin jur, însă Greer simțea răzbătând de pretutindeni un fel de neliniște moleculară, un zumzet de viață abia auzit. Trecu de ruinele Domului, coborî dealul și se îndreptă spre netezimea stadionului. Când ajunse, luna era în scădere. Preferă să nu intre în clădire, ci să absoarbă liniștea absolută în întregimea ei, un punct întunecat pe fundalul cerului înstelat. Oare locul ăsta avea să fie amintit în istorie? se întrebă el. Oamenii din viitor, oricine vor fi fost ei, aveau să știe despre cele întâmplate aici, aveau să le însemneze pentru posteritate? Un gând plin de speranță, poate puțin prematur, dar unul care merita efortul de a-l avea. Iar Lucius Greer făcu un jurământ mut. Dacă îi aștepta un astfel de viitor, dacă oamenii aveau să iasă victorioși din bătălia finală pentru supremația pământului, el avea să fie cel care să aștearnă faptele pe hârtie, să pună povestea în cuvinte.

Nu știa când avea să aibă loc această bătălie. Amy nu-i spusese și acest lucru. Doar că va veni.

Atunci înțelese forța care-l atrăsese aici. Căuta un semn. Ce formă avea să ia acest semn, asta nu știa să spună. Putea să vină acum, putea să vină mai târziu sau putea să nu vină deloc. Aceasta era povara credinței lui. Își deschise mintea și așteptă. Trecu o bună bucată de timp. Noaptea, stelele, lumea din jur; toate treceau prin el ca o binecuvântare.

Și atunci auzi:

Lucius. Prietenul meu. Bună!

Iar în această noapte a miracolelor, Peter, stând în fața magazinului de pantofi, se trezi cu sentimentul că, de fapt, nu era câtuși de puțin treaz – că visul trecuse pur și simplu în altul, ca o ușă care dă spre o altă ușă. Visase că o ținea pe fiica Sarei în brațe, la marginea câmpurilor acoperite de zăpadă, toate celelalte lucruri contopindu-se laolaltă – cerul ca de cerneală, gerul iernii, ora târzie – doar că nu erau singuri.

Şi nu era un vis.

Ea stătea pe vine dinaintea lui, în maniera ei obişnuită. Transformarea ei era acum deplină; până şi coama bogată de păr se pierduse. Şi totuşi, pe când privirile lor se întâlniră, o imagine îi apăru în minte; ce avea în faţa ochilor nu era un Viral. Ci o fată, apoi o femeie, apoi amândouă deodată. Ea era Amy, Fata de Nicăieri; ea era Amy a Sufletelor, Ultima dintre Cei Doisprezece; era doar ea însăşi. Amy întinse o mână spre el, cu palma în sus; Peter îi răspunse cu acelaşi gest. Un sentiment de dor aprig îi năvăli în inimă atunci când degetele lor se atinseră. Era un fel de sărut.

Cât stătuseră astfel, Peter nu ştia să spună. Între ei, în coconul cald al gecii lui, Kate dormea liniştită, fără să ia seama la ce se întâmplă în jur. Timpul îşi ridicase ancora; Peter şi Amy pluteau acum împreună, duşi de curent. Curând, copila avea să se trezească sau avea să vină Sara sau Hollis, iar Amy urma să dispară. Urma să se ridice în lumina stelelor. Peter avea să o ducă pe fetiţa adormită în patul ei şi să se întindă şi el, poate chiar să încerce să adoarmă; iar de dimineaţă, în răsăritul cenuşiu de iarnă, aveau să-şi întindă oasele, să-şi strângă echipamentul şi să-şi continue lungul lor drum spre sud. Clipa aceasta avea să devină, aşa cum deveneau toate, o simplă amintire.

Dar, pentru moment, era aici.

Epilog

ORA DE AUR

„Din mine sufletul, ascuns și el
În pieptul tău, ce ne e casă, trup?“[1]
SHAKESPEARE, *Sonetul 109*

---

[1] În traducerea lui Radu Ștefănescu.

69

De data aceasta, şoferul era o femeie. Amy îşi lăsă deoparte pancarta şi se urcă în maşină.

– Bună, Amy! spuse femeia, întinzându-i mâna. Eu sunt Rachel Wood.

Îşi dădură mâna. O clipă, Amy rămase fără cuvinte, captivată de frumuseţea femeii: un chip cu o structură osoasă delicată, armonioasă, parcă dăltuită cu cele mai fine unelte; tenul strălucea de sănătate tinerească; trupul îi era echilibrat, puternic, braţele dotate cu muşchi zvelţi. Părul ei, prins într-o coadă de cal, era blond, cu şuviţe aurii. Purta ceea ce Amy ştia că era echipament de tenis, deşi această informaţie părea să vină din altă parte, însăşi ideea de tenis fiind lipsită de sursă. Îşi ţinea ochelarii de soare, cu pietricele pe cele două braţe, pe creştet.

– Scuze că n-am ajuns mai devreme să te iau, continuă Rachel. Anthony era de părere că ţi-ar plăcea să vezi o faţă familiară mai întâi.

– Mă bucur să te cunosc, zise Amy.

– Drăguţ din partea ta să spui asta. Zâmbi, dezvelindu-şi dinţii, care erau mici, drepţi şi foarte albi. Acum pune-ţi centura.

Trecură de pasaj. Totul era la fel ca data trecută – aceleaşi case, aceleaşi magazine şi locuri de parcare, aceeaşi lumină puternică de vară, aceeași lume forfotitoare care trecea pe lângă ea. Adâncită în pielea scaunului ei, Amy se simțea ca și cum ar fi plutit într-o cadă. Rachel părea foarte în largul ei la volanul imensei mașini, fredonând în barbă o melodie, în timp ce își croia încrezătoare drum prin trafic. Când o camionetă puse brusc frână în fața lor, blocând banda, Rachel semnaliză și o depăși cu o mișcare abilă.

– Pentru numele lui Dumnezeu, cum sunt unii! oftă ea. Unde învață să conducă?

Îi aruncă o privire scurtă lui Amy, după care își aținti privirea înapoi la drum.

– Știi, trebuie să recunosc, nu ești chiar cum mi te-am închipuit.

– Nu?

– Ah, n-am spus-o într-un sens rău, o asigură Rachel. Chiar nu la asta m-am referit. Serios, ești foarte drăguță. Aș fi vrut să am și eu un ten ca al tău.

– Deci cum sunt diferită de ce-ți închipuiai?

Ea șovăi, părând să-și aleagă cu grijă cuvintele.

– Am crezut c-o să fii, știi tu, mai tânără.

Își văzură de drum. Sosirea neașteptată a lui Amy în locul acela produsese o oarecare confuzie și, odată cu ea, o emoție înăbușită. Dar pe măsură ce minutele treceau, își simți mintea deschizându-se noilor circumstanțe, imaginile și răspunsurile ei devenind din ce în ce mai definite. Cât de minunat era totul, se gândi Amy. Cât de extraordinar de minunat. Erau înăuntrul navei, pe Chevron Mariner, și totuși nu era conștientă fizic de acest lucru; la fel cum se întâmplase și cu Wolgast, scena dobândise o aparență fermă a realității până în cele mai mici detalii. Poate că era adevărat, dintr-o perspectivă diferită a lumii. Dar, la urma urmelor, ce însemna „adevărat“?

– Chiar acolo m-am oprit cu el, prima oară, spuse Rachel, arătând pe fereastră către un șir de magazine. Cumva, am știut că s-ar putea să-i placă gogoșile. Gogoși, îți vine să crezi? Înainte ca Amy să poată răspunde, ea continuă: Uită-te la mine, cum îți impui capul cu toate astea, când probabil le știi deja. Și trebuie să mai fii și obosită după o asemenea călătorie.

– E în regulă, răspunse Amy. Nu mă deranjează.

– Vai, în ce hal arăta! Rachel clătină cu tristețe din cap. Bietul om. Mi s-a făcut așa o milă de el. Mi-am spus: Rachel, trebuie să faci ceva. Măcar o dată în viața ta neînsemnată scoate-ți capul din nisip. Dar, firește, tot la mine mă gândeam de fapt. Tocmai asta a fost și problema. Aveam la regrete cât să-mi ajungă o sută de vieți. Nu l-am meritat, nici cât negrul sub unghie.

– Nu cred că el e de aceeași părere.

Ea încetini mașina și intră pe o stradă rezidențială.

– E de-a dreptul uimitor ce faci tu, să știi. A fost singur atâta vreme.

Nu peste mult timp, opriră în dreptul casei.

– Ei, iată-ne ajunse, anunță Rachel pe un ton vesel. Trăsese mașina pe locul de parcare, deși nu oprise motorul, la fel cum făcuse și Wolgast. A fost o plăcere să te întâlnesc în sfârșit, Amy. Ai grijă când cobori.

– De ce nu vii cu mine? Știu că ar vrea să te vadă și pe tine.

– O, nu, spuse Rachel. Drăguț din partea ta, dar mi-e teamă că nu așa merg lucrurile. E împotriva regulilor.

– Ce reguli?

– Ei bine... regulile.

Amy aștepta să-i explice, însă femeia nu o făcu; nu-i rămânea decât să coboare din mașină. Deschise ușa și îi aruncă încă o privire lui Rachel, care stătea cu mâinile pe volan. Aerul se simțea dens și înăbușitor sub coroana verde a copacilor; insectele bâzâiau prin jur melodia lor veselă, haotică, întocmai ca o orchestră care-și acordă instrumentele.

– Spune-i că mă gândesc la el, bine? Spune-i că Rachel îi transmite dragostea ei.

– Nu înțeleg de ce nu vii cu mine.

Rachel își îndreptă privirea peste bord, spre casă. Lui Amy îi păru că ochii ei caută ceva, ochii aceia înnourați brusc de un val de tristețe, oprindu-se o clipă asupra fiecărei ferestre. Lacrimi apărură în colțurile lor.

– Nu pot, nu înțelegi? N-ar avea niciun sens.

– De ce n-ar avea niciun sens?

– Pentru că sunt deja acolo, Amy.

Îl găsi îngenuncheat printre răsadurile de flori, lucrând cu mâinile în pământ. Lângă el se afla o roabă; grămăjoare negre de resturi vegetale, emanând un miros greu, de pământ, erau împrăștiate printre răsaduri. Când o văzu că se apropie, el se ridică în picioare, scoțându-și pălăria de paie de pe cap și mănușile.

– Don'șoară Amy, ai picat la țanc. Tocmai voiam să mă apuc să tund gazonul, dar poate aștepta. Îi arătă cu mâna către curtea interioară, unde o aștepta un pahar cu ceai. Vino să stai oleacă!

Se așezară la masă. Amy își înclină capul pe spate, lăsând lumina soarelui s-o încălzească. Aroma ierbii și a florilor îi inunda simțurile.

– M-am gândit eu c-o să-ți placă aici, spuse Carter. Așa putem și noi să vorbim sau orice altceva. Să ne treacă timpul.

– Știai că o să fie aici, nu-i așa?

Carter își tamponă fruntea cu o cârpă.

– Nu eu l-am trimis, dacă la asta te referi. Wolgast are metodele lui. N-ai cum să-l faci să se răzgândească dacă-și pune ceva în minte.

– Dar cum de ceilalți Virali nu știau cine este? Pare imposibil. L-ar fi omorât numaidecât dacă ar fi știut.

Carter clătină din cap.

– Cumva, n-au putut niciodată să mă citească. Ai putea spune că au pierdut legătura o vreme. E ceva reciproc, nici eu nu am mai dat niciun semn de când au început toate. I-am alungat pe toți din minte.

Carter se ridică în scaun ca să-și vâre cârpa înapoi în buzunarul din spate al pantalonilor.

– Ai procedat bine, don'șoară Amy. Și Wolgast la fel. A fost o treabă dificilă și urâtă, știu.

Brusc, se simți însetată; ceaiul era rece și dulce, alunecându-i pe limbă și lăsându-i un gust puternic de lămâie. Carter o urmări cu privirea, fluturându-și cu mișcări lente pălăria ca să-și facă vânt.

– Dar Zero?

– Presupune că mai e timp. Dar o să vină după noi. A devenit personală acum. Iar el e sigur cel mai rău dintre toți. Pune-i pe toți la un loc, și tot nu faci unul ca Zero. Dar o să ne ocupăm și de asta când va veni momentul.

– Până atunci, rămânem aici.

Carter încuviință din cap în felul lui molatic.

– Da, don'șoară. Rămânem aici.

Rămaseră în tăcere, gândindu-se la ce avea să urmeze.

– N-am mai îngrijit o grădină, spuse Amy. O să mă înveți cum se face?

– Mereu e o grămadă de treabă de făcut. Chiar mi-ar prinde bine puțin ajutor. Dar mașina de tuns iarbă e mai capricioasă.

– Sunt sigură că pot învăța.

– Nu mă îndoiesc, îi zise el și zâmbi.

Amy își aminti de promisiunea făcută.

– Rachel îți transmite dragostea ei.

– I-auzi! Chiar mă gândeam la ea. Cum ți s-a părut?

– Foarte frumoasă. N-am avut până acum ocazia s-o văd de aproape. Dar și tristă. Se uită la casă de parcă acolo ar fi fost ceva ce își dorea.

Carter păru surprins.

– Vai, don'șoară Amy! Am crezut că știi! Sunt copilașii ei.

Amy clătină din cap.

– Haley și bebelușul. Femeia, de unde este ea, nu-i poate nici vedea, nici atinge. Numai pe ei îi visează. E cea mai mare durere a ei.

Amy înțelese în sfârșit. Rachel se înecase, lăsându-și în urmă copiii.

– O să-i revadă vreodată?

– Cred că da, când o să fie pregătită. Pe ea însăși trebuie să se ierte, pentru că i-a părăsit așa.

Cuvintele lui părură să plutească în aer, nu ca sunete, ci obiecte cu formă și conținut. Temperatura scădea; frunzele începuseră să cadă.

– Nu e singură, don'șoară Amy. Unii oameni nu-și pot găsi singuri calea. Le rămâne o senzație urâtă în minte. Alții nu se pot desprinde. Aceia sunt cei care iubesc prea mult.

În piscină, trupul lui Rachel Wood își încheiase ridicarea lentă până la suprafața apei. Amy își întoarse privirea asupra mesei. Știa ce urma să-i spună Carter. *În fiecare zi, tund gazonul. În fiecare zi, ea se ridică.*

– Trebuie să te duci la el, spuse Carter. Să-i arăți calea.

– Eu...

Îi simți privirea asupra ei.

– Nu știu cum să fac asta.

El se întinse peste masă și îi cuprinse bărbia în palmă și i-o ridică.

– Te cunosc prea bine, don'șoară Amy. E ca și cum ai fi trăit înăuntrul meu toată viața mea. Tu ai fost făcută să îndrepți răul de pe lumea asta. Dar Wolgast e doar un om. A venit momentul. Trebuie să-l duci înapoi.

Glasul îi fu înecat de lacrimi.

– Dar cum o să mă descurc fără el?

– Cum te-ai descurcat și până acum, spuse Anthony Carter, zâmbindu-i. Cum te descurci și acum. Tu ești *Amy*.

70

I se arătă pentru o ultimă oară. Sau poate că ea i se arăta lui. Se arătară unul altuia, ca să-și ia rămas-bun.

Pentru Wolgast, totul începu cu senzația unei mișcări ciudate. Părea să fie în mijlocul nimicului, plutind printr-un spațiu infinit, deși scena se dizolva treptat, parametrii ei spațiali și temporali definindu-se, ca mai apoi să-și dea seama că, dintre toate lucrurile, mergea pe bicicletă. Pe bicicletă! Asta da ciudățenie! De ce era pe o bicicletă? Nu mai mersese pe una de ani buni, dar îi plăcuse la nebunie când era mic: sentimentul libertății absolute și a ridicării giroscopice, energia trupului curgându-i prin acest mecanism nemaivăzut care îl purta pe aripi de vânt. Wolgast mergea pe bicicletă, de-a lungul unui drum prăfuit, cu Amy alături, cocoțată și ea pe o bicicletă. Lucrul acesta nu-l mai surprindea, având în vedere scena, pur și simplu era cum *era*, la fel cum Amy era o fetiță și o femeie matură deopotrivă, iar pentru moment mergeau împreună pe bicicletă, fără să vorbească, deși până și ideea de timp părea stranie. Cât să fi fost ceasul? De când mergeau astfel? De câteva ore, probabil, sau poate de zile, și totuși lumina era mereu aceeași – o penumbră permanentă a unui amurg care scălda totul în jur într-o strălucire aurie: câmpurile și copacii, praful care se ridica de sub roți, formele mici și albe ale caselor din depărtare. Totul se simțea atât de aproape, și totuși era atât de departe.

– Unde mergem? întrebă Wolgast.

Amy zâmbi.

– Nu mai avem mult.

– Ce e... locul ăsta?

Ea nu mai răspunse. Își văzură de drum. Inima lui Wolgast era plină de o mulțumire caldă, de parcă ar fi fost din nou doar un copil: un băiat mergând pe bicicleta lui la apus așteptând să fie chemat înapoi în casă.

– Ești obosit? îl întrebă Amy.

– Deloc. Mă simt minunat.

– Nu vrei să ne oprim pe culmea primului deal?

Se opriră. O vale înverzită se întindea dinaintea lor. În depărtare, cuibărită printre copaci, se zărea o casă: mică, albă, la fel ca restul, cu verandă și obloane negre. Amy și Wolgast își lăsară bicicletele pe pământ și rămaseră unul lângă celălalt, în tăcere. Nu adia nicio boare de vânt.

– Ce priveliște! făcu Wolgast. Apoi: Cred că știu unde sunt.

Amy încuviință din cap.

– E tare ciudat, continuă el. Trase o gură de aer în piept, eliberându-l treptat. Nu-mi amintesc exact cum s-a întâmplat, dar cred că așa a fost cel mai bine. Așa e mereu?

– Nu sunt sigură. Presupun că doar uneori.

– Mi-amintesc că mi-am spus că trebuie să fiu curajos.

– Ai fost. Cel mai curajos om pe care l-am întâlnit vreodată.

El chibzui la vorbele ei.

– Atunci, e bine. La urma urmelor, nimeni nu-și dorește altceva.

Își întoarse privirea asupra văii.

– Casa aia. Acolo trebuie să merg, nu?

– Cred că da.

El se răsuci ca s-o privească. Trecu o clipă, apoi zâmbi, ca și cum și-ar fi dat seama de ceva.

– Ia stai așa! Ești *îndrăgostită*. Se vede pe fața ta.

– Presupun că sunt, da.

Wolgast își clătină capul uimit.

– Să fiu al naibii! Ce zici de asta? Mica mea Amy a crescut și e îndrăgostită. Și e și el îndrăgostit de tine?

– Cred că da, răspunse ea. Sper că da.

– Ei bine, ar fi un prost să nu fie. Poți să-i zici că am spus eu asta.

O vreme, niciunul dintre ei nu mai spuse nimic. Amy aștepta.

– Deci, începu el din nou, cu vocea înecată de emoție. Presupun că datoria mea aici s-a încheiat. Aș zice că am știut dintotdeauna că avea să vină și ziua asta. O să-mi fie dor de tine, Amy.

– Și mie de tine.

– Asta a fost dintotdeauna cea mai grea parte, să-ți duc dorul. Cred că ăsta a fost și motivul pentru care mi-a venit atât de greu să plec. Mă gândeam mereu: Ce-o să se facă Amy fără mine? Ciudat cum, în cele din urmă, ajunge să fie exact invers. Presupun că toți părinții simt la fel. Dar e altfel când e vorba de tine.

Cuvintele i se opriră în gâtlej.

– Hai să facem asta repede, bine?

Ea îl cuprinse în brațe. Începuse să plângă, dar nu de tristețe. Sau poate că doar puțin din cauza tristeții.

– O să fie bine, îți promit.

– De unde știi?

În celălalt capăt al văii, chiar la marginea câmpului, ușa casei se deschise.

– Pentru că așa e în Rai, spuse Amy. E ușa deschisă a unei case unde sunt toți oamenii pe care i-ai iubit. Îl îmbrățișă strâns: E timpul să te întorci acasă, tati. Te-am ținut lângă mine cât de mult am putut, dar trebuie să pleci acum. Te așteaptă.

– Cine mă așteaptă, Amy?

Pe verandă, își făcu apariția o femeie, ținând un bebeluș în brațe. Amy se dădu înapoi și îi atinse obrazul înlăcrimat.

– Du-te să vezi! îi mai spuse ea.

71

Se trezi în lumina rece a stelelor. Erau sute de stele, mii, milioane. Stele care se mișcau ușor deasupra ei, altele care erau în cădere. Alicia le privi cum cad, numărând secundele. O mie unu, o mie doi, o mie trei. Voia să vadă cât durează până traversează cerul și, în timp ce făcea asta, deveni conștientă de faptul că lumea era acolo unde o lăsase și că ea era încă în viață.

Cum era posibil să fie încă în viață?

Se ridică în capul oaselor. Cine știe cât era ceasul? Luna apusese, cufundând întregul cer în beznă. Nimic nu se schimbase; ea rămăsese la fel.

Și totuși:

Alicia, vino la mine!

Își auzi numele, o șoaptă în vânt.

Vino la mine, Alicia! Ceilalți nu mai sunt, tu o să fii singura. Vino la mine vino la mine vino la mine...

Știa a cui era vocea.

Alicia ieși din apeduct. La cincisprezece metri depărtare, Soldat păștea dintr-un mănunchi înghețat de buruieni. Când o auzi mișcându-se, își înălță capul: A, aici erai; chiar începusem să mă întreb unde ai dispărut. Copitele lui mari împrăștiau bucăți mari de alb, pe când se apropia de ea cu mersul lui țanțoș.

– Băiat bun ce ești! îi spuse ea.

Îl mângâie pe bot, răsuflarea lui umplându-i palmele cu miros de pământ.

– Băiat frumos și nobil, cât de bine mă cunoști tu! Aș zice că, până la urmă, nu s-a terminat.

Rucsacul ei zăcea încă în apeduct. Nu avea armă, însă bandulierele erau acolo, cu lamele vârâte în tocul lor. Își prinse curelele de piele de-a lungul pieptului, strângându-le bine de corp. Încălecă pe spatele gol al lui Soldat și plescăi din limbă, dirijându-l spre est.

Vino la mine, Alicia! Vino la mine vino la mine vino la mine...

Să fiu a naibii dacă nu vin, își spuse ea. Aplecându-se în față, coama lui bogată umplându-i căușul palmelor, îi dădu pinteni lui Soldat să pornească la trap, apoi la galop, ca în cele din urmă să gonească prin zăpadă.

Da, nenorocitule, uite că vin!

LISTA PERSONAJELOR

CEI DOISPREZECE

Tim Fanning, cunoscut drept „Zero“. Profesor de biochimie la Universitatea din Columbia. Infectat cu virusul CV-0 în cadrul expediției cu rol științific din Bolivia, 21 februarie, 20XX.

1. **Giles Babcock (decedat).** Condamnat la moarte pentru omor, Nye County, Nevada, 2013.
2. **Joseph Morrison.** Condamnat la moarte pentru omor, Lewis County, Kentucky, 2013.
3. **Victor Chavez.** Condamnat la moarte pentru un cap de acuzare pentru omor și două capete de acuzare pentru agresiune sexuală gravă cu un minor, Elko County, Nevada, 2012.
4. **John Baffes.** Condamnat la moarte pentru un cap de acuzare pentru ucidere și un cap de acuzare pentru omor deosebit de grav, Pasco County, Florida, 2010.
5. **Thadeus Turrell.** Condamnat la moarte pentru uciderea unui ofițer de securitate națională, New Orleans, Federal Housing District, 2014.
6. **David Winston.** Condamnat la moarte pentru trei capete de acuzare pentru agresiune sexuală gravă, New Castle County, Delaware, 2014.

7. **Rupert Sosa.** Condamnat la moarte pentru omor deosebit de grav, Lake County, Indiana, 2009.
8. **Martin Echols.** Condamnat la moarte pentru omor și jaf armat, Cameron Parish, Los Angeles, 2012.
9. **Horace Lambright.** Condamnat la moarte pentru două capete de acuzare, incluzând omor și agresiune sexuală gravă, Maricopa County, Arizona, 2014.
10. **Julio Martínez.** Condamnat la moarte pentru uciderea unui ofițer de poliție, Laramie County, Wyoming, 2011.
11. **William Reinhardt.** Condamnat la moarte pentru trei capete de acuzare, incluzând omor și agresiune sexuală gravă, Miami-Dade County, Florida, 2012.
12. **Anthony Carter.** Condamnat la moarte pentru omor, Harris County, Texas, 2013.

ANUL ZERO

Bernard Kittridge, cunoscut drept „Ultima Redută din Denver". Supraviețuitor.

April. Supraviețuitoare.

Timothy. Fratele vitreg al lui April.

Danny Chayes. Șofer de autobuz.

Lila Kyle. Doctor.

Lawrence Grey. Om de serviciu, proiectul NOE.

Horace Guilder. Director al Diviziei de Arme Speciale („Depozitul").

Maior Frances Porcheki. Ofițer al Gărzii Naționale din Iowa.

Vera. Asistentă medicală, Crucea Roșie.

Ignacio. Om de serviciu, Proiectul NOE.

Nelson. Inginer-șef al Diviziei de Arme Speciale („Depozitul").

Shawna. Prostituată.

Rita Chernow. Detectiv.

ALȚI SUPRAVIEȚUITORI

Pastorul Don
Wood
Delores
Jamal
Domnișoara Bellamy
Joe Robinson
Linda Robinson
Boy Jr

CÂMPUL, 79 A.V.

Curtis Vorhees. Supraveghetor, Complexul Agricol din Nord, Kerrville, Texas.
Delia „Dee“ Vorhees. Soția lui Curtis.
Boz Vorhees. Fratele lui Curtis (decedat).
Nitia și **Siri Vorhees.** Fiicele lui Curtis și Delia Vorhees.
Nathan Crukshank. Fratele Deliei Vorhees; ofițer al Securității Naționale (SN).
Tifty Lamont. Ofițer al Securității Naționale.

ALTE FAMILII DE PE CÂMP

Familia lui Tyler Vorhees
Familia Withers
Familia Dodd
Familia Apgar
Familia Cauley
Familia Francis
Familia Cuomo
Familia Martínez

Familia Wright
Familia Bodine

97 A. V.

KERRVILLE, TEXAS

Amy Harper Bellafonte. Fata de Nicăieri.
Locotenent Peter Jaxon. Ofițer al Forțelor Expediționare, Armata Republicii Texas.
Locotenent Alicia Donadio. Ofițer al Forțelor Expediționare.
Colonel Gunnar Apgar. Ofițer al Forțelor Expediționare
Maior Alexander Henneman. Ofițer al Forțelor Expediționare.
Locotenent Satch Dodd. Ofițer al Forțelor Expediționare.
Lucius Greer. Prizonier.
Hollis Wilson. Paznic.
Dunk Withers. Criminal.
Abram Fleet. General al Armatei.
Victoria Sanchez. Președinte al Republicii Texas.
Sora Peg. Călugăriță, responsabilă de conducera orfelinatului.
Sora Catherine. Călugăriță.
Caleb Jaxon. Nepotul lui Peter Jaxon, fiul lui Theo Jaxon și al lui Mausami Patal.

FREEPORT, TEXAS

Michael Fisher. Petrolist de Primă Clasă (PPC); șef de echipaj la Complexul rafinăriei din Freeport.
Lore De Veer. Petrolistă.
Juan „Ceps" Sweeting. Petrolist.
Ed Pope. Petrolist.
Dan Karlovic. Inginer-șef la Complexul rafinăriei din Freeport.

PATRIA

Jackie. Lucrătoare.
Eustace. Insurgent.
Nina. Insurgentă.
Vale. Ofiţer Resurse Umane.
Whistler. Ofiţer Resurse Umane.
Sod. Ofiţer Resurse Umane.
Dr. Verlyn. Medic.
Dani. Îngrijitoare în Dom.
Jenny. Îngrijitoare în Dom.
Fred Wilkes. Şef de personal.
Vikram Suresh. Ministru al Sănătăţii Publice.
Aidan Hoppel. Ministru al Propagandei.